I0827607

Orbe Incandescent

Florian
Lagarde

Orbe Incandescent

L'Aube du Crépuscule – 1

Orbe Incandescent
Par Florian Lagarde

Illustration de couverture : © Ethan Joe Pingault

Ouvrage publié en autoédition en mars 2026 par © Florian Lagarde
68 190, Ensisheim, France

Imprimé à la demande par Amazon KDP

Dépôt légal : mars 2026

ISBN : 979-10-982315-0-6

Prix : 19,99 €

Aerelion
Deole
Océan
Primordial
Nybyen
Vanyanir
Neana
Le Lac
Scintillant
Lugann
L'Ondoyant
Port-Nyanir
Les Monts d'Ébène
Rivlon
Alentoise
L'Amarante

Orrisia
Matakar
HAZIR
RENE
Empire du Iasteriel
Anrogar
Eoros
Gora
Dunalor
BAGNE
Les Pics Écarlates
YN
Ancien Royaume d'Aerasat
Plepea
ANEANA
Keanor
Waralla
200 KM

Prologue

Tuhka

Les flocons s'étiolaient, finissant de recouvrir la plaine ; la couche de neige était semblable à une mer houleuse de marbre blanc. Le blizzard précédant cette fine averse glacée avait été rude, mais il n'en subsistait déjà plus que quelques brises.

Au-dessus de Tuhka, la chape du ciel, basse et plombée, augurait une fin d'après-midi fraîche et une nuit de froidure, caractéristiques de ces hivers trop persistants.

Mais ce n'était pas ce qui le préoccupait.

Du haut d'une tour surplombant la cité de Gora, il observait la tache noire se déplacer au loin. Elle prenait de l'ampleur, telle une rumeur se propageant inlassablement sans que nul ne parvienne à l'étouffer.

Tuhka entendit les pas familiers de Kora derrière lui. Son amie le rejoignit sans se presser, posant les mains sur le parapet aux volutes d'albâtre. Ses cheveux sombres contrastaient avec la pâleur de son teint, contrairement à ses yeux émeraude qui s'accordaient parfaitement avec les nuances de son uniforme. Elle fixa à son tour la plaine, gardant une expression des plus fermées.

— Combien sont-ils ? s'enquit-elle, son souffle chaud se perdant en vapeur.

— Une quinzaine de milliers, l'informa Tuhka. Mais rien qui ne puisse franchir nos remparts, n'est-ce pas ?

— Douterais-tu de nos défenses ? rétorqua-t-elle aussitôt, les lèvres pincées.

Il aurait voulu enfouir ses craintes au plus profond de lui pour les lui dissimuler, mais il ne pouvait rien lui cacher. Pas à elle. Ils avaient partagé de trop nombreux champs de bataille ; allant de luttes intestines aux conflits contre l'Empire. Et puis, de toute façon, elle se rendait bien compte de la situation.

— Je ne remets pas en cause le courage de nos hommes, finit par répondre Tuhka, les doigts crispés. Des affrontements, ils en ont vu d'autres. Par contre, ce qui me terrifie, c'est que nous manquons cruellement d'informations sur nos ennemis.

Kora s'adossa contre l'une des colonnes avant de pousser un long soupir.

— Se tourmenter est futile. Prenons un camélia, par exemple. Crois-tu que ton inquiétude lui permettrait de survivre au gel ?

Tuhka plissa les yeux.

— Si je me souviens bien, il en existe des variétés qui le supportent.

— Je salue l'effort, ironisa-t-elle. Se pourrait-il que tu aies retenu quelque chose après toutes ces années ? L'illustre capitaine Vulkan s'intéressant à la botanique ? L'âge apporte tout un tas de surprises, et parfois même des bonnes !

La pique était amplement méritée. Il avait plutôt tendance à laisser un paysage calciné derrière lui.

La tache noirâtre devenait plus violacée à force d'approcher, et l'on pouvait presque y distinguer des formes menaçantes. Les plus imposantes lui rappelaient de mauvais souvenirs.

— La tempête a couvert leur avancée, commenta Kora en observant le ciel. C'était plutôt astucieux. Cela explique pourquoi nous ne les avons pas repérés plus tôt.

— Personne n'aurait osé progresser dans ce chaos…

Du moins, aucun être humain, se rectifia-t-il.

Des jurons parvinrent à ses oreilles. Se retournant, il vit apparaître les longs cheveux grisonnants d'Hunor. Malgré son âge vénérable, le vieux semblait encore en pleine forme.

— Des Kredaes…, marmonna Hunor en s'avançant. Des maudits Kredaes ! Vous le croyez, ça ? Je pensais enfin couler des jours paisibles en profitant de ce temps estival, et voilà que ces… *choses*… viennent troubler ma sieste !

Quoi que Tuhka puisse dire, la présence de cet enquiquineur de première le rassurait. Hunor n'était pas un soldat. Mais il l'avait été ; à une autre époque et dans un autre lieu. Il s'accordait une sorte de retraite à Gora. Cependant, face à un conflit de cette ampleur, il ne pouvait pas rester les bras croisés.

— Tes vieux os auraient pu nous prévenir qu'une tempête approchait, le chambra Tuhka.

— Mes vieux os sont très bien là où ils sont. Laisse-les tranquilles.

— Ce n'est pas ce que j'ai constaté la dernière fois que je t'ai ausculté, intervint Kora avec un sourire en coin.

— Pas un pour rattraper l'autre, grommela Hunor. Bon, si vous avez fini de vous en prendre à votre aîné, vous me confirmez qu'il s'agit bien de Kredaes ?

— Le rapport du seul éclaireur revenu était formel, assura Tuhka d'un ton péremptoire.

— Et moi, je dirais plutôt incohérent. Peut-être que l'on a noté plus de spécimens ces derniers temps, mais rien d'alarmant ; de quoi constituer une harde, tout au plus, mais pas une armée.

Si seulement tu pouvais avoir raison, mon ami.

— Toi, tu peux toujours te réfugier sous les jupons de l'Empire, reprit Tuhka avec plus de sévérité qu'il ne l'aurait voulu. Rien ne t'oblige à rester.

— Nous serons rapidement fixés, éluda Hunor en se renfrognant, apparemment vexé de la suggestion. Si je n'étais pas un Descendant, c'est certain, tu n'aurais plus à souffrir de ma compagnie.

— Et depuis bien longtemps.

— C'est mon cadeau.

— Bien.

— Bien, répéta Hunor, comme pour gagner cette joute verbale.

Kora souffla bruyamment en réajustant son uniforme.

— Vous arrive-t-il de ne pas vous chamailler comme deux vilains petits garnements ?

— Je suppose que c'est l'avantage de l'âge, répliqua Tuhka en haussant les épaules. On peut se comporter comme des gamins sans nous le reprocher. Enfin, tant que tu n'es pas dans les parages.

Hunor s'esclaffa, et d'un coup, ses rides ne parurent plus aussi marquées.

Tuhka se revit lui-même plus jeune, quand il folâtrait à travers la campagne avec des amis – aujourd'hui, la plupart étaient déjà enterrés. Les années avaient défilé à une vitesse à peine croyable. Un jour vous gambadez les fesses à l'air, le lendemain vous tenez votre première arme, et le surlendemain vous devenez un vétéran de l'armée. Mais pouvait-il seulement se plaindre ? Les gens de sa génération se déplaçaient le plus souvent le dos voûté, une canne pour appui. Lui, il était encore dans la force de l'âge.

De la plaine s'éleva un bruit sourd de tambours, résonnant au rythme d'un chant guerrier. Comme s'il cherchait à l'éviter, Tuhka survola du regard l'intérieur de la cité, figée dans l'attente de l'affrontement imminent.

Sa femme et son fils demeuraient au palais, dont la kyrielle de pointes perçait le firmament avec grâce et magnificence, resplendissant de prouesses architecturales. Les plates-formes pullulaient entre ces tours au profil élancé, et Tuhka, une fois de plus, se fit la remarque que nul autre royaume n'égalait la beauté qu'avait à proposer le sien. L'entièreté de Gora résultait des exploits de ses ingénieurs, et la capitale, peuplée de près d'un demi-million d'habitants, s'étendait sur plusieurs niveaux, révélant chacun ses propres merveilles. Pléthore de ponts couverts du manteau hivernal reliaient esplanades et lieux d'habitation en une partition ordonnée, exempte de tout défaut.

Mais en ce jour, l'aspect en était quelque peu modifié ; le tumulte habituel avait cessé et laissait place à l'apeurement. Toute forme de vie autre que militaire s'était barricadée chez soi, dans l'interminable attente d'une bataille à l'ampleur de celles retranscrites dans des archives poussiéreuses.

— Ils sont en sécurité au palais, railla soudain Hunor, comme s'il avait deviné l'objet de la rêverie de son ami.

J'espère que tu dis vrai.

Tuhka scruta le visage de Kora, empreint d'un profond sang-froid.

— Il est temps de rejoindre les remparts, annonça-t-elle en se dirigeant vers l'ascenseur au système de poulies complexe. Tes hommes ont besoin de te voir avant la bataille. Leur insuffler du courage, raffermir leur détermination… Enfin, la procédure habituelle, quoi. Je ne prétends pas te l'apprendre.

Tuhka lui accorda un regard las. C'était aussi bien un cadeau qu'un fardeau. Ses hommes comptaient sur lui pour les diriger, pour leur montrer l'exemple, pour les protéger… Il en avait perdu beaucoup au cours de sa carrière. Et il en perdrait encore. L'excitation d'un combat imminent s'était évanouie au fil des années. À présent, il n'en gardait que de l'amertume. *Mais cette bataille sera différente. Ce ne seront pas nos semblables que nous affronterons.* Peut-être que cela pèserait moins lourd sur sa conscience.

Ils descendirent tous les trois de la tour par l'ascenseur, rejoignant le chemin de ronde qui dominait la plaine enneigée d'une bonne soixantaine de pieds. Les murs de Gora rendaient la cité quasiment inexpugnable.

Devant le parapet crénelé, dans leurs uniformes constitués de lanières de cuir et de fourrures d'animaux, les soldats s'inclinaient respectueusement au passage de leur capitaine. Certains tenaient fermement les oriflammes aux couleurs de l'Eoros : un soleil blanc sur un fond gris perle. Tuhka, dont la cape aux poils rêches pendait jusqu'au sol recouvert de flocons, les inspectait un à un. Entre les braseros rougeoyants, leurs mines graves, mornes, exprimaient toute l'anxiété les tenaillant jusqu'à la moelle.

Alors que Kora et Hunor le suivaient de près, il s'arrêta devant un homme aux traits juvéniles. Le gamin souriait béatement, comme s'il avait attendu ce jour toute sa vie dans le but de faire ses preuves. Tuhka resserra la sangle de la poitrine du marmot et le fixa droit dans les yeux.

— Ta mère ne t'a pas appris à t'habiller, mon garçon ? l'admonesta-t-il. Aucune bataille n'est gagnée d'avance, et je ne tolérerai aucun excès de zèle au sein de mes hommes. Et encore moins de la part d'un nourrisson.

La réprimande était peut-être sévère, mais, parfois, il fallait savoir se montrer intransigeant envers le laxisme. Les mauvaises pratiques pouvaient rapidement devenir des habitudes.

Le soldat déglutit, l'air contrit, la gorge nouée, puis se tint droit en imitant les vétérans à ses côtés.

— Si, Capitaine ! Que la lumière éternelle de Raïto nous éclaire à jamais ! proclama-t-il avec vigueur, bombant le torse avec fierté.

— La discipline et la rigueur supplantent n'importe quel précepte, et ce ne peut être plus vrai qu'en ce jour. Si j'apprends que l'un de mes hommes est mort par ton manque de discernement, je m'assurerai que tu ne puisses plus jamais approcher une seule lame de toute ta vie. Me suis-je bien fait comprendre ?

Tuhka n'attendit pas sa réponse et poursuivit son inspection avec la rigidité qu'impliquait son rang. On ne naissait pas avec une autorité naturelle. On l'acquérait avec le temps. Mais surtout avec la pression et les responsabilités. Qu'on l'appréciait ou non.

Tout en passant en revue une dernière fois les dispositifs de défense de son aile, Hunor lui murmura sous cape :

— Il n'empêche que j'ai entendu dire que tu n'étais pas mieux à son âge. Une vraie petite terreur qui n'hésitait pas à se jeter à corps perdu au cœur du champ de bataille. Elle est passée où, cette tête brûlée ?

— J'ai dû la laisser à Orendel, lorsque j'ai perdu l'entièreté de mes hommes. Une boucherie dont aucun barde n'a pu retirer de chanson.

Kora tritura ses manches tout en observant l'horizon.

— Je peux guérir les blessures du corps, mais pas celles de l'âme. Celles-ci se rouvrent indéfiniment, saignent sans qu'on ne puisse les panser. Et même une vie de Descendant ne suffit pas à atténuer leur douleur.

— Hum, grogna simplement Hunor.

Les trébuchets étaient prêts à expédier d'énormes blocs de granit, les balistes projetteraient leurs dards implacables, et c'était sans compter la myriade de mâchicoulis ou meurtrières par lesquelles huile bouillante, carreaux et flèches seraient envoyés sur les assaillants.

En l'espace de quelques années, Alyrm, un jeune et fin stratège ayant une façon de penser radicalement différente des plus anciens, avait considérablement amélioré leur système de défense. Il avait apporté des modifications sur les emplacements les plus stratégiques et permis aux Descendants d'utiliser leur pouvoir dévastateur avec plus d'aisance face aux éventuelles menaces.

Tuhka, qui apprivoisait les flammes, ne pouvait que s'en réjouir. Tout comme Kora, Hunor, Vakars et tant d'autres Descendants. Maîtrisant divers éléments, ils constituaient le cœur de la puissance et du rayonnement de Gora.

Dans le couloir bâti à l'intérieur de la muraille, Tuhka marcha d'un pas raide devant ses archers. Personne ne prononça mot. Seuls des regards lourds suivirent son passage. Ses hommes se tenaient droit, prêts à enflammer les pointes de leurs flèches le moment venu. Leur courage n'était plus à prouver. Le capitaine les avait tous connus depuis leur début, des dizaines d'années auparavant. Il savait qu'il pouvait compter sur leur adresse.

Tuhka s'approcha d'une cavité et vit Hunor faire de même à quelques pas de lui. Kora resta en retrait. Elle maintiendrait leurs forces grâce à son don de Communicatrice et les soignerait en cas de blessure.

La masse sombre martelait le sol au rythme de ses tambours de guerre, engloutissant le paysage tel un raz-de-marée qui s'écraserait contre les falaises de Gora. Aucun chardonneret ne piaillait, aucun cervidé ne traversait la plaine ; la faune restait muette face à la multitude monstrueuse qui s'affranchissait de la distance les séparant de la capitale.

Tuhka put bientôt discerner des traits parmi les assaillants. Son inquiétude se fit plus pressante, le plongeant dans une torpeur méconnue. C'était déjà quelque chose de devoir faire face à une armée constituée de milliers d'hommes. Mais là, des monstres de taille remarquable étaient présents par dizaines, retenus par des chaînes colossales ; des pattes épaisses comme des souches, des corps puissants recouverts d'écailles ou de plumes, des mâchoires protubérantes prêtes à déchiqueter un homme, des épines dorsales aussi aiguisées qu'un couteau de boucher, des yeux perçants et avides de sang…

Tuhka en avait déjà affronté certains, mais ils avaient alors été esseulés ou en groupes restreints – il savait qu'un seul d'entre eux représentait déjà une menace considérable.

Cependant, ils étaient presque relégués au second rang, car, le plus terrifiant, ce qui prenait jusqu'aux tripes, c'étaient ces milliers de Kredaes. Ils se mouvaient à l'unisson et faisaient preuve d'une organisation insoupçonnée jusqu'alors de la part de leur espèce. La clameur qui s'élevait de la masse devenait assourdissante, et les cris gutturaux virulents, empreints de haine.

— Je crois que toute ambiguïté est levée, déclara Tuhka à l'attention d'Hunor.

— Il semblerait, grommela le vieil Apprivoiseur. Donc il n'y aura aucun scrupule à les renvoyer là d'où ils viennent. Enfin, ceux que je n'aurai pas fait rôtir !

— Ne vous déchaînez pas en même temps, leur rappela Kora. Si je dois vous soutenir tous les deux, vous feriez mieux de vous organiser pour alterner vos attaques.

— Tu penses pouvoir y arriver ? demanda Tuhka en lorgnant son ami du coin de l'œil.

— Bah ! ce ne sera pas pire qu'à l'assaut des Marches Maudites, non ? grinça Hunor.

— Ah ? Tu étais là ?

Le vieil Apprivoiseur se contenta d'émettre un grognement – comme à son habitude.

La clarté surnaturelle de l'Eoros se réfléchissait sur la peau d'un violet profond et saturé des Kredaes, qui se tenaient robustement sur leurs jambes à la façon de bipèdes ; la couleur variait en intensité et en nuance le long de leurs muscles saillants et de leur corps à moitié recouvert de scutelles. Deux cornes surgissaient du sommet de leur front pour s'élever en des formes torsadées ou droites, acérées et brillant d'un éclat ocre. Dans leur dos, une longue queue s'agitait frénétiquement et fouaillait la neige, révélant ce qui pouvait s'apparenter à de l'excitation.

Mais cela, c'est si on les relègue simplement à l'état de bêtes sauvages, alors que les Kredaes se veulent bien plus intelligents que ça, constata Tuhka.

Nombre d'entre eux étaient vêtus de peaux d'animaux, de cuir et de fourrures que l'on aurait pu croire assemblés par la main de l'homme. Et tous brandissaient des armes à l'acier façonné. Mais ce qui troublait Tuhka, c'était leur visage presque humain, ne différant que par leur couleur d'épiderme et leurs traits plus osseux. Une lueur vengeresse émanait de leurs milliers d'iris perçants, qui exprimaient une complexité émotionnelle et intellectuelle les rapprochant inéluctablement de l'Homme – c'était cela le plus effrayant.

L'armée encercla rapidement une partie de la cité – les monts situés du côté nord faisaient office de rempart naturel – et forma une ligne bien distincte, tout juste à la limite de la portée des archers. La clameur qui s'éleva de leurs rangs fut sans pareille ; des cris féroces, sauvages et furieux grondèrent, tandis que les tambours hurlaient. Des armes d'hast, des bolas, des machettes, des marteaux de guerre… *On ne distingue aucune cohérence dans la façon dont ils sont armés, mais que peut-on attendre de monstres sanguinaires ?*

Quand leur interminable manœuvre arriva à son terme, un Kredae aux cornes éminemment longues avança de quelques pas devant son effroyable essaim. Le brouhaha se tut l'espace d'un instant. Le calme figea le temps, plus mordant que le souffle qui s'insinuait sous les fourrures de Tuhka.

Le Kredae vociféra des mots dans son langage guttural. Un premier temps à l'attention de la cité. Puis dans un second aux créatures derrière lui. Il haranguait ses troupes, car bientôt, les hurlements reprirent.

— Ils racontent qu'ils sont venus proposer un traité de paix, commenta Hunor en crachant dans le vide.

Tuhka arqua un sourcil.

— Tu crois que c'est le moment ?

— Ce moment ou un autre, je ne vois pas la différence. J'ai besoin d'extérioriser ma nervosité, tu comprends ?

Tuhka tendit l'oreille et fit mine d'écouter attentivement les cris.

— Ils disent qu'ils veulent embrocher le derrière d'un vieux grincheux qui n'a pas la langue dans sa poche. Un certain… attends… (Il fit la moue.) humour… honneur… non. Horreur… Ah ! oui, je crois qu'ils scandent ton nom.

Alors que le vieil Apprivoiseur écarquillait les yeux, Kora, d'un ton cinglant, coupa court à leur échange.

— Par Kinone, restez concentrés ! Ça ne m'amuse pas du tout d'entendre deux gamins se baver dessus !

Tuhka se ressaisit instantanément. Il défit sa fibule forgée en forme de soleil et laissa choir sa cape à ses pieds.

Le moment est venu.

Il était prêt.

La terre gronda lorsque le Kredae éleva sa lance vers le firmament. Ses semblables rugirent à l'unisson. Les chaînes qui retenaient les monstres les plus imposants furent rompues, et les créatures à la peau violacée les forcèrent à avancer vers la muraille à grands coups de fouets. Eux disposaient de griffes puissantes, plus dures que la roche, et pouvaient les enfoncer dans le mur pour y grimper, puisque son épaisseur ne leur permettrait jamais d'y créer une véritable brèche. Ils furent les seuls à lancer l'assaut. L'armée de Kredaes campait sur ses positions.

Cependant, l'ampleur de la charge se ressentit même du haut des remparts, et Tuhka faillit tressaillir devant cette force destructrice. Il puisa en lui pour ne pas défaillir. La survie d'un grand nombre dépendait de lui ainsi que des autres défenseurs.

Les arcs furent bandés et les premières salves de flèches ardentes plurent. S'ensuivit un déluge de pierres qui broyèrent, écrasèrent et formèrent des cratères sur le sol enneigé et maculé du sang de ces bêtes immondes. Celles-ci fonçaient avec une avidité accrue et, en un tonnerre de rugissements sauvages, balayaient à une vitesse effrénée la distance qui les séparait de Gora.

Restant derrière cette meute féroce, les Kredaes ne disposaient d'aucun engin de siège pour atteindre le haut de la muraille, et n'étaient donc pas une réelle menace pour l'instant. Surtout qu'ils restaient immobiles. Ils patientaient, certainement dans l'attente du moment opportun pour se mettre en mouvement.

L'enceinte a protégé cette cité pendant des siècles, et il en sera ainsi pour ceux à venir.

Tuhka fit appel à son pouvoir. Des lances enflammées se matérialisèrent instantanément ; elles fusèrent en un crissement crépitant sur l'une des créatures, s'enfoncèrent dans sa chair pour en ressortir de l'autre côté et éclater dans une gerbe d'étincelles. La monstruosité, mue par une rage incontrôlable, poursuivit sa course et poussa des gémissements stridents. Alors Tuhka se déchaîna, apprivoisa des traits toujours plus gros et la grêla avec frénésie, jusqu'à ce qu'enfin, elle finisse entièrement carbonisée avant d'atteindre le pied du rempart.

— Celle à ta gauche ! hurla-t-il à son ami. Tu fais quoi ? Là ! Dépêche-toi !

— Je fais de mon mieux, figure-toi ! Par la grâce d'Honoo, ils sont coriaces !

— Ferme-la et active-toi, espèce de vieux charbon décrépit ! Kora se concentre sur toi, et tu n'es pas le seul à avoir besoin de son soutien !

— On dirait que la jeunesse n'en a plus rien à faire du respect ! Fichue époque, hein ?

Hunor fit surgir des colonnes de feu. Au bout de plusieurs tentatives, il parvint à éventrer l'une des créatures. Les deux hommes alternaient leurs attaques incandescentes pour anéantir les monstres les plus proches.

Sur divers pans de la muraille, des dizaines de Descendants canalisaient également leurs pouvoirs sur les assaillants. Des Chuchoteurs semaient la tourmente à l'aide de leurs tornades éthérées, tandis que leurs lames d'air découpaient les animaux de compagnie des Kredaes ; des Façonneurs envoyaient des amas de roche colossaux exploser avec violence les belligérants, encore plus meurtriers que les balistes ; des Dompteurs puisaient dans des citernes d'eau mises à leur disposition pour noyer leurs adversaires dans des vagues ou des flux incessants ; quant aux Communicateurs, comme Kora, leur apport ne se distinguait pas visuellement sur le champ de bataille, mais ils œuvraient derrière les autres Descendants et leur prodiguaient des forces supplémentaires – loin d'être négligeables.

Lorsqu'un monstre finissait par agoniser, Tuhka passait au suivant. Le capitaine les repoussait un à un alors qu'ils tentaient de percer les remparts de leurs griffes acérées. Les projectiles des défenseurs continuaient de déferler mortellement sur la masse assaillante.

Enfin, les majestueux drayms se joignirent à l'affrontement. Des animaux pourvus de quatre ailes puissantes et dressés dès leur plus jeune âge. Caparaçonnés, ils étaient chevauchés par les soldats de Gora. Alors, depuis le ciel, des dizaines et des dizaines de ces créatures ailées harcelèrent les monstres en leur balançant des jarres remplies d'un mélange d'huile, de résine et de soufre. Au milieu de la charge, le liquide poisseux s'enflammait sous les tirs des archers.

Les gardiens de Gora parvenaient à repousser l'assaut du haut de leur muraille infranchissable. Après tout, les Kredaes ne devaient rien connaître d'une quelconque stratégie militaire. Quand bien même leur armée aurait été terrifiante s'ils avaient dû l'affronter sur un terrain dégagé, ici, la supériorité appartenait largement à la cité.

Puis, alors que toutes les forces des défenseurs étaient concentrées à repousser les monstruosités s'attaquant à la muraille, les Kredaes se murent enfin.

Dans une cacophonie généralisée, ils firent trembler la terre de leurs milliers de pattes. Malgré les trébuchets, les balistes et les drayms qui leur infligeaient des pertes considérables, ils ne renonçaient pas à atteindre le mur protecteur de Gora. *Mais ils seront à notre merci une fois à nos pieds.*

Pourtant, lorsque ce fut le cas, un frisson passa le long du dos de Tuhka. *Les Kredaes... grimpent ?*

Ils escaladaient la muraille, usaient de la moindre aspérité, de la moindre érosion, bondissaient à l'aide de leurs mains agiles et de leur queue puissante. Même si de l'huile bouillante se déversait sans discontinuer, ils étaient constamment plus nombreux à entreprendre l'ascension. Leur aisance à peine croyable piqua à vif l'orgueil de Tuhka. La vanité de Gora s'effritait face à l'inexorable montée des Kredaes. Ils avaient toujours été la plus grande menace, et non les créatures hideuses officiant presque comme des leurres – bien qu'elles ne puissent être ignorées.

Alors que Tuhka s'apprêtait à décharger un torrent de flammes sur les Kredaes les plus hauts, un monolithe fusa vers lui, sibilant funestement dans l'air. Le capitaine n'eut que le temps de créer un bouclier incandescent pour se protéger de l'attaque fulgurante ; le choc de la roche et du feu produisit un vacarme ardent. Mais il n'eut guère le loisir de souffler. Un autre bloc de roc se fragmenta en des centaines d'éclats destinés à le tuer, chacun animé d'une énergie sauvage. À nouveau, il matérialisa une parabole flamboyante.

Des Descendants ? rugit-il pour lui-même.

Il était abasourdi. Suait à grosses gouttes. Jamais l'idée que des Kredaes pouvaient être des Descendants ne lui avait effleuré l'esprit. Cependant, il les voyait à présent : les yeux de certaines créatures pourvues de scutelles brillaient.

Les assauts de roche ne lui laissaient aucun répit alors que Kora décuplait sa puissance. Elle lui permettait de riposter. Son adversaire, à l'iris scintillant de ce gris lugubre, se tenait quelques toises en dessous de lui.

Pendant ce temps, les Kredaes poursuivaient l'escalade de la muraille et engloutissaient les blocs avec une célérité alarmante. Dans les cieux, les drayms se faisaient faucher les uns après les autres dans un déchaînement élémentaire provenant de l'armée en contrebas.

Nous les avons sous-estimés.

Bientôt, les premières créatures atteindraient le faîte du rempart, et le combat au corps à corps serait engagé.

Tuhka se concentra pour envoyer un véritable brasier infernal sur son opposant, le brûlant jusqu'à ce qu'il n'en reste que de vagues cendres qui s'éparpillèrent en une fumée âcre et opaque.

Kora était à genoux, le visage ruisselant de sueur. Pour soutenir l'attaque de Tuhka, elle avait dû dépenser une énergie considérable.

— Que Kinone nous vienne en aide ! haleta-t-elle. Tu étais obligé d'utiliser autant de puissance ?

— J'ai rarement fait face à une telle maîtrise, il était…

Tuhka s'interrompit. À travers une brise, il entendit la voix du Chuchoteur faisant office d'estafette.

— Capitaine ! Nous avons besoin de vous auprès de Vakars. Les Kredaes ont réussi à pénétrer dans la cité depuis la porte orientale.

Ne pouvant chuchoter au vent, il était impossible à Tuhka de répondre, mais si des ennemis s'étaient introduits dans la ville, il fallait absolument endiguer leur progression. Cela mettait directement en péril tous les habitants, alors que la majeure partie de leur défense résidait en la muraille et en sa protection.

Il jeta un coup d'œil par la meurtrière derrière lui et vit des incendies aux abords de ladite porte. Une marée de Kredaes se déversait dans les rues.

— Kora, Hunor ! les interpella Tuhka alors que le vieil Apprivoiseur, soutenu par la Communicatrice, fouaillait les créatures de langues enflammées. Les Kredaes sont entrés dans la cité. J'ai reçu l'ordre d'aller porter secours à Vakars.

— Il peut bien régler ça tout seul, non ? tempêta Hunor, la mâchoire crispée. Par Honoo ! C'est un Imprégnateur !

Vakars était, de loin, le Descendant le plus puissant que Tuhka eût jamais connu. Sa capacité à s'imprégner du chaos ne semblait pas avoir de limites. Pourtant, Tuhka n'apercevait aucune trace de son pouvoir dans les rues où les flammes ravageaient les habitations. Et pendant ce temps, une horde de Kredaes emplissait les venelles et les artères principales de la cité.

Est-il tombé ? Non, c'est impossible. Sans lui…

Il préféra ne pas y penser.

— Vous devez vous en sortir sans moi. Vous n'avez pas le choix. Tenez votre position autant que possible, mais lorsque les Kredaes auront atteint le chemin de ronde, allez prêter main-forte aux soldats au-dessus. N'envisagez le repli à un niveau inférieur qu'en dernier recours. Défendez chaque parcelle de terrain. Kora, je te transfère le commandement.

Elle acquiesça gravement.

— Fais attention à toi. Et ne t'inquiète pas pour nous. De toute façon, tu commençais à être un gouffre en énergie.

— Ouais, enfin, à ce rythme, nous ne résisterons plus très longtemps ici non plus ! s'égosilla Hunor.

Tuhka alla lui poser une main sur l'épaule pour avoir toute son attention.

— Si nous ne parvenons pas à repousser les Kredaes, je veux que tu fuies Gora et que tu emmènes ma femme et mon fils avec toi, exigea-t-il. Tu prendras mon draym.

— Qu'est-ce que tu me racontes ? haleta le vieil Apprivoiseur, qui continuait de lacérer les assaillants de ses langues brûlantes. Tu veux que je foute le camp ? On ne me laissera jamais faire !

— Tu n'es pas un soldat, et Gora n'est pas ton foyer, répliqua sèchement Tuhka. Rien ne te force à crever ici. Je te le demande en tant qu'ami. Si tu as de la fierté, laisse-la de côté. Elle ne te servira à rien dans la tombe.

— Mais…

— Jure-le-moi !

Il manquait cruellement de temps.

Néanmoins, Hunor opina du chef.

Tu le feras. Quoi que je puisse dire, où que tes convictions t'ont mené, tu as toujours été digne de confiance. Ne me déçois pas, mon ami.

Tuhka jeta un dernier regard à ses deux compagnons, s'attardant un instant sur Kora.

— Tu ne m'avais pas dit que tu conservais une bonne bouteille de liqueur pour une occasion spéciale ? Tu sais, celle que tu avais achetée à un marchand araneanais… J'imagine que ce sera une bonne occasion de la déboucher.

— Je croyais que tu ne buvais plus ? rétorqua Kora, dont les yeux brillants indiquaient qu'elle se liait à nouveau à Hunor. Si on s'en sort, ce n'est pas une raison pour t'y remettre.

— Les temps changent, non ? Les interdits d'hier sont faits pour être brisés.

— File avant que ce soit moi qui t'inflige une correction.

Tuhka ne put s'empêcher de lui sourire. Même en pleine bataille, elle ne perdait pas de son mordant.

Toi, fais attention à toi.

Puis il se dirigea vers les escaliers menant au bas de la muraille. Au passage, il réquisitionna plusieurs de ses hommes ; ceux qui tiendraient encore le rythme pour la course qui les attendait.

Dans les rues, la lueur vespérale commençait à recouvrir les toits qui soutenaient une couche de neige encore virginale. Toutefois, ici, les nuits n'étaient pas obscures ; la clarté ne faisait que baisser, et même si les étoiles brillaient dans le firmament, il n'était pas bien difficile d'y voir presque comme en plein jour.

Les bâtisses blanches et lisses défilèrent sous les yeux de Tuhka et de son escouade. Des quartiers de commerces et d'habitations qui connaîtraient un sort funeste s'ils n'arrivaient pas à arrêter l'avancée des créatures.

Et bientôt, ils croisèrent les premiers Kredaes. Des groupes s'étaient détachés de la multitude et étaient aux prises avec des soldats qui peinaient à les contenir. Les Kredaes se battaient avec une férocité bestiale, effectuaient des bonds prodigieux et abattaient leurs armes avec une force incroyable. Les défenseurs de Gora reculaient et contre-attaquaient avec difficulté face à cette démonstration de puissance.

— Avec moi ! clama Tuhka, fonçant vers les créatures alors qu'il matérialisait une épée de flammes. Ragnir, Ulvric, Kerav et Thorl, prenez-les par le flanc droit ! Les autres, suivez-moi !

— En avant ! Anéantissons-les !

— Faites-leur subir la justice de Raïto !

— Envoyez-les dans l'ombre !

Tuhka lança des traits infernaux sur le premier Kredae devant lui. Puis il enfonça sa lame dans le corps de la bête. Elle ne put qu'émettre un râle de douleur, terrassée, avant de s'effondrer, laissant une traînée cendrée derrière elle. Il foudroya les suivantes de flammes, enchaîna les coups amples, fluides, les élimina sans que celles-ci ne parviennent à riposter.

Il était un Descendant. Un Apprivoiseur.

Dans une retraite noyée de cris gutturaux qui s'apparentaient à des invectives, les Kredaes reculèrent à leur tour sous la fureur du capitaine.

Ainsi, rue après rue, venelle après venelle, place après place, Tuhka et ses hommes s'approchèrent du gros des hommes massés pour former la résistance.

Sur l'artère principale de Gora, de l'autre côté du pont, les affrontements faisaient rage pour empêcher la marée kredae de progresser. Le tintement du métal emplissait l'espace sonore, tout comme les râles d'agonie et les cris déchirants des deux camps. Le pont massif aux parapets décorés de magnifiques sculptures devint tel un symbole, un lieu stratégique dont la perte signifierait une défaite inévitable. En dessous, un même combat se livrait. Un véritable bain de sang où s'entassaient des corps fumants. Un bref instant, Tuhka crut apercevoir une silhouette humaine parmi la horde de Kredaes. Une femme aux traits ressemblant étrangement à ceux de Nylia, et dont les yeux scintillaient de cet orange propre à la Chuchoteuse.

Il secoua la tête. Cette femme était morte quarante ans plus tôt…

— Où est Vakars ? rugit Tuhka à un sous-officier organisant tant bien que mal les renforts.

Il ne pouvait se permettre de s'attarder davantage sur la question de Nylia, car les Kredaes gagnaient du terrain et s'apprêtaient à investir le pont. Il avait cruellement besoin de savoir ce qu'il était advenu de Vakars ; le compter ou non dans leurs forces représentait un avantage loin de s'avérer négligeable.

Le sous-officier haussa les épaules, le regard sombrant sur la masse sauvage.

— Je n'en sais rien. Lui et tous ses hommes ont disparu. Et puis les Kredaes sont entrés…

— Comment ça, ils ont disparu ? Ils sont morts ?

Son interlocuteur haussa une nouvelle fois les épaules.

— J'essaie simplement d'organiser une offensive pour aider ceux de l'autre côté du pont, Capitaine. Comme je vous l'ai dit, je n'en sais rien…

L'homme tourna les talons pour brailler d'autres ordres.

Vakars ne peut pas avoir disparu juste comme ça. Qu'Honoo me calcine !

— Vakars est mort, annonça une voix dans son dos.

Tuhka se retourna. Il s'agissait d'Alyrm, le jeune stratège. Mais bon sang, que faisait-il ici ? Il aurait dû superviser la défense du palais !

— Vous ne devriez pas être ici ! fulmina Tuhka, criant pour couvrir le vacarme du combat. Votre place n'est pas sur un champ de bataille !

Alyrm le toisa un instant, comme s'il ne comprenait pas le sens de ses paroles ; sa jeunesse devait être secouée par toutes ces horreurs. Son pourpoint blanc se confondait avec la pâleur de sa peau ainsi que du manteau neigeux, et malgré l'épée ceinte à sa taille, il n'était pas un soldat.

Va protéger ma femme et mon fils, au lieu de risquer inutilement ta vie ici. Est-ce que tout le monde a décidé de se foutre de la discipline ?

— C'est trop tard, Tuhka, déclara Alyrm en posant une main sur son épaule. De ce côté, leurs Descendants ont anéanti nos défenses avec une facilité déconcertante. Nous n'étions pas prêts. Jamais je n'aurais pensé que nous aurions à faire face à… ça. Et c'est ma faute. J'en endosse l'entière responsabilité. Mais sans Vakars, et avec la percée des Kredaes, il n'y a plus guère d'espoir de succès.

— Alors nous ferons sans lui !

Il ne comptait pas abandonner. Il lutterait jusqu'au bout pour défendre la cité. Même s'il n'y avait plus aucune chance de victoire, il donnerait jusqu'à la dernière once de force qui lui restait, tout comme les troupes qui se battaient avec bravoure de l'autre côté du pont, sur les murailles et dans les rues.

Tuhka brandit son épée enflammée au-dessus de sa tête. Il y insuffla une puissance phénoménale. Alors, les soldats se rassemblèrent autour de lui. Et il ordonna la charge lorsque les Kredaes posèrent leurs premières pattes sur le pont.

Mais lorsqu'il s'apprêta à abattre sa lame grandissante sur toute une colonne d'ennemis, un éclat luminescent foudroya l'atmosphère. Un instant, il fut aveuglé.

Puis, tout à coup, il se retrouva seul au milieu d'un espace infiniment blanc, d'une pureté totale, comme si la cité, ses hommes, ainsi que les Kredaes avaient disparu en un battement de cil.

Il entendait les bruits atroces du combat se déroulant juste à côté de lui, pourtant, il ne pouvait le voir. Il était enfermé dans une cage de lumière, bien qu'il ne puisse en distinguer les barreaux de quelque côté que ce soit.

Une peur indicible l'étreignit quand un faisceau d'une clarté extraordinaire fonça sur lui. Le rayon lui traversa la cuisse. Il serra les dents et, tout en gardant son épée enflammée en main, fut contraint de poser un genou à terre.

— Je t'avais prévenu, murmura la voix profonde d'Alyrm.

Dans un effort qui le fit gémir, Tuhka se releva et chercha du regard son agresseur. Pourtant, il n'y avait qu'un gouffre lumineux à perte de vue.

— Est-ce toi qui as…

Les mots moururent dans sa gorge.

Un nouveau faisceau apparut juste au-dessus de lui, et Tuhka eut tout juste le temps de former un bouclier incandescent. Sa protection ne résista pas à l'impact. Il ressentit une épouvantable douleur dans son avant-bras. Son membre avait complètement disparu.

— En effet, c'est moi qui suis à l'origine de tout ça, convint Alyrm. Et c'est également moi qui me suis occupé de Vakars.

— Tu nous as trahis ! hurla Tuhka en cautérisant ses blessures grâce à ses propres flammes. Quelle espèce d'animal trahirait ses semblables pour ces créatures ?

La souffrance engourdissait son esprit, mais il résistait pour ne pas perdre conscience.

— Je n'ai rien fait de tel, s'indigna Alyrm. Je n'ai jamais été de votre côté. Et d'ailleurs, si des traîtres doivent être désignés, ce sont bien Kora et toi.

— De quoi… veux-tu parler ? haleta Tuhka.

Dans son pourpoint immaculé, Alyrm apparut soudainement devant lui.

— *Sa* mort, de quoi d'autre voudrais-tu qu'il s'agisse ? dévoila-t-il, alors qu'un éclat de son ire passa au travers de ses iris albescents. Sache que je te fais le serment de mettre fin à ta lignée, et que je ferai le même à Kora lorsque je l'aurai sous la main.

— Qui es-tu ? articula le capitaine, qui sentait ses forces le quitter.

L'homme révéla un sourire amer.

— Le nom de Sol'Phaos ne t'est pas étranger, il me semble. Je veux que tu connaisses mon nom. Le nom de celui qui reprend ce qui lui revient de droit. Je suis Aldar Sol'Phaos, le dernier Illuminateur. Et toi, tu m'as volé ma vie. Mais les actes passés finissent toujours par vous rattraper. Le destin n'est-il pas bien fait ?

Tout le corps de Tuhka se raidit.

La lignée des Sol'Phaos aurait dû s'éteindre il y a quarante ans…

Alors, l'enfant de Mildenia a survécu…

Aldar…

Tuhka ne devait pas le laisser attaquer. Il bondit vers l'Illuminateur dans l'espoir de le transpercer à l'aide de son épée. Lorsque la lame traversa sa cible, le capitaine resta hébété.

Ce n'est rien de plus qu'une illusion.

Puis, un nouvel Aldar apparut. Tuhka ne savait pas s'il était réellement là ou s'il ne s'agissait encore que d'un mirage.

Alors, il tenta une nouvelle fois d'atteindre son adversaire.

Mais celui-ci se brouilla à nouveau.

Une myriade d'apparitions se succédèrent, et Tuhka puisa dans ses forces pour se déchaîner. Il invoqua de multiples colonnes de feu, se démena frénétiquement pour abattre sa lame avec toujours plus d'ardeur, et augmenta de plus en plus la cadence de ses assauts infernaux. Les images d'Aldar s'évanouissaient les unes après les autres. Il ne parvenait pas à en venir à bout.

Enfin, presque essoufflé, il laissa tomber son épée.

— T'avouerais-tu déjà vaincu ? ricana Aldar.

Il se moquait de lui, mais il sous-estimait sa résilience.

À travers ses yeux embués, Tuhka observa l'Illuminateur qui se tenait juste devant lui. Ses traits étaient légèrement plus nets.

Te voilà.

Tuhka n'attendit pas pour libérer le torrent de feu le plus puissant qu'il lui était encore possible de former.

Les flammes surgirent mais rencontrèrent une paroi invisible. Il redoubla d'efforts pour la briser. Son propre brasier atteignit une chaleur qui le fit lui-même suer.

Soudain, il aperçut un nouveau faisceau fondre sur lui.

Il ne pouvait plus lutter.

Le rayon le faucha de plein fouet et il se retrouva à terre.

La prison de lumière se volatilisa.

Tuhka cilla pour apercevoir le ciel. Le goût du sang inondait sa langue et la douleur irradiait ses poumons à chaque inspiration.

Il voulut se relever, mais son corps ne répondait plus. Il était paralysé.

Aldar se pencha au-dessus de lui.

L'Illuminateur affichait une telle satisfaction…

Autour des deux hommes, d'innombrables Kredaes déferlaient, laissant un cercle inviolable autour d'eux.

Tous les valeureux défenseurs étaient morts. Carbonisés. Seuls subsistaient les effroyables hurlements des créatures.

Un faisceau iridescent zébra les cieux sans un bruit, plus vif et splendide que jamais. La dernière chose que vit Tuhka ne fut qu'une lumière cristalline, qui le plongea dans les abîmes d'une luminescence éclatante.

Chapitre 1

Milian

Dans l'atmosphère suffocante de cette fin de matinée, les épais rideaux ne laissaient filtrer que quelques rares rayons de soleil ayant l'audace de pénétrer dans *L'Arbre Ruisselant*. La taverne, fréquentée par les ivrognes ainsi qu'une poignée de voyageurs, baignait dans une quasi-pénombre, à peine éclairée par les lueurs vacillantes de lumignons et de lampes à huile rongés par la rouille.

Les entrelacs de fumée et de poussière rendaient l'air pratiquement irrespirable. Du moins, pour ceux qui n'y étaient pas habitués ; en témoignaient certains clients qui toussaient grassement autour des tonneaux renversés leur servant de table. Une odeur rance et désagréable de transpiration flottait dans la pièce – suffisamment forte pour rendre compte du manque d'hygiène de la clientèle de la popine – et prenait le pas sur le remugle dû aux vieilles poutres vermoulues.

Le brouhaha ambiant était incessant, mais cela ne dérangeait pas Milian. Il s'y était habitué au fil des années. Cet endroit, que les poivrots du coin considéraient presque comme leur foyer, l'était réellement pour lui.

Aujourd'hui était un jour semblable aux milliers déjà passés et aux milliers qui s'annonçaient dans cette salle aux murs pétrés, aux lattes grinçantes, aux étagères garnies de bouteilles à moitié pleines, aux toiles d'araignées pullulant dans les moindres recoins et à la cheminée n'ayant pas aperçu d'infimes braises depuis des lustres sous son linteau ébréché.

Milian se tenait derrière le bar, muni de son tablier en toile élimé par les tâches répétitives, occupé à remplir des chopes de bière, servir des fiasques de vin aigre, nettoyer la vaisselle en terre cuite, ainsi qu'à faire un brin de causette aux clients déjà bien éméchés.

— Si j'te l'dis, bougre de sassillon ! tonna Vulmon, l'un des deux ivrognes assis devant le comptoir. Un fichu oiseau à quatre ailes, aussi gros qu'une carriole !

Sa chevelure éparse auréolait son visage raviné et, à l'aide de sa manche, il essayait d'essuyer les gouttes d'alcool qui perlaient le long de sa barbe négligée. Il vacillait sur son tabouret, même si le contraire eût été surprenant pour cet habitué ayant dépassé la quarantaine d'étés – comme la plupart des clients.

D'ordinaire enclin à railler sur tout et n'importe quoi, à présent, il nage en plein délire, songea Milian.

— Ton cousin siffle les bouteilles encore plus vite que toi ! persifla Odhlo, lui aussi passablement saoul. J'peux te parier qu'il avait déjà quelques verres dans l'pif ! C'est au moins lui qui l'a vu, ton oiseau ?

Sa peau tannée par le soleil et le dessus de son crâne tavelé révélaient la dureté de son travail de paysan. Tout comme son sarrau délavé et crasseux. Ses champs de céréales n'avaient vu la pluie que lors de rares orages.

— Bah… pas vraiment, admit Vulmon. C'est un meunier qui le lui a raconté, qui l'avait lui-même appris de sa femme, qui avait surpris une conversation entre un colporteur et… et qui, déjà ?

— En fait, je crois que je m'en fiche.

Vulmon observait avec insistance sa chope, apparemment plongé dans une intense réflexion.

— Ah oui, je crois que c'était la vieille bécasse, celle qui n'arrête pas de jacter à tort et à travers. Ou alors la tisserande ? En tout cas, si la femme du meunier l'a entendu, c'est que c'est sûrement vrai, non ? Comme si elle avait besoin de raconter ça pour attirer l'attention ! ajouta-t-il en mimant une poitrine généreuse.

— Je t'ai dit que je m'en fous ! grommela Odhlo en s'enfilant une autre rasade.

— En réalité, t'es déjà aussi saoul qu'un cochon, et même mon cousin je ne le traiterais pas de porc, s'offusqua Vulmon avant d'implorer Milian du regard. Tu m'crois au moins, toi ?

La clientèle de *L'Arbre Ruisselant*, habillée d'étoffes rapiécées, de tuniques cent fois ravaudées et de turbans chiffonnés, ne comptait guère parmi les plus avenantes de Rivlon – ce qui pouvait en partie s'expliquer par le caractère acariâtre de Jalen, son tenancier. Les venelles environnantes souffraient également d'une mauvaise réputation ; des rixes éclataient presque quotidiennement, et de temps à autre, l'aube aux éclats flamboyants dévoilait même un cadavre abandonné sans un sou.

Il n'était pas question de contrarier Vulmon. Il était le rapporteur officieux des rumeurs locales à la taverne, et même s'il s'agissait d'une source peu fiable d'informations, la vérité ne se tapissait jamais très loin. Milian appréciait ses élucubrations, son côté hâbleur, et il égayait certains moments de la journée qui pouvaient paraître interminables. *Un client satisfait, et lui en particulier, est bien plus enclin à ouvrir sa bourse. Ce qui ne manquera pas de ravir Jalen.*

— Qui sait quels étranges oiseaux peuplent les archipels plus au sud ? plaisanta Milian en remplissant à nouveau la chope de son cher informateur. Ton cousin a sûrement raison.

— Tu vois ? s'écria Vulmon à l'autre ivrogne. Écoute un peu le gamin. Il a certainement plus de jugeote que ta cervelle de mulkog !

L'invective fit sourire Milian.

— La jugeote, hein ? Eh bien, en réalité, un mulkog fait preuve de beaucoup plus de discernement que moi. Vous en voyez un dans les parages ?

— Non ? hésita Vulmon en se retournant.

— Tout à fait, poursuivit Milian avec un sourire aux lèvres. Aucun de ces animaux ne se risquerait à travailler dans cette taverne, non ?

— C'est bien vrai, ça !

— Ils ont trop de bon sens pour passer leurs journées derrière un comptoir à se farcir toute une bande d'ivrognes. Et puis, est-ce que vous prétendriez pouvoir attraper un poisson à mains nues ?

— Hein ?

— Ouais, il essaierait, pour sûr ! se moqua Odhlo en donnant un coup de coude à son compère.

Alors que Milian comptait les cuisiner encore un peu, son regard fut attiré de l'autre côté de la salle, où Shana s'affairait à servir deux Araneanais.

Il était étonnant d'en voir encore dans les parages. En cette saison, ils s'étaient faits plus rares que les années précédentes. Le bateau effectuant le voyage vers le continent, *L'Œil du Typhon*, levait l'ancre dans un peu plus de deux semaines selon les informations que Milian avait glanées. La plupart des Araneanais étaient retournés à Port-Nyanir en vue du départ prochain ; ceux qui s'aventuraient aussi loin en Vanyanir n'étaient que des camelots ou des colporteurs qui proposaient une kyrielle de tissus ou du bric-à-brac.

L'un des deux Araneanais justement présents exsudait le musc à plein nez. Un colosse à la mâchoire carrée et avec une cicatrice lui barrant la joue. Il portait une chemise en lin tachée et un pantalon bouffant se resserrant au niveau de ses bottes crasseuses, ainsi qu'une hache de fort belle qualité dans son dos. Il était certainement chargé de la protection du second. Un homme trapu aux traits indélicats et transpirant la malhonnêteté. Sa barbe descendait le long de son pourpoint au cuir défraîchi, et un glaive pendait de sa ceinture.

Milian ne pouvait pas entendre leurs paroles, mais leur attitude devenait de plus en plus hostile. Ils faisaient de grands gestes obscènes en direction de la table derrière eux tandis que Shana s'éloignait vers d'autres clients. Le garçon de taverne craignait que la situation dégénère – ce qui n'annonçait rien de bon pour les affaires ; l'établissement avait déjà dû fermer à de trop nombreuses reprises pour cause de bagarres. *Jalen n'appréciera pas, surtout qu'il me tiendra pour responsable de ne pas avoir su maintenir l'ordre. De mes vingt étés, à l'écouter, je suis censé être en mesure de gérer la taverne.*

Comme Shana revenait au bar pour récupérer les commandes suivantes, il s'accorda une pause pour vérifier qu'aucune autre brute ne viendrait l'importuner.

Même si elle n'était pas très grande et qu'elle paraissait plutôt innocente, il ne fallait pas se fier aux apparences. Elle cachait une véritable force de caractère ; du fait qu'ils avaient passé toute leur enfance ensemble, Milian ne savait que trop bien qu'elle ne se laissait pas faire lorsqu'un client dépassait les bornes.

— Si tu ne le sens pas, je peux toujours m'occuper d'eux, murmura-t-il à l'attention de son amie, qui empoignait déjà les deux prochaines chopes.

Shana esquissa un sourire. Ses yeux, d'un vert à peine plus foncé qu'un bourgeon en pleine éclosion, l'éblouirent d'un regard complice.

— Mili…, souffla-t-elle. Ne t'inquiète pas pour moi, je sais me défendre, non ? (Devant l'expression insistante de Milian, elle lâcha un soupir d'exaspération.) Ces deux-là, tu ne les raisonneras pas. Ils ont la cervelle aussi vide que celle d'un bébé mulkog, ajouta-t-elle en levant les yeux au plafond.

À sa remarque, Vulmon rit à gorge déployée.

— Loin de moi l'idée de te traiter comme une jeune femme sans défense, mais ma *jugeote* (clin d'œil à Vulmon) me dit que ça ne sent pas bon, rétorqua Milian.

— Eh bien tu devrais t'en tenir à l'odeur qui traîne de ce côté de la salle. Si c'est pour envenimer la situation, je préférerais que tu restes bien gentiment ici.

— Bon, si tu le dis, capitula Milian.

Il est presque inutile d'argumenter avec elle, songea-t-il avec lassitude. Même si elle n'avait qu'un été de moins que lui, l'entêtement dont elle faisait preuve pouvait largement rivaliser avec celui de Jalen.

De l'autre côté de la salle, les deux Araneanais tapaient du poing sur la table, hélant Shana pour qu'elle leur apporte deux nouvelles bières. Elle afficha un sourire rayonnant, puis se retourna pour traverser la pièce, faisant voler sa longue chevelure noire magnifiée par de subtils reflets bleutés.

Nettoyant des gobelets de terre et quelques hanaps ayant perdu leur éclat d'antan, Milian laissa ses pensées dériver inlassablement vers la même chose. Il rêvait de quitter cet endroit et de se rendre en Orrisia avec Shana et deux autres amis d'enfance, Eirinia et Waryn. Ils en avaient discuté des centaines de fois ; un jour, ils vogueraient vers le continent situé à l'est de leur île, la vaste et étouffante Vanyanir.

Mais ce n'était pas pour cette année. Ils n'avaient pas encore réussi à amasser suffisamment d'argent pour se payer la traversée de l'océan Primordial – qui coûtait une véritable fortune. Et depuis, Eirinia était partie vivre dans une cité située à plusieurs dizaines de lieues de là, au creux des Monts d'Ébène. Presque le bout du monde pour Milian, qui n'avait quitté Rivlon qu'en de rares occasions. Quant à Waryn, qu'il considérait comme son grand frère, il avait fui la taverne après une dispute qui avait dégénéré avec Jalen. Depuis, il n'y avait plus remis les pieds. Cependant, ils arrivaient tout de même à se voir de temps en temps, lorsque son ami ne devait pas disparaître après une combine ayant mal tourné.

En attendant d'avoir accumulé la somme nécessaire, chaque journée se ressemblait, avec les mêmes ivrognes qui revenaient sans cesse pour oublier leur vie misérable, jusqu'à ne plus pouvoir mettre un pied devant l'autre.

— Moi j'te l'dis, reprit Vulmon, ce sont des trucs de Descendants, ces piafs !

Tapant du poing sur le bar, Odhlo faillit recracher tout ce qu'il avait ingurgité.

— Les Descendants ne s'aventurent pas ici ! meugla l'ivrogne. Tout le monde se souvient du dernier qui a été aperçu. Abattu puis suspendu sur la place publique. Si ce n'est pas une mise en garde suffisante…

L'évènement auquel faisait allusion Odhlo restait gravé dans la mémoire de Milian ; le Descendant, un être surnaturel maîtrisant des pouvoirs qui n'étaient certainement pas destinés aux hommes, avait tué une dizaine de gardes de Rivlon avant qu'une flèche salvatrice ne mette fin au massacre.

Un vrai soulagement que de voir ce monstre à l'apparence humaine se faire arrêter. Le Descendant qu'il avait eu le malheur d'observer s'avérait capable de déplacer des rochers de la taille d'une cuisse simplement par la pensée, sans oublier ses yeux qui brillaient d'un gris lugubre. Parfois, cela hantait encore ses nuits, bien que l'évènement se fût produit une décennie auparavant.

Certains aimaient raconter que les Descendants étaient l'engeance des Créateurs, ceux qui avaient façonné le monde ; qu'ils étaient descendus sur Orrisia pour instiller crainte et respect parmi les mortels. Des sortes de gardiens d'antiques préceptes depuis longtemps oubliés. D'autres affirmaient qu'ils se présentaient telles les progénitures de la nature elle-même, avec l'intention d'anéantir tous ceux qu'ils considéraient comme inférieurs. Diverses spéculations, plus fantasques, évoquaient même l'existence d'un continent peuplé exclusivement par ces êtres, bien au-delà des océans jamais explorés par les hommes. *La plupart de ces croyances s'apparentent à des absurdités dépourvues de tout fondement*, pensa une fois de plus Milian. La vérité, il la pressentait, devait résider ailleurs, enfouie dans les plis de l'Histoire. Toutefois, une certitude demeurait : les Descendants semaient la mort dans leur sillage, tels des spectres funestes aux desseins mystérieux.

— Un oiseau de malheur, je te dis ! s'écria Vulmon.

— Des bobards pour charmer la femme du meunier ! s'énerva Odhlo.

— Et qui n'voudrait pas l'avoir dans son lit, hein ?

— Bah moi je veux bien !

Vulmon haussa le ton.

— Et tu crois qu'elle s'enticherait d'un paysan dans ton genre ?

— Parce que tu penses qu'un pouilleux comme toi aurait ses chances ?

Alors que les deux habitués poursuivaient leur débat sur l'existence possible de l'énorme volatile – dont ils semblaient à présent presque oublier l'existence –, une plainte interrompit le cours des pensées de Milian.

Son cœur s'emballa et son attention se focalisa instantanément sur Shana.

À l'autre bout de la salle, son amie tenait fermement la main de l'Araneanais trapu, qui grimaçait sans parvenir à se défaire de la pression qu'exerçait la jeune femme. Elle ne l'avait sûrement pas remarqué, mais son acolyte s'était levé brusquement et se préparait à la frapper.

Le sang de Milian ne fit qu'un tour. Il lâcha sa bouteille et bondit par-dessus le comptoir. Louvoyant entre les clients, il en bouscula certains sur le passage.

Un habitué pas totalement idiot s'interposa entre le colosse et Shana, mais l'Araneanais le repoussa violemment. Cependant, il venait de faire gagner un temps précieux à Milian. Bien que les secondes semblassent s'étirer, il parvint à franchir les dernières tables qui le séparaient de son amie. Juste à temps pour se jeter sur le géant et tenter de le plaquer au sol.

Contre toute attente, il prit l'homme par surprise et réussit son coup. Les tabourets explosèrent sous leur poids. Éberlué par ce qui venait de se produire, l'Araneanais ne tarda pas à réagir. Il avait manifestement l'habitude de se battre, car il asséna un coup rapide dans le flanc de Milian. Puis, une beigne décochée à la mâchoire propulsa le garçon de taverne sous la table. Le choc l'étourdit à tel point que sa vision devint floue. Il ne distinguait qu'une silhouette corpulente se redresser près de lui.

Alors que Milian luttait pour reprendre ses esprits, il s'efforça de repérer Shana pour s'assurer qu'elle ne courait aucun danger. Une lueur farouche animait le regard de la jeune femme. Elle tentait de maintenir une certaine distance avec l'Araneanais trapu.

— Sale petite vipère ! rugit ce dernier.

Un liquide coula sur les joues du garçon de taverne. La bière se répandait abondamment depuis les bords de la table.

— Milian, attention ! s'exclama Shana.

Mais il était déjà trop tard. Le colosse le foudroya d'un coup de pied dans les côtes. La douleur lui coupa le souffle. Il se retrouva ventre à terre, incapable de bouger, mais son regard resta rivé sur son amie.

Les deux hommes s'approchèrent de Shana. Elle renversa le premier tonneau inoccupé devant elle pour entraver la progression du plus petit des deux, qui manqua de s'étaler sur le sol.

— Tu ne peux aller nulle part, ma jolie ! gronda-t-il en frappant le fût pour le dégager de son chemin. Qu'Uzushio t'emporte, je crois bien que tu m'as brisé un doigt !

— Je t'ai toujours dit que tu étais bien trop fragile, Malnial, ricana le géant.

Plus aucun obstacle ne se dressait entre Shana et les deux hommes.

À la table voisine, quelques habitués se levèrent pour prendre sa défense. Mais dès qu'ils s'approchèrent du colosse, celui-ci les tint en respect avec sa hache. L'ombre du métal aux reflets bleutés dansait sur le plancher et tournoyait au gré des mouvements rigides de son poignet. Les clients de *L'Arbre Ruisselant*, loin d'être des parangons de courage, regagnèrent immédiatement leurs chaises. Les ivrognes les plus proches levèrent les mains pour indiquer qu'ils ne voulaient pas se mêler au conflit, pendant que d'autres ne réagirent même pas à la scène, trop accoutumés aux rixes, ou trop avinés pour réaliser qu'il y en avait une juste sous leurs yeux.

Dans un effort éprouvant, Milian entreprit de se relever.

— Ordures ! s'égosilla-t-il, crachant un mince filet de sang sur le plancher.

Rien que prononcer cette injure le fit vaciller. Il endurait avec difficulté la souffrance causée par ses côtes et sa mâchoire endolories.

Je dois donner à Shana une chance de s'échapper.

— Vous… n'avez pas honte… de vous en prendre… à une femme ? peina-t-il à prononcer, chaque mot lui arrachant une grimace.

Les deux Araneanais pivotèrent. Des sourires inquiétants se dessinèrent sur leur visage.

— Tu n'as pas eu ton compte, on dirait, commenta le plus petit. Ajus, fais-le taire, veux-tu ?

— Ouais, je m'en occupe avec plaisir.

Le colosse s'approchait de Milian en prenant son temps, tout en tapotant le plat de sa hache.

Le garçon de taverne frissonna.

Ai-je ne serait-ce qu'une infime chance de m'en sortir face à cette montagne de muscles ?

— Vous en avez après moi, non ? fulmina Shana. Et vous autres, vous allez les laisser faire ?

Milian entendit quelqu'un répondre dans la salle, mais ce dernier fut immédiatement réduit au silence par ses compagnons.

— Bande d'ivrognes et de couards ! reprit la jeune femme.

Personne ne voulait intervenir.

Ils craignent bien trop de laisser leur vie dans cette foutue taverne ! pesta Milian.

Ajus, le colosse, se tenait maintenant juste devant lui. Sa stature menaçante dominait l'assemblée de sa sinistre présence. La tension étreignit la pièce, comme une corde prête à se rompre sous la pression. Le garçon de taverne lui jeta la première chope à sa portée pour le déstabiliser, avant de lui enfoncer son poing dans la tempe. Cela n'eut pour effet que de lui arracher un sourire bestial, qui dévoila des dents pourries ainsi qu'une haleine aux relents nauséabonds, empestant le fiel. L'individu agrippa Milian avec une poigne cruellement puissante tout en brandissant sa hache.

L'instant semblait figé. Ajus paraissait prendre du plaisir à sa situation avantageuse, alors que Milian, en proie à une terreur muette, pouvait presque sentir la froideur de la lame contre sa peau, prête à trancher le fil fragile de son existence. Sans sommation, le manche de l'arme de l'Araneanais le percuta au visage, suivi du son d'un os brisé. *Le mien ?*

Un bruit sourd résonna.

Quelqu'un venait de s'effondrer sur le sol.

Les yeux de Milian se fermèrent instinctivement. Il imagina Shana allongée par terre. Son estomac se retourna. Puis, le silence inonda la salle. Tout le monde s'était tu.

Soudain, une voix tonitruante. Elle portait la promesse d'un châtiment.

— Toi, là ! Qu'est-ce que tu t'apprêtes à faire ?

Ajus s'immobilisa brusquement.

— T'es qui ? gronda l'Araneanais, se retournant vers la personne qui osait s'adresser à lui.

Avant qu'il ne puisse esquisser un autre geste, un coup s'abattit sur son crâne. Le colosse s'effondra sur le sol avec fracas, libérant Milian de son emprise. Retombant douloureusement sur le plancher, désorienté, le garçon de taverne parvint cependant à discerner les traits de l'homme qui avait mis son bourreau à terre.

Jalen.

À première vue, il n'avait rien du jeune et vaillant héros sorti d'un conte. Ses cheveux grisonnants, soigneusement plaqués en arrière, révélaient la blancheur de son front marqué par le passage des saisons. Son visage buriné n'était pas non plus très plaisant à regarder. On voyait même une cicatrice serpenter, tel un cours d'eau sinueux, depuis son cou jusqu'à ses larges épaules, finissant peut-être sa course sur son ventre bedonnant. Cependant, Milian devait admettre que ce corps cachait des muscles insoupçonnés, résultant certainement de trop nombreuses rixes dans des bouges.

Jalen clama haut et fort que l'incident était clos, et le brouhaha des conversations reprit presque comme à son habitude.

— Shana, Milian, c'était trop compliqué de maintenir un semblant d'ordre dans cette taverne ? railla-t-il, sa voix portant jusqu'aux recoins les plus sombres de l'établissement.

La jeune femme souffla bruyamment du nez pour manifester son mécontentement avant de se précipiter vers Milian.

— Il ne t'a pas raté…, lui murmura-t-elle en effleurant sa mâchoire.

Il semblerait, en effet.

Elle l'obligea à s'asseoir sur un tabouret puis releva sa chemise et explora précautionneusement les blessures infligées par le colosse. Quelques clients attablés dans le voisinage immédiat observaient encore la scène.

Jalen se tenait droit, l'œil critique.

— Ça va, c'est rien, commenta-t-il avec désinvolture. Inutile de faire tout un plat pour si peu ! En revanche, la casse sera déduite de votre paie !

Quelques habitués détournèrent précipitamment le regard et, d'un air morne, fixèrent leurs chopes.

— Ce n'est pas *rien*, rétorqua Shana. Il a besoin de soins avant que son état ne s'aggrave. Tu t'en fiches ? Très bien. Moi non. De toute façon, je n'espère même pas que tu comprennes qu'il n'y a pas que ton fichu bouge qui compte ! D'ailleurs, si Milian n'est plus en état de travailler, qu'est-ce que tu vas faire ? Tu comprends au moins ce que je te raconte ?

Devant les yeux écarquillés de Jalen, elle n'attendit pas un instant de plus et courut vers l'arrière de la taverne.

— Tu vas m'expliquer ce qui s'est passé ! s'emporta le tavernier. C'est la deuxième fois qu'il y a une bagarre en moins de trois semaines dans mon humble établissement ! Et cette fois, qu'on ne vienne pas me dire qu'un Araneanais vous a mal regardés ! (Ses yeux parcoururent la salle avant de s'arrêter du côté du comptoir.) Vulmon ! Odhlo ! Aidez-moi à sortir ces deux abrutis. S'ils osent revenir, je peux leur garantir qu'ils repartiront les deux pieds devant !

Les deux hommes réagirent immédiatement à l'injonction et attrapèrent le trapu pour le jeter dehors. Un autre habitué aida Jalen à transporter le second Araneanais.

— Si l'un d'entre vous ne peut pas contenir ses pulsions, il subira le même sort ! prévint le tavernier. Je n'ai pas que ça à faire, du gardiennage ! Y a des fois où je me demande lequel sera le prochain abruti qui osera utiliser ses poings plutôt que sa cervelle !

Il s'approcha à nouveau de Milian, pestant entre ses dents contre le temps que mettait Shana à revenir.

— J'ai voulu empêcher ces brutes de…, commença le garçon de taverne, s'arrêtant alors que sa mâchoire martyrisée lui rendait la parole pénible.

— On en parlera quand tu seras capable d'aligner deux mots, proféra Jalen, qui lui jeta un regard sévère. En attendant, laisse-moi voir.

Il inspecta à son tour les contusions et fronça les sourcils.

— C'est si grave que ça ? articula Milian, grimaçant de plus belle lorsque les doigts rugueux le palpèrent.

— Ça peut toujours être pire.

Shana réapparut et s'empressa de les rejoindre.

— Va t'occuper de lui à l'arrière, grogna Jalen, s'éloignant déjà vers le comptoir. Prenez une petite pause, ensuite, vous remettrez tout ça en place, ajouta-t-il en désignant les débris qui jonchaient le sol.

— Tu croyais que j'allais faire quoi d'autre ? répliqua-t-elle. Comme si tu allais lever le petit doigt. Enfin, peut-être qu'avec un peu moins de gras, tu parviendrais à suffisamment te baisser pour ramasser tout ça toi-même.

Sans attendre de réponse, elle aida Milian à se relever et ils se dirigèrent vers la cuisine. Elle l'installa sur une chaise qui ne manqua pas de grincer, à côté d'une marmite fumante dégageant l'odeur d'un bouillon de navets, de poireaux et de cressons qu'ils n'avaient que trop avalé durant toutes ces années.

— De la bellale et de la ményane, lui murmura Shana avec douceur. Ça devrait te soulager dans quelques minutes, Mili, ne t'en fais pas.

Elle appliqua avec précaution des cataplasmes sur les différentes plaies qui parcouraient le corps meurtri de Milian. Bien qu'un peu frais, les onguents apportèrent un apaisement bienvenu, atténuant quelque peu la douleur.

Milian remarqua l'embarras inhabituel qui teintait les traits de son amie. Elle cherchait ses mots, comme s'ils n'étaient pas évidents.

— Merci, fit-elle simplement.

Il était rare de l'entendre exprimer sa gratitude, par conséquent, le garçon de taverne en profita quelques instants, avant de secouer légèrement la tête.

— Merci de quoi ? Je n'ai rien pu faire alors que…

Shana le coupa d'un ton réprobateur.

— Tu n'as pas hésité à te jeter sur lui alors qu'il fait deux fois ta taille, petit nigaud. Mais tu as obtenu ce que tu voulais, non ? Tu as réussi à jouer au prince charmant.

Il esquissa un sourire.

— Qu'est-ce que je pouvais faire d'autre ? Ils allaient tous les laisser s'en prendre à toi… D'ailleurs, tu n'aurais pas brisé les doigts du barbu ? plaisanta-t-il.

Le visage de la jeune femme s'illumina.

— Ça se pourrait bien. Sur le moment, je n'ai pas vraiment fait attention.

— Qu'est-ce qu'il t'a dit pour que tu en arrives là ? demanda Milian en ne dissimulant pas son inquiétude.

La gêne inhabituelle dans le comportement de Shana ne lui échappa pas. *Elle veut cacher quelque chose*. Il la connaissait suffisamment pour le percevoir.

— Ils recherchaient… quelqu'un, finit-elle par dire. Comme je ne pouvais pas les renseigner, ils ont insisté et…

La situation la perturbait particulièrement. Alors qu'elle s'empourprait, il comprit qu'il ne devait pas insister.

— Alors tu lui as montré à quel point t'es une brute ! se moqua-t-il, s'efforçant de détendre l'atmosphère. Ta délicatesse est devenue légendaire, ma chère ! On doit chanter tes exploits jusqu'à l'autre bout de Vanyanir !

Elle sourit à moitié, puis entreprit de nettoyer le visage de Milian à l'aide d'un tissu. Du sang s'était écoulé à l'endroit où Ajus l'avait frappé, mais la douleur ne ressemblait pas à celle d'un os brisé.

— Les onguents font déjà effet. Tu écopes d'un joli bleu sur la figure, mais tes côtes prendront un peu plus de temps à se rétablir. Tu as vraiment un don pour t'abîmer. Ou est-ce une volonté ? Je commence presque à en douter.

Shana accomplissait des miracles avec toutes sortes de plantes qu'elle faisait pousser dans son potager. Il avait eu l'occasion de constater leur pouvoir curatif après diverses bagarres.

— Je ne sais pas dans quel état je finirais si tu ne me remettais pas à chaque fois sur pied.

— La prochaine fois, laisse-moi faire, le réprimanda-t-elle calmement. Je les aurais conduits dehors et ils n'auraient jamais pu me rattraper.

Milian roula des yeux. *Et je ne peux en aucun cas te laisser prendre de tels risques*. Alors qu'il entendait les pas de Jalen s'approcher depuis la salle commune, il réalisa que leur pause touchait déjà à sa fin.

Chapitre 2

Milian

L'après-midi s'écoulait paisiblement dans la salle commune de *L'Arbre Ruisselant*, et seuls quelques habitués étaient restés attablés. Ils buvaient mornement et partageaient les vicissitudes de leurs vies, auxquelles Milian ne prêtait qu'une oreille distraite. Il n'y avait rien de bien intéressant à se mettre sous la dent, mais il écoutait sans même le vouloir.

Les évènements de la matinée avaient incité la plupart d'entre eux à préférer d'autres établissements, et Jalen n'avait pas hésité à râler quant aux pertes matérielles et à l'incidence que cela aurait sur les recettes. Or, à présent, le tavernier était parti en ville, le laissant seul avec Shana pour gérer la salle. *Malgré sa mauvaise humeur, son mécontentement et son irritabilité, il nous témoigne tout de même un brin de confiance – quoi qu'il en dise*, nota Milian.

Vulmon était toujours là, fidèle au poste. Il ruminait à propos de ce qui s'était passé en fin de matinée et s'excusait en termes confus de ne pas être intervenu. Pourtant, Milian ne lui en voulait pas particulièrement. Il comprenait qu'il n'avait pas le courage de se mêler à des bagarres qui ne le concernaient pas. Il ne pouvait pas attendre de lui qu'il risque sa vie chaque fois qu'une rixe éclatait.

La porte de la popine s'ouvrit brusquement et Milian sursauta.

L'espace d'un instant, il redouta que les deux Araneanais viennent à nouveau pour en découdre.

Mais dans l'embrasure de l'huis se trouvait un jeune homme à la crinière mordorée. Sa barbe de trois jours soulignait ses yeux d'un brun pâle, tandis que les quelques bleus qui parsemaient son visage lui conféraient ce côté mauvais garçon. Il fit rouler ses muscles à travers sa chemise de lin, toisa les clients, puis inspecta la salle d'un air satisfait. Milian savait parfaitement ce qu'il voulait éviter – ou plutôt *qui* il voulait éviter.

Le nouvel arrivant referma la porte derrière lui et provoqua une envolée de poussière, puis il se dirigea vers le comptoir, bousculant adroitement un homme à moitié ivre au passage. Milian connaissait trop bien son tour d'escamotage. *S'il vole tous les clients, bientôt, on devra mettre la clé sous la porte*. L'ivrogne ne broncha pas devant la carrure impressionnante de

Waryn, qui lui sourit et s'excusa d'une courbette exagérée. Milian ne put s'empêcher de penser que son ami avait bien changé depuis qu'il avait quitté *L'Arbre Ruisselant* ; la vie qu'il avait choisie de mener n'était pas la plus évidente.

Waryn prit place au bar, à côté de Vulmon, qui lui adressa une phrase inintelligible. *Avec la quantité d'alcool qu'il a ingurgitée, les mots sont devenus une denrée rare.*

— Bah alors ! Tu en fais une tête ! s'écria-t-il, grandiloquent, en levant les bras vers le plafond. On dirait que ma visite ne te fait pas particulièrement plaisir ! Je dérange, peut-être ?

— Tais-toi, veux-tu ? répliqua Shana, se rapprochant avec empressement. Peut-être que si tu avais été là ce matin, nous serions plus disposés à t'accueillir en bonne et due forme ?

Waryn eut un petit rire de gorge.

— Toujours la même rengaine depuis deux ans, hein ?

Vulmon baragouina des propos déplacés sur l'obstination des femmes, et Milian crut même entendre le terme « harengère », ce qui lui valut un regard particulièrement noir de Shana. L'habitué ne fit pas le fier, baissant les yeux sur sa chope à moitié pleine.

Waryn scruta son ami de plus près, intrigué par son visage, ou plutôt par ce qui s'y trouvait.

— Et… tu as quoi sur la joue, Mil ? Encore une bagarre ? le brocarda-t-il. Mais c'est que vous vous amusez sans moi !

— Ça se pourrait bien, répondit Milian tout en se tournant de profil pour éviter d'exposer ses blessures.

— Ça ne fait pas de mal de temps en temps, hein ! rugit Waryn en lui donnant une tape amicale sur l'épaule. (Les côtes de Milian l'ébranlèrent, même si, à présent, la douleur était devenue presque supportable.) Tu devrais venir plus souvent avec moi, tu t'endurcirais plus vite que tu ne le penses ! Rien que d'assister à l'un de mes spectacles pourrait t'apprendre pas mal de choses. Enfin, ce n'est pas comme si je me tuais à te le répéter.

Milian avait passé toute son enfance avec Waryn à la taverne. Néanmoins, l'altercation entre son ami et Jalen, suivi de son départ, avait fini par les éloigner petit à petit. Lorsqu'ils se voyaient, ce n'était quasiment jamais à *L'Arbre Ruisselant*. Ils préféraient les établissements du centre-ville ou de petites places qui supportaient leurs discussions endiablées à propos d'Orrisia, des combats de Waryn, de ses larcins, de l'aigreur de

Jalen, des dernières rumeurs apportées par Vulmon, des filles de Rivlon…

Cependant, sa présence aujourd'hui signifie probablement une urgence.

— Certainement pas ! Tu peux bien faire ce que tu veux de ta vie, mais ne mêle pas Milian à ça ! l'admonesta Shana. Et tu pourrais faire attention. Je ne le soigne pas pour que tu lui en rajoutes une couche juste après ! Non mais une vraie brute celui-là ! Toujours à apporter des ennuis. Et je te défie de dire le contraire.

Milian afficha un sourire complice à son ami.

— Si je t'accompagnais, j'aurais plus à craindre des foudres de Shana que de celles de Jalen.

— Ne commence pas à t'y mettre toi aussi ! le gourmanda la jeune femme, lui donnant un coup dans l'épaule.

Le corps entier de Milian trembla et il eut l'impression que ses côtes dansaient la gigue. *Décidément, ces deux-là ne maîtrisent vraiment pas leur force*, pensa-t-il, peinant à dissimuler l'acuité de la douleur.

— Je dois avouer que cette perspective me terrifie tout autant que toi, badina Waryn avec un clin d'œil discret. Mais dans la rue, tu apprends à te battre, que tu le veuilles ou non. Même si en y repensant, la taverne est également un bon endroit pour ça. Ah… qu'est-ce qu'on a ri ici, hein ?

— Sinon, tu es venu pour quoi ? le pressa Shana. On a du travail.

Même si les clients ne se bousculaient pas au portillon.

Waryn observa Vulmon du coin de l'œil, puis sortit une pièce de sa poche – très certainement celle qu'il venait de dérober.

— Eh, Vulmon ! Si je t'offrais une petite bouteille de larme d'agame des sables, histoire que tu en fasses aussi profiter les trois autres, là-bas ? De ma part, en mémoire du bon vieux temps ! Je suis sûr que ce n'est pas Jalen qui te remercierait pour toute la fortune que tu as dépensée ici ! Un voleur qui profite de la détresse de pauvres gens comme nous. Si ce n'est pas lamentable…

Il déposa la pièce sur le comptoir et indiqua à Milian une bouteille derrière lui. L'ivrogne ne cacha pas sa joie à la vue de la tête du reptile enfermée dans la bouteille, et remercia Waryn avec empressement, bien que ses paroles se révélassent encore une fois difficiles à déchiffrer. Il l'empoigna sans grande assurance et s'éloigna d'une démarche chaloupée, rendant tout aussi heureux ses trois comparses attablés un peu plus loin.

— Il se trouve déjà dans un état déplorable, ce n'était pas l'idée la plus brillante, argua Milian. Je peux te parier que dans une ou deux heures, il va s'affaler sur le comptoir et je vais devoir subir ses ronflements. Une perspective des plus agréables…

Waryn éluda la remarque d'un geste désintéressé.

— Peut-être. Mais ce que j'ai à dire n'est pas pour toutes les oreilles. Du moins, pas pour celles qui ont la langue bien pendue. Et je suis persuadé que les ronflements de l'autre valent le coup.

— Bon, alors, qu'y a-t-il de si important ? s'impatienta Milian, balançant un chiffon sale sur son épaule.

— Crache le morceau, insista Shana en croisant les bras.

— Après-demain, avec les gars, on prévoit de s'introduire chez cet escroc de questeur, exposa-t-il à voix basse. Il est parti faire sa tournée dans les hameaux voisins et ne reviendra pas à Rivlon avant quelques jours. On a déjà fait du repérage et on a trouvé un moyen d'entrer à l'abri des regards, par les toits. (Shana commença à bouillir. Cela ne lui plaisait pas du tout.) Il y a pas mal à se faire sur ce coup, alors j'ai pensé que ça pourrait peut-être t'intéresser. Tu vois ? Je t'ai toujours dit que je trouverai un moyen de nous sortir de là. Eh bien, là, c'est l'occasion.

Encore une autre combine. Tu ne devrais pas voir aussi gros.

— C'est gentil de songer à moi mais…, hésita Milian.

— Il n'y a pas à tergiverser, le morigéna Shana. Tu ne vas tout de même pas participer à ça ! Et si tu te faisais attraper ? Et si *vous*, vous vous faisiez attraper ? C'est la place publique qui vous attend ! Vous avez quoi dans le crâne, hein ? Ah, oui, pardon, j'oubliais qu'à vous deux, vos cervelles dépassent tout juste l'intelligence d'un mulkog. Et encore…

L'éclat de voix de Shana attira le regard de Vulmon, qui essaya de faire comme s'il n'avait rien entendu. *De toute façon, en comprendrait-il le moindre sens ? Et ce n'est pas comme s'il retiendrait quoi que ce soit, vu son état.*

— Calme-toi, la rabroua Waryn. Je le propose à Mil. Toi, je savais très bien ce que tu en penserais. Même un aveugle après quinze chopes dans le gosier aurait vu ça venir.

— Laisse-le au moins parler, ça ne coûte rien…, le défendit Milian.

La réaction de Shana ne se fit pas attendre. Elle partit furieusement vers l'arrière de la taverne tout en pestant sur tout ce qui se trouvait sur son chemin. Il était peu probable que Milian accepte la collusion proposée par Waryn, mais il ne voulait pas renvoyer son ami aussi rapidement. *Quant à Shana, elle finira par se calmer. Même si ça doit durer une éternité.*

— Ça représente vraiment beaucoup d'argent ? reprit Milian, même s'il en connaissait déjà la réponse.

Waryn releva le menton, un sourire satisfait sur les lèvres.

— Bien plus que ce que Jalen pourrait te payer en dix ans de service ! (Par précaution, il se retourna pour vérifier que les clients ne prêtaient pas attention à leur discussion.) Largement de quoi nous offrir un voyage vers Orrisia, si tu veux savoir. (Milian ferma les yeux, s'imaginant partir sur l'énorme navire reliant Vanyanir au continent.) Mais bon, si tu n'es pas en état, je ne t'en voudrais pas. Disons que, pour s'infiltrer chez lui, la voie à emprunter n'est pas dépourvue de complications. Quelques acrobaties et sauts périlleux… Ma foi, rien de très dangereux pour un jeune homme aussi athlétique que toi.

Milian prit deux verres et les remplit d'un alcool que son ami appréciait particulièrement : de la liqueur de koalican, produite à partir de la semence de ces animaux à mi-chemin entre un bouc et une hyène, dont la férocité et la résilience obligeaient les braconniers les plus aguerris à user de pièges toujours plus ingénieux.

— À quel point estimes-tu que votre plan est sûr ? Anceon a déjà failli te mettre dans de sales draps. Tu te souviens de la fois où il t'a envoyé dans ce charmant bordel parce qu'il t'avait assuré qu'il ferait diversion ?

— Ce n'était pas réellement sa faute. Je me suis laissé distraire par des arguments auxquels tu n'aurais pas pu résister non plus.

— Voyez-vous ça…, claironna Milian. Et l'argument de l'homme de main, tu l'as apprécié, celui-là ?

— Moins agréable, je dois l'admettre.

— Et dans ce hangar, lorsque tu es resté enfermé avec un stock de saumure toute une nuit ? L'odeur était *agréable* ? Tu empestais encore une semaine après. Et tu en as tiré quoi ?

— Le repérage n'était pas bon, se renfrogna Waryn. Mais, Mil, si je t'en fais part, c'est qu'il n'y a quasiment aucun risque. Le questeur ne reviendra pas avant une quinzaine. Et ça, c'est certain. Tu es la personne en qui j'ai le plus confiance, petit frère. N'oublie pas qu'il s'agit d'une occasion à ne pas rater. Quant à Anceon, il fallait juste me laisser le temps de lui prouver ma loyauté et mes compétences.

Ils vidèrent d'un trait leurs verres à liqueur, puis les firent claquer sur le comptoir.

— Si je fais ça, Shana m'en voudra pendant un sacré moment. Sans parler de Jalen qui risque de me tuer s'il l'apprend. Tu penses que je peux me le permettre ? Peut-être que la vie n'est pas terrible ici, mais c'est toujours mieux que de se retrouver avec les jambes qui pendent au-dessus d'une estrade.

— Si tu viens, vous n'aurez plus à vous soucier du vieux, ni toi ni elle. On lui a déjà payé notre dette une centaine de fois, si pas plus ! On ne va quand même pas rester coincés dans ce trou miteux toute notre vie ! Avec la misère qu'il consent à vous payer, vous n'aurez jamais assez pour partir avant qu'il ne se mette à neiger sur Vanyanir. Tu te rends compte ? Il y a même de la *neige* sur Orrisia !

Les paroles empreintes d'espoir et de félicité de Waryn faisaient plaisir à entendre, mais à coup sûr, il minimisait les risques encourus. *Se faire prendre chez le questeur de Rivlon nous conduirait inévitablement à l'échafaud. Shana a raison sur ce point.* Et lui sortir cette idée de la tête n'était pas aisé. Milian s'inquiétait pour lui. Il savait que son ami commettait de petits larcins et qu'il se battait dans des combats peu orthodoxes pour survivre, pourtant, là, ce qu'il voulait entreprendre était d'un tout autre niveau.

Et si je l'accompagnais pour m'assurer qu'il ne prenne pas de risques démesurés ? Il a tendance à foncer tête baissée au-devant du danger, et le freiner un peu ne devrait pas lui faire de mal. Cette éventualité était envisageable, mais il devrait encore y réfléchir.

— Je ne sais pas…, souffla Milian. Nous pourrions très bien attendre quelques années de plus sans prendre de tels risques. Je ne peux pas me permettre de laisser Shana toute seule ici si les choses tournent mal… Tu l'imagines, toute seule avec Jalen ? Bon, une chose est sûre, c'est que ça filerait droit. Mais depuis qu'Eirinia et toi êtes partis, on doit se soutenir…

— Elle est suffisamment grande pour s'occuper d'elle-même, rétorqua Waryn, un brin d'énervement dans la voix. Elle aurait aussi sa place si elle le souhaitait. Et je dois dire qu'elle commence à beaucoup trop déteindre sur toi. Bon, je te remercie pour la liqueur, mais je dois filer. De toute façon, tu sais où me trouver si tu changes d'avis.

Il se leva de son tabouret, ébouriffa les cheveux de Milian, puis l'abandonna une fois de plus en quittant la taverne sous les louanges intraduisibles de Vulmon.

Deux bonnes heures devaient s'être écoulées depuis le départ de Waryn, et Shana n'était pas encore revenue dans la salle commune.

Toujours aussi colérique, songea Milian. *Il faudrait vraiment qu'elle travaille sur elle-même. Prendre les choses avec plus de hauteur, se détendre... Ça ne lui apportera jamais rien de bon de s'obstiner à vouloir que tout soit exactement comme elle le désire.* Ses pensées le ramenèrent à la proposition de Waryn. *Et si, finalement, c'était ça, le moyen de partir d'ici ? Cela fait des années qu'on parle de quitter cet endroit, de s'affranchir d'une vie qui nous étouffe, de vivre une véritable aventure sur les traces de nos origines.*

Leur peau blafarde n'y trompait pas. Même si le teint variait considérablement entre les individus peuplant Vanyanir, la majorité des personnes affichait une carnation hâlée. On pouvait facilement distinguer ceux venant d'Orrisia, et Milian et ses amis en faisaient partie.

Tout comme Shana et Waryn, il avait été abandonné à un âge où il n'en gardait aucun souvenir. Lui, il avait fini par se faire une raison, même si des questions trottaient toujours dans un coin de son esprit. *Pourquoi mes parents m'ont-ils abandonné ? N'avaient-ils pas eu les moyens de s'occuper de moi ? Ils ne m'aimaient pas ? Ou les causes étaient-elles plus graves ?* Quant à Shana, elle conservait l'espoir de retrouver les siens. Il lui arrivait encore d'en parler avec une étincelle dans la voix, au contraire de Waryn, qui écartait ce sujet depuis quelques années.

Vulmon était revenu au comptoir pour finalement s'endormir dessus, un filet de bave s'écoulant de ses lèvres. *La bouteille offerte par Waryn a fini par l'achever*, soupira Milian. Le temps marchait au rythme de ses ronflements, et le garçon de taverne regrettait de n'avoir personne avec qui discuter ; même écouter ses élucubrations l'aurait réjoui alors qu'il faisait face à un sempiternel ennui.

À part lui, seuls deux clients étaient présents, parlant avec éclat dans un coin de la salle ; ils se vantaient d'avoir passé à tabac un Araneanais quelques jours auparavant. Cette haine envers les Orrisiens déplaisait à Milian. Certes, deux d'entre eux avaient fait du grabuge dans la matinée, et les gens optaient souvent pour la facilité, à savoir généraliser le comportement de certains individus à tout un peuple. Une façon de penser absurde. Cependant, cette idée était ancrée dans les esprits, et il apparaissait impensable de ne serait-ce que songer pouvoir les faire changer d'avis.

De toute façon, quel intérêt aurais-je d'essayer ? M'attirer des ennuis ?

Il ne put s'empêcher de rire. *Les gens font et pensent bien ce qu'ils veulent. Moi, tout ce que j'ai à faire pour l'instant, c'est d'abreuver un troupeau crasseux en leur servant des chopes rutilantes !*

La porte de la taverne s'ouvrit dans son grincement coutumier, et un homme d'une quarantaine d'années émergea dans le halo de lumière. À peine un pied posé sur les lattes esquintées, il marqua une pause et balaya la pièce d'un regard torve. Son visage glabre affichait un air de dégoût tandis que sa chemise blanche à col de dentelle soulignait une certaine élégance. Sa gestuelle reflétait la décontraction même. De son pantalon en cuir noir élimé pendaient deux dagues finement ouvragées. Ses bottes portaient les preuves d'une utilisation quotidienne intensive, dévoilant qu'il avait certainement beaucoup voyagé avant d'atterrir ici. Mais le détail notable était le chignon soigneusement noué à l'arrière de sa tête. Aucun doute, il était Araneanais.

D'un geste désinvolte, il fit signe d'entrer à deux autres hommes encore à l'extérieur de *L'Arbre Ruisselant*. Ils arboraient tous deux le même chignon, et leurs vêtements, en partie ravaudés, étaient également marqués par un long périple. L'un, portant une houppelande malgré la chaleur, laissait apparaître deux lames courtes à sa ceinture, tandis que le second, habillé d'un pourpoint clouté, possédait un glaive au pommeau luisant. Milian pouvait seulement espérer qu'ils ne chercheraient pas d'ennuis. La bagarre de la matinée avait déjà été bien suffisante. *Autant d'Araneanais en une seule journée se révèle bien surprenant*, pensa-t-il. *Mais qui de mieux pour faire la conversation ? Allez, donnez-moi des nouvelles du continent !*

Après avoir échangé quelques mots avec ses deux compagnons, l'homme en tête leur céda le passage pour qu'ils aillent s'installer à une table près de l'entrée. Il observa Milian, Vulmon, ainsi que les deux autres clients, puis il referma la porte derrière lui et se dirigea vers le comptoir. La pénombre reprit ses droits.

Milian glissa sa main dans le tiroir à sa gauche pour vérifier la présence d'un poignard, prêt à le saisir au besoin. Il ne l'avait sorti qu'une seule fois, lorsque sa vie avait été véritablement menacée. Avec ce qui s'était passé plus tôt dans la journée, il pouvait en refaire l'usage. Si nécessaire. Néanmoins, il était ravi d'apercevoir de nouvelles têtes, qui plus est, pouvant peut-être converser sur des sujets intéressants et mettre un terme à son ennui.

— Bien le bonjour, messire ! l'interpella Milian, s'évertuant à paraître le plus avenant possible. Que puis-je vous servir ? Quelque chose de doux, afin de désaltérer une gorge sèche ? Un remontant qui saura vous requinquer après une longue chevauchée ? Ou êtes-vous plutôt de l'école qui apprécie les tord-boyaux, pour se donner un bon coup de fouet ?

L'étranger s'installa à côté de Vulmon, secoua la tête en entendant le bourdonnement qu'émettait régulièrement l'ivrogne, puis se mit à l'aise, s'accoudant au bar avec assurance.

Toi, t'es pas du genre à beaucoup causer. Mais tout le monde à des choses à dire, et tu ne feras pas exception. C'est important de ne pas toujours se fier à sa première impression. C'est là que se révèlent les véritables surprises. Enfin, pas toujours non plus.

— Sers-moi ce que tu as de plus fort, mon garçon, annonça-t-il d'un accent chantant mais un brin nasillard.

Si tu y tiens, s'amusa Milian.

— Je vais vous faire profiter d'une spécialité de la région ! Je ne veux pas me vanter, mais les clients se déplacent de tout Vanyanir pour y goûter. C'est même devenu un pèlerinage pour certains. Et pour vos compagnons ?

L'homme arqua un sourcil, questionnant certainement la véracité de l'argument.

— Ça dépendra de ce que tu me sers.

Milian prit une flasque de venin de grenouille à pattes courtes sous le comptoir, la fit tournoyer dans les airs d'un geste habile visant à impressionner l'étranger, puis remplit un verre. *S'il veut quelque chose de fort, il va en avoir pour son argent ; cet alcool a souvent le pouvoir de délier les langues les plus sèches*. Malgré les préjugés, il appréciait les discussions avec les personnes originaires du continent. En vérité, elles avaient été rares en cette saison, alors il ne pouvait pas laisser passer cette occasion d'écouter les nouvelles rumeurs d'Orrisia.

— C'est vrai ce que l'on dit ? demanda Milian avec un air désintéressé. Des racontars parlent d'une guerre entre l'Araneana et le Leanalyn. Le royaume doit être sens dessus dessous !

L'homme au chignon prit le verre, avala son contenu d'une traite, et la légère crispation sur son visage dévoila à quel point il avait été surpris par la puissance du breuvage.

— Qu'Uzushio m'en garde, mais il en est question, oui, lâcha-t-il d'une voix étouffée.

L'Araneanais étudia Milian – trop à son goût –, mais le jeune homme ne s'en formalisa pas. Chacun pouvait bien avoir ses habitudes.

— Les gens aiment inventer tellement de motifs plus farfelus les uns que les autres à cette guerre, que j'en perds le compte, se gaussa Milian en cherchant son approbation. Mais vous, vous semblez être un homme bien loin d'être indigent et ne balancez certainement pas des paroles en l'air. Disposeriez-vous de connaissances un peu plus concrètes sur le sujet ?

— Tu peux te contenter des raisons que tu as entendues, marmonna son interlocuteur, effectivement peu bavard.

Oh ! que non, tu ne t'en sortiras pas comme ça, mon gaillard.

— J'aimerais connaître les vôtres. Vous pourriez bien partager ce que vous savez avec un humble garçon de taverne ! Et pour le coup, je vous servirai ce qui se fait de meilleur par ici ! La spécialité de la région est une chose, mais il existe des élixirs qui sauront mieux ravir vos papilles.

L'étranger réfléchit ; il se demandait probablement ce qu'il pouvait bien révéler. Il rapprocha son verre et montra la flasque avec laquelle il venait d'être servi. Milian ne se fit pas prier.

S'il veut continuer de boire cette piquette, grand bien lui fasse !

— Des navires marchands qui se rendaient plus au nord ont disparu le long des côtes du Leanalyn. C'est là que les tensions entre les deux royaumes ont commencé.

— Et vous soupçonnez le Leanalyn de s'en être emparés ? insista Milian.

Il avait déjà eu vent de cette histoire, pourtant, personne ne savait réellement pourquoi ou comment cela était arrivé.

— En tout cas, ça aurait été étonnant que ce soient ces maudits rebelles ! s'écria l'Araneanais avec mépris. Ils ne s'aventurent pas aussi loin.

Des rebelles ? Oui, il en avait vaguement entendu parler. Mais ce sujet semblait irriter cet homme, et ça, il n'en était pas question s'il voulait obtenir plus d'informations.

— On m'a également fait part d'autres rumeurs, reprit Milian d'un ton plus apaisé. Elles mentionnaient des pillages au nord de l'Araneana.

Il s'apprêtait à resservir l'étranger, lorsque celui-ci interrompit son geste en posant sa main sur le dessus de son verre.

— C'est exact, assentit l'homme au chignon tout en l'observant attentivement.

— Je croyais que le Leanalyn et l'Araneana, en tant que royaumes voisins, avaient toujours entretenu de bonnes relations. C'est du moins ce que j'ai entendu pendant toutes ces années. Avant ces histoires de guerre, il m'arrivait souvent d'accueillir des voyageurs des deux royaumes à la même table. Et par les Créateurs, croyez-moi qu'ils ressortaient d'ici aussi saouls les uns que les autres ! Bras dessus, bras dessous, à brailler des chansons qui feraient rougir votre mère ! Sans vouloir l'offenser, bien évidemment.

L'homme n'esquissa même pas l'ombre d'un sourire.

— L'Araneana a besoin du Leanalyn pour commercer avec le reste d'Orrisia, mais… (Il fit claquer sa langue en signe de désapprobation.) à ta place, je ne me mêlerais pas des affaires politiques. (L'étranger jeta un regard à Vulmon, puis aux deux hommes attablés, pour finir sur ses compagnons qui parlaient entre eux à voix basse.) Tu gères cet endroit tout seul ? Tu as l'air un peu jeune pour posséder un tel établissement.

L'Araneanais voulait mettre un terme à la discussion sur la guerre, ce qui décevait Milian. Il souhaitait en apprendre plus, mais il voyait bien l'inutilité d'insister pour le moment.

— Je ne suis pas seul, en effet, répondit le garçon de taverne, qui sentit une certaine tension s'installer.

L'intensité du regard de l'homme le rendait malaisant, tout comme l'attitude suspecte de ses comparses. *Ils restent de l'autre côté de la salle, près de l'entrée, et ils n'ont pas l'air d'être venus pour boire*. Ces gens n'étaient pas venus ici par hasard. À bien observer leurs traits durs, leurs visages avaient quelque chose de patibulaire. S'ils décidaient de tenter quelque chose, il n'hésiterait pas à sortir le poignard dissimulé dans le tiroir. Cependant, il ne se faisait aucune illusion sur la capacité de l'étranger à le désarmer facilement. *De plus, à trois, ce n'est pas à mon avantage*. Il devrait compter sur le fait de paraître assez menaçant.

— J'ai entendu dire qu'une jeune femme travaillait ici, et je m'attendais à la voir, poursuivit l'homme en jouant avec son col de dentelle.

— Elle n'est pas là, rétorqua Milian, les muscles crispés. Que lui voulez-vous ?

L'Araneanais se retourna et échangea un signe discret avec ses deux compagnons, qui hochèrent simplement la tête.

— Bon, ce n'est pas grave, nous pouvons attendre son retour. Elle va revenir bientôt, n'est-ce pas ?

Pourquoi veut-il voir Shana ? Le ton de l'Araneanais lui inspirait de moins en moins confiance.

— Elle ne reviendra pas aujourd'hui, mentit Milian, espérant que cela les inciterait à partir. Elle a pris sa journée. Vous vous doutez que travailler dans ce genre d'établissement n'est pas de tout repos. Surtout pour une jeune femme. Il arrive parfois que des mains traînent là où elles ne sont pas les bienvenues, et ici, comme partout ailleurs, on ne tolère pas ça. Un gentleman tel que vous sait faire la différence entre un comportement approprié et celui qui ne l'est pas, non ?

Son agacement est palpable, et il bataille pour se contenir alors qu'une veine palpite sur sa tempe. C'est mauvais signe.

— On m'a dit qu'elle ne semblait pas être originaire d'ici, insista l'homme au chignon. Mais à te voir, toi non plus, je ne me trompe pas ? (Devant le mutisme de Milian, il reprit :) Ta peau claire. Tu ressembles bien plus à quelqu'un qui viendrait du nord d'Orrisia que de cette île.

— Je n'en sais rien…, lâcha Milian avec détachement. En vous baladant à travers Vanyanir, vous n'avez pas été sans remarquer la diversité des origines de ses habitants, non ? De l'Ouest, des archipels du Sud, du continent… On pourrait presque faire un arc-en-ciel avec toutes les couleurs de peau que l'on rencontre, vous ne pensez pas ? Jugez un homme par son apparence, et vous serez très probablement déçu. Mais je me pose une question : pourquoi ça vous intéresse ?

La dernière phrase avait été prononcée plus sévèrement qu'il ne l'aurait voulu. Il n'avait aucune envie de discuter de ça avec cet homme. Il ne gardait que quelques bribes de souvenirs d'un voyage, certainement celui avant d'arriver en Vanyanir. Quant à Shana – tout comme Waryn –, d'aussi loin qu'il pouvait se le rappeler, il l'avait toujours connue.

— Une simple supposition, pas la peine de s'énerver, reprit l'étranger en affichant un sourire satisfait.

Il a raison. Ce n'était rien d'autre qu'une remarque banale. Milian était à fleur de peau. Peut-être qu'il se faisait des idées sur les intentions de ces hommes, que les évènements de la matinée l'avaient plus troublé qu'il ne l'aurait cru.

— Excusez-moi, c'est juste que j'ai entendu ça tellement de fois…, précisa-t-il, reprenant une certaine contenance. Même si j'ai toujours vécu ici, j'ai constamment l'impression d'être un étranger. C'est un sentiment qui s'ancre dans votre peau sans que vous puissiez vous en débarrasser. Mais je m'égare… D'habitude, c'est moi qui écoute mes clients se plaindre. Peut-être que ça m'a fait du bien d'inverser les rôles pour une fois.

L'Araneanais sortit une petite perle de l'une de ses poches. Il en émanait un faible scintillement. *Qu'est-ce que…* D'un geste du doigt, il la lança à

Milian, qui la rattrapa à la volée. L'étranger l'invita à l'examiner d'un signe de tête. La sphère, pas plus grande qu'une phalange, émit une lueur plus forte.

— Qu'est-ce que c'est ? demanda Milian.

Même s'il n'avait aucune idée de ce que cela signifiait, les objets comme ceux-là n'étaient pas très bien vus par ici. *Ça a sûrement un lien avec de la magie, et donc avec des Descendants...*

— Eh bien, on dirait que je me suis rendu au bon endroit, se réjouit l'Araneanais. Écoute, ça fait des semaines que nous te cherchons, et si l'on ne m'a pas menti, la jeune femme avec qui tu travailles aussi.

Il avait gagné en assurance, un sourire sincère sur son visage.

— Je ne comprends pas bien ce que vous nous voulez.

— Moi ? Je ne te veux rien. Mais on m'a embauché pour te retrouver. On dirait que certaines personnes souhaitent te sortir de ce trou à rats ! C'est plutôt ton jour de chance, non ?

Un mercenaire ?

— Qui êtes-vous ?

Le cœur de Milian commença à s'emballer.

— Tu peux m'appeler Vizar. Mais qui je suis n'a que peu d'importance. En revanche, ce qui en a, c'est que tu ramènes la jeune femme. J'aimerais pouvoir vous parler à tous les deux. Peux-tu faire cela pour moi ?

À quel point puis-je faire confiance à un Araneanais qui débarque armé, flanqué de compagnons qui semblent préparer un mauvais coup, et qui s'intéresse d'un peu trop près à Shana et à moi ? Un frisson lui parcourut l'échine, comme pour faire écho à son mauvais pressentiment. *Et il y a également cette petite sphère...*

— Tu hésites, mon garçon, reprit Vizar. J'en conclus que cela est à ta portée. Ne te fais pas prier. Tu n'as pas l'air d'un imbécile, et donc j'imagine que je n'ai pas à me répéter, si ?

Milian aurait voulu couper court à la conversation, mais d'un autre côté, sa curiosité le tiraillait. *Il faut que j'en apprenne plus avant de prendre la moindre décision, mais tout en restant prudent.*

— Elle s'est absentée pour le moment. Je vous l'ai déjà dit.

Ce n'était pas totalement faux, même si Shana se trouvait toujours dans la taverne. Milian priait pour qu'elle ne décide pas de revenir avant qu'il puisse tirer cette histoire au clair.

— Nous ne sommes pas les seuls à vous rechercher, et les personnes qui veulent vous retrouver nous ont payé une belle somme. D'ailleurs, il devrait aussi y avoir un autre garçon… Tu ne saurais pas de qui il s'agirait, à tout hasard ? Vous êtes tous les trois très importants à leurs yeux…

Importants à leurs yeux ? se répéta Milian. Les questions se bousculaient dans sa tête. Si Vizar avait cherché à l'intriguer, c'était réussi. Il ne connaissait personne en dehors du cercle de *L'Arbre Ruisselant* et de quelques jeunes de Rivlon qu'il avait vaguement côtoyés. Alors que des gens s'intéressent à lui et ses amis se révélait plutôt étrange… *Waryn avait-il fourré son nez dans des affaires encore plus douteuses ? Peut-être bien, mais Shana et moi*... Milian était confus. *Se peut-il que cela ait un rapport avec notre passé ?* Cependant, il ne fallait pas écarter non plus l'idée que cet homme pouvait tout aussi bien se tromper de cible, même si cela représentait une forte coïncidence… Il avait besoin d'en discuter avec ses amis avant de prendre une décision.

— Qui sont-ils ? Et qu'attendez-vous de moi ?

— Des personnes influentes à la bourse bien remplie. Ils ne vous veulent aucun mal et s'évertuent à remuer tout Vanyanir pour vous retrouver. Serais-tu prêt à les rencontrer ? insista Vizar en descendant d'un ton.

— Je ne sais pas…

— Par le sang d'Uzushio ! Tu saisis ce que je te dis ? s'agaça l'Araneanais, frappant du poing sur le comptoir.

Milian lorgna du côté du poignard mais se ravisa.

— Comment pourrais-je m'assurer que vous me dites la vérité ? Ne serais-je justement pas un imbécile à vous croire sur parole ? J'en ai croisé des gens peu recommandables, mais il est connu que les mercenaires sont plus que quiconque aveuglés par l'appât du gain. De quel côté de la balance penchez-vous ? Fermez-vous les yeux sur la sale besogne tant que ça vous remplit les poches ? Est-ce le cas en ce moment ?

— Mon garçon, je cherche simplement à vous aider, toi et les autres enfants qui ont été amenés ici. Alors où se trouve-t-il, ce dernier ?

Les manières du mercenaire ne lui plaisaient définitivement pas.

— On s'est perdus de vue il y a déjà pas mal de temps, inventa Milian.

L'étranger avait cessé de le regarder pour s'intéresser au verre qu'il tenait en main. Un air menaçant commença à se dessiner sur son visage ; il s'impatientait.

— Bon, j'en ai assez ! s'énerva Vizar. Tu vas m'amener à eux, et maintenant !

Il se retourna et fit un signe à ses deux comparses. Puis il se leva et dégaina l'une de ses dagues. La lame arborait de légers reflets bleutés. Il joua à décrire des arabesques dans les airs. Par instinct, Milian saisit le poignard du tiroir et le brandit devant lui.

— Tu ne sais même pas tenir ton arme correctement, se moqua Vizar avec un rire malsain. Tu ne comprends pas bien…

L'étranger n'eut pas le temps de finir sa phrase qu'une main se posa sur son épaule. Vulmon s'était réveillé et il tentait d'intervenir. Cependant, son haleine empestait toujours l'alcool et il tanguait sur sa chaise ; il n'était pas en état de faire quoi que ce soit.

— On ne menace pas… l'homme qui sert à boire ici, hoqueta l'ivrogne. Dégagez ou je m'occupe… de vous ! hips !

D'un geste souple, l'Araneanais prit la main du pochtron et la plaqua sur le comptoir. Il y enfonça sa dague. Milian n'avait pas eu le temps de réagir alors que Vulmon hurlait déjà de douleur. Vizar flanqua un coup de poing dans la mâchoire de l'habitué, suivi d'un autre au ventre, le faisant basculer en arrière. Juste avant qu'il tombe, l'Araneanais récupéra sa lame, dont le tranchant éclaboussa les lattes de bois d'une gerbe de sang.

Les deux clients attablés dans un coin de la salle commune ne bougeaient pas ; les compagnons de Vizar les menaçaient pour les dissuader d'intervenir. Milian, désemparé, tenait fébrilement le pauvre fer qui ne lui serait certainement d'aucune utilité. *Dois-je faire ce qu'il exige de moi ? C'est déjà allé beaucoup trop loin.*

— Tu vas me conduire à eux, petit, ordonna l'étranger. Je n'aimerais pas user de violence contre toi, mais si tu m'y contrains…

— Et vous suivre où ça ? tonna Jalen, débarquant dans la salle depuis l'arrière de la taverne.

Son regard noir balaya Vulmon qui continuait de se tortiller au sol, la tache de sang sur le comptoir, puis la perle que Milian tenait encore entre ses doigts. Son visage se transforma. Son air habituellement bourru laissa place à une expression des plus fermées.

— Et t'es qui, toi ? fustigea l'Araneanais. Le tavernier qui a remis en place les deux idiots de ce matin ?

— L'homme qui ne vous laissera pas repartir d'ici, rétorqua Jalen d'un ton tranchant.

Vizar rit à gorge déployée.

— J'aimerais bien voir ça, le vieux ! À ton âge, on devrait éviter de s'immiscer dans ce genre d'affaires. Les articulations en prennent un coup, hein ? Vraiment, je ne cherche pas d'embrouilles. Je préfère régler mes histoires pacifiquement. Sauf quand on me manque de respect. Mais si tu y tiens…

Sans crier gare, il chercha à blesser Jalen au-dessus du comptoir. Le tavernier esquiva instantanément, laissant la lame frapper dans le vide. Vizar parut surpris par sa vivacité. D'un geste précis, le tenancier attrapa son bras et le plaqua violemment sur le bar, ce qui l'obligea à lâcher son arme. L'Araneanais dégaina une deuxième dague de sa main libre et tenta désespérément de l'atteindre à l'abdomen, mais Jalen lâcha prise pour l'éviter.

— Rapide pour un vieillard ! rugit le soudard, dont le sourire s'était éteint. Cirakos, Nikandro, on va s'occuper de lui ensemble !

Jalen profita de ce moment d'inattention et sauta par-dessus le comptoir avec grâce malgré sa ventripotence. Vizar ne fut pas assez vif pour éviter le coup de poing qu'il reçut dans le ventre. Il chuta au sol sous la violence de l'impact et se retrouva aux côtés de Vulmon, qui gémissait toujours, appuyant sur sa main pour atténuer l'effusion de sang.

— Attention ! cria Milian, voyant l'un des compagnons de Vizar s'approcher de Jalen au pas de course, son glaive prêt à le transpercer.

Il devait intervenir. Et ce, même si son maniement du poignard se révélait juste assez suffisant contre les gestes patauds d'un ivrogne.

Le troisième Araneanais arrivait sur Jalen par le flanc opposé pour le surprendre. Milian lui bondit dessus, fendit l'air avec son poignard, mais l'homme para son assaut avec une facilité déconcertante et lui fit une balayette au passage. La chute réveilla la douleur de ses côtes. Milian grimaça. Néanmoins, il entreprit de se relever à la hâte, son arme toujours en main. Ne voulant pas permettre à son adversaire d'attaquer Jalen, Milian l'assaillit de coups. Cependant, chacun d'eux fut soit paré, soit esquivé, ne laissant qu'un large sourire moqueur sur le visage de l'Araneanais – il n'était décidément pas de taille face à des mercenaires.

De l'autre côté, Jalen avait ramassé l'une des dagues de Vizar et échangeait des passes avec son nouvel opposant. Les mouvements fluides et précis du tavernier témoignaient de son habileté au combat, même face à un homme bien plus jeune et athlétique que lui. Après quelques assauts, Jalen finit par désarmer l'Araneanais d'un coup violent à l'avant-bras. Utilisant son bras libre, il envoya son adversaire valser contre une poutre vermoulue. Elle craqua sous l'impact. Chancelant, le soudard serait hors d'état de nuire pour quelques instants. Pendant ce temps, les deux habitués ne faisaient qu'observer la scène, les yeux ronds.

— Qu'Uzushio vous emporte dans les abysses ! vociféra Vizar. Si tu tentes quoi que ce soit d'autre, je lui tranche la gorge !

Il tenait Vulmon par la racine des cheveux, la dague pointée sur la pomme d'Adam de l'ivrogne. Il s'en échappait déjà un mince filet de sang.

Milian s'arrêta, restant à une distance suffisante de son opposant pour ne pas se mettre en danger. La tension était palpable. *Si on essaie quoi que ce soit, Vulmon en fera les frais*. Pendant les secondes qui suivirent, le temps fut comme suspendu, n'attendant que de reprendre son cours.

— Viens avec nous, gamin, et tout le monde sortira d'ici vivant, déclara l'un des compagnons de Vizar, rompant le silence.

— La solution la plus sage, ajouta Vizar. Écoute Nikandro et lâche ton arme.

— Ne bouge pas, Milian, ordonna Jalen. Il le tuera de toute façon.

Milian ressentit un mélange d'angoisse, de colère et de frustration. *Comment cette rencontre a-t-elle dégénéré si rapidement ?* Il devait faire un choix, et tout de suite.

— Je ne veux pas avoir sa mort sur la conscience, protesta-t-il, déposant son poignard sur le comptoir et s'approchant des trois Araneanais. Vulmon, ne t'inquiète pas, tout va bien se passer.

Vizar siffla en portant un regard mauvais à Jalen, la pointe de sa dague toujours plaquée contre la gorge de l'ivrogne.

— Sage décision.

Le tavernier détestait qu'on lui désobéisse. Toutefois, il était contraint de céder le contrôle de la situation. Vizar transpirait la satisfaction. Milian avança lentement vers lui. *Il n'y a pas d'autre solution*, voulut-il se convaincre. Il évita le regard crépusculaire de Jalen en se concentrant sur le mercenaire. Ce dernier lui tendit une main pour l'accueillir dans leur groupe ; une main façonnée par le manche de ses armes, mais aussi par tout le sang qu'il avait dû faire couler.

Milian se résolut à la saisir. Il embrassait de force la compagnie des soudards.

Puis, la fermeté de la paume de Vizar disparut.

Un râle de douleur.

Le mercenaire s'effondra brusquement sur le sol. Une traînée de sang avait éclaboussé le plancher derrière lui.

Milian se raidit. Il ne comprenait pas ce qui venait d'arriver.

Instantanément, il perçut la terreur saisir Cirakos et Nikandro. Ils détalèrent vers la porte de *L'Arbre Ruisselant*. Mais juste avant de sortir, l'un d'eux dévoila une petite arbalète sortie d'un pan de sa cape.

Un carreau fusa vers Jalen.

Le cœur de Milian se serra. Il se prépara à devoir faire ses adieux à l'homme qui l'avait élevé. La scène qu'il vit s'avéra tout aussi glaçante que celle qu'il redoutait.

Le projectile s'immobilisa à quelques pouces seulement du front de Jalen, maintenu dans les airs par un mystérieux nuage granuleux. Mais ce qui terrifia et figea Milian sur place, ce furent les iris du tavernier.

Ils brillaient d'un jaune intense. Deux brasiers dans une nuit noire.

Le carreau retomba.

La lueur dans les yeux de Jalen s'estompa.

Les deux compagnons de Vizar avaient déjà pris la fuite, pendant que celui-ci se traînait péniblement sur le plancher.

— Tu es…, parvint à articuler Milian, laissant ses pensées suspendues dans l'air.

— Un maudit Descendant ! s'étrangla l'un des habitués avec effroi.

— Cassez-vous, les ivrognes ! tonitrua Jalen.

Sans demander leur reste, ils prirent leurs jambes à leur cou et l'agonirent d'insultes au passage. Même Vulmon, malgré sa main ensanglantée, s'empressa de quitter *L'Arbre Ruisselant*.

Milian demeura hébété devant le tavernier. Il ne savait pas quoi penser. *Alors pendant tout ce temps, c'était un Descendant…*

— Et maintenant, on va avoir une petite discussion, toi et moi, lança Jalen d'une intonation sépulcrale, penché au-dessus de Vizar.

Chapitre 3

Milian

Si Vizar était aussi effrayé que tous ceux qui venaient de quitter la taverne, son visage n'en laissa rien paraître. Jalen l'avait installé sur une chaise miteuse, entravé aux mains et aux pieds par des cordes, même si Milian doutait que l'Araneanais puisse aller bien loin au vu de son état. Cependant, il se tenait droit avec fierté et arrogance dans sa chemise ensanglantée.

Shana accourut dans la pièce, amenant un bol rempli d'une concoction. Sans cacher son mépris, elle l'appliqua sur les plaies de Vizar sous le regard approbateur de Jalen ; ce dernier lui avait demandé de soigner les blessures encore ouvertes de l'Araneanais.

— Si vous voulez me tuer, faites-le, le défia le mercenaire. Finissez le travail proprement et évitez de vous comporter comme certains de votre espèce.

— Mon espèce ? rétorqua Jalen en grinçant des dents. Comme si un homme avait besoin d'être un Descendant pour laisser libre cours à ses envies les plus cruelles. Chaque individu possède une part plus sombre et, effectivement, je ne déroge pas à la règle. C'est inhérent à l'espèce humaine, non ? (Il s'attarda sur le plafond, les poutres, le comptoir…) Par les fientes de Sunaarashi ! Ça fait plus de trente étés que j'ai bâti *L'Arbre Ruisselant*…

Un Descendant... Milian était toujours sous le choc. Il les avait élevés pendant toutes ces années en leur cachant *ce* qu'il était réellement.

— Tu étais au courant ? demanda-t-il à Shana.

Son amie hocha lentement la tête.

Alors elle le savait... Il se sentait meurtri par ce qu'il assimilait à une trahison. *Comment a-t-elle pu me le cacher durant toutes ces années ?*

— Donc, toi et tes comparses cherchiez ces jeunes gens ? reprit Jalen. Comment êtes-vous arrivés jusqu'ici ? Parle, et tu pourras partir d'ici en vie. (Vizar arqua un sourcil.) Tu ne sais peut-être pas qui je suis, mais je t'assure que je n'ai qu'une parole. Tes plaies cicatriseront et tu en réchapperas. Enfin, ça dépend. On n'a pas tout notre temps, alors si tu refuses de répondre rapidement à mes questions, peut-être que, finalement, je devrais écouter mes envies…

Le soudard hésita un bref instant.

— Les deux Araneanais que vous avez rencontrés ce matin, ils nous ont prévenus qu'ils avaient peut-être trouvé ce que l'on était venu chercher. Je n'étais pas certain, mais…

— Pourtant, tu semblais bien sûr de toi pendant votre petite conversation.

— La perle, lâcha Vizar en soufflant du nez. J'ai écumé d'innombrables tavernes avant d'arriver dans celle-ci. Et je n'ai pas été le seul. Nous sommes nombreux, mon gars. Mais c'est la première fois que la perle a réagi. La première fois que je suis tombé sur un Descendant.

Veut-il dire qu'elle réagit au contact des Descendants ? Dans ce cas... je... non, c'est tout à fait absurde.

Jalen se dirigea vers le comptoir pour ramasser la perle. Au grand étonnement de Milian, celle-ci se mit à briller encore plus intensément que lorsqu'il l'avait tenue lui-même.

— Ça voudrait dire que je suis…, hoqueta le garçon de taverne.

Jalen lui intima le silence. Puis, d'une simple pression, il brisa la sphère en mille morceaux. Ils se répandirent sur le plancher sans plus émettre aucun rayonnement. Alors, le tavernier s'approcha de l'Araneanais pour s'arrêter à un pouce de son visage.

— Et vous leur voulez quoi, à ces gamins ?

— Rien de plus que ce que je lui ai déjà dit, répliqua Vizar, ne baissant pas le regard. Certaines personnes les recherchent et elles ont dépensé une fortune pour les retrouver. Vous feriez mieux de coopérer.

— Et qui sont ces gens ? insista Jalen. Je ne vais pas te tirer les vers du nez. Raconte-moi tout ce que tu sais, ça ira plus vite. Et ce sera mieux pour nous deux, tu ne crois pas ?

Sans avertissement, l'Araneanais cracha à la figure du tavernier dans un rire dépourvu de joie. Les iris de Jalen s'embrasèrent d'un jaune vif, terrifiant, alors que des grains de sable se matérialisaient à la base du cou du mercenaire. Ils s'agglutinaient pour former une masse qui recouvrit partiellement son visage. Le teint blême, Vizar exhala un râle.

C'est horrible..., songea Milian. *Mais est-ce que ça le serait moins avec des méthodes plus... traditionnelles ?* Il secoua la tête. *J'imagine que torturer un homme avec un couteau ou en l'écartelant est loin d'être plus enviable.*

— Je ne sais pas qui ils sont réellement ! croassa Vizar, suffoquant.

(L'avancée des grains cessa brusquement.) Ils agissent sous le couvert de Teyon Kaan. Un général, à Lugann… Notre mission ne se résumait qu'à les chercher dans tous vos satanés bourgs et hameaux ! (Les grains de sable reprirent leur lente ascension.) Écoutez, je ne sais rien de plus ! paniqua l'Araneanais. C'est sûrement juste parce que ce sont des Descendants ! Leurs talents seraient certainement très utiles pour l'Araneana, surtout en temps de guerre !

— L'une de tes dagues a été forgée avec du safaïa, ajouta Jalen, impassible. Et ça, c'est clairement pour affronter un Descendant.

— Nous en cherchions, alors vous croyez quoi ? Je tiens un minimum à ma vie ! Je suis un mercenaire, pas un abruti. Ces missions sont mon gagne-pain. Il n'y a que l'argent qui m'intéresse, croyez-moi. Mais j'ai tout de même de l'honneur. Je ne les aurais pas blessés, vos foutus gamins !

Sans prévenir, le tavernier abattit l'un de ses poings robustes sur le crâne de Vizar. Le menton du mercenaire s'affaissa sur sa poitrine. Les grains de sable retombèrent pour le libérer de leur emprise.

— Tu l'as tué ? s'exclama Milian, surpris par la violence du geste.

Jalen se tourna lentement vers lui.

— Il est juste assommé pour quelques heures. J'ai fait une promesse, autrefois. Et je tiens à la respecter. Je n'ôterai plus la vie d'un homme. (Il observa Vizar d'un œil mauvais.) À moins que j'y sois forcé. Tu sais, j'ai appris, à mes dépens, qu'épargner une vie ne tient pas forcément à la lâcheté ou à la compassion. Parfois, c'est juste du courage. Et crois-moi, du courage, il en faut pour affronter ses vieux démons. Ils ressurgissent toujours, quoi que l'on fasse…

— Et maintenant, que faisons-nous ? demanda Shana, l'arrachant de sa rêverie éveillée.

Le tavernier grogna.

— On se barre d'ici avant que ses compagnons aillent chercher des renforts, ou que Vulmon prévienne tous les gardes de Rivlon que je suis un Descendant.

Les questions se multiplièrent dans la tête de Milian, mais Jalen ne le laissa pas les poser. Il avait raison. Il fallait partir, et rapidement. *Ils devront s'expliquer, tous les deux. Ils en savent bien plus que moi, et je n'ai pas envie de finir comme ce maudit mercenaire.*

Après avoir troqué son tablier pour une tunique en lin plus adaptée au voyage, et s'être muni d'un chapeau de paille à large bord destiné à le protéger des rayons brûlants du soleil, Milian quitta *L'Arbre Ruisselant* par l'arrière.

Il traversa la petite cour pailletée de graviers, passant à côté du puits aux pierres grossièrement taillées. Les plantes du potager de Shana, dont les feuilles se révélaient bien vertes malgré la sécheresse et l'aridité due à cette période de l'année, resplendissaient harmonieusement d'éclats multicolores. Leur parfum enivrant embauma ses narines tandis qu'il se dépêchait de passer la clôture délimitant l'espace de la taverne. Il se retrouva dans la ruelle de terre rouge habituellement utilisée par une noria de tombereaux et charrettes, dont les passages répétés avaient créé des sillons.

Jalen avait annoncé leur départ de Rivlon et s'était rapidement engagé dans les préparatifs avec Shana. Seulement, les paroles de Vizar avaient convaincu Milian qu'il recherchait également Waryn, et que tôt ou tard, il parviendrait à le trouver. *Il est impliqué dans cette histoire, c'est certain. Et je ne l'abandonnerai pas. Je ne partirai pas sans lui alors qu'il a aussi ces mercenaires à ses trousses.* Milian avait alors insisté pour prévenir son ami et lui proposer de venir avec eux. S'y opposant dans un premier temps, Jalen avait cédé assez facilement – ce qui avait été pour le moins surprenant. Ils s'étaient alors donné rendez-vous à la porte nord-est du bourg.

Milian était le seul à savoir où avait pris quartier la bande de Waryn, et s'il y avait quelqu'un pour le convaincre de fuir avec eux, c'était lui. En outre, il était préférable qu'il y aille seul ; la présence de Jalen ou de Shana aurait pu compliquer les choses. Toutefois, il devait traverser une bonne partie de Rivlon pour le retrouver, ce qui ne l'enchantait guère alors que les deux mercenaires accompagnant Vizar étaient en liberté. Tout comme ceux de la matinée.

Il privilégia les ruelles peu fréquentées aux artères principales, son regard se portant constamment en arrière. Il craignait d'y déceler un Araneanais. La chaleur était écrasante entre les bâtiments en briques rouges apparentes. Et donc, il n'y avait pas grand monde. Ce qui permettait à Milian de facilement vérifier s'il était suivi.

La crasse s'accumulait sur les bords des venelles tortueuses. On y retrouvait également des bouts de tissus dans des amas de poussière, les couleurs ternies par des taches brunâtres devant appartenir à des malheureux ayant fait de mauvaises rencontres. D'ailleurs, s'il ne faisait pas attention, il se pouvait que lui-même subisse la même infortune. Son cœur battait anormalement vite lorsqu'il croisait une personne représentant une menace potentielle, ce qui rythmait sa progression avec inquiétude.

Et si j'étais réellement un Descendant ? Et Shana ? Waryn ? Jalen était-il au courant de tout ça ? Non, si j'en étais un, je le saurais. Mais en même temps... je ne viens pas d'ici, je ne sais rien de mes origines. Et si Vizar avait dit la vérité ? Lui et les deux autres mercenaires ont fait du chemin pour nous rencontrer, et non sans raison...

Bientôt, il fut contraint de rejoindre l'artère principale de Rivlon, où la réverbération de l'éclat du soleil sur les pavés devint aveuglante. Il se retrouva au milieu de paysans qui déplaçaient leurs tombereaux à moitié remplis de leur récolte, de marchands accompagnés de portefaix trimballant leurs babioles, de quelques passants flânant sur les margelles de fontaines à la source tarie, d'enfants qui jouaient avec insouciance sous les auvents des maisons aux murs irréguliers ; rien de plus banal, mais la tension qui habitait Milian ne le quittait pas.

Jalen est un Descendant, j'ai vu ses yeux... Il a mis Vizar à terre sans le toucher, arrêté un carreau d'arbalète en plein vol à l'aide d'une sorte de nuage de sable... Et ce qu'il lui a fait ensuite... Puis-je encore lui faire confiance ?

À y réfléchir, il avait toujours tout fait pour les garder à *L'Arbre Ruisselant*, Shana, Waryn et lui. Milian pensait qu'il avait vraiment besoin d'aide, que personne d'autre ne voulait travailler avec lui à cause de son irascibilité, parce qu'il les aimait, parce qu'il se considérait comme leur père... *Et si la raison était tout autre ? Par les fichus Créateurs ! Qu'est-ce que je suis censé faire ?*

Les quartiers se succédaient, et Milian continuait de scruter chaque personne autour de lui avec suspicion. Il faisait également attention au moindre recoin obscur qu'offraient les ruelles étroites serpentant entre les estaminets. Des couples profitaient de l'ombre générée par les toits de lauze en saillie, des gens étaient adossés à des façades décrépies, des silhouettes scrutaient la rue derrière des fenêtres à petits carreaux...

Il pénétra enfin dans un labyrinthe de venelles encadrées par des bâtiments vieillissants et délabrés. Des odeurs nauséabondes de déjections humaines et animales, de moisissure de fruits talés tombés de caisses au bois vermoulu, de viande gisant dans de la saumure depuis longtemps inutilisable, assaillirent, piquèrent et oppressèrent ses narines. Milian savait où se rendre dans ce dédale. Marchant d'un pas rapide devant des mendiants aux sébiles désespérément vides, que les rares passants ignoraient habilement en réajustant leurs turbans ou leurs chapeaux, il atteignit enfin cette satanée ruelle.

L'édifice qui se dressait devant lui ne payait pas plus de mine que ceux à côté. Les portes et les fenêtres étaient barricadées par des planches de bois clouées. Les maisons étaient à l'abandon et leur accès étaient clos. Seulement, Milian était déjà venu, et il savait comment y entrer. Après s'être assuré qu'il n'était pas observé, il se glissa dans une petite ruelle perpendiculaire, adjacente à la bâtisse. Arrivé dans une cour discrète, à l'abri des regards, il déplaça une caisse en bois pourri et prit garde à ce qu'aucune écharde ne l'entaille. L'entrée était là, obstruée d'une grille de métal rouillé. Il la retira sans trop de difficulté avant de s'y introduire. Une fois à l'intérieur, il replaça soigneusement la caisse et la grille.

La pièce était non moins insalubre que lors de sa dernière visite. Elle était éclairée par la multitude de minuscules interstices entre les planches de bois ravagées par les vers. Des débris de vieux meubles jonchaient le sol aux lattes branlantes.

Sortant de nulle part, une main l'agrippa fermement au col.

— Ah, c'est toi ! nota avec raideur Orano. T'aurais pu prévenir que tu venais !

Avec ses larges épaules, le garçon, à peu près du même âge que Milian, était sensiblement aussi robuste que Waryn. Un collier de barbe encadrait ses joues bouffies, alors que ses traits lui conféraient un air antipathique.

— Je n'en ai pas eu le temps, le rabroua Milian en se dégageant de son emprise. Tu voulais que je t'envoie un pigeon ?

— Ouais, ben la prochaine fois, fais plus attention. J'aurais pu te déboîter l'épaule ou te briser un os. T'as de la chance que je t'aie reconnu à temps. Enfin bref, si tu cherches Waryn, il se trouve là-haut, avec les autres.

Milian lui adressa un vague signe de reconnaissance, dissimulant à peine sa contrariété, avant de se diriger vers l'escalier exigu aux marches inégales. Il était déjà venu plusieurs fois avec Waryn, mais ils étaient arrivés ensemble – ce qui lui avait évité cette petite scène.

En haut, de la fumée opaque, à l'odeur fruitée, emplissait la pièce. Elle n'agressait pas autant que celle de *L'Arbre Ruisselant*, émise par le tabac des pipes. Celle-ci s'échappait d'un instrument qu'Anceon tenait dans les mains : un long bâton atterrissant dans un vase qui résonnait au rythme des clapotis de l'eau à l'intérieur. Assise sur des canapés, la bande semblait discuter de leur projet de cambriolage. La pièce aurait presque pu paraître proprette en comparaison de la vétusté du reste du bâtiment. Lorsque Milian s'avança, tous les regards se posèrent sur lui ; du moins, il le soupçonnait, vu qu'il ne distinguait pas la moitié des visages à travers la fumée. *Vous m'excuserez, mais votre questeur peut attendre.*

— Alors, tu as déjà changé d'avis ? l'interpella Waryn d'un air enjoué.

— C'est quoi, ça ? aboya Anceon, crachant une nouvelle bouffée. Tu ne vas pas me dire que tu lui as demandé de venir ?

De stature moyenne, bien bâti, son faciès évoquait la sournoiserie à la perfection.

— Si, soutint Waryn avec fermeté. Je lui ai proposé de nous prêter main-forte, et il faut croire qu'il a accepté ! Sérieusement, je ne m'y attendais pas ! On ne peut pas cracher sur du renfort, non ? Plus on est, et mieux ça se passera.

Anceon bondit sur ses pieds pour le toiser.

— Tu te fous de moi ? Pourquoi ne pas en parler à un Kredae tant que t'y es ! Tout dans les muscles, et rien dans le crâne. Tout ce que l'on peut attendre d'une brute. Et dire que je te faisais enfin confiance. Mais est-ce que je devais espérer plus de toi ? En réalité, ça ne m'étonne même pas.

Waryn se leva à son tour, dominant d'une tête Anceon. Ce dernier ne semblait pas intimidé pour autant.

— Tout doux, Monseigneur, intervint Milian, jetant un froid dans la chaleur pourtant étouffante. Je ne viens pas pour me retrouver sur la liste du bourreau lorsqu'il énumèrera vos noms sur la place publique. Tu vois ? Peut-être que la cervelle de Waryn n'a pas été conçu avec ce qui se faisait de mieux, mais je fais mon possible pour compenser. (L'intéressé ouvrit la bouche pour se défendre, mais Milian ne lui en laissa pas l'occasion.) Je peux te parler ? (Waryn étrécit les yeux.) En privé.

— La bonne affaire ! cracha Anceon, ne quittant pas Waryn du regard. On aura une explication tous les deux. Je n'aime pas qu'on me prenne pour un imbécile. Et surtout, je déteste qu'on ne s'en tienne pas au plan. Les détails sont essentiels, c'est justement ce qui différencie un bon plan d'un mauvais. Et comme l'a rappelé ton ami, on risque gros sur ce coup. Je ne permettrai pas que tu nous mettes en danger à cause de ta « petite amie ».

Le meneur de la bande se rassit mais chercha l'approbation de ses pairs tout en s'adonnant à son instrument. Personne n'osa parler. S'immiscer entre le meneur et le plus costaud était un pari risqué.

— Suis-moi, Mil, lança Waryn en soufflant du nez.

— Ouais, tu ferais bien d'y aller avant que je ne m'énerve pour de bon, la tête d'enclume, répliqua Anceon d'un ton aiguisé.

Sous les regards assassins de l'assemblée, Milian suivit son ami dans une autre pièce, où étaient entreposés du matériel de crochetage et tout un tas de petits objets sans grande valeur. Ils avaient dû les dérober lors de précédents larcins sans parvenir à les revendre.

— Tu le connais, il s'emporte pour un rien, commença Waryn, l'air embêté. Mais c'est grâce à lui que je survis dans cette ville pourrie. Et ça, je ne le dois pas à Jalen. C'est déjà une victoire en soi, tu ne trouves pas ?

Je ne le sais que trop bien. Anceon était justement l'entremetteur de ces combats auxquels il participait. *Et il doit gagner pas mal d'argent sur ton dos, aussi. T'es comme une vache à lait pour lui. Et c'est pour ça qu'il ne pourrait pas se passer de toi. Mais bon, ça, c'est encore un autre problème.*

— On n'a pas tout notre temps, alors je serai bref, déclara gravement Milian – il n'avait pas besoin de se forcer. Il s'est passé quelque chose à la taverne. Des Araneanais sont venus pour nous chercher, toi, Shana et moi.

— Nous chercher ? Ils avaient besoin de compagnie ? badina Waryn en mimant un baiser.

— Je ne plaisante pas. Et comme l'a parfaitement observé Anceon, essaie de faire marcher ta cervelle. Tes fantasmes étranges, là, je crois qu'on peut s'en passer. Donc, je disais que l'un d'eux a voulu me faire croire que j'étais un Descendant, et peut-être bien que Shana et toi aussi.

Avec un peu de chance, il va arrêter ses idioties.

— Bien sûr ! Tu ne l'avais jamais deviné ? fanfaronna Waryn en effectuant des gestes ridicules avec ses mains.

Pas plus évolué qu'un mulkog, hein. Arrête de faire l'imbécile, je t'en prie.

— Un mercenaire envoyé par l'Araneana, d'après ses dires, reprit Milian, ignorant la légèreté dont faisait preuve son idiot de grand frère. Il possédait une petite perle étrange. Elle s'est mise à scintiller lorsque je l'ai touchée…

— Je crois que tu as abusé de la liqueur de koalican, jeune impétueux ! Pour me raconter une histoire aussi abracadabrantesque, Mil, ça aurait pu attendre. J'espérais que tu te joignes à nous pour le questeur…

Oublie ça, veux-tu ?

— Il m'a raconté que nous venions tous les trois du nord d'Orrisia, argua Milian en un demi-mensonge.

Vizar ne l'a pas clairement affirmé, mais en a seulement émis l'hypothèse. Néanmoins, je dois lui donner quelque chose de concret si je veux que cet âne bâté me prenne au sérieux.

— Trop beau pour être vrai, avança Waryn, un peu plus perplexe. Il t'a embobiné pour t'emmener je ne sais où. J'ai entendu parler de sombres trafics d'esclaves vers les archipels du sud. À ta place, je n'approcherais plus ces Araneanais.

Ah ! Tout paraît si simple à travers ton prisme… Est-ce que tu as au moins saisi la moitié des informations que je viens de te donner ?

Alors que Waryn voulait clore la discussion en se dirigeant vers la porte, Milian l'attrapa par la manche. Retenir cette masse était aussi difficile qu'il y paraissait.

— Et si je te disais que Jalen *est* un Descendant ?

Son ami se mit à rire avec encore plus de ferveur.

— Et d'où tu sortirais une telle ânerie ? Jalen, un vieil aigri qui cherche à avoir de la main-d'œuvre bon marché. C'est juste de l'exploitation, presque de l'esclavagisme ! Ça fait longtemps que toi et Shana auriez dû quitter *L'Arbre Ruisselant*.

Tu n'as pas vu ses yeux nimbés d'un brasier ardent, mais moi, si… Eeeeet… c'est moi qui sortirais des âneries ?

— Lorsque j'ai refusé de le suivre, l'Araneanais m'a menacé, et Jalen s'est interposé. Que tu le croies ou non, j'ai vu ses iris briller, comme si une flamme s'y était allumée. Tu penses que ce sont encore des élucubrations ? Tu veux que je le ramène ici pour qu'il te prouve ce dont il est capable ? Je suis encore terrorisé de ce que j'ai vu, crois-moi.

Le sourire de Waryn disparut soudainement. Il fronça les sourcils et une veine se mit à palpiter plus nettement à la base de son cou. *Me prend-il enfin au sérieux ? Oh ! Il sait que je pourrais lui servir des bobards si c'était dans notre intérêt. Mais, pitié, fais marcher ta jugeote ! Je ne te mentirais pas sur un truc aussi gros.*

— Bon, ça va durer la journée ? meugla la voix d'Anceon. Vos histoires de couple, vous pouvez les garder pour une autre fois ! On a encore des fichus détails à peaufiner !

Non, ça ne peut attendre, le faquin.

— J'arrive dans un instant ! brailla Waryn.

— Je ne suis pas uniquement ici pour te raconter ça, reprit Milian. Nous devons fuir Rivlon aussi rapidement que possible. Notre vie est en jeu. Et ce n'est pas une plaisanterie. Ces mercenaires araneanais disaient ne pas nous vouloir de mal, mais ils ont bien failli tuer Jalen. Tu commences à réaliser, ou il faut que je te fasse un dessin ?

— Quoi ? Mais je ne peux pas, on a ce plan chez le questeur… Notre plus gros coup… Et puis pour partir où ? Combien de temps ? Si tes mercenaires me cherchent, je doute qu'ils puissent me trouver. Ce n'est pas comme si les gardes tentaient de nous mettre le grappin dessus depuis des mois. Apparemment, le fait que j'ai dérangé quelques filles de joie est bien plus grave que de trouver le cadavre d'un ivrogne quelconque dans la rue.

— Ce ne sont pas les seuls sur nos traces, et jusqu'à présent, ils ne savaient pas que l'on vivait à Rivlon. (Waryn gardait un air dubitatif, hésitant.) Et quand bien même, la chasse au Descendant va débuter. Vulmon et deux autres habitués ont été témoins de la scène ; il n'y aura plus un seul lieu sûr dans le bourg d'ici peu. Ils fouilleront chaque bâtiment jusqu'à avoir retrouvé Jalen, et je suppose, nous aussi. Même si tu n'as pas été mêlé à ce qui s'est passé, toi et ta bande, vous ne ferez pas de vieux os. La présence d'un Descendant est bien plus préoccupante que la quiétude d'un bordel.

Waryn prit une profonde inspiration et frappa une poutre, provoquant la dispersion de quelques éclats dans l'air. Une réaction somme toute prévisible.

— J'ai conscience que tu n'accordes aucune confiance à Jalen, mais fais-moi confiance, à moi, poursuivit Milian d'un ton assuré. Accompagne-moi et on posera toutes les questions que l'on veut au vieux. S'il ne consent toujours pas à y répondre, tu feras bien ce que tu voudras.

— Bon, donc c'est maintenant ou jamais ? soupira Waryn. (Milian hocha la tête.) Qu'un Kredae embroche cet étron de tavernier ! Attends-moi dans la cour, je vais devoir expliquer à Anceon que je dois m'absenter un moment. Ça risque de ne pas lui plaire, et je préfère que tu ne sois pas là. Maintenant, file !

Passant tel un fantôme dans la salle enfumée, Milian s'engagea rapidement dans l'escalier. Ils ne l'avaient probablement même pas remarqué. Il salua Orano, tapi dans un recoin nébuleux de la pièce du rez-de-chaussée, puis déplaça à nouveau la grille et la caisse pour aller à l'extérieur.

Il attendit quelques minutes, espérant que Waryn ne changerait pas d'avis dans ce court laps de temps. *Il peut se montrer lunatique par moments, mais s'il n'a pas été convaincu, je ne peux plus rien faire pour lui.* Il n'eut pas à patienter trop longtemps. Son ami le rejoignit, le visage fermé – la situation lui déplaisait fortement.

— Je leur ai dit que je m'absenterai pour quelques heures, tout au plus, grommela-t-il. Ne me le fais pas regretter. Parce que, sinon, je te ferai bouffer ton chapeau !

Très subtile. Je dois dire que je suis tellement plus motivé, maintenant.

Milian ne perdit pas de temps. Il se dirigea vers une venelle.

L'angoisse de croiser le chemin de l'un des mercenaires croissait et il scrutait chaque allée, sous le regard inquiétant et parfois malveillant des habitants de ces quartiers insalubres. Heureusement, en journée, les rues n'étaient pas remplies de larrons prêts à les agresser pour les dépouiller. Il crut à un moment que des jeunes allaient s'en prendre à eux, mais ils s'étaient ravisés en apercevant Waryn. *Est-ce son gabarit qui les a retenus ? S'est-il forgé une réputation lors de ses combats ? Ou cela vient-il de sa relation avec la bande d'Anceon ?* Quoi qu'il en soit, les venelles restaient moins sûres qu'autour de *L'Arbre Ruisselant*. Finalement, tous les deux s'extirpèrent de ce dédale où la puanteur des excréments avait fini par lui donner la nausée.

Ils arpentaient maintenant une allée bordée de tanneries, dont le cuir traité, mélangé aux vapeurs asphyxiantes, répandait une odeur âcre, presque tout aussi pestilentielle que celles qu'ils venaient de quitter. Des potiers exhibaient leurs vases aux formes extravagantes sur des étals qui n'intéressaient pas grand monde. Des forges disposaient une multitude d'armes ou d'outils sur des râteliers, qui ne faisaient pas non plus l'unanimité. Et à côté, plusieurs commerces proposant des éventails magnifiés par de somptueuses peintures ou des étoffes hautes en couleur descendaient leurs grilles. Le signal d'une fermeture prématurée.

D'habitude, cette rue rencontrait plus de succès. Mais des gens partaient à la hâte, et ceux que Milian et Waryn croisaient avaient le regard fuyant. Il craignait que ce qu'il redoutait ne se produise déjà.

Vulmon, ou l'un des deux autres habitués, est allé raconter ce qui s'est passé à la taverne. Ça ne nous laisse plus beaucoup de temps. Si tant est que l'on en a encore.

Si la rumeur qu'un Descendant se trouvait à Rivlon s'était ébruitée, cela expliquait l'émoi des habitants qui cherchaient à se claquemurer chez eux ou à fuir le bourg. Le temps que celui-ci soit capturé, puis *tué*. Ils aperçurent des patrouilles de gardes armés de cimeterres, de hallebardes, de lances, de pavois, d'arcs ou d'arbalètes…

La chasse est donnée.

Waryn se mit à poser une kyrielle de questions sur les évènements de la taverne ; ce qu'il s'était passé, la conversation avec Vizar, les pouvoirs de Jalen… Il avait enfin pris conscience de la gravité de la situation. Milian lui raconta tout, restant vigilant quant aux groupes armés qui sillonnaient le bourg. Les gardes ne fréquentaient jamais *L'Arbre Ruisselant*, mais si sa description avait été donnée, il se ferait très vite attraper.

À son immense soulagement, ils arrivèrent à la grande place de la porte nord-est. Elle était surplombée par deux tours massives, elles-mêmes prolongées par le mur d'enceinte de Rivlon. Devant le parapet crénelé du chemin de ronde, des soldats munis d'arcs et d'arbalètes surveillaient la foule qui se pressait face à la herse relevée. D'autres cerbères contrôlaient ceux qui souhaitaient quitter la ville, contenant avec peine les débordements. N'hésitant pas à jouer de leurs hampes, ils fustigeaient ceux qui tentaient de forcer le passage. La multitude grossissait à vue d'œil.

Milian ne doutait pas qu'à l'instant où les yeux des gardes se poseraient sur lui, il serait condamné. Pourtant, Jalen et Shana devaient les attendre à l'extérieur du bourg.

Vaut-il mieux essayer de trouver une autre sortie ? Ça doit être partout pareil. Se cacher dans Rivlon ? Nous ne pourrons pas nous planquer éternellement... Que les Créateurs nous viennent en aide !

Il avait l'impression que les gens leur lançaient des regards soupçonneux. Peut-être était-ce dû à leur immobilité, alors que tout le monde rejoignait la masse. Ou bien cela pouvait tout aussi bien être le fruit de son imagination. La peur de se retrouver sur une croix, crucifié sur la place publique comme ce Descendant des années auparavant.

Nu. Émasculé. Le corps recouvert de lacérations. Le visage méconnaissable. Il avait été exposé pendant des semaines, picoré par les charognards jusqu'à ce qu'il ne reste plus qu'une réminiscence d'être humain. Milian frissonna à cette image d'horreur.

— On ferait mieux de se dépêcher, lâcha Waryn, visiblement exaspéré. Ça risque de prendre du temps avec tout ce monde.

— On devrait peut-être envisager…

Le sang de Milian ne fit qu'un tour. Un barbon au visage parcheminé de rides se mit à hurler en les pointant du doigt.

— C'est eux ! Je les reconnais ! Ils travaillent à *L'Arbre Ruisselant* !

Il s'agissait d'un habitué de la taverne que Milian connaissait bien. *Il ne manquait plus que ça.*

— Ouais, ils sont de mèche avec le Descendant ! renchérit un homme avec force pour se faire entendre des gardes.

La foule s'agita. Une cacophonie de cris et de hurlements. Les gens s'éparpillèrent dans tous les sens, formant un chaos généralisé que les gardes ne parvinrent plus à contenir. Des hommes jouèrent des coudes pour s'éloigner. D'autres tentèrent de forcer le passage. Des mères étreignirent leurs enfants pour ne pas les perdre… Ils avaient tous la même caractéristique : des visages crispés par la peur, comme s'ils avaient aperçu des démons. Milian ne les comprenait que trop.

J'agirais de la même manière dans leur situation. Aucun doute.

La peur ne naissait pas forcément du danger lui-même. C'était l'idée même du danger qui engendrait la peur. L'imagination pouvait être terrible.

Depuis les remparts, des gardes, arcs bandés et arbalètes tendues, tenaient Waryn et Milian en joue. D'autres se ruaient vers eux, brandissant leurs armes. Le fer réfléchissait de manière aveuglante les rayons persécutants du soleil.

Des gardes aux rictus sardoniques surgirent de tous les côtés. Toute retraite était coupée.

Milian fut pris d'un vertige. Il n'arrivait pas à détacher son regard de l'officier en tête des défenseurs de Rivlon, reconnaissable aux plumes rouges ornant son turban et au ruban de même couleur ceint à sa taille.

Quelques secondes suffirent pour qu'ils soient encerclés. Des lames maintenaient les deux amis à distance dans ce cercle infernal.

Inutile de résister, j'imagine ? Un élan de bravoure pour s'en sortir ? Si j'étais brave, ça se saurait.

— Enchaînez ces maudits pourceaux ! vilipenda l'officier, désignant plusieurs gardes munis d'anneaux de fer.

Les hommes s'approchèrent d'un pas hésitant.

— Je vous comprends, messieurs ! s'exclama Milian avec assurance. Oui, nous avons tous deux travaillé à *L'Arbre Ruisselant*. À votre place, je n'aurais aucun scrupule à nous passer les fers. En effet, il n'y a aucun risque à prendre lorsqu'il s'agit de Descendants…

Les gades s'arrêtèrent, questionnant leur officier du regard.

— Qu'est-ce que vous attendez, espèces de…

— Mais ! Oui, car il y a bien un *mais* ! reprit de plus belle Milian. Est-ce qu'un koalican pourrait être condamné de complicité avec son braconnier ? Oui, nous avons été dupés ! Oui, pendant toutes ces années, nous étions les proies de ce Descendant ! Alors ne vous méprenez pas, nous sommes les premières victimes ! (Voyant que son petit discours ne déridait pas le visage de l'officier, Milian poursuivit avec colère.) Nous vous aiderons à attraper ce fichu Descendant ! Il nous a ridiculisés et nous ne souhaitons rien de plus qu'il soit châtié pour sa condition !

— Mil, t'en fais un peu trop, là, lui murmura Waryn. Tout ce qu'ils comprennent, c'est une bonne patate dans la figure.

— N'y compte même pas. S'ils n'écoutent pas, on va bien gentiment se rendre et accepter leur sentence. En priant pour qu'on ne finisse pas sur l'échafaud. Au pire des cas, c'était sur ta liste de courses, non ?

Foutus Créateurs ! Vous vous en fichez bien des hommes sans histoire, hein ? Ou alors ça vous fait rire ?

L'officier ne se donna même pas la peine de répondre. Il se contenta de faire un geste à l'attention de ses hommes.

L'un d'eux voulut passer le métal autour des poignets de Waryn.

— Doucement, mon gars, le prévint le jeune homme. J'ai les poignets fragiles.

Milian se passa la main sur le front pour en enlever la sueur. Il aurait peut-être la chance de défendre leur cause devant quelqu'un possédant un tant soit peu plus d'intelligence que ce maudit officier.

Pourtant, Waryn exhalait la fureur. Il jaillit sur le garde. Un coup de poing percuta l'homme à la mâchoire. Il s'effondra, apparemment inconscient.

Tu aimes te donner en spectacle lorsque tu as un public, hein ? Une dernière révérence avant de faire tomber le rideau…

Trois autres gardes se jetèrent sur Waryn pour le rouer de coups. Criant de rage, tentant de se défendre comme il le pouvait, il finit par se faire maîtriser. Les hommes le relevèrent sans ménagement, le tenant fermement par les bras.

— Je te l'avais bien dit, souffla Milian.

Waryn lui lança un regard en biais.

— Parce que ton plan avait mieux fonctionné ?

Sans plus de cérémonie, les gardes escortèrent les deux amis vers l'une des tours, leur ouvrant un chemin en fendant la multitude. Invectives. Huées. Crachats. Même des ordures leur étaient jetées dessus. Milian lisait l'hostilité dans les regards, jusque dans les plus familiers.

À la taverne ou simplement croisés en ville, il avait vécu parmi eux depuis son enfance ; Yaz, le boulanger qui ne manquait jamais de lui faire une blague ou deux au sujet de la clientèle malfamée de la taverne ; Aakash, un crieur de première, chez qui il appréciait se fournir en poissons pour *L'Arbre Ruisselant* ; Sheetal, une maraîchère aux robes éternellement fleuries, qui lui adressait toujours de beaux sourires lors de ses passages quotidiens devant son étal de légumes…

Il était devenu leur ennemi.

Les yeux de Milian le piquèrent. Sa vision devint floue, comme si un filtre bistre la perturbait. Il se voyait cloué sur une planche, exposé aux rapaces ainsi qu'aux désirs cruels des habitants de Rivlon et de ses environs. Son corps allait être exhibé telle une bête de foire, telle la carcasse d'une monstruosité, tel le cauchemar qui s'immisçait encore parfois dans ses songes. L'air, plus lourd, l'empêchait presque de respirer.

Quant à Waryn, il gardait la tête haute. Il souriait face aux détritus qui pleuvaient sur lui.

Milian se sentait coupable.

Si je n'étais pas allé te chercher, si je m'étais contenté de fuir avec Jalen et Shana… Oui, tu aurais eu une chance. Là, je n'ai fait que te rapprocher de l'échafaud en criant à tout le monde que tu connaissais un Descendant. Dans cette histoire, l'imbécile, c'est moi.

Alors qu'ils étaient presque arrivés aux remparts, un homme émergea de la foule. Le capuchon de sa pèlerine était baissé, dissimulant son visage. Il se posta en travers du chemin de la procession.

Les hurlements et les vociférations cessèrent, laissant place à une marée de murmures. Tous devaient se demander qui avait l'audace de perturber le cours du lynchage. Les gardes lui crièrent de dégager de là, mais il resta sur place, impassible.

Puis l'homme abaissa sa capuche, dévoilant des yeux étincelants, annonciateurs des pires maux de ce monde. Jalen, le visage impénétrable, balaya du regard l'entièreté de l'esplanade.

Tiens, il n'est pas parti… Tu aurais dû, le vieux. Quoi que tu fasses, on ne mérite pas un bain de sang.

Toutes les armes qui avaient été remisées furent dégainées. Du sable tourbillonna autour de Jalen. La panique gagna la foule.

— Abattez-le ! hurla l'officier.

Les gardes qui se précipitèrent vers le Descendant furent repoussés par des vagues granuleuses. Des flèches et des carreaux furent décochés, mais ils n'atteignirent jamais leur cible, explosant en plein vol.

Des amas se formèrent dans les airs, se solidifièrent en de puissants projectiles, et sifflèrent avant de frapper tous les hommes armés autour de lui, les projetant au sol avec violence.

Milian sentit la poigne se desserrer autour de son bras. C'était l'occasion de décamper. À côté de lui, il vit Waryn abattre ses poings sur l'un des gardes. Le jeune homme se jeta ensuite sur lui, une épaule en avant.

À terre, Waryn utilisa sa chaîne pour l'enrouler autour du cou de son adversaire. L'homme se débattit, foudroyant les côtes de son agresseur alors que son visage virait au cramoisi.

Tout autour, certains gardes se relevèrent, encore stupéfaits. Mais Jalen ne leur laissa aucun répit. Il fit jaillir des colonnes de sable et les piégea dans des cages de sa création. Désorganisés par des tourbillons et aveuglés par le brouillard granuleux, ceux dont les mouvements n'étaient pas entravés couraient dans tous les sens.

Un chaos sans précédent.

Alors que Milian allait empêcher l'un des gardes de se jeter sur Waryn, ses fers se désagrégèrent, apparemment rongés par le sable. Une seule seconde d'inattention. Quelque chose le percuta sur sa droite. Il mordit la poussière.

— Ne crois pas que tu vas t'en sortir comme ça, morveux ! brailla l'officier. La justice, ici, c'est moi.

Il s'avança, posa un pied sur son torse, puis le menaça de son cimeterre.

Le corps de Milian était secoué par la douleur. Il tenta tout de même de frapper l'officier aux jambes. Apparemment, ce fut bien trop mollement. L'homme se mit à rire.

Mais pas pour longtemps.

Waryn surgit du brouillard, envoyant un crochet du droit fracasser le nez du soldat. Ce dernier tituba sur quelques pas et porta une main sur son nez ensanglanté, un rictus abominable sur les lèvres.

Sans se démonter, il fonça vers les deux amis, la lame courbe armée, prête à trancher. Waryn fléchit les jambes. Milian ramassa le premier caillou à sa portée.

L'officier lévita soudain au-dessus du sol. Il continua de courir quelques secondes dans les airs, faisant du surplace, un nuage granuleux autour de son ventre.

— Suivez-moi ! tonna Jalen, se tenant juste à quelques pas.

Ils ne se firent pas prier. Ils détalèrent vers le Descendant, se dirigeant vers la porte de Rivlon.

Alors tu es notre malheur et notre salut ? Est-ce que le sort qui nous est réservé en te suivant est préférable à celui auquel nous étions promis ? Bah, après tout, ça ne peut pas être pire. Si ?

Des gardes étaient figés dans des positions grotesques, des monticules de sable les empêchant de bouger. L'un avait la tête vers le bas, les jambes écartées dans les airs, tout en crachant les grains qui s'accumulaient dans sa bouche. Un autre était immobilisé alors qu'il semblait être sur le point de tomber, les bras à mi-chemin devant lui.

Alors qu'ils atteignaient la porte, Milian reconnut le visage d'un habitué de la taverne. C'était la seule partie visible de son corps ; le reste était enfoui sous le sable. Il ne put se retenir de lui donner une claque au passage.

— Tiens ! Ça, c'est pour toute la vaisselle que tu as cassée et que j'ai dû ramasser !

Il n'attendit aucunement sa réponse.

Peut-être qu'il aurait pu se passer de ce geste, mais, franchement, ça lui avait fait un bien fou.

Le brouillard persistait à l'extérieur du bourg. Cependant, Jalen semblait exactement savoir où il sc rendait. Il se déplaçait avec aisance tandis que Milian se couvrait les yeux pour se protéger du sable.

— Par là ! s'exclama une voix féminine.

Shana les attendait un peu plus loin, tenant trois chevaux à la robe alezane par la bride. Ils étaient scellés et équipés de sacoches.

— Milian, tu montes avec Shana ! s'écria Jalen.

Milian sauta derrière son amie. Elle était plus à l'aise sur une monture, et il valait donc mieux lui laisser les rênes.

— Tu vas nous expliquer ce bordel ! rugit Waryn.

Le visage de Jalen se crispa. Avec cette lueur démoniaque qui animait toujours ses iris, il était terrifiant.

— Que Sunaarashi t'étouffe ! Monte sur le cheval, ou reste ici, pour ce que ça m'importe !

Des gardes se rapprochaient au pas de course. Waryn abdiqua non sans lâcher un chapelet de jurons et se hissa sur l'animal. Alors, Jalen lança le sien au galop, immédiatement suivi par les trois amis.

Chapitre 4

Milian

La nuit venait de tomber, obscurcissant de son encre ténébreuse les paysages arides dus aux mois de sécheresse. La pâle lueur de la voûte céleste, piquetée d'étoiles, ne permettait que d'apercevoir des formes approximatives aux alentours.

Le petit groupe avait chevauché en silence durant plusieurs heures. Ils s'étaient éloignés le plus possible de Rivlon avant que la noirceur ne les empêche d'évoluer sans risquer de tomber dans l'un des nombreux ravins parcourus de minces ruisselets. Le brouillard de sable s'était dissipé une fois loin du bourg, et il semblait que les gardes avaient abandonné toute tentative de poursuite. Ils avaient emprunté la route principale un temps, ce qui leur avait permis d'avancer rapidement, et n'avaient croisé que quelques rares voyageurs.

Ils pénétrèrent dans un petit bosquet avant de mettre pied à terre ; les côtes de Milian ne purent que le remercier de cette décision. Il voulut s'adresser à Waryn pour le calmer, car il percevait toute la rage qui bouillonnait en lui, mais ce dernier se dirigea immédiatement d'un pas décidé vers Jalen.

— Et maintenant, tu vas tout m'expliquer ! fulmina-t-il.

— Une longue route nous attend, répliqua le tavernier d'un ton tranchant. Tu ferais mieux de dormir.

Waryn, les bras croisés, resta devant Jalen.

— Tout ce qui se passe, c'est de ta faute ! T'es un Descendant et ils te recherchent. Moi, je n'ai rien à voir avec ça ! Si je suis parti de ta fichue taverne, c'était pour ne plus rien avoir à faire avec toi. Et voilà qu'à cause de toi, j'ai failli y passer ! Tu ne me laisseras donc jamais tranquille ?

Le vieux grogna, son embonpoint défiant la musculature impressionnante de Waryn. Pourtant, son aura se manifestait de façon si menaçante qu'il ne paraissait pas le moins du monde diminué.

— T'es pire que de la bouse de Kredae, tu le sais ? Oui, je viens de perdre tout ce que j'avais ici pour vous sauver les miches. Je savais que j'aurais dû refuser de vous accueillir alors que vous n'étiez que des enfants à peine capables de baragouiner trois mots, juste bons à vous cacher sous les jupons de vos mères !

— Jalen, s'il te plaît ! l'implora Shana. Il mérite que tu lui racontes ce que tu sais. Tout comme Mili, et tout comme moi…

— Hunor, je te maudis pour ça…, soliloqua le tavernier.

— Jalen ? insista Milian. Nos vies sont tout autant en danger que la tienne. Sauf que nous, nous ne sommes pas des Descendants. Alors si nous devions mourir, j'aimerais au moins en connaître la raison. Tu nous dois bien ça, non ?

Et tu as intérêt à nous la divulguer. Je ne compte pas rester gentiment avec toi si tu continues de nous cacher ce que tu sais.

— Pourquoi ai-je accepté…, continua Jalen, se parlant toujours à lui-même. (Shana se plaça devant lui et prit l'une de ses mains dans les siennes. Dans un soubresaut, le vieux parut revenir subitement à la réalité.) Vous venez d'Orrisia. Tous les trois, de ce qu'Hunor m'a dit, vous avez échappé à un massacre. Il ne pouvait pas s'occuper de vous, alors il vous a refourgués à son ami bien trop gentil et bien trop stupide pour accepter.

— Qui est cet Hunor ? demanda Milian.

— Un ami de longue date, marmonna le tavernier.

— Et donc, qui nous recherche ? s'impatienta Waryn. Et pourquoi ? Arrête de tourner autour du pot !

— Qu'est-ce que j'en sais ? Mais maintenant, ce sera le problème d'Hunor. Il vous a amenés à moi, alors c'est à lui d'assumer ses responsabilités et de vous expliquer ce qui se passe.

Waryn allait repartir à la charge, lorsque Shana l'interrompit.

— Merci d'être venu.

L'intéressé leva les yeux au ciel.

— Mais pourquoi vouloir nous cacher ça ? interrogea Milian.

Jalen souffla du nez.

Cette question l'agace déjà. Mais tu nous dois des réponses. Et tu nous les donneras.

— Parce que vous rêviez bien trop d'aller en Orrisia et que je devais vous garder jusqu'à ce qu'Hunor vienne vous chercher. Mais apparemment, il était bien trop occupé durant toutes ces années !

— Et qu'en est-il de cette histoire de Descendants ? poursuivit Milian, ne voulant pas lâcher l'affaire.

S'il est enclin à parler, il faut en profiter.

— Ne t'y mets pas toi aussi, railla le tavernier.

— Non, il a raison, insista Waryn. C'est quoi ces conneries ?

— Tous les trois, vous êtes comme moi, des Descendants, articula Jalen. C'est bon, c'est ce que tu voulais savoir ?

Un silence pesant s'installa. Le vieux avait annoncé cela avec une banalité affligeante, alors que ça pouvait changer le cours de leurs vies. *Ne nous accorde-t-il aucune estime, à nous balancer ça comme si ça n'avait pas la moindre importance ?*

— Je ne le savais pas vous concernant, hésita Shana. Mais il dit vrai pour ma part. Je suis une Descendante.

Pardon ?

Waryn et Milian se tournèrent vers elle, circonspects, atterrés par la signification de ses paroles. La jeune femme n'avait pas pour habitude de mentir, ce qui n'était pas certain à propos de Jalen. Le garçon de taverne avait du mal à croire ce qu'il venait d'entendre, et pourtant, c'était bien ce qu'elle avait dit. *Depuis quand le sait-elle ? Pourquoi n'en a-t-elle jamais parlé ?* Dans une certaine mesure, cela pouvait s'expliquer, compte tenu du traitement réservé aux Descendants en Vanyanir. *Mais après tout, on se connaît depuis plus longtemps que n'importe qui...*

Milian se remémora leurs discussions à propos des Descendants lorsqu'ils étaient plus jeunes. Waryn et lui avaient toujours exprimé leur aversion pour ceux qu'ils considéraient plus comme des bêtes avides de sang que des humains, ceux dont l'ignominie n'avait pas de limite, ceux qui se complaisaient à réduire des hameaux entiers en charniers, ceux dont les pouvoirs leur servaient à anéantir toute trace de vie sur leur passage…

N'est-ce pas ce qu'on nous a systématiquement raconté ?

Et puis il y avait eu cette tuerie à Rivlon. Un bourg parmi tant d'autres. Sans histoires. Cela avait renforcé ce sentiment de haine indicible face à l'inexplicable. Cependant, avec l'âge, l'idée que se faisait Milian des Descendants avait évolué, l'animosité cédant peu à peu sa place à l'amertume, puis à la fatalité de ne pouvoir démêler le vrai du faux. Il avait compris qu'il ne faisait que répéter ce qu'on lui avait rabâché durant toutes ces années. Toutefois, il n'avait jamais oublié la cruauté irradiant les orbites de cet être annihilateur. *Quant à Shana, elle s'est toujours montrée moins absolue. Elle cherchait à comprendre plutôt qu'à juger.* Cela prenait maintenant tout son sens, et il mesurait enfin le poids de ses paroles – qu'elle avait endurées sans jamais divulguer son secret.

— T'es une Descendante, toi aussi ? grinça Waryn. Et on n'en aurait jamais rien su ?

— On m'a fait promettre de le cacher, de ne jamais le révéler à quiconque. Alors oui, je n'ai jamais rien dit. Tu peux au moins comprendre ça, non ? Vous auriez pensé quoi de moi ? Et si l'un de vous en avait parlé après s'être enfilé quelques verres ? Et puis je crois que le temps m'a donné raison. Tu es parti, Waryn. Qu'est-ce qui t'aurait empêché de raconter ça à tes nouveaux *amis* ?

Sa voix, empreinte de tristesse, ne ressemblait pas à la Shana que Milian avait toujours connue. Alors que Waryn s'apprêtait à poser d'autres questions, Jalen s'interposa.

— On a pu avoir des différends, toi et moi. *Beaucoup* de différends. Je dois avouer que j'ai espéré que tu restes avec ta petite bande de jouvencelles en détresse. Que tu ne viennes pas avec nous. Mais te voilà. Alors, maintenant, on a plusieurs jours de chevauchée qui nous attendent, où je pourrai répondre à certaines de vos questions, et où Shana se fera un plaisir de dévoiler ce qu'elle souhaite. Pour l'instant, je te prierais de te reposer, car demain, j'aimerais éviter de te ficeler à ton cheval pour que ton délicat fessier reste en selle. Vous trouverez de quoi manger dans les sacoches, et ensuite, allez dormir !

Milian s'attendit à ce que le ton sarcastique du tavernier mette Waryn encore plus en rogne, mais il n'en fut rien. Il se contenta de grogner et alla s'installer à l'écart.

— Pour cette nuit, je monte la garde, ajouta Jalen tout en s'éloignant.

— Je peux prendre mon tour, proposa Milian.

Ils restaient un groupe malgré tout. Et le tavernier avait consenti à faire quelques pas vers eux. C'était déjà ça. Maintenant, le temps était plutôt à l'apaisement. *Du moins, jusqu'à demain.*

— Non, tu vas manger un bout et te reposer. Je vous réveillerai aux aurores.

— Laisse-moi au moins te relayer, insista Shana. Je ne pense pas que j'arriverai à fermer l'œil de la nuit.

Jalen parut hésiter un instant, mais il finit par apporter la même réponse négative.

— Eh bien, ce fut une journée riche en émotions ! J'aurais préféré me retrouver tout nu devant une horde de koalicans plutôt que de me lever ce matin ! voulut plaisanter Milian pour apaiser la tension.

Shana l'observa quelques secondes avant de marmonner une excuse et de se mettre elle aussi à l'écart.

Décidément, le voyage qui nous attend ne se distinguera pas par sa gaieté. Enfin, j'imagine que ça pourrait être pire. Pire qu'avec un Desc... Non, deux Descendants. Shana... Milian se gratta le crâne. *Quatre Descendants ? Waryn et moi aussi ? Que les Créateurs soient maudits ! C'est possible, ça ?*

Son ventre émit quelques borborygmes, mais il n'eut pas le cœur à avaler la moindre nourriture. Se dénichant un coin entre deux arganiers, Milian se coucha et tenta de trouver une position confortable, puis contempla le ciel étoilé perturbé par quelques nuages omineux.

Le lendemain, comme promis, Jalen le réveilla dès que les premiers rayons de soleil firent leur apparition, dévoilant les vastes landes de terre rouge craquelée. Elles étaient parsemées de touffes d'herbes jaunies par la chaleur, que seules des cataractes de pluie auraient pu étancher. Des sillons creusés par des ruisseaux au débit insignifiant ponctuaient le paysage, bordés d'arbres rabougris dont les frondaisons éparses n'apportaient que de minuscules espaces ombragés.

Au milieu du bosquet, se tenant contre le tronc d'un olivier au bois apparemment rongé par la maladie, Shana et Waryn mangeaient déjà des céréales qu'ils avaient dû trouver dans leurs sacoches. Elle avait quitté sa tunique ambrée pour une autre plus discrète, d'un brun froid, alors que lui portait toujours sa chemise écrue, dont les quelques taches de sueur révélaient une nuit agitée.

Milian sentit son estomac gargouiller. Il attrapa son chapeau de paille et alla fouiller dans sa besace, y découvrant des provisions, quelques-uns de ses vêtements, ainsi qu'une poignée de pièces d'argent – suffisamment pour se payer plusieurs nuitées dans des auberges. À côté de lui, Jalen, débarrassé de sa pèlerine au profit d'une tunique charbon disposant de l'avantage de minimiser son ventre bedonnant, s'affairait à nourrir les chevaux et à les seller. Constatant qu'il n'était pas enclin à engager une quelconque conversation, Milian imita ses amis et empoigna une portion de céréales qu'il déposa dans une écuelle, puis les rejoignit, brisant leur vœu de silence.

— Vous pensez qu'on est réellement des Descendants ? se risqua-t-il. (Voyant le regard torve de Shana, il se reprit.) Je veux dire, Waryn et moi.

Cette question le travaillait, et il s'agissait d'un moyen comme un autre de rompre ce mutisme.

— Des conneries, rétorqua Waryn en fixant le tavernier.

— Je pense que tu devrais montrer plus de gratitude envers Jalen, le corrigea Shana. Il a pris beaucoup de risques pour nous.

— Encore à le défendre, hein ? s'enhardit-il. Si je me rappelle bien ce qu'il nous a dit hier, on a constamment été un fardeau pour lui.

Milian soupira.

— T'es plutôt dur avec lui. C'est tout de même lui qui nous a élevés...

— J'ai l'impression qu'il nous considère comme des marionnettes qu'il manipule à sa guise, répliqua Waryn. Mais toi, Shana, tu as certainement plus à nous dire. Tu sais depuis longtemps que tu es une Descendante. Y a-t-il autre chose que tu voudrais partager avec nous ?

Tu devrais contrôler tes émotions, grand frère. Ça ne te mènera nulle part de constamment chercher les embrouilles. Ça n'a pas toujours été facile pour toi, mais pour aucun d'entre nous non plus. On sait ce que l'on a enduré. Alors, par pitié, ressaisis-toi.

— Waryn, arrête..., l'avertit Milian, souhaitant éviter que la discussion ne dégénère.

— Non, objecta Shana. Il a raison. J'aurais peut-être dû vous en parler plus tôt. (Elle soutint le regard de Waryn sans sourciller, les lèvres pincées.) Mais j'ai pleinement confiance en Jalen, alors je pense qu'il sait ce qu'il fait. Et puis, même si tu ne le supportais plus, tu étais content qu'il soit là pour prendre ta défense lorsque tu te faisais prendre avec la main dans la poche d'un ivrogne. Tu n'étais pas le plus apprécié de nous quatre à la taverne, si je me rappelle bien.

— Tu n'as pas pour habitude d'être aussi naïve, se moqua-t-il.

Shana serra le poing.

— Toujours aussi borné et exécrable quand tu t'y mets.

— S'énerver n'arrangera rien, on est tous dans le même bateau maintenant, intervint Milian. Essayons de rester positifs. On est en vie, non ? Et je crois, sans vouloir m'avancer, que ça relève déjà d'un miracle !

Jalen mit fin à la conversation – au grand soulagement de Milian – en les prévenant que les chevaux étaient prêts et qu'il était temps de reprendre la route. Ils enfourchèrent leurs montures puis chevauchèrent à travers la lande sous un ciel azur et une chaleur de plomb, uniquement dérangés par le sifflement de vautours et les stridulations des insectes. La végétation était rare, tout comme l'eau, mais au moins, ils ne croisèrent personne dans ces vastes étendues qui les éloignaient peu à peu des espaces habités.

Personne ne voulut engager la discussion, ce qui ne fit qu'alourdir l'ambiance morose qui régnait depuis leur départ de Rivlon. Cependant, malgré leur fuite et le fait qu'il n'était pas passé loin de la catastrophe la veille, Milian ne s'était jamais senti aussi libre. *J'ai l'impression de m'être échappé d'une cage qui s'est brisée, alors que le geôlier se tient juste devant moi.* Quelque chose avait changé en Jalen, outre le fait de savoir qu'il était un Descendant. Il était leur protecteur, et Milian et ses amis dépendaient entièrement de lui ; la rumeur qu'un Descendant se promenait dans la nature, et qu'il était accompagné de trois jeunes gens, se propagerait à travers Vanyanir. Ils se feraient pourchasser sans relâche jusqu'à ce qu'on leur mette la main dessus.

Une sueur froide sinua le long des omoplates de Milian. Il s'imaginait ce qui l'attendait si cela venait à se produire.

Lorsque le soleil atteignit son zénith et que la température toucha son point culminant de la journée, ils s'abritèrent sous les feuillages ténus mais verdoyants d'un fourré traversé d'un ruisseau. Ils profitèrent de son eau claire pour remplir leurs outres déjà bien entamées et faire boire les chevaux. Prenant un bout de viande séchée de sa sacoche, Milian s'installa sur un rocher au milieu du cours d'eau, près de Shana, qui se rafraîchissait tant bien que mal à l'aide de son éventail. Waryn, à quelques pas d'eux, contemplait l'amont, le regard perdu. Contre toute attente, son amie rompit le silence.

— Je suis désolée de vous l'avoir caché durant toutes ces années.

Milian lui adressa un sourire indulgent.

— C'était ton droit.

Même s'il l'avait d'abord pris comme une trahison, il comprenait bien que ça n'avait pas dû être facile pour la jeune femme de vivre avec ce secret.

— C'est Jalen qui t'a demandé de ne rien dire, hein ? s'enquit Waryn. (Shana hocha lentement la tête.) J'ai un peu réfléchi à ce que t'as dit, Mil. T'as raison, il faut aller de l'avant. Mais ça ne veut pas dire boire les paroles du vieux.

— On est ensemble, et c'est ce qui compte, ajouta Milian, encourageant son optimisme. Mais tu peux râler ou lui tenir tête autant que tu veux, je crois qu'il aura toujours le dessus. Et ça, c'est sans compter ses fichus pouvoirs de Descendant. Maintenant, même physiquement, tu ne fais pas le poids. Difficile à croire, non ?

Alors que Jalen scrutait les alentours au milieu des plantes grasses qui lui arrivaient jusqu'au genou, Milian l'entendit grogner sur le fait de devoir chevaucher pendant des heures, que ce n'était plus de son âge. Cela lui arracha un sourire. *Il est vrai qu'il n'est plus tout jeune, et son ventre ne doit pas lui faciliter la tâche.*

— Où est-ce que nous nous rendons ? lui demanda Milian en élevant la voix.

Le tavernier ne le regarda même pas.

— À Port-Nyanir.

Il en avait souvent entendu parler, surtout de la part de voyageurs. *L'une des plus grandes cités de tout Vanyanir, et certainement le port le plus important. Il donne sur l'océan Primordial et accueille des navires provenant d'Orrisia et des archipels du sud,* rêva-t-il.

— Il se trouve là-bas, ton Hunor ? enchaîna Waryn.

— Non, objecta Jalen. On y retrouvera Peleg, un ami à moi.

Waryn ricana.

— T'as des amis, maintenant ?

Laisse de côté ton animosité, juste le temps d'une conversation, s'il te plaît... C'est ça que tu appelles « aller de l'avant » ?

— T'es vraiment qu'un ingrat ! clama Jalen. T'aurais mieux fait de rester avec tes danseuses pour…

— Où irons-nous après Port-Nyanir, alors ? l'interrompit Milian pour éviter que la situation ne s'envenime à nouveau.

— Peleg devrait pouvoir nous faire quitter Vanyanir sans attirer l'attention, expliqua le tavernier en reprenant un brin de contenance. Il a contracté une dette envers moi, et j'espère qu'il ne l'aura pas oubliée. Ça nous permettrait de nous rendre à Lugann, en Araneana ; la cité où nous trouverons Hunor. Enfin, s'il y réside toujours. Ce vieux bougre m'avait indiqué que je n'aurais certainement pas de mal à le dénicher dans des popines des quartiers populaires, alors il a intérêt d'y être !

— En Araneana ? s'écrièrent à l'unisson Milian et Waryn, manquant tous deux de s'étouffer.

Ils avaient toujours rêvé de se rendre sur le continent, et cela allait enfin se concrétiser ? Orrisia s'étendait sur des milliers de lieues que se partageaint l'Araneana, le Leanalyn, le Lopharène et tant d'autres royaumes, fourmillant de vies et de paysages différents. Milian avait entendu tant d'histoires de la part de voyageurs. Des cités tentaculaires, des royaumes tutoyant les nuages, des lacs à la beauté ineffable, des chaînes de montagnes défiant le firmament, une végétation luxuriante, des colosses de pierre, des bâtiments à la richesse incomparable… Tant d'endroits qu'il voulait visiter et voir de ses propres yeux. Il n'arrivait pas à cacher sa joie, tout comme Shana qui trépignait sur place.

— Notre fuite n'a peut-être pas que des mauvais côtés, claironna-t-il tout en allant pincer une joue de Waryn, qui lui rendit une tape amicale dans le dos – peut-être un peu forte.

— Port-Nyanir est au moins à une semaine de chevauchée d'ici, nota Shana.

— Un peu plus, car nous éviterons les bourgades autant que possible, la rectifia Jalen. Et nous devrons traverser les Monts d'Ébène.

— Est-ce vraiment nécessaire ? questionna Waryn. Vu le carnage que tu as fait à Rivlon, quelques soldats ne semblent pas suffisants pour t'arrêter.

Les traits du tavernier se durcirent.

— Oui, c'est nécessaire. Je n'ai aucunement envie de faire du mal à des gens qui n'ont rien demandé, et puis… Shana ou Milian pourraient se retrouver blessés. Alors puisque je suis le seul…

— C'est bien là que je voulais en venir, le coupa Waryn. Si nous sommes des Descendants, nous pourrions nous aussi utiliser nos pouvoirs pour nous défendre, non ? T'as juste à nous expliquer comment faire.

— Toi et Milian, vous n'en êtes pas réellement, du moins, pas encore, expliqua Jalen avec un soupir. Et si les Créateurs le souhaitent, vous n'aurez jamais à supporter ce poids.

Que veut-il dire par : « vous n'en êtes pas réellement » ? Soit on est un Descendant, soit on n'en est pas un, non ?

— Je vous expliquerai si vous voulez, suggéra Shana, comme si elle avait lu dans ses pensées.

Milian et Waryn acquiescèrent alors que Jalen se remit en selle.

On va prendre notre mal en patience.

Pendant que l'après-midi avançait péniblement, le garçon de taverne observait les quelques collines et coteaux rocheux qui mamelonnaient et égayaient la platitude du paysage. Peu nombreuses, de minuscules forêts d'acacias aux frondaisons jaunâtres ornaient ce relief vallonné, n'attendant que le retour de la pluie pour leur redonner leur couleur verdoyante.

Bientôt, ils atteignirent le fleuve Amarante, dont le nom provenait de la réverbération du soleil sur la multitude d'amas de terre rouge qui remontaient à la surface. Les innombrables alluvions au-dessus du niveau de l'eau rendaient compte de la sécheresse accablante des derniers mois. Des roseaux, dont la hauteur dépassait même Waryn sur son cheval, emplissaient les grèves de leurs feuilles rubanées. Ces dernières n'émettaient pas le moindre chant en l'absence totale de vent, de ne serait-ce qu'une légère brise qui aurait pu permettre de rendre la chaleur suffocante plus tolérable. Mais comme d'habitude, Milian n'en souffrait pas autant que ses amis.

Le groupe continua son avancée le long du fleuve, qu'on ne faisait qu'apercevoir de temps en temps au travers des longues tiges des roseaux. Cependant, ils s'en éloignèrent à plusieurs reprises afin d'éviter les hameaux qui s'étaient installés sur les rives. Prenant de la hauteur sur les collines rocailleuses pour les contourner, Milian contemplait les petites barques louvoyer entre les écueils, conduites de main de maître par les quelques pêcheurs qui s'en devaient retourner chez eux avec leurs maigres prises.

En Araneana, ça doit être bien différent. Les récits des voyageurs parlent d'un nombre infini de cours d'eau qui jalonnent tout le royaume, de lacs à la beauté légendaire, de forêts à la végétation si dense qu'il est difficile de s'éloigner des sentiers battus...

Une flèche fusa. Elle se planta à quelques pas devant la monture de Jalen.

Une deuxième s'ensuivit. Puis une troisième.

Les chevaux hennirent et manquèrent de se cabrer. D'un geste assuré, Shana maîtrisa l'équidé à l'aide de ses rênes et Milian s'agrippa à elle pour ne pas chuter.

Une quinzaine de cavaliers dévalaient la pente abrupte depuis le faîte de la colline. Vêtus d'étoffes d'un jaune pâle et auréolés de turbans, les soldats, déversant leur haine par des invectives, se rapprochaient à vive allure malgré les nombreux rochers.

Des gardes d'Aghann ou de Tharour. Les bourgades ne sont pas si éloignées vu que nous avons longé le fleuve Amarante, spécula en vitesse Milian.

Ne prenant même pas la peine de se consulter, Jalen, Shana et Waryn lancèrent les chevaux au galop. Ils se dirigèrent vers le terrain plat qui leur autoriserait d'avancer plus rapidement. Les rochers pouvaient se révéler de véritables pièges mortels.

Les soldats étaient encore à bonne distance, ce qui ne leur permettait pas de les atteindre facilement avec leurs arcs, mais Milian avait l'impression que l'écart se réduisait. Les chevaux que Jalen avait choisis étaient certainement entraînés pour voyager sur de longs trajets, mais pas pour rivaliser dans une course effrénée.

Alors qu'ils avaient gagné le bas de la colline, les flèches continuèrent de pleuvoir, de plus en plus nombreuses, s'enfonçant dans le sol avec une dangereuse précision. Milian se cramponnait à Shana. Il jetait un regard derrière lui toutes les cinq secondes pour évaluer la distance qui les séparait de leurs poursuivants. Il baissa la tête et obligea son amie à faire de même pour éviter un projectile à la pointe meurtrière, les frôlant de son sifflement aigu. Pourtant, Jalen ne voulait pas s'arrêter, résolu à les semer d'une manière ou d'une autre.

Cette impression de filtre bistre se manifesta à nouveau. La même qui avait voilé la vue de Milian à Rivlon. Le paysage se couvrit d'un brouillard granuleux, masquant les formes les plus proches. Les soldats disparurent dans ce nuage de sable. On ne devinait plus leur présence que par leurs cris hargneux parsemés de provocations et de mépris. Le petit groupe galopa encore sur une bonne distance sous les ahanements des chevaux, avant que Jalen ne bifurque soudain à travers les roseaux. Ils s'y enfoncèrent jusqu'à se retrouver devant le fleuve, dont la surface miroitante, malgré le brouillard, brûlait la rétine si l'on s'attardait à le contempler.

Quelques instants plus tard, descendu de sa monture, une goutte de sueur perla du front de Milian.

Il entendit la cavalcade des équidés lancés à leur poursuite passer sans réduire leur allure. Le bruit des sabots martelant la terre finit par s'estomper. Le calme revint, à peine perturbé par le froissement des ailes des libellules et le clapotis de l'eau lorsqu'une grenouille venait à gober un moustique. *Combien de temps mettront les soldats avant de se rendre compte qu'ils ont perdu nos traces et qu'ils doivent rebrousser chemin ?* Ils ne pouvaient pas rester là.

En silence, la petite troupe se mit d'accord pour longer le fleuve. Ils restèrent à couvert dans le champ de roseaux qui, couplé à la purée de pois, les rendait presque invisibles. Ils avancèrent lentement pour ne pas émettre de bruit, et finirent par arriver devant un pont de bois étayé de chevrons enveloppés par une épaisse couche de vase. Quelques lattes manquaient à l'appel, tandis que d'autres étaient sévèrement dégradées ou pourries. Cependant, ils le traversèrent sans encombre pour rejoindre l'autre rive, tenant les chevaux par la bride alors que le brouillard perdait en densité.

— Il va falloir faire preuve de plus de prudence, annonça Jalen d'une voix ferme, comme s'il se parlait à lui-même. Tous les environs seront bientôt au courant de notre présence.

— De la tienne, ou de la nôtre ? rétorqua Waryn avec emphase.

Mon frère...

— De nous tous, riposta Shana, inflexible, clôturant les balbutiements d'une altercation.

Ils remontèrent en selle et arpentèrent le chemin sinueux entre les roseaux avant de s'éloigner de l'Amarante. Des patrouilles ne tarderaient pas à grouiller dans le coin, et il était préférable d'emprunter un itinéraire plus discret.

Le tavernier guida le groupe sur des terrains désolés, serpentant entre des collines dont les cailloux présentaient des arêtes non moins tranchantes que des rasoirs et dont la végétation arborait un visage tout aussi menaçant. Les rares plantes qui poussaient sur les flancs presque déserts proposaient leurs aiguilles à celui ou celle qui tenterait d'en extraire le précieux liquide désaltérant. Le sifflement de sassillons – de petites bêtes au venin mortel – se répercutait en écho sur les surfaces rocailleuses, les avertissant qu'à la moindre halte, ils devraient leur faire face. En dehors des lieux habités, la nature dictait ses lois, et elle le rappelait constamment.

Ils ne cessèrent d'avancer, si bien qu'au crépuscule, les chevaux haletaient depuis un bon moment. La nuit apporta une fraîcheur bienvenue, même si la terre rouge et les pierres renvoyaient à présent toute la chaleur accumulée de la journée. Au détour d'une colline, ils s'abritèrent dans une anfractuosité assez profonde pour les accueillir avant de partager un repas frugal. Ils se tenaient prêts à lever le camp au cas où des soldats auraient l'idée de venir les chercher jusqu'ici.

Vanné par ces heures sous le cagnard, Milian s'allongea sur le tapis rocheux. Il prit l'une de ses tuniques en guise de couverture, puis le sommeil ne tarda pas à l'emporter malgré les cris lointains de koalicans sauvages. Il espérait simplement qu'un serpent ne se glisserait pas dans sa couche.

Milian suffoquait, cherchait désespérément l'air qui lui manquait. Les grains de sable ensevelissaient son visage, s'insinuaient lentement dans sa gorge brûlante alors qu'il était ligoté sur une chaise. Jalen le scrutait de ses deux orbites flamboyantes. Un sourire sordide déformait ses traits. Le garçon de taverne voulut lui hurler d'arrêter, mais aucun son ne sortit de sa bouche. Il puisa dans ses forces et se détacha. D'un bond, il s'apprêta à frapper le tavernier. Le mirage s'évapora comme s'il n'avait jamais existé.

Milian se réveilla en sursaut. Il haletait, en sueur. Il palpa sa gorge à la recherche des grains de sable.

Un cauchemar. Rien de plus.

À quelques pas de lui, Jalen ruminait et pestait à propos d'Hunor – celui qu'il avait mentionné la nuit dernière, ainsi que la veille. *N'a-t-il pas dormi ?* Ses traits tirés, éclairés par l'aube naissante, appuyaient cette supposition.

Regardant du côté de ses amis, il ne vit pas Shana, ni les quelques étoffes qui lui avaient servi de couchage. *Où est-elle donc partie ?* Cela ne semblait pas inquiéter Jalen. Il restait de marbre. Après s'être changé au profit d'une tenue plus claire, Milian s'installa à côté de lui. Lorsque le tavernier plaqua ses cheveux grisonnants sur le dessus de son crâne, Milian eut un mouvement de recul, qu'il regretta aussitôt.

— Où est allée Shana ? demanda le garçon de taverne, comme Jalen ne prenait pas la parole.

— La voilà, grommela le Descendant.

La jeune femme apparut dans son champ de vision, éventail en main, paraissant en pleine forme. Ils discutèrent un petit moment du chemin qu'ils prendraient jusqu'aux Monts d'Ébène, avant que Waryn ne se réveille à son tour, ce qui sonna l'heure du départ.

La journée, lorsque personne ne se plaignait de la chaleur écrasante, fut bercée par les jérémiades de Waryn et Jalen, qui ne perdaient pas une occasion de se chamailler. De véritables enfants. Milian, las de leurs querelles, avait rapidement oublié l'idée de les réconcilier. Quant à Shana, elle s'immisçait parfois dans leurs « conversations », même si cela ne rajoutait que de l'huile sur le feu. Mais au moins, ils ne firent pas de mauvaise rencontre malgré les quelques hameaux qu'ils avaient aperçus au loin.

Le soir, ils s'installèrent à l'orée d'une futaie d'eucalyptus située dans un goulet, entre des collines à la végétation éparse. Ils n'avaient quasiment pas cessé de chevaucher, effectuant de brèves haltes pour que leurs montures puissent se reposer. Lorsque Milian descendit de sa selle, les courbatures et son fessier endolori lui rappelèrent à quel point il aurait préféré marcher. Mais, au moins, grâce aux onguents de Shana, ses côtes ne le faisaient plus souffrir.

— Nous allons passer la nuit ici, déclara Jalen. Waryn a assurément besoin de dormir après avoir gémi toute la journée.

Waryn ne releva pas la remarque. *Peut-être qu'il est lui-même las d'en découdre avec le vieux. Il faut avouer que ce dernier se montre infatigable.*

S'adossant contre un tronc, Milian observa la chaîne de montagnes qui se dressait à une bonne journée de cheval devant eux. Les Monts d'Ébène traversaient une grande partie de l'île, la coupant presque en son centre. On y trouvait des roches aussi sombres qu'une nuit sans lune, que les joailliers utilisaient pour confectionner toutes sortes de bijoux.

La manière principale de les franchir est de passer par Alentoise, réfléchit-il. *Sinon, on pourrait les contourner, mais ça représente certainement un bon mois supplémentaire. Non, il doit y avoir d'autres passages. Seulement, je ne les connais pas. Jalen doit avoir cette troisième option en tête, vu que traverser Alentoise est risqué et qu'il a parlé de quelques jours de voyage jusqu'à Port-Nyanir.*

Voyant que chacun allait s'éloigner dans son coin, Milian voulut leur rappeler de bons souvenirs qu'il conservait de leur jeunesse à *L'Arbre Ruisselant*.

Il commença à raconter la fois où Waryn avait cassé tellement de vaisselle en une matinée que le tavernier l'avait obligé à se déplacer les pieds et mains liés pendant toute une semaine, afin de lui apprendre à faire attention. Eirinia était déjà arrivée à la taverne, et avec Milian et Shana, ils s'étaient moqués de lui pendant les quelques mois qui avaient suivi. Son grand frère s'était joint à leurs quolibets de bon cœur, et ils en avaient encore ri des années plus tard. *Le bon vieux temps. Jalen ne paraissait pas aussi aigri.*

Waryn se prit au jeu. Il raconta à son tour la fois, quand, un peu plus âgés, ils s'étaient rendus à la fête annonçant le début de la saison des murmures. Celle-ci était particulièrement appréciée pour les vents qui apportaient fraîcheur et pluies salvatrices. Sur la grande place de Rivlon, où musiciens et acrobates s'étaient donnés en spectacle, Shana avait dû boire une ou deux chopes en trop. Ses amis l'avaient surprise en train d'enlacer tendrement un jeune et vigoureux chêne. Elle était allée jusqu'à lui chuchoter des mots doux. Et lorsqu'elle s'était rendu compte qu'elle était observée, elle était entrée dans une colère noire. Mais pas contre ses amis.

Plutôt contre son « amoureux », qu'elle avait invectivé de tous les noms avant de s'en aller le poing serré.

Milian se souvenait du réveil de Shana à la taverne ; ils avaient tous été là pour voir sa réaction lorsqu'elle ouvrirait l'œil. *Elle avait rougi à un tel point qu'il était difficile de ne pas la confondre avec sa fleur préférée, le camélia. Et durant l'année suivante, elle n'avait plus touché une seule goutte d'alcool*, nota-t-il avec amusement.

Ce fut au tour de Shana de raconter son histoire pour se venger. Elle rappela que, plus jeune, Milian était fasciné par les récits de chevaliers. Un jour, il avait subtilisé une vieille casserole dans la cuisine et avait décidé qu'elle serait son épée magique. Il avait fait irruption dans la salle commune de *L'Arbre Ruisselant* en faisant tournoyer son arme dans tous les sens, au grand mécontentement de Jalen. Cherchant à échapper au tavernier, la casserole avait fini par se briser en deux, retombant sur la tête d'un client. Jalen l'avait réprimandé sévèrement, et il se souvenait qu'il avait eu du mal à s'asseoir pendant quelques semaines.

Quand Milian, Shana et Waryn demandèrent une anecdote sur Eirinia, Jalen répondit qu'il était rare qu'elle soit à l'initiative d'une bêtise. *Mais elle n'était pas la dernière pour nous accompagner dans nos manigances*.

Ils continuèrent d'échanger leurs souvenirs les plus marquants et rirent aux histoires des uns et des autres. Jalen se prit au jeu et les raconta de son point de vue, insistant sur le fait que ces petits garnements lui en avaient fait voir de toutes les couleurs.

Lorsque la lune fut bien assez haute dans le ciel, ils finirent par s'installer aussi confortablement qu'ils le purent afin de se reposer quelques heures. Le sourire aux lèvres, Milian n'eut aucune difficulté à trouver le chemin des songes cette nuit-là.

Chapitre 5

Milian

Une mélodie céleste perçait le ciel azur ; des cygnes sifflaient gaiement et virevoltaient au travers de nuages aux formes de créatures fabuleuses qui appartenaient à de vieilles légendes. Des prés verdoyants s'étendaient à perte de vue, où paissaient paisiblement des brebis et leurs agneaux.

La petite embarcation naviguait lentement au gré des vagues et créait de délicats remous à la surface de l'eau, éclairés par les reflets dorés du soleil. En compagnie de ses amis, Milian appréciait le parfum des fleurs sauvages qui embaumait l'air, mélange enivrant de senteurs sucrées et fraîches. Des libellules aux ailes chatoyantes venaient danser autour de lui, ajoutant de la féerie dans cet instant magique. Il savourait ce calme et cette sérénité, bercé par la douce chaleur des rayons qui lui caressaient le visage.

Un bruit strident déchira le ciel.

Milian se réveilla en sursaut, quittant son agréable rêve pour retrouver la réalité. À travers la nuit, Jalen accourait vers Shana alors qu'elle avançait à sa rencontre. Quant à Waryn, il arborait un air hagard, à l'affût du moindre mouvement.

— On doit partir d'ici ! brailla le tavernier. Montez sur les chevaux !

Un nouveau rugissement à glacer le sang.

Un cri inhumain.

Bien qu'il semblât lointain, il ne se révéla pas moins terrifiant. Milian se leva d'un bond et fut pris de vertige. Jalen passa en trombe devant lui, sauta sur son cheval, imité par Shana dans la foulée. Sans chercher à comprendre davantage ce qu'ils fuyaient, Milian se hissa derrière son amie, voyant Waryn faire de même sur sa propre monture.

Au loin, à la lumière de la lune à peine voilée de quelques nuages, Milian aperçut se dessiner les ombres de cavaliers lancés à vive allure. Les étoiles se reflétaient dans leurs lames et ils se rapprochaient de manière menaçante. Ils traversaient la lande qui bordait la futaie d'eucalyptus où le groupe avait établi son campement. Il ne restait qu'une minute ou deux avant qu'ils ne les atteignent.

Sous les cris de Jalen, les trois chevaux s'enfoncèrent dans le goulet boisé. Ils slalomèrent entre les arbres aux hautes frondaisons qui intensifiaient la pénombre en cachant partiellement le ciel. Milian s'agrippa à Shana pour ne pas tomber. Il lui faisait confiance pour manœuvrer leur monture. Il perçut le bruit des sabots de leurs poursuivants se rapprocher et il se permit de jeter un bref regard en arrière, espérant ne pas les apercevoir. Malgré la faible lueur de la lune qui perçait la cime, il distingua les ombres des cavaliers fondant inexorablement vers eux.

On n'arrivera jamais à les semer.

— Ils gagnent du terrain ! s'écria-t-il pour que Jalen puisse l'entendre.

La réaction du tavernier fut instantanée. Il fit ralentir sa monture et se plaça sur le côté afin de laisser passer les trois amis.

— Continuez tout droit, je serai juste derrière vous !

Suivant son injonction, Shana et Waryn ne décélérèrent pas, et Milian observa le vieux entre les troncs. *Va-t-il une fois de plus élever un brouillard granuleux pour nous permettre de nous enfuir ?*

Un énorme mur de sable s'érigea autour des hommes à leur poursuite, les emprisonnant dans cette enceinte prodigieuse.

À vive allure et guidant son cheval avec habileté, Jalen ne tarda pas à rattraper les trois amis. Sans ralentir, ils progressèrent à travers la futaie pendant de longues minutes, jusqu'à ce que le tavernier les fasse soudainement bifurquer.

Milian en aperçut rapidement la raison : des cavaliers fonçaient sur eux depuis l'autre côté du goulet. Ils les prenaient en tenaille. La seule échappatoire résidait en la montée de l'une des éminences qui bordait la gorge.

Alors qu'ils s'engageaient sur le terrain escarpé, un nouveau mur de sable prit forme pour empêcher l'avancée des cavaliers.

Le cœur de Milian battait à tout rompre. Derrière chaque rocher qui obstruait leur progression, il craignait qu'un ennemi ne surgisse.

Combien sont-ils ? Il n'avait pu distinguer leur nombre, ni voir leurs couleurs, qui auraient pu être des indices de leur provenance. Les bourgs les plus importants se trouvaient à bonne distance de cet endroit, où il n'y avait guère que des hameaux.

Lorsqu'ils atteignirent le faîte de la colline, Jalen stoppa brusquement son cheval, qui faillit se cabrer. Arrivant un souffle plus tard, Waryn et Shana firent de même, ce qui obligea Milian à user de toutes ses capacités pour se maintenir en selle.

Il dénombra seize ombres autour du plateau rocheux. Les pointes des flèches réverbéraient la pâle lueur de la lune et des étoiles, tout comme les haches, les lances et les glaives brandis à leur encontre. Étrangement, une doucereuse couleur bleutée venait se mêler au métal argenté, rappelant la dague de Vizar lors de leur altercation à *L'Arbre Ruisselant*.

Le nuage qui avait jusqu'alors obstrué en partie l'astre lunaire se décala, et Milian découvrit un groupe hétéroclite d'hommes et de femmes aux pourpoints de cuir clouté, aux surcots laissant entrevoir des cottes de mailles, aux gambisons matelassés et aux pantalons bouffants. Aucun d'entre eux n'arborait de blason ou de tissu reconnaissables.

Quand l'un d'eux s'avança, Milian aperçut le chignon araneanais à l'arrière de son crâne. Il n'eut plus aucun doute. *Des soudards, tout comme Vizar et ses comparses.*

— Votre fuite s'arrête ici ! s'écria celui s'étant avancé, armé d'une lance dont la lame se courbait en un arc de cercle.

Jalen les observait en silence.

De nouvelles ombres émergeaient des coteaux pour les encercler. Ils étaient tombés tout droit dans leur piège ; les cavaliers n'avaient servi qu'à les rabattre à cet endroit précis.

L'hostilité était palpable alors que le tavernier restait dans son mutisme, humant le parfum nocturne en un grondement régulier. *La situation lui échappe-t-elle totalement ? Ou élabore-t-il un plan pour nous sortir de là ?*

— Jalen ? insista Shana, ouvrant sa sacoche pour en tirer une épée courte.

— Tu ne veux quand même pas…, balbutia Milian, surpris qu'elle possédât une arme.

Jamais il ne l'avait vue manier une quelconque lame ; toutefois, elle paraissait bien trop à l'aise pour que ce fût la première fois.

— Si, affirma-t-elle d'une voix glaçante.

— Je ne pense pas que nous ayons réellement le choix, annonça Waryn, se tenant droit sur sa selle. Le vieux, si tu comptes faire quelque chose, ne te retiens surtout pas.

— Range ça, Shana, articula le tavernier, immobile, les yeux perdus dans le vide.

Elle remisa sa lame lorsque Jalen se tourna vers elle, le regard inexpressif. Certains mercenaires se rapprochaient prudemment, alors que ceux avec leurs arcs bandés les maintenaient toujours en joue.

— Remettez-nous les gamins et il ne vous sera fait aucun mal ! clama le soudard en tête.

— N'avancez pas davantage ! tonitrua Jalen, la voix se répercutant en écho sur les collines environnantes.

— On sait ce que tu es ! vociféra le mercenaire. Un affrontement te condamnerait !

Aucune peur ne se lisait sur le visage du tavernier. Son expression révélait plutôt une profonde colère.

— Désolé, Hunor, je ne tiendrai pas ma promesse…, soliloqua-t-il.

Le sifflement d'une flèche.

Milian ne put qu'entrapercevoir sa trajectoire grâce au métal scintillant de la pointe. Elle se dirigeait tout droit vers Jalen. Mais le tavernier l'esquiva au dernier moment en sautant de son cheval. Elle se perdit sur le flanc abrupt derrière lui.

Les yeux de Jalen s'embrasèrent.

Milian frissonna devant ces deux lucarnes meurtrières.

Plus loin, des tourbillons de sable se formèrent au milieu des mercenaires. Leur cercle, jusque-là sans faille, fut désorganisé. Des amas se formèrent autour du vieux et se rassemblèrent en des projectiles qui fusèrent dans toutes les directions. Quand bien même il avait épargné les gardes de Rivlon, cette fois-ci, ses ennemis poussaient des cris déchirants.

Milian, toujours cramponné à sa selle, vit certains mercenaires parvenir à se protéger. Ils utilisaient leur arme ou bouclier, tous étincelant de ce métal aux teintes bleutées. Les grains semblaient comme se disloquer à leur contact.

D'autres flèches furent décochées vers Jalen, mais ce dernier s'était déjà élancé vers ses adversaires les plus proches. Sa célérité était sans limite, et son ventre proéminent ne le gênait en rien. Il évitait les dards sans qu'ils ne l'inquiètent un seul instant. Puis, le brouillard prit possession de l'espace autour de lui. Dense. Concentré en cet unique endroit. Mouvant comme le prolongement de ses membres.

Arrivant au niveau du premier mercenaire, une épée de sable se matérialisa dans les mains de Jalen. Elle s'abattit directement sur le cou de son adversaire sans que celui-ci ne puisse esquisser une véritable parade. Poursuivant son mouvement, Jalen évita une hache qui l'aurait fendu en deux avant même que le premier corps ne s'effondre sur le sol.

Il enchaîna les attaques avec grâce, fluidité et précision. Il n'avait rien d'humain. Ses grains cheminaient au travers de ses ennemis telle une vague funeste, arrachaient et mutilaient leurs membres pour ne laisser que des cadavres. Certains tentaient de répliquer, parvenaient à trancher les lames de sable qui s'abattaient de toutes parts, et deux d'entre eux approchèrent d'assez près Jalen pour le menacer. Le tavernier ne leur donna aucune chance au corps à corps. Ils furent rapidement débordés face à son habilité et sa puissance dévastatrice.

Les archers n'hésitaient plus à décocher des salves de flèches, même s'ils prenaient le risque de blesser leurs compagnons. En vain. Les projectiles finissaient leur course dans le brouillard, sans que cela n'arrête Jalen. Les soudards, dépassés par la fureur du Descendant, tombaient un à un face à cette danse mortelle ; Jalen, véritable ouragan de destruction, ne faiblissait pas.

Milian resta figé, abasourdi, spectateur impuissant du massacre. Il n'avait jamais assisté à une telle violence. Jalen était méconnaissable. Des flots de sang jaillissaient. Tous les malheureux qui osaient défier le Descendant finissaient par pousser des râles d'agonie.

Soudain, Milian sentit quelqu'un l'agripper d'une main tremblante.

— Je vous en prie, faites cesser ce massacre et venez avec nous ! s'écria le mercenaire, les yeux exorbités.

Absorbé par l'intensité du carnage, Milian n'avait pas remarqué que les groupes de cavaliers venaient d'arriver. *Comment se sont-ils échappés de leur prison ?*

Shana sortit son épée courte de sa sacoche et attaqua. Le mercenaire la para de justesse en utilisant le plat de son espadon.

Deux autres individus à cheval empoignèrent Milian par-derrière et le désarçonnèrent. Le choc avec le sol faillit lui couper le souffle. À peine comprit-il ce qui lui arrivait que les deux hommes se jetèrent sur lui. Il tenta alors de se débattre, balançant ses poings dans tout ce qui était à sa portée. Malgré la férocité de ses coups, les mercenaires ne tardèrent pas à le maîtriser. La pointe d'une lame finit même par se placer sur sa gorge. Toute velléité prit fin.

— Dites à ce Descendant d'arrêter le carnage ! l'implora l'un des soudards. Vous n'avez pas à avoir peur de nous. Toute cette violence n'est pas nécessaire.

— On les emmène avec nous ! brailla un autre, forçant Waryn à avancer avec sa hache.

— Affrontez-moi un par un, bande de lâches ! coassa le jeune homme.

Ne faites pas vos mijaurées !

Il semblait avoir reçu quelques coups lui aussi, mais un mercenaire gisait au sol derrière lui. Ce dernier se massait la mâchoire. Apparemment, il avait goûté aux phalanges de Waryn.

Ça ne pouvait pas se finir comme ça.

La fureur serra les tripes de Milian.

— Vous ne nous emmènerez nulle part !

Un soudard au visage anguleux le scruta d'un air mauvais avant de cracher par terre.

— Tu ferais mieux d'obéir avant que ce Descendant ne nous tue tous. Vous y compris. On vous cherche à travers Vanyanir depuis des semaines, et je n'ai pas envie de crever ici.

Milian devait concéder qu'il n'était pas en position de force. Jalen était trop loin, à l'autre bout du faîte. Il continuait de se déchaîner contre les soldats de fortune. Les plaintes ne cessaient pas.

Puis Milian entendit deux lames s'entrechoquer. Shana était engagée dans un duel avec le premier mercenaire. Ses attaques, pleines d'adresse, ne laissaient aucun répit à son adversaire. Pourtant, son épée courte peinait à rivaliser avec la portée de l'espadon. Mais à bien y regarder, le soudard ne cherchait qu'à esquiver les offensives de la jeune femme. Il évitait l'affrontement au possible, ne pouvant – ou ne voulant – pas contre-attaquer.

Milian s'entendit déglutir. Ses mains tremblaient. Il était terrifié, pourtant, il éprouvait également de l'admiration.

Lorsque deux autres hommes se joignirent au combat, Milian tenta de s'arracher à la poigne de ses geôliers. Ce qui lui valut un coup de pommeau sur le crâne. Il tomba à genoux, impuissant mais continuant d'hurler d'épargner son amie.

Le combat était devenu résolument inégal. Shana se faisait harceler. Elle se défendait comme une lionne, parant et évitant des coups qui auraient pu la blesser, mais elle n'était plus capable de les rendre.

Milian était au bord de l'apoplexie.

Et lorsque l'épée de Shana se brisa sous l'assaut brutal de l'espadon, il faillit vider ses tripes. Pourtant, c'était la meilleure issue possible. Shana jeta la garde au loin et, avec un regard pour ses amis, se rendit d'elle-même.

Milian ferma les yeux.

Merci.

— Et c'est ainsi que notre fuite s'achève, murmura-t-il.

Malgré la crainte qu'il éprouvait à l'égard de ces hommes, ils n'avaient à aucun moment essayé de les blesser mortellement. Vizar pouvait-il avoir dit la vérité à *L'Arbre Ruisselant* ?

— Et maintenant, vous allez nous suivre bien gentiment, déclara un soudard d'un ton autoritaire.

À peine eut-il terminé sa phrase qu'un projectile s'enfonça dans son thorax. La cavité béante le laissa figé, les yeux révulsés, la bouche entrouverte, les bras pantelants. Il s'affaissa sur le sol. Sa tête s'écrasa contre la surface lisse d'un rocher. Une fraction de seconde plus tard, un autre de ses compagnons tomba. Il affichait une expression de stupeur identique. Un à un, les mercenaires furent fauchés par la mort, et aucun d'eux, même ceux cherchant à s'enfuir, ne put en réchapper.

Toute cette violence…

Milian resta pantois.

Il tremblait.

Jalen était devenu l'homme dont il avait le plus peur à cet instant.

Il se dressait au milieu d'une multitude de cadavres. Ses yeux terrifiants illuminaient les gouttes de sang qui ruisselaient le long de son bras. Son visage était déformé par la démence, tout comme le cri épouvantable qui s'échappa de sa bouche.

Puis, le silence reprit ses droits ; plus aucun sifflement, plus aucune stridulation, pas même le son d'une brise caressant la terre rougeâtre maculée de sang.

Shana et Waryn semblaient aussi terrifiés que lui.

Jalen s'approchait des trois amis d'une démarche lente mais assurée, comme une bête vers sa proie prise au piège.

— Tu les as tous…, bredouilla Waryn, peinant à trouver ses mots.

— Je ne souhaitais… pas en arriver là…, articula avec affliction le Descendant, dont la voix revêtait une sonorité bestiale.

Tant d'hommes et de femmes venaient de se faire impitoyablement massacrer… Milian aurait souhaité ne jamais assister à un tel spectacle. Une question lui traversa l'esprit. *Jalen nous a-t-il protégés* nous *?* Il percevait encore les yeux implorants de l'un des mercenaires, avant que celui-ci ne se fasse froidement éventrer par le tavernier. Il y avait lu de la sincérité, celle lui disant qu'il ne leur voulait pas de mal. Avait-il mérité *ça* ?

À présent, il comprenait la véritable puissance et le danger que représentait un Descendant – et donc Jalen.

Un cri strident, oppressant, déchirant, semblable à celui que Milian avait entendu plus tôt, mais bien plus proche.

Il se boucha les oreilles.

Sans avoir le temps d'en discerner la provenance, un choc ébranla le sol.

Il vacilla.

Se retournant, il aperçut l'ombre d'une masse imposante à travers un amas de poussière. Puis, une tête monstrueuse en surgit. En pleine crise de panique, il était tétanisé devant cette vision cauchemardesque.

À côté de lui, Shana et Waryn restaient immobiles pendant que leurs chevaux déguerpissaient. Jalen bondit entre les trois amis et la gigantesque créature pour lui faire face.

Non, face à *deux* créatures.

La tête de la seconde émergea du nuage, la gueule grande ouverte. Les poussières se dissipaient lentement, dévoilant petit à petit leurs corps puissants et robustes. Leurs crânes ressemblaient à ceux d'énormes lézards, pourvus d'yeux perçants et d'un museau allongé. Quant à leurs gueules, elles étaient garnies de plusieurs rangées de dents acérées, prêtes à déchiqueter tout ce qui passerait à portée. Cependant, les écailles qui les recouvraient se paraient d'un mélange de couleurs vibrantes, allant du vert au doré. Fascinantes. Leurs quatre ailes étaient ornées de motifs complexes, et leur queue munie de piques suffisamment grosses pour empaler un homme.

Milian avait déjà lu la description de telles créatures dans un livre, même si elles s'avéraient bien plus effrayantes en réalité.

Des drayms.

— Un Modeleur ! lança la voix rocailleuse d'un homme encore caché par les poussières. Vous n'êtes pas nombreux à être éveillés ! Je dirais même qu'il n'y en a qu'un seul que je connaisse de nom. Par Yama ! Vous ne seriez quand même pas le fameux Deren Am'Nalom ?

Les deux drayms avancèrent d'une démarche puissante, brutale. Dans un concert d'os écrasés, ils broyèrent les corps encore chauds des défunts sous leurs pattes. Milian distingua un homme sur la première créature et une femme sur la seconde. Les reflets des étoiles dévoilèrent la face rectangulaire de l'individu, pourvu de l'une des carrures les plus impressionnantes qu'il n'ait jamais vue ; au contraire de la femme, qui arborait des traits félins et était bien plus menue.

— Qui êtes-vous ? vociféra Jalen, des relents bestiaux dans la voix.

— Daragh Raloren, pour vous servir, Monseigneur, claironna l'homme de son timbre grave. Et la dame qui m'accompagne se nomme Anya Akanvira. Mais je ne puis espérer que vous nous connaissiez. Maintenant que les présentations sont faites, je vous saurais gré de nous remettre ces jeunes gens. Du haut de votre âge, ne représentent-ils pas un fardeau trop lourd à porter ?

Jalen s'arc-bouta sur ses jambes.

— Vous feriez mieux de décamper d'ici avant de subir le même sort que vos foutus hommes de main !

La scène était surréaliste.

Impavide, Jalen se tenait devant les deux drayms qui, Milian n'en doutait pas, auraient pu le déchiqueter en un instant ; pourtant, c'était lui qui proférait des menaces ! Mais en même temps, après avoir vu le déferlement de puissance du Descendant, Milian n'aurait su dire qui était le véritable prédateur.

— Si vous possédiez une once de raison, vous sauriez que vous n'êtes pas en position de force, psalmodia Anya. Le courage est similaire en bien des aspects à la folie. Il est aisé de les confondre, tant la frontière est fine. Avez-vous seulement conscience du danger ? Ou agissez-vous en l'ignorant ? Si j'étais vous, j'opterais plutôt pour la voie de la sagesse. Elle est synonyme de prudence. Vous devriez savoir quand renoncer.

— Vos drayms ne m'effraient pas ! rugit le tavernier avec défi. Ce ne seront pas les premiers à qui j'ôterai la vie.

Daragh haussa le ton.

— Faites attention à vos paroles, mon cher. J'ai tué des hommes pour moins que ça. Mais la peur amène à des actes irrationnels. Et je vous imaginais homme à connaître ses limites. Du côté des sages, si je puis paraphraser mon amie. Mais je vous en prie, nous avons parcouru tout Orrisia pour ramener ces jeunes gens chez eux. Ne rêvent-ils pas de retrouver leur foyer ? Leurs familles ?

— Est-ce la vérité ? s'exclama Waryn.

— Je n'ai pas entrepris un aussi long voyage pour vous mentir, reprit Daragh. Vous avez été arrachés à votre royaume, et il est grand temps que vous y retourniez ! Vous ne méritez pas de moisir ici. Personne ne le mérite, à vrai dire.

— Ne l'écoute pas, intervint Jalen sans même le regarder.

Pourtant, Waryn persista en ignorant la remarque.

— D'où venons-nous ?

— Waryn ! brailla le tavernier. Ne me dis pas que tu es encore plus stupide que ce que je pensais ?

— Ils ont le droit de savoir, affirma Daragh avec conviction.

Jalen fit de nouveau apparaître son épée de sable.

— Vos paroles sont du poison. Je suis au regret de vous informer que vous allez devoir rebrousser chemin, peu importe la distance que vous ayez parcourue. Et j'ai entendu dire qu'il valait mieux voyager en un seul morceau. Ça évite bien des complications.

— J'aurais aimé vous rencontrer en un autre lieu, ainsi qu'en d'autres circonstances ; peut-être que vous verriez la situation sous un angle différent. Vous représentez un homme que j'ai autrefois admiré pour sa témérité, mais vous avez bien vieilli à présent, et je dois admettre que je déteste l'idée de devoir vous tuer. Ne vous montrez pas vaniteux. Même si nous échouons, d'autres viendront les chercher. Alors à quoi bon lutter ? Mais d'un autre côté, j'estime qu'il faut croire en ses rêves. Ne vous ont-ils pas conduit à la gloire ? Bien que cela ait un prix, j'en conviens. Le prix de l'exil pour certains. Vous vous êtes déjà montré raisonnable par le passé. Vous avez laissé vos rêves derrière vous. Alors pourquoi vous obstiner pour une cause qui vous dépasse ?

— Finissons-en ! rugit Jalen.

Des picotements frémirent le long de l'échine de Milian, telle une étreinte glaciale qui l'enveloppait et le prévenait qu'une menace bien réelle pesait sur eux.

— Je vous l'ai demandé poliment, mais puisque cela ne vous sied guère…

La voix de Daragh fut étouffée par la soudaine levée d'une tempête de sable. Elle se densifia bien plus rapidement que les précédentes et tourbillonna d'une férocité nouvelle. Les grains abrasifs tournoyaient dans l'air, fouaillant le visage de Milian. Alors qu'il protégeait ses yeux à l'aide de sa main, il entendit la voix de Jalen.

— Suivez-moi ! cria le tavernier, couvrant les assauts sonores de la tourmente.

Guidé par sa voix, Milian avança à tâtons et sentit la présence rassurante de Shana et de Waryn à ses côtés. Jalen menait le petit groupe à travers les méandres de ce tumulte. S'il avait décidé de ne pas se battre contre ces deux individus, c'était qu'il les craignait.

Sont-ils eux aussi des Descendants pour que le vieux opte pour la fuite ? Ou n'a-t-il plus suffisamment de force pour faire face à de nouveaux adversaires ?

Chaque pas relevait d'un effort considérable pour traverser ce chaos. Milian devait mettre un pied devant l'autre tout en rencontrant une constante opposition. Le sable s'insinuait partout, et il se révélait même difficile de respirer sans en avaler. Il faisait également attention à ne pas buter contre les protubérances rocailleuses sortant du sol, au risque de perdre de vue ses amis et finir seul dans ce chaos.

Ce fichu cri strident, à nouveau.

La gueule d'un draym jaillit subitement de la tempête. La bête faillit déchiqueter Jalen. D'un bond agile en arrière, le Descendant évita la mâchoire de la créature, comme s'il s'était attendu à ce qu'elle l'attaque à cet instant précis. Milian put presque sentir l'odeur de fiel qui se dégageait de la gueule du monstre quand il déploya une nouvelle fois son cou reptilien vers Jalen.

Le tavernier ne bougea pas.

Des concrétions de sable tourbillonnantes se rassemblèrent et formèrent des épieux meurtriers. Ils fusèrent vers le draym. L'intensité de la tempête l'empêchait de se mouvoir avec aisance. Pourtant, bien qu'il évitât quelques projectiles en usant de sa puissante musculature, certains transpercèrent ses écailles colorées, d'où jaillirent des traînées de sang noir. Le monstre émit son cri strident à travers les hurlements des grains de sable. Dans un élan de survie, il battit de ses quatre ailes pour s'élever en mouvements erratiques dans les airs. La silhouette menaçante du draym s'éloigna peu à peu, puis disparut dans les profondeurs de la tempête.

— Nous n'avons pas un seul instant à perdre ! s'écria Jalen, dont la démence déformait toujours les traits.

Un sérieux doute s'installa dans la tête de Milian. Il se demandait à quel point il pouvait encore faire confiance à la santé mentale du tavernier.

Ils atteignirent le terrain en déclive aux limites du faîte. *Parviendrons-nous réellement à nous échapper de cette façon ?* Le brouillard avait bien eu raison des soldats qui les avaient pourchassés deux jours plus tôt. Les pas lourds, l'avancée laborieuse, se frayer un chemin dans ce linceul de sable l'éprouvait physiquement.

Un fracas assourdissant retentit, instantanément suivi d'un tremblement de terre qui fit vaciller Milian. Il parvint tout juste à garder l'équilibre. Mais, en contrebas, à travers la tempête, il distingua deux lueurs grises.

— Que Sunaarashi les noie dans ses maudits sables mouvants ! jura Jalen. C'est bien ce que je craignais !

La tourmente se calma peu à peu. Elle laissa à nouveau la clarté de la lune chasser la noirceur. Seules quelques tornades sablonneuses continuaient de tourner à une vitesse effrénée autour du petit groupe. Elles formaient une sorte de protection. Sur la pente de la colline, un peu plus bas, les yeux brillant d'un gris funeste, Daragh se tenait au-dessus d'un énorme rocher.

Alors c'est un Descendant, lui aussi. C'est ce que Jalen devait craindre...

Milian aurait voulu se trouver n'importe où ailleurs plutôt qu'ici. *Ils vont réellement s'affronter maintenant ?* Il se retrouverait broyé entre eux, sans pouvoir se défendre, tout comme Shana et Waryn. Il en avait des sueurs froides.

— Vous n'auriez pas dû tuer mon draym ! clama Daragh. Il valait bien plus que votre vieille carcasse, Am'Nalom !

Traversant les nuages et passant devant la lune, l'autre créature volait avec – Milian devait le concéder – une certaine grâce. Ses quatre ailes effectuaient des mouvements fluides et harmonieux, se laissant porter par les brises célestes. Jusqu'à ce qu'elle amorce sa descente. Le symbole d'une véritable machine à tuer. D'un coup, il la trouva moins superbe.

— Rien à faire de vos immondes bestioles ! cracha Jalen. Elles peuvent bien pourrir ici !

L'expression de Daragh se durcit.

— Arrête, Jalen ! cria Waryn. Laisse-les au moins nous parler ! Ils nous cherchent *nous*, pas toi !

— Écoutez-le ! enchérit Daragh. Vous n'êtes même plus vous-même ! Vous allez les tuer dans votre folie !

Le tavernier ne l'entendit pas de cette oreille. Les tourbillons de sable se ruèrent vers son opposant avec une rapidité fulgurante. En réponse, des roches se matérialisèrent autour de Daragh, formant un rempart impénétrable. Les tornades s'écrasèrent contre la pierre avec une force inouïe, mais sans pour autant y créer la moindre brèche.

— Fuyez ! hurla Jalen, une rage meurtrière se lisant sur son visage. Retrouvez Hunor !

Milian sentit ses jambes tituber. Il hésitait. Shana ne lui laissa pas le loisir de s'attarder et le tira vers elle alors que Waryn restait immobile lui aussi. Il contemplait les attaques de Jalen sur le bouclier minéral de Daragh. Les tourbillons de sable s'étaient transformés en d'imposants pieux et créaient des impacts qui retentissaient avec fracas sur le mur rocheux.

— Waryn ! vociféra Shana. Bouge-toi ! Il se bat pour nous donner une chance de nous enfuir !

Il finit par sortir de sa torpeur et courut vers ses amis. Tout en s'éloignant, Milian ne cessait de jeter des regards en arrière, absorbé par l'affrontement entre les deux Descendants. Le sol tremblait violemment tandis que des pointes de pierre acérées en surgissaient, cherchaient à empaler Jalen et fendaient la terre pour la transformer en un paysage cauchemardesque. Le tavernier esquivait avec fluidité chaque assaut, se faufilant entre les arêtes mortelles.

Malgré les morceaux de roche et de sable qui pleuvaient sans interruption, les trois amis parvinrent à suffisamment s'éloigner du conflit pour ne plus être en danger.

Le draym atterrit juste devant eux.

Sur son dos, le regard d'Anya était glacial.

— Venez avec moi, je vais vous protéger, lança-t-elle d'une voix tout autant dépourvue de chaleur.

Milian se retourna, paniqué. Il cherchait une échappatoire ; les attaques de Jalen et de Daragh ne faisaient que gagner en intensité et elles projetaient des éclats dans toutes les directions. Des lames de sable finissaient par créer des brèches dans les défenses de Daragh, mais celles-ci se refermaient presque instantanément.

Combien de temps le vieux peut-il encore continuer ainsi ? Milian resta interdit. Il réfléchissait désespérément à leurs options. *Revenir sur nos pas est inenvisageable, remonter sur le faîte ou descendre de la colline ne nous aiderait pas plus face au draym et à cette femme*... Pendant ce temps, Daragh avait semblé durcir ses défenses – ou alors c'était Jalen qui avait faibli. La pluie mortelle du tavernier ne faisait plus que ricocher dessus, envoyant des projectiles s'éparpiller sur des dizaines de mètres à la ronde.

Le cœur de Milian se serra quand il vit l'une des lames de sable foncer sur eux.

Alors qu'il pensait ses derniers instants arrivés, un puissant flux d'eau surgit de nulle part. Pulvérisa le projectile en l'air. Milian comprit rapidement que c'était l'œuvre d'Anya, toujours perchée sur son draym. Ses yeux brillaient d'un éclat bleu clair. *Notre survie, encore une fois, est le fruit des pouvoirs dévastateurs des Descendants.* Elle sauta de sa monture.

— N'approchez pas ! rugit Milian.

Anya s'arrêta.

— Tu n'as rien à craindre de moi.

— On devrait l'écouter, déclara Waryn en lançant un regard noir en direction de Jalen. Il va finir par nous tuer…

— Sage décision, commenta la Descendante, visiblement satisfaite. Votre *protecteur* s'est laissé emporter par la folie. Il ne différencierait même plus ses amis de ses ennemis.

Derrière eux, les forces élémentaires s'affrontaient dans un ballet épique de maîtrise. Le sable et la roche se disputaient le contrôle du champ de bataille. Les éclats d'étincelles et de poussière remplissaient l'air déjà chargé de magie. Si les deux Descendants continuaient de se battre avec toujours plus d'intensité, ils allaient réduire à néant toute forme de vie aux alentours. Y compris Milian et ses amis.

— Waryn a raison, approuva Shana. Aucun de nous n'est en mesure de se protéger face à de telles puissances. Jalen n'est plus l'homme que nous avons connu. Il va finir par tous nous tuer.

Milian était incrédule face à sa réaction.

— Tu ne vas quand même pas lui faire confiance ? Pas toi ?

Si elle aussi a capitulé…

— Si. Tu vois bien qu'on ne survivra pas sans elle.

Anya avança vers eux d'une démarche accorte. Elle s'arrêta pour les observer tour à tour, puis caressa délicatement la joue de Shana, obtenant toute son attention.

— Je suis la seule personne capable de vous maintenir en vie, assura la Descendante d'une voix calme et maîtrisée, presque suave. Les apparences ne jouent pas en ma faveur, mais je suis là pour vous protéger. Faites-moi confiance.

Shana garda la tête haute, fermant un instant les yeux, se laissant effleurer la joue.

— Nous avons besoin de votre aide.

— Grimpez avec moi sur le draym, nous…

Shana dévoila une dague jusque-là cachée sous l'un des plis de sa tunique. La lame se dirigea droit vers la gorge de la Descendante.

— Attention ! eut à peine le temps de crier Waryn.

Mais Anya avait déjà amorcé une esquive. Le bras de Shana fut stoppé à mi-chemin.

— T'es un imbécile ! grogna la jeune femme, tentant de se défaire de l'emprise d'Anya sans pour autant y parvenir.

— Si tu la tues, on ne saura jamais ce qu'ils ont à nous dire ! se défendit Waryn. Jalen nous ment depuis toujours, alors que ces personnes sont prêtes à nous révéler ce que nous rêvons de savoir ! Nous avons *besoin* d'eux !

— Et tu me traitais de naïve ! s'écria Shana avec férocité.

— Sale petite…, pesta Anya, alors que sa voix s'étranglait dans sa gorge.

Soudain, dans une manœuvre audacieuse, Jalen s'éleva à une hauteur vertigineuse sur le dos d'une gigantesque vague de sable. Il se précipitait sur Daragh. Simultanément, un rocher titanesque émergea de terre, ce qui propulsa le Descendant aux iris gris au même niveau que son adversaire. Monumentales, les deux attaques se rencontrèrent en un vacarme plus retentissant que si le tonnerre avait foudroyé Milian de plein fouet. Sous l'impact brutal, la collision entre la vague et le rocher déchira le ciel en une pluie d'éclats.

Tandis que certains de ces fragments mortels se précipitaient vers le petit groupe, un mur d'eau de plusieurs toises de haut se dressa pour les intercepter. Les débris retombaient en une averse ininterrompue, et le draym resté plus loin, n'étant pas protégé par la palissade aqueuse, ne fut pas épargné. Il poussa un râle qui s'insinua jusqu'au plus profond de l'âme de Milian. Son hurlement cessa lorsqu'une masse grenue écrasa sa tête sur le sol.

La fin de son agonie.

— C'est maintenant ou jamais ! hurla Shana, tandis qu'Anya concentrait toutes ses forces pour maintenir le mur d'eau, les préservant des énormes amas de roche et de sable.

Waryn resta abasourdi un moment. Il ne détachait pas ses yeux des deux Descendants qui continuaient de se battre dans les airs. Milian le brusqua et l'entraîna dans les pas de Shana. Courant à en perdre haleine, ils étaient plus ou moins derrière la protection d'Anya, contre laquelle bon nombre de projectiles se fracassaient. Ils devaient fuir le plus loin possible avant que la Descendante ne remarque leur disparition.

L'espoir ne fut que de courte durée.

Ses yeux étincelants se tournèrent vers eux. Même si elle se concentrait sur son mur aqueux, deux flux d'eau partirent à une vitesse fulgurante dans leur direction ; ils finiraient transpercés sans avoir la moindre chance de leur échapper.

Un coup à l'épaule propulsa Milian en avant. Il tomba face contre terre.

Alors que le flux n'était plus qu'à une quinzaine de pas, Shana s'y opposa, armée de sa simple dague. Elle la brandit, le plat de la lame en avant, puis encaissa l'impact en s'arc-boutant sur ses jambes. Milian n'en crut pas ses yeux : le flux d'eau se transforma en une fine bruine au contact de la dague. La violence du choc projeta son amie au sol, lui faisant lâcher son arme aux reflets bleutés, qui s'envola dans la pénombre. Milian se précipita vers Shana pour s'assurer qu'elle n'était pas blessée. Allongée, pantelante, le teint livide, le visage crispé et les yeux écarquillés, elle saisit volontiers sa main pour se relever.

Des morceaux de roche et de sable de la taille de tombereaux continuaient de défigurer le terrain pourtant déjà accidenté.

Les deux Descendants se déplaçaient autour de la colline sans que l'intensité de leur combat ne décroisse. Milian voulut entraîner son amie avec lui, lorsqu'il eut un haut-le-cœur.

Waryn a disparu.

À la place de l'endroit où son grand frère s'était tenu un instant plus tôt flottait une sphère d'eau à peine plus haute qu'un homme. Milian se précipita sur la boule et essaya de la traverser avec ses mains. Elle se révéla infranchissable. Aussi dure que de la roche.

— Waryn ! hurla-t-il, voyant la silhouette de son ami se débattre à l'intérieur de sa prison. Il faut l'aider !

Il frappa un grand coup avec son poing contre la sphère. Il ne réussit qu'à se faire saigner les phalanges.

— On ne peut plus rien pour lui ! s'écria Shana.

— Mais…

— On ne peut pas rester là ! Si la Descendante nous envoie une autre attaque, on n'y survivra pas.

Elle n'a pas tort.

Elle était parvenue à se protéger du flux à l'aide de la dague, comme les mercenaires l'avaient fait plus tôt contre Jalen.

À présent, ils n'avaient plus aucun moyen de se défendre. Milian se fit une raison. Waryn était perdu pour le moment, mais il était toujours en vie. Jetant un regard vers le combat entre Jalen et Daragh, il remarqua que des tentacules d'eau s'étaient joints à l'affrontement. *Combien de temps le vieux résistera-t-il à deux contre un ?*

La lueur de la lune révélait un paysage, bien qu'il ne fût jamais réellement florissant, complètement ravagé par la magie élémentaire. Des monticules de débris se dressaient ici et là, fragments de la brutalité de la confrontation, alors que le ciel était obscurci par un voile de poussière qui ondulait dans l'air.

Courant aux côtés de Shana, une larme coula sur la joue de Milian.

Cette fois, c'était lui qui abandonnait son frère.

Chapitre 6

Shana

Shana et Milian marchaient depuis des heures au clair de lune. Ils s'enfonçaient toujours plus loin dans la lande, entre les collines de terre rougeâtre et de cailloux aux arêtes effilées. Après s'être enfuis de l'affrontement entre les Descendants, ils avaient couru vers la futaie du goulet avant de la traverser entièrement. Ils ne s'étaient permis aucune halte, de peur qu'Anya ne les pourchasse ou que de nouveaux mercenaires ne se soient cachés dans les environs. Aucun agame, serpent ou autre joyeuseté n'avait émis le moindre sifflement ou grognement, tous terrés dans leurs trous, à l'abri de la désolation, des échos du fracas du combat.

À présent, ils contournaient un tertre auréolé de quelques buissons que Shana savait vireux. Abandonner Waryn avait été une décision difficile à prendre, mais elle et Milian n'avaient guère eu le choix.

Rester aurait signifié subir le même sort, ou pire, frissonna-t-elle. *Les flux d'eau créés par cette femme*... Elle avait le sentiment que le flux auquel elle s'était opposée avait eu pour intention de la tuer, tout comme Milian. Lorsque Jalen avait combattu les mercenaires, elle avait vu que le métal qu'ils utilisaient parvenait à rendre inopérante la magie du tavernier, et elle avait ramassé l'une de leurs dagues avant que les drayms ne fassent leur apparition. *Si je ne l'avais pas fait, je serais morte face à ce déferlement de puissance*, déglutit-elle. Elle n'avait eu que le temps d'entraîner son ami à terre – et de justesse.

Shana entendit quelques hérons cendrés entamer leur symphonie matinale. En effet, les premières nuances pastel parsemaient le ciel encore imprégné de nuit.

À côté d'elle, elle vit Milian chanceler. Alors elle désigna un endroit où un minuscule bosquet d'acacias et d'oliviers se dressait au pied d'un tertre.

— On devrait s'arrêter là, proposa-t-elle. Nous devons être assez loin pour nous accorder un peu de répit, tu ne crois pas ? J'ai juste envie de m'étaler sur un lit douillet, mais j'imagine que ça ne pousse pas dans la nature. À moins que tu en aperçoives un ?

Shana ne ressentait presque pas la fatigue ; avec le temps, dormir était devenu de moins en moins nécessaire. Son corps encaissait avec facilité les nuits courtes. De surcroît, avec l'effervescence de l'adrénaline qui déferlait encore en elle, le sommeil ne se faisait pas ressentir. *Mais Mili a cruellement besoin de se reposer – il tient à peine debout.* Les derniers jours avaient été longs, pénibles, et les pauses bien insuffisamment réparatrices.

— Nous devrions continuer, haleta Milian, les cernes saillants. Ils se sont peut-être mis à notre poursuite, et si leurs pouvoirs peuvent les aider à nous retrouver, ils nous rattraperont très vite. Et non, pas le moindre matelas à l'horizon.

— Si tel était le cas, nous n'aurions aucun moyen de leur échapper, annonça-t-elle avec un sourire goguenard. Rassure-toi, ça ne marche pas comme ça. Je pense qu'ils nous ont trouvés grâce à leurs drayms, mais ces créatures sont mortes. Et à moins qu'ils n'en possèdent d'autres, nous devrions être hors de danger.

Mais je ne dois pas écarter cette possibilité. On ne sait pratiquement rien sur eux. Seulement, s'ils décident de nous poursuivre avec d'autres drayms, ça ne nous avance à rien de nous épuiser.

— Je ne souhaite pas nous ralentir. Tu ne sembles même pas fatiguée alors que…

Elle éluda ses propos en se dirigeant vers le bosquet, alors que son esprit dérivait vers Jalen. *Kinone, faites qu'il s'en soit sorti !* pria-t-elle intérieurement. *Tu n'as pas le droit de nous laisser comme ça ! On a besoin de toi !*

Ils s'adossèrent chacun contre un arbre et se scrutèrent mutuellement. Shana observa les cheveux châtains de Milian, son regard retors d'un marron légèrement teinté de rouge cerise, sa peau claire et glabre, son expression affable, ainsi que sa silhouette élancée qui dévoilait des muscles fins mais définis derrière sa tunique. Il avait toujours été là pour elle, et elle pour lui. Les meilleurs amis du monde, partageant fous rires et engueulades durant toutes ces années. Et plus encore depuis le départ d'Eirinia puis de Waryn de *L'Arbre Ruisselant*.

Elle voulait le protéger.

Je le dois. C'est ma responsabilité.

— Nom d'un foutu Kredae ! s'énerva soudain Milian. Comment est-ce possible de posséder de tels pouvoirs ? J'en ai lu des histoires, mais là… Non… Non… Ça dépasse l'entendement ! On aurait dit les Créateurs en personne ! Et tu veux me faire croire qu'ils sont humains ? Non, pas à moi. Je ne fais pas partie de ces êtres…

Elle savait Jalen capable de modeler le sable depuis des années, mais pas avec une telle puissance. Le déchaînement de ses pouvoirs, de même que ceux des deux étrangers qu'il avait affrontés, ce n'était nullement du niveau de tout ce que qu'elle avait vu ou expérimenté jusqu'à présent…

— Calme-toi, lui chuchota Shana.

— Me calmer ? C'est toi qui me dis ça ? Tu as vu la même chose que moi, non ? Ce qui s'est passé à Rivlon ou au bord du fleuve Amarante, ce n'était rien en comparaison de cette nuit ! Qu'est-ce qu'un homme peut faire face à ça ? Hein ? Dis-moi ! Ils éventraient la terre aussi simplement que si je froissais une feuille de papier. Et moi, je peux aussi le faire ?

Il frappa le sol avant de grimacer de douleur. Elle l'avait vu cogner la sphère d'eau emprisonnant Waryn, tentant dans ce geste désespéré de le libérer. *Il s'est peut-être cassé quelque chose.* Elle prit sur elle pour ne pas montrer son exaspération. La fatigue devait jouer sur les nerfs de son ami, mais il ne fallait pas céder à la panique.

— Laisse-moi inspecter ta main. (Il hésita, et le cœur de Shana se serra. Elle comprit que quelque chose s'était brisé entre eux.) C'est toujours moi, tu n'as rien à craindre. Tu sais, la petite brute qui aime te martyriser lorsque tu lambines à la taverne. Ou plutôt lorsque tu *lambinais*…

Ça faisait mal d'avouer que ce temps était dorénavant révolu.

Mais la remarque sembla faire son effet ; Milian se résigna à la lui tendre, des soubresauts de remords dans le regard, et elle put l'examiner. Elle palpa les phalanges, craignant de découvrir un os brisé. *Ses doigts ont commencé à gonfler et ils doivent le faire souffrir. Mais, par chance, il n'a rien de cassé*, nota-t-elle avec soulagement. Si cela avait été le cas, elle n'aurait rien eu pour le soigner. Toutes leurs affaires avaient disparu sur leur cheval.

— Peut-être que Jalen a réussi à les maîtriser… ou à les tuer, marmonna-t-il en fixant la direction de laquelle ils étaient venus. Il semblait dans son élément. Comme s'il s'était contenu pendant des années avant de laisser libre cours à sa folie meurtrière. Il avait l'air d'un dément, Shana. Mais je ne peux pas croire qu'il soit réellement devenu fou.

Est-il seulement encore en vie ?

— Je ne pense pas non plus qu'il le soit. Il devait avoir peur tout autant que nous. Parfois, les gens sont amenés à agir de façon inattendue lorsqu'ils sont poussés dans leurs retranchements.

— Nous devrions essayer de les retrouver, lui et Waryn. Des habitants des hameaux environnants se dépêcheront sur les lieux afin de voir ce qui s'est passé, c'est certain. L'affrontement a fait un tel boucan qu'il a dû être entendu de très loin. Si nous restons discrets et que nous posons les bonnes questions…

D'ordinaire, tu ne te montres pas aussi irréfléchi. Mais là, la situation n'a rien d'ordinaire, et il est évident que tu n'as plus les idées en place.

— Et si l'on tombe sur l'un des deux Descendants, que comptes-tu faire ? Tu as vu ce dont ils sont capables, comme tu l'as déjà souligné. On ignore même le nombre de soudards qu'ils ont engagés ! Non, nous ne sommes plus que tous les deux, Mili. Il va falloir se faire une raison.

— Alors tu proposes quoi ? insista-t-il, les yeux embués et la voix cassée.

— Je n'en sais rien…

— Je n'abandonnerai pas mon frère à son sort.

— Tu ne m'as pas écoutée ?

Milian se leva d'un coup. Il arpenta le bosquet en silence, le regard rivé sur le lointain. Les premiers rayons de soleil caressaient doucement les contours écorchés des Monts d'Ébène et se répercutaient en scintillements au travers de la rosée déposée sur les cailloux tranchants. La chaleur grimpait tandis que la quiétude nocturne s'évanouissait et que Shana percevait quelques bruissements, ainsi que les mouvements furtifs de geckos à travers la lande.

Elle se sentait désemparée.

Rien de tout cela n'aurait dû se produire. Leur existence venait de basculer dans une tourmente incontrôlable et elle était totalement démunie. Elle s'était toujours reposée sur Jalen, en sécurité à la taverne, confiante en la force que lui prodiguaient ses pouvoirs de Communicatrice. Elle s'était satisfaite de l'évolution de son don, attendant le moment où ses amis et elle pourraient enfin quitter Vanyanir et vivre leur propre vie. *Tout s'est effondré. D'un coup. Plus c'est soudain, plus c'est brutal.*

Milian finit par revenir et s'accroupit devant elle, le regard loin d'être abattu. *Au moins, il arrive à rapidement se ressaisir.*

— Daragh et Anya, les deux Descendants, ils ne viennent pas des archipels du sud, commença-t-il, les sourcils froncés. Et même s'ils ne sont pas de l'Araneana, comme les mercenaires à leur solde, ils ne peuvent que venir du continent. Ce n'est pas très difficile de le conclure à leur accent, qui m'est toutefois inconnu. Ils chercheront à y retourner. Cependant, ils ont certainement voyagé sur le dos de leurs draymes, et s'ils veulent rejoindre

Orrisia, ils devront emprunter un bateau.

Il marqua une pause, semblant en pleine conversation intérieure.

Même dans cette situation, il continue de réfléchir. Tant mieux. Ne perds pas la boule, Mili. Je ne veux pas me retrouver seule.

— Où veux-tu en venir ? demanda Shana, craignant de deviner ce qu'il avait en tête.

— Ils iront à Port-Nyanir et gagneront l'Araneana à bord d'un navire. C'est ce qui me paraît le plus probable.

— Et tu comptes les en empêcher ? Très bien, rejoignons-les dès à présent si tu souhaites en finir.

— Je ne suggère rien de tel. Mais souviens-toi de ce que Jalen nous a dit, renchérit-il d'une voix assurée. Il voulait rencontrer cet Hunor, en Araneana. Et pour cela, un certain Peleg devait nous aider à Port-Nyanir. Je ne te force pas à me suivre, mais s'il y a une chance de retrouver le vieux et Waryn, c'est là-bas que nous devons nous rendre.

Le tavernier avait démontré sa puissance, mais face à deux adversaires qui paraissaient tout aussi redoutables, il était peu probable qu'il s'en soit sorti.

— Alors c'est ça, ton plan ? ironisa-t-elle pour évacuer son propre stress.

— Retourner à Rivlon est inenvisageable. C'est la mort qui nous y attend. Shana, nous n'y avons plus de foyer, et nous serons écartelés sur la place publique avant même d'y avoir posé un pied. Et ça, c'est sans compter ces deux fichus Descendants !

Cela lui coûtait de l'admettre, mais quelque part, Milian avait raison. *La seule option est de poursuivre le plan de Jalen. Seulement, sans lui, c'est bien plus compliqué. Il nous faudra traverser les Monts d'Ébène, trouver de la nourriture et de l'eau, marcher sans relâche jusqu'à Port-Nyanir… Des jours et des jours avant d'atteindre la cité portuaire, et tout ça sans nos affaires, sans cheval, sans aide, sans un sou. Et puis… sauver Waryn est une cause perdue. Mais ça, Mili, je vais encore devoir t'en convaincre.*

— Bien, alors nous nous rendons là-bas ensemble, murmura-t-elle de dépit.

Un sourire teinté de mélancolie naquit sur le visage de Milian. Il n'avait rien demandé non plus, mais composait avec les évènements des derniers jours. En soi, il s'adaptait bien mieux qu'elle à la situation, et d'un côté, cela la rassurait.

— En attendant, nous avons tous les deux besoin de repos, reprit Shana.

Et ne va pas me dire le contraire. Tu as presque la même tête que Vulmon lorsqu'il se met à baver sur le comptoir. J'ai besoin de t'avoir en forme. Les idées claires. Ou tu vas finir comme un trognon desséché.

— Desséché, peut-être, mais en vie ! (Shana le fixa d'un regard noir.) Enfin, j'imagine qu'un peu de sommeil ne me fera pas de mal. Je dois avouer que tu es vraiment terrifiante quand tu t'y mets. Je ne sais pas ce que j'ai le plus à craindre : ces Descendants ou cette brute épaisse qui se tient en face de moi ?

— Crétin.

Cherchant dans l'une des poches de sa tunique, les doigts de Shana rencontrèrent l'orbe qu'elle conservait précieusement. Elle le gardait toujours sur elle ; son trésor inestimable, le vestige de son passé, le seul rattachement à sa famille, qu'elle se languissait de retrouver un jour sur le continent.

Elle n'était pas certaine que d'autres drayms déployaient leurs ailes à leur recherche en ce moment même, mais dans cette éventualité, il leur fallait se camoufler afin d'éviter de se faire repérer. *Il est donc temps de révéler à Milian mes capacités*, se résigna-t-elle. *Ne me hais pas.*

— Jalen avait raison lorsqu'il a dit que j'étais une Descendante, poursuivit-elle, un peu hésitante.

— Que…

— Laisse-moi finir, l'interrompit Shana. Je n'en ai jamais parlé, mis à part à Jalen, alors ce n'est pas si facile. Je sais… communiquer avec les plantes. (Son ami fronça les sourcils, intrigué.) Je m'entraîne en cachette depuis très longtemps, et même si je ne saisis pas tout, j'arrive à faire pousser toutes sortes de végétaux bien plus rapidement qu'ils ne sont censés le faire. Ça n'a rien de comparable avec ce que l'on a pu voir tout à l'heure, mais je fais de mon mieux.

— Shana, tu n'as pas à me révéler quoi que ce soit si tu ne le souhaites pas. Je comprendrais.

— Ne t'inquiète pas. Si je ne le voulais pas, je ne le ferais pas. Mais j'en ressens le besoin, et s'il y a une personne à qui je peux en parler à présent, c'est bien toi. Et puis… ce n'est plus un secret, non ?

Dévoiler cette part d'elle-même, celle qu'elle avait toujours dissimulée, lui procurait un sentiment de libération.

Elle inspecta les divers oliviers, les arbustes d'acacia, les genêts, les fleurs d'amaryllis, ainsi que les cactus et les autres plantes qui fondaient le bosquet, puis elle choisit un boehmeria : un végétal aux larges feuilles avec lequel elle était déjà entrée en contact – ce qui lui faciliterait le travail.

Elle inspira, le fixa profondément, jusqu'à ce qu'une sensation de bonheur ineffable s'instillât dans son esprit et qu'elle parvînt à établir le lien, ressentant une douce chaleur lorsqu'une part d'elle-même pénétra dans l'essence des racines secondaires avant de les remonter jusqu'aux principales dans une mélodie vibrante, un chant harmonieux qui la mena à la tige pleine de vie et d'effervescence, lui accordant le droit de traverser les nœuds, ces embranchements qui lui permirent d'emprunter une multitude de chemins aussi complexes que variés, de se rendre dans les pousses et les rameaux, les longs canaux transportant fraîcheur et vivacité, et d'arriver enfin aux vastes feuilles luxuriantes, dont la sénescence aux marges ne lui autorisa plus d'évoluer ; dès lors elle se transcenda, extatique, son âme exulta et elle s'imprégna de chaque infime partie du boehmeria, entrant dans une communion capiteuse, dont l'ivresse se déversa en elle et dans la filasse de la plante, qui se pâma elle aussi de la symbiose avec ce pouvoir la revigorant d'une ardeur nouvelle et accrue, la rendant plus forte, plus résistante, la débarrassant de ses parasites pour divulguer la magnificence de ses parures que Shana domina – avec l'accord tacite du végétal –, prenant en compte sa constitution, le fourmillement de vie, les myriades de possibilités de croissance ou de flétrissement tout en puisant dans son énergie, et, enfin, elle fit jaillir ses pensées, la vision de son avenir, utilisant sa puissance pour motiver l'expansion des fibres, des pétioles, des nervures, des veines et des limbes jusqu'aux pointes avec euphorie.

Les feuilles grandirent pour atteindre une taille remarquable. Les deux amis étaient dissimulés sous ce plafond végétal au cas où un autre draym survolerait la zone. Les yeux émerveillés et écarquillés de Milian firent sourire Shana.

Elle laissa le tumulte l'abandonner à l'inanité. Il ne résidait qu'un froid glacial là où la chaleur l'avait comblée durant ces instants de grâce. De plus, cette action ne lui avait coûté que peu d'efforts. Elle était habituée à utiliser son pouvoir pendant de longues heures jusqu'à arriver aux résultats qu'elle souhaitait.

— Voilà, finit-elle par dire avec une pointe d'appréhension.

— Une part de moi espérait que ces gens, Jalen, ou même toi, se trompent…, frémit Milian. Jalen a fait un véritable massacre cette nuit. Et les Descendants, de tout ce que j'ai pu entendre ou voir, n'ont fait que détruire ou semer la mort. Mais ce que tu viens de faire, ce n'est rien d'autre que d'apporter la vie…

— Un Descendant ou une Descendante n'est que ce qu'il veut bien être, le rectifia Shana. Nous ne sommes rien de plus que des hommes et des femmes qui ont hérité d'un pouvoir. Et c'est à nous qu'il revient d'en définir l'usage.

Milian toucha délicatement les feuilles du boehmeria, comme pour s'assurer de leur réalité.

— Impressionnant…

— Durant toutes ces années, j'ai travaillé dur pour y arriver. Même si c'est dérisoire par rapport à ce que l'on a vu cette nuit.

— Ce que je ne comprends pas, c'est comment je n'ai pas pu m'apercevoir que tu étais une Descendante pendant tout ce temps…

— J'ai passé d'innombrables nuits à m'entraîner, lorsque toi, Waryn ou Eirinia dormiez. Jalen m'aiguillait, même s'il ne maîtrisait pas un élément identique. Ce qui était valable pour lui ne l'était pas forcément pour moi.

Elle se rendit compte qu'elle parlait déjà de lui au passé. La survie du tavernier était plus qu'incertaine, et elle commençait peut-être à le réaliser. Sentant ses yeux la piquer, elle se concentra sur Milian. Elle avait toujours redouté cet instant ; celui où elle dévoilerait à ses amis sa réelle nature. Mais l'expression de Milian était totalement dépourvue d'animosité. Il lui donnait confiance en elle. *J'espère juste qu'il réagit sincèrement. Je ne veux pas qu'il me voie comme une bête de foire. Ou pire, qu'il commence à avoir peur de moi.*

— Et… tu crois que moi aussi j'en suis capable ? hésita Milian. Si je suis un Descendant…

— As-tu le souvenir d'être entré en contact avec ton orbe ? (La moue renfrognée de Milian lui indiqua que non.) Jalen m'a expliqué que le pouvoir d'un Descendant réside d'abord dans son orbe, qui fait figure de réceptacle. Il faut donc le toucher pour acquérir ce don. Seulement, il s'agit d'un pouvoir unique et héréditaire : soit il se trouve dans l'orbe, soit dans un Descendant qui lui est lié. À la mort de ce dernier, le pouvoir retourne dans l'orbe et peut ainsi être transmis à une personne possédant le même sang.

Shana se rappelait précisément chaque mot prononcé par le tavernier à ce sujet. *Même s'il n'était pas toujours certain de ce qu'il racontait, il était ma seule source fiable d'informations.*

— Donc si je suis un Descendant, c'est que mon père ou ma mère en étaient, ou le sont encore… Mais c'est en supposant que Jalen ait dit la vérité.

Milian se méfiait de l'homme qui les avait élevés, et elle ne pouvait pas lui en vouloir. Toutefois, il ne le connaissait pas aussi bien qu'elle. *Oui, c'était un vieil homme râleur et aigri, mais d'un autre côté, il nous a protégés et préparés à pouvoir vivre dans ce monde.* Il avait consacré tellement de temps à la guider et à la soutenir, qu'elle avait pu voir sa part de bonté, même si elle était enfouie sous des monticules d'acrimonie. *Je ne le remercierai jamais assez pour tout ce qu'il m'a apporté.*

— Si l'un de tes parents, ou l'un de tes aïeux, était un Descendant, alors oui, tu pourrais aussi en être un… Mais il faut que tu parviennes à trouver l'orbe de ta famille. Sans être entré en contact avec lui, tu ne pourras développer aucun pouvoir…

— Il y avait cette petite perle que Vizar m'a donnée à la taverne, avant que Jalen ne la réduise en miettes…

Shana sortit de sa poche l'orbe qui lui était si cher. Son diamètre dépassait à peine la grandeur de sa paume, et une faible lueur verte scintillait en son centre. Cela signifiait qu'il n'attendait que de recueillir à nouveau son pouvoir. Elle le contempla un instant, ce qui lui rappela le désespoir de se sentir seule face à un monde qui la méprisait, ainsi que la réjouissance de détenir l'unique élément qui constituait un lien tangible avec sa famille.

— Un orbe ressemble à ça, annonça-t-elle en lui tendant l'objet. Ce que l'Araneanais t'a donné à *L'Arbre Ruisselant* n'en était pas un.

Milian l'inspecta d'un œil soupçonneux, n'osant pas le toucher.

— Tu peux le prendre, continua-t-elle avec un sourire narquois. Il ne va pas te manger. Le pouvoir qu'il contenait est en moi.

D'un mouvement de peu d'assurance, il s'en empara.

— Et tu sais si l'un de tes parents avait ce… don ?

— Je n'en ai pas la moindre idée. Il se pourrait que le pouvoir de ma famille ait traversé les générations sans être possédé. En tout cas, je veux le croire.

Elle espérait revoir son père ou sa mère un jour, voire peut-être découvrir qu'elle avait un frère ou une sœur de sang… La raison principale pour laquelle elle voulait se rendre sur Orrisia. *Mes parents ne doivent pas savoir où je me trouve, donc à moi d'essayer de les retrouver.*

— Désolé, j'ai été… maladroit, bredouilla Milian.

— Ce n'est rien…, murmura Shana en allongeant ses jambes pour essayer de trouver une position confortable.

— Comment ça s'est passé le jour où… tu as reçu ce pouvoir ?

Elle n'en gardait quasiment aucune image. Cela s'était produit alors qu'elle était bien trop jeune, avant son arrivée à *L'Arbre Ruisselant*. Mais elle se souvenait des sensations.

— Une tempête avait pris possession de tout mon être. Un tumulte indescriptible qui avait jailli avec force… Ce que je peux ressentir lorsque j'utilise mon pouvoir, c'est un sentiment de toute-puissance. J'ai l'impression de pouvoir abolir n'importe quelle limite.

Milian restait pendu à ses lèvres. Elle avait longtemps essayé de se remémorer ce moment plus précisément, mais elle n'avait jamais réussi à saisir d'autres souvenirs.

— Sur le coup, je ne devais pas avoir la moindre idée de ce que ça signifiait, et je crois même que j'ai fini par oublier cet instant, ou l'occulter de ma mémoire, poursuivit-elle, se laissant emporter dans la confidence. Ce n'est que quelques années plus tard qu'il a ressurgi. Un jour, alors que je ne devais avoir que sept ou huit étés, je contemplais une luzerne sauvage à l'arrière de la taverne. Et puis j'ai été soudainement frappée par une sorte de connexion avec elle. Elle s'est mise à fleurir de ses beaux pétales violets alors que je sentais une certaine chaleur monter en moi. Je ne savais pas encore que ce phénomène ne résultait que du fruit de ma pensée, et j'ai été tellement surprise que j'en suis tombée par terre avant d'éclater en sanglots.

Milian haussa un sourcil.

— Tu as pleuré ? *Toi* ?

— Espèce de maroufle ! Je me livre à toi, et tu te moques.

Il éclata de rire.

— Je suis désolé, je n'ai pas pu m'en empêcher. Mais je bois tes paroles. Je t'en prie, continue.

Intérieurement, cela la rassurait qu'il la charrie. Elle avait eu peur que ses révélations ne compromettent leur complicité, mais il n'était pas effrayé. Cependant, elle n'allait pas lui faire le plaisir de l'avouer.

— Jalen est arrivé et je lui ai expliqué ce qui s'était passé, même si je ne le comprenais pas vraiment. Lui, il savait exactement de quoi il s'agissait. Il m'a fait promettre de ne jamais le révéler à quiconque, pas même à vous. Et à partir de là, il m'a aidée à maîtriser mon pouvoir. J'ai pu progresser sous ses conseils, mais j'ai dû découvrir pas mal d'aspects par moi-même.

Ce n'était pas facile et, surtout, je ne pouvais en parler à personne. J'ai passé des nuits entières, seule dans ma chambre, à faire flétrir ou faner des plantes par centaines avant de réussir à faire éclore un bourgeon. Plus tard, Jalen m'a donné l'orbe que tu tiens en main, m'expliquant que c'était cet objet qui m'avait transmis ce don et qu'il devait appartenir à l'un de mes parents, ou l'un de mes ancêtres. Depuis, je le conserve sans cesse sur moi, comme si ma famille restait à mes côtés.

Milian lui remit l'orbe en gardant le silence, et elle le replaça délicatement dans l'une des poches de sa tunique.

— Il faut que je te dise aussi, qu'au-delà de pouvoir communiquer avec les plantes, j'ai développé une force et une résistance plus… élevées que la moyenne, si je puis m'exprimer ainsi, poursuivit Shana, emportée par l'ivresse de pouvoir exposer ses secrets.

Il se gaussa d'un rire taquin.

— J'ai toujours proclamé que t'étais une brute !

— Mais c'est qu'il t'arrive d'être drôle ! ricana-t-elle. J'admets que tu as raison. Tu ne ferais pas le poids face au petit brin de femme que je suis. Alors le petit homme que tu es va devoir se reposer pour suivre la cadence.

Milian sembla vouloir la railler à son tour, mais il s'abstint, préférant se coucher avec un bâillement sonore sur les brindilles qui jonchaient la terre rougeâtre.

— Merci, chuchota-t-il.

Elle répondit d'un simple hochement de tête et resta assise, les mains tendues derrière elle, les yeux rivés sur l'horizon, faisant abstraction de tout bruit parasite de reptiles, de rongeurs, d'insectes ou de rapaces en plein éveil. Sous les larges feuilles de boehmeria qui leur permettaient de se loger à l'ombre, tandis que les rayons du soleil commençaient à écraser de leur chaleur la terre déjà sèche et craquelée, elle repensa à tout ce qu'elle avait perdu ces derniers jours.

À présent, il faut se tourner vers l'avenir. Si tant est qu'il y en ait un.

Chapitre 7

Waryn

Le vacarme incessant d'un torrent en ébullition. Waryn commençait à devenir fou. Emprisonné dans une sphère d'eau qui ne lui permettait que de distinguer de vagues ombres à l'extérieur, il s'était d'abord laissé emporter par la rage. Ses phalanges étaient maculées de sang à force de marteler la paroi aqueuse aussi dure que de la pierre. Un peu comme lorsqu'il utilisait ses poings sur le visage tuméfié d'un adversaire. Mais la fureur qui l'avait habité avait fini par s'estomper, laissant place à la résignation. Il avait abandonné l'idée de pouvoir en sortir.

Combien de temps ça va encore durer ? s'agaça-t-il en s'allongeant. *On me retient comme un chien en cage.*

Les deux ombres qu'il avait vues s'approcher puis s'éloigner de la sphère juste après avoir été enfermé… *Milian, Shana, j'espère que vous avez réussi à vous enfuir…* Toutefois, s'il était toujours captif, cela signifiait probablement que Jalen n'avait pas pu venir à bout des deux Descendants.

Le tavernier avait bien caché son jeu durant toutes ces années. *Qui est-il réellement ? Un Descendant, oui, mais que nous a-t-il caché d'autre ?* Le combat qu'il avait mené contre les mercenaires, les créatures à tête de lézard, ces deux êtres… Jamais il n'aurait imaginé le vieux capable de telles choses.

Un foutu Descendant, maugréa-t-il.

Une ombre s'approcha.

Il se releva.

La crainte qui étreignit son cœur un instant fut éclipsée par la colère. Il désirait ardemment des réponses à ses questions, mais il ne se laisserait pas faire pour autant. Il tendit ses muscles, fit craquer ses doigts, ses épaules et la base de son cou. Ainsi qu'il l'avait toujours fait à Rivlon avant d'entrer dans un combat. Une sorte de rituel. *Les duels organisés, c'est mon truc. Mais dans « duel organisé », il y a bien le mot* organisé. *Bah ! Peu importe. Je dois juste être le plus rapide.*

Le bourdonnement faiblissait. L'eau s'évaporait. Elle devenait de plus en plus transparente et le laissait distinguer plus nettement les traits de la femme qui se tenait devant lui.

Anya, dont les yeux brillaient d'un bleu comparable à la pureté d'un ruisseau clair et limpide, n'évoquait chez Waryn qu'une adversaire de plus. *Qu'il s'agisse d'une femme ou non n'a pas d'importance ; c'est une Descendante.* Il se rua sur elle, le poing chargé, prêt à l'obliger à se soumettre à lui.

L'espoir ne dura que l'espace d'un battement de cœur.

Elle l'arrêta d'une seule main en l'agrippant à la gorge, puis l'envoya valser dans un roulé-boulé. Sa force était inouïe. Waryn se retrouva sur le ventre. Alors qu'il tentait de se relever, la main de sa bourrelle lui enserra la nuque pour le maintenir plaqué au sol. Il se regimba, mais sans succès ; la puissance monumentale d'Anya, malgré sa mince carrure, était telle qu'il se sentait comme un enfant aux prises avec un géant. Il s'efforça pourtant de se remettre sur pied à l'aide de ses bras, de ses jambes, distribuant des coups de tête et d'épaules.

Rien n'y fit.

Elle le dominait d'une simple pression, incomparable avec tout ce qu'il avait connu jusqu'à présent. Il ne s'était jamais senti aussi ridiculement faible.

— Ne tente rien d'insensé, ou je te ferai passer l'envie de réessayer, le menaça Anya d'un ton calme, serein. Tu auras beau frétiller et te débattre comme un poisson fraîchement pêché, tu n'as pas la moindre chance.

Si tu crois que je vais me laisser faire aussi facilement, tu te trompes. Laisse-moi te présenter qui je suis. J'ai la peau dure. Je peux encaisser. Et je me relève toujours.

Même plaqué au sol, il pouvait la surprendre en utilisant la souplesse et la force de ses jambes. Il tenta de la déséquilibrer d'un coup de genou fulgurant. L'acuité de la douleur qu'il ressentit au contact du tibia de la Descendante le calma aussitôt.

— Lâchez-moi ! s'époumona-t-il, de la poussière dans la bouche.

Je ne peux pas me rendre.

La main d'Anya se resserra autour de son cou. Il ne pouvait plus respirer. Sa gorge et ses poumons s'embrasaient.

— Je t'ai prévenu. Si tu t'obstines, je serai contrainte de te briser quelques phalanges. Ou même les bras. Voire les jambes… Bien que si tu ne puisses plus marcher, devoir te porter ne m'enchante guère. Je suis lasse et fatiguée, alors si tu pouvais y mettre du tien, ça m'arrangerait. J'ose espérer que tu ne souhaites pas entreprendre le voyage qui nous attend en te laissant transporter comme un simple baluchon ?

L'air commença réellement à lui manquer. Sa vue se troubla. Son esprit s'engourdit.

Ne pas abandonner.

Il redoubla d'ardeur. Jeta ses derniers efforts dans la lutte. Il était presque parvenu à se retourner…

Une douleur incommensurable entre ses omoplates.

Waryn cessa instantanément de bouger. Ce n'était plus la peine de se débattre. Il devait l'admettre : il n'était pas de taille ; elle pouvait le briser d'un simple geste.

Anya le relâcha, et la suffocation cessa. *De l'air ! De l'air !* Pantelant, il cracha le peu de salive qui lui restait et reprit son souffle.

Il se retourna sur le dos pour observer celle qui l'avait maîtrisé aussi facilement. D'ailleurs, en silence, elle faisait de même. Waryn s'attarda sur les yeux de la Descendante. Ils avaient cessé de briller pour laisser apparaître leur couleur naturelle : un bleu d'une clarté déconcertante, presque translucide. La pâleur de son teint contrastait avec la nuit. L'astre lunaire, dont la descente s'achevait, dévoila ses traits fins, félins. Ses cheveux de jais cascadaient sur ses épaules, pendant qu'une légère brise les faisait onduler. Il était difficile de nier sa beauté, même s'il s'agissait d'une Descendante. Et malgré cela, son visage harmonieux laissa penser à Waryn qu'elle ne le devançait que d'une dizaine d'étés. Ceignant sa taille fine, elle arborait un mélange de tissus résistants et de cuirs souples assortis à sa chevelure, que l'on pouvait juger de qualité d'un simple coup d'œil. À sa ceinture pendait une dague, dont il était dangereux d'imaginer qu'elle n'en maîtrisait pas son maniement. Elle ressemblait à un bloc de glace aux parois brûlantes. Bien qu'il n'en eût jamais vu, la description lui avait été rapportée par des voyageurs lorsqu'il travaillait encore à *L'Arbre Ruisselant*.

Toujours à terre, Waryn ne put s'empêcher de frémir. Était-ce à cause de sa démonstration de force ? Il détourna le regard pour scruter les environs. Il se souvint d'avoir tenté de s'enfuir avec ses amis sur le flanc de la colline. Seulement, autour de lui, la lune et les étoiles éclairaient un paysage méconnaissable. De ladite colline, il ne restait plus grand-chose : un tertre isolé et des éminences ravagées, des monticules de sable et d'amas de roches noyés dans des mares d'eau. Là où poussaient quelques buissons ou arbres parvenant à survivre malgré la chaleur, il ne subsistait rien. La violence et la puissance dégagées par l'affrontement avaient réussi à dévaster la terre pourtant déjà couturée de crevasses.

Waryn se releva et fit de nouveau face à Anya. Elle l'examinait toujours. Comme une proie, un esclave inspecté dans un sombre marché des archipels du sud – ce qui ne fit qu'amplifier son agacement. Elle ne parlait pas, se contentant de le toiser dans un silence glacial.

— Où sont mes amis ? l'interrogea Waryn, ne cachant pas sa frustration.

— J'aimerais bien le savoir, rétorqua-t-elle en restant de marbre. Ils ont fui pendant que je me protégeais des assauts de Deren Am'Nalom, qui auraient bien pu tous nous tuer. (Son regard devint malaisant. Elle le jaugeait. Elle cherchait à percer les secrets de son âme.) À moins qu'ils ne gisent parmi tout ce chaos, ajouta-t-elle avec un rictus sardonique. Peut-être un morceau par-ci par-là.

Il serra les poings. L'envie de la frapper ne lui manquait pas, mais il avait compris que cela ne l'avancerait à rien.

— Qui êtes-vous, et que nous voulez-vous ?

La Descendante parut presque amusée.

— Daragh a déjà fait les présentations, il me semble. Aurais-tu malencontreusement reçu un coup sur la tête ? Mais tu peux m'appeler Anya. Et j'ajouterai que, malgré ce que tu imagines, nous ne te voulons aucun mal.

Tu parles…

— Comme si vous en aviez quelque chose à faire de ce que je peux penser…

Elle fit un geste péremptoire de la main et se retourna. Il ne l'intéressait déjà plus. *Elle ne me craint pas. Pas plus qu'elle ne craint que j'essaie de m'enfuir. Ne sois pas trop sûre de toi. Je ne compte pas devenir ton animal de compagnie.*

— Cet endroit me donne la migraine. Comment faites-vous pour vivre sous une telle chaleur ? Je me le demande bien. Même la nuit, j'ai l'impression de cuire dans un four à pain. Enfin, allons rejoindre Daragh, si tu le veux bien. Nous avons déjà perdu assez de temps comme ça.

Cela n'avait rien d'une invitation. Il s'agissait d'un ordre qui ne souffrait certainement pas qu'on y désobéisse.

Elle s'éloigna d'une fluidité féline sur le flanc du tertre, entre les amas de sable qui rendaient le sol instable et les gravats aux arêtes effilées. Malgré la pénombre, il la suivait de près, mais faisait attention aux éclats de roche. Par milliers, ils ne lui permettaient pas de relâcher sa vigilance, au risque de s'entailler au premier faux pas. Les grains de sable recouvraient à de nombreux endroits des pieux de minéral, tandis que de l'eau emplissait des cratères. Au vu de l'emplacement de la lune, il devait s'être écoulé une ou deux heures depuis la fin des hostilités. *Que peut bien faire un simple humain face à de tels monstres ?*

Finalement, ils parvinrent à faire le tour du tertre, et Waryn aperçut un individu en contrebas. Ses yeux brillaient d'un gris transperçant la nuit et il façonnait des monticules de galets en usant de son pouvoir.

Ici, une pente rocailleuse, totalement dépourvue d'aspérité, menait tout droit à ce dénommé Daragh. Ce n'est qu'en arrivant à quelques pas de lui que Waryn remarqua la présence des dépouilles des deux créatures à tête de lézard. Elles gisaient dans une mare de sang, disposées côte à côte. Plus loin, deux chevaux étaient attachés à une protubérance rocheuse.

L'homme se tourna vers lui et ses iris cessèrent d'émettre cet éclat propre aux Descendants. Il observa Waryn, qui fit de même.

Une aura intimidante se dégageait de sa carrure impressionnante, de sa montagne de muscles à la force brute. Il dépassait les cinquante étés, et paraissait avoir traversé bien des batailles ; pourvu de nombreuses cicatrices entaillant son visage anguleux, l'une d'entre elles partait de son arcade pour barrer ses yeux d'un gris dur comme l'acier. Ses courts cheveux décolorés, ainsi qu'une légère barbe, faisaient penser à un guerrier tout droit sorti des légendes. Le cuir grenu de son pourpoint et de son pantalon, tous deux taillés de sorte à lui permettre de se mouvoir avec aisance, étaient tachés de sang – le sien, ou plutôt celui de Jalen, probablement.

Un semblant de sourire émergea sur les lèvres de Daragh, ce qui ne le rendit guère plus avenant. Avait-il jamais rit ? Tout ce qu'il ressentait, c'était cette aura monstrueuse.

— Alors, c'est bien lui ? demanda nonchalamment Anya, sortant Waryn de sa torpeur.

— Il semblerait, grogna Daragh. Les deux autres ?

— Aucune idée. (Son interlocuteur poussa un râle de mécontentement.) Ce n'était pas prévu de tomber sur un Descendant du calibre de Deren Am'Nalom.

Ce nom est celui qu'il a utilisé pour nommer Jalen.

Un foutu Descendant.

— Ça ne fait pas office d'excuse. Il ne se contentera pas de ça, tu le sais aussi bien que moi. On les avait tous les trois à portée.

— On aurait dû davantage se méfier des informations que l'on nous a données. Tu te montres toujours trop confiant. Ne t'ai-je pas souvent répété que c'est ce qui te perdra ?

— N'inverse pas les rôles, grommela Daragh avant de se tourner vers Waryn. Ceci étant dit, bienvenue, Ashenan.

— Ashenan ? répéta Waryn.

— Par Yama ! Ton véritable nom, oui ! assura Daragh de sa voix caverneuse.

Mon véritable nom ? Qu'est-ce que tu me chantes, mon gars ?

— Nous devrions nous éloigner d'ici avant de devoir nous battre à nouveau, déclara Anya. L'aube ne va pas tarder à poindre, tout comme les curieux des hameaux environnants. Cela a dû s'entendre à des lieues à la ronde.

Et ils viendront, songea Waryn, ayant le fol espoir que ces hommes pourraient venir à bout de ces deux-là.

— Nous partirons quand je l'aurai décidé ! s'insurgea Daragh. (La Descendante soutint son regard sans sourciller, n'affichant aucune contrariété, pas même la moindre émotion.) J'en ai fini avec les mercenaires, mais je dois encore m'occuper des draýms, ainsi que d'Am'Nalom.

Tout espoir que le tavernier ait survécu s'envola. Pourtant, Waryn le savait déjà ; c'étaient bien des sépultures qui se dressaient sous ses yeux.

— Est-ce également le destin que vous me réservez ? s'enquit-il, scrutant à tour de rôle les deux Descendants.

Si je dois mourir, autant le savoir tout de suite.

Daragh grogna.

— Te tuer ? Que Yama m'écrase si je mens ! J'ai voyagé jusqu'ici pour te ramener chez toi. Je l'ai dit tout à l'heure. Mais je ne peux pas t'en vouloir. Tu dois encore être sonné par ce qui s'est passé. Ça te passera, tu verras. On s'y fait très rapidement.

— Pourrais-tu abréger ? s'impatienta Anya.

Daragh porta son regard sur les monticules de pierres.

— Comme l'a stipulé cette charmante dame qui, soit dit au passage, est plus froide qu'un blizzard, nous n'avons pas tout notre temps.

— Je ne me perds pas en futilités. Tu devrais en faire de même.

— La joie de vivre ! plaisanta Daragh avant de s'éloigner. Accompagne-moi, Ashenan. J'ai un travail à finir.

Waryn aurait voulu se jeter sur le Descendant et le marteler de ses poings, mais s'il n'était parvenu à rien face à Anya, aucun doute ne planait sur ses chances de succès contre ce guerrier. Il ne disposait pas d'alternative et donc il suivit le Descendant, passant devant une kyrielle de tombes quasiment identiques : des amas de galets superposés les uns sur les autres, formant des tertres funéraires de forme rectangulaire, surprenants de précision. Sous chacune des sépultures devait reposer un homme ou une femme ayant succombé à la fureur de Jalen. Et il y en avait au moins une vingtaine – au bas mot. *Un Descendant face à de simples humains... N'aurait-il pas pu trouver une autre solution que de tous les massacrer ?*

Précédant Waryn, Daragh s'agenouilla devant les dépouilles des deux drayms et murmura une oraison funèbre avant de caresser la tête des deux créatures. Waryn crut percevoir une larme couler des yeux du Descendant avant qu'ils ne se mettent à flamboyer. De larges pierres se matérialisèrent à la base des drayms, couvrirent peu à peu leurs puissantes pattes, leurs queues pourvues de piques, puis leurs troncs aux écailles vertes et dorées, leurs ailes majestueuses, finissant par envelopper leurs crânes monstrueux, tel un drap que l'on apposerait sur un défunt.

Une silhouette attira son œil.

Un cadavre gisait non loin de là, encore à l'air libre. Étrangement, il ressemblait… Waryn courut vers lui. Il retint de justesse la bile qui lui remonta la gorge.

Défiguré par d'atroces blessures et d'énormes entailles, le corps exsangue avait été ravagé, désarticulé, écorché. À peine reconnaissable. Le visage, tourné vers les étoiles, n'était plus qu'un enchevêtrement de peau, de sang, de cartilage, d'os et d'esquilles.

— Que Sunaarashi l'accueille et l'ensevelisse dans son désert éternel, murmura Daragh d'un ton solennel. Deren Am'Nalom, un Descendant qui a su démontrer son impavidité et sa détermination, et ce, jusqu'à rejoindre le mausolée des Modeleurs. (Il laissa passer le bruit évanescent d'une brise.) Si tu as besoin d'un instant pour te recueillir, utilise-le. Ensuite, je le recouvrirai comme les autres. Même mon ennemi a le droit à sa dignité.

— Non ! s'emporta Waryn, se surprenant lui-même par l'intensité de sa réaction. C'est à moi de le faire. Je ne permettrai pas que celui qui l'a tué s'en charge.

— On n'a pas le…, commença Anya.

Daragh l'interrompit d'un geste impérieux.

— Je respecte les hommes d'honneur. S'il a besoin de ce moment pour faire son deuil, qui sommes-nous pour le lui refuser ? (Daragh se tut un instant, comme pour mettre Anya au défi de répondre, mais il reprit lorsqu'elle ne réagit pas.) Pendant ce temps, va vérifier que personne n'approche. Si tu vois quelqu'un, élimine-le.

Sans un mot, elle s'éclipsa dans la nuit avec toute la grâce d'un félin.

Oui, va-t'en.

Waryn ramassa une pierre d'une forme satisfaisante et entreprit de creuser ce qui deviendrait la tombe de Jalen, comme il était coutume de le faire au cimetière de Rivlon. La terre était encore trempée, et donc facile à extraire, même si cela demandait un effort constant pour y créer un trou capable d'accueillir le corps du tavernier.

Waryn l'avait détesté, et même haï avant de quitter *L'Arbre Ruisselant*. Pourtant, à ce moment précis, les sentiments se mêlaient en lui. Même s'il avait voulu l'ignorer, une vague de tristesse l'envahit. Pelletée après pelletée, des souvenirs ressurgirent, fragments de moments partagés avec Jalen… *Il n'a jamais été très bavard. Son truc à lui, c'était plutôt de trouver n'importe quel prétexte pour me punir. Ses colères, sa mauvaise humeur, ses railleries... Mais pendant toute mon enfance, il a toujours été présent, comme une sorte de figure paternelle. Quels souvenirs devrais-je garder de lui ?* Maintenant qu'il était parti, Waryn avait l'impression de le voir différemment. Il avait donné sa vie pour soi-disant les protéger ; il était allé jusqu'au bout.

Au fur et à mesure qu'il enlevait les couches de terre, elles lui demandaient un effort plus soutenu, ajoutant des couches supplémentaires au poids de sa peine. Une larme, incontrôlable, sillonna sa joue. *C'est dans la perte que l'on mesure la valeur d'un être cher.* Une vérité qu'il avait souvent entendue, et qui prenait désormais tout son sens. Il persévéra et arracha la terre avec plus d'ardeur.

La tristesse se mua en colère, dirigée vers l'homme qui se tenait debout non loin de lui. Sans lui, sans Anya, Jalen serait toujours en vie, à les guider vers Port-Nyanir. Il redoubla d'efforts malgré ses muscles douloureux, jusqu'à ce que la profondeur du trou le satisfasse.

Avec précaution, il prit le cadavre et le déposa dans la fosse. Il le contempla une ultime fois, chercha à graver cet instant dans sa mémoire. Ensuite, il puisa dans ses dernières forces pour recouvrir ce qui restait du vieil homme, sous le regard silencieux de Daragh et d'Anya.

Elle était de retour certainement depuis un bon moment sans qu'il eût remarqué sa présence, tout comme la lumière naissante de l'aube découpant les sommets des Monts d'Ébène. La nature elle-même s'était enfermée dans un mutisme funeste, s'accordant avec son chagrin.

Waryn s'agenouilla devant la sépulture, ferma les yeux, et prit un instant pour se recueillir. Aucune stèle ne viendrait informer quiconque de qui gisait ici ; Jalen reposerait en anonyme, et personne ne dérangerait son sommeil. *Merci malgré tout...*

— Il est temps de partir, annonça Daragh avec fermeté.

Waryn n'avait ni la force ni la volonté d'objecter.

Daragh et Anya se dirigèrent vers les chevaux, et il leur emboîta le pas. Il était préférable d'obéir.

Pour le moment.

Chapitre 8

Waryn

Lorsque Waryn ouvrit les yeux, ce fut dans un lit dont les draps revêtaient quelques taches délavées. Ils ne sentaient pas la lavande. *Cette chambre a connu des jours meilleurs, c'est certain.* Les murs pétrés de moellons noirs montraient des signes de lézardes et d'humidité, desquelles s'échappait une odeur désagréable. Quant aux rideaux ne remplissant que partiellement leur fonction, ils laissaient entrer les rayons déjà chauds de ce milieu de matinée.

Il ne s'était assoupi que l'espace d'une heure ou deux – histoire de reprendre des forces – après avoir chevauché en compagnie des deux Descendants pour rejoindre un hameau dont il ne connaissait pas le foutu nom.

Il se leva en provoquant un léger grincement, puis inspecta brièvement la chambre de l'auberge. Une table bancale en bois qui s'appuyait sur une cale, des chaises montrant des signes de fatigue, un coffre ébréché et marqué par les années d'usage, un meuble sur lequel reposaient des lumignons à la cire rampante… *Modeste, mais, somme toute, plus luxueuse que le taudis dans lequel je dormais à Rivlon avec Anceon et la bande.*

Il passa en revue les évènements de la nuit, pensant d'abord à Jalen et son visage mutilé… Il frissonna. *Mais au moins, il dispose d'une sépulture plus ou moins convenable selon les circonstances.* Puis, son esprit vagabonda auprès de Milian et Shana… Si ses amis étaient encore en vie, il devait les retrouver. *Où sont-ils à présent ? Le vieux voulait nous emmener à Port-Nyanir. Ont-ils décidé de poursuivre ce but malgré tout, ou retournent-ils à Rivlon ? Non, un retour au bourg paraît improbable après ce qui s'y est passé. Alors se sont-ils enfuis autre part ?* Ils n'avaient pas plus d'endroits où se réfugier que lui. Il devrait y réfléchir plus tard.

Sa priorité était de se libérer des griffes des deux Descendants. Malgré l'espoir d'en apprendre enfin plus sur ses origines avec Daragh et Anya, ces deux-là ne lui inspiraient aucune confiance. S'il en avait été capable, il leur aurait fait subir ce qu'ils avaient fait endurer à Jalen. D'ailleurs, le guerrier se trouvait dans la chambre adjacente à la sienne ; Waryn l'entendait ronfler lourdement. Quant à la femme, elle devait probablement dormir dans une autre chambre de l'auberge.

Il s'approcha de la fenêtre et observa l'extérieur avec intérêt.

On ne remarquait quasiment aucune activité dans le hameau, perdu parmi tant d'autres en Vanyanir. Par contre, Waryn savait qu'il se trouvait à proximité des Monts d'Ébène. Toutes les maisons étaient bâties avec de la roche noire, ne rendant la vue que plus morne.

Rien qui n'entache sa volonté.

Daragh lui avait ordonné de rester dans sa misérable chambre jusqu'à ce qu'il vienne le chercher. *Si ce maudit Descendant pense que je vais rester bien sagement dans cette pitoyable prison, c'est mal me connaître.* Il devait s'enfuir, et la façade de l'auberge s'y prêtait largement. *Passer par la salle commune au rez-de-chaussée est trop risqué.*

Avec assurance, il entreprit d'ouvrir doucement la fenêtre, tentant de la faire grincer le moins possible. L'air chaud pénétra dans la pièce lorsqu'il écarta les vantaux, et il observa le mur de roche noirâtre pour découvrir qu'il se trouvait au dernier étage de la bâtisse. Son échappatoire était là.

Il réfléchit aux acrobaties que cela exigeait de lui pour atteindre les prises qu'il pourrait exploiter. Des protubérances et des anfractuosités sur la façade de l'auberge semblaient utilisables afin de parvenir à l'étage inférieur. À partir de là, il pourrait profiter d'un balconnet pour s'y agripper et retomber sur l'auvent de l'entrée – des gestes qu'il avait répétés à maintes reprises à Rivlon.

Il prit une profonde inspiration pour diminuer son rythme cardiaque, puis passa précautionneusement ses jambes par-dessus le rebord. Ses pieds trouvèrent un appui minuscule. Il plaqua son ventre contre la façade pour éviter une chute de trois toises de haut. Ce n'était pas la première fois qu'il se retrouvait contre la façade d'un bâtiment et il ne comptait pas sur le fait que ce soit la dernière.

Je n'ai pas tout mon temps. Si l'un des deux Descendants a la mauvaise idée de me chercher à cet instant, mon plan tombe à l'eau. Et c'est aussi le cas si un habitant trop curieux, passant dans la rue, voit un jeune homme en train d'escalader la seule auberge des environs.

Waryn se contorsionna pour se baisser et agrippa fermement la petite bordure. Lorsqu'il fut satisfait de ses prises, il gaina ses muscles et entama une descente contrôlée. Il mut son corps lentement, à la force de ses bras, et fit glisser ses pieds avec agilité jusqu'à ce que l'un d'entre eux atteigne une saillie assez épaisse pour pouvoir s'y reposer.

Il visualisa le mince balconnet. Une piste d'atterrissage idéale. Il espérait juste qu'il n'y ait personne dans la chambre attenante. Il attrapa la saillie au niveau de son abdomen, qui lui permit de gagner quelques pouces avant de sauter. Bloquant sa respiration, il lâcha prise. Et atterrit en pliant les genoux pour amortir le choc. Un bref coup d'œil dans la chambre le fit sursauter.

Deux personnes étaient encore endormies dans des draps chiffonnés. Waryn aurait préféré échanger le tumulte de sa nuit contre celui de la leur.

Soulagé, il s'épongea le front.

Je ne dois pas m'attarder.

Il enjamba le parapet en bois du balconnet et se contorsionna à nouveau pour se laisser pendre à l'un de ses piliers. En dessous de lui, l'auvent protégeant l'entrée de l'auberge était la dernière étape à franchir avant de pouvoir prendre ses jambes à son cou. *Tout ne relève que de précision.*

Un sifflement aigu.

Une dague se ficha dans le parapet à une longueur de bras.

Il faillit lâcher prise.

— Tu pensais nous fausser compagnie ? se moqua une voix teintée d'un accent araneanais.

Waryn tourna la tête et vit deux hommes à une quinzaine de mètres de lui ; l'un accoutré d'un pourpoint clouté et brandissant un glaive, l'autre affublé d'une chemise aux manches pourvues de dentelle et arborant une dague. Leurs chignons caractéristiques ne laissaient aucun doute quant à leur origine araneanaise. Waryn ne se démonta pas. D'un geste vif, il arracha la lame plantée dans le bois, sauta sur l'auvent, et dans la foulée, se laissa chuter sur l'un des parterres de fleurs de l'entrée de l'auberge.

— Qu'Uzushio en soit témoin, t'es plutôt agile ! le complimenta l'Araneanais à la dague avec un sifflement sarcastique. Mais tes talents ne te serviront à rien contre nous.

Si c'est ce que tu crois…

En l'observant plus étroitement, il ressemblait au portrait que Milian lui avait fait du mercenaire avec qui il avait conversé à *L'Arbre Ruisselant* – Vizar, si ses souvenirs ne lui faisaient pas défaut.

— C'est vous qui étiez à Rivlon, n'est-ce pas ? s'exclama Waryn, se relevant alors qu'il essayait de garder son calme.

L'Araneanais émit un rire de cabotin avant de cracher sur le sol.

— Qu'est-ce que ça peut te faire ?

— J'ai entendu ce que vous avez fait à Vulmon… Vous n'êtes rien qu'une raclure de Kredae.

— T'es vraiment comme les deux autres petits marauds, hein ! Je ne cracherais pas sur le fait de te corriger, histoire que nous soyons quittes.

— *Les deux autres petits marauds* ? répéta Waryn.

Si ces hommes se mettaient en travers de son chemin, ils allaient se battre. *Le calcul est vite fait : j'ai plus de chances de m'en sortir contre eux que face à deux Descendants.* Sans perdre un instant, il s'élança en direction des soudards, dont les sourires ne firent que s'élargir. Peut-être qu'il n'avait aucune chance arme en main, mais grâce à son agilité, il pourrait parvenir au corps à corps et leur flanquer des coups dont ils ne se relèveraient certainement pas ; il ne lui en faudrait qu'un seul pour chacun.

Plus que quelques pas le séparaient de ses deux adversaires. Sa course s'arrêta net. De puissantes étreintes au niveau de son ventre et de ses bras l'empêchèrent d'avancer. Il était figé. Criant de rage, il essaya de résister et de se défaire de ses entraves, mais rien n'y fit.

— On dirait que ce ne sera pas pour aujourd'hui ! railla Vizar, balançant sa dague d'une main à l'autre.

— Dommage, souffla son comparse.

Ce qui le retenait n'était rien d'autre que des flux d'eau, enroulés autour de lui telles des cordes indestructibles – l'œuvre d'Anya, avec certitude. *Depuis quand m'épie-t-elle ?* Il avait été bien trop naïf de croire qu'il pouvait s'enfuir aussi simplement. La pression le força à lâcher sa dague. Les deux mercenaires s'approchèrent.

— Qu'avez-vous fait de mes amis ? tonna Waryn.

Vizar lui jeta un sourire cynique à la figure.

— Si je les avais eus sous la main, crois-moi qu'ils ne s'en seraient pas sortis indemnes. On les retrouvera tôt ou tard, ne t'inquiète pas. D'autres partiront à leur recherche, et je m'assurerai personnellement qu'ils regrettent de s'être fait la malle.

— Si vous vous avisez de toucher à un seul de leurs cheveux, je vous tuerai, le menaça Waryn en soutenant son regard.

Cela ne parut pas amuser l'Araneanais, qui ramassa sa dague avec un rictus, avant de le raccompagner à l'intérieur de l'auberge. La salle commune était déserte, on n'y distinguait même pas le signe de la présence d'un quelconque aubergiste ou d'un client. Montant les escaliers, Waryn aperçut Anya au bout du couloir. Elle le toisait, le visage fermé, ce qui avait d'autant plus le don de l'exaspérer. Ses iris, limpides, le suivirent jusqu'à ce qu'il gagne l'étage supérieur.

— Reste ici jusqu'à ce que l'on vienne te chercher, aboya Vizar en ouvrant la porte de sa chambre.

Waryn aurait voulu lui faire avaler sa langue, mais il se ravisa. *Ils le paieront un jour ou l'autre*. Il referma derrière lui et alla se camper devant la fenêtre encore ouverte, voyant à présent où les deux soudards s'étaient cachés pendant qu'il descendait la façade. Bien que sa tentative ait été infructueuse, il était dorénavant presque certain que ses amis étaient en vie – à moins, bien sûr, que Vizar ne fût un excellent comédien.

Après un temps qui lui parut interminable, la porte de sa chambre claqua. Daragh se tenait sur le seuil. Il s'était changé, troquant ses vêtements tachés de sang contre une tenue plus raffinée, composée d'une chemise festonnée aux mailles fines et d'un pantalon en cuir.

— Anya m'a raconté ta petite tentative de fuite ! s'énerva-t-il, tapant du poing sur le chambranle.

Waryn haussa les épaules.

— Vous ne croyez quand même pas que j'allais rester docilement ici ?

— Non, répondit le Descendant d'un regard torve. Mais écoute bien. Tu as deux options. Soit tu te tiens bien sagement, et je peux t'assurer que tout se passera sans violence, soit tu ne te montres pas coopératif, et là, sache que ton voyage ne sera pas des plus agréables. Tu dois faire une croix sur ta vie d'avant. Maintenant, c'est à toi de voir.

— Vous voulez me ramener chez moi. Soit. Alors, où est-ce ? Dites-le-moi et je me débrouillerai seul pour y aller.

Daragh éclata d'un rire tonitruant avant de tourner les talons.

— Suis-moi, nous avons de la route.

Toi aussi, je te le ferai payer.

Ils se dirigèrent vers la cour de l'auberge, où Anya discutait avec les deux Araneanais. Mis à part les deux clients que Waryn avait aperçus depuis le balconnet, ils n'avaient rencontré personne.

— Vous aviez des consignes pourtant claires, déclara Anya à l'attention des deux mercenaires. Attentez à la vie de notre invité, et nous nous passerons de vos services. Définitivement.

Lorsque Vizar vit Waryn, un sourire malsain se dessina sur son visage.

— Et je crois que vous êtes assez bien payés pour respecter ces ordres, n'est-ce pas ? renchérit Daragh en se dressant devant eux.

Même s'il n'avait pas été un Descendant, Waryn était certain que le guerrier n'aurait eu aucune difficulté à les affronter tout seul. Les mercenaires inclinèrent la tête avec déférence. Ils n'en menaient pas large face au colosse.

— Comme je le stipulais à Dame Akanvira, nous n'allions pas l'abîmer, hein, Nikandro ? se défendit Vizar en donnant un coup de coude à son compagnon.

L'autre soudard effectua une révérence.

— Nous ne faisions que notre travail. Ne pas le laisser s'échapper.

Leur turpitude n'était pas sans énerver Waryn, qui aurait souhaité les cogner pour ne plus entendre leurs langues de vipères.

— En lui fournissant une arme ? les interrogea Anya.

— L'incident est clos, intervint Daragh. Nous n'avons que trop traîné ici.

La tension entre les mercenaires et les Descendants était palpable. Waryn n'avait pas besoin d'un énième petit cours de Milian sur la façon d'interpréter la gestuelle pour le savoir – et peut-être que cela pouvait jouer à son avantage. Enfin, ils montèrent tous sur leurs chevaux, et Waryn se hissa derrière Anya.

Sous le soleil de plomb, à travers les chemins de terre craquelée, laissant dans leur sillage des nuages de poussière, ils chevauchèrent quasiment toute la journée en silence.

La direction qu'ils avaient annoncée était Alentoise – une cité qui était presque un passage obligatoire pour ceux voulant se rendre à l'est de Vanyanir –, où d'autres mercenaires les rejoindraient. Et lorsque Anya avait mentionné la perte des drayms et donc le changement de plan qui en découlait, Daragh avait semblé tomber dans une profonde mélancolie.

Ils ne firent halte qu'en fin d'après-midi, au bord d'un ruisseau qui ne charriait pas grand-chose, pour que les chevaux puissent se reposer. Waryn savoura l'opportunité de détendre ses membres endoloris ; après ces longues journées passées en selle, son dos et ses fesses lui rappelaient cette expérience de façon un peu trop insistante.

— Je ne me rappelle plus m'être autant amusé depuis le siège d'Anrogar, déclara Daragh en tapant l'encolure de son cheval, faisant attention à ce que les deux mercenaires ne l'entendent pas.

C'est sur le continent, ça ?

Anya, qui s'était assise dans l'herbe, les jambes croisées et les mains sur les genoux, le regarda sans laisser transparaître la moindre émotion.

— Une violence exacerbée, une boucherie à ciel ouvert, autant de cadavres dans l'un ou l'autre camp. Je ne suis pas certaine que le terme « amusé » soit le plus adéquat.

— Ne fais pas ta rabat-joie, Anya ! Ça ne te fait pas du bien de laisser le pouvoir courir en toi, sans avoir besoin de le restreindre ? Ah ! Je dois dire que je regrette cette époque. Heureusement que le meilleur nous attend !

— Les hommes et leur passion pour la guerre…, soupira la Descendante.

— N'est-ce pas ce qui nous anime tous ? À quoi bon vivre si ce n'est pour défendre ce que nous croyons juste ?

— Je ne mets pas en doute ce pourquoi nous nous battons. Ce qui m'inquiète, c'est la satisfaction que tu en retires. Les boyaux fumants n'ont jamais été un spectacle capable de me procurer un quelconque sentiment de joie. C'est un mal nécessaire. Point.

— Je ne te juge pas sur ce qui te fait vibrer de plaisir, et je n'attends pas à ce que tu me comprennes, se renfrogna Daragh. Je crois que j'ai abandonné cette idée avec les années.

— Parce que tu sais peut-être ce que je fais de mon temps libre ?

Waryn s'éloigna, les laissant poursuivre leurs railleries. Ces deux-là se connaissaient depuis longtemps, et les civilités n'étaient plus d'usage.

À la lumière orangée déclinante, rendant la température plus supportable, il observa les reptations d'un serpent aux écailles marbrées cherchant à s'éloigner de leur groupe. L'instinct de l'animal l'avertissait qu'il était loin d'être le plus grand prédateur ici. Pendant ce temps, Vizar, accroupi au-dessus du ruisseau, remplissait son outre et toisait Waryn d'un œil acerbe. *Il est insignifiant, tout juste bon à se prendre une raclée*, songea-t-il en s'imaginant avec le mercenaire à l'intérieur d'un cercle.

— Sais-tu ce qu'est un Descendant ? demanda Daragh en s'approchant de sa démarche de rustre.

— Je m'en faisais une idée, mais vous êtes encore pires que ce que je pensais, répliqua Waryn, fixant son interlocuteur sans sourciller.

D'un coup d'œil rapide, Daragh s'assura que ses comparses ne puissent pas l'entendre.

— Alors Am'Nalom ne vous a jamais rien expliqué ? Vanyanir… Une satanée île où des Descendants se terrent et dissimulent leurs pouvoirs. Je comprends pourquoi on t'a amené ici, au plus loin de chez toi.

— C'est tout ce que vous avez à me dire ? rétorqua Waryn.

— Anya et moi sommes les seuls ici à savoir *qui* tu es vraiment, et il est préférable que cela reste ainsi, justifia-t-il d'une voix mesurée. Je ne te révélerai rien d'autre tant que nous n'aurons pas atteint notre destination, ce qui risque de prendre encore un certain temps. Cependant, je peux te divulguer *ce* que tu es.

Waryn leva les yeux au ciel, exaspéré.

— Vous aussi vous allez vous y mettre ? Je ne suis pas un Descendant. Alors si c'est pour débiter des conneries…

— Non, tu dois en prendre conscience, Ashenan, poursuivit Daragh. Ce soir, nous atteindrons Alentoise ; les Descendants n'y sont guère les bienvenus, mais ça, tu le sais mieux que moi. Tu n'as pas encore révélé tes pouvoirs, mais tu en es un, que tu le veuilles ou non. Alors je t'avertis, ne tente rien d'insensé là-bas. J'aimerais éviter de devoir verser le sang d'innocents, mais si tu m'y contrains, je n'hésiterai pas.

— Auriez-vous peur des humains ? ironisa Waryn, soulevant un sourcil sarcastique. À Rivlon, on a déjà tué l'un des vôtres.

— L'un des *nôtres*, le corrigea Daragh de sa voix caverneuse. Tu es un Descendant. Le sang qui coule dans nos veines est le même que celui d'un autre homme. Oui, on peut mourir d'une simple flèche, d'un coup de lame… Essaie de me planter une dague dans la poitrine pendant mon sommeil, tu verras, il n'y a rien de plus facile. Mais si je t'ai cherché jusqu'ici, c'est pour t'arracher à ta vie misérable. Pour te rendre celle que l'on t'a volée.

— Et pourquoi devrais-je vous croire ?

Anya fit un geste près des chevaux, indiquant qu'ils pouvaient reprendre la route, mais Daragh lui signala qu'il avait encore besoin d'un instant.

— Tu n'as pas à me croire. La vérité te sera révélée en temps voulu.

— Alors pourquoi je ne possède aucun don ? Cela n'a aucun sens ! Vous vous trompez de personne. Je n'ai rien à voir avec ces histoires.

— Je sais qui tu es. Je t'ai reconnu au moment où j'ai posé les yeux sur toi. Il y a des millénaires, les Créateurs ont insufflé le pouvoir dans ceux qu'ils jugeaient dignes de le recevoir. Les premiers Descendants. Depuis, ce pouvoir se transmet de génération en génération grâce à des orbes ; or, celui appartenant à ta famille ne se trouve pas ici. Je ne sais pas si tu auras la chance de te l'approprier, ce ne sera pas à moi d'en statuer, mais le sang qui coule dans tes veines pourrait te le permettre.

— Alors tous ces morts, tout ce déchaînement de puissance, juste parce que je serais un Descendant ? Et mes amis, que leur voulez-vous ?

Daragh avait dit qu'il l'avait reconnu *lui*, omettant sciemment ou non

Milian et Shana. Se pouvait-il que ce qu'il venait de raconter soit vrai ? En tout cas, il avait semblé parler avec sincérité, même si Waryn n'avait jamais été très doué pour déceler le mensonge.

— Tu es plus important que ça. Quant à tes amis, ils le sont aussi, mais d'une autre manière. D'ailleurs, je voudrais que tu me dises où vous vous rendiez avec Deren Am'Nalom. Cela pourrait grandement nous servir à les retrouver.

Il s'attendait à cette question, et il avait été surpris que Daragh ne la lui pose pas plus tôt. Cependant, il ne comptait pas l'aider tant qu'il ne se serait pas assuré que Milian et Shana ne couraient aucun danger.

— Nous nous dirigions vers le sud-est, mentit Waryn.

— Qu'alliez-vous faire là-bas ?

— Jalen ne nous en a pas divulgué davantage. Je suppose que c'était pour nous cacher ailleurs…

— Je m'attendais à mieux de la part de l'illustre Deren Am'Nalom, répondit pensivement Daragh. Mais comprends-moi bien. Si tu t'apprêtes à alerter la population ou les gardes d'Alentoise, tu connaîtras le même sort que nous, l'avertit une nouvelle fois le Descendant.

Le guerrier repartit vers les chevaux, marmonnant que si les drayms étaient encore en vie, le voyage de retour en aurait été grandement simplifié.

Alentoise… La cité était déjà en vue : un enchevêtrement de bâtiments sombres fracturant les Monts d'Ébène. *Peut-être aurai-je une chance de m'échapper là-bas*. Seulement, la menace avait été limpide. Daragh ne reculerait devant rien pour le retrouver.

Chapitre 9

Shana

Les Monts d'Ébène s'élevaient devant Shana et Milian, et leur sombre silhouette défiait les instances célestes de leurs pics en dent de scie. La roche noire absorbait les rayons du soleil, atténuant la lumière pour créer une atmosphère oppressante. L'air vicié accentuait cette impression, comme si la pierre rejetait des centaines de particules pour se débarrasser de ses imperfections.

Les lèvres gercées, la gorge sèche, la sueur gouttant du front, cela faisait deux jours qu'ils erraient loin des routes et chemins empruntés par les voyageurs, colporteurs et autres marchands itinérants. *Des turbans nous auraient fait le plus grand bien*, songea Shana, donnant un coup de pied à un caillou qui ne lui avait rien fait. *Ou un chèche. Rien qu'un chapeau aurait fait l'affaire ! J'ai l'impression d'avoir été oubliée dans un fourneau.* Le vent chaud et mugissant qui s'était levé n'avait qu'étayé la rudesse de leur périple, fouaillant de ses vagues ininterrompues les paysages arides n'ayant rien à offrir d'autre que poussière et roche brûlante. Elle constatait l'épuisement de Milian après cette longue marche ; ils n'avaient que peu dormi, et même lorsque son ami y était parvenu, son sommeil avait été agité. Elle s'inquiétait pour lui. *Mais il est tenace, et ne cesse d'avancer avec obstination alors qu'il ne dispose pas de mes capacités. Tiens encore le coup, Mili.*

À présent, ils scrutaient les flancs escarpés, désirant y dénicher la moindre fissure ou brèche qui pourrait les guider. Cependant, chaque renfoncement aboutissait sur des voies impraticables, et chaque heure qui s'écoulait était un poids de plus sur leurs épaules. Ils cherchaient désespérément un passage à travers la montagne afin de poursuivre leur chemin vers Port-Nyanir.

De plus, Shana entendait les gargouillements de l'estomac de Milian. La faim et la soif le tenaillaient ; ils ne pourraient pas atteindre leur destination sans se ravitailler en nourriture et en eau. Son inquiétude grandissait, surtout pour lui. Elle, depuis des années, avait vu son corps devenir plus robuste, plus résistant, et avait acquis une force qu'on ne pouvait lui soupçonner. Elle ne souffrait pas de devoir jeûner. Toutefois, la chaleur lui faisait tourner la tête, et elle se sentait victime d'hallucinations. Elle crut à plusieurs reprises découvrir un chemin que son ami ne décelait pas, et qui se révélait chaque fois n'être que des reflets diffus sur la paroi rocheuse.

— À ce rythme-là, nous allons mettre des jours avant de trouver un passage, grommela-t-elle, devant déglutir pour éviter l'assèchement complet de sa gorge. Si seulement il pouvait y avoir quelqu'un dans les parages. Je te vendrais contre une outre d'eau. Que Kinone m'entende ! Oui, je le ferais sans hésiter.

— Et tu n'obtiendrais qu'une ou deux misérables gouttes, vu mon état, plaisanta Milian. Ou une outre percée. En réalité, je crois que tu préfères encore ma compagnie.

— Je ne saurais dire si tu te sous-estimes ou si tu te donnes plus de valeur que tu ne le penses. Il n'empêche, on ne tiendra plus très longtemps comme ça…

Milian s'enhardit, contemplant le flanc abrupt de la montagne.

— Renoncer n'est pas une option. Nous finirons bien par repérer un maudit chemin. Et on doit se dépêcher avant de perdre définitivement Waryn.

— Tu refuses de voir la réalité en face, le tança Shana. Tu es trop têtu pour te rendre compte que, parfois, il n'y a pas de solution. Même si nous finissions par dénicher un passage, on risquerait bien de mourir de faim avant d'avoir traversé la moitié de la montagne.

— On trouvera de quoi manger.

Elle hésita.

— Non, moi je peux m'en passer, mais toi…

— Que sous-entends-tu par là ? s'offusqua Milian.

Ils se faisaient face, les traits tirés par la tension. Pourtant, elle devait lui dessiller les yeux quant à son état. Ils avaient forgé une confiance profonde durant toutes ces années, mais en cet instant, la fatigue, ainsi que la perte de Jalen et de Waryn, minaient leur moral.

Finalement, Shana souffla, essayant d'évacuer toute sa frustration.

— Alentoise n'est pas très loin d'ici. Nous devrions y faire une halte pour nous approvisionner en nourriture, proposa-t-elle. C'est le choix le plus judicieux. Ou au moins le plus raisonnable. S'entêter à courir droit vers une mort certaine ne m'emballe pas plus que ça.

Nous ne pouvons absolument pas continuer ainsi. On va finir par être recouverts de croûtes et faire partie du paysage. De la terre. Oui, je vais me transformer en pierre craquelée et m'effriter peu à peu.

— Tu ne penses pas sérieusement ce que tu dis ? la morigéna Milian. C'est trop dangereux. Je te rappelle que nous sommes recherchés ; d'autres mercenaires, ou bien même les deux Descendants, pourraient nous y attendre. Et ça, c'est si les gardes n'ont pas déjà eu vent des nouvelles de Rivlon ou de l'affrontement… La moitié de ton cerveau aurait-elle déjà fondu ?

— Et c'est également parce que c'est une grande cité qu'il y a peu de chances que l'on nous y retrouve, renchérit Shana, inflexible. C'est toujours préférable que de mourir de faim dans les Monts d'Ébène. Et ta cervelle à toi, il en reste quelque chose ?

— Nous n'avons plus d'argent, plus rien…

— Nous pourrions demander de l'aide à Eiri…

— Non ! s'emporta Milian C'est hors de question ! Je ne veux pas l'impliquer dans cette histoire.

— S'il y a une seule personne qui pourrait nous aider, c'est bien elle. T'as une meilleure idée, face de mulkog ?

— Parce que la mettre en danger est une bonne idée, alors ?

— Ce n'est pas ce que j'ai dit. Et ce n'est pas un caprice. Tout ce que je pense, c'est qu'on ne s'en sortira pas sans elle.

Milian se rembrunit.

— Avec un peu plus de volonté, on pourrait.

— Parce que tu imagines que je n'en ai pas ?

— C'est exactement ce que je viens de dire.

— T'es culotté.

La tension était montée d'un cran. Milian serra les poings tout en soufflant bruyamment.

— Tu veux avoir le dernier mot, hein ?

Elle n'allait pas se démonter.

— Oui.

— Bien.

Il s'éloigna. Une telle réaction de sa part n'était pas anodine.

— Espèce de gobe-sassillon, murmura Shana pour qu'il ne l'entende pas.

Elle n'aimait pas plus que lui cette idée, mais s'ils continuaient à travers les Monts d'Ébène, il ne tiendrait pas le coup. Ce qu'il refusait d'admettre. D'un autre côté, elle n'était pas elle-même certaine de pouvoir traverser cette épreuve. *Passer par Alentoise, même si ça représente d'énormes risques, est la solution la plus sûre.*

Elle le laissa ruminer dans son coin un moment. *Il entendra raison.* Quand un désaccord survenait entre eux, son ami finissait presque toujours par proposer un compromis, ou se ranger de son côté. *Et je pense avoir bien appris à jouer de cet avantage. Si je dois monter dans les aigus, je le ferai. Tu sais que j'ai raison. Tu n'as jamais eu un très grand ego, alors arrête de t'obstiner.*

Après deux ou trois bourrasques venues s'esquinter contre la paroi ténébreuse, Milian réapparut, la mâchoire crispée.

— Je n'aime pas l'idée de l'impliquer dans tout ça, expliqua-t-il d'un ton apaisé. De plus, si l'on découvre que tu es une Descendante…

— Et… ?

— … Et je pense que c'est totalement irréfléchi. Seulement… tu as peut-être raison. Je n'ai pas franchement d'autre solution. Est-ce que Sa Seigneurie est satisfaite ?

— Alors nous passerons par Alentoise et rendrons visite à Eirinia. Tu vois, ce n'était pas si compliqué.

— Hum, grogna Milian avant de hocher la tête et d'ouvrir la marche.

Tandis qu'ils longeaient le flanc de la montagne, Shana se remémora le jour où Jalen avait ramené cette fillette à *L'Arbre Ruisselant*. À cette époque, bien trop jeunes, Shana, Milian et Waryn ne travaillaient pas encore à faire tourner la taverne. *Nous étions insouciants, passant des heures à rêver d'être les héros de nos propres histoires, à nous chamailler pour des broutilles, à courir dans tous les sens en rendant fou Jalen, qui ne se révélait pas être des plus tendres*. Cependant, la dure réalité de la vie n'était jamais bien loin.

Un soir, Shana avait entendu des pleurs dans la chambre de Jalen. Même s'il avait tenté de leur inculquer le fait de ne pas écouter aux portes, à ne pas montrer de curiosité malsaine, ou à simplement s'occuper de ses propres affaires, elle n'était encore qu'une enfant, n'y accordant que peu d'importance. Ouvrant la porte pour le surprendre, elle avait découvert le tavernier assis sur son lit, serrant dans ses bras une petite fille aux yeux larmoyants, visiblement terrifiée. Plus âgée que Shana de quelques étés, elle s'agrippait à lui de toutes ses forces. Quelque chose de grave s'était passé, et Shana en avait été consciente malgré son jeune âge. Mais Jalen n'avait donné aucune explication, et n'était en aucune occasion revenu sur cet évènement. Cependant, cette fillette n'était jamais repartie. Ainsi, à partir de ce moment, contents d'accueillir une nouvelle camarade de jeux, ils grandirent ensemble, tissant des liens d'amitié indéfectibles à travers une kyrielle de souvenirs mémorables.

Lorsqu'ils furent plus âgés, devançant Shana de cinq étés, ce fut Eirinia qui commença la première à travailler à la taverne. Même si elle était un peu trop timorée à son goût, Shana l'admirait et la considérait comme sa grande sœur. Constamment prête à venir en aide à chacun, elle ne comptait pas ses heures de travail, tout en trouvant des instants à passer avec les garçons et elle. Quand elle avait du temps libre, elle lisait pendant des heures, du moins lorsqu'elle n'enseignait pas à sa cadette tout ce que l'adolescente désirait apprendre sur la vie. Elle lui prodiguait conseils avisés et bienveillants, bien que Shana n'en fasse souvent qu'à sa tête. Shana avait toujours été impressionnée par la quantité d'ouvrages qui s'entassaient sur ses étagères. Elle avait certainement lu tous les livres de la bibliothèque de Jalen et elle se rendait régulièrement dans une petite librairie de Rivlon. Mais avec le temps, Shana avait remarqué qu'Eirinia supportait de moins en moins les tâches de la taverne.

Cette vie n'était pas faite pour elle, se résigna la jeune Descendante. *Toujours la tête dans les livres. Elle rêvait d'autre chose. Il fallait qu'elle s'échappe, ou elle aurait continué de souffrir en silence.*

Alors, il y avait trois étés de cela, sa grande sœur était allée rejoindre un ami du tavernier dans un lieu qui lui convenait davantage, à Alentoise. Une décision que Shana respectait, même si la séparation lui avait déchiré le cœur.

Plusieurs heures de marche s'ensuivirent, jusqu'au moment où la sombre cité d'Alentoise fut enfin en vue. Son emplacement n'était en rien dû au hasard ; elle avait été bâtie précisément sur l'un des rares points de passage praticables à travers les Monts d'Ébène. *Comme s'ils avaient été délibérément fendus en deux*. S'étendant des flancs de la montagne jusqu'aux plaines environnantes, elle abritait plusieurs milliers d'habitants, ce qui en faisait l'une des plus grandes villes de tout Vanyanir. Protégée par un mur d'enceinte, le seul moyen d'y accéder résidait en d'immenses arches noires, construites dans la même pierre que presque toute la cité. Ce qui lui valait le surnom d'*Alentoise la lugubre*.

Les deux amis s'éloignèrent des parois de la montagne pour parcourir la lande asséchée et rejoindre la route principale. De là, ils se fondirent dans la masse d'une caravane de marchands aux étoffes rouges de poussière, ainsi que de paysans aux tuniques non moins salies par le voyage, qui se rendaient à la ville pour commercer ou simplement la traverser.

Cependant, ils gardèrent une certaine distance pour éviter les questions des curieux qui pourraient les mettre à mal.

Pendant qu'ils s'approchaient des remparts d'Alentoise, des tombereaux et des chariots transportant des monticules de légumes, des tissus sombres, des épices aux couleurs chatoyantes ou du tabac provenant de terres plus au sud se mêlèrent à la cohorte depuis les nombreux carrefours à peine ponctués de panneaux au bois mort.

Derrière une charrette remplie de tapis enroulés et protégés par des bâches pour les préserver de la poussière, effectuant des cahots dans les ornières marquées par les innombrables passages, Shana écoutait des marchands discuter de bruits étranges survenus deux nuits plus tôt. Certains prétendaient qu'il s'agissait d'un simple orage, bien que violent, tandis que d'autres affirmaient que cela relevait du surnaturel ; une foule de gens croyait à des spectres, des fantômes, ou toute créature sortie du folklore de leur imagination. Les avis étaient partagés et les arguments fusaient d'un côté comme de l'autre sans qu'ils n'arrivent à se mettre d'accord. *Ils n'ont aucune idée de ce qui s'est réellement déroulé.* La discussion dura jusqu'à ce qu'ils atteignent l'entrée d'Alentoise, où ils patientèrent en file pour passer sous l'arche.

Le nombre de gardes assignés à la surveillance de l'entrée de la cité était considérable. En tout cas, c'était plus impressionnant qu'à Rivlon. On n'en remarquait pas moins de six devant l'arche, sans compter ceux derrière le parapet crénelé du rempart. L'assurance de Shana ne faiblit pas. *C'était mon idée et je ne dois pas défaillir maintenant que nous y sommes. Ou je risque d'entendre Milian me le répéter pendant un bon bout de temps.* De toute façon, comme tous les deux étaient entrés dans leur champ de vision, il aurait été malvenu de faire demi-tour sans qu'ils s'en aperçoivent et que de cette attitude suspecte, l'attention se porte sur eux.

Alors qu'ils attendaient leur tour, elle ne put échapper aux conversations des gardes qui ponctuaient leurs phrases de beuglements, ne se souciant pas d'être entendus.

— … et puis l'Araneanais, avec son air hautain ? lança l'un des soldats avec emphase à son camarade. Ces types se croient vraiment tout permis, j'te jure ! Il lui a parlé comme si c'était un péquenot. Si j'avais été à sa place, je lui aurais collé mon poing sur la tronche !

Un autre cerbère éclata de rire, tapotant l'épaule de son collègue.

— Si tu avais été là, tu l'aurais aussi laissé faire, pour sûr ! Tu as vu ses copains ? Ah ! mais non, j'oubliais, t'étais occupé ailleurs, hier soir ! Toujours fourré dans ton bordel préféré, hein ?

Les hommes et leurs activités... Ils sont répugnants.

— Et toi, t'as fait quoi ? On m'a dit qu'il y avait un gars balafré dans le lot, et que t'as failli te faire dessus lorsque tu l'as contrôlé !

— Qui t'a raconté ça ? Tu penses que je suis incapable de leur montrer qui commande ?

— Bah ouais ! Par contre, le petit brin de femme qui les accompagnait...

Les marchands, scrupuleusement inspectés, devaient déclarer tout ce qu'ils apportaient dans la cité. Ils râlaient sur les tarifs exorbitants demandés, mais finissaient tous par payer le tribut imposé.

— Eh ! Vous deux ! les héla un garde. Venez par ici !

Derrière sa poitrine, le cœur de Shana se serra. Le regard du garde était fixé sur elle et Milian, bien qu'il restât encore deux charrettes avant leur tour. Il exprima bruyamment son exaspération pour les inciter à se hâter. D'un accord silencieux, les deux amis s'approchèrent de l'homme qui les avait interpellés, et ce dernier les obligea à se rabattre sur le côté. *Si on espérait passer discrètement, c'est raté. Youhou ! Tu as encore eu une très bonne idée, ma grande !*

— Que se passe-t-il ? demanda Milian, d'une candeur étonnante.

Le garde toisa les deux jeunes gens de la tête aux pieds. *Il est évident qu'après quatre jours de chevauchée et deux de marche intensive à travers la lande, n'ayant pas vraiment eu l'occasion de nous laver, on ne doit plus ressembler à grand-chose ; ma tunique est constellée de taches, tandis que celle de Milian ne revêt guère un meilleur aspect. Sale et poussiéreuse.* Il fallait espérer que ce soit la seule raison pour laquelle il s'intéressait à eux.

— Si vous êtes venus mendier, vous n'êtes pas les bienvenus ! meugla le garde.

Alors que l'un de ses comparses s'apprêtait à intervenir, Milian fit un pas en avant, ne semblant pas le moins du monde intimidé.

Que va-t-il inventer, cette fois ? Bah ! De toute façon, ce n'est pas moi qui vais nous sortir de là.

— Nous sommes juste de passage pour rendre visite à une amie, affirma-t-il, incrédule.

— Et moi, je suis un riche seigneur qui adore garder cette maudite entrée ! rétorqua le soldat, esquissant un sourire en coin qui en disait long sur ses pensées.

Deux de ses compagnons, l'un empâté et l'autre bâti en force, gloussèrent dans leurs barbes. *Ils ont vraiment l'air d'ânes bâtés*. Shana les aurait bien remis à leur place, mais elle ne pouvait se le permettre. *Provoquer une bagarre ? Ça, oui, je pourrais peut-être essayer.*

— Nous avons enduré un voyage éprouvant et nous ne souhaitons pas d'ennuis, Monsieur, appuya Milian. Depuis quand Alentoise refuse l'entrée à deux jeunes gens, sous prétexte qu'ils ne sont pas vêtus comme les citadins ?

— On préfère être prudents…, cracha le garde.

— À quel sujet ?

Le cerbère baissa d'un ton, craignant à présent que quelqu'un l'entende.

— Il y a eu du grabuge à l'ouest. On raconte que des Descendants auraient massacré des habitants d'un bourg. Avant de prendre la fuite. Un démon à l'aspect d'un vieillard bedonnant, accompagné de trois acolytes, dont une jeune femme, de vos âges environ. Il semblerait qu'ils aient tous la peau claire, un peu comme les vôtres…

— Et comme bon nombre de personnes sur Vanyanir ! Si je m'attendais un jour à devoir me justifier de mes origines…

C'est pourtant bien ce qui nous a trahis...

— À ce qu'il paraît, cette pourriture de Descendant aurait trompé la population depuis des années, poursuivit le garde avec condescendance. De mon avis, il n'y a que des crétins qui vivent par là-bas ! Imaginez ! Ne même pas se rendre compte qu'un Descendant se trouve juste sous leurs yeux ! Mais bref, je me pose des questions. Auriez-vous quelque chose à me dire à ce propos ?

J'aurais bien des trucs à t'annoncer, mon coco, mais tu ne serais pas prêt à les entendre.

Les nouvelles étaient donc bien parvenues jusqu'ici. Shana sentit la tension monter alors que le garde la dévisageait. Elle n'était que trop familière avec ces regards chargés de haine dès qu'on évoquait les Descendants. Ce qui ne faisait qu'alimenter sa colère. *Je dois me contenir, ne pas me laisser submerger, résister comme je le fais depuis toutes ces années*. Toutefois, si ces soldats devenaient plus soupçonneux, elle ne resterait pas sans réagir. Elle avait déjà entendu parler de tests effectués sur ceux dont on craignait qu'ils soient des Descendants. Peu enviables. *Je dois me tenir prête si la situation dégénère.*

— Que les Créateurs soient loués ! déclama Milian, les yeux embués. Vous êtes au courant ! Je ne comptais pas en converser aussi ouvertement et à l'écoute de toutes les oreilles, mais si nous venons ici aujourd'hui, c'est justement à cause de ça ! (Le garde arqua un sourcil, attendant la suite avec grand intérêt.) Nous habitions un hameau à quatre jours de marche d'ici. Tougtar, au nord de Rivlon. Un Descendant capable de lever une tempête de sable nous a attaqués en pleine nuit, massacrant nos familles, nos amis… Mon frère, mon petit frère… (Il effectua une pause pour alourdir ses propos, laissant même couler quelques larmes.) Nous nous sommes enfuis avant qu'il ne nous tue à notre tour. Nous ne venons pas mendier, mais nous avons une amie ici. Elle pourra nous aider pour les prochains temps.

Pendant tout le monologue de Milian, Shana sentit les regards perçants des gardes sur elle. *Que Kinone l'ensevelisse sous ses racines ! Il n'aurait pas pu trouver quelque chose de plus simple pour nous tirer de là ?*

Même si elle détestait jouer la comédie, *surtout* à un moment où sa vie était en danger, elle afficha le visage le plus affecté qu'elle puisse afin d'appuyer toute l'émotion du récit de Milian.

Des marchands jetèrent des regards furtifs dans leur direction, se demandant certainement ce qui se passait pour qu'un jeune homme se mette à pleurer de la sorte. *Ils veulent un portrait ?* s'énerva Shana.

— Rivlon, tu dis ? marmonna le garde. Je crois que c'est là-bas qu'il y a eu le carnage.

— Combien d'autres endroits les Descendants ont-ils saccagés ? se lamenta Milian, la voix empreinte de sanglots. Notre hameau était plutôt isolé, sans histoire… Les Créateurs nous ont abandonnés, mais vous, vous pouvez bien y faire quelque chose, non ?

— Je remonterai l'information, mais…

Oui, contente-toi de faire ça.

— Écoutez, nous n'avons plus rien à cause de ces saletés de Descendants ! exagéra Milian. Qu'ils aillent pourrir dans des charniers de Kredaes !

Il avait crié avec tant de conviction, que même certains passants se mirent à étayer ses propos, injuriant les Descendants et leur magie, les traitants de bêtes immondes et de monstres tout droit sortis des enfers.

Par Kinone, je vous ferais tous ravaler vos langues si je le pouvais !

— Il a raison ! soutint un autre garde, haranguant la foule. Un bon Descendant est un Descendant mort. Barziz, tu disais bien que tu en reconnaîtrais un d'un seul coup d'œil, non ?

— C'est bien ce que j'ai dit, opina son compagnon.

— Alors laisse-les. Tu vois bien dans quel état ils se trouvent ! On doit se serrer les coudes !

— Et toi, tu as quelque chose à rajouter ? lança Barziz en s'adressant à Shana.

Oh ! si tu savais...

— Elle n'a plus ouvert la bouche depuis le massacre…, gémit Milian, défait. Elle est encore sous le choc, mais j'espérais que revoir notre amie pourrait lui faire du bien…

— Bon, allez, je n'ai pas que ça à faire ! brailla le cerbère. Allez voir votre amie. Mais que je n'entende pas parler de vous, sinon, on aura une discussion différente la prochaine fois.

Milian inclina la tête en signe de gratitude, puis déroula son bras autour de Shana pour l'inciter à passer sous l'arche. Dans son dos, elle écouta l'un des gardiens continuer de déclamer sa haine.

— J'espère qu'on attrapera ce maudit Descendant et qu'on le mettra à mort à Alentoise ! Ces animaux ont besoin d'un nouvel exemple !

Toi, je vais te...

Mais Milian la pressa. Il était, sans aucun doute, parfaitement conscient de toutes les imprécations défilant dans son esprit.

Chapitre 10

Shana

Le regard de Shana était rivé sur la rue. Bien plus large que toutes celles de Rivlon, une foule dense y fourmillait. Les charrettes des marchands et des paysans, remplies d'objets en tous genres, croisaient les simples badauds revêtus de chapeaux hauts-de-forme, de turbans, de nombreux tissus moirés autour de la taille, ou encore des bijoux sertis de gemmes à l'éclat morne. Chacun rivalisait pour paraître le plus apprêté dans des tons très sombres.

Quelques femmes – certainement les plus cossues – arboraient des robes que de minces touches de couleur venaient égayer, mais bien plus souvent enfouies sous des nuances de gris et de noir. Elles se fondaient parfaitement dans la multitude de boutiques bâties en roche d'ébène faisant écho au surnom de la ville. Tout n'était que noirceur, accaparant la lumière du jour pour la recracher de façon diffuse, tandis qu'un sentiment de grandeur et de richesse s'en échappait.

Les échoppes et les étals étaient florissants, le commerce intense ; la cité se voulait prospère grâce à la traversée de tous les voyageurs qui souhaitaient se rendre à l'est ou à l'ouest de Vanyanir. On y trouvait des babioles à n'en plus savoir qu'en faire et des parures pour les femmes et les hommes les plus fortunés.

Toute cette agitation témoignait de l'activité incessante de la ville. Cela donnait le tournis à Shana alors qu'elle ne pouvait occulter le brouhaha des conversations et des marchands qui haranguaient les passants des deux côtés de la rue.

— C'était quoi, cette histoire ? le récrimina la jeune Descendante lorsqu'ils furent assez éloignés de l'arche.

— J'ai été pris de court, s'excusa Milian d'un air satisfait. Mais plus c'est gros, plus ça passe, non ? Du moins, ça a presque toujours marché… Et puis, avant qu'ils n'aient de nouvelles de ce hameau paumé, nous serons loin d'ici.

Le « presque toujours » est de mise, railla-t-elle. *Mais je dois avouer que je n'aurais pas exécuté meilleure prestation.*

— Bon, il faut chercher l'endroit où travaille Eirinia. Je crois que la librairie s'appelle… (Shana fouilla dans sa mémoire.) *Merveille de Souvenir*, ou quelque chose comme ça.

— Ça me dit quelque chose. Ça ne devrait pas être bien difficile à trouver.

Pas difficile… T'as vu la taille de la cité ? persifla-t-elle. *Mais c'est mon idée, et je ne vais pas te couper dans ton élan.*

Sans attendre, Milian se dirigea vers le premier étal, tenu par un paysan à l'air bourru. Derrière ses cagettes remplies de grains et de fruits à peine mûris, il les toisa du haut de son arrogance.

— Vous avez de quoi payer ? grinça-t-il sans aménité.

— Non, mais nous ne venons pas pour vos marchandises, commença Milian, faisant fi de l'humeur massacrante du bonhomme. Nous souhaiterions simplement un renseignement.

— Alors dépêchez-vous, j'ai pas qu'ça à faire ! rugit le paysan. Et si c'est une ruse pour me voler quelque chose, sachez que je vous ai à l'œil !

Je ne m'abaisserai pas à ça, ne t'inquiète pas.

D'autres passants s'arrêtaient devant l'étal, jugeant la qualité des produits alors qu'ils attendaient leur tour sans cacher leur impatience. Néanmoins, le vendeur ne lâchait pas Milian et Shana de son regard hautain.

— Nous cherchons une librairie, continua Milian sans se démonter. *Merveille de Souvenir*.

Le visage du paysan devint rubicond.

— Vous me faites perdre mon temps, dégagez ! s'emporta-t-il avant de se tourner vers d'autres clients.

— Merci bien ! claironna Milian avec une révérence.

S'éloignant, Shana ne put s'empêcher de le railler.

— Il faut croire que tes talents d'orateur ne fonctionnent pas à tous les coups, se moqua-t-elle, goguenarde.

Milian ne releva pas la remarque. Il alla solliciter divers commerçants, qui le rabrouèrent avec le même mépris, ou l'ignorèrent tout simplement. *Les gens d'ici semblent tous pressés et n'accordent d'importance qu'à leurs propres affaires. Vivre dans une cité, ou même simplement trop côtoyer ses habitants, ça vous monte à la tête. On nous prend pour des bouseux. Tous des crétins !*

Finalement, Milian s'approcha d'une vieille mendiante en haillons et aux yeux lactescents, assise devant une sébile dont quelques rares pièces venaient remplir le fond. Il demanda une énième fois si elle connaissait l'enseigne *Merveille de Souvenir*, déposant une pomme dans le creux de sa main par la même occasion. Un sourire édenté naquit sur les lèvres de la pauvresse, et elle lui indiqua de sa voix chevrotante que la librairie qu'il cherchait se trouvait seulement à quelques rues de là. Tous deux la remercièrent chaleureusement, puis commencèrent à se diriger vers la direction désignée.

— T'as volé cette pomme chez le paysan ? s'enquit Shana, exprimant son mécontentement.

— Il l'a mérité, c'est certain ! riposta Milian avec un grand sourire.

Elle lui donna une tape sur la tête.

— Ce n'est pas comme ça que Jalen nous a éduqués ! protesta-t-elle, le faisant rire.

Il a appris ça de Waryn. Ses manières ont bien trop déteint sur Milian.

Ils progressèrent dans des rues non moins peuplées, où nombre de vagabonds, musiciens et chanteurs se produisaient en spectacle. Shana reconnut quelques airs également joués à Rivlon, dans des tavernes bien plus accueillantes que *L'Arbre Ruisselant*, où ils avaient passé des soirées de débauche, à deviner qui finirait par rouler sous la table en premier – un temps révolu.

Elle observait mélancoliquement une flûtiste plutôt talentueuse, entonnant *La ballade céleste*, dont le rythme enivrant retenait un peu plus de spectateurs, lorsque Milian l'attrapa par le bras et la força à le suivre à l'intérieur d'une boutique d'éventails. Les murs en étaient recouverts, et des caisses remplies, exposant tout le savoir-faire de l'artisan qui se tenait derrière son comptoir. Il leur lança un regard torve, mais ne fit rien d'autre que les épier.

Tous les gens d'ici paraissent détestables…

— Fais comme si de rien n'était, lui chuchota Milian.

Il l'obligea à contempler des éventails pourtant quelconques et vanta les qualités de la précision et des détails peints d'une main d'orfèvre. Le propriétaire de l'échoppe laissa apparaître un sourire qui adoucit ses traits, accueillant avec une apparente grâce les louanges abondantes. *C'est vraiment aussi simple que ça ?*

— Vizar est dans la rue, murmura Milian afin qu'elle seule puisse l'entendre.

Le sang de Shana ne fit qu'un tour.

Nous a-t-il aperçus ?

La sérénité de Milian lui suggérait que non. Comment avait-elle pu laisser errer son esprit au point de ne plus prêter attention à la menace de croiser les mercenaires ?

Sortant de la boutique, il lui indiqua du menton un homme plus loin dans la foule, aisément reconnaissable à son chignon araneanais.

— Waryn et Jalen sont peut-être aussi ici, reprit-il à voix basse tout en lorgnant le soudard.

L'espoir dans sa voix faisait plaisir à entendre, mais elle avait déjà abandonné cette idée. *Jalen est mort, et Waryn, impossible à secourir. Il va falloir que tu le comprennes.*

— N'y pense même pas, l'avertit-elle.

Milian la fixa un instant, puis partit à la poursuite de Vizar. *Quel bougre d'imbécile !* pesta Shana avant de le suivre.

Ils gardèrent une distance prudente avec le mercenaire et le filèrent à travers plusieurs ruelles. L'Araneanais avançait d'un pas allègre, forçant les deux amis à accélérer pour le maintenir dans leur champ de vision.

Au bout d'un moment, ils durent s'arrêter brusquement pour se cacher derrière le mur d'une venelle perpendiculaire. Vizar venait de s'attabler à la terrasse d'un estaminet, en compagnie de plusieurs individus. Shana en reconnut certains : les deux Descendants ayant affronté Jalen, Ajus et Malnial – les deux abrutis qui avaient cherché des noises à *L'Arbre Ruisselant* –, ainsi que les mercenaires que Milian lui avait décrits – les acolytes de Vizar. *Et Waryn, assis avec eux, boit une bière comme si de rien n'était. Pfff. Lui, au moins, il peut se payer du bon temps pendant que nous on était à deux doigts de finir carbonisés au milieu de nulle part.*

— Il est vivant, murmura Milian avec un léger sourire. On doit le sortir de là.

Il le dévorait des yeux. Il était prêt à le rejoindre. *Et puis quoi ? Ce n'est pas le moment d'agir de manière impulsive. Faut-il vraiment le lui rappeler ?*

Même s'ils prévenaient les gardes d'Alentoise que des Descendants se trouvaient juste sous leur nez, ils n'avaient déjà que trop attiré l'attention sur eux. *Et il ne faudra pas longtemps avant qu'ils découvrent que moi aussi je suis une Descendante.*

— Je suis d'accord avec toi, Mili, lui chuchota Shana, le retenant par le bras. On ne le laissera pas. Mais là, je vois mal ce que l'on peut faire. De plus, si on reste là à les observer, ils finiront par nous repérer. La librairie d'Eirinia risque même de fermer si l'on tarde trop, et on n'y aura rien gagné. (Elle observa la moue dubitative de Milian et chercha à le rassurer.) S'ils avaient voulu le tuer, ils l'auraient déjà fait.

Shana perçut la nervosité et l'impatience dans les tremblements de son ami. Il fixait Waryn, la mâchoire crispée. *Ne fais pas de bêtise, par pitié !*

— S'ils sont ici, c'est qu'ils se dirigent bien vers l'est, songea Milian à voix haute. Ils vont à Port-Nyanir, c'est certain, maintenant. Et si Jalen a pu s'enfuir, il pourra nous aider. Il nous attendra là-bas.

— Peut-être bien…, lâcha-t-elle avec un soupir. (Elle ne voulait pas calmer son optimisme. Savoir que Waryn était toujours vivant était une très bonne nouvelle, qu'il ne fallait pas gâcher tout de suite.) Mais on ne peut pas rester ici. S'ils nous voient, je doute que nous puissions leur échapper.

Milian hocha la tête et finit par la suivre. Cependant, elle remarqua qu'il ne pouvait s'empêcher de regarder en arrière. *Au moins, il fait quand même preuve d'assez de bon sens pour ne pas y retourner. Chaque victoire compte, hein.*

Reprenant le chemin de la librairie, ils débouchèrent au bout de quelques minutes sur une grande place un peu moins fréquentée. Un arbre majestueux, vraisemblablement plus vieux que la cité, y déployait ses branchages noueux. *Un chêne-liège, connu pour sa résistance à la chaleur. Il n'a besoin que d'une infime quantité d'eau pour survivre. Celui-ci, si l'on observe son écorce, doit avoir depuis longtemps dépassé les cent ans. Il est plutôt charmant,* s'extasia Shana en scrutant ses nombreux entrelacs.

Alors qu'ils faisaient le tour de la place, elle finit par apercevoir l'enseigne *Merveille de Souvenir* dans une ruelle. Aussi sombre que tous les bâtiments d'Alentoise, la devanture était pourtant richement décorée. Elle était ornée de sculptures qui représentaient des livres ouverts, d'où s'échappaient des gens courants après des animaux ; bien que la plupart lui soient familiers, comme des ibis, des hérons, des koalicans, divers lézards, geckos et autres reptiles, des chevaux ou encore des sassillons, certains lui étaient parfaitement inconnus. De multiples ailes, des corps allongés tels des serpents mais en bien plus énormes.... Ils n'appartenaient aucunement à la faune de Vanyanir. La porte en bois massif qui servait d'entrée était close, sans indice de ce à quoi ressemblait l'intérieur.

— Ne fais pas cette tête-là ! lança Milian d'un ton enjoué, ayant visiblement retrouvé sa bonhomie. Elle ne te reconnaîtra pas avec cette face ridée !

Faisait-elle vraiment une tête spéciale ? Ça n'avait pas d'importance. Elle inspira profondément, reprenant l'empire sur elle-même. *Ça fait trois ans…*

— Je me préoccuperais plutôt de toi. Tu ressembles à un nourrisson en train de geindre.

— Après vous, Madame, babilla-t-il tout en ouvrant la porte, ce qui fit tintinnabuler une clochette.

L'intérieur de la librairie n'était ni très lumineux, ni très spacieux, mais la fraîcheur qui s'en dégageait fut revigorante. Le nombre de livres était impressionnant – à l'inverse des clients, dont il n'y avait nulle trace –, les étagères étaient surchargées de piles de bouquins méticuleusement rangés et les tables présentaient une ribambelle de volumes mis en avant.

Dans cette atmosphère tamisée, au fond de la pièce, une jeune femme au teint hâlé, aux traits délicats et aux cheveux blonds ondulés était assise avec grâce. Chaque mèche et boucle de sa chevelure était à sa place. Vêtue d'un corsage de cuir parfaitement ajusté, elle se tenait droite, avec une élégance naturelle. Ses vêtements étaient impeccables. Elle feuilletait un vieux livre poussiéreux, et ses yeux bleus parcouraient les pages avec concentration. Elle semblait plongée dans son propre univers, tellement absorbée par sa lecture qu'elle n'avait même pas remarqué leur arrivée.

Shana la contempla un instant, admira sa beauté silencieuse, avant de se décider à se racler la gorge pour la tirer de sa rêverie.

— Alors ! rugit-elle, les mains sur les hanches, arborant un air faussement sévère. On n'accueille pas ses amis ?

La jeune femme aux boucles d'or sursauta et manqua de basculer en arrière.

— Shana… Milian ? balbutia Eirinia de sa voix mélodieuse. Cela constitue une surprise des plus inattendues ! (Elle bondit de sa chaise, se jetant sur eux pour les enlacer.) Votre absence a pesé sur mon âme d'une manière que vous ne sauriez concevoir !

Shana ferma les paupières et savoura cet instant. Elle avait l'impression de revenir quelques étés en arrière. Sa grande sœur avait son idiome bien particulier aux yeux d'inconnus, mais avec les années, la jeune Descendante ne s'en rendait même plus compte ; sauf lorsque son amie se lançait dans une tirade bien trop longue pour suivre le fil de ses pensées, pouvant parler jusqu'à plus soif.

— Toi aussi tu m'as manqué ! s'exclama-t-elle avec chaleur.

— Et moi donc ! renchérit Milian.

— Quel heureux évènement m'accorde le privilège de votre présence ? demanda Eirinia en les observant tour à tour. Avez-vous, par un stratagème quelconque, réussi à vous échapper de *L'Arbre Ruisselant* ?

— Ce… n'est pas tout à fait ça, hésita Shana.

— Alors relate-moi les péripéties qui ont jalonné votre évasion, s'inquiéta Eirinia en étrécissant les yeux.

Shana ne s'était pas vraiment préparée à ce moment. Elle allait devoir révéler sa vraie nature à son amie, sa grande sœur, ce qui ne la mettait pas particulièrement à l'aise. *Se sentirait-elle trahie, comme Milian ?*

S'asseyant contre le rebord d'une table pleine à craquer de livres, Shana, épaulée par Milian, entama la narration de tout ce qui leur était arrivé ces derniers jours.

Eirinia les écouta avec affabilité, les yeux écarquillés par le récit. Abasourdie par tant de révélations, son visage passa de l'inquiétude à l'effroi.

— Votre lignage appartient donc à celui des Descendants…, murmura-t-elle lorsque les deux amis eurent achevé leur histoire.

Pourtant, Shana ne décela aucune crainte dans ses pupilles. Au contraire, elle y contemplait toute l'empathie du monde.

— Quant à Waryn et Jalen…, reprit Eirinia, vacillante. Et concernant ces individus lancés à votre poursuite, présents à Alentoise… Je vous offre mon assistance, ne vous tourmentez point, c'est le moins que je puisse faire !

Shana souffla, comme libérée d'un poids.

— Merci… Je suis désolée, nous n'avions pas vraiment le choix…

— Ne t'en veux pas, vous êtes mes amis, petite sœur, la réconforta Eirinia d'un sourire bienveillant. Il m'apparaît évident de vous porter secours. Vous êtes éreintés, et avez le besoin impérieux d'un sommeil réparateur dans un lit décent. Je vous convie à mon domicile, où nous pourrons reprendre notre échange. À cette heure tardive, il est peu probable qu'un quelconque acquéreur se manifeste encore à la librairie, et dans l'éventualité où Timain aurait connaissance de la clôture prématurée, je suis convaincue qu'il ne m'en tiendra pas rigueur.

Elle est telle qu'elle a toujours été, se réjouit Shana.

Eirinia joignit le geste à la parole et les accompagna à l'extérieur de la boutique, refermant la porte derrière elle. Alors qu'elle les emmenait chez elle, elle leur fit part des rumeurs de Descendants à l'ouest, confirmant les dires des gardes à l'entrée d'Alentoise.

Après une courte marche entre des bâtisses d'ébène qui se ressemblaient toutes, ils pénétrèrent dans une maison s'élevant sur deux étages. Ils grimpèrent un escalier étroit pour se rendre au palier supérieur, arrivant dans une petite pièce, peu décorée, mais qui rappelait à s'y méprendre la librairie qu'ils venaient de quitter. Des tonnes d'ouvrages étaient disposés dans chaque recoin, tous rangés avec une précision impressionnante, aucun ne dépassant l'autre.

— Veuillez excuser le désordre ambiant ! s'exclama Eirinia, apparemment gênée.

Son appartement est mieux rangé que ma chambre ne l'a jamais été, rit malicieusement Shana.

— Ce n'est rien !

Sa grande sœur s'empressa de chercher de quoi manger : du pain, des fruits, de la viande séchée… Elle déposa le tout sur la table, enlevant une pile de bouquins pour faire de la place.

— Eh bien on a enfin de quoi se mettre sous la dent ! s'exclama Milian, tirant une chaise pour s'asseoir.

N'attendant pas plus longtemps, Shana et Milian engloutirent les tranches de pain.

— Et alors, c'est comment, ta nouvelle vie à Alentoise ? demanda Shana entre deux bouchées.

— Je ne saurais me plaindre de mon emploi à la librairie, répondit Eirinia avec une joie non dissimulée. J'ai le privilège de consacrer mes journées à la lecture, au point d'en perdre toute notion du temps. Tant de manuscrits antiques et d'œuvres naissantes m'y attendent ! À vrai dire, je ne sais plus vers quel ouvrage me tourner tant je croule sous le choix !

— On ne s'en doutait pas le moins du monde ! ironisa Milian. Le paradis des rats de bibliothèque, hein ?

— Mili ! le rabroua Shana. Et sinon… on ne te manque pas ? Même pas un tout petit peu ?

Eirinia haussa les deux sourcils.

— Te moquerais-tu de moi ? Il ne se passe pas un seul jour sans que mes pensées ne se tournent vers vous ! (Cette fois-ci, ce fut Shana qui haussa un sourcil.) Bon, d'accord, il m'arrive parfois d'être si absorbée par mes lectures que les heures défilent sans que je n'y prenne garde… (Shana plissa les yeux.) Ou peut-être les jours… (Shana pinça les lèvres et posa les deux mains sur la table.) Oh ! Cela va bien ! Oui, peut-être même des semaines… Le temps m'échappe. Mais vous me manquez cruellement ! Et ne voyez aucune signification d'un quelconque remplacement, mais j'ai également tissé de nouvelles affinités ici.

— Des rencontres, hein ? badina Shana en rapprochant sa chaise pour lui donner un coup de coude. De quel genre ?

— Des jeunes de mon âge avec qui nous nous retrouvons dans des boudoirs. Nous échangeons nos impressions et nos sentiments sur nos lectures. Je dois dire que c'est une occupation des plus exaltantes !

— Ça m'en a tout l'air ! se moqua Milian.

— Laisse-le, Eiri, lança Shana en levant les yeux au plafond. Il ne comprend rien à rien.

— Parce que les petits bâtons qui s'accumulent sur des feuilles t'ont déjà intéressée ?

Shana lui tira la langue.

— J'ai aussi rencontré quelques gentilshommes qui ont su faire preuve de galanterie, reprit Eirinia, comme si elle n'avait pas entendu leurs remarques.

— Que tu as dû attirer grâce à tes formes généreuses, je n'en doute pas, commenta Shana en observant sa poitrine.

En tout cas, plus généreuses que les miennes.

— Shana ! s'offusqua Eirinia. Tu es bien trop jeune pour parler avec cette désinvolture ! (*Du haut de mes dix-neuf étés ?*) Ma petite sœur n'est pas une dévergondée qui peut s'autoriser à tenir de tels propos ! (*Au moins, tu me vois toujours comme ta petite sœur.*) Je te prierais de surveiller ton langage et d'avoir des pensées autrement plus dignes et moins frivoles. (*Tiens donc. Comme si j'avais déjà connu quelqu'un. Et justement, si tu n'avais pas fait fuir tous les garçons qui avaient tenté de m'approcher…*) Ai-je donc élevé une gourgandine ?

Milian recracha une datte, qui passa à deux doigts de provoquer un conflit politique en frôlant la joue de Shana.

— Si tu savais tous les garçons qu'elle a aguichés dans ton dos…

Cette fois-ci, la jeune Descendante lui décocha un regard assassin.

Oh, toi, si tu continues de raconter des mensonges, ce n'est pas avec une datte dans la figure que tu vas ressortir d'ici.

Mais elle ne dit rien, faisant semblant que ça ne l'avait pas atteint.

Leurs discussions se prolongèrent jusqu'à la tombée de la nuit, et Eirinia en profita pour leur fournir de nouveaux vêtements. Les options furent limitées, car elle n'en avait jamais possédé beaucoup, néanmoins, ce fut amplement suffisant. Shana opta pour une tunique d'un élégant noir aile de corbeau, lui garantissant une bonne liberté de mouvement, qu'elle agrémenta de sa ceinture en cuir. Quant à Milian, il n'eut pas vraiment le choix. Eirinia avait conservé une chemise en lin d'un gris anthracite et un pantalon en cuir noir, ayant appartenu à un jeune homme qu'elle avait rencontré à Alentoise et dont l'histoire s'était finie brusquement quelques semaines plus tôt. Shana se sentit plus à l'aise ; avec ces habits, ils pourraient passer pour de véritables habitants de la cité.

— Regardez-moi ! fit-elle en tentant d'imiter la posture gracieuse de sa grande sœur. Je m'apprête à me marier avec *Le Compendium exhaustif des parchemins endommagés et des techniques de restauration* ! Son cuir n'est-il pas beau ? Ses nervures exquises ? Sa rigidité réconfortante ? Et vous ai-je parlé de ses nombreux secrets ?

— Dites-nous tout ! clama Milian, entrant dans son jeu.

— Des centaines de pages avec des mots partout ! Non, des milliers ! Et elles attendent uniquement que je les défeuille !

Eirinia rit de bon cœur – ou peut-être que ce ne fut qu'un gloussement.

— Vous pouvez vous gausser, mais vous n'imaginez pas l'étendue du savoir que l'on peut y puiser. À la page trois cent soixante-quatorze, il est fait mention de multiples techniques portant sur l'usage du vinaigre. Une lecture captivante ! D'abord, il convient de…

Et elle se lança dans des explications « extrêmement passionnantes », en effet. De son côté, Milian poursuivit ses plaisanteries en vantant les attributs du livre, page après page, choisissant des mots au hasard pour les détourner de leur sens.

Ce n'est qu'à une heure avancée de la nuit qu'ils s'endormirent tous les trois, ravis de pouvoir s'allonger dans un lit tous ensemble, ou presque.

Jalen, Waryn…

Chapitre 11

Eirinia

Un rayon de soleil lui chatouillait le visage. Eirinia ouvrit les yeux, découvrant une Shana et un Milian endormis à côté d'elle. Le plaisir de les revoir se mêlait à l'angoisse de leurs révélations. Elle voulait les aider de tout son cœur. Ils étaient ses amis d'enfance, et elle n'allait pas les abandonner dans leur situation désastreuse.

Elle se leva sans faire de bruit et alla préparer le petit-déjeuner, disposant soigneusement pain et fruits secs sur la table avant de s'installer sur une chaise et d'attendre patiemment qu'ils se réveillent. La pièce était dans un désordre notoire mais, à cause de son esprit en ébullition, elle ne put se résoudre à la ranger tout de suite.

Des Descendants... Ma petite sœur, une Communicatrice... Eirinia l'avait vue grandir, devenant une jeune femme au tempérament affirmé. Pourtant, Shana avait gardé le secret pendant toutes ces années, sans qu'Eirinia n'eût la moindre intuition à ce sujet. Elle ne pouvait pas lui en vouloir, elle comprenait les raisons qui l'avaient poussée à taire cette part d'elle-même. *Si cela eût été divulgué...*

Elle sursauta lorsqu'elle sentit des bras l'enlacer par-derrière.

— Merci pour ton aide, chère sœur, lui susurra Shana.

— Il n'est véritablement point nécessaire de me remercier… balbutia Eirinia en se tournant pour la serrer contre elle à son tour. (Elle observa Milian, toujours endormi.) Êtes-vous réellement résolus à partir aujourd'hui ? Vous pourriez demeurer ici aussi longtemps que vous le désirez. Sache-le.

— Et je t'en suis reconnaissante, nota Shana, le timbre vibrant. Mais rester ne pourrait que te mettre en danger. Rien que venir te voir…

Eirinia sentit ses yeux la piquer. *Elle devrait, plutôt que de s'inquiéter du péril auquel elle pourrait potentiellement m'exposer, veiller à sa propre protection.* Délicatement, elle déplaça une mèche de sa petite sœur pour la lui glisser derrière l'oreille.

— Restaure-toi. Je ne saurais tolérer que tu repartes l'estomac vide. Descendante ou non, il t'est nécessaire de te nourrir !

Shana acquiesça avant de s'installer à table. Alors, Eirinia lui demanda de parler plus en détail de ce qu'elle était capable de faire avec son pouvoir. Si la jeune Descendante fut mal à l'aise dans un premier temps, elle gagna en assurance lorsqu'elle fut encouragée avec douceur. Elle raconta ainsi ses longues heures d'entraînement avec Jalen, sa connexion avec les fleurs, les plantes, mais chaque fois avec l'impression de se justifier. *Cela s'avère complexe et splendide, ainsi que purement et simplement fascinant.*

Milian se réveilla à son tour avec un grognement prononcé, puis rejoignit les deux jeunes femmes. Même si Eirinia ne lui en avait pas fait part la veille, elle trouvait sa mine affreuse, tout comme son odeur. *Ils ont erré à travers l'étendue sauvage, sans jamais s'accorder le loisir de se laver – de cela, nul ne peut douter.*

— Avant d'acquérir des provisions, nous nous adonnerons au plaisir d'un bain. Milian, tu exhales un fumet rappelant étrangement l'effluve d'un mulkog !

— Parce que Shana a l'odeur d'un livre neuf, peut-être ? contre-attaqua-t-il, hilare.

— Je vais finir par t'enraciner sur place, le menaça l'intéressée.

Il fut instantanément captivé par les fruits de sa coupelle, n'osant pas relever la tête. *Ces chamailleries m'avaient manqué, mais elles resteront inévitablement éphémères*, songea mélancoliquement Eirinia.

Ils se préparèrent puis se rendirent aux bains publics ; un bâtiment aux dimensions impressionnantes. Même si le trajet fut court, Shana et Milian restèrent sur leurs gardes, ne s'engageant pas trop rapidement dans les ruelles afin d'en avoir une vue d'ensemble au préalable. Ceux qui maintenaient Waryn prisonnier étaient dans la cité, et bien que celle-ci fût immense, les trois amis n'étaient pas à l'abri de les croiser.

Eirinia se rendait fréquemment dans cet endroit, où les bassins des hommes et des femmes étaient séparés. Après avoir donné quelques pièces à l'entrée – suffisamment pour disposer d'un bain rien que pour elle et Shana –, les deux sœurs de cœur se retrouvèrent seules.

Dans l'eau aux reflets grisâtres à cause de la pierre d'ébène, Eirinia entreprit de laver sa petite sœur avec un gant de toilette. Elle l'avait si souvent fait lorsqu'elles étaient plus petites. Leur discussion les amena à parler de Jalen, essayant d'imaginer ce qui lui était arrivé au moment où Shana et Milian avaient fui le combat contre les deux Descendants. Eirinia avait déjà lu maintes histoires à propos de ces êtres et de leurs pouvoirs extraordinaires, et malgré cela, la puissance déployée et la violence que lui décrivit Shana l'étonnèrent. Si elle n'exagérait pas, et considérant que Waryn était entre leurs mains, il était fort probable que Jalen n'ait pas survécu à l'affrontement. Il ne restait qu'un mince espoir qu'il soit retenu prisonnier ailleurs, ou qu'il ait réussi à s'échapper. Mais c'était franchement utopique.

Elle aimait rêver d'aventure ; cependant, vivre un tel cauchemar…

Jalen l'avait recueillie après la mort de ses parents, alors que rien ne l'y obligeait ; il n'était qu'un parfait inconnu. *Pour quelle raison un tavernier aurait-il donc prodigué ses soins à mon égard ?* Elle n'était jamais parvenue à en percer la logique. Finalement, il en résultait la même question concernant Shana, Milian et Waryn. Une telle situation n'était pas commune. Et puis elle avait toujours eu l'impression qu'il s'était montré moins strict avec elle qu'envers les trois autres enfants. Quand Eirinia lui avait avoué son intention de partir de *L'Arbre Ruisselant*, il l'avait aidée à trouver un travail qui lui correspondrait mieux chez un ami à lui. Il lui avait également offert un vieux volume traitant de symboles étranges qu'elle gardait systématiquement sur elle – il était devenu son bien le plus précieux.

Elle lui était reconnaissante pour tout ce qu'il avait fait, mais à présent, il n'était plus là.

Lorsqu'elles eurent fini de se laver, elle emmena Shana et Milian chez plusieurs commerçants qu'elle connaissait bien. Elle leur acheta du fromage, du pain, de la viande séchée, des céréales, des fruits secs… Plus qu'il n'en fallait pour un voyage jusqu'à Port-Nyanir, mais elle voulait être sûre qu'ils ne manqueraient de rien. Elle fit également l'acquisition d'une pèlerine pour chacun, car de l'autre côté des Monts d'Ébène, le climat n'était pas aussi aride, et il pouvait se mettre à pleuvoir même en cette période de l'année. La montagne agissait comme une sorte de frontière, où les nuages s'arrêtaient pour décharger leurs averses sur le versant oriental. Enfin, ils repassèrent par son appartement – qui, de toute façon, se trouvait sur le chemin –, où Eirinia prit quelques affaires. Elle devait retourner à la librairie sous peu, alors elle voulait profiter de ces derniers instants pour accompagner Shana et Milian jusqu'à leur départ. *Nous reverrons-nous un jour, dans les méandres du destin ?*

Dans la rue animée, à l'extrémité de laquelle on pouvait apercevoir une arche, ils échangèrent encore sur leurs plans : comment rejoindre Port-Nyanir, sauver Waryn, rencontrer la connaissance de Jalen... *Tant de questions qui demeurent enveloppées dans le voile de l'incertitude.*

— J'espère que ce Peleg saura être d'une assistance précieuse…, chuchota Eirinia, se voulant rassurante.

Milian scruta l'arche au bout de la rue.

— Si Jalen a confiance en lui, je n'en doute pas. Et puis ce vieil aigri sera certainement avec lui, donc il n'y a pas à s'en faire ! On sauvera Waryn. Cette fois-ci, c'est *nous* qui les prendrons par surprise.

— Il faudra d'abord le trouver, tempéra Shana d'un ton moins enjoué.

— Dans l'hypothèse où vous ne rencontreriez pas le succès escompté, sachez que ma porte restera toujours ouverte pour vous accueillir, reprit Eirinia, peinant à dissimuler son appréhension. Dénicher un emploi n'est guère une quête insurmontable, et il m'est tout à fait possible de vous proposer l'hospitalité aussi longtemps que vous la jugerez nécessaire. Ce ne serait que joie de vous avoir à mes côtés pour une durée prolongée !

— C'est très gentil de ta part, gazouilla Shana avec un grand sourire. D'ailleurs, je ne sais pas ce qu'on aurait fait sans toi. Je ne pourrai jamais assez te remercier… Mais on en a déjà discuté. Je ne pense pas que ça soit une option.

Sachant que ça ne servait à rien d'insister face à Shana, elle se résigna ; sa petite sœur avait toujours fait preuve d'entêtement. Mais au moins, ses amis étaient au fait qu'ils pouvaient revenir quand ils le souhaitaient. Alors qu'ils étaient quasiment arrivés au niveau de l'arche, elle prodigua ses derniers conseils pour retarder les adieux.

— Veillez scrupuleusement sur votre bien-être, articula-t-elle, une perle cristalline ourlant ses cils. Milian, je m'en remets à toi pour faire attention à elle. Et n'omettez point de suivre les itinéraires que je vous ai indiqués ; ils vous garantiront davantage de sécurité.

— Ne t'inquiète pas, le jour où elle aura besoin de moi pour la protéger, si elle consent à l'admettre, je veux bien essayer de chevaucher un Aravara ! plaisanta-t-il.

Shana le gratifia d'un coup sur la tête. Il n'en fallut pas plus pour faire rire Milian, qui exagéra largement la douleur en grimaçant.

— Ton sens de l'humour est toujours aussi percutant, ricana Shana.

— Et le tien est toujours aussi…

Il s'interrompit quand une main se posa sur son épaule.

— Je me doutais que c'était vous ! lança l'inconnu avec un large sourire – un homme d'une quarantaine d'étés, élégamment vêtu d'une chemise à col de dentelle.

Shana parut soudain crispée. Milian dégagea la main pour faire face au nouveau venu.

— Détendez-vous, les jeunes ! reprit l'homme de son accent araneanais. Vous n'avez rien à craindre de moi ! Ce qui s'est passé à Rivlon, je l'ai déjà oublié.

— Et nous, non ! rétorqua Shana d'un ton cinglant. Ce que vous avez fait…

— Je n'ai rien fait, c'est l'autre vieillard qui m'a menacé, la corrigea l'Araneanais. S'emporter pour si peu est totalement absurde.

— Où est-il ? intervint nerveusement Milian.

— Je vous demande simplement de me suivre, répondit-il en ignorant la question. Vous pourrez ainsi rejoindre votre ami. N'est-ce pas ce que vous voulez ? Et je dois dire que vous avez fait forte impression aux gardes, hier ! Je viens justement de leur rendre une petite visite, et il n'a pas été difficile de deviner que vous vous apprêtiez à partir d'Alentoise. Les personnes pour qui je travaille seront ravies d'apprendre que vous vous trouvez ici. Mais si je ne m'abuse, toi, tu es nouvelle, ajouta l'Araneanais en observant Eirinia. La fameuse amie chez qui ces deux rescapés étaient venus demander de l'aide ! Comme quoi, même dans des coins aussi reculés, de ravissantes jeunes femmes peuvent éclore !

Eirinia frémit. Elle avait compris qu'il s'agissait de l'un de ces mercenaires.

— Elle n'a rien à voir dans tout ça, Vizar ! tonna Shana. L'interrogatoire de Jalen ne vous a pas suffi ? Vous croyez que nous sommes sans défense ?

L'Araneanais fit claquer sa langue.

— Parle moins fort, petite.

— Vous avez peur que les gardes découvrent la nature de vos employeurs ? lança Milian avec défi.

L'homme commença à jouer avec la dentelle de son col.

— Ne nous énervons pas. Ce ne serait pas dans votre intérêt, si je puis le formuler ainsi.

— Dans notre intérêt ou le vôtre ? fulmina Shana.

Les éclats de voix intéressèrent les passants autour d'eux, qui leur jetèrent des regards furtifs sans s'en mêler. Vizar semblait dangereux, surtout qu'Eirinia venait de remarquer les deux dagues dissimulées sous un pan de sa chemise, dont elle n'apercevait que la forme des pommeaux sous les plis. Cependant, la proximité de gardes la tranquillisait. Ils ne le laisseraient pas les agresser sans intervenir. *Nous nous trouvons dans un havre de sûreté au cœur de la voie publique*, se rassura-t-elle.

D'un mouvement plutôt rapide, sans qu'elle ne puisse réagir, l'Araneanais se plaça derrière elle et l'enlaça par la taille. Dans son dos, elle sentit le contact de l'acier à travers son corset.

La panique la submergea.

Son corps se mit à trembler. Il ne lui obéissait plus. Ses pensées ne devinrent plus que des nuages cotonneux dans son esprit, et une image revint, la même que dans ses cauchemars, inlassablement : ses parents, gisant sur des pavés à jamais souillés de leur sang.

— Si ça ne tenait qu'à moi, vous seriez déjà morts, déclara Vizar à voix basse. (Eirinia sentait chaque expiration à la base de sa nuque.) Par votre faute, nombre de mes amis ont perdu la vie. Donc si vous ne voulez pas que ce soit votre tour, vous allez me suivre.

— C'est moi que vous cherchiez, non ? rugit Milian. Je vais vous suivre, alors laissez-les tranquilles !

Personne ne réagit autour d'eux. Les gens devaient simplement penser qu'il s'agissait d'un problème de cœur ou d'une banale altercation.

La vision d'Eirinia se brouilla. Elle était tétanisée par la lame dans son dos.

— C'est tous les trois, ou rien, trancha Vizar. Sachez que vous n'avez nulle part où vous cacher ; d'autres sont à votre recherche en ce moment même à travers Vanyanir. Alors suivez-moi bien gentiment avant que je ne change d'avis et que vous ayez la mort de votre amie sur la conscience.

Shana baissa la tête, comme résignée. *Renonce-t-elle à la possibilité de s'enfuir ?* Eirinia, les sens engourdis, ne parvenait pas à réfléchir efficacement. Mais une voix intérieure lui disait qu'il s'agissait de la meilleure solution – ou de la plus raisonnable. Si sa petite sœur décidait de prendre ses jambes à son cou, elle ne lui en voudrait pas.

— C'est non ! rugit Shana en relevant la tête.

Ses iris ! Ils rayonnaient d'un vert pâle, aussi nettement que la flamme d'une bougie. *Est-ce l'ire qui l'a précipitée dans cet état ?*

La lame de Vizar émit une pression plus forte dans son dos, sans pour autant qu'elle ne ressente une quelconque douleur.

— Sale… Kredae ! vociféra l'Araneanais, paraissant hésiter sur le choix de ses mots.

En un instant, Milian bondit sur le mercenaire et lui asséna un coup de poing au visage. Eirinia tomba, entraînée par Vizar. Dans sa chute, elle vit les racines qui avaient retenu la lame. Shana venait d'empêcher le soudard de la tuer et avait ouvert une fenêtre pour permettre à Milian d'agir. Son ami se rua sur l'homme à terre et le roua d'horions. Vizar ne se défendait que d'une seule main, l'autre maintenue par les longues racines sorties du sol. *Shana, tu viens de mettre en œuvre ta faculté...*

— Par Uzushio, je vous tuerai tous ! jura Vizar, tandis qu'il continuait de se protéger des coups de Milian et que les badauds s'écartaient tout en hurlant.

Eirinia était encore abasourdie que sa petite sœur l'aidait déjà à se relever.

— Une Descendante ! gueula un homme avec mépris.

— J'ai vu les racines jaillir du sol ! renchérit une femme de sa voix suraigüe, se réfugiant dans les bras de son mari.

Alertés, les gardes près de l'arche réagirent instantanément. Leurs cimeterres dégainés et leurs hallebardes brandies, ils avancèrent vers le petit groupe en jouant des coudes contre ceux qui ne s'écartaient pas assez vite de leur passage.

— Arrête-toi, la Descendante ! s'époumona l'un d'eux.

Ils ne venaient pas les secourir.

— Il faut qu'on y aille ! brailla Milian tout en ramassant la dague de Vizar.

Le mercenaire était à présent inerte, le visage gonflé.

Les mains moites, son cœur battant à tout rompre, Eirinia batailla pour reprendre ses esprits. *Il est impératif de fuir.*

— Suivez-moi ! s'écria-t-elle avant de s'élancer à travers la rue.

Shana et Milian lui emboîtèrent le pas sans attendre, les gardes sur leurs talons. Ils coururent en fendant la foule, ne laissant que des exclamations de surprise et de terreur derrière eux. Certains passants tentèrent de les attraper, mais Shana ne leur en donna pas l'occasion ; elle les repoussa de coups d'épaule avec une simplicité déconcertante, ne laissant que des regards circonspects et ahuris derrière eux.

Eirinia jeta un coup d'œil furtif en arrière et évalua la distance qui les séparait des gardes. Le passage que les trois amis laissaient derrière eux leur facilitait la tâche. Ils gagnaient du terrain à chaque pas. *Il serait vain d'espérer fuir éperdument sans savoir où aller ; notre capture s'ensuivrait inéluctablement bien plus tôt que tard,* spécula-t-elle.

Son cœur tambourinait dans sa poitrine. La panique n'avait de cesse d'obstruer les pensées rationnelles de son esprit. Elle parvint toutefois à se tricoter mentalement un plan approximatif de la cité. *Quelle voie emprunter afin de nous octroyer l'opportunité de distancer avec succès nos poursuivants ?* À une cinquantaine de pas devant eux, elle reconnut le commerce d'un apothicaire. Derrière sa bâtisse, un dédale de ruelles leur servirait d'échappatoire – au moins temporairement.

Eirinia atteignit le devant du bâtiment et bifurqua dans une ruelle étroite. Shana et Milian la suivaient de près. Elle n'avait plus besoin de réfléchir ; la carte mentale des lieux qu'elle s'était construite était maintenant d'une clarté et d'une précision limpides.

Au premier embranchement, profitant de ces quelques secondes hors du champ de vision des gardes, elle s'engagea dans une nouvelle venelle. Jonchée de vieilles caisses empilées par les commerçants du coin, elle était pratiquement impraticable. Les cris menaçants des soldats résonnaient derrière eux, et les personnes que les trois amis croisaient les observaient d'un regard torve. Mais elles s'écartaient comme s'ils étaient porteurs d'une malédiction.

Eirinia les guida à travers d'autres ruelles pour les conduire vers les hauteurs de la cité. Ahanant, elle se focalisa sur un itinéraire visant à semer les gardes. Ils grimpèrent des escaliers étroits, traversèrent des places de moins en moins peuplées, parcoururent des rues que les rayons de soleil peinaient à éclairer, passèrent sous des porches à la saleté grandissante, entendant peu à peu les hurlements de leurs poursuivants s'estomper. Jusqu'à disparaître complètement.

Arrivée au bout d'une venelle déserte, où des détritus s'amoncelaient et la moisissure verdissait la roche noire, Eirinia se dissimula derrière le mur d'une habitation sûrement abandonnée. À bout de souffle, elle se risqua à jeter un regard en arrière. *Personne.*

Une onde de soulagement l'étreignit. Ses tremblements ne cessèrent pas pour autant. Chaque inspiration était une lutte et elle dut se racler la gorge pour ne pas s'étouffer avec sa propre salive. Elle s'adossa contre le mur avant de se laisser glisser lentement vers le sol, se prit la tête entre les mains et tenta vainement de se calmer.

— Eh bien ça, pour une course poursuite ! lança Milian, essoufflé mais dans une moindre mesure.

— Je suis désolée…, s'excusa Shana, qui ne laissait quant à elle transparaître aucun signe de fatigue. On n'aurait jamais dû venir.

Si vous n'étiez point venus, qui aurait pu prédire les funestes tragédies qui seraient survenues sans que je n'en eusse jamais connaissance ? Et quant à ce mercenaire... Vizar... Il m'aurait assurément conduite à trépas, n'eût été votre providentielle intervention. Eirinia faillit vider le contenu de son estomac à cette idée.

La lame plaquée sur son dos…

— Ne te préoccupe pas de cela, balbutia-t-elle, secouant la tête, bien qu'elle soit encore émue. Ce qui préoccupe mon esprit, c'est votre survie. Bientôt, l'ensemble des sentinelles de la cité se lancera à vos trousses, et leur quête ne saurait prendre fin qu'à l'instant précis où vos dépouilles seront juchées au sommet d'une pique. Si vous décidez de demeurer ici, il est inévitable qu'ils parviennent à vous localiser, et l'idée d'en réchapper deviendra totalement illusoire…

— Je suis d'accord, opina Shana, on doit quitter la ville aussi vite que possible.

Milian respirait toujours bruyamment, les mains sur les genoux.

— N'y a-t-il pas un autre moyen de sortir d'Alentoise ? Je veux dire, autre que les arches ?

Elle prit son temps pour réfléchir. *Il n'existe, en vérité, guère que les arches pour pénétrer ou s'éloigner de la cité. Inconcevable. Vous seriez capturés bien avant de parvenir à l'une d'entre elles.*

Bâtie depuis le pied de la montagne, il ne s'agissait tout d'abord que d'un simple carrefour commercial. Puis il avait attiré les habitants des hameaux du coin, qui avaient cherché à s'enrichir grâce à cette activité croissante. Alentoise s'était alors rapidement agrandie, que ce soit sur la plaine ou sur les flancs des Monts d'Ébène, qu'elle engloutissait de sa marée de nouveaux bâtiments. Une kyrielle de mines avaient été ouvertes, extrayant la roche sombre pour les constructions, puis pour une myriade d'objets de la vie quotidienne, déversant le minéral dans la région malgré sa pauvre malléabilité, mais profitant de sa dureté et de sa résistance aux aléas du temps. Cependant, la cité avait connu ses limites, et elle avait cessé de s'étendre sur les hauteurs. L'extraction du minerai était devenue de plus en plus compliquée à force de s'engager plus loin dans la montagne. À présent, il ne résidait plus qu'une infime partie des mines de jadis. La plupart étaient condamnées. Les richesses se concentraient donc dans la portion basse d'Alentoise, et les plus pauvres se cantonnaient sur les hauteurs. *La montagne s'érige telle une barrière infranchissable, rendant absolument vaine toute tentative de fuite par cette voie.*

Eirinia s'était aventurée à quelques reprises sur ces hauteurs tout en bouquinant, chinant des endroits où elle pourrait profiter d'une vue imprenable sur la lande environnante, la cité en contrebas, ainsi que la partie montant sur le flanc opposé. Elle y avait déjà passé des heures, des journées, dans cette solitude qui la revigorait, l'apaisait, loin du tumulte incessant.

— Les galeries souterraines des anciennes mines pourraient constituer une cachette, bien qu'il soit fort probable qu'elles ne débouchent sur aucune issue, considéra Eirinia après ce moment de réflexion. Toutefois, l'idée de s'y engouffrer s'avérerait indubitablement hasardeuse, lesdites mines étant à l'abandon depuis de longues années.

— Peut-être que ça vaudrait le coup d'essayer, proposa Milian.

Shana secoua la tête avec vigueur.

— S'enfoncer dans la montagne, en risquant qu'un éboulement nous y coince à jamais ? Très peu pour moi.

— T'es claustrophobe, maintenant ? la titilla-t-il.

— Je concède que cette perspective ne m'enchante guère davantage, reconnut Eirinia. Néanmoins, j'ai arpenté en long, en large et en travers les artères d'Alentoise, et il n'existe aucun endroit propice à une fuite stratégique. Du moins, aucun à ma connaissance. Certes, je n'ai jamais entrepris de recherches avec une telle finalité, mais la cité est encerclée de murailles insurmontables ou de précipices vertigineux – lesquelles plongent des centaines de pieds plus bas. (Cela lui rappela un mauvais souvenir.) Il advint, un jour, alors que je m'étais assoupie près d'une cascade, que je faillis basculer dans un abîme après qu'une rafale capricieuse eut projeté mon ouvrage dans les airs, et que, dans un élan désespéré pour le récupérer avant sa chute…

— Une cascade, tu dis ? l'interrompit Shana.

— Oui, mais…

— Conduis-nous là-bas.

Eirinia ne savait pas où sa petite sœur voulait en venir, mais sa détermination ne lui laissait pas vraiment le choix.

— C'est par là…, annonça-t-elle d'une voix chancelante.

Sans chercher à argumenter davantage – un combat perdu d'avance –, Eirinia les invita à la suivre.

Les pointes acérées des sommets de la montagne obscurcissaient encore plus les rues déjà ténébreuses. Ils ne croisèrent que quelques personnes vêtues de hardes ou d'oripeaux, qui erraient et fouillaient dans les méandres de leur lassitude les réminiscences d'une gloire passée. Sous des préaux tenant à peine debout, des gamins jouaient avec de vieux bouts de bois. Ils imaginaient tenir des épées et guerroyaient entre eux ou contre des ennemis chimériques.

Tout ce qui importait à Eirinia, c'était que ses amis s'en sortent vivants. Elle pouvait bien les amener à la cascade dont elle avait fait mention, mais il était impensable que ce leur soit d'une quelconque utilité. *Néanmoins, se mouvoir constitue la stratégie la plus judicieuse.* Et cela lui permettait de continuer de réfléchir à une solution qui ne lui venait désespérément pas.

Ils parvinrent à leur destination dans un temps qui lui parut définitivement trop court. L'endroit n'avait pas changé, offrant l'une des vues les plus merveilleuses qui lui ait été donnée de contempler. Derrière les derniers bâtiments à l'aspect lugubre, elle observa la lande plus verdoyante de ce côté de la montagne. Le paysage se perdait à l'horizon, occulté par d'immenses nuages blancs. La cascade déversait ses flots dans une rivière que l'on ne pouvait pas apercevoir d'ici, masquée par les nombreuses saillies rocheuses de l'à-pic.

Que Shana espère-t-elle donc ? Eirinia craignit de deviner ce que sa petite sœur avait en tête. *Si elle nourrit l'aspiration de descendre directement par la paroi, elle a assurément perdu le sens des réalités. Nul homme pourvu d'esprit ne tenterait cela. Quand bien même nous trouverions des prises inespérées, nous risquerions une chute vertigineuse. Nous aurions, peut-être, bien moins à redouter en nous rendant aux autorités d'Alentoise. Et si, finalement, je me trompais sur toute la ligne ? Peut-être que s'ils se cachaient à mon domicile, nul ne parviendrait à les débusquer. Ils seraient à même d'y rester pour une durée indéterminée. Et puis, il m'incombe de regagner la librairie ; Timain se montrerait assurément anxieux de mon absence. Non, cela, en vérité, ne revêt aucune espèce d'importance. Se peut-il que je commence à perdre le fil de ma raison ?*

— Que se passe-t-il ? Tu as le vertige ? se moqua Shana en voyant les yeux exorbités de Milian.

— Non, non… mais…, bredouilla-t-il, se risquant à pencher la tête au-dessus du précipice.

— On n'a pas vraiment le choix. Ils savent que l'on est par ici et je ne donne pas cher de nos peaux s'ils nous retrouvent.

— Même Waryn n'oserait pas descendre par ici…

— Assurément, il se doit d'exister une alternative, reprit Eirinia, à nouveau prise de panique. Pourvu que l'on m'accorde le loisir de méditer sur la question…

Pourtant, rien ne lui venait à l'esprit.

— S'il y en avait une autre, tu l'aurais certainement déjà trouvée, répliqua Shana.

Elle m'octroie bien davantage d'estime que je ne saurais en mériter.

— Je vais passer en première, histoire de vous créer un passage plus sûr, poursuivit la jeune Descendante. Ensuite, vous prendrez le même chemin que moi.

— S'il faut en passer par là…, souffla Milian en fixant le vide.

Le cerveau d'Eirinia marchait au ralenti, embué par les émotions.

Quelle signification attribuait-elle à ce « vous » ? s'écria-t-elle intérieurement.

Elle rêvait de toutes ces histoires qu'elle avait lues, s'imaginant être une héroïne faisant face au danger avec bravoure… Mais de là à les vivre… Elle n'avait jamais pensé les suivre. Elle essayait juste de trouver le meilleur moyen pour eux d'échapper aux mercenaires ainsi qu'aux gardes d'Alentoise.

— Mais je ne… suis point en mesure…, bégaya-t-elle.

Elle n'arrivait définitivement plus à réfléchir de façon rationnelle. Elle était vulnérable, incertaine, incapable de prendre une décision cohérente.

— Ils ont vu ton visage, Eirinia, ajouta Milian. Si tu restes, ils te retrouveront ; tu l'as dit toi-même. C'est de notre faute, j'en suis immensément désolé, et tu pourras nous détester de t'avoir entraînée là-dedans, mais on ne te laissera pas rester à Alentoise. Je crois que l'on peut faire confiance à Shana, tu as pu observer ses… *talents*.

Shana l'étudia avec insistance.

— Je ne te promets pas que tout va bien se passer, renchérit-elle d'un ton plus ferme. Mais on ne partira pas sans toi.

Eirinia sentit son corps défaillir. *Puis-je réellement l'envisager ?* Prendre une décision aussi lourde n'était pas chose aisée. Il lui fallait évaluer les risques, peser le pour et le contre, considérer les conséquences…

La lame froide dans son dos… *Quel serait mon destin aux mains des mercenaires ? Quelle sentence les gardiens d'Alentoise prononceraient-*

ils ?

— En optant pour cette voie impraticable, j'estime notre espérance de survie inexistante, tandis que toute autre solution nous procurerait, à tout le moins, une occasion de rester en vie, baragouina-t-elle, jouant son va-tout.

Shana alla vers la cascade pour tâter la roche noire.

— Tu ne considères pas toutes nos capacités.

Un homme se mit à hurler des ordres non loin de là. Les gardes fouillaient déjà les environs. *Ont-ils décelé notre présence ?* Le bruit menaçant de leurs course indiquait qu'ils se rapprochaient. Se cachant derrière un muret, Eirinia les vit passer rapidement à travers une ruelle adjacente.

— Il faut leur mettre le grappin dessus ou c'est vous qu'on étripera ! vociféra celui qui semblait commander.

Ils quadrillaient les rues alentour. Le temps leur était compté.

— Fort bien…, capitula Eirinia, les yeux rivés sur la cascade. Je place en toi ma confiance. Néanmoins, l'énigme persiste en ce qui me concerne. Quel est ton plan pour aborder la descente ?

Shana la serra dans ses bras pour la réconforter – ce qui aurait dû être son rôle en tant que grande sœur.

— Prenez simplement le même chemin que moi, chuchota-t-elle.

Shana inspira un grand coup avant de s'accrocher à une minuscule anfractuosité de la paroi, derrière la cascade. Elle resta là quelques secondes sans bouger, comme si elle réfléchissait à la prochaine action. *Saisit-elle l'ampleur du péril qui nous guette ?*

— J'espère qu'elle sait ce qu'elle fait, commenta Milian, son attention braquée sur la jeune Descendante.

Des racines commencèrent à pousser entre les doigts de Shana, suffisamment épaisses pour qu'elle puisse s'y agripper. Elle tira dessus pour tester leur résistance, et une fois assurée de leur solidité, elle se retourna, révélant ses yeux illuminés. Elle fit signe qu'elle était satisfaite, puis se mit à faire pousser d'autres racines à partir des plantes présentes dans les interstices de la roche. Elle utilisait son pouvoir pour créer des prises végétales qui faciliteraient leur descente. *C'est astucieux*, nota Eirinia. *De cette manière, nous resterions dissimulés des regards indiscrets par la cascade. Il est improbable que quiconque envisage que nous choisissions cette route pour notre échappée. Grâce à ta faculté…* Bien que cela prenne du temps, Shana s'assurait d'avoir des points d'ancrage solides au fur et à mesure qu'elle arpentait la paroi.

— Ils ne doivent pas se trouver très loin ! Continuez de les chercher ! hurla la même voix qu'un peu plus tôt, faisant sursauter Eirinia.

— Ils ne vont certainement pas tarder à venir par ici, lâcha Milian en se grattant la nuque.

— Je t'en conjure, procède, répliqua-t-elle. Si le sort veut que l'un de nous soit capturé, il est préférable que ce soit ma personne. Je trouverai les moyens de me tirer d'affaire.

— Ça, j'en doute. Dépêche-toi d'y aller, rétorqua-t-il en prenant son sac. Eh bien, il est plutôt lourd ! plaisanta-t-il. Qu'est-ce que tu peux bien transporter ?

— Des livres…, répondit Eirinia, comme si cela coulait de source.

Milian haussa les épaules avant de la pousser pour qu'elle s'agrippe aux racines. Elle eut l'envie de regarder en bas, mais il l'en empêcha au dernier moment, lui mettant une main devant les yeux.

— Garde-les sur les racines. C'est le meilleur moyen pour ne pas tomber.

Eirinia hocha la tête, bien qu'elle n'en fût pas totalement convaincue. *Ai-je la capacité de surmonter cet obstacle ?* Elle devait descendre avant que les gardes n'arrivent, et elle était terrorisée. Était-ce vraiment préférable de se rompre le cou plutôt que d'affronter les gardes ? *Oui, il est temps d'agir. Sans hésitation.*

Elle suivit le conseil de Milian et évita de regarder en bas pour se concentrer sur les racines.

Une grande inspiration.

Elle se lança.

Les prises que Shana avait créées étaient robustes. Sous les encouragements de Milian, Eirinia amorça sa descente. Après qu'elle eut parcouru une distance suffisante, il s'élança à son tour au-dessus d'elle. Elle éprouvait des haut-le-cœur en l'observant, craignant qu'il chute ; néanmoins, il prenait tout autant de précautions qu'elle. La cascade couvrait partiellement les paroles de son ami, mais il parut à la jeune femme qu'il continuait de l'encourager.

Au fur et à mesure de la descente, même si elle se sentait fébrile, Eirinia gagna en confiance et enchaîna les racines un peu plus rapidement. Ses yeux rivés à chaque fois sur la prochaine prise végétale, elle avait l'impression que cela n'en finirait jamais. Toutefois, elle s'efforçait de ne pas regarder le chemin restant. Alors que la solidité des racines lui permettait de prendre appui sur la paroi, ne requérant presque pas d'effort de sa part, ses membres continuaient de trembler. Elle ne manquait pas de force mais elle se rendait compte de ce qu'elle était vraiment en train de faire, et cela l'angoissait encore plus que ce qu'elle n'avait imaginé. *C'est interminable...*

Subitement, elle sentit le contact glacial de la lame de Vizar dans son dos. C'était à nouveau réel.

Un flot d'émotions se déversa en elle ; elle n'arrivait plus à contrôler son corps atone, saisie de spasmes crispant jusqu'à ses phalanges.

Le moment d'après, l'impensable se produisit.

Elle lâcha les racines et tomba dans le vide, captant dans le regard de Milian sa propre chute vertigineuse. Elle avait défailli. Un cri de terreur s'échappa de sa gorge, et l'instant parut durer une éternité. Jusqu'à ce qu'elle heurte violemment le sol.

Une brume sombre et opaque voila ses yeux, tel un brouillard funeste.

Touchant ses membres, elle fut pourtant surprise de constater qu'elle était consciente. Et plus stupéfiant encore, elle ne ressentait aucune douleur, aucun mal, mis à part une légère gêne dans son dos.

— Tu m'écrases, gémit Shana.

Eirinia rouvrit les paupières, peinant à comprendre ce qui venait de se passer. Le fracas de la cascade, qui se déversait dans la rivière à quelques pas d'elle à peine, bourdonnait dans ses oreilles, tandis que sa petite sœur la poussait à se remettre debout.

— C... comment ? bafouilla Eirinia sur ses jambes flageolantes, encore sous le choc.

— Tu n'es pas très lourde, mais tu pèses quand même plus que tes satanés livres ! se moqua Shana, qui se releva à son tour. Que s'est-il passé ? Mes racines étaient censées largement supporter ton poids !

Eirinia se sentit honteuse.

— Je…

Elle ne souhaitait pas parler de son traumatisme, de ses cauchemars…

— Ce n'est pas grave, reprit rapidement Shana. Que Kinone soit loué, tu n'es pas tombée de très haut !

Milian les rejoignit l'instant d'après. Il sauta agilement au sol, se précipita vers ses amies, et scruta Eirinia de haut en bas.

— Tout va bien ?

— Oui. Merci…, articula-t-elle d'une voix étouffée, le regard fuyant.

Shana lui prit délicatement le menton entre ses doigts afin de lui relever le visage.

— Encore une fois, c'est nous qui te remercions. Sans toi… je n'ose même pas y songer.

— Eh bien tu ne devrais pas autant *songer* qu'Eirinia, plaisanta Milian. Même si je dois avouer que tu as été inspirée sur ce coup. Et Eirinia, tu n'as pas le cerveau d'un mulkog, mais je ne peux pas en dire autant de tes mains. N'est-ce pas ce qui caractérise tous les intellectuels ? ajouta-t-il avec un sourire en coin.

— Il aurait été dingue de s'attendre à ce qu'un simplet comme toi puisse garder sa langue dans sa poche, souffla Shana.

— Comme au bon vieux temps, hein ? (Le regard de Milian se dirigea vers le chemin qui longeait la rivière.) On ferait mieux de ne pas s'attarder. Une longue route nous attend.

À présent, un retour en arrière se révélait impossible ; l'inconnu attendait Eirinia, comme lorsqu'elle avait quitté *L'Arbre Ruisselant*. Mais cette fois, elle irait à sa rencontre accompagnée de ses amis.

Chapitre 12

Milian

Le soleil n'avait pas encore atteint son zénith que Port-Nyanir était en vue. La cité portuaire était magnifiée par l'océan Primordial qui s'étendait jusqu'à l'horizon.

Depuis une petite colline à l'herbe sifflante, Milian sentait la caresse de l'air marin pendant qu'il contemplait cette ville réputée comme la plus grande de tout Vanyanir. Eirinia souligna que la densité urbaine était le résultat de l'afflux incessant de nouveaux arrivants grâce aux échanges commerciaux avec Orrisia, et qu'énormément de monde cherchait à rejoindre la cité en constante expansion. On pouvait aisément y distinguer les anciens quartiers proches de l'océan, dotés d'une organisation plus géométrique – ce qui semblait la ravir. Tout ce qui s'y était greffé ressemblait à un empilement précipité d'édifices, qui peinaient à suivre l'essor de la population.

Malgré la distance, on remarquait l'imposante flotte de bateaux amarrés au port, dont un navire en particulier se démarquait par sa taille colossale et ses mâts d'une hauteur vertigineuse, telle une ville flottante. Milian n'avait aucun doute, il s'agissait de *L'Œil du Typhon*. Le vaisseau gargantuesque qui assurait la liaison entre Vanyanir et Orrisia était un sujet souvent abordé par les voyageurs de passage à la taverne. C'était le seul bâtiment qui se risquait à la traversée de l'océan – officiellement, du moins.

Depuis leur départ d'Alentoise cinq jours auparavant, ils avaient évité toutes les fermes isolées, les hameaux ainsi que les bourgades ; Eirinia les avait guidés telle une carte vivante, comme si elle avait déjà arpenté ces chemins. Le voyage s'était déroulé sans encombre, ce qui leur avait permis de relâcher la pression générale. De plus, les nuages de pluie en provenance de l'océan et les vents caressant la lande leur avaient fait profiter de températures plus clémentes, ce qui n'avait rendu leur périple que plus agréable. Cependant, revoir d'autres personnes était loin de déplaire à Milian.

Ils traversèrent des glèbes de blé, d'orge et de tabac aux abords de la cité, longèrent des vergers aux couleurs vives, et croisèrent de nombreux paysans, trop occupés par leurs tâches pour leur accorder la moindre attention. Nul rempart ne protégeait la ville qui ne cessait de croître, et bientôt, ils pénétrèrent dans une rue partiellement pavée. Des hommes et des femmes s'employaient à ramener leurs marchandises dans la cité portuaire, tandis que des charpentiers s'affairaient à ériger de nouveaux bâtiments dans une hâte frénétique. L'expansion de Port-Nyanir était sans limites et prenait de plus en plus le pas sur les paysages alentour, à présent déboisés.

Ils furent rapidement saisis par l'effervescence grandissante. Les étals improvisés se multipliaient, ainsi que les boutiques débordant de perles, d'accessoires plus farfelus les uns que les autres, d'outils de pêche ou de tenues aux allures extravagantes. Les poissonneries foisonnantes étalaient des produits issus de l'océan dans de grandes caisses remplies de glace, alignées les unes à la suite des autres. Les commerçants rivalisaient d'éloquence pour vanter la qualité et la fraîcheur de leur pêche dans une cacophonie généralisée. Les clients s'empressaient d'acheter des poissons aux couleurs chatoyantes – des espèces que Milian n'avait jamais vues à Rivlon.

Toutefois, il n'en avait cure ; son objectif était clair : retrouver Jalen pour avoir une chance de sauver Waryn. Pour ce faire, ils devaient se rendre chez ce Peleg, où le tavernier les attendait probablement déjà. Il leur avait indiqué que cet homme possédait des bateaux, donc la meilleure façon de le trouver était de se rendre au port.

Les quartiers se succédaient et chacun offrait une expérience radicalement différente. Certains bâtiments affichaient avec splendeur leurs façades ornées de sculptures élégantes, leurs linteaux finement ouvragés ou leurs magnifiques festons suspendus aux fenêtres. D'autres, en revanche, exhibaient des couleurs ternies par le temps ou des lézardes serpentant au travers de moellons ébréchés. Ce n'était qu'une illustration supplémentaire de l'expansion frénétique que connaissait la cité portuaire, et de la rapidité avec laquelle on remplaçait certains vieux édifices.

— Je n'imaginais pas Port-Nyanir aussi agité ! lança Shana, quelque peu déroutée.

— Au contraire, c'est précisément ainsi que la ville est décrite ! rétorqua Eirinia avec véhémence. Un tumulte de personnes entremêlées, et des nouveaux quartiers érigés de manière chaotique, comme si aucun maître d'œuvre n'avait daigné y réfléchir !

Cette remarque fit sourire Milian. *Pour elle, rien ne vaut une structure bien ordonnée et un plan parfaitement tracé, sans la moindre fantaisie excentrique. Ah, celle-là ! On ne la refera pas !*

— Je crois que c'est plutôt tout ce monde qui l'angoisse, expliqua Milian en s'évertuant à fendre la cohue pour ses amies. Déjà à Alentoise, j'avais l'impression qu'elle allait s'évanouir à chaque bousculade.

— C'est un reproche ? s'offusqua Shana.

— Pas le moins du monde, ma chère ! Mais la peur de la foule peut également être le reflet d'une certaine insécurité.

— Chacun est comme il est. Tu réfléchis trop.

— Pas d'autre raison ?

— Peut-être que je suis angoissée parce que j'ai toujours dû faire attention au moindre de mes gestes en public ? Tu y as déjà pensé ?

Milian hocha la tête. Oui, ça, il le comprenait. Mais il ne put résister à la tentation de la titiller un peu. Le mieux qu'il puisse faire, c'était de rester le même avec elle.

— Tâche juste de ne pas écraser quelqu'un par inadvertance.

Il vit les lèvres de Shana remuer, mais ne put saisir ses paroles. Peut-être que ça valait mieux ainsi.

Dans les rues, de nombreuses femmes aux tenues frivolement échancrées paradaient avec leurs bijoux sertis de perles aux couleurs multiples, probablement toutes issues de l'océan. Le commerce avec l'Araneana et d'autres royaumes d'Orrisia avait indéniablement enrichi la cité, et cette prospérité se reflétait dans l'aisance de ses habitants.

Ils traversèrent une place magnifiée par une fontaine aux sculptures grandioses de baleines. L'odeur de poisson se fit de plus en plus insistante – et ce n'était pas uniquement dû aux restaurants guindés ou aux gargotes florissantes. Non, ils se rapprochaient des quais.

Enfin, *L'Œil du Typhon*, colossal, se dessina au bout de la rue, au-dessus même des bâtiments. Milian fut subjugué par son immensité, car même si on le lui avait décrit, cela ne le rendait pas moins époustouflant. Sur son foc bleu était peint un gigantesque animal marin tenant un trident entre deux de ses quatre épaisses nageoires. Son museau fin et expressif, tandis que son corps fuselé semblait taillé par les courants océaniques. Sa queue se terminait par un éventail de nageoires puissantes et élégantes. *Un toari, l'animal emblème de Lugann.* Quant à la proue, majestueuse et monstrueuse à la fois, elle était formée d'une tête de poisson géante sculptée artistiquement, devant certainement être un govea, le symbole de l'Araneana.

Quelques embranchements plus loin, ils mirent pied sur les pavés glissants des quais. Si l'animation de la cité n'avait pas été suffisante, le tumulte était sans commune mesure autour de la flotte de bateaux amarrés.

Des débardeurs s'affairaient à décharger des barriques débordantes de poissons fraîchement pêchés pendant que des marins prenaient le large en quête de nouvelles prises. Mais l'activité la plus frénétique se concentrait dans l'entourage de l'immense navire araneanais, qui occupait de sa splendeur plus de la moitié du port. La coque, titanesque, était ponctuée de cascades de fenêtres et de balcons. Les mâts, tels des tours de garde, s'élevaient par dizaines et perçaient le firmament. *Combien de personnes peuvent y monter ? Des centaines ? Des milliers ? Comment un navire de cette taille arrive-t-il encore à flotter ?*

Des norias de chariots se croisaient, transportant des tonneaux, des malles ou des sacs en toile de jute acheminés par des centaines de débardeurs. Des grues aux proportions indécentes levaient d'énormes caisses depuis les quais pour les abaisser dans le ventre du vaisseau, et des hommes hurlaient tout un tas de directives.

Milian n'avait jamais rien vu de tel et se sentait minuscule face à cette ébullition et à ce gigantisme. Ils se frayèrent un passage à travers des caisses, des tonneaux, des cordes d'amarrage, des filets de pêche, ainsi que la foule de marins et d'ouvriers pressés aux mains racornies. Les trois amis se rapprochèrent de la merveille architecturale qu'était *L'Œil du Typhon*. Comme rapetissant, ils admirèrent la coque monumentale dont la couleur du bois clair changeait au gré des reflets des vagues.

Autour de l'une des passerelles menant au navire, Milian découvrit un attroupement de débardeurs. Ils s'échauffaient, en conflit avec des membres de l'équipage – reconnaissables à leurs vestes sans manches ainsi que leur teint légèrement moins hâlé – qui refusaient obstinément de les laisser monter à bord avec leurs marchandises. Les esprits continuaient de s'agiter alors qu'un bouchon se formait sur les quais. Tandis que certains membres de l'équipage araneanais venaient en renfort pour empêcher les hommes de passer, l'altercation dégénéra en bagarre, ponctuée d'invectives et de crachats. Des hommes furent précipités à l'eau, emportant avec eux une partie de leur cargaison, et la lutte ne fit que s'intensifier.

Tout à coup, ceux qui essayaient d'embarquer furent violemment repoussés en arrière, comme si une bourrasque les avait forcés à reculer, alors qu'une simple brise s'engouffrait dans la chevelure de Milian. Que venait-il de se passer ? Deux lueurs orangées attirèrent son regard. Sur le pont supérieur du navire, immensément plus haut, accoudé au bastingage, un homme fixait la scène de ses yeux illuminés.

Il chuchote au vent, nota-t-il en déglutissant bruyamment.

— La cargaison va directement dans les cales, ce n'est pas si compliqué, si ? cria le Descendant, dont la voix fut étonnamment claire pour la distance. Ceux qui tentent de passer par ici, je me ferai un plaisir de les transformer en pâté de guirrot ! C'est compris, bande d'écumeurs ?

L'altercation cessa. Un moment d'hésitation. Visiblement mécontents, les débardeurs rebroussèrent chemin sous les insultes des membres d'équipage pour se diriger vers d'autres passerelles non moins bondées.

Comment un Descendant peut-il oser utiliser son pouvoir comme ça, à la vue de tous ?

— Ça n'arrête pas depuis hier ! s'exclama une voix dans le dos de Milian. Chacun essaie de gagner du temps pour embarquer sa cargaison, ce qui les amène à se frotter à ce maudit Chuchoteur ! Chaque fois, c'est la même histoire ! L'organisation des Araneanais ne s'améliorera jamais, j'peux vous l'garantir !

Milian se retourna et découvrit un vieil homme fumant sa pipe, affalé sur un banc. Son œil droit dissimulé sous un cache et son visage marqué par de profondes rides ne lui conféraient guère d'aménité. *Pourtant, malgré ce qu'il peut en dire, le spectacle lui plaît. Les gens aiment en voir d'autres se battre. Ça a toujours été comme ça. Quel coup l'enverra au tapis ? Pourra-t-il se relever ? Est-ce que ça fait vraiment mal ? Tant que l'on n'a pas à s'en mêler, s'imaginer à la place d'un combattant est si plaisant.*

— Si je ne m'abuse, ils tentaient de passer par l'endroit où montent les passagers, répondit Milian en s'approchant de lui, fronçant les sourcils. *L'Œil du Typhon* fait escale au moins deux fois par an à Port-Nyanir. Ils devraient être au courant de la marche à suivre, non ?

Tout en expirant une bouffée de fumée, le vieil homme esquissa un sourire pour laisser entrevoir une dentition trouée.

— Lorsqu'il faut être rapide et efficace, ils devraient apprendre à déroger à quelques règles – c'est juste du bon sens. Le navire largue les amarres dans deux jours et il n'est pas censé quitter le port à moitié vide. Moi j'vous l'dis, demain ce sera pire !

Entre les nuées d'ouvriers et leurs marchandises, Shana et Eirinia se rapprochèrent à leur tour.

— Il y avait un Descendant à bord…, hésita Shana, fixant le vieil homme.

L'unique œil globuleux de ce dernier s'attarda avec insistance sur son interlocutrice.

— Oh, t'es pas d'ici, toi ! C'est pas la peine d'en faire tout un plat, marmonna-t-il en prenant une nouvelle bouffée. Je les aime pas non plus, mais il fait partie de l'équipage araneanais. Et s'il était pas là, ce bâtiment aurait du mal à mettre les voiles, crois-moi, ma p'tite. On s'y habitue avec les années. Je veux dire, de voir ces êtres ignobles et leurs tours de magie. Mais vous inquiétez pas, il devrait rester bien sagement là où il se trouve. On tolère leur présence, mais y'a des limites !

— Bien sûr, bien sûr…, approuva Milian pour ne pas le contrarier, espérant que Shana se contiendrait. Les saletés de Descendants, hein. Qui aimerait en voir un se balader parmi nous ? Non mais vous imaginez ça ? Encore heureux qu'on fasse la loi ici !

Le vieil homme toussa grassement.

— Si j'en crois votre accent barbare, vous venez de derrière les Monts d'Ébène. Par chez vous, il se serait déjà fait dépecer et clouer sur des planches, non ? J'ai pu admirer ça, il y a bien longtemps. J'en garde de sacrés souvenirs ! Ils geignent comme des hommes, pleurent comme des hommes, hurlent comme des hommes, et vous savez le meilleur ? Ils crèvent comme des hommes !

— C'est ce qu'on fait, oui, acquiesça Milian avec retenue, essayant d'occulter cette image de son esprit.

Il remarqua la mâchoire de Shana se crisper et ses pommettes rougir, alors que les os de sa main devenaient d'une blancheur fantomatique. *Elle se contient pour ne pas exploser. Changeons de sujet, et vite. Sinon, je ne donnerais pas cher de sa peau. Et de la nôtre par la même occasion.*

— Vous ne connaîtriez pas un certain Peleg ? reprit Milian à la hâte.

Le vieux s'esclaffa.

— Vous plaisantez ? Cette crapule ! Vous croyez que les hommes qui viennent de se faire refouler bossent pour qui ? Il vendrait sa femme pour embarquer dix caisses de plus sur ce foutu navire ! Enfin, si une écervelée daignait lui porter un quelconque intérêt. Sans vouloir vous manquer de respect, mes p'tites dames.

— Cela va sans dire, grommela Shana entre ses dents.

Milian aurait juré qu'elle l'aurait dépiauté dans d'autres circonstances, ce qui le motiva à aller droit au but.

— Où pourrait-on le trouver ?

— Si vous avez l'intention de rouler pour lui, je vous le déconseille, grinça l'homme au cache-œil. Il paie une misère, alors que moi, je me montre généreux envers ceux qui font du bon travail. Je pourrais t'engager parmi mes débardeurs, mon garçon. Par contre, aussi charmantes et attirantes que vous soyez, jeunes femmes, vous me seriez d'aucune utilité. À moins bien sûr que…

L'intonation grivoise fut de trop.

— Dites-nous simplement où nous pouvons le trouver ! s'énerva Shana.

— Votre esprit décati ne saurait en aucune manière justifier que vous posiez votre regard indûment concupiscent et tombé en décrépitude sur de jeunes dames, renchérit Eirinia, rouge comme une pivoine. Cela est tout à fait inconvenant et inapproprié.

Leur interlocuteur faillit s'étouffer, toussant car il avait avalé sa fumée de travers. *Il a dû comprendre le message.*

— Bah ! soit sur les quais, soit dans son chantier naval. (Shana approcha sa tête à quelques pouces de lui.) C'est un bâtiment avec une proue en forme de poulpe, vers là-bas, s'empourpra-t-il en désignant vaguement un édifice lointain. Vous pouvez pas le manquer.

Shana était déjà partie. Elle n'accordait plus la moindre importance au vieillard.

— Merci pour votre aide, conclut Milian avec éloquence. Elle a son caractère, mais dans le fond, c'est une crème, vous savez.

L'homme souleva son cache-œil pour gratter son orbite vide.

— Je te souhaite bien du courage, mon garçon. Ça doit pas être facile tous les jours.

Sans chercher à lui répondre, Milian et Eirinia louvoyèrent entre la multitude pour rejoindre leur amie.

— Shana, peut-être que tu devrais…, commença-t-il.

— Laisse-moi tranquille ! le fustigea-t-elle. Ce type mériterait d'être éduqué, ce qui est également le cas de bon nombre de ses semblables ! Tu ne peux pas comprendre, tu n'as pas grandi avec ça ! Il a de la chance que je me sois contenue.

Plus ou moins…

Milian voulut essayer de la raisonner, mais Eirinia lui posa une main sur le bras pour l'en dissuader. *Elle a raison, il vaut mieux éviter de prolonger cette conversation pour le moment*. Shana n'avait pas totalement tort. Il ne pouvait pas savoir ce que cela faisait de subir la haine des gens depuis tout ce temps. *Surtout que j'ai aussi fait partie du problème.*

Ils longèrent *L'Œil du Typhon*, interminable, passant devant des terrasses de gargotes à l'odeur de crustacés, des poissonneries à l'étalage peu ragoûtant, ou des entrepôts desquels des débardeurs acheminaient des marchandises vers le navire qui, décidément, semblait presque infini.

Enfin, les trois amis dépassèrent la poupe, puis arrivèrent devant une suite de hangars, apparemment tous reliés les uns aux autres. Autour de ceux-ci, dans le plus grand désordre, des piles de caisses en bois, des poutres vermoulues, ainsi que des débris de divers bateaux s'entassaient.

Le plus éloigné, de taille moyenne, ressemblait à un entrepôt, où des tombereaux et des charrettes émergeaient fréquemment pour se diriger vers le vaisseau araneanais. Le plus important, au centre et ouvert sur l'océan, devait être le chantier naval. Des rails en sortaient pour traverser les quais, certainement utilisés pour tracter un navire hors de l'eau lorsqu'il nécessitait des réparations. Le dernier, bien plus petit, paraissait faire office de bureau, de réception, ou des deux. Les tentacules qui encadraient la porte descendaient jusqu'au sol et reproduisaient fidèlement ceux d'un poulpe ; leur couleur orangée s'écaillait un peu partout, mais l'illusion restait remarquable.

Shana poussa la porte sans ménagement et entra d'un pas décidé avant même que Milian n'ait eu le temps de dire quoi que ce soit. La suivant, il découvrit une salle plutôt sombre, où des ancres et des cordages étaient entreposés de façon aléatoire, tandis que des portulans étaient accrochés aux murs, au-dessus de bancs sommaires. Un comptoir avait été installé en son centre ; cependant, personne n'était présent pour les accueillir. Shana s'y dirigea sans attendre en levant les yeux vers le plafond puis fit sonner une petite cloche.

Quelques secondes plus tard, un homme apparut d'une pièce adjacente. Finement taillé, la barbe soignée, les traits fatigués et vêtu d'une chemise en lin froissée, il n'essaya même pas de cacher son agacement. *On le dérange, et il compte bien nous le faire savoir. Mais tu peux me croire, tu n'as pas envie d'affronter la furie qui se tient devant toi.*

— Je peux vous aider ? grogna-t-il.

— Nous cherchons un dénommé Peleg, exposa Milian sans attendre, prenant l'air le plus avenant qu'il put. On nous a indiqué que l'on pouvait trouver cette honorable personne ici.

— Il règle des affaires sur les quais avec ces maudits Araneanais, rouspéta l'homme. Si vous n'y voyez pas d'inconvénient, je vous prierais de repasser dans trois jours. Il daignera peut-être vous recevoir.

— Nous avons besoin de le rencontrer plus…

Mais Shana le coupa.

— Vous n'avez pas l'air d'avoir bien compris. Nous devons voir Peleg, et c'est urgent. Alors vos petites histoires de marchandises, franchement, ça ne nous intéresse pas.

Quand elle est en colère, mieux vaut ne pas la contredire...

L'homme resta muet, la bouche entrouverte.

— Excusez-la, la journée a été rude, reprit Milian. Ce qu'elle souhaitait dire, c'est que cela ne nous dérange pas d'attendre son retour.

— Non, c'est exactement ce que je voulais dire, mot pour mot, rétorqua Shana d'un ton assassin.

Vraiment, tu devrais me laisser parler...

De son côté, Eirinia se tortillait sur place. Elle ne devait pas savoir où se mettre.

— Dans ce cas, attendez-le ici, fit l'homme sans autre commentaire, retournant dans la pièce de laquelle il était venu.

La tension ne redescendit pas pour autant.

— Oh ! s'il croit qu'il va nous balader comme ça, je peux vous dire qu'il va m'entendre ! s'emporta de plus belle Shana.

— Je n'ai aucun doute là-dessus, rétorqua Milian. Enfin, faudrait-il que ses oreilles soient encore en état de fonctionner après ça. Sans parler de sa mâchoire. Je te préviens, il en aura besoin pour te répondre.

Est-ce que ça la calmerait ? Certainement pas. Mais il valait mieux qu'elle se défoule sur lui plutôt que sur ce gars. Pourtant, elle n'en fit rien. Ces quelques jours dans la nature l'avaient peut-être, disons, apaisée.

Eirinia se mit à examiner attentivement les cartes épinglées aux murs. Quant à Milian, il fit le tour de la salle, découvrant une petite fenêtre qui donnait sur l'intérieur du chantier naval.

De nombreux ouvriers carénaient des bateaux de tailles variables ; les marteaux résonnaient en rythme, tambourinaient avec précision les bordages de bois endommagés. Les visages concentrés, les ouvriers scrutaient chaque détail, et leurs mains agiles manœuvraient des outils avec habileté. Certains se perchaient en hauteur pour réparer les vergues des mâts, tandis que d'autres travaillaient sur les ponts ou calfataient les coques. Milian assista à ce spectacle avec fascination.

Au bout d'une demi-heure, un homme à la carrure robuste et aux traits vieillissants entra dans la pièce. Son visage, marqué par le vent marin, révélait une vie passée à défier les vagues, alors qu'un tricorne enfoncé sur sa tête assombrissait son regard. Une barbe hirsute encadrait sa bouche, renvoyant l'image d'un homme austère qui savait se faire respecter sur le pont d'un navire. Le vieux loup de mer par excellence.

— Que voulez-vous ? lança-t-il d'un ton massacrant.

Shana se leva énergiquement de son banc, mais Milian prit les devants.

— Êtes-vous bien le dénommé Peleg ?

— Si c'est encore l'autre imbécile d'édenté qui vous envoie, vous pouvez lui dire que je ne lui cèderai pas un seul emplacement ! brailla l'homme au tricorne. J'ai des yeux partout sur les quais, vous savez. Alors, jeune homme, repars avec tes deux jolies demoiselles, parce qu'elles ne me feront pas changer d'avis ! Rilann ! aboya-t-il. Je ne te paie pas à rien faire, donc t'aurais pu les faire dégager de là !

La personne qui s'était présentée à eux juste avant arriva en trombe.

— Je leur ai dit de déguerpir mais ils ont insisté, se défendit-il. Et puis ce n'est pas mon rôle…

— Ton rôle est de me faire gagner de l'argent, pas de me faire perdre mon temps ! railla Peleg.

En réalité, vu son caractère, ça ne m'étonne pas que Jalen et lui soient amis, nota Milian en riant intérieurement. *Oui, ils devaient s'entendre à merveille. Est-ce que deux hommes comme ça se crient dessus tout le temps ? Ou est-ce qu'il y a une sorte de pacte tacite qui les incite à ne pas le faire ? Ce serait vraiment intéressant de voir leur comportement.*

— Vous avez fini de geindre ? vociféra Shana. (Les deux hommes se retournèrent vers elle, apparemment surpris.) Nous ne sommes pas deux demoiselles venues vous faire les yeux doux, et je vous remettrais les idées en place dans d'autres circonstances. Seulement, nous avons besoin de vous parler.

— Et me parler de quoi ? siffla Peleg, bien qu'il ne parût plus aussi sûr de lui.

— C'est Jalen qui nous envoie, riposta la jeune Descendante en soutenant son regard.

Peleg resta figé quelques instants. Il la dévisageait.

— Rilann, retourne à tes affaires. Quant à vous trois, suivez-moi.

Le loup de mer les emmena dans une autre pièce. Des boussoles, des sextants, des lochs ou encore des compas étaient disposés sur des meubles en bois brillant, tandis que les murs étaient tapissés de portulans détaillés et de tableaux qui représentaient des bateaux dans toute leur splendeur. Il s'assit confortablement dans un large fauteuil en cuir et invita les trois amis à prendre place en face de lui.

— Vous connaissez Jalen ? commença Peleg, dont le ton devint presque aimable. Comment va-t-il ? Ça fait déjà un paquet d'étés que je ne l'ai pas vu !

Alors il n'est pas encore arrivé. Il ne devrait certainement pas tarder..., voulut se rassurer Milian. *Cependant, on s'est mis d'accord, on ne peut pas tout dévoiler à cet homme. On ne sait pas réellement à quel point il connaît Jalen.*

— Il va bien, affirma-t-il sans sourciller. Du moins, c'était le cas la dernière fois que nous l'avons vu. Nous étions censés nous rejoindre ici, mais il semblerait que nous soyons les premiers.

— Il semblerait, en effet…, répéta Peleg avec un regard inquisiteur. Mais dites-moi, qu'aurait amené ce vieil ami à venir me voir après toutes ces années ?

— Il était certain que vous nous apporteriez votre aide.

— C'est possible pour sa personne, encore faudrait-il que je sache en quoi. Quant à vous… je ne vous connais pas.

— Nous ne pouvons pas encore…

— Nous souhaitons traverser l'océan Primordial pour nous rendre en Araneana, et en toute discrétion, le coupa Shana avec fermeté.

Elle était résolue à suivre le plan de Jalen, certaine qu'il était mort. *Mais il est toujours en vie, et il faut l'attendre pour avoir une chance de sauver Waryn*. Seulement, cela, il ne pouvait pas le dire à Peleg pour le moment. Alors en attendant, il était préférable de ne pas la contredire.

— Vous m'en voyez ravi ! s'esclaffa le vieux loup de mer, tapant du poing sur son accoudoir. J'aime ton impudence, petite ! Mais tu comprendras aussi que j'ai des affaires à faire tourner, et que je n'ai pas bâti toute mon entreprise en apportant mon aide au premier venu.

— Vous avez une dette envers Jalen, insista Shana.

— Avez-vous entendu parler des rumeurs de guerre entre l'Araneana et le Leanalyn ? demanda Peleg, sans vraiment attendre de réponse. Je suppose que ça n'a pas dû échapper à vos petites oreilles. Eh bien ce ne sont pas que des rumeurs, et ce n'est donc pas une destination que je recommanderais… D'ailleurs, c'est bien pour ça que c'est le dernier voyage de *L'Œil du Typhon* avant longtemps !

— Il se murmure que certains n'hésitent pas à braver ces désagréments, et il me semble que vous possédez d'autres bateaux…, argua Milian.

— Croyez-moi, l'océan n'est pas fait pour tout le monde. Il est dangereux, et je ne risquerai pas la vie de mes hommes pour des étrangers, même si vous aviez de quoi payer – ce dont je doute fort.

Milian se rappelait des histoires de marins mentionnant des rencontres qu'il était préférable d'éviter sur l'océan. Entendues à *L'Arbre Ruisselant*, il les avait toujours prises avec des pincettes, pensant que les voyageurs en rajoutaient pour rendre leurs récits plus impressionnants. *Ce n'est sans doute qu'une manœuvre de sa part pour nous dissuader d'insister. Mais nous ne sommes pas venus jusqu'ici pour rien.*

— Je ne saurais contester cela, s'immisça Eirinia. Les traversées entre Vanyanir et Orrisia recèlent de périls, et d'innombrables créatures néfastes errent dans l'immensité de l'océan. C'est la raison pour laquelle l'Araneana a entrepris la construction de *L'Œil du Typhon*, cette nef aux proportions monumentales, dans le dessein de sillonner l'océan Primordial en réduisant les risques. Mais désormais, nous connaissons des voies sûres.

Peleg opina, même s'il parut quelque peu surpris.

— Vous n'êtes peut-être pas si ignorants que ça. Cela dit, ça ne change rien au fait que l'Araneana est une destination peu recommandable pour des jeunes voulant aller sur le continent. Peut-être que dans quelques mois, ou plus, la situation aura évolué.

Il doutait de la véracité de leurs propos. *Je dois lui en donner plus.*

— Nous vivions avec Jalen dans une taverne, à l'ouest des Monts d'Ébène, expliqua Milian pour l'appâter. Des évènements… particuliers… se sont produits, nous forçant à prendre la route. Seulement, nous avons été séparés en chemin.

— Milian, tu vas trop loin ! protesta Shana. Il n'a pas besoin de savoir ça !

Ils s'étaient mis d'accord pour ne pas révéler des éléments qui pouvaient les mettre à mal, pourtant, s'ils ne le faisaient pas, ils n'obtiendraient rien d'autre qu'un refus catégorique.

— Quels *évènements* ? demanda Peleg en ignorant la jeune femme.

— Jalen vous le dira lui-même s'il en a envie, rétorqua Milian, notant l'intérêt du vieux loup de mer. Si vous le connaissez, vous devez bien savoir qu'il a horreur que l'on parle à sa place.

L'homme posa son tricorne sur le bureau avant de se lever. Il fit le tour de la pièce et s'arrêta devant une carte pour l'examiner.

— Il y a une question que je me suis toujours posée depuis ma rencontre avec Jalen. J'ai conclu suffisamment d'affaires pour savoir quand on me ment, alors répondez-moi franchement. N'ayez pas peur, je veux simplement connaître la vérité. Voici ma question : est-il un Descendant ?

Silence.

La question est directe, sans ambiguïté, mais répondre la vérité est-il le meilleur choix ? Révéler que Jalen est un Descendant comporte des risques considérables... Est-il préférable de partir immédiatement et attendre que le vieux fasse son apparition au port ? Mais si Shana a raison, qu'il est bien mort, ça signifie également abandonner Waryn.

— C'est n'importe quoi ! s'emporta Shana, se levant brusquement.

Milian voulut intimer à son amie de se calmer en lui posant une main sur le bras, mais elle s'en débarrassa aussitôt.

— Oui. Jalen est bel et bien un Descendant.

Les poings de la jeune femme blanchirent. Elle lui jeta un regard noir. Elle n'était pas d'accord pour révéler cette information, mais Milian sentait quc c'était la meilleure décision.

Peleg se rassit avec une moue satisfaite.

— J'en étais sûr…, marmotta-t-il. Ça explique beaucoup de choses. Je te remercie pour ton honnêteté, jeune homme. À présent, permettez-moi de vous partager une histoire, même si ça n'a rien à voir avec Jalen. Il m'est arrivé quelque chose d'étrange il y a une quinzaine d'étés. Au Leanalyn, un homme m'a demandé de le faire traverser jusqu'en Vanyanir avec une cargaison spéciale : trois enfants en bas âges. Il m'avait payé une somme colossale pour que je ne pose aucune question – une offre que je ne pouvais pas refuser. Je l'ai fait traverser et l'affaire en est restée là. Cependant, il y a quelques semaines, des Araneanais sont venus me trouver ; ils cherchaient à savoir où cet homme était allé, quinze ans auparavant. La seule chose que je savais, c'était qu'il était parti vers l'ouest. Ils ont essayé de me soutirer plus d'informations en se montrant plutôt… persuasifs. Malheureusement pour moi, je n'avais rien de plus à leur dire. (Peleg exhiba sa main droite, à laquelle il manquait le petit doigt, tranché net.) C'est étrange, non ? Vos âges correspondraient bien à ces trois gamins, mais il y avait deux garçons et une fillette. Vous ne sauriez pas si vous avez quelque chose à voir dans cette histoire, par hasard ?

Une sueur froide parcourut les omoplates de Milian. *Effectivement, ça peut très bien coller avec notre arrivée en Vanyanir...*

— Vous l'avez dit, il y avait deux garçons et une fille, affirma-t-il, tentant de masquer son inquiétude. Il est peu probable qu'il s'agisse de nous…

— Je comprends bien, consentit Peleg. Et j'imagine qu'il serait regrettable que l'un de ces Araneanais découvre que trois jeunes gens sont venus me demander mon aide.

Shana abattit ses deux mains sur le bureau.

— Vous nous menacez ?

— Voyons, je n'oserais pas menacer des proches de Jalen, se défendit le vieux loup de mer, outré. Écoutez, je veux bien vous aider s'il daigne se montrer. Mais vous conviendrez que je ne peux pas le faire gratuitement non plus. Les Araneanais se moquent de notre façon de travailler ici, et à cause d'eux, j'ai pris du retard. Alors voici ma suggestion : je peux vous héberger jusqu'à son arrivée, en échange de quoi je vous engage pour embarquer mes marchandises sur *L'Œil du Typhon*. Qu'en dites-vous ?

— Nous acceptons volontiers votre offre, approuva Milian en feignant l'ingénuité.

Ce n'était pas exactement ce dont ils avaient besoin, mais après les menaces, il était dangereux de refuser sa proposition. Maintenant, le tavernier devait faire son apparition avant qu'il ne soit trop tard. Il voulait y croire.

Même si Shana semblait sur le point d'exploser et qu'Eirinia se préoccupait plus des taches sur son corset, elles finirent toutes deux par acquiescer.

Un sourire naquit sur le visage de Peleg.

Chapitre 13

Eirinia

Le ciel, nébuleux, menaçait à nouveau de déverser sa bruine sur Port-Nyanir, comme cela s'était produit plus tôt dans la journée. Les pavés des quais, déjà glissants, pouvaient devenir de véritables patinoires si l'on ne prenait pas garde où l'on posait les pieds.

Eirinia avait failli chuter à quelques reprises, ne se rattrapant qu'au dernier moment. Son dos et ses bras la faisaient souffrir le martyre ; depuis le petit matin, et même dès la conclusion de leur marché avec Peleg la veille, elle s'affairait à transporter, à l'aide d'un tombereau, une kyrielle de sacs en toile de jute depuis l'entrepôt jusqu'aux sombres cales de *L'Œil du Typhon*, participant à la noria de chariots qui envahissaient les docks. Elle avançait à son rythme, parfois dans une colonnade de débardeurs s'extirpant du hangar, parfois seule, ou parfois avec Shana ou Milian à ses côtés. Les allers-retours s'enchaînaient inlassablement, et les pauses se faisaient rares. La cargaison de Peleg était conséquente, requérant de nombreux débardeurs, et les contrôles incessants des Araneanais rendaient la tâche encore plus interminable que ce qu'elle aurait dû.

Désormais, elle comprenait l'agacement des porteurs qui devaient souvent patienter un long moment avant d'embarquer. Elle n'était définitivement pas taillée pour ce genre de labeur, et certains hommes du vieux loup de mer ne se privaient pas de le lui faire remarquer sous couvert de plaisanteries – la plupart du temps. *Néanmoins, il est impérieux de se soumettre à cette nécessité pour l'instant*, songea-t-elle avec dépit.

Finalement, après avoir déposé le dernier sac de jute de la journée dans l'une des pièces de la cale réservée aux marchandises de Peleg, Eirinia retourna à l'entrepôt avec son tombereau vide, ignorant les quelques sifflements concupiscents d'hommes rustres et peut-être même avinés. Elle pénétra dans le vaste hangar pratiquement désert sous le regard observateur de Rilann. Il notait sur un calepin tout ce qui sortait de là, tenant certainement des comptes très précis. Lorsqu'elle passa devant lui, il se contenta de lui adresser une moue satisfaite. Il attendait le retour des derniers hommes.

La jeune femme continua son chemin jusqu'au fond de l'entrepôt pour entrer dans une petite pièce qui leur avait été affectée le temps de leur séjour. Aménagée sommairement, des meubles hors d'usage garnissaient l'endroit aux tapisseries depuis longtemps décolorées et aux poutres à l'odeur de remugle. Fort peu pratique pour la lecture, une unique lanterne au centre de la pièce servait d'éclairage à la nuit tombée. Pour finir, de vieux canapés capitonnés, dont quelques déchirures laissaient entrevoir le rembourrage en laine, leur permettaient de se reposer. Même s'ils n'étaient pas des plus confortables, ils étaient préférables au sol terreux qu'ils avaient enduré durant leur voyage entre Alentoise et Port-Nyanir. Elle rêvait de la commodité de son lit, mais s'affala sur l'un d'eux et ferma les yeux.

Shana et Milian firent leur apparition peu après, leurs expressions aussi mornes que la sienne.

— Qu'on ne me parle plus de ces maudits sacs ! pesta son ami. Je peux à peine refermer les doigts. J'ai l'impression qu'un troupeau de koalicans m'est passé sur les mains.

Shana leva les bras au ciel.

— Je me dois de te rappeler que c'était ton idée ! Regarde ce que tu as obligé Eirinia à faire ! Quelle indignité pour un homme de forcer une jeune femme à participer à une besogne aussi éprouvante !

— Je suis contrainte de reconnaître que j'aurais encore préféré travailler à *L'Arbre Ruisselant*, ânonna la concernée.

Milian éclata de rire.

— Tu ne penses pas ce que tu dis, ma pauvre ! Enfin, quoique. Au moins, un petit verre de temps en temps nous permettait de tenir le coup. Et vraiment, là, ce ne serait pas de refus. (Il secoua la tête, comme s'il revenait à la réalité.) Mais trêve de bavardages. Peut-être que Jalen est arrivé aujourd'hui ! s'exclama-t-il, un éclat d'espoir illuminant son visage. Tant qu'il vous reste des forces, nous devrions aller voir Peleg.

— Peut-être bien…, souffla Shana.

— Cela s'avère impératif. *L'Œil du Typhon* appareillera demain, souligna Eirinia. Le temps nous manque.

Sans plus attendre, ils se dirigèrent vers le bureau de Peleg. Ils traversèrent l'entrepôt, croisèrent les derniers débardeurs, puis entrèrent dans le chantier naval, où l'activité n'avait pas faibli depuis l'aurore. Quelques ouvriers, assignés à la réparation de guindeaux ou à la mise en place de drisses, les saluèrent sur leur passage. Ils profitaient certainement de ces moments pour marquer une pause avant de reprendre leur travail.

Arrivé devant la porte du bureau, Milian posa une main sur la poignée, mais arrêta son geste pour fixer Shana.

— Laisse-moi parler. Ça vaudra mieux pour nous. Et *surtout*, ne te mets pas dans tous tes états.

Shana écarquilla les yeux en prenant un air offusqué. Elle s'apprêtait assurément à lui rétorquer quelque chose de cinglant, mais Milian ne lui en laissa pas l'occasion. Il ouvrit rapidement la porte.

Installé sur son fauteuil, le vieux loup de mer sursauta. Il était en pleine conversation avec l'un des membres de l'équipage araneanais.

— Vous vous foutez de moi ? les gourmanda Peleg. C'est pas une criée ici ! Surprendre un homme de mon âge… (Il se retourna vers son interlocuteur avec un signe d'excuse.) Monsieur, ce fut un plaisir de vous rencontrer. Je compte sur votre discrétion.

— Ne vous inquiétez pas pour ça, c'est moi qui vous remercie, répondit l'Araneanais en quittant rapidement la pièce.

Son attitude attira la curiosité d'Eirinia. Bien qu'il se pût tout à fait que les deux hommes n'eussent que discuté affaires, ce qui aurait été plutôt normal au vu du commerce qu'effectuait Peleg, elle avait le sentiment que quelque chose de louche se tramait.

— J'espère que nous ne vous avons pas importuné, lança Milian, presque amusé.

— Pas le moins du monde, railla sarcastiquement le vieux loup de mer.

Milian, une béatitude exacerbée aux lèvres, s'assit en face de lui.

— Tant mieux. Nous ne voudrions pas vous faire rater des opportunités disons… très intéressantes. Les échanges avec les Araneanais ne semblent pas toujours des plus aisés, mais je suis persuadé que vous êtes fin négociateur. Quoi qu'il en soit, nous avons chargé tout ce que vous nous avez demandé. Plus éreintant que ce à quoi nous nous attendions, cela dit.

— Je sais. Rilann m'en a fait part.

— Jalen n'est toujours pas arrivé ? s'enquit Milian sans transition.

— Non, il n'est toujours pas là, rétorqua Peleg en plissant ses yeux ridés.

— Il ne tardera pas, assura Milian. Il aime faire durer les choses quand ça lui chante. Et surtout, il se trouve souvent là où on l'attend le moins. Je ne saurais vous dire combien de fois on le pensait parti s'empiffrer de gâteaux au miel chez cette vieille bique, là, je ne me rappelle plus de son nom… Mais en fait, il apparaissait soudainement derrière nous pour nous tirer les oreilles. Un sacré farceur, hein ?

— Tout à fait le souvenir que je garde de lui. Mais si vous le permettez, poursuivit Peleg avec empressement, j'aurais encore besoin de vos services demain matin. J'ai du poivre blanc qui devrait arriver dans la nuit, et les Araneanais en raffolent. Ça devrait me rapporter une petite fortune !

— Ce qui nous permettrait d'attendre un jour de plus Jalen ici, si je présume.

— On n'en a rien à faire de vos maudites marchandises ! s'énerva Shana. Si vous ne comptez pas honorer votre dette, on se débrouillera seuls !

— Je ne risquerai pas un navire et des hommes pour vous faire traverser l'océan Primordial, annonça Peleg en faisant courir ses doigts sur le bureau.

La jeune Descendante serra les poings.

— Si c'est pour nous répéter ce que vous nous avez dit hier, économisez votre salive.

— Mais en ayant eu vent du remarquable travail que vous avez effectué, il se pourrait bien que je puisse vous faire embarquer sur *L'Œil du Typhon*, ajouta Peleg avec un large sourire. Bien sûr, vous aiderez au débarquement des marchandises une fois arrivés à destination.

La voix du loup de mer s'était considérablement adoucie.

— Vous feriez ça pour nous ? demanda Shana en croisant les bras.

— En effet. Je suis une personne de parole.

— Et qu'est-ce qui vous a fait changer d'avis ? lança Milian, visiblement perplexe. Ne me dites pas que vous avez succombé aux charmes de ces deux-là ? Je tiens à vous prévenir de ce qui vous attend avant que vous n'exigiez quoi que ce soit d'elles. Shana est de nature un peu… colérique. Croyez-moi, elle vous tirerait par la peau des fesses pour vous suspendre à l'un de vos mâts si vous lui manquiez de respect. (Eirinia observa Shana, qui ne devait probablement pas savoir si elle devait écorcher vif Milian tout de suite ou si cela pouvait attendre la fin de la conversation.) Quant à Eirinia… Je vous assure que vous ne tiendriez pas une heure en sa compagnie. Elle ratiocine, elle ergote, elle épilogue… Par les Créateurs ! En réalité, vous ne la supporteriez pas cinq minutes !

Eirinia hocha la tête. Milian avait sûrement raison.

Et Peleg sembla même amusé.

— Je n'attends rien de plus que le travail que j'ai à vous offrir. La nuit est porteuse de conseils. Un vieux proverbe que je ne peux qu'approuver. Et puis j'ai toujours besoin de main-d'œuvre, et il ne sera pas difficile de convaincre trois de mes hommes de rester ici. Ils étaient quelque peu réticents à devoir se rendre en Araneana. Tout rentrera dans l'ordre quand les choses se seront calmées là-bas.

Ce n'est guère incohérent, songea Eirinia. *Sous l'angle mercantile, cela s'avère même plutôt malin. Nous envoyer, nous, dont il n'a cure, au lieu de sacrifier trois de ses hommes. Cela ne peut qu'être à son avantage.*

— Si je puis me permettre, par simple curiosité ; que Jalen a-t-il fait pour que vous pensiez qu'il soit un Descendant ? reprit Milian.

Peleg s'enfonça plus profondément dans son fauteuil avec décontraction.

— Je m'attendais à cette question. Il faut savoir que la contrebande rapportait gros il y a plus de trente étés, et j'en ai largement profité. Durant l'une de mes traversées, voguant entre Orrisia et Vanyanir, moi, quelques-uns de mes hommes, ainsi que des passagers souhaitant rester discrets, avons pénétré dans une zone apparemment infestée de gnasseas. Notre bateau s'est fait surprendre par ces monstruosités. Cette nuit-là, j'ai cru que ma dernière heure était arrivée. Alors que l'une de ces créatures s'apprêtait à me déchiqueter, un homme est intervenu. Il a terrassé le gnassea et nombre de ses semblables. Si vous aviez pu voir l'adresse dont il a fait preuve ! (Peleg marqua une pause, semblant replonger dans ses souvenirs.) Vous l'aurez deviné, c'était Jalen. Se pouvait-il que ce soit un Descendant ? Je me suis résolu à lui poser cette question, mais il a nié bec et ongle. Néanmoins, nous avons tout de même sympathisé, partagé quelques bouteilles, et je lui ai promis que si jamais je pouvais rembourser cette dette, je le ferais. Ensuite, nos chemins se sont tout naturellement séparés à Port-Nyanir.

Le tavernier n'avait jamais raconté cette anecdote. Mais après tout, il n'avait jamais rien dévoilé sur son passé.

— Jalen m'a également prodigué son assistance au moment où mon besoin en était le plus crucial, déclara à voix haute Eirinia.

— Les Descendants ne sont pas tous mauvais, ajouta le vieux loup de mer. Je fais partie de ces gens qui ont beaucoup voyagé, et je ne ressens aucune haine envers eux, malgré ce qu'ils ont pu faire à travers l'Histoire – au contraire de la majorité des personnes vivant ici. Maintenant, laissez-moi avant que je ne change d'avis. Vous pouvez profiter d'un repos bien mérité, mais pour ma part, il me reste du boulot avant le départ de *L'Œil du Typhon*.

Comme pour justifier ses dernières paroles, Peleg se plongea dans des documents aux feuilles jaunies. Ne souhaitant pas le contrarier, les trois amis quittèrent la pièce d'un commun accord.

— Tu as obtenu ce que tu voulais, fit remarquer Milian à Shana. Nous avons désormais un moyen de nous rendre à Lugann. Mais Jalen n'est toujours pas là et Waryn…

— Parlons de ça dehors, si tu le veux bien, le coupa la jeune femme.

Il hocha la tête et tous les trois sortirent à l'air libre. Ils se retrouvèrent sous une légère bruine, assistant à la fin de l'agitation sur les quais, ce qui annonçait la fin imminente d'une dure journée de labeur.

— Tu dois te faire une raison, Mili…, murmura Shana.

— Il ne se manifestera point, étaya Eirinia. Si tel eût été son dessein, il aurait été présent avant même notre venue en ces lieux.

Il doit se rendre à l'évidence. Il est devenu impératif qu'il cesse de se bercer d'illusions et qu'il prenne conscience que Jalen n'a pu émerger indemne d'une confrontation avec deux autres Descendants, lesquels demeurent vivants à ce jour.

Pourtant, Milian observait l'océan, le regard perdu.

— On doit retrouver Waryn… Il sera sur le navire, c'est certain…

Shana prit une profonde inspiration, semblant rassembler son courage pour affronter la dureté de la situation. Elle s'avança vers lui, posa délicatement une main sur son épaule et chercha son regard.

— Écoute-moi, insista-t-elle, la voix tremblante. Jalen était… il était exceptionnel, d'une force et d'une bravoure qui forçaient l'admiration. Mais même les plus grands peuvent tomber. Tu as espéré qu'il soit encore en vie… mais il est temps d'accepter le fait qu'il ne reviendra pas.

Milian se détourna. Le silence, lourd, fut seulement interrompu par le bruit des vagues se brisant sur les quais. Lentement, la réalité de la situation semblait s'infiltrer à travers les barrières qu'il avait érigées autour de son cœur. Les souvenirs de Jalen devaient se bousculer dans son esprit, certainement doux et cruels à la fois.

— Je…, débuta-t-il, cherchant ses mots, la gorge serrée par l'émotion. Comment ferons-nous… ?

Eirinia s'approcha, se tenant aux côtés de Shana afin de lui offrir son soutien.

— Nous poursuivrons car il s'est sacrifié pour votre cause, assura-t-elle paisiblement. En sa mémoire. Son esprit nous accompagne, Milian. Nous portons son héritage, et nous persévérerons en veillant les uns sur les autres. Ce sera notre manière de lui témoigner notre respect et notre reconnaissance.

Il y eut un moment de silence, chacun perdu dans ses pensées. Puis, il finit par hocher la tête. Il acceptait enfin ce qu'il avait évité jusque-là.

— Jalen… Alors, souvenons-nous de son sacrifice. Je n'oublierai jamais ce qu'il a fait, et je continuerai de me battre pour retrouver Waryn.

Eirinia et Shana lui offrirent un sourire triste mais reconnaissant, et ils se serrèrent les uns contre les autres, partageant cet instant de deuil.

Lorsqu'ils mirent fin à leur étreinte, ce fut Shana qui reprit la parole.

— Bon, on n'a plus rien à faire de la journée. Ça vous dit de visiter Port-Nyanir avant de quitter définitivement Vanyanir ?

La perspective d'embarquer sur le vaisseau semblait l'avoir un peu ragaillardie, et le projet de découvrir la cité portuaire n'était pas pour déplaire à Eirinia. Sans compter que cela pouvait également changer les idées de Milian.

Les trois amis se frayèrent un chemin vers le cœur de la ville. Ils se fondirent dans la marée humaine qui déambulait entre les éventaires des échoppes, les terrasses animées de petits restaurants, ainsi que les estaminets où foule se pressait.

Arrivant à une importante place circulaire, ils découvrirent un marché à ciel ouvert, où les étals couverts d'auvents colorés abondaient en parfums aguichants de poissons frits et de crustacés. Même si Eirinia en avait seulement vu ou lu des descriptions, ils semblaient frais et de bonne qualité. Ce qui était pour le plus grand plaisir des papilles des plus jeunes comme des plus vieux, qui s'en gavaient sur les nombreuses tables éphémères disposées à cet effet. Elle sortit quelques pièces de sa bourse et acheta une brochette de calamar à un commerçant replet. Milian afficha ouvertement son dégoût pour tout ce qui provenait de l'océan en grimaçant – lui valant les brimades de la part de ses deux amies – et se rabattit sur des pommes de terre grillées agrémentées de fromage à l'odeur alléchante. Peu à peu, son air renfrogné commença à disparaître.

La fine pluie s'était estompée alors que la lueur du jour décroissait, mais les rues ne désemplissaient pas. Ils firent le tour de différentes boutiques qui proposaient des étoffes panachées, des bijoux scintillants et une multitude de curiosités, découvrant ainsi toute la richesse que Port-Nyanir avait à offrir. Eirinia remarqua, qu'en effet, les perles étaient étonnamment abordables par rapport à Alentoise ou à Rivlon ; de tous les coloris imaginables, la proximité avec l'océan et leur profusion expliquaient aisément leur prix raisonnable. Bien qu'elles ne fussent pas leur première préoccupation, la jeune femme décida d'en acheter une à chacun – en guise de souvenir de ces derniers moments passés sur Vanyanir. Eirinia fut séduite par une perle iridescente, oscillant entre clarté et obscurité, Shana opta pour une teinte de vert printanier, et Milian préféra une nuance de rouge éclatant.

Poursuivant leur flânerie dans les ruelles pittoresques de la cité, ils poussèrent même la porte d'une librairie, ce qui réjouit tout particulièrement Eirinia. *Le libraire aurait pu déployer davantage de soins dans l'organisation de sa boutique*, ronchonna-t-elle. *Il manque ainsi de mettre en exergue les ouvrages revêtant le plus grand intérêt.* Mais toutes ses protestations cessèrent lorsqu'elle tomba sur un volume à la couverture ornée d'un Aravara en relief. Elle ne résista pas à l'acheter ; il n'était pas si commun d'en trouver, alors il ne fallait pas passer à côté de cette opportunité.

Les Aravara, ces entités d'une majesté inégalée, et dont l'essence même reste drapée dans les voiles impénétrables du mystère...

Personne ne savait réellement depuis combien de temps ils étaient apparus ; certains prétendaient qu'ils existaient depuis l'origine du monde, durant l'Âge de la Création – ce qui était tout à fait plausible. Tout livre traitant de ce sujet la passionnait, même si les informations étaient bien rares.

Ils finirent par s'attabler à la terrasse d'un estaminet de bon aloi, situé dans une ruelle un peu plus paisible. Eirinia commanda une tisane de baies rouges, tandis que Shana et Milian optèrent pour du vin de la région. Puis elle sortit de son sac l'ouvrage qu'elle venait d'acquérir et en fit profiter ses amis.

— « Saikuron, l'empereur du ciel, créa un ouragan d'un simple battement d'aile. », cita Eirinia d'un ton enjoué.

Milian l'épia de ses yeux pétillants.

— J'aurais aimé en voir un.

— Je n'en serais pas aussi certaine à ta place, rétorqua Shana.

— Les Aravara constituent les entités les plus impressionnantes et les plus puissantes de notre univers ! Leur apparition est d'une rareté sans pareille, et des décennies peuvent s'écouler sans que quiconque n'ait la joie d'en observer ne serait-ce qu'un seul. Ce serait… véritablement un spectacle extraordinaire ! s'extasia Eirinia.

— J'imagine que certaines choses ne sont pas consignées dans des livres…, marmonna sa petite sœur comme si elle se parlait à elle-même.

Eirinia fut particulièrement intéressée par ce qu'elle insinuait.

— Qu'impliques-tu par cette remarque ?

— Explique-nous, renchérit Milian avec énergie. Tu en as trop, ou pas assez dit !

— Je me suis moi aussi posé des questions sur les Aravara…, commença Shana, s'assurant que personne ne pouvait les entendre. Lorsque j'en ai fait part à Jalen, il m'a envoyé paître comme une malpropre. Cependant, je suis revenue à la charge, encore et encore, et il a fini par me répondre. Certainement pour que je lui foute la paix avec ça.

Cela ne saurait guère me surprendre, songea Eirinia.

Milian insista, tapotant nerveusement sur la table.

— Et… ?

— Et si tu pouvais juste m'écouter, je pourrais vous raconter ce que je sais, poursuivit Shana en lui jetant un regard tempétueux. Même s'il n'a quand même pas été loquace à ce sujet… Enfin bref. Il m'a d'abord parlé des plus connus. Saikuron, dont tu viens de faire mention, grande sœur, serait capable de chuchoter au vent, et demeurerait dans le royaume d'Aerelion.

— Il se présenterait sous la forme d'un volatile de dimensions colossales, arborant un plumage doré, paré d'une dizaine d'ailes splendides, précisa Eirinia.

Shana acquiesça avant de poursuivre.

— Honoo, l'Aravara des flammes, aurait pris place dans les volcans à l'est de l'Empire. Mais je n'ai aucune idée de ce à quoi il peut ressembler.

— En même temps, qui voudrait s'approcher de volcans ? se moqua Milian.

Le serveur en tablier de cuir apporta leur commande, et Milian le remercia avec un large sourire. Quand il fut reparti, sirotant son verre de vin, Shana reprit la parole.

— L'Aravara vénéré en Araneana, Uzushio, déploierait ses immenses tentacules pour dompter la furie des océans. Les Araneanais lui voueraient un culte pour attirer ses grâces, puisque c'est un peuple qui vit presque exclusivement des ressources marines.

— Alors traverser l'océan Primordial nous donnerait une chance de le voir ? s'enquit Milian.

— Selon les annales de l'humanité, jamais on ne l'a observé évoluer dans ces eaux, répliqua Eirinia d'une voix teintée de lassitude, attendant que son infusion libère ses arômes. Son antre demeure un mystère insondable…

— Pareil pour celle de Kinone, l'Aravara communiquant avec la flore, reprit Shana.

— Un peu comme toi, remarqua Milian.

— Oui, un peu comme moi, répéta la jeune femme, les yeux dans le vide. Jalen ne m'a parlé que d'eux, et j'ignore combien d'Aravara arpentent le monde. Peut-être bien qu'il l'ignorait également.

— J'ai parallèlement parcouru des volumes faisant état de Raïto, l'Aravara dont l'éclat illuminerait le royaume d'Eoros, ainsi que d'Hakaï, imprégnant d'obscurité Mahazir, une contrée septentrionale d'Orrisia, dévoila Eirinia.

Milian hésita.

— Alors si l'on sait où les chercher…

— Certains ont tenté de s'immiscer en ces lieux, mais il est rapporté que la magie y est d'une telle concentration qu'il est impossible d'y entrer, affirma Eirinia. Néanmoins, si nous nous en approchions suffisamment, sans toutefois chercher à y pénétrer, il se pourrait que nous ayons l'opportunité d'en apercevoir un ! ajouta-t-elle avec ferveur, s'imaginant déjà dans l'un de ces sites à observer l'une de ces créatures fabuleuses. (Percevant le regard meurtrier de sa petite sœur, elle inclina aussitôt la tête, se sentant couverte de honte d'avoir caressé cet espoir.) Non, certes, l'éventualité d'y perdre la vie serait d'une ampleur vertigineusement élevée…, se renfrogna-t-elle, complètement perturbée.

Sa réaction rendit Milian hilare, ce qu'elle ne comprit pas vraiment.

— Selon Jalen, des Descendants suggèrent que les Créateurs auraient laissé une sorte d'empreinte de leur essence dans ces endroits, et que les Aravara en seraient les gardiens, reprit Shana. Alors ne soyez pas si pressés d'en rencontrer un, ou ce serait certainement la dernière chose que vous n'apercevriez jamais.

Milian eut un petit sourire en coin.

— Je vois…

— N'y pense même pas ! se récria Shana. Je sais que tu en as toujours rêvé, Mili, mais…

— Je ne suis pas assez bête pour me jeter dans les griffes d'un koalican !

Elle lui adressa un regard goguenard.

— Parfois, je me mets à en douter.

Milian s'indigna théâtralement face à la remarque de son amie, ce qui lui arracha également un sourire.

— Elle n'a pas tort, tu en es conscient, rajouta Eirinia, comprenant sa propre bêtise de vouloir aller à la rencontre de ces créatures ancestrales. À combien d'occasions me suis-je retrouvée à devoir rattraper vos bêtises afin que Jalen ne s'abatte sur vous de tout son courroux ? Petite sœur, t'a-t-il confié d'autres détails à propos de ces lieux ?

— Non, pas vraiment…

— Il m'apparaît, d'après mes lectures, que des Descendants y seraient déjà entrés. Toutefois, mon hypothèse pourrait s'avérer erronée…

— Jalen devait en savoir plus que ce qu'il a bien voulu te raconter, marmonna Milian.

— On doit rejoindre cet Hunor à Lugann, sinon, j'ai bien peur que nos questions restent sans réponse, affirma Shana.

La nuit ne tarda pas à répandre son ombre sur les pavés et les façades des bâtiments, et tous les trois profitèrent de la fraîcheur pour continuer de déambuler dans les ruelles. Les lanternes vacillantes prodiguaient une lumière suffisante pour admirer les spectacles de rue, où jongleurs et musiciens captivaient les foules, prolongeant leur évasion pendant ces quelques heures.

Ils finirent par retourner aux quais lorsque la fatigue fut bien trop lourde à supporter. Ici, le calme, perturbé par quelques pêcheurs rentrant au port, contrastait avec l'agitation de la journée. S'approchant des entrepôts de Peleg, Eirinia aperçut Rilann dans ce qui devait être son propre bureau, éclairé par la faible lueur d'une bougie. *Il doit sans doute anticiper l'arrivée de la cargaison de poivre blanc que nous sommes censés charger demain.*

Elle appréhendait déjà.

Chapitre 14

Eirinia

Rilann les réveilla aux aurores, sortant Eirinia d'un sommeil trop court et bien insuffisamment réparateur. La cargaison qu'avait annoncée Peleg était bien arrivée pendant la nuit et, après un petit-déjeuner frugal composé de quelques fruits secs, la jeune femme commença la tâche ô combien épuisante du transport des sacs de jute à l'aide de son tombereau. Dès les premiers allers-retours sous le ciel maussade, duquel une bruine provenant de l'océan tombait par intermittence, elle sentit ses bras la tirailler ; les deux jours précédents avaient été éprouvants, et leur poids s'en ressentait d'autant plus sur son corps peu habitué à un travail aussi répétitif et exigeant.

Franchissant pour la sixième fois de la matinée la passerelle menant à la cale de *L'Œil du Typhon*, elle écarta l'une de ses mèches blondes, devenue collante à cause de l'humidité, pour observer la foule de curieux venus assister au départ du gigantesque navire – un spectacle en soi, même si cela n'aidait en rien à la rapidité des opérations.

Derrière elle, Nosson, un débardeur de Peleg à la silhouette rectangulaire et aux muscles saillants, injuriait dans sa barbe l'équipage araneanais. Il leur promettait de leur faire avaler un banc de guirrots s'il se faisait contrôler une fois de plus. Lorsqu'elle croisa son regard, elle tressaillit, y percevant le peu d'estime qu'il avait pour elle.

Quelle ne fut pas son erreur de se retourner brusquement !

Ses pieds glissèrent sur les planches de la passerelle. Les deux mains agrippées sur les manches de son tombereau, elle ne put éviter la chute. Elle se retrouva les fesses sur le bois mouillé, la tunique trempée. Son chariot bascula en arrière, et plusieurs sacs de jute en tombèrent. L'un se déchira complètement pour répandre les grains de poivre blanc sur la passerelle – comme si elle avait eu besoin de cela pour d'autant plus s'attirer les moqueries des débardeurs.

— Non mais quelle gourde, celle-là ! jura Nosson, se hâtant d'intervenir pour les ramasser.

Eirinia se releva tout en maudissant sa maladresse ; elle avait glissé au seul endroit où une flaque s'était formée. Un membre de l'équipage araneanais s'approchait déjà avec humeur, se frayant un passage au travers de la noria de tombereaux. Les grains de poivre emplissaient l'air de leur odeur particulière, et les invectives pleuvaient des débardeurs qui se retrouvaient coincés derrière elle.

— Je me trouve dans l'obligation de vous présenter… mes excuses les plus sincères…, balbutia la jeune femme, sentant ses pommettes rougir.

— Reste pas plantée là et ramasse ces foutus sacs ! la tança Nosson.

Elle s'exécuta instantanément, les prenant un à un pour les remettre dans le chariot à bascule, pendant que le débardeur continuait de collecter les grains et de les placer dans le sien.

Cependant, un détail capta son attention. Parmi le poivre, elle aperçut une corne, dont la forme circulaire ne pouvait que s'apparenter à celle d'un koalican. *Cela transgresse les lois…*, raisonna-t-elle.

Nosson lui jeta un regard mauvais lorsqu'il constata qu'elle l'avait vue, mais elle n'eut pas le temps de dire un mot qu'une femme arriva à sa hauteur.

Eirinia sursauta.

Elle avait cru que le membre de l'équipage était venu pour la réprimander, pourtant, il était retourné à son poste, obligeant ceux qui sortaient des cales à emprunter d'autres passerelles pour libérer le passage.

— Vous employez des jeunes femmes, dorénavant ? s'enquit d'un ton égal la dame.

Plutôt belle malgré son apparence sévère, que ses longs cheveux de jais et ses yeux d'un bleu très clair accentuaient, elle dévisageait Nosson d'un air altier, telle une panthère.

— Mêlez-vous de vos affaires, et moi des miennes ! articula sèchement le débardeur.

Le regard de la femme aux cheveux noirs se porta sur Eirinia, et cette dernière y décela une froideur à en faire pâlir le marin le plus aguerri.

Elle la sermonna d'un ton glacial.

— Vous devriez faire attention où vous mettez les pieds. Cette tâche n'est pas faite pour tout le monde, surtout quand l'on est aussi maladroite.

Eirinia s'empourpra mais hocha docilement la tête. *Libérez-moi !* pria-t-elle pour s'extirper de cette situation gênante.

— C'est ce que j'arrête pas de lui répéter ! renchérit Nosson en lui jetant un regard empli d'imprécations. On nous a refourgué une mousse pourvue de deux mains gauches !

— Mon attention a été distraite, je vous assure que pareille négligence ne se réitèrera point…, bredouilla fébrilement Eirinia, baissant les yeux.

La voie en contresens dégagée, les tombereaux avaient repris leurs roulements brinquebalants vers les cales du vaisseau araneanais. Leurs conducteurs regardaient Eirinia avec mépris. Ses jambes flageolaient.

— J'ai moi-même pris du temps à m'intégrer à ce monde brutal, et les hommes ne vous feront pas de cadeaux, ma chère, poursuivit la femme aux yeux bleus. Tenez, regardez plutôt par là-bas, ajouta-t-elle en désignant un groupe de débardeurs qui en venait presque aux mains avec des membres de l'équipage araneanais. Ce n'est pas une besogne pour une aussi jolie et jeune demoiselle telle que vous, dont les doigts délicats ne sauraient qu'en souffrir. (Après un bref moment en suspens, elle poursuivit :) Mais tout compte fait, en faisant preuve d'abnégation, vous pourriez trouver votre place.

Eirinia avait écouté les dernières paroles distraitement. Elle s'entendit déglutir bruyamment pendant qu'elle observait deux hommes monter sur la passerelle réservée aux passagers. Elle ne put les quitter des yeux. Son cœur battait bien plus rapidement qu'à l'accoutumée.

Ce visage, elle n'était pas près de l'oublier ; une présence obsédante de ses cauchemars plusieurs nuits durant. Vizar, l'Araneanais qui l'avait menacée à Alentoise. De surcroît, il était accompagné de Peleg. *Mais que peut bien signifier cela ?*

— Allez, on repart ! s'exclama Nosson, ayant dégagé la passerelle des derniers grains de poivre.

Eirinia revint abruptement à la réalité.

— Je vous suis reconnaissante, cependant… je suis navrée, nous nous trouvons contraints de hâter notre marche, bredouilla-t-elle, contournant la dame pour reprendre les manches de son tombereau, les paumes devenues moites.

— Bah alors, t'as vu un Kredae ? persifla Nosson.

Il n'avait aucune idée de ce qui se tramait. Enfin, le savait-elle elle-même ?

— Soyez plus vigilante à présent, lui conseilla la femme aux yeux bleus avant de se diriger vers l'intérieur du navire.

Eirinia ne l'écoutait déjà plus, bien trop préoccupée par Vizar au côté de Peleg. *Est-il concevable que… ?*

Elle entra à la hâte dans la pénombre de la cale. Seules des luesafs – une roche dérivée du saf, couramment utilisée en Araneana d'après ce qu'elle en avait lu – éclairaient d'une lumière diaphane blanche et bleutée le couloir. Elle mena son tombereau devant une multitude de portes qui conduisaient aux pièces de stockage. Déjà presque pleines, trois d'entre elles étaient réservées pour les marchandises de Peleg. La jeune femme pénétra dans l'une d'elles, et une vague de soulagement la submergea lorsqu'elle y retrouva ses amis aux côtés d'autres débardeurs, déchargeant leurs chariots des sacs de jute. Eirinia plaça son tombereau à côté de celui de sa petite sœur, qui lui adressa un sourire. Il s'effaça rapidement.

— Qu'y a-t-il ? demanda Shana, se figeant sur place.

— Eh bien…, commença Eirinia, une pointe d'hésitation dans la voix.

Tout en déchargeant la marchandise, elle lui chuchota ce qu'elle venait de voir. Chaque mot prononcé résonnait avec une gravité nouvelle, car elle réalisait ce que cela signifiait. Milian, ayant fini de déposer ses sacs, vint aider Eirinia. Il avait bien compris que quelque chose s'était passé et écouta avec attention son récit.

Voyant qu'ils traînassaient, Nosson s'approcha pour leur intimer l'ordre de se dépêcher. Shana le renvoya sèchement, ce qui ne lui convint guère. Il serra la mâchoire et grommela dans sa barbe. Cependant, afin de ne pas éveiller de soupçons, les trois amis se mirent en route vers l'entrepôt dès que le dernier sac fut déposé. En file indienne, ils restèrent silencieux jusqu'au hangar, où ils passèrent devant Rilann.

— Vous en avez mis du temps ! grinça-t-il en ne leur accordant que peu d'intérêt, absorbé par les notes qu'il écrivait sur son calepin.

— Notre amie se sent mal, annonça Milian avec désarroi. Il faut avouer que ce labeur est harassant pour une jeune dame, et qu'elle a travaillé d'arrache-pied depuis avant-hier !

Rilann consentit à relever les yeux.

— Et donc ? railla-t-il avec condescendance.

— Elle aurait bien besoin de se reposer un petit moment, avant de reprendre, précisa Milian. Tout comme nous deux, d'ailleurs.

Rilann leva les yeux au ciel mais agita sa main devant lui pour leur faire signe de ne pas l'importuner davantage.

— De toute façon, on sera largement dans les temps.

Sans attendre leur reste, les trois amis rejoignirent la pièce qui leur avait été assignée, puis refermèrent la porte.

— Peleg nous a trahis…, murmura Milian, la colère se lisant dans son regard. Il n'a jamais eu l'intention de nous faire traverser l'océan.

— Il nous a vendus aux mercenaires, ajouta Shana d'un ton acerbe.

— Et si la réalité était autre que celle que nous présupposons ? articula Eirinia d'une voix chancelante, les mains agitées d'un tremblement incontrôlable.

Elle n'y croyait pas vraiment, mais la vue de Vizar continuait de troubler son esprit.

Milian croisa les bras.

— Qu'il change brutalement d'avis était déjà louche. Et puis il était nerveux aussi, hier. Même si ça n'a peut-être rien à voir avec ça. Non, il a dû se décider pendant la nuit. Ou ce matin. Sinon, je ne crois pas qu'on serait là à en discuter.

Eirinia frémit, submergée par le doute.

— Mais pour quelle raison… ? Quel en serait le dessein ?

— C'est simple, râla Shana, il s'attend à recevoir une belle somme de leur part.

— On ne le connaît que depuis trois jours, mais les hommes comme lui ont de la peine à refuser quelques pièces si facilement gagnées, enchérit Milian. Lorsqu'il a fait mention d'Araneanais venus le voir il y a des semaines, j'ai tout de suite pensé à Vizar et ses compagnons. Mais là, il n'y a plus aucun doute à avoir. On ne peut pas continuer comme si de rien n'était. Ils pourraient débarquer ici d'un moment à l'autre.

Shana tirait sur les manches de sa tunique.

— Je lui ferai bouffer son tricorne, à cette ordure ! s'exclama-t-elle.

— Dans ce cas, je préconise de fuir le plus loin possible, suggéra Eirinia, tandis que l'angoisse suscitée par l'approche imminente de Vizar s'intensifiait.

Milian s'assit sur l'un des canapés et plongea sa tête entre ses mains.

— Je ne peux pas abandonner Waryn.

— Et tu veux faire quoi ? soupira Shana. Tu comptes demander au capitaine du navire de bien gentiment nous permettre d'embarquer à son bord ?

— Laisse-moi réfléchir un instant…, s'agaça-t-il.

La jeune Descendante l'observa comme s'il était en train de délirer.

— *L'Œil du Typhon* part dans quelques heures seulement. Si tu as quelque chose à proposer, fais-le vite.

Notre situation est devenue d'une précarité alarmante, et l'unique salut semble être la fuite, spécula Eirinia. *Néanmoins, supposant que nous nous échappions de Port-Nyanir, vers quel havre pourrions-nous nous diriger pour trouver refuge ?* Elle se souvenait des paroles de Vizar à Alentoise : d'autres mercenaires les pourchassaient à travers Vanyanir. *Pour quelle durée pouvons-nous raisonnablement envisager de nous cacher ? Et pour mener quelle existence ?* Face à l'urgence de la situation, elle ferma les yeux, ralentit son souffle, chassa le soudard de son esprit, et reprit l'empire sur elle-même. Elle repensa à ces deux derniers jours, à tous ces moments où ils étaient entrés dans le navire, aux cales, à l'équipage araneanais, à Peleg, aux propos sévères mais réconfortants de la femme aux cheveux noirs…

— Il se pourrait que je dispose d'une suggestion…, finit par déclarer Eirinia, pourtant réticente à sa propre idée.

Elle n'était sûre de rien, mais il se pouvait bien qu'il y ait un coup à jouer. *Quoi qu'il en soit, cela demeure préférable à rester ici et à attendre l'arrivée des mercenaires.*

Eirinia avançait d'un pas incertain et la peur s'accrochait à elle avec pugnacité. Elle dévisageait la multitude présente sur les quais, tandis que la crainte exigeait d'elle d'être en alerte à chaque instant. Ses amis, chacun conduisant leur tombereau derrière elle, étaient eux aussi très attentifs.

Pour l'instant, le plan élaboré à la hâte s'était déroulé sans accrocs, mais il ne tenait qu'à un fil : s'ils croisaient Peleg, un mercenaire, ou l'un des deux Descendants avant d'atteindre les cales, ils pourraient dire adieu à toute possibilité de fuite.

Avant de quitter l'entrepôt, Milian avait fait diversion auprès de Rilann. Shana et Eirinia avaient alors discrètement dissimulé leurs quelques affaires dans les sacs en toile de jute, qu'elles avaient ensuite chargés sur leurs chariots. *Si tout se déroule selon mes attentes, nous n'aurons plus à y retourner.*

Une foule d'une densité croissante se pressait pour admirer le départ de *L'Œil du Typhon*. Les parents employaient des termes plus superlatifs les uns que les autres en parlant à leurs enfants, déjà impressionnés par l'immensité du vaisseau araneanais. L'agitation démultipliée sur les quais rendait Eirinia d'autant plus nerveuse que la phase la plus délicate de leur plan se dressait devant eux ; ses deux amis devaient s'en remettre à elle.

Ils arpentèrent la passerelle l'un derrière l'autre sous les regards vigilants des membres de l'équipage, et cette fois-ci, elle fit bien plus attention à ne pas glisser sur le bois mouillé. Elle passa devant eux de la manière la plus quelconque qui soit, mais intérieurement, elle était au bord de l'apoplexie. Elle ne subit aucun contrôle et put entrer dans la cale, ce qui lui permit de relâcher un peu la pression. De souffler.

Les Araneanais obéissaient à des règles strictes et surveillaient étroitement les marchandises embarquées – ce qui était plutôt une évidence. *Seulement, ils se montrent moins rigoureux quant à celles qui quittent leur navire.* Et cela, Eirinia l'avait observé dès le premier jour, analysant leurs allées et venues presque machinalement.

Elle avait décelé des failles, des moments précis où il était envisageable d'échapper à leur vigilance. En espérant qu'elle ait raison et que ce ne soit pas simplement le fruit de son imagination. *En tirant avantage de ces instants, je présume qu'il est concevable de s'évanouir dans les tréfonds de la cale pour y dénicher un recoin où nous pourrons nous dissimuler*. Le plan n'était pas parfait, mais le temps leur manquait, et ni elle ni Milian n'avaient trouvé mieux.

Avançant au gré des lueurs vacillantes des luesafs et des ombres dansant sinistrement sur le plancher et les panneaux de bois, les trois amis pénétrèrent dans l'une des pièces où étaient entreposées les marchandises de Peleg. Ils installèrent leurs tombereaux près des autres débardeurs, puis commencèrent à entasser les sacs de jute. Ils avaient choisi le moment opportun pour partir en dernier du hangar, leur permettant d'être également les derniers à terminer leur besogne pour être un instant seuls dans le local.

Cependant, Nosson la fixait d'un regard torve. Il semblait prendre son temps pour vider son chariot, ce qui ne la rendait que plus inquiète. Mais bien qu'il parût d'une extrême lenteur, il finit par déposer son ultime sac. Alors qu'il quittait la pièce, il l'interpella tout de même.

— Je serai soulagé quand on sera débarrassé de vous ! clama-t-il. Des rats qui pensent pouvoir faire notre boulot. Tâchez d'accélérer la cadence, parce que c'est pas encore fini. Non mais il pensait à quoi, Peleg ? Il a vraiment le cerveau qui se ramollit. Ça lui ressemble pas.

Même si ses paroles n'étaient d'aucune gentillesse, elles firent le plus grand bien à Eirinia. Elle n'appréhendait plus qu'il se doute de quoi que ce soit. Elle lui rendit un sourire dépourvu d'aménité, qu'il ne prit pas la peine de relever.

Quand plus aucun débardeur ne fut présent, Eirinia se dépêcha d'aller observer le couloir : des membres d'équipage effectuaient toujours leur ronde. Les secondes s'étiraient alors que chaque craquement la faisait frissonner. Shana et Milian se tenaient derrière elle, prêts à la suivre à son signal.

Elle scrutait le moindre de leurs mouvements.

Elle guettait l'instant propice.

Lorsque deux d'entre eux pivotèrent pour s'éloigner, elle sentit son cœur battre jusque dans sa gorge.

Elle sut que c'était le moment.

D'un regard entendu, Eirinia le signala à ses amis. Ils la suivirent quand elle se glissa hors de la pièce. Ils profitèrent de l'agitation des ouvriers qui entraient et sortaient des nombreuses zones de stockage pour traverser un pan du couloir sans qu'aucun Araneanais ne les remarque. Les débardeurs, bien trop occupés dans leur tâche, ne leur prêtaient aucune attention non plus, plus pressés que jamais alors que le navire larguerait les amarres dans quelques heures à peine.

Lorsqu'un membre de l'équipage se présenta au bout de l'allée, le cœur d'Eirinia se mit à tambouriner encore plus fort dans sa poitrine. Milian l'agrippa et la poussa dans un renfoncement plongé dans la pénombre. L'homme passa à quelques pas d'eux sans les voir. Ils reprirent leur marche silencieuse.

Amenés à l'embranchement de plusieurs couloirs, ils optèrent pour le plus obscur. Ce qui leur laisserait une plus grande marge de manœuvre s'ils venaient à devoir croiser un Araneanais. Ils étaient désormais seuls à naviguer dans ce dédale. *Si notre situation arrivait à être découverte, il nous serait impossible de la justifier, et cela nous conduirait inévitablement vers une issue que nous préférerions de toute évidence éviter.*

— Nous sommes suivis, chuchota soudainement Milian.

Hormis les craquements du bois inhérents à un navire... Puis Eirinia les perçut à son tour.

Des grincements sourds. Quelqu'un d'autre était tout proche. L'ombre furtive d'une tête disparut derrière le mur du couloir qu'ils venaient de quitter.

Un frisson ébranla Eirinia. Elle retint de justesse un cri. *Nous sommes traqués !*

Shana la tira par le bras et ils détalèrent sans plus aucune discrétion. La réaction de l'inconnu ne se fit pas attendre. Il s'élança à leur poursuite avec la ferme intention de les rattraper. Arrivant à un carrefour, des éclats de voix qui provenaient d'un couloir sur leur droite leur indiquèrent le chemin opposé. Ils coururent éperdument pour semer leur poursuivant. Mais il gagnait du terrain.

D'un coup d'épaule, Shana enfonça une porte en fracturant un morceau de bois. Elle s'engouffra dans la pièce, précédant Eirinia et Milian, puis referma la porte sans pour autant avoir un quelconque moyen de le verrouiller. Grâce à la lueur des luesafs, Eirinia put voir que le local était rempli de travées de tonneaux. Sans même se consulter, les trois amis se faufilèrent entre les rangées et se cachèrent tant bien que mal. Eirinia songea, qu'ici, Shana ne pouvait pas utiliser son pouvoir. Il n'y avait aucune plante à proximité. Alors si l'homme venait à entrer, sa petite sœur ne pourrait compter que sur sa force.

Eirinia resta immobile.

Après une attente angoissante, la porte s'ouvrit. Eirinia se risqua à jeter un coup d'œil. Elle l'aperçut dans la lumière vacillante : un homme barbu, trapu, un glaive à l'acier luisant d'un bleu cruel à la main. *Il n'appartient manifestement pas à l'équipage araneanais, sans quoi il aurait d'ores et déjà donné l'alerte.*

Elle retint son souffle, croisant le regard de Shana quelques tonneaux plus loin.

— Je sais que vous êtes là, déclara l'homme d'une voix lugubre. Montrez-vous. Je vous assure que je ne vous ferai aucun mal.

Ces mots sonnaient bien trop faux dans sa bouche.

Il s'approchait, glaive en avant.

Des sueurs froides glacèrent le front d'Eirinia.

Elle ne se risqua plus à le regarder. Elle entendait le frottement de ses pas sur le plancher grinçant. Fermant les yeux, elle repensa à ces histoires d'épouvante que certaines personnes aimaient raconter. Une fois, lorsqu'elle avait eu du mal à s'endormir, elle avait surpris ses parents en relater une avec des amis. Elle n'en gardait à présent que de vagues souvenirs, mais à l'époque, cela l'avait beaucoup marquée.

Un assassin qui s'était insinué avec une froide détermination dans une maison. Il avait exécuté méthodiquement chaque membre de la famille, capturant impitoyablement ceux qui avaient tenté de s'échapper pour les condamner à un trépas identiquement sinistre…

Eirinia avait été terrifiée par l'atrocité de ce drame. Elle se rappelait en avoir fait d'effroyables cauchemars toutes les nuits suivantes.

— Tu te souviens de moi, petite peste ? reprit l'homme d'une voix rauque. Tu aurais dû nous suivre, moi et Ajus, lorsque l'on te l'a bien gentiment demandé. Ça t'aurait évité pas mal d'ennuis.

Il était tout proche.

Eirinia était paralysée. Elle perçut son souffle, omineux, comme s'il effleurait déjà sa nuque. Le bois d'un fût craqua et elle ne put s'empêcher de lâcher un couinement. Elle plaqua sa main contre sa bouche, mais il était trop tard. Elle pria pour avoir la force de bouger, or, elle n'y parvint pas. Elle ne put que s'imaginer le sourire carnassier sur le visage de l'homme au glaive.

— C'est moi que vous cherchez ? s'exclama Shana.

Son amie avait surgi de sa cachette pour faire face à l'homme. À travers l'interstice de deux fûts, Eirinia aperçut le rictus haineux tordre les lèvres du mécréant.

— Alors te voilà, articula-t-il avec un rire répugnant. Tes deux amis n'ont pas besoin de se planquer. Ils ne sortiront pas d'ici sans ma permission.

Même si Eirinia avait voulu bouger, elle ne le pouvait pas. Elle restait tétanisée.

Milian apparut derrière le bonhomme.

— Notre dernière rencontre ne vous a pas suffi ?

— Non, ricana l'homme en le pointant avec son arme. Vous valez votre pesant de loras, vous savez ! J'ai bien fait d'adresser mes prières à Uzushio ce matin. Si l'on m'avait dit que c'est moi qui vous tomberais dessus…

— Une pourriture de mercenaire…, cracha Shana.

— Toi, tu vas te calmer, gamine, annonça l'homme d'un ton sinistre. Je pourrais très bien vous ramener en plusieurs morceaux si j'y suis contraint. Cette fois, j'ai la liberté de vous tuer. Simplement, l'un de mes compagnons est prêt à ajouter quelques loras pour le faire lui-même, et je dois dire que je suis curieux de voir ce qu'il vous réserve.

— Essayez seulement, répliqua Shana.

Milian dégaina sa dague – celle qu'il avait ramassée à Alentoise – et la brandit droit vers le soudard.

— Nous pourrions régler ça sans effusion de sang, suggéra-t-il, tentant d'apaiser la colère qui se transcrivait dans le regard du mercenaire – et peut-être dans celui de Shana aussi. Nous ne vous avons pas vu. Vous ne nous avez pas vu. Et nous pourrions repartir chacun de notre côté et faire comme si de rien n'était. Ça me paraît être un marché équitable. Qu'en pensez-vous ?

Les lames obsédaient Eirinia, faisant ressurgir le pire moment de toute son existence : ses parents, assassinés froidement pour quelques pièces…

Sans sommation, l'acier fendit l'air.

Il s'apprêtait à transpercer Milian.

Un tintement de métal aigu.

Milian avait paré le glaive avec sa dague.

Il n'avait gardé la vie que grâce à un réflexe sorti de nulle part.

Tel un éclair dans la tempête, Shana jaillit à une vitesse stupéfiante. Une ferveur brûlante irradiait ses yeux. Alors qu'elle allait porter un coup au mercenaire, le glaive traça un arc de cercle. Elle se déroba de justesse.

— C'est bien ce que je me disais ! beugla le soudard. Il vaudrait mieux que je vous achève dès maintenant !

Il se déchaîna comme un fou furieux. Shana esquivait les coups à l'aide de sauts prodigieux entre les tonneaux. Le métal fendait le bois comme de simples feuilles de papier. De la saumure se déversait sur le sol. Milian tentait de protéger son amie, mais son allonge était bien trop courte pour pouvoir menacer leur adversaire.

Eirinia était terrorisée. Elle frémit à l'idée que cet homme puisse mettre fin à leur vie. Dans l'agonie de l'incertitude, elle se sentait prise au piège. *Quelle action puis-je entreprendre ?*

Chaque seconde comptait. Une ombre inquiétante planait sur ses amis. Elle n'avait pas leur force, et s'approcher de cet individu la condamnait inéluctablement…

Elle vacilla, frôla l'obscurité, mais se ressaisit. *Il ne convient point de flancher maintenant.* Elle pestait contre elle-même. Elle n'était qu'un poids, incapable de les aider au moment où ils en avaient besoin…

Les coups du soudard devenaient de plus en plus dangereux. Effleuraient la tunique de sa petite sœur. Elle parvenait à les éviter aux derniers instants malgré les fûts qui la gênaient. Les pas lourds de l'homme au glaive résonnaient tel un glas. Il scrutait impitoyablement chacun des mouvements de ses proies. Ses amis n'avaient aucune chance face à cet homme surentraîné.

Alors que Shana semblait acculée contre un mur, Milian tenta une ultime attaque pour lui venir en aide. Il fut accueilli par un puissant coup de pied dans le bas-ventre et se retrouva au sol. La lueur cruelle qui nimbait les yeux du mercenaire saisit Eirinia. Il s'apprêtait à infliger le coup de grâce.

Sans plus réfléchir, elle ramassa un éclat de bois baignant dans la saumure et se lança, déterminée à terrasser cet ennemi. Son intention était claire : enfoncer le chicot dans son cou.

Pourtant, son geste ne fut pas aussi rapide qu'elle l'avait escompté. Il perçut son mouvement et pivota brusquement, prêt à parer ce nouvel assaut. Eirinia vit sa vie défiler en une fraction de seconde. La lame allait à se loger dans sa poitrine.

C'est alors que Shana décocha un violent coup de pied dans les mollets de l'agresseur. Il tomba à la renverse. Elle se jeta sur lui et ils roulèrent, enchevêtrés sur le plancher, dans une danse de vie ou de mort. D'une précision implacable, la jeune Descendante le désarma, puis ses poings s'abattirent. Chacun portait la puissance d'un orage déchaîné. Elle ne s'arrêta pas. Elle lui frappa les flancs, l'abdomen, la mâchoire…

À la faible lumière bleutée, Eirinia assistait à la scène en capturant chaque détail. Elle cristallisait cette confrontation brutale pendant qu'un torrent d'émotions se déversait en elle.

— Tu vas le tuer ! s'interposa Milian, l'implorant de reprendre ses esprits.

Alors que Shana ne cessait pas, il lui saisit le bras pour interrompre sa frénésie. Haletante, elle se retourna vers ses deux amis. Un visage empreint de férocité qui ébranla Eirinia. La tension crépitait dans l'air.

— Vous n'aviez pas besoin d'intervenir, marmotta-t-elle, je pouvais m'occuper de lui toute seule.

— Oui, c'est tout à fait ce que je me disais, mais je n'avais rien d'autre de prévu, rétorqua Milian en haussant les épaules, puis l'aidant à se relever alors que leur adversaire gisait au sol, inconscient. Si tu n'as pas d'autres âneries à nous dispenser, on ferait mieux de dégager de là. Il finira par se réveiller. Et à ce moment, je doute qu'il n'aille pas prévenir ses compagnons.

— Serait-il judicieux de considérer l'élimination de cet individu ? les interrogea Eirinia, qui luttait pour rassembler ses esprits tout en étant surprise par la placidité du ton qu'elle venait d'employer – suggérant tout bonnement de le tuer. De cette manière, nous pourrions nous garantir qu'il ne révèle rien de cette rencontre.

Cela constitue la juste récompense de ses actes.

— Non ! répondit avec effroi Milian. Nous ne sommes pas des meurtriers, poursuivit-il en jetant un regard en coin à Shana. Les autres mercenaires remarqueront sa disparition, et de toute façon, les premiers endroits qu'ils fouilleront pour nous retrouver, ce seront les cales…

— Je te prie de m'excuser, je suis simplement désemparée quant à la manière de réagir dans cette situation…, balbutia Eirinia.

Shana grogna. La fureur se lisait encore sur son visage.

— Et tu proposes quoi, alors ?

Elle lorgnait le soudard, et Eirinia comprit que l'irrépressible envie de l'achever la démangeait.

— On n'a pas d'autre choix que d'essayer d'atteindre les étages supérieurs, en espérant ne pas retomber sur l'un d'entre eux…, annonça Milian en fermant les yeux.

— Vous pensez que cela vient également corroborer la trahison de Peleg ? ajouta Eirinia d'une voix serrée.

Milian inclina la tête avant de remiser sa lame, pendant que Shana ne cessait d'émettre cette aura meurtrière.

Avec la plus grande prudence, ils sortirent de la pièce et entreprirent à nouveau d'arpenter les sombres couloirs des cales. Des accents chantants brisaient le silence – n'importe quelle présence autre qu'un mercenaire était bon signe –, et ils durent se dissimuler à plusieurs reprises dans la pénombre pour laisser passer des membres d'équipage. Tout cela tenaillait Eirinia jusqu'à la nausée. *Nous devons forcément nous diriger vers un accès à l'étage supérieur*, songea-t-elle.

Ils finirent par en dénicher un : un escalier exigu montant en colimaçon. Sans hésiter, ils le gravirent et se retrouvèrent dans ce qui devait être le quartier de l'équipage. L'endroit était quasiment désert ; tout le monde était occupé par les ultimes préparatifs du départ imminent. Cependant, le risque d'y être découvert était trop grand pour y rester.

Alors qu'ils longeaient le couloir en quête d'un autre escalier susceptible de les conduire plus haut, une voix féminine les interpella.

— Qu'est-ce que vous foutez là ?

Une femme aux cheveux courts, aux mains calleuses et à l'expression contrariée s'approcha d'eux d'un pas décidé.

Milian s'avança vers elle, feignant un air perdu.

— Je crois bien que nous ne sommes pas au bon endroit, madame. Nous sommes au service de Messire Molanma, et nous nous attendions à trouver nos quartiers ici. Seulement, nous avons dû finir par nous égarer… Auriez-vous l'amabilité de nous indiquer vers où nous diriger ?

La femme poussa un grognement.

— Ouais… Même pas fichus d'écouter les consignes, hein ? Pourtant, vous avez forcément dû y passer, c'est trois étages plus haut ! Il y a un escalier qui vous y emmènera, par là-bas.

— Je vous prie de nous excuser, c'est la première fois que nous nous trouvons sur un bateau, et…

— Rien à foutre, répliqua-t-elle en tournant les talons.

Elle disparut dans une cabine.

Même à travers la porte, on l'entendait encore lancer tout un tas d'insultes fleuries.

— Quel manque de courtoisie, bruissa Eirinia pour elle-même.

Sans perdre un instant, ils empruntèrent la direction indiquée par la matelote. Le navire était d'une taille gigantesque, certes, néanmoins, y repérer un coin où se cacher se révélait ardu. Il n'y avait guère que les cales comme endroit le moins risqué, mais il était hors de question d'y retourner.

Ils traversèrent deux niveaux réservés à l'équipage, où il était inconcevable de se balader sans être aperçu et éveiller des soupçons. Ils continuèrent donc leur ascension et arrivèrent à l'étage que leur avait indiqué la femme plus tôt.

La peur au ventre, Eirinia pria pour ne pas retomber nez à nez avec un mercenaire, ou pire, l'un des Descendants. Le couloir grouillait de passagers à la recherche de leur cabine, ou y installant déjà leurs affaires. Ils se mêlèrent à la foule tout en dissimulant tant bien que mal leurs visages. Ils espéraient passer inaperçus. Les minutes étaient longues.

Fortuitement, Eirinia repéra Rilann à l'autre bout d'une allée. *Et si c'était lui, notre solution ? Il est, après tout, le responsable des biens de Peleg…*

De toute façon, ils n'avaient plus réellement de plan. Il leur fallait tenter quelque chose avant qu'il ne soit trop tard.

— Suivez-moi, chuchota-t-elle en s'engageant d'un pas incertain derrière Rilann.

Tout en gardant une distance de sécurité, ils le filèrent jusqu'à ce qu'il s'arrête devant ce qui devait être sa cabine.

Alors qu'il s'apprêtait à refermer la porte, Eirinia la bloqua en y glissant le pied. Rilann ne cacha pas sa surprise, mais Shana le poussa à l'intérieur de la pièce. Ils s'y engouffrèrent à leur tour, et Milian referma la porte avec soin.

— Oh ! Vous vous prenez pour qui, bordel ? protesta l'homme de main.

Eirinia savait exactement ce qu'elle voulait lui dire, mais ses propos restèrent coincés dans sa gorge.

— Peleg nous a demandé de vous rejoindre, intervint Milian, prenant certainement la parole pour pallier son mutisme. Il s'avère que nous avons travaillé pour lui en échange d'une place sur ce navire. Nous effectuerons la traversée en votre compagnie, messire. N'est-ce donc pas merveilleux ? Vous et nous, bravant l'océan Primordial main dans la main. Ah, je dois dire que je n'aurais pas rêvé meilleur homme que vous pour nous faire découvrir les joies d'une croisière ! Les doux embruns sur nos visages pendant que vous nous conterez vos périples…

— Du baratin ! rétorqua Rilann. C'est n'importe quoi. Peleg m'aurait prévenu. Par contre, vous savez ce que les Araneanais font des passagers clandestins ?

— Il nous a assuré que…, renchérit Shana.

— Si vous ne partez pas tout de suite, je vais être obligé de vous dénoncer. J'ai déjà bien assez de problèmes avec les Araneanais, et je n'ai pas besoin de m'en attirer davantage à cause de vous ! Vous comprenez ce que je dis ? Hors de ma vue, les avortons !

— Vous ne nous signalerez pas, déclara Eirinia d'un sang-froid qu'elle ne se connaissait pas.

Rilann se moqua d'elle.

— Vraiment ? Et pourquoi donc ?

— En effet, si vous optez pour cette voie, sachez que je serai contrainte de révéler vos propres méfaits en retour.

— Tu as perdu la tête, petite sotte ! s'emporta-t-il. Vous allez foutre le camp d'ici, et plus vite que ça ! Sinon, vous ne finirez pas seulement aux fers, je veillerai à ce que vous subissiez un sort pire que ça ! J'ai entendu dire que l'eau salée n'était pas très bonne pour la santé. Surtout en grande quantité.

Il leur indiquait déjà la sortie, son visage empourpré par la colère.

— Je n'ignore pas la nature de ce que vous nous avez fait charger à bord ce matin, continua Eirinia avec conviction.

Rilann sembla déstabilisé. Il fixa la jeune femme avec des yeux écarquillés.

— Je ne vois pas de quoi tu parles…

— Oh ! je suis persuadée que vous êtes parfaitement au courant, l'interrompit Eirinia. Les cornes de koalican, cela vous évoque-t-il quelque chose ? Je doute fortement que vos associés araneanais apprécient la perspective que des contrebandiers en transportent sur leur vaisseau.

Elle se souvenait de la veille, quand ils étaient allés voir Peleg dans son bureau. Le vieux loup de mer avait réellement été mal à l'aise et avait coupé court à la conversation avec le membre de l'équipage. C'était là qu'il avait passé un accord pour pouvoir embarquer les cornes sans se faire contrôler.

— Nom d'un foutu Kredae ! maugréa Rilann. (Il resta silencieux un instant, les yeux emplis de haine, avant de prendre une grande inspiration.) Bon, vous voulez quoi ?

— Que vous consentiez à nous apporter votre assistance en nous dissimulant dans votre propre cabine, ajouta-t-elle, redoublant de fermeté.

Rilann pesta, frappa d'un coup de pied rageur la malle au pied de son lit, puis tenta de défroisser maladroitement le devant de sa chemise.

— Donc c'est Peleg qui vous a promis une place à bord, hein ? Ce sera votre excuse si on vous surprend ? Qu'Uzushio vous noie. Je l'avais prévenu que vous nous attireriez des ennuis. Vous feriez mieux de ne pas faire de vagues, finit-il par ajouter d'un ton plus bas.

Eirinia sentit s'alléger toute la pression qu'elle avait accumulée.

Je me suis dressée avec audace face à un individu, en brandissant la menace de le livrer aux autorités compétentes, et, contre toute attente, ma stratégie s'est avérée efficace…

— Voilà, c'est tout ce que nous demandions, badina Milian en affichant un air triomphant. Vous verrez, nous ne sommes pas d'une compagnie aussi exécrable qu'il n'y paraît. Enfin, pour ma part.

Rilann les toisa avec mépris. Il réfléchissait certainement au moyen de se sortir de cette situation.

— Si vous révélez notre présence à qui que ce soit, je m'assurerai que personne ne puisse reconnaître ce qui restera de vous, l'avertit Shana. Après tout, je suppose que vous n'avez pas que des amis à bord. D'autres contrebandiers qui rêvent d'éliminer la concurrence. Vos hommes, même, qui espèrent prendre votre place…

Ses yeux rayonnèrent de cet impitoyable éclat vert. Elle avisait Rilann, qu'en tant que Descendante, elle pourrait facilement mettre à exécution sa menace. Il recula de trois pas, suant à grosses gouttes. Il avait compris. Il resta prostré dans un coin de la cabine un moment, mais il ne quitta pas Shana du regard.

Une longue et interminable heure passa avant que le tintement de cloches annonçât l'appareillage.

Eirinia se déplaça jusqu'au hublot pour contempler les quais. Une foule dense assistait au départ de *L'Œil du Typhon* dans des acclamations de joie et d'allégresse. Une secousse ébranla le navire, puis ils s'éloignèrent progressivement de l'île. De son foyer.

Chapitre 15

Waryn

Waryn abandonna la salle emplie de l'odeur âcre du bois humide et de la sueur des marins. Il entendait encore les jurons des joueurs ayant subi un revers de fortune lors de parties acharnées. Du ventre enfumé de *L'Œil du Typhon*, il émergea sur le pont supérieur. Toutes les voiles repliées le laissèrent découvrir un ciel assombri par une cohorte de nuages brumeux.

Après avoir pratiqué sa séance quotidienne de musculation, il avait joué aux cartes et aux dés une bonne partie de la journée – l'unique distraction qui lui permettait de s'évader de sa condition. Ne serait-ce qu'un instant. Cependant, les loras confiés par Daragh avaient rapidement changé de mains, passant de ses poches à celles des membres de l'équipage en repos ou à celles des riches marchands venus assouvir leur soif de gains.

Trois jours à bord du vaisseau, et il était dépossédé de ces petites perles qui faisaient office de monnaie en Araneana. Il avait perdu tout ce qu'il avait pu amasser au cours de ses premières joutes et soupçonnait certains matelots de l'avoir laissé gagner au début pour l'appâter, afin de mieux le dépouiller par la suite.

C'est précisément ce que j'aurais fait à leur place, rit-il de lui-même. *Mais peu importe. Daragh m'en fournira de nouveaux, et la prochaine fois, ce sera moi qui trouerai leurs poches.*

Deux de ses compagnons de jeu l'accompagnaient : Pinlo et Jaka, des gabiers qui s'occupaient principalement des voiles drapées aux vergues des mâts situés à la poupe du navire, et qui n'étaient pas si mécontents d'avoir plus de temps libre que d'habitude. Waryn avait fait équipe avec eux lors d'une partie de cartes au cours du premier jour de la traversée, et depuis, il les avait retrouvés sur plusieurs tables. Ces deux-là étaient d'autant plus ravis qu'ils se vantaient d'avoir plumé quelques commerçants, récoltant ainsi une très belle somme qui s'ajoutait à ce qu'ils recevaient pour hisser les imposantes voilures de *L'Œil du Typhon*. Il fallait une armada de marins pour diriger le vaisseau, qui continuait de surprendre Waryn par son immensité.

Ses ponts, semblables aux artères d'une cité, fourmillaient d'une activité incessante, même une fois la nuit tombée. Un spectacle animé par l'agilité des membres de l'équipage pendant leurs manœuvres, la grâce de quelques gentes dames parées de soieries ou de velours, et une foule de débardeurs qui occupaient le temps en éclats de rire ou en histoires rocambolesques.

Presque chaque allée était bordée de rambardes finement travaillées, derrière lesquelles on pouvait admirer des sculptures époustouflantes d'animaux marins. Waryn avait pu les contempler à la lueur des lanternes il y avait deux jours. Absolument splendides. Mais la veille au soir, sur ordre de Daragh, il avait dû se calfeutrer dans sa cabine car l'océan était devenu bien trop agité pour se risquer à baguenauder sur le pont supérieur.

Par contre, l'intérieur du navire resplendissait de sobriété, et il était facile de se perdre dans les innombrables couloirs formant un vrai labyrinthe. Les murs étaient parfois agrémentés de motifs nautiques, et la lumière tamisée des pierres luminescentes créait une ambiance feutrée. Le calme était de mise, si l'on ne comptait pas les roulis et craquements incessants. Il aurait pu passer des jours à arpenter le vaisseau de long en large, qu'il n'aurait pas réussi à tout explorer.

Waryn sentit les embruns caresser son visage, accompagnés d'un souffle chaud qui s'insinuait entre les fibres de ses vêtements pourtant taillés pour ces expéditions maritimes. Il appréciait cet instant. Il avait tendance à se laisser emporter par les rafales, éprouvant presque la sensation de voler – un semblant de liberté. Le vaisseau fendait des vagues géantes qui, malgré tout, paraissaient dérisoires à côté d'un gabarit aussi monumental.

— Tu ne te débrouilles pas si mal, mais tu as encore deux ou trois trucs à apprendre, se gaussa Pinlo. Par exemple, ne jamais relancer si tu as une paire de six. C'est beaucoup trop évident. L'art est d'attendre une faiblesse de tes adversaires, et non compter sur tes forces. Analyser leur façon de jouer. Leurs tics. Les rendre confiants. Puis les surprendre. Frapper un grand coup ! Mais t'as les bases, c'est déjà ça.

Venant de la part du gabier aux cernes exubérants et aux rides creusées par le vent marin, Waryn le prit pour un compliment. Il devait avoir une vingtaine d'étés de plus que lui, et certainement le double passé sur l'océan – en témoignaient ses mains calleuses, marquées par de profondes crevasses.

— N'en dis pas trop, mon vieil ami, sinon, comment pourrions-nous lui vider une fois de plus les poches ? s'exclama Jaka, l'autre gabier au visage tavelé, un peu plus jeune que son collègue.

L'idée fugace de lui escamoter sa bourse passa à travers l'esprit de

Waryn, pourtant, il se retint – il le ferait à la loyale ; c'était devenu une habitude à Rivlon, mais à présent, il n'avait plus l'utilité de recourir à ce genre d'exactions.

— Je n'en ai pas besoin ; je te dépouillerai quand même avant que tu puisses poser un pied sur la terre ferme, plaisanta Waryn.

— Tu fais toujours partie du menu fretin, et non des pêcheurs ! s'amusa Pinlo en lui donnant une tape amicale dans le dos.

Puis, son regard se rembrunit, comme si le fait de se retrouver à l'air libre faisait écho à de mauvais souvenirs.

— Qu'est-ce que t'as ? le railla Jaka.

— On ne navigue pas dans la bonne direction.

— Ah ouais ?

— De mon avis, c'est l'œuvre d'un maudit courant marin. Je ne vois pas d'autre explication. Seulement, j'en ai jamais expérimenté par ici.

— Qu'Uzushio nous en préserve ! se lamenta Jaka. C'est pour ça que le nautonier nous a fait replier les voiles ?

— Et où se dirige-t-on, alors ? s'enquit Waryn alors qu'ils atteignaient le bastingage.

— Plus au sud, cracha Pinlo.

— Ce qui m'emmerderait, c'est que la traversée s'éternise, reprit Jaka. Ma femme a besoin de moi, si tu vois ce que je veux dire. Si je suis absent trop longtemps, j'ai peur de la retrouver dans le lit d'un autre !

— Ça, ça te regarde, répliqua Pinlo. Non, ce que j'espère, c'est ne pas dériver trop loin. L'océan est bien plus féroce au sud. Qu'Uzushio m'en soit témoin !

— Que pourrait-on bien craindre à bord d'un tel navire ? se moqua Waryn, n'imaginant aucune créature pouvant rivaliser avec son envergure.

— La sauvagerie de l'océan, dans un premier temps, rétorqua Pinlo. Les vagues se font plus houleuses, comme la nuit dernière.

— Et si les voiles sont repliées, même le Chuchoteur ne peut rien y faire…, renchérit Jaka. Qu'Uzushio nous vienne en aide !

Une main puissante agrippa le bastingage juste à côté de Waryn. Pinlo et Jaka échangèrent un regard avec l'homme venant d'arriver, puis le saluèrent à la hâte avant de s'éloigner.

Il est de retour…

— Alors, comment te sens-tu aujourd'hui ? demanda Daragh de sa voix caverneuse quand ils ne furent plus que tous les deux.

Waryn jeta un coup d'œil du côté du mercenaire qui le suivait comme son ombre lorsque Daragh n'était pas à ses côtés – ce qui était le cas la majorité du temps. Tim, éternellement accompagné de son glaive à garde étoilée, semblait pourtant être un bon gars, au contraire de nombre de ses compagnons, desquels Waryn percevait les regards assassins chaque fois qu'il les croisait. Tim obéissait simplement aux ordres dictés par le Descendant. Mais ça lui rappelait constamment qu'il n'était en aucun cas libre de ses mouvements.

— Comme un animal en cage, répondit Waryn avec irritation.

Cela faisait deux semaines depuis la mort de Jalen, mais son visage méconnaissable et ensanglanté hantait encore ses nuits. *Qu'avait-il pu autant craindre pour en arriver à sacrifier sa vie ? Quelles sont les véritables intentions de Daragh ?* Ils avaient traversé la moitié de Vanyanir jusqu'à Port-Nyanir, passé trois jours à bord de ce bâtiment disproportionné, et à aucun moment l'homme aux multiples balafres n'avait paru vouloir attenter à sa vie ; il lui avait seulement fait comprendre qu'il n'échapperait pas au destin qui devait être le sien, et qu'il lui ferait regretter toute tentative de fuite.

Et puis, qu'en est-il de Milian et Shana ? Daragh n'en avait plus fait mention depuis le départ de la cité portuaire. La seule réponse qu'il lui avait apportée était qu'ils devaient s'être cachés quelque part en Vanyanir et que cela pouvait prendre du temps avant de les retrouver. Waryn était partagé. *N'aurait-il pas été préférable qu'ils soient là, avec moi, plutôt que livrés à eux-mêmes dans la nature ? Ils ont tout perdu après avoir quitté L'Arbre Ruisselant…*

— Les matelots racontent que nous dévions vers le sud, reprit Waryn en souhaitant chasser ces pensées.

— Oui, malgré mes modestes connaissances sur l'océan, je doute qu'on puisse y faire grand-chose, répondit Daragh, n'y accordant pas plus d'importance que ça. (Il huma le vent marin puis observa la houle s'écraser sur la coque du navire.) Mais tu veux sûrement savoir ce qui t'attend quand on arrivera en Araneana, non ?

Waryn hocha la tête. Jusqu'à maintenant, Daragh avait toujours évité le sujet, prétextant que ce n'était pas le moment d'en parler. *Qu'est-ce qui a bien pu changer ?*

— Lorsque nous aurons enfin rejoint Lugann, nous nous dirigerons vers Neana, la capitale, précisa Daragh.

— Et c'est là que se terminera notre voyage ?

— Non, nous y prendrons des drayms pour aller en Eoros, Ashenan. C'est notre destination.

En Eoros ? Waryn ne savait rien de ce royaume. Il n'aurait même pas pu le situer sur une carte sans l'aide de ses amis. Mais tout compte fait, ses connaissances d'Orrisia étaient bien limitées, quand bien même il avait souvent rêvé de s'y rendre. Pour lui, c'était une terre de mystères, un endroit où l'aventure lui tendait les bras – au contraire de Vanyanir, dont les éternelles landes rouges n'offraient aucun espoir. Il ressentait une certaine excitation à l'idée d'approcher du continent, seulement, il s'était toujours imaginé y aller avec ses amis… *Quel sort me réservera-t-on une fois là-bas ?*

— C'est là d'où vous venez, Anya et vous ? finit-il par répondre.

— Oui, mais c'est surtout là d'où *tu* viens.

Waryn fit mine de ne pas s'y intéresser, bien que cette information résonnât de toutes parts dans son esprit.

— Et pourquoi me révéler ça maintenant ?

— Parce que je souhaite que tu te tournes vers ton avenir. Ton *grand* avenir. Et que tu fasses table rase de ton passé.

Oublier le passé, tirer une croix dessus, n'était pas quelque chose qu'il pouvait se résoudre à faire aussi simplement. Milian, Shana, la bande de Rivlon… Ou bien encore Jalen, ou Eirinia, qu'il s'était interdit de mentionner lors de leur passage à Alentoise. *Effacer tous ces souvenirs m'est impossible. On devient qui l'on est grâce au passé. Sinon, on n'est qu'une coquille vide. Une coquille sans attache ballottée par les vents.*

— Un grand avenir ? Ne vous foutez pas de moi.

— Tu peux me faire confiance, tu sais. Tout ce que j'ai fait, c'est pour ton bien.

— Je serais le dernier des abrutis à faire confiance à un meurtrier dans votre genre.

Daragh l'attrapa soudainement par les épaules pour le forcer à le regarder.

— À quoi je ressemble ?

— Je viens de vous le dire. À un monstre.

— Bon, là-dessus, je ne peux pas te contredire, admit Daragh avec son semblant de sourire. Et les cicatrices n'aident pas. J'aime me battre, aussi. L'instant de calme apparent juste avant une bataille, alors que tout le monde bouillonne intérieurement… Oui, j'adore ça ! Et ce n'est rien en comparaison du moment où je laisse mes envies prendre le dessus.

— Vous espériez me faire changer d'avis avec ça ?

— Mais je ne me considère pas comme une mauvaise personne non plus, reprit Daragh, plus sérieux. Je suis un homme avant tout. J'ai une famille. Une femme merveilleuse et un fils… (Il laissa sa phrase en suspens.) Un fils, tout simplement. Être père n'est pas facile tous les jours, mais je fais de mon mieux. Inculquer les bonnes manières, tout ça…

— Et vous voulez en venir où, au juste ?

— Je veux t'expliquer que nous ne sommes pas si différents, toi et moi. Tu es peut-être un peu plus présentable selon ces dames, mais c'est tout. Une bête sommeille en toi. Tout homme est comme ça. Les responsabilités. Tu verras. C'est un poids qui révèle notre vraie nature.

— Les hommes qui pensent se battre pour une cause juste sont les plus dangereux.

— J'aurais souhaité que cela se passe autrement, acquiesça Daragh. Mais Deren Am'Nalom ne m'a pas laissé le choix. D'un certain côté, il a fait honneur à sa réputation…

— Vous ne savez rien de lui !

— Cela, permets-moi d'en douter.

Waryn ne voulait pas l'autoriser à ternir la mémoire de l'homme qui l'avait élevé, et dont le souvenir restait vif dans son esprit. Cependant, ses mots provoquaient une lutte entre son attachement à son ancienne vie et la quête de vérité. Bataillant intérieurement, il choisit de changer de sujet.

— Vous avez dit que nous voyagerons avec des drayms ?

— Tu souhaitais en apprendre plus sur eux, non ? (Daragh semblait satisfait de la question.) Eh bien, ce sera l'occasion d'en chevaucher un. Tu vas pouvoir constater à quel point ils sont fabuleux !

Le Descendant vouait une affection particulière aux drayms et vantait leurs qualités à chaque opportunité. De la part d'un homme qui ressemblait plus à un guerrier balafré sans état d'âme, une brute taillée uniquement pour le combat, son attachement envers ces créatures ailées était pour le moins atypique. Waryn se souvenait bien de l'instant où les deux monstres leur étaient tombés dessus. Ils lui avaient retourné entrailles. *À bien y réfléchir, Daragh et les drayms partagent peut-être plus de similitudes que je ne l'aurais pensé.*

Ils continuèrent d'échanger longuement à propos de ces créatures et de leurs prouesses, faisant fi de l'océan Primordial qui devenait de plus en plus agité, et de ses vagues projetant avec force leur écume sur la coque. La vaste étendue marine, d'une beauté sauvage, reflétait la grisaille doucereuse d'un ciel chargé, menaçant de déverser ses trombes d'eau d'un instant à l'autre.

Waryn mangeait en compagnie de cinq mercenaires dans une pièce suffisamment spacieuse pour accueillir une dizaine de personnes. La nuit était sporadiquement éclairée par quelques astres et éclairs zébrant le ciel, lui permettant de contempler l'océan à travers la fenêtre d'un petit hublot. La force indomptable faisait tanguer le navire, et il devait parfois retenir son assiette pour qu'elle n'aille pas s'écraser à l'autre bout de la table. De surcroît, une épaisse brume s'était lentement installée, et même si l'on ne distinguait plus rien à quinze pas autour de *L'Œil du Typhon*, cela l'aidait à apaiser la rage grondant à l'intérieur de son âme. Il avait de plus en plus de mal à supporter sa cage aux barreaux invisibles.

L'absence de Daragh lors du repas est des plus inhabituelles, nota-t-il. Mais cela ne l'inquiétait pas outre mesure. Depuis leur embarquement, le Descendant se tenait la plupart du temps éloigné, pendant qu'Anya ne se joignait à eux qu'en de rares occasions.

Alors qu'il finissait son gibier et ses haricots, il remarqua que Vizar le dévisageait de ses yeux torves. Plus que les autres, ce dernier semblait lui vouer une haine viscérale.

— T'as un problème de constipation ? siffla Waryn. C'est le sel qui t'a bouché les intestins, ou c'est ta lâcheté ?

— J'ai perdu des gars que j'aimais bien, juste pour te chercher, toi, sur ta foutue île, rétorqua Vizar d'un air mauvais.

L'atmosphère était tendue. Les autres mercenaires le lorgnaient du coin de l'œil. Pourtant, à part son interlocuteur, aucun d'eux ne surenchérit.

— Je n'ai rien demandé à personne, fit Waryn en affichant un sourire narquois.

Malgré son envie brûlante de se défouler sur l'un de ses geôliers, aucun de ceux-là n'oserait s'en prendre à lui ; la crainte que leur instaurait Daragh les tenait en respect. Même en son absence. Il était devenu en quelque sorte son protecteur ; or, Waryn peinait à accepter cette réalité.

— J'espère qu'on les trouvera rapidement, précisa Vizar, s'adressant à ses compagnons. Ce qu'ils ont fait subir à Malnial doit également être puni, continua-t-il en soutenant le regard empli d'imprécations que lui lançait Waryn.

J'admets être parfois dur de la comprenette, mais il parle de Shana et Milian, non ?

Ajus, le soudard au corps puissamment bâti, tapa dans le dos d'un trapu. Malnial.

— Tu voulais la plus grosse part du gâteau, alors tant pis pour toi, l'édenté. Tu fais moins le fier maintenant, hein ? Le doigt qu'elle t'avait brisé dans cette fichue taverne n'était pas assez !

Le concerné n'avait mangé que de la soupe depuis leur départ, et il ne parlait quasiment pas. Sous sa barbe, sa mâchoire avait gonflé tout en virant au violet. Il devait atrocement souffrir.

Pourtant, ses jambes semblaient en pleine forme. Malnial se leva, à peine plus haut qu'Ajus, qui était resté assis.

— Bouffer… poils… cul…

Tous les mercenaires éclatèrent de rire.

— Les Créateurs ont entendu mes prières ! s'exclama Ajus. J'ai plus à t'entendre gémir à propos de ton postérieur ! Et par Uzushio, qu'est-ce que ça fait du bien !

Nouvelle vague d'hilarité.

— Après ta déculottée à Alentoise, Vizar, et l'état dans lequel ils ont laissé Malnial, je me réjouis de ne pas devoir les chercher, commenta Tim en riant.

— Les cales sont énormes, mais ils finiront bien par se montrer, répliqua Vizar, un rictus malsain aux lèvres. À moins que les rats ne les aient déjà bouffés. Une possibilité à ne pas exclure.

Insinue-t-il que Shana et Milian sont à bord ? Non, c'est impossible. Daragh m'a affirmé qu'ils sont restés en Vanyanir et que des mercenaires sont à leur recherche. Alors, est-ce simplement une provocation ? Si ça l'est, c'est une occasion à ne pas manquer. J'attends depuis trop longtemps…

— Si tu veux régler ça ici et maintenant, je suis ton homme, clama Waryn en se levant d'un bond. Je n'en ai rien à foutre de ce que Daragh a pu dire. Si tu souhaites te battre, je me ferai un plaisir de te contenter. Alors, Vizar, qu'en dis-tu ? Est-ce que tu veux prouver à tous ces messieurs que tu n'es pas un lâche ? Ou dois-tu d'abord demander la permission à ta mère ?

Le principal intéressé afficha un sourire carnassier. C'était précisément ce qu'il attendait. Seulement, Waryn aussi ; il avait besoin de se défouler sur quelqu'un, de laisser déferler sa colère. Et Vizar était le parfait candidat. Il pouvait l'amocher à un tel point que le mercenaire envierait l'état de Malnial.

— Tes protecteurs ne sont pas là pour te couver, alors fais bien attention à ce que tu dis, la péronnelle, rétorqua Vizar d'une voix retorse.

— J'ai l'impression que ta menace n'est qu'une brise nauséabonde tout juste sortie d'un cloaque. Ou mieux. Un détritus bon à jeter dans une soue ! Tu sais, comme tes compagnons qui gémissaient pour qu'on épargne leur vie, avant de se faire lamentablement éventrer. Je les entends encore me supplier de les aider. Des misérables pourceaux.

Waryn ne pensait pas ce qu'il disait. Il ressentait même une certaine empathie pour ceux que Jalen avait massacrés, mais il ne pouvait plus se contrôler davantage. Il devait attiser la haine de Vizar car il voulait se déchaîner, laisser libre cours à cette part animale qui le sommait de se battre. *Peut-être qu'il me tend un piège, mais ça n'a aucune importance. Daragh avait raison. Il y a une bête qui sommeille en moi.* Mais c'était ce qu'il désirait le plus ardemment. Il s'approcha de Vizar et le surplomba de toute sa hauteur. L'homme au col de dentelle sortit une dague en réponse et la planta dans la table devant lui.

Mais contre toute attente, ce fut Ajus qui se leva.

C'était à n'en pas douter le plus grand et le plus costaud de la bande. Et son haleine, empestant le fiel, n'avait d'égal que son manque de perspicacité. Il fit craquer chacune de ses phalanges dans un concert de cliquetis sordides, puis esquissa un sourire qui n'en avait que le mot.

— Si tu y tiens vraiment, le morveux.

Waryn ne s'attendait pas à ce que le colosse intervienne, mais il était désormais trop tard pour retirer ses propos. Bien qu'il soit plus petit que le mercenaire d'une demi-tête et que ses muscles ne fussent pas aussi gros, il n'avait pas passé une seule journée sans entraîner son corps dans la sueur, et ce, depuis des années. De plus, les combats organisés à Rivlon l'avaient endurci, affûtant son agilité, sa rapidité et sa précision. Même face à Ajus, il estimait avoir ses chances à mains nues. Et s'il ne parvenait pas à lui tenir tête, bah, ce n'était pas important ; il avait besoin de libérer sa colère. Quitte à finir avec quelques os cassés.

Waryn poussa la table. Il se tenait à moins de six pas d'Ajus et réfléchissait de quel côté il allait initier son assaut. Finalement, cela importait peu. Il cognerait dans le tas, comptant sur sa rapidité pour asséner le premier coup.

Une idée germa dans son esprit.

— Viens prendre ta raclée, se gaussa le colosse en s'étirant les bras avant de cracher à ses pieds.

Waryn ne se fit pas prier.

Il s'élança sur son adversaire. La malveillance dans les yeux globuleux d'Ajus ne lui faisait pas peur. Au contraire, elle lui donnait encore plus envie de l'écraser.

Waryn feinta une première offensive sur la gauche. Ajus tomba dans le panneau. Le colosse arma son poing pour le réceptionner, mais le jeune homme avait déjà changé d'appui. Comme prévu, Waryn lui asséna un coup fulgurant sur le flanc droit.

Le géant étouffa un râle sous l'impact. Un écho sourd qui se mêla aux mugissements du navire ballotté par l'océan agité.

— Espèce de…

Waryn ne le laissa pas riposter. Ses phalanges atteignirent la mâchoire d'Ajus, lui clouant le bec par la même occasion. Le colosse recula et percuta une poutre qui ne lui avait rien demandé.

— Alors, on fait moins le fier, maintenant ? le défia Waryn.

— Tu ne perds rien pour attendre, siffla l'intéressé en se massant la mâchoire. Des avortons dans ton genre, j'en ai mâté plus d'un. Et la plupart ne sont plus capables de tenir debout sans que leur maman ne vienne les aider.

— Eh bien il y a une première fois à tout. J'ai hâte de te voir supplier tes petits copains de t'aider à te relever lorsque tu ramperas à mes pieds.

Les muscles d'Ajus se tendirent. Une veine saillait de son cou. Sa jambe gauche prit appui derrière lui. Il allait se jeter sur lui comme une brute. Tellement prévisible de la part d'un abruti de son espèce.

Waryn fit semblant de ne pas remarquer la manœuvre. Il n'était que trop familier des combats, et l'issue était souvent définie par celui qui parvenait à garder les idées claires. Tout son corps réclamait la confrontation. Il était prêt à réceptionner la bête.

Ajus fonça sur lui. Comme prévu. Waryn bondit sur le côté, laissant le colosse percuter une table. Assiettes, verres et couverts volèrent. Le visage du mercenaire avait fini à l'intérieur d'une ratatouille.

— Je pensais que tu avais assez mangé, se moqua Waryn. T'inquiète pas, y'a du rab.

Il se précipita sur Ajus pour le frapper dans les côtes. Un choc à la tête l'étourdit. Une pomme de terre retomba sur le sol. À peine Waryn comprit-il ce qui venait d'arriver qu'Ajus se releva pour lui flanquer une claque. Waryn vacilla mais se retint au dossier d'une chaise.

Même s'il avait été frappé du plat de la main, le choc avait été brutal. Pourtant, cela ne fit qu'attiser sa colère. Il se sentait plus vivant que jamais.

— Je ne l'avais pas vue venir, celle-là, grogna-t-il.

— C'est important d'avoir un équilibre alimentaire, souligna Ajus, jetant un morceau de courgette qui lui collait à la peau. Et je crois que tu as quitté la table sans finir ton repas. C'est pas bien.

— Et ce qui l'est d'autant moins, c'est de gâcher la nourriture !

Empreint d'une énergie sauvage, Waryn relâcha le torrent de rage depuis bien trop longtemps contenu. Le poing chargé, il sauta sur le mercenaire. Celui-ci se protégea avec ses avant-bras. Et sa riposte fut instantanée. Ils échangèrent quelques horions bien placés, chacun donnant et encaissant des coups toujours plus brutaux. Chaque impact était plus libérateur que le précédent. Le bois de *L'Œil du Typhon* vibrait en harmonie avec l'effort considérable que fournissait Waryn pour résister aux chocs et ne pas s'effondrer. L'ivresse le consumait. La lutte était une démonstration de force où il tentait de transcender ses limites. *Ce n'est qu'une épreuve de résilience*. Les tables se renversaient avec fracas. Les poutres gémissaient sous le poids des deux masses. Les chaises étaient projetées à l'autre bout de la pièce.

Waryn entendait rire les spectateurs. Ils étaient tous pour l'autre camp. Ou du moins le pensait-il, puisque sa capacité à réfléchir s'était considérablement amoindrie. Il n'y avait qu'une seule chose qui occupait ses pensées. À quel endroit finirait son prochain coup.

Une invective de Vizar le mit encore plus en rogne – si c'était possible.

Ce moment d'inattention lui valut un coup de genou dans l'estomac. Il se plia sous la douleur. À peine le temps de grogner que le poing d'Ajus le percuta sur la tempe. Il s'affala sur les lattes. Malgré les grondements rauques du colosse, ce dernier haranguait ses compagnons.

— Alors, c'est qui qui va bouffer de la soupe comme ce bon vieux Malnial ?

— Ouais, il va les manger, ses cinq légumes par jour ! rétorqua un autre soudard. Mais ce sera en bouillie !

Waryn tentait péniblement de reprendre son souffle.

— Ça suffit, intervint Tim. Je crois qu'il a eu son compte.

— Les hommes comme lui n'en ont jamais assez, commenta Vizar. Il comprendra quand il ne pourra rien faire d'autre que gémir dans son lit.

Waryn se persuada d'ignorer la douleur. Il connaissait son goût et savait l'apprivoiser. Ce n'était qu'une question de mental.

Plus déterminé que jamais, il se releva d'un bond et envoya un coup de pied dans le genou d'Ajus. Lequel hurla à en faire pâlir un tortionnaire.

— Il ne faut pas crier victoire trop tôt, déclara Waryn avec un sourire moqueur. C'est la première règle d'un combattant qui se respecte. La deuxième, c'est de ne jamais quitter des yeux son adversaire.

— Ajus, ça va ? demanda Vizar tout en aidant le colosse à se relever.

Ce dernier repoussa Vizar et se remit sur ses jambes en grimaçant.

— T'es une sacrée enflure. Par derrière. Malgré tes jolis petits sermons, tu ne vaux pas mieux qu'un foutu étron ! Je vais te tuer !

Désormais, la fureur déformait complètement les traits d'Ajus. Il ne ressemblait plus qu'à une bête féroce ; un prédateur avec pour seule envie la mise à mort de sa proie.

Waryn recula d'un pas. L'adrénaline du combat coulait toujours dans ses veines, mais il n'était plus en pleine forme. Il devait éviter de prendre plus de coups que nécessaire, car à ce petit jeu-là, il ne tiendrait pas la distance.

Ce duel était peut-être déjà allé trop loin, mais c'était lui qui l'avait voulu. Il ne pouvait s'en prendre qu'à lui-même.

Il se prépara à esquiver le prochain assaut. Un pas sur le côté, et il pourrait décocher un uppercut dans la face de cette immondice. Ensuite, il n'aurait qu'à l'enchaîner jusqu'à le mettre hors d'état de nuire.

Ajus s'élança telle une bête en rut, la bouche écumante. Alors que Waryn se décala, le mercenaire corrigea sa trajectoire et le percuta de plein fouet. Les deux hommes finirent à terre. Ajus avait le dessus. Son poing frappa le plancher avec un craquement dégoûtant. Waryn était parvenu à l'éviter en inclinant la tête sur le côté. Le cri d'Ajus fut comme un plaisir coupable. Exactement ce dont Waryn avait eu besoin. Il balança son front contre le nez du soudard. Ajus étant déstabilisé, Waryn en profita pour le retourner sur le dos et le frapper plusieurs fois au visage.

— C'est bon ! C'est bon ! Tu as gagné ! cria Vizar en tentant de lui retenir le bras.

C'était tout ce que Waryn attendait depuis le début. Il se leva et fit claquer ses phalanges contre la mâchoire de Vizar. Ce dernier n'avait pas eu le temps de réagir. Il tomba à la renverse, crachant une gerbe de sang sur le plancher.

— Alors, tu penses toujours que j'ai besoin de quelqu'un pour me couver ? badina Waryn tout en soufflant bruyamment.

Des bras le ceinturèrent. Ajus avait eu tout le loisir de reprendre ses esprits. Même si Waryn tenta de se débattre, il n'avait plus la force nécessaire pour lutter.

Il aperçut Vizar se relever et saisir la poignée de sa dague.

— Fais pas ça ! s'écria Tim. Si tu veux crever à ton tour, c'est la meilleure solution.

Vizar hésita. La fureur dans ses yeux était indescriptible. Il finit par remiser sa lame, puis essuya la commissure de ses lèvres.

— Voilà, bon toutou, se moqua Waryn, le goût du sang sur la langue. Retourne sous les jupons de ta catin de mère.

— On pourra s'amuser plus tard, lorsque nous aurons trouvé tes maudits amis, cracha le mercenaire. Là, même Uzushio ne pourra pas leur venir en aide.

La porte de la pièce claqua contre le mur.

Daragh apparut sur le seuil.

À l'instant où il vit la scène, un éclat anthracite illumina ses yeux ; une lumière terrifiante, éblouissante, pétrie de puissance et de courroux. Des pierres aux arêtes cruelles et aux pointes acérées se matérialisèrent dans la salle saccagée, lévitant de façon menaçante, prêtes à transpercer quiconque aurait le malheur de réaliser un geste malencontreux.

Waryn sentit l'étreinte d'Ajus se desserrer. Malgré ses sens quelque peu engourdis, il décela une onde de frayeur envahir les mercenaires. Ou était-ce la sienne ? Une goutte de sueur perla le long de son front alors qu'il observait les roches taillées grossièrement effectuer de légères oscillations au-dessus de sa tête. Les soudards restaient immobiles. Ils fixaient Daragh, certainement au fait que le moindre mouvement pouvait décider de leur sort.

— C'est quoi ce bordel ? tonna le Descendant.

Personne ne répondit.

Waryn se redressa, arrivant à peine à soutenir le regard de Daragh.

— C'est moi qui les ai cherchés.

— Je vous avais prévenus, gronda Daragh, dont la voix caverneuse aurait fait trembler une montagne. Et vous avez désobéi. Il semblerait que vous ne m'ayez pas pris au sérieux. Faites confiance à des mercenaires et voyez où cela vous mène. Vous êtes pathétiques. (Vizar ouvrit la bouche mais la referma aussitôt.) Ajus, je vais devoir me libérer de tes services.

Le colosse poussa un grognement pitoyable en se relevant pour rejoindre ses compagnons. Il était sur le point de saisir sa hache.

— Il méritait une correction.

— Calme-toi, lui murmura Tim. Que ton argument soit en safaïa ou non, ça ne changera rien…

Ajus ignora l'avertissement.

Il empoigna fermement le manche de sa hache et se rua sur Daragh. Il n'eut jamais l'occasion de l'atteindre. Une roche en lévitation fusa vers lui. Décapité. La tête sectionnée retomba dans un bruit sourd. Le corps d'Ajus s'effondra à son tour. La hache s'enfonça dans le plancher.

Personne ne bougea.

Les mercenaires restaient figés, probablement en attente du dénouement funeste qui les guettait. *Il va déclencher un véritable massacre…*, pensa Waryn.

— D'autres réclamations ? demanda Daragh d'une voix retentissante.

Vizar fit un pas en avant.

— Vous allez nous tuer, comme vous l'avez fait avec les autres, et comme vous venez de le prouver avec Ajus, hein ? C'est bien ce que l'on peut s'attendre d'un Descendant. Au moins, nous, c'est à la loyal.

Encouragé par ses propos, certainement mû par le sentiment qu'il n'avait rien à perdre, Malnial le soutint, marmonnant avec peine dans sa barbe.

— Ignore… réellement passé… là-bas. Aucun… nous… présent.

Tim et le dernier mercenaire restaient en retrait. Leurs yeux étaient fixés sur les pierres.

— Vous mettez ma parole en doute ? rugit Daragh.

— Le responsable, comme vous nous l'avez si bien renseigné, c'est ce Deren Am'Nalom, reprit Vizar d'un ton discordant. Seulement, il n'est plus là pour répondre de ses actes…

Anya surgit tel un spectre dans le dos de Daragh.

— Vous êtes soit courageux, soit trop stupides pour arguer de tels propos, persifla-t-elle. La simple idée de se rebeller contre nous est une ineptie. Ce serait comme vouloir braver l'océan sur un radeau de fortune. Si vous avez de la chance, vous mourriez à la première vague. Sinon, c'est une lente agonie qui vous attend. Voulez-vous tenter l'aventure en vous accrochant à votre pitoyable radeau, messieurs ?

L'indignation marqua grossièrement les traits de Vizar.

— Nous ne mettons pas en doute vos dires, mais nous ignorons même pourquoi nous sommes venus chercher ce gamin.

— Parce que vous avez besoin de le savoir ? tonna Daragh, dont la voix résonna jusqu'au plus profond de Waryn.

Les fragments de roche oscillèrent de façon plus saccadée. Ils réagissaient aux fluctuations de l'humeur du Descendant.

— Bien sûr que non, affirma Tim, essayant de calmer la situation.

— Mais il n'était pas non plus question qu'autant des nôtres y laissent leur vie, protesta Vizar.

— Une tragédie, certes, concéda Anya sur un ton monocorde.

— Ce sont des risques que vous avez choisis d'endosser, reprit Daragh avec vigueur. Mais soyez assurés que ces morts ne feront qu'accroître la somme que nous vous paierons une fois que nous serons arrivés en Araneana. C'est bien là votre motivation, n'est-ce pas ?

— S'ils avaient su qu'ils feraient face à un Descendant aussi puissant, peut-être que nos compagnons auraient refusé de foncer tête baissée dans cette boucherie, répliqua Vizar.

Daragh retrouva un semblant de calme.

— Ils en ont été informés.

Les roches en lévitation retombèrent lourdement sur le plancher et le brasier gris des yeux du Descendant s'éteignit. Un silence chargé d'éclairs. Aucun des mercenaires ne paraissait vouloir prolonger la discussion.

— Il semblerait que le large vous fasse divaguer, poursuivit Daragh. Ce qui est étonnant de la part d'Araneanais. Mais s'il vous reprenait l'envie d'en découdre avec Ashenan, je vous offrirai en pâture aux poissons. C'est là que finira Ajus. Ou du moins ce qu'il en reste.

Waryn fixa la flaque écarlate se répandant toujours autour du corps inanimé. Des vertiges le saisirent. Soit à cause du combat, soit à cause de cette vision d'horreur. Il n'avait pas souhaité la mort du mercenaire, mais simplement libérer la rage en lui. Son regard se posa sur Vizar, qu'il tenait en partie responsable. *Par contre, toi...*

Soudain, le tintement de cloches résonna frénétiquement à travers le navire. Une alerte.

— Une attaque ? s'écria Tim. En pleine tempête ? Le Leanalyn n'oserait tout de même pas…

— Rebelles ? s'interrogea Malnial. Encore… loin… côtes.

Dans le couloir, la quiétude, jusqu'à présent simplement perturbée par le bruit du vaisseau qui fendait les vagues, fit place au tumulte. Des cris de peur et de panique. Même les mercenaires affichèrent un certain trouble. Ils dégainèrent leurs armes.

— Anya, ramène Ashenan dans ses quartiers et veille sur lui, ordonna Daragh.

— Bien entendu.

— Quant à vous autres, suivez-moi, exigea-t-il d'un ton qui ne tolérait aucune réplique.

Alors, c'est réel ? Il y a bien une attaque au beau milieu de l'océan ? Qui est assez fou pour s'en prendre à un navire aussi gigantesque ?

Sans attendre, Daragh s'élança dans le couloir avec les mercenaires. Ils se frayèrent un passage à travers la foule. Anya saisit Waryn par le bras et le força à la suivre dans le sens opposé, dans la direction que prenait la masse. Mais que fuyaient-ils donc ? Ils rejoignirent une coursive où il était évident que la plupart des gens autour d'eux partageaient le même dessein : atteindre au plus vite leurs quartiers situés quelques étages plus bas. C'était une véritable cohue alors que la pluie s'abattait depuis les minuscules hublots ouverts sur l'extérieur. Certains se marchaient dessus pour se passer devant, ce qui accentuait la panique ambiante.

— Vous croyez que ce sont des pirates ? lança une femme dont il aurait été difficile de dénombrer les bijoux, tant ses bras et son cou en étaient parés.

— Si c'est le cas, le Chuchoteur les coulera par le fond ! s'exclama un homme rupin, habillé d'étoffes aux couleurs chatoyantes.

— Billevesées ! brailla un autre à l'accent chantant. Notre bon roi Llygredd a éradiqué tous les pirates il y a déjà quelques années !

— Un mousse qui a souillé ses vêtements avant de sonner l'alarme, si vous voulez mon avis ! s'écria une femme frêle mais dont la voix portait étonnamment bien pour son gabarit.

Lorsqu'un vieil homme trébucha devant Waryn, ce dernier n'hésita pas à bousculer violemment l'individu qui s'apprêtait à le piétiner. La femme aux multiples parures commença à l'invectiver, mais se tut quand il la fixa d'un regard sépulcral. Elle capta certainement les gouttes de sang tachant la chemise de Waryn, car elle reprit sa course.

Alors que le vieil homme s'éloignait sans se retourner, Anya tira Waryn dans une alcôve. Il n'avait pas eu son mot à dire. Cette femme imposait sa volonté avec une force indiscutable.

— Ne rejoignons-nous pas mes quartiers ? demanda-t-il, perplexe.

Il essayait toujours de remettre ses idées en place.

— Il y a bien une attaque, et ce n'est pas le fruit du hasard, commença Anya à voix basse en ignorant sa question. Nous avons dérivé bien plus au sud, jusqu'à pénétrer dans une zone où les gnasseas prolifèrent. Tu ne sais peut-être pas à quoi ils ressemblent, mais tu vas bientôt le découvrir. Ils sont déjà à bord.

— Comment pouvez-vous le savoir ?

Mais c'est quoi, cette histoire ?

— Écoute-moi, Ashenan, ou Waryn, peu importe comment tu veux que je t'appelle. Daragh m'a ordonné d'entraîner *L'Œil du Typhon* jusqu'ici.

— Comment avez-vous fait ça ? Et surtout, pourquoi ? Si des monstres envahissent le navire, il y aura des morts…

— Peut-être bien des centaines, oui, répondit-elle comme si cela n'avait aucune importance. Mais ce que tu dois savoir, c'est que tes amis se trouvent sur le vaisseau. Les mercenaires les traquent, mais ils n'arrivent pas à leur mettre la main dessus. Nous soupçonnons qu'ils aient un allié qui leur permet de se cacher.

Alors Vizar disait vrai ?

— Comment pouvez-vous en être si sûre ? s'écria Waryn.

Elle éluda la question d'un geste vague de la main.

Il ne savait pas quoi penser. *Est-ce une bonne ou une mauvaise nouvelle ?*

Une femme chuta à quelques pas d'eux, percutée par un homme au nez aquilin. Waryn voulut lui porter secours, mais Anya lui empoigna le menton pour le forcer à se concentrer sur elle. Ses yeux clairs s'embrasèrent, et un flux d'eau projeta l'homme contre un mur sans qu'elle ne daigne lui accorder un regard. Malgré le tumulte, Waryn entendit ses os craquer.

— Daragh n'a jamais eu l'intention d'aider tes amis. La mission qui nous a été confiée par Aldar Sol'Phaos était de te retrouver toi, mais également de les éliminer. Cette attaque, pour Daragh, n'a qu'un seul but : les faire sortir de leur cachette. Cependant, le connaissant bien, je crois qu'il a choisi la solution lui permettant de se défouler un peu. Le combat contre Deren Am'Nalom semble lui avoir redonné des sensations qu'il recherchait désespérément.

— Pourtant, il m'a assuré qu'il voulait les aider, eux aussi…

Un sourire narquois se dessina sur les lèvres de la Descendante.

— Tu es bien naïf.

Waryn resta hébété. Il prenait conscience de sa stupidité. *Il m'a menti... Ou alors, c'est elle qui me manipule pour une raison encore inconnue.*

— Pourquoi me révéler...

Des hurlements de terreur le firent taire.

Il scruta le couloir pour observer des visages déformés par la peur.

À présent, plus personne n'hésitait à se marcher les uns sur les autres. Les malheureux qui venaient à trébucher ne parvenaient pas à se relever, écrasés par la masse.

Au fond du couloir, Waryn les aperçut.

Des monstres surgissaient de l'obscurité, leurs silhouettes atteignant pratiquement la hauteur d'un homme. La taille de leurs gueules était effrayante. Dans des râles d'agonie, des rangées de dents acérées arrachaient la chair des gens les moins rapides. Des nageoires striaient leurs dos et couronnaient leurs crânes, tandis que leurs membres supérieurs se terminaient par des doigts palmés et munis de griffes qui se maculaient du sang de leurs victimes. Les écailles qui n'étaient pas recouvertes de sang brillaient d'un éclat métallique, reflet de la pâle lueur bleue qu'émettaient les luesafs. Pendant que certaines des créatures se délectaient de cadavres encore chauds, d'autres, grâce à leurs jambes robustes, rattrapaient les fuyards, ne leur laissant aucune chance.

Ces monstres marins étaient des prédateurs, et les humains sur *L'Œil du Typhon*, leurs proies.

Waryn trembla de tout son être. *De telles horreurs existent bien, et Daragh, ainsi qu'Anya, ont délibérément décidé que ce massacre aurait lieu.*

La Descendante lâcha Waryn et s'avança d'un pas leste vers les gnasseas.

Elle invoqua une muraille d'eau pour balayer les derniers fuyards de son passage, les plaquant contre la paroi intérieure du couloir. Elle avait ouvert un chemin dégagé, une allée dénuée de tout obstacle humain.

Elle ne les craint absolument pas...

Une vague se forma alors devant elle. Grondante. À peine aussi haute que son buste.

Les monstres semblaient perdus dans leur incompréhension. Mais ils se précipitèrent tout de même vers l'humaine qui se dressait, seule, face à eux.

La vague déferla à une vitesse à peine croyable. Elle engloutit le couloir.

Faucha les créatures en pleine course. Leurs parties supérieures furent cruellement séparées de leurs membres inférieurs. Le liquide prit une teinte sinistre alors que les restes des gnasseas flottaient à sa surface.

Puis, tel un torrent en ébullition, toute l'eau présente dans la coursive fut projetée à travers les fenêtres, entraînant avec elle les organes et les parties disloquées des monstres. Les personnes précédemment entravées contre le mur retombèrent, se mêlant aux cadavres écarlates et verdâtres.

— Tu vas devoir faire un choix, annonça Anya d'une voix tranchante, le fixant de ses yeux illuminés.

Chapitre 16

Milian

Depuis la cabine relativement sommaire de Rilann, Milian, collé au hublot, contemplait les éclairs déchirer la brume nocturne. Ils éclairaient les eaux en proie au tumulte de la tempête.

Au milieu de l'océan, il se sentait fragile, emprisonné dans une cage flottante pouvant à tout instant sombrer dans les abysses. Chaque fois que *L'Œil du Typhon* tanguait en fendant une vague, la nausée se faisait plus pressante, lui rappelant à quel point il ne supportait pas de voyager sur un fichu bateau. Cependant, observer l'étendue revenait à combattre le mal par le mal – il finirait bien par s'y habituer, et ses sensations de malaise s'arrêteraient.

De plus, il ressassait les mots du mercenaire auquel ils avaient fait face dans les cales du navire. *Malnial. Lui et les autres soudards, les deux Descendants… Ils veulent nous tuer, et non nous apporter une quelconque aide comme Vizar s'évertuait à nous en convaincre… Mais ça, je m'en doutais. Pour quelles raisons ? On ne représente un danger pour personne… Et donc, qu'adviendrait-il de Waryn ? S'étaient-ils décidés à le tuer lui aussi ?* Autant de questions qui restaient sans réponse et qui le frustraient. Désormais, il était résolu à trouver Hunor à Lugann.

La bile remonta sa gorge irritée, menaçant un renvoi de plus sous le regard amusé de Shana. Rilann avait apporté un seau dès le premier jour afin de préserver la cabine dans laquelle ils étaient contraints de dormir tous les quatre. Il avait aussi amené des couvertures pour installer un lit de fortune à même le plancher. Manquant de place, ils se relayaient pour pouvoir roupiller, l'unique moment pendant lequel Milian ne subissait pas cet affreux écœurement. La journée, sa principale occupation était de déverser le contenu du seau qu'il remplissait fréquemment à travers le hublot, afin d'éviter autant que possible d'en imposer l'odeur gastrique à ses amies.

Shana consacrait quasiment tout son temps à utiliser son pouvoir sur les quelques plantes que Rilann était allé chercher pour elle, alors qu'il leur avait également rapporté leurs affaires cachées dans la marchandise de Peleg – la crainte vis-à-vis de Shana l'avait visiblement rendu docile. Des fleurs aux nuances éclatantes émergeaient des bulbes à une vitesse prodigieuse. Son amie répétait l'opération sans cesse, ne semblant jamais vraiment convaincue de ce qu'elle obtenait. De temps en temps, elle rejoignait Eirinia sur le lit pour lire l'un de ses livres. Cette dernière passait la quasi-totalité de son temps plongée dans ses bouquins, et lorsqu'elle en levait les yeux, c'était uniquement pour partager une information qui devait lui paraître intéressante.

À présent, elle avait entre les mains un ouvrage à la couverture usée et aux pages jaunies traitant de l'Araneana. Rilann le lui avait dégoté alors qu'elle l'avait menacé une fois de plus de le dénoncer s'il ne lui trouvait pas un livre sur ce royaume. Cela ne faisait pas partie de son caractère, mais elle semblait presque y avoir pris goût ; même si son expression n'était pas des plus convaincantes, elle avait fait preuve d'une telle verve que Rilann avait fini par céder.

C'est ainsi qu'elle leur rappela que les Araneanais vénéraient Uzushio, l'Aravara des mers et des océans, qui assurait prises fructueuses aux pêcheurs et sécurité sur les eaux les plus troubles aux marins. Elle mentionna les toaris, ces animaux extrêmement utiles pour se déplacer dans les cités ou sur les nombreux cours d'eau sillonnant tout le royaume ; Neana, la capitale ; le lac Scintillant, réputé pour sa magnificence ; ainsi que le saf, une roche présente en abondance et qui était largement employée pour la construction des bâtiments ou la confection d'une multitude d'objets. Elle vint aussi à noter que les Descendants n'étaient pas chassés comme en Vanyanir, même si une partie de la population pouvait les observer d'un mauvais œil.

Alors que le vaisseau retombait lourdement sur le dos d'une vague, Milian crut qu'il allait une fois de plus vider ses tripes.

— Si l'on m'avait prévenue qu'une simple étendue d'eau était ton pire ennemi, j'aurais amené du gembregin, le brocarda Shana, en proie à un fou rire.

— Je n'ai pas le mal de mer, c'est la nourriture que nous rapporte Rilann qui est avariée, se défendit-il en jetant un regard en biais à son amie.

Eirinia leva le nez de son livre pour le scruter.

— De la nausée, une gêne stomacale, des vomissements, un teint blême, des vertiges, une sudation excessive…

— Ce n'est pas ça, je vous dis ! grommela Milian, tentant désespérément de regagner un tant soit peu de dignité.

— Tu as émergé du sommeil cinq fois durant la nuit pour remplir à moitié le seau ; la veille, c'était six interruptions, et tu as maugréé trente-deux fois contre, pour reprendre tes termes, « ce maudit océan »…

— J'ai compris ! grogna-t-il face aux précisions qu'apportait Eirinia et qui ne faisaient qu'alourdir ses maux.

— Un grand garçon qui a le mal de mer, c'est si mignon, glapit Shana avec un sourire narquois.

Une éructation menaça de poindre et il renonça à se défendre davantage. *Elles ont gagné pour l'instant, mais je me vengerai plus tard ; de telles moqueries ne peuvent rester impunies.* En attendant, son regard se perdit une nouvelle fois dans la brume. *Ça finira par passer.*

Il plissa les yeux lorsqu'il crut apercevoir des ombres se mouvoir dans l'océan, bien que l'obscurité crépusculaire ne lui permît d'en être certain. Un nouveau haut-le-cœur lui serra la poitrine. Il imaginait des créatures marines se balader autour du navire. Fort d'un estomac meurtri, son esprit commençait lui aussi à lui jouer des tours.

Une silhouette passa à une vitesse saisissante derrière le hublot. Milian sursauta et renversa le seau à ses pieds.

Ce n'avait été que l'instant d'une seconde, mais quelque chose venait de grimper vers le haut du navire, et il n'avait pu qu'en capter brièvement les contours.

— Heureusement qu'il n'était pas encore rempli, se gaussa Shana, les yeux pétillants de sournoiserie.

Milian hoqueta en fixant toujours le hublot. Il s'attendait à sa réapparition.

— Il y avait quelque chose, là, dehors…

— Bien sûr…

Shana n'eut pas le temps de terminer sa phrase que des cloches se mirent à tinter frénétiquement. *Il se passe quoi, là ? Est-ce que ça a un lien avec ce que je viens d'apercevoir ?* Rilann n'était pas là pour leur donner plus d'indications : il mangeait avec les autres hommes de Peleg.

— Il semblerait que ce soit le signal d'alerte utilisé lors d'une attaque, déclara Eirinia en refermant son livre pour le glisser dans son sac. Pourtant, *L'Œil du Typhon* est réputé comme inexpugnable…

— Qu'est-ce que tu as vu, *précisément* ? l'interrogea Shana, plus sérieuse que jamais.

— C'était trop rapide. J'ai à peine eu le temps de distinguer une masse informe…, expliqua Milian, troublé.

L'angle de vue ne lui permettait pas d'observer le reste de la coque, mais quand les éclairs zébrèrent la brume, il aperçut de nouveau ces formes noires inquiétantes s'approcher du navire. Ses amies les découvrirent également.

— Je crois…, bégaya Eirinia. Peut-être… il se pourrait que…

— Tu penses à quoi ? la pressa Shana.

— Il en est fait mention dans les vieux récits de marins… parvint-elle à exprimer, le souffle court. Lorsque Peleg l'a évoqué, cela a éveillé dans mon esprit le souvenir de ces entités… Des gnasseas, des créatures d'une laideur indescriptible qui prennent pour cible les bateaux osant traverser leur territoire. De vieilles histoires…

Milian en avait déjà entendu parler. Et de ce qu'il arrivait à se remémorer des racontars de voyageurs de passage à *L'Arbre Ruisselant*, rares étaient les équipages à s'en sortir vivants après avoir croisé ces monstres.

Un vent de panique frappa Milian. Des hurlements émergeaient du couloir. Ils se rapprochaient, tout comme le bruit d'une foule martelant le plancher.

— Quoi que ce soit, c'est déjà sur le navire, murmura-t-il.

Eirinia, les yeux exorbités, recula d'un pas, puis deux, puis trois.

— Quelle démarche… convient-il d'adopter ? balbutia-t-elle.

Milian toucha le pommeau de la dague accrochée à sa ceinture. Il s'était habitué à la présence de la lame de Vizar, dont les reflets bleutés avaient quelque chose de captivant. *Seulement, je ne sais pas réellement m'en servir, et l'idée de devoir l'utiliser ne m'enchante pas du tout.* Le jour de l'embarquement, il ne savait pas comment il avait fait, mais il était parvenu à parer le glaive de Malnial. *Mais c'était un coup de chance. Faudrait-il la donner à Shana, qui pourrait potentiellement en faire un meilleur usage ?* Il n'eut pas l'occasion de le lui proposer que des gens tambourinèrent à la porte.

— Ouvrez, ou c'en est fini de nous !

Les trois amis se consultèrent du regard. *Ouvrir la porte revient à dévoiler notre présence, mais est-ce bien important face à l'urgence de la situation ?* Qui plus est, il s'agissait forcément d'inconnus qui n'avaient aucune idée que tous les trois étaient des passagers clandestins.

— Qu'Uzushio nous vienne en aide ! Dépêchez-vous d'ouvrir cette satanée porte !

— Il n'y a personne là-dedans ! Défoncez-la !

Les hurlements étaient à présent omniprésents.

Milian se décida à ouvrir. La personnification de la terreur. Des visages défigurés par l'effroi. Quatre personnes le brusquèrent pour s'engouffrer dans la pièce, tandis que la même scène se produisait en face. Les gens se réfugiaient dans les cabines. Le dernier homme qui entra dans la leur fit claquer la porte. Puis entreprit de pousser le lit pour en bloquer l'ouverture.

Shana l'arrêta et rouvrit la porte pour bondir dans le couloir. Elle percuta un individu corpulent. Il était bien trop pressé à fuir pour l'éviter. Encaissant le choc, elle recula d'un pas pour ne pas tomber.

— Que se passe-t-il ? demanda Milian à la femme maigre et à la peau basanée qui se tenait à côté de lui.

— Des… des monstres ! s'étrangla-t-elle.

— Des dizaines ! Des centaines ! Ils massacrent tout le monde ! beugla l'homme au teint hâlé en prenant la femme entre ses bras.

— Rentre, petite ! s'égosilla celui qui gardait toujours le lit dans ses mains. Ou Uzushio ne pourra plus rien pour toi !

Devons-nous vraiment nous barricader dans la cabine en espérant y être à l'abri ?

— On ne peut pas rester là ! rugit Shana, dont le regard se perdait vers l'une des extrémités du couloir.

— Fais ce que tu veux, mais on sera plus en sécurité ici qu'ailleurs ! Il faut se cacher !

Ses trois compagnons acquiescèrent vivement alors que Shana implorait Milian et Eirinia du regard.

— Les portes ne les arrêtent pas ! s'écria la jeune Descendante. Venez, ou c'est la mort qui vous attend !

Alors qu'Eirinia ne bougeait toujours pas, Milian la saisit par le bras et la força à le suivre pour rejoindre Shana. Dans le couloir, des groupes épars de personnes couraient tous dans la même direction. Ils fuyaient pour leur vie. Ce qu'ils tentaient de fuir, Milian le voyait à présent.

Une vision d'horreur.

Une quinzaine de cabines plus loin, des corps se faisaient déchiqueter par des créatures à la langue bifide. Elles se nourrissaient des viscères fumants. Les monstres bipèdes ne laissaient aucune âme vivante dans leur sillage. Ils ne faisaient pas de différence entre adulte ou enfant. Les portes explosaient sous les coups répétés des gnasseas, qui s'engouffraient dans les habitacles en provoquant des hurlements d'épouvante. De plus en plus nombreux, à peine ralentis pour se nourrir d'entrailles, ils progressaient rapidement.

Milian voulut focer les nouveaux occupants de leur cabine à les suivre, mais il était déjà trop tard. La porte s'était refermée. *On ne peut pas rester là plus longtemps.*

— Des gnasseas…, marmonna Eirinia alors que son teint était devenu bien plus blême qu'à l'accoutumée.

Sans plus attendre, ils s'empressèrent tous les trois d'imiter les gens qui avaient décidé de poursuivre leur course plutôt que de se réfugier dans les cabines. Ils ne savaient pas où ils allaient. Mais les monstres étaient sur leurs talons. Ils empruntèrent un escalier menant à l'étage inférieur.

Partout autour de lui, Milian lisait la même détresse qui saisissait son cœur. Des enfants pleuraient. Des mères tentaient de les rassurer. Mais comment ?

L'affolement. Des hommes et des femmes hurlaient. Dévalaient les marches. Des chutes à répétition.

Milian n'avait jamais rien vécu de comparable – mis à part peut-être la nuit où les deux Descendants avaient affronté Jalen avec leurs drayms.

Arrivé au bas de l'escalier, il découvrit le même spectacle macabre qu'à l'étage supérieur.

Les gnasseas n'étaient pas aussi proches, mais bien assez pour relancer une vague de panique dans la foule. Les cris de douleur étaient insupportables. *Ces créatures sont-elles si nombreuses pour avoir déjà infesté tout le navire ?* Les visions horrifiques du massacre mêlées aux oscillations du vaisseau eurent presque raison de lui, pourtant, il retint la bile qui le sommait de la laisser s'échapper. *Ce n'est pas le moment*. Alors que des rescapés ralliaient la masse, ils poursuivirent leur course effrénée, descendant une nouvelle fois les premières marches qui se présentèrent devant eux.

D'autres passagers rejoignaient leur groupe qui, pourtant, continuait de s'étioler par l'arrière. Les gnasseas gagnaient du terrain. Les gens les plus lents succombaient face aux dents et aux griffes. Le sang éclaboussait les couloirs par giclées.

Milian se sentit coupable en pensant, qu'au moins, cela ralentissait l'avancée des monstres. Chaque fois qu'une personne tombait, cela occupait deux ou trois créatures, qui se ruaient dessus pour la dévorer.

Un étage plus bas, trois gnasseas se jetèrent dans la foule à seulement quelques pas de lui. Ils avaient surgi d'un couloir sur sa gauche. Des hurlements. Un carnage. Milian perçut la soif carnassière dans les yeux globuleux des monstres. Ils ne cherchaient qu'à se nourrir de toute chair à portée.

Milian effleura un instant le manche de sa dague, or, il craignait qu'elle ne lui soit d'aucune utilité. Ce pouvait être une arme pratique dans un combat rapproché, mais s'il venait à se retrouver au corps à corps avec l'un de ces gnasseas, c'était que la mort lui tendait déjà ses bras squelettiques.

— Non, lui ordonna Shana en l'empêchant de dégainer la dague.

Elle l'entraîna avec elle et Eirinia pour suivre le flot humain qui se déversait dans l'un des corridors.

Reste-t-elle lucide ? Comment fait-elle pour ne pas céder à la panique ? Milian sentait qu'il était à deux doigts de craquer.

Les gnasseas venaient de partout et de nulle part à la fois. Ils ne leur laissaient pas le choix du chemin à emprunter pour les fuir. En proie aux assauts réguliers des créatures, le groupe s'amenuisait au fur et à mesure de leur avancée. La brutalité à chacune de leurs rencontres nourrissait le chaos. Milian se demandait combien de temps ils pourraient encore survivre. *Il n'y a aucun refuge, aucun coin où se mettre à l'abri.*

Au bout d'un couloir, ils arrivèrent devant une scène de combat. Des dizaines de membres de l'équipage araneanais se battaient à l'aide de lances, de tridents et de glaives pour ralentir la progression des monstres. Les gnasseas étaient toujours plus nombreux.

L'endroit semblait être une position stratégique, l'une des principales intersections d'où l'on pouvait monter ou descendre dans le navire. Les coups pleuvaient, le crissement des lames contre les écailles produisait un vacarme grinçant, les cris de douleur étaient déchirants. Les marins se donnaient corps et âme pour protéger toutes les personnes qui affluaient. Les enveloppes corporelles s'entassaient dans des gerbes tantôt rougeâtres, tantôt verdâtres. *Combien de temps ces hommes tiendront-ils ?*

Il entendait déjà les monstres arriver derrière lui.

— Vers les cales ! rugit l'homme qui paraissait commander les défenseurs, tout en pointant la direction à prendre à l'aide de son trident.

Les gens se ruèrent dans l'escalier protégé par les Araneanais. Ils donnaient leurs vies pour leur permettre de passer.

Mais est-ce que tout ça a un sens ?

Si nous nous dirigeons vers les cales, nous n'aurons plus aucun moyen de fuir. Si toutes les lignes de défense tombent, nous ne pourrons qu'attendre l'arrivée des monstres. Cependant, il n'y avait guère d'autre choix. *Il a raison. Les étages les plus hauts doivent être infestés de gnasseas. Il ne reste donc plus que les cales.*

— Dépêchez-vous ! hurla à nouveau l'individu, poussant sans ménagement ceux qui n'avançaient pas assez vite.

Alors que les trois amis s'apprêtaient à suivre le mouvement, un homme retint Milian par l'épaule.

— Vous ! s'écria-t-il, tenant un glaive à garde étoilée enduit du sang des créatures.

Son accent trahissait son origine araneanaise, bien qu'il ne portât pas l'uniforme des membres d'équipage. *Un pourpoint en cuir mat, un pantalon léger, des bottes façonnées pour le voyage, une ceinture d'où pendent divers couteaux.* Milian aurait pu parier qu'il s'agissait de l'un des mercenaires. Son visage ne lui était pas totalement inconnu. L'épuisement se lisait sur ses traits. Il haletait, suait à grosses gouttes, mais il semblait indécis.

Milian se débarrassa de la main posée sur son épaule et serra le poing.

— Si les autres vous voient, ils vous tueront, le prévint l'homme. Moi, je ne suis pas un meurtrier.

— Qu'avez-vous fait à Waryn ? rugit Milian.

— Il va… bien.

Son regard avait l'air sincère.

Shana agrippa Milian par la manche pour le forcer à la suivre. Alors que le soudard s'apprêtait à retourner au combat, une autre voix s'éleva au-dessus des affrontements.

— Attrape-les, Tim ! Tu fous quoi, bordel ?

Même sous un masque de liquide verdâtre, Milian reconnut instantanément ce visage.

Vizar venait de s'extirper de la lutte pour se frayer un chemin à travers la foule. Il arborait l'expression de l'assassin ayant déniché sa victime, avec la cruelle envie de l'égorger.

Tim tenta de retenir Milian, mais son geste ne fut pas des plus assurés. Ce dernier le repoussa aisément, s'enfuyant dans la multitude.

Chapitre 17

Milian

Milian dévalait les marches les menant aux cales avec Shana et Eirinia. Comme tant d'autres. Parmi tout ce monde, il aurait été impossible à Vizar de les retrouver facilement. D'autant plus que les cales étaient immenses. Les gens s'éparpillaient dans les couloirs labyrinthiques sous la lumière bleutée des luesafs.

Ils avançaient toujours plus loin tandis que les cris de peur laissaient place aux altercations. Les gens en venaient aux mains pour trouver la meilleure cachette, l'endroit où ils seraient le plus en sécurité. *Pourtant, la réponse est limpide : il n'y en a aucune.* Les nombreux compartiments regorgeant de marchandises ne pouvaient pas tous les contenir. Et même dans ce cas, les gnasseas dévasteraient tout sur leur passage.

Les trois amis continuèrent de progresser dans les sombres couloirs. Où que Milian regardât, il ne percevait qu'effroi, reflet de la terreur ne l'ayant jamais quitté depuis qu'il avait vu l'un de ces monstres.

Ils aboutirent dans une vaste salle éclairée par quelques luesafs, où de minuscules ouvertures sur les parois de bois usées filtraient la pâle lumière des étoiles. La hauteur vertigineuse laissait penser qu'elle montait jusqu'au pont supérieur de *L'Œil du Typhon*, par lequel elle avait été remplie grâce aux grues titanesques. *Il doit s'agir de la cale principale.* Des caisses, immenses et massives, se dressaient pyramidalement les unes sur les autres. Elles empêchaient d'en voir le bout et créaient des ombres mouvantes. L'odeur salée de l'océan, mêlée à une touche de moisissure, rendait l'atmosphère poisseuse. Ce que Milian exécrait.

Une vingtaine de membres de l'équipage araneanais braillaient des consignes aux nouveaux arrivants. Ils essayaient tant bien que mal de contenir la panique alors qu'ils leur indiquaient de se réfugier au fond de la cale en empruntant les chemins entre les monticules de caisses. D'autres, bien plus nombreux, s'affairaient à fournir des armes à tous ceux capables d'en tenir une, ou à déplacer des tonneaux, des malles et des caisses pour former des barricades entre les pyramides.

Ils s'attendent à ce que les gnasseas viennent jusqu'ici. Ils préparent la défense, même si elle paraît risible face à cette vague meurtrière. Ça ne nous fera que gagner du temps. Avons-nous seulement une chance de nous en sortir ? Combien de gnasseas ont déjà envahi le navire ?

Et Waryn ? A-t-il réussi à échapper aux créatures ? Les Descendants le protègent-ils ?

Faisant fi du vacarme, Milian observa la multitude autour de lui. Il essayait de retrouver son ami. *Il n'est pas là*, se désola-t-il. Au loin, il ne reconnut que Rilann, accompagné d'autres débardeurs de Peleg. *Alors eux aussi ont réussi à survivre. Ça ne doit pas être le seul endroit encore épargné. Il y en a forcément d'autres...*

Shana semblait avoir compris qui il cherchait. Elle secoua la tête.

Milian n'eut pas le temps d'y réfléchir davantage. Une femme au regard dur lui jeta un trident. Il l'attrapa au vol. L'arme était composée d'un manche en bois rudimentaire, auquel on avait attaché un embout constitué de trois lames de métal. Il le soupesa et remarqua qu'il n'était pas aussi lourd qu'il croyait. Il ne semblait pas non plus si compliqué à manier. Et puis cela valait bien mieux que de devoir se défendre avec sa dague, dont la portée était bien trop courte.

Cette réflexion lui fit soudain comprendre qu'il allait devoir se battre. Il frissonna à l'idée de faire face aux immondes créatures.

À ses côtés, Shana et Eirinia s'étaient également vu attribuer un trident. La jeune Descendante l'agrippait fermement, s'essayant déjà à quelques coups dans le vide, tandis que son amie aux boucles de paille le tenait de ses mains tremblantes.

— Tu n'auras pas à l'utiliser, la rassura Shana. Reste seulement près de moi. Et toi aussi, Mili.

Le flot de rescapés s'était tari.

— Derrière les barricades ! s'égosilla un homme à la barbe hirsute et aux tatouages de poulpes recouvrant ses bras – un gradé du vaisseau, au vu de son uniforme. Les enfants et les plus âgés, courez aussi loin que vous le pouvez au fond de la cale ! Les autres, nous tiendrons la position derrière les barricades jusqu'à ce que le Chuchoteur parvienne jusqu'ici ! Il repoussait les gnasseas sur le pont supérieur aux dernières nouvelles ! Il ne tardera pas !

Alors, c'est ça, le plan ? Pensent-ils vraiment que le Descendant capable de chuchoter au vent viendra nous sauver ? Il est sûrement mort, sinon, comment autant de ces créatures auraient pu infester le navire ? Non, il veut simplement faire vivre l'espoir dans le cœur de ceux encore en vie.

Ne pas perdre espoir.

Milian avait failli l'oublier.

Ils devaient être cent, ou peut-être deux cents à former la dernière ligne de défense qui s'opposerait aux monstres marins. Suivant tous les hommes et les femmes munis de tridents, de lances, de haches et de glaives, les trois amis se postèrent derrière l'une des barrières de tonneaux et de malles enchevêtrés. Puis ils aidèrent à refermer l'interstice qui leur avait permis de passer. Entre les deux pyramides de caisses aux dimensions démesurées, l'espace suffisait à ce que cinq hommes puissent tenir côte à côte.

Derrière leur barricade, dans un silence pesant, Milian patientait avec Shana, Eirinia, ainsi que sept individus. Deux d'entre eux, ventripotents, étaient parés d'étoffes aux motifs criards en velours et en soie aux cols ruchés, ne laissant aucun doute sur leur qualité de marchands. Les autres, vêtus de vestes sans manches aux couleurs de l'Araneana, étaient des membres de l'équipage. Leurs visages fermés et crispés n'apportaient aucun soutien, tous plus tendus les uns que les autres. *Ils n'ont plus aucun espoir.* Cependant, Milian savait qu'ils donneraient tout pour protéger tous ceux qui se cachaient dans le fond de la cale.

On doit tenir derrière les barricades.

Il chercha du réconfort dans le regard de Shana, mais n'y perçut qu'une rage brûlante.

— Foutus monstres ! cracha l'un des marins à sa droite.

— Qu'avons-nous fait pour qu'Uzushio nous punisse de la sorte ? se lamenta un marchand.

— Mes marchandises, toutes mes pauvres marchandises… Si ces abominations les détruisent, je vais être ruiné…, répétait un autre. Si je leur offre une partie de ma cargaison…

— Fermez-la ! feula une femme au faciès rondelet. Ces monstres n'en veulent pas à votre or. Ils souhaitent nos têtes.

— Et à présent, sommes-nous condamnés à attendre ici l'inéluctable trépas ? bredouilla Eirinia, s'affaissant lentement.

Elle lâcha son trident, dissimulant ses larmes derrière ses mains. Elle était terrifiée, comme la totalité des gens ici. Milian l'était aussi, mais il ne voulait pas céder à la panique. Même s'il n'en était pas loin.

— Tu devrais rejoindre les autres à l'arrière, lui répondit sèchement la femme d'un ton cinglant. Si tu n'as pas le cran de tenir cette arme et de l'enfoncer dans le corps de l'un de ces monstres, tu ne seras rien d'autre qu'un fardeau.

Shana la fixa d'un regard abyssal.

— Elle reste avec nous.

— C'est pas un maudit jeu, fillette ! s'emporta la femme replète. Je n'ai pas envie de mettre ma vie sur la table à cause d'une foutue donzelle qui n'est même pas capable de se tenir debout !

— Vous avez eu votre réponse. Elle ne partira pas d'ici, renchérit Milian avec fermeté. Nous devons simplement survivre jusqu'à l'arrivée du Chuchoteur, ajouta-t-il en essayant de se montrer convaincant.

— Il ne viendra pas, déclara l'un des marins aux traits durs. Ou alors, ce sera trop tard.

— Alors à quoi bon…, maugréa l'un des marchands.

— Quoi qu'il en soit, nous nous battrons, rétorqua avec vigueur le matelot. J'emporterai avec moi tous les gnasseas que je peux, et vous en ferez de même.

— Comptez sur nous ! flamboya Shana, se tenant déjà en posture défensive derrière la barricade.

Cela redonna du baume au cœur à Milian. *Quelle que soit l'issue de l'affrontement, je me battrai jusqu'à mon dernier souffle.*

— Par Uzushio ! Vous voulez bien la fermer ? rugit un autre marin. Ils arrivent.

Milian tendit l'oreille.

Ce qu'il entendit lui glaça à nouveau le sang.

Outre le craquement du bois causé par le grouillement des créatures, la souffrance et les tourments des condamnés résonnaient tel un sinistre glas. Aucun de ceux qui s'étaient cachés dans les pièces de stockage n'en réchapperait. Cela signifiait également que ceux qui se battaient un étage plus haut étaient tombés.

L'attente devint un réel supplice.

— Empêchez-les de détruire la barricade et tuez-en autant que possible, précisa l'un des marins à la mâchoire carrée. Cinq devants, cinq derrières, et on se relaie. Compris ?

Personne n'émit une quelconque opposition. Milian fut assigné à la seconde ligne avec Eirinia, pendant que Shana, les yeux foudroyant des éclairs, pointait son trident dans l'un des interstices qui leur permettait d'atteindre les gnasseas à travers l'empilement de tonneaux et de malles.

Les premiers monstres surgirent à la frêle lueur des étoiles qui perçait la coque, tel un raz-de-marée approchant des côtes. Ils cavalaient sans s'arrêter, se mouvaient avec une célérité croissante. Leurs gueules grandes ouvertes appelaient le sang qu'ils étaient venus chercher. Leurs grondements s'insinuaient jusque dans les entrailles de Milian.

La mort fond sur nous.

Il repensa à la vie qu'il menait à Rivlon. Après réflexion, elle n'avait pas été si terrible. Et même plutôt paisible si l'on ne tenait pas compte des nombreuses bagarres qui éclataient à *L'Arbre Ruisselant*. Il avait vécu dans une relative tranquillité, loin des menaces de mort qui planaient constamment au-dessus de sa tête depuis leur départ. Il en venait à regretter cette période qui lui paraissait maintenant si distante, où ses seules préoccupations étaient de maintenir de l'ordre dans la taverne, de discuter avec les habitués et les gens de passage, ainsi que de servir ceux qui se présentaient au comptoir. *En somme, une vie banale*.

La progression des créatures le fit revenir à la réalité.

Même s'il n'était pas dans la première ligne qui ferait face aux gnasseas, il fléchit les jambes, agrippa le manche du trident aussi fermement que possible et serra les dents : une posture qu'il avait remarquée en observant des gardes de Rivlon. Il fixa Eirinia à ses côtés et lui murmura qu'ils s'en sortiraient. Elle répondit par une mine affreuse, tenant son arme de façon incertaine.

Puis, il posa une main sur l'épaule de Shana, et à sa grande surprise, il ne trembla pas, tout comme son cœur, battant la chamade quelques instants plus tôt, avait vu son rythme ralentir. Il ne décela plus la peur l'habiter ; un brasier ardent y avait pris place.

— Ce n'est pas la fin du voyage, sois sans crainte, lui susurra-t-il.

Shana se retourna le temps d'un souffle fugace et lui afficha le plus beau sourire qu'il n'ait jamais vu. Ses yeux verts semblaient lui crier quelque chose, mais elle ne remua pas les lèvres. *Elle doit survivre. Elle. Plus que quiconque.*

La vague de gnasseas engloutit l'espace qui les séparait des barricades. Elle grossissait perpétuellement pour annoncer toute la dévastation qu'elle apportait dans son sillage.

Le fracas du choc entre les créatures et la barrière fut féroce, mais elle tint bon.

Milian n'avait encore jamais vu ces monstres d'aussi près, et il put discerner la cruauté dans leurs yeux. Puis, les premiers succombèrent sous les tridents et les lances des défenseurs. Même lorsqu'une lame leur traversait le poitrail ou la gorge, ils continuaient de se débattre pendant quelques instants avant de gémir leur dernier râle d'agonie.

Les marins enchaînaient les coups sans relâche. Les gnasseas s'en prenaient aux tonneaux et aux malles qui les empêchaient de passer. Shana n'était pas en reste. Elle plantait son trident de manière ininterrompue à travers des écailles qui se maculaient du sang verdâtre. Quand l'un des monstres poussait son dernier cri, il disparaissait à l'intérieur de la vague de ses congénères.

L'un des marins donna l'ordre à la seconde ligne de remplacer la première. Milian s'avança et se positionna à l'endroit où Shana s'était tenue un instant plus tôt.

Devant lui, les gnasseas s'acharnaient sur la barricade. Ils détruisaient peu à peu les lourds tonneaux qui ne les exposaient pas encore à un affrontement direct. Milian enfonça les trois lames de son trident dans la chair du monstre derrière l'ouverture, lui arrachant un râle bestial. Il avait dû y mettre plus de force qu'il ne l'avait pensé pour traverser ses écailles et le blesser mortellement, et dut redoubler de vigueur pour maintenir son arme dans son poitrail et ne pas la lâcher. Lorsqu'il fut sûr que le gnassea ne bougeait plus, il retira le trident d'un coup sec en faisant voler une gerbe de sang. Mais il n'y eut aucun répit. À l'instant où sa victime disparut, une autre créature prit sa place.

Je viens de tuer pour la première fois.

Ce n'était pas un humain, mais il s'agissait tout de même d'un être vivant. Oui, c'était pour défendre sa vie, celle de ceux qu'ils aimaient, ainsi que de tous ceux ici présents ; néanmoins, il sentit quelque chose se déchirer en lui. Il enchaîna les attaques avec d'autant plus de rage, ôta la vie de plusieurs créatures sans relâche, jusqu'au moment où, à nouveau, l'ordre d'intervertir les lignes de défense retentit.

Alors qu'il revenait à l'arrière pour laisser sa place à l'un des marchands bedonnants, il vit que Shana se tenait à l'endroit qu'aurait dû occuper Eirinia. Dans sa frénésie, il n'avait même pas remarqué que la jeune Descendante n'avait jamais cessé d'abattre les monstres. Quant à son amie aux cheveux blonds, elle était recroquevillée contre l'une des immenses caisses en retrait ; elle ne bougeait pas, mais son visage révulsé exprimait sa terreur. Elle n'aurait jamais dû se trouver là, et c'était sa faute. *Me pardonnera-t-elle un jour de l'avoir embarquée dans cette histoire ?* Il n'en aurait certainement jamais la réponse.

Les gnasseas poursuivaient l'éventrement des tonneaux et des malles empilés, faisant voler le bois en éclats. Ce n'était plus qu'une question de temps pour qu'une brèche assez large se forme et les laisse passer.

Le signal de changement de ligne fut donné encore quelques fois avant que la première ouverture ne permette à l'une des créatures d'y faufiler sa tête hideuse. D'un coup puissant, l'un des marins enfonça les pointes de son trident dans le crâne du monstre et le repoussa avec son pied.

Alors que d'autres gnasseas en profitaient pour élargir la brèche, un roulement dans le dos de Milian retint son attention. Il avait réussi à l'entendre malgré les mugissements gutturaux et sinistres de la cohorte. Il se retourna et vit certains des réfugiés s'affairer à rapporter des objets lourds et encombrants. Eirinia faisait rouler un tonneau avec d'autres femmes, qui interpellaient les défenseurs et leur criaient de se pousser. Tous ceux restés en arrière s'activaient à ramener de quoi combler les barricades. Elles devaient toutes commencer à montrer des signes de faiblesse. Lorsque la brèche fut bouchée avec l'aide des marins qui abattaient chaque gnassea tentant de s'y infiltrer, ils reprirent leur ballet sanglant.

Combien de temps pourrons-nous encore tenir ? Milian sentait ses muscles le tirailler. Les moments où il se trouvait à l'arrière n'étaient pas suffisants pour lui permettre de récupérer de ses efforts. Il le percevait aussi chez les autres défenseurs.

La seule qui ne montrait aucun signe de fatigue était Shana. Elle assénait ses attaques avec autant de fermeté que les premières. Pourtant, le nombre de créatures semblait presque infini. Les deux marchands étaient exténués. Ils peinaient à donner des coups efficaces et devaient s'y reprendre plusieurs fois avant de parvenir à éliminer leur vis-à-vis.

Puis, telle une bénédiction soudaine, les gnasseas s'arrêtèrent.

Un silence – inimaginable une seconde plus tôt – s'empara de la cale.

Seules étaient audibles les expirations de fatigue des défenseurs, et seuls étaient visibles leurs visages désorientés.

Un bourdonnement s'éleva telle une clameur. Milian en vit l'origine – les nageoires au-dessus des crânes des créatures s'étaient mises à frétiller. *Est-ce leur moyen de communiquer ?*

La confusion étreignit leur groupe, troublé par ce brusque changement de comportement. Cependant, quelques moments de repos de plus étaient les bienvenus.

Cela ne dura que le temps de brèves respirations. Les monstres entreprirent de se monter les uns sur les autres. Milian comprit immédiatement ce qu'elles cherchaient à faire.

Il se pressa devant son interstice et frappa avec ardeur tous les gnasseas qui se présentaient face à lui. Shana l'imita, tout comme les autres marins, mais cela n'avait quasiment aucun effet. Le flot de créatures ne tarissait pas. Elles n'avaient cure de leurs congénères massacrés ; elles continuaient de se monter dessus et piétinaient les cadavres. Alors qu'elles avaient presque atteint le sommet de la barrière, Milian perçut des hurlements derrière lui. *Des barricades ont dû tomber*.

— Repliez-vous ! Ils vont nous prendre à revers ! s'égosilla-t-il.

Shana ne réagissait pas. Elle frappait sans relâche tous les monstres à portée de son trident. Alors, il l'empoigna et la contraignit à le suivre. Son visage angélique avait laissé place à celui d'une guerrière furieuse.

— Ils sont déjà derrière nous, reprit-il en fixant son regard empreint de colère.

Ses traits mirent un temps atrocement long à s'adoucir, mais elle lui emboîta le pas pour rejoindre Eirinia. N'écoutant pas son avertissement, deux membres de l'équipage restèrent sur place, tout comme la femme s'en étant prise à Eirinia.

Je n'ai pas le temps de les convaincre.

Dans un tumulte extraordinaire, ralliés par des rescapés venus prêter main-forte à la consolidation de la barricade, ils longèrent les hautes caisses empilées. Ils cherchaient à fuir dans les profondeurs de la cale.

Sur le chemin, ils tombèrent sur un groupe d'hommes qui se battaient contre des gnasseas. Mais pouvait-on réellement parler de combat ? Les créatures se ruaient sur les humains et se délectaient des viscères de ceux n'ayant pas réussi à les esquiver. D'autres parvenaient à contenir les assauts des monstres en jouant de leurs armes. Les affrontements étaient inégaux. Les gnasseas trop nombreux. Les plaintes, les râles, les gémissements, les ahanements, le martèlement des pas monstrueux sur le plancher, les hurlements gutturaux…

Tout ça annonce la fin.

Ils poursuivirent leur chemin pour se retrouver à un carrefour entre quatre pyramides. Une escouade entière de créatures, griffes acérées et yeux gorgés de sang, se précipita à leur rencontre.

Surpris par leur rapidité, Milian ne dut sa survie qu'à ses seuls réflexes.

Il bondit sur le côté afin d'éviter les griffes de l'un des gnasseas. La gueule à l'haleine pestilentielle se referma dans le vide.

Au sol, mes chances de survivre sont minces.

Le monstre se précipita sur l'humain qui ne représentait qu'un tas de viande fraîche de plus. Milian pointa son trident vers lui au dernier instant. Le gnassea s'empala. Mais il continua de se débattre pour tenter d'extirper les trois lames fichues dans ce qui ressemblait à son épaule. Il n'y parvint pas. Shana lui sauta dessus, et d'un geste précis, lui planta ses lames dans le tronc. Avec un grognement, elle dégagea l'acier du gnassea en lui tranchant l'abdomen. Coupé en deux, il s'affala lourdement sur le sol. Shana était déjà aux prises avec une autre créature.

Les marins se battaient férocement et gagnaient du temps pour ceux qui fuyaient. Milian, encouragé par la défense de la barricade, se joignit à eux.

Il n'abandonnerait pas. Même devant l'inéluctable.

Il terrassa un gnassea en utilisant habilement la distance que lui offrait le manche de son trident, même s'il sentait déjà ses forces faiblir. Les monstres étaient puissants, mais ils se jetaient en avant sans aucune réflexion, lui permettant d'appréhender leurs mouvements. Il en embrocha un second. La créature poussa un cri de douleur, se débattit et lacéra l'air devant elle à l'aide de ses griffes. Milian la maintint à distance, résistant à l'énergie du désespoir de la bête. Elle finit par s'effondrer, immédiatement remplacée par une autre.

Le prochain gnassea tenta de lui sauter dessus, mais cette fois-ci, il prit les devants. D'un geste maîtrisé, il fendit l'air avec son trident pour l'abattre dans son crâne avec force. La créature ne put qu'émettre un grondement d'agonie, puis, saisie de spasmes, elle retomba sans vie. Ils arrivaient à repousser celles qui avaient passé les barricades, mais pour combien de temps ?

Les exhalaisons putrides, les rugissements infernaux, les hurlements de souffrance, le crissement des lames sur les os, les corps mutilés… L'horreur de l'affrontement était insoutenable.

Un autre monstre surgit de nulle part et enfonça l'une de ses griffes dans l'avant-bras de Milian. La douleur, fulgurante, lui arracha un cri. Alors que le gnassea s'apprêtait à refermer sa mâchoire sur sa gorge, dans un geste désespéré, Milian eut tout juste le temps de placer le manche de son trident en opposition. Dans sa gueule. Ses dents se refermèrent dessus, tentant frénétiquement de le briser. La pression exercée était impressionnante, et il n'allait pas tarder à se rompre. Milian dut puiser dans toute l'énergie qui lui restait pour tenir bon. Il ignora la douleur lancinante dans son bras, menaçant de faillir à chaque instant. Face à la puissance du monstre et afin d'éviter sa patte libre, Milian bascula en arrière, utilisant son poids pour le faire tomber sur le côté. Grâce à la perte d'équilibre, il fit glisser le manche du trident jusqu'à ce que les lames perforent la cavité buccale du gnassea, lui coupant sa langue bifide par la même occasion. Les spasmes de la créature résonnèrent en lui tandis que sa griffe était toujours plantée dans son corps. Il s'en dégagea avant de perdre totalement son bras, alors que son sang tombait à grosses gouttes sur le plancher.

Shana le protégea d'une autre attaque, ce qui lui permit de se relever malgré les élancements douloureux. Elle parvenait à défaire les monstres qui se présentaient devant elle et se battait farouchement tout en défendant Eirinia. Elle esquissait presque une danse face à ses ennemis. Un instant, Milian crut y percevoir les mouvements de Jalen lorsqu'il avait massacré les mercenaires, cette nuit fatidique.

À présent, ils étaient moins nombreux à lutter face aux gnasseas, et couvrir les arrières de chacun était devenu primordial. Milian ramassa un trident et se tint dans le dos de Shana pour s'occuper tant bien que mal des créatures qui s'approchaient, pendant qu'elle faisait de même pour lui.

Sa blessure l'élançait, mais il n'avait pas le temps de s'en préoccuper. Ou cela aurait créé une ouverture.

Il ne pouvait se le permettre.

La fatigue était un poids supplémentaire à chaque coup, et ses mouvements alourdis le rendaient moins précis. Son arme se brisa alors qu'il la retirait du poitrail de l'un des gnasseas. En chercher une autre revenait à se suicider ; ils étaient cernés par les monstres.

Milian sortit sa dague. Il pourrait peut-être emporter une dernière créature avec lui avant de sombrer. Autour de lui, les corps mutilés s'amoncelaient et réduisaient constamment le nombre de défenseurs.

Une gigantesque cohue de gnasseas cavalait vers eux. *Les barricades ont-elles fini par tomber ? Il n'y aura aucun survivant.* Les hommes encore en vie crièrent de rage. Ils s'apprêtaient à réceptionner la vague dévastatrice. *Le courage de ces hommes aurait mérité d'être relaté dans les livres d'histoire.*

Milian tourna sur lui-même pour chercher une échappatoire. Trois des quatre artères entre les pyramides étaient submergées par les gnasseas.

Il n'en restait qu'une seule où fuir.

Mais s'ils se mettaient à courir, les monstres finiraient par les rattraper. Une idée germa : les pyramides. *Même si ça ne nous permettra pas de tenir bien plus longtemps...*

— Suivez-moi ! s'égosilla-t-il.

La plupart des défenseurs ne lui prêtèrent pas attention. Seule une poignée de marins, ainsi que Shana et Eirinia, se joignirent à lui. Elles lui faisaient confiance, même dans ce chaos de chair et de sang.

Dans un élan de fureur, Milian à l'avant, ils décimèrent les gnasseas qui se tenaient sur leur passage. Arrivant devant l'une des immenses caisses, il lutta pour trouver la force nécessaire pour y planter sa dague, juste au-dessus de sa tête. Elle s'y enfonça avec une facilité déconcertante. Avec son bras mutilé, il lui serait ardu d'y prendre appui pour grimper, mais au moins, ses amies pourraient gagner un certain temps.

— Montez ! hurla-t-il.

Ils ne disposaient que de quelques instants, et Milian n'était même pas convaincu que tous ceux qui l'avaient suivi auraient le temps de se hisser sur les caisses. Shana fut la première à réagir. Elle planta son trident à côté de la dague et épaula Eirinia pour grimper. Les imitant, les marins s'entraidèrent pour en atteindre le haut. La jeune Descendante, d'un bond prodigieux, parvint à s'accrocher à l'arrête haute, avant de se tracter avec souplesse.

Les gnasseas fondaient sur eux, et Milian crut qu'il n'arriverait pas à rejoindre ses amies. Il agrippa sa dague avec l'énergie du désespoir, faisant fi de la douleur dans son bras.

Alors que le raz-de-marée engloutissait les défenseurs restés sur le plancher de *L'Œil du Typhon*, une main salvatrice le propulsa en haut de la caisse.

Shana s'agenouilla devant lui et lui tendit sa dague.

— Garde ça.

Les gnasseas déferlèrent tout autour de la pyramide, et certains commençaient déjà à se marcher dessus pour y grimper. Disposant de la hauteur et d'un espace réduit, Milian et les autres pouvaient contenir leurs assauts pendant un moment, mais pas indéfiniment. Ces avantages lui permirent d'utiliser sa dague sans se mettre trop en danger. Les coups de tridents et de haches fendirent les crânes des premiers monstres. Or, il fallut bientôt abandonner le premier étage.

Ils s'aidèrent tous à nouveau pour monter plus haut lorsque les gnasseas se firent trop nombreux. Les corps des marins surpris par les griffes ou la mâchoire d'un assaillant disparaissaient dans la mer de créatures. Le bas de la pyramide était maintenant entièrement occupé par les gnasseas, dont les cris gutturaux annonçaient leur fin prématurée.

Le souffle court, le sang dégoulinant de sa chemise, l'atroce sensation de vertige…

Milian atteignait ses limites.

Shana, elle, se battait toujours comme une diablesse. De son côté, elle empêchait tous les monstres d'accéder à leur plate-forme. Mais ce n'était pas suffisant pour arrêter leur progression.

Chapitre 18

Milian

Tandis qu'il ne restait qu'une poignée d'étages où se réfugier, les gnasseas se figèrent ; le temps sembla comme se suspendre l'espace d'un instant.

Les nageoires des monstres frétillèrent à l'unisson, créant un charivari sans précédent. Milian se boucha les oreilles pour ne pas devenir sourd. Les caisses tremblaient sous ses jambes, ces dernières menaçant de s'effondrer sous son propre poids.

Puis, le calme, même si l'écho du vacarme continuait de résonner sur les parois de la coque. Milian serra la dague entre ses doigts.

Contre toute attente, les gnasseas firent volte-face. Ils dévalèrent les étages pour retourner sur le plancher de la cale. Tous ceux qui s'étaient engouffrés dans les profondeurs du navire refluaient vers les anciennes barricades, que Milian voyait à présent dévastées. Pour une raison qui lui échappait encore, leur avancée macabre s'était arrêtée.

Il mit un genou à terre, reprit son souffle, exténué, incrédule face à ce soudain changement de comportement. Cependant, il fallait se tenir prêt. Les gnasseas pouvaient à tout moment faire demi-tour pour finir le travail.

Un marin à la moustache cirée et à la peau tannée, qui s'était battu sur son flanc pendant toute leur ascension, lui posa une main dans le dos.

— C'était une bonne idée de monter là-haut, haleta-t-il, s'asseyant à côté de lui.

Milian hocha la tête tout en observant la marée de gnasseas.

Deux caisses plus loin, Shana se tenait droite. Le bout du manche de son trident reposait sur le bois, les lames vers le ciel. Son visage, fermé, scrutait également les créatures. Elle était prête à retourner au combat. Quant à Eirinia, elle restait prostrée, vacillante, en état de choc.

— Je sais pas pourquoi elles se sont arrêtées d'un coup, mais pour l'instant, tu nous as fait gagner du temps, poursuivit le matelot. Qu'Uzushio te bénisse si nous nous en sortons vivants !

Alors que Milian se relevait, plaquant une main sur la blessure de son avant-bras pour empêcher le sang de couler, Shana lui intima de rester dans sa position. Elle l'examina quelques secondes, puis déchira un bout de sa manche afin d'en faire un bandage. Il voulut la remercier, mais le regard de la jeune femme se portait déjà au loin.

Quatre astres brillants resplendissaient à l'entrée de la cale, telles des lumières rédemptrices dans les ténèbres. Deux flamboyaient d'un orange cuivré, et les deux autres luisaient d'un gris lugubre.

Daragh et le Chuchoteur avaient fait irruption dans la vaste cale, et tous les gnasseas convergeaient vers eux. Des hommes étaient à leurs côtés, mais à cette distance et avec la pénombre ambiante, il était impossible de les identifier.

— Un Façonneur ! rugit le marin tanné, un sourire naissant sur son visage. Par Uzushio ! Le Chuchoteur n'était donc pas le seul Descendant à bord !

— Lui…, lança Shana, la voix emplie de haine.

Des amas de pierres se matérialisèrent tout autour du groupe venant de faire son apparition. Milian sentit une brise s'infiltrer sous sa chemise qui lui collait à la peau avec un mélange de sueur et de sang.

Les roches s'élargissaient. Le vent s'amplifiait. Les gnasseas se rapprochaient des Descendants.

La première salve de rocs décima des colonnes entières de créatures, les réduisant en bouillie par dizaines. D'autres furent emportées dans les airs, puis s'écrasèrent avec violence contre les parois du vaisseau araneanais. Les rares approchant les deux Descendants firent face aux hommes qui les entouraient. *C'est un véritable massacre*, songea Milian. Les gnasseas tombaient les uns après les autres, sans jamais parvenir à atteindre leurs cibles.

Le Façonneur et le Chuchoteur se permettaient même d'avancer face à la horde de monstres, qui ne renonçait pas à charger malgré les pertes innombrables. Les rochers se multipliaient et transperçaient les créatures avant d'exploser au milieu de la marée, agrandissant encore le nombre de victimes. Des groupes entiers de gnasseas montaient en l'air, s'entrechoquaient les uns les autres, puis retombaient en une pluie de chair et de sang.

Les pouvoirs des deux Descendants, combinés, créaient le chaos.

Le plancher était devenu un véritable charnier, où les corps s'amoncelaient dans des mares verdâtres. Daragh, le Chuchoteur, ainsi que leurs compagnons ne furent à aucun moment en danger. Ils contrôlaient avec aisance les vagues successives de gnasseas, les repoussaient, les exterminaient…

Face à leur puissance incommensurable, les créatures finirent par battre en retraite. Déjà deux fois moins nombreuses, elles se ruèrent dans les allées entre les pyramides. Elles cherchaient une échappatoire dans les profondeurs de la cale. *Là où se tient le reste des rescapés.*

Les deux Descendants les pourchassèrent et continuèrent de faire pleuvoir leurs offensives meurtrières dans la masse, interdisant toute contre-attaque. La puissance qu'ils dégageaient fit vaciller Milian. Mais alors qu'ils passaient à côté de leur pyramide, il obligea Shana à se baisser. Il se devait de rester lucide. *Daragh cherche à nous tuer, et il lui serait simple de le faire ici. Même s'il est occupé pour le moment, il est préférable de ne pas prendre de risques.*

Les hurlements de terreur des rescapés indiquaient que les créatures étaient parvenues à atteindre le fond de la cale, toujours poursuivies par les Descendants. *Quel est le pire : mourir de la main des gnasseas, ou de celle de Daragh ?* s'interrogea Milian. *Le résultat est le même. Il faut s'enfuir d'ici avant qu'il ne revienne.* Shana semblait aussi l'avoir compris. Elle aidait déjà Eirinia à se relever.

Milian remisa sa dague à sa ceinture. Son bras le tiraillait et l'engourdissement le gagnait, mais cela ne l'empêcha pas de sauter d'étage en étage. Il se réceptionnait en roulade pour limiter les secousses sur son corps meurtri. De son côté, Shana attrapait Eirinia au bas des caisses, jusqu'à ce qu'ils se retrouvent tous au pied de la pyramide. Les marins étaient restés à l'abri en hauteur.

Les dépouilles des gnasseas s'enchevêtraient dans une odeur âcre de mort et de sang putride, rendant l'atmosphère, déjà morbide, suffocante. Les membres déformés par la violence du massacre, les écailles déchirées, les viscères et les entrailles, ainsi que les amas indistincts stagnaient dans des mares méphitiques. Plusieurs des énormes caisses avaient été mises en pièces, laissant se répandre sur le sol des monticules de roche noire et de poutres à présent ravagées. Milian, suivi par Shana et Eirinia, avançait d'un pas hésitant, ses bottes éclaboussées par les flaques macabres. L'horreur le saisissait à la gorge lorsqu'il apercevait les quelques visages de défenseurs gisant parmi les cadavres. Ils affichaient des expressions de douleur figée. La traversée du champ de bataille n'était qu'une éternité de souffrance et de désolation.

Ces images, ces odeurs, resteraient gravées dans son âme, tel un cauchemar à l'encre indélébile.

Alors qu'ils atteignaient presque la sortie, une lame siffla sinistrement dans l'air. Milian n'avait pas eu le temps de réagir, mais Shana s'était projetée sur le côté. Elle venait d'éviter le projectile.

Une ombre émergea du passage.

— Vous avez réussi à survivre dans ce carnage…, déclara Vizar, qui s'avançait en arborant une expression barbare derrière le sang maculant son visage. Cette fois, vous ne vous en sortirez pas vivants !

Milian chercha désespérément un moyen de s'échapper. Seulement, ils étaient en terrain dégagé, au milieu des corps mutilés. Le sourire carnassier du mercenaire rayonnait alors qu'il dégainait l'une de ses autres dagues.

Il n'en eut pas le temps.

Un projectile l'atteignit à la cuisse. L'impact avait été d'une telle puissance qu'il s'effondra en laissant échapper un cri de douleur.

Shana tenait une seconde griffe dans ses mains. Elle venait de l'arracher à un doigt d'un gnassea.

— Espèce de déjection de Kredae ! fulmina Vizar, se tenant le membre ensanglanté.

Elle se précipita sur lui, plaqua son torse contre le plancher à l'aide de l'un de ses genoux, et plaça la griffe sous sa gorge.

— Shana ! s'étrangla Milian. Je t'en prie ! Ne fais pas ça !

Tuer des monstres est une chose, mais prendre la vie d'un homme en est une autre.

— Il mérite ce sort, soliloqua Eirinia, indifférente.

Son amie n'était plus elle-même. La froideur dans ses yeux témoignait du choc qu'elle avait subi en assistant au massacre.

— Il ne pourra pas nous suivre dans cet état, reprit-il, cherchant à convaincre Shana. Il mérite peut-être la mort, mais ne t'abaisse pas à son niveau. N'emplis pas ton cœur de cette noirceur, *s'il te plaît*…

La jeune Descendante ne bougeait pas, la pointe de la griffe menaçant toujours la gorge du mercenaire. Milian s'approcha d'elle et la prit délicatement par l'épaule pour la relever. Elle résista d'abord, avant de se laisser faire.

Gémissant, Vizar retira la griffe de sa cuisse, saisit une autre de ses dagues, mais Shana lui décocha un coup de poing au visage. Mal en point, il se mit à se déplacer en une reptation digne d'un serpent blessé.

Les trois amis prirent la poudre d'escampette alors que la voix de Vizar s'éloignait.

— Ils sont ici ! Daragh ! Tes maudits gamins sont là !

Il y avait peu de chances que le Descendant l'entende. Il se trouvait très probablement dans les profondeurs de la cale en train d'exterminer les gnasseas.

Au loin, les deux orbites lumineuses le firent mentir. Le sang de Milian ne fit qu'un tour. Le Façonneur – comme l'avait appelé le marin – se rapprochait à une allure défiant les lois humaines.

La peur de se retrouver face au Descendant ayant massacré des centaines de gnasseas avec tant de maîtrise donna des ailes à Milian et ses amies. Ils empruntèrent des allées au hasard à un rythme effréné. Évitèrent de trébucher sur la kyrielle de cadavres encore chauds des créatures et des humains. Sautèrent au-dessus de débris. Se baissèrent pour ne pas se prendre les poutres des murs éventrés. Sans se retourner, ils détalaient aussi vite que possible. Ils bifurquaient à un embranchement, puis à un autre, et croisaient à quelques endroits des groupes épars d'hommes cherchant d'éventuels survivants. Les yeux livides, les traits tirés, leurs tenues d'équipage en lambeaux, ceux-ci réagissaient à peine.

Pourtant, les pas lourds de Daragh se rapprochaient, tel le destin funeste qui les attendait.

Il fallait se donner du temps ; du temps pour trouver un coin où se cacher. Ils n'en disposaient pas. Milian s'arrêta.

— Partez ! cria-t-il à ses deux amies tout en saisissant fermement sa dague en main.

La mort ne lui faisait plus peur.

Au lieu de trembler, il se tenait droit, prêt à l'accueillir les bras ouverts si cela permettait à Shana et Eirinia de fuir.

Il pivota et vit le Descendant aux multiples balafres apparaître dans l'embranchement du couloir. L'expression même de la force brute.

Milian se jeta sur lui, la dague en avant. Il était ridicule d'espérer pouvoir l'atteindre, mais il n'y avait pas d'autre solution.

Malgré l'effet de surprise, la réaction de Daragh fut immédiate, ses réflexes imparables. Il l'agrippa au cou en plein vol.

Sa carrure massive, la multitude de cicatrices lui barrant le visage, les traits durs de celui ayant mené de multiples batailles… Même s'il n'avait pas été un Descendant, Milian n'aurait eu aucune chance face à cette force de la nature.

— Tu n'espérais tout de même pas…

L'homme n'eut pas le temps de finir sa phrase que Shana lui bondit dessus pour le cogner. Les délicates phalanges de la jeune femme percutèrent la mâchoire carrée de Daragh.

Il relâcha sa prise.

Néanmoins, le Descendant eut un rire de gorge, comme si la situation l'amusait.

— Pas si mal, articula-t-il tout en se massant la joue. Je suis profondément désolé que votre chemin doive s'arrêter ici.

— Je vais le retenir, rugit Shana, se plaçant entre les deux hommes.

Il n'y a pas un monde qui existe où je te laisse seule face à lui.

Milian ne l'écouta pas et sauta une nouvelle fois sur Daragh avec l'énergie du désespoir.

Le Façonneur le balaya d'un simple geste de la main, le faisant voler contre une paroi. Le choc avait ébranlé tout son corps, et pourtant, il était certain que Daragh n'avait utilisé qu'une infime partie de sa force. Hors d'haleine, épuisé, foudroyé par la douleur, Milian ne parvenait plus à contrôler ses muscles tremblants.

Le Descendant les toisait. Il se demandait sans doute comment il allait en finir.

Shana ne se laissa pas faire. Elle envoya un coup de pied dans les jambes de son adversaire. Cela n'eut aucun effet. Daragh l'observa sans bouger d'un pouce, arquant simplement un sourcil.

— Je regrette de vous l'annoncer, mais bien que vous soyez courageux, ce ne sera pas suffisant, déclara-t-il avec éloquence, inclinant légèrement la tête.

Ses yeux se mirent à briller de cet anthracite lugubre. Des pierres se matérialisèrent autour de lui. Toutes pointées vers Shana et Milian.

— Sachez que cela n'a rien de personnel. J'obéis simplement aux ordres, ajouta-t-il, une pointe de désolation dans la voix. Aldar Sol'Phaos a exigé votre mort. Quant à elle, qui est-ce ? La jeune femme d'Alentoise ?

— Elle n'a rien à voir dans tout ça ! s'écria Shana.

— Vizar m'en a fait part. Effectivement, vous n'auriez pas dû la mêler à cette histoire. Maintenant, je vais être forcé de l'emmener avec moi, afin qu'Aldar Sol'Phaos décide de son sort.

— Et Waryn, vous comptez aussi l'éliminer ? s'emporta Milian.

— Vous n'êtes pas dignes de connaître son destin, répondit Daragh d'un ton las. Toutefois, je suppose que ses choix définiront son avenir.

Alors, c'est la fin.

Milian observa une dernière fois Shana.

Elle faisait face aux pointes qui menaçaient à tout instant de fondre sur elle. Elle se tenait là, la lueur de la détermination brillant dans son regard. Son visage, bien que pâle et à peine éclairé par la faible lumière qu'offraient les luesafs, ne trahissait aucun signe de recul. Elle affrontait l'inévitable sans capituler, acceptait la fin du voyage avec dignité. *La quintessence du courage.*

Les yeux de Milian rencontrèrent ceux de son amie. Ils s'y plongèrent avec passion. Peut-être avec une teinte de regrets…

Le souffle court, le corps endolori, les sens perturbés par le coup qu'il avait reçu, Milian se releva pour se rapprocher d'elle. Il devait se battre contre l'obscurité qui assombrissait sa vue, ne pas fléchir, résister pour ne pas sombrer. Il avait toujours cru qu'une lueur se cachait derrière les ténèbres les plus noires ; il se pouvait qu'il n'en fût rien.

Des larmes coulèrent le long des joues de Shana. Elle lui offrit un sourire qu'il emporterait avec lui comme le plus beau des souvenirs.

Était-ce elle, le brasier ardent irriguant mon cœur depuis tout ce temps ?

Était-il trop tard pour...

Un soupir caverneux annonça que le moment était venu.

Un craquement.

Des planches de la coque se brisèrent. Un torrent déchaîné déferla dans le couloir. D'une puissance inouïe, il envoya Daragh s'empaler sur des éclisses. Mais cela n'était pas suffisant pour le tuer. Il se débattait pour se dégager. Le flot était trop puissant. La lueur de ses yeux ne s'était pas ternie alors que d'autres fragments de roche apparaissaient autour de lui. Pourtant, ces derniers étaient balayés par le déferlement du torrent dès leur création.

La force de l'eau fit également chuter Milian lorsqu'elle le faucha au niveau des jambes. Il dut lutter contre le courant pour ne pas être emporté. Comme un signe du destin, sa dague vint se planter dans une poutre juste devant sa main.

Le Façonneur était en difficulté. Il ne parvenait pas à se relever, empêtré dans les chicots de bois, pendant que le tumulte de l'océan s'introduisait dans *L'Œil du Typhon*. Cependant, il ne paraissait pas avoir la même emprise sur Milian que sur les autres. Le jeune homme résistait au courant alors que ses amies s'agrippaient à ce qu'elles pouvaient pour ne pas se faire emporter. *Peu importe la raison, je dois agir. Si je ne tente rien, Daragh finira par se dégager, et alors, il nous achèvera. Je ne peux pas le laisser en vie. Il n'y a pas le choix...*

Il saisit sa dague et s'avança vers le Descendant, couché, qui luttait contre le flot. Seule sa tête demeurait hors de l'eau.

Rassemblant tout son courage, Milian avança. Il eut également une pensée pour Jalen lorsqu'il se tint au-dessus de Daragh. Au travers du tumulte de l'océan, il abattit sa lame vers le cœur du Descendant. Un disque de roc se matérialisa entre la dague et l'organe vital, mais le métal le transperça avec une fluidité étonnante ; elle se ficha dans le corps massif.

La lueur grise des yeux du Façonneur s'éteignit, remplacée par une expression de stupeur, d'incompréhension. Il continuait de combattre intérieurement pour rester en vie. Si Milian lui laissait la moindre seconde de plus, nul doute que Daragh l'emporterait avec lui.

Il se prépara à lui asséner un second coup de dague. Le Descendant l'en empêcha en lui agrippant le bras. Grimaçant de douleur, cela semblait lui coûter des efforts considérables.

Milian sentit un objet froid au creux de sa main.

— Daedric…, parvint à articuler Daragh dans un dernier râle, avant que ses paupières ne se ferment définitivement.

Puis, le courant se déchaîna et emporta Milian sans qu'il ne puisse plus résister.

Chapitre 19

Milian

Dans une cabine plutôt épargnée par les gnasseas, et dont l'occupant ne s'était pas manifesté – probablement mort –, Milian n'arrivait pas à détacher son regard de l'orbe de Daragh. Il était si froid au creux de ses doigts. Les volutes de milliers de minuscules fragments qui s'apparentaient vraisemblablement à des poussières rocheuses voltigeaient dans un ballet surréaliste, intrigant, magistral, emportés dans des tourbillons infinis. La danse minérale était animée par sa propre volonté et ondulait perpétuellement, son centre œuvrant tel le point névralgique duquel émanait une force centrifuge qui paraissait à la fois ancienne et emplie d'énergie…

Daedric, se répétait Milian avec obstination, afin de ne pas penser au reste.

La dernière parole de Daragh résonnait dans son esprit. *Qui est-il ? Un parent ? Un enfant ? Quelqu'un à qui cet orbe serait destiné ?* Qui que ce soit, il n'en avait pas la moindre idée.

Le regard résigné du Façonneur, avant que l'ultime étincelle de son existence ne s'échappe en une exhalaison mourante… Même si Milian ressentait qu'il avait pris la bonne décision, un voile sombre obscurcissait son cœur. Il se sentait souillé par ce qu'il qualifiait de meurtre, qu'il se fût agi d'un Descendant ou non, que sa vie et celle de ses amies en eussent dépendu ou non…

Comment ai-je pu réussir à tuer un être aussi puissant ? Il se ressassait le fil des évènements et retombait sur la même conclusion. Daragh avait été incapable de résister à la force du torrent et s'était empalé sur des chicots de bois. Alors que lui, oui. Il était allé jusqu'à pouvoir lui planter une dague en plein cœur, dans lequel elle était restée fichée.

Se peut-il que mon futur pouvoir de Descendant soit de dompter les cours d'eau, les mers et les océans ? Shana m'a dit que mon pouvoir ne se révélerait que lorsque j'aurai trouvé mon orbe, mais c'est la seule explication possible…

Les cruelles visions ressurgirent. Tous ces instants qu'il avait cru les derniers. Les gnasseas avaient créé une conflagration mortelle sur tout *L'Œil du Typhon*, déchiquetant, démembrant, dévorant toutes les pauvres âmes ayant eu le malheur de se trouver sur leur passage. Milian frissonna lorsqu'il se remémora de façon un peu trop précise les images du massacre des passagers et des marins ; leur défense derrière les barricades ; leur montée sur les pyramides pour échapper à cette marée sanguinaire. Un champ de bataille dont l'horreur resterait à jamais gravée en lui comme le plus épouvantable souvenir qu'il n'ait jamais vécu. *Sans l'intervention de Daragh et du Chuchoteur, nous ne serions plus*. Et puis, une question demeurait : *Waryn, es-tu toujours en vie ?*

Outre cela, le Descendant avait mentionné le nom d'Aldar Sol'Phaos. *L'homme duquel il a reçu l'ordre de nous tuer*.

L'irrépressible envie de vomir émergea à nouveau lors d'un roulis un brin trop marqué du vaisseau araneanais, sortant Milian de ses pensées. Il la réprima avec force de volonté. Cela faisait quatre jours depuis l'assaut des créatures marines, et il commençait à mieux maîtriser son mal de mer. Ce qui le rendait presque fier de lui si ce n'était cette morosité dont il ne parvenait pas à se défaire, tout comme il avait eu du mal à nettoyer les taches tenaces de sang sur sa peau.

Par le hublot, sous un ciel sans nuages dont le soleil à son zénith faisait briller l'océan écumant, il vit des bateaux aux grandes voiles bleues mouiller au loin, lançant leurs filets de pêche et leurs nappes en quête de poissons ; bien qu'ils soient infiniment plus petits, leur architecture était similaire à celle de *L'Œil du Typhon* – ce qui n'avait rien d'étonnant puisque l'immense navire avait été construit ici.

Shana, Eirinia et lui se tapissaient dans cette cabine abandonnée, exigüe, qui ne se composait que d'un lit, d'une armoire où résidaient encore les habits d'un membre de l'équipage et d'une étagère où deux livres poussiéreux se battaient en duel. Ceux-là présentaient déjà les traces des doigts d'Eirinia. Elle en avait consulté les premières pages avant de les laisser choir sur leur planche de bois. Ils restaient cachés là, car même si Daragh était mort, il devait encore y avoir l'autre Descendante, Anya, ainsi que les mercenaires. *Ils ne renonceront pas à nous capturer s'ils en ont l'occasion.*

Eirinia avait particulièrement eu du mal à se remettre de l'attaque des gnasseas, et était restée les trois jours précédents à trembloter, le teint livide, sans pouvoir dire un mot. Elle avait sursauté chaque fois que l'un de ses amis lui avait adressé la parole, jusqu'à ce qu'enfin, à force de la réconforter, elle reprenne un semblant de couleur.

Ne disposant plus de l'aide de Rilann, Milian s'était risqué une fois à sortir de la cabine pour récupérer leurs affaires et chercher de quoi se nourrir. Dans l'odeur pestilentielle ancrée jusque dans le bois, il avait alors pu observer des rites funéraires dans des habitacles laissés à l'abandon. Des gens s'étaient agenouillés pour psalmodier des oraisons funèbres devant des corps nappés de draps sur lesquels étaient posés des chandelles ou des lumignons. Il avait également vu des dépouilles jetées par-dessus bord, des hommes et des femmes enlever les débris, d'autres nettoyer les taches de sang sur le plancher et les murs…

De plus, Milian avait entendu des marins mentionner une Dompteuse – probablement Anya –, qui était parvenue à contenir l'eau s'infiltrant dans le navire. Grâce à elle, ils avaient réussi à colmater le trou dans la coque et donc évité au bateau de sombrer.

— Là ! Les côtes araneanaises ! s'exclama Eirinia, se précipitant au hublot tout en écarquillant les yeux de fascination.

Milian sentit son cœur palpiter. Mais sans grande conviction. La joie d'atteindre Orrisia s'était estompée, même s'il en ressentait tout de même une certaine satisfaction. Il avait hâte de quitter ce catafalque flottant.

— Ce n'est pas trop tôt. J'avais l'impression que cette croisière hors de prix nous ferait visiter l'océan de long en large. Je pourrais vous décrire chaque maudite vague. Chaque fichu poisson qui a osé pointer ses nageoires hors de l'eau. Chaque satané roulis. Chaque…

— Cette traversée ne nous a pas coûté le moindre pécule, répondit stoïquement Eirinia.

— Parle pour toi. J'y ai laissé jusqu'à mon estomac, ajouta Milian sur un ton plus léger. J'ai dû le perdre dans cette cale. Ou alors il a sauté par-dessus bord lorsque je ne le surveillais pas. Il doit encore être en train de descendre vers les profondeurs. Enfin, ça, c'est si une poiscaille ne l'a pas déjà bouffé. J'en viendrais presque à la plaindre.

Shana, assise en tailleur sur la couchette en s'évertuant à établir un lien avec la seule plante de la cabine, se décida à se lever pour rejoindre ses amis. Elle vit les côtes à son tour, mais ne fut pas aussi émerveillée qu'Eirinia.

— On l'aura méritée, notre place. Et ton estomac, Mili, je peux t'assurer qu'il est toujours là. Je crois que je me rappellerai son odeur jusqu'à ma mort.

Puis elle esquissa un pâle sourire avant de détourner les yeux. Son regard se posa sur la plaie du bras de Milian – celle infligée par les griffes d'un gnassea –, qu'elle inspectait régulièrement et dont elle changeait les bandages plusieurs fois par jour. Elle déchirait les habits de l'armoire pour en créer de nouveau, même si chaque fois, elle s'excusait de n'avoir rien de mieux sous la main. Cependant, la blessure était en bonne voie de guérison, et le pus qui s'en dégageait s'amoindrissait. Shana lui assura qu'à la fin, il n'en resterait qu'une vilaine cicatrice, même s'il lisait dans ses yeux qu'elle n'en était pas tout à fait certaine.

Alors que les bateaux fendant les flots près de *L'Œil du Typhon* étaient plus nombreux, une cité se dessina sur les côtes araneanaises – sûrement Lugann, si le navire avait bien pu rétablir son cap, comme l'avait entendu Milian de la part de matelots qu'il avait croisés lors de sa sortie. La première chose qui attira son œil fut deux gigantesques tridents qui s'élevaient à plusieurs dizaines de toises de hauteur. Tandis qu'ils se rapprochaient, leur bâtiment bifurqua, permettant par la même occasion de comprendre que les tridents signalaient l'entrée du port. Derrière, la ville s'étalait largement sur plusieurs lieues, quasiment toute de bleu vêtue – dû au saf, aima le rappeler Eirinia.

Le vaisseau pénétra dans le port en passant entre les deux immenses tridents bâtis dans la roche araneanaise, qui renvoyait les rayons du soleil avec éclat. Il était d'une taille incomparable avec Port-Nyanir, qui pouvait passer pour un vulgaire port de plaisance à côté. Une cinquantaine de bateaux y étaient amarrés, et tout autant d'emplacements vides attendaient d'être pourvus. On n'en voyait pas le bout.

Finalement, la morosité ambiante fit place à une sorte d'excitation dans la cabine. Combien de fois Milian et Shana avaient-ils parlé de ce jour, où ils accosteraient sur les côtes d'Orrisia ? *Ce moment est enfin arrivé, à Lugann, en Araneana.*

Milian ramassa la bourse restée dans un tiroir pour la mettre dans son sac ; après tout, elle ne servirait plus au défunt, et les loras qu'elle contenait pourraient s'avérer utiles. Eirinia leur avait expliqué que l'argent de Vanyanir n'était pas accepté en Araneana. Ici, ils recouraient à des perles produites par les nuloras, des poissons présents au large des côtes araneanaises, mais aussi de celles du Leanalyn et du Keanor. Chauffées à des températures extrêmes, elles acquéraient des formes variées, déterminant ainsi leur valeur.

Une secousse plutôt brusque annonça l'amarrage de *L'Œil du Typhon*.

Ils prirent chacun leurs affaires puis poussèrent la porte de leur cabine, inspectant discrètement le couloir – ce n'était pas le moment de faire montre d'imprudence et de se retrouver nez à nez avec l'un des soudards. Le meilleur moyen de passer inaperçu résidait dans le fait de se fondre dans la masse qui se déverserait du navire.

De nombreuses passagers sortaient de leurs chambres en même temps qu'eux, les teints livides et les mines graves ressemblant à ceux affichés dans un cimetière le jour d'un enterrement. Nul ne paradait ; ni les marins qui s'agitaient dans des allées et venues incessantes, ni les marchands qui avaient délaissé leurs cabines pour celles des membres de l'équipage, ni les dames parées de bijoux qui déambulaient d'un pas vacillant entre les lattes de bois portant encore les cicatrices de la lutte.

Les trois amis empruntèrent le même chemin que lorsqu'ils avaient fui les gnasseas pour descendre d'un étage, et Milian ne put détacher ses yeux des traces de sang, se remémorant à quel point cela avait été un carnage. *Plus vite nous quitterons ce lieu morbide, mieux nous nous porterons*, se laissa-t-il à penser.

Au milieu des passagers, ils atteignirent la passerelle faisant la liaison avec les quais. En contrebas, des hommes accrochaient des cordages à d'imposants bollards afin de maintenir le bateau sur place. Des gens étaient venus assister à l'arrivée du navire. Toutefois, ils étaient loin de remplir le port. De plus, il n'y avait pas d'effusion de joie, mais plutôt des marées de murmures et de rumeurs ; les Araneanais présents, arborant une peau légèrement plus claire que les habitants de Vanyanir, avaient compris qu'il s'était passé quelque chose – ce qui était certainement dû aux nombreuses traces de griffes sur la coque, ainsi qu'aux quelques trous béants éventrant ce qui avait été des fenêtres ou des balcons. Des soldats postés dans des guérites, aux armures luisantes et armés de tridents ou de glaives, surveillaient tout ce monde sans pour autant avoir besoin d'intervenir.

Tout en descendant sur les planches, Milian apercevait, plus loin, une quantité considérable de fileyeurs décharger leur cargaison les uns à la suite des autres. Ils amenaient des tonneaux bourrés de poissons dans des hangars où flottaient au vent des drapeaux sur lesquels étaient peints des toaris munis de tridents. Comme sur le foc du vaisseau titanesque. Des restaurateurs accueillaient avec enthousiasme ces produits de l'océan dans leur établissement malgré leur terrasse qui se remplissait avec peine. Quelques places de marché à moitié vides ne faisaient également pas l'unanimité. De petits étals dévoilaient leurs marchandises dont Milian pouvait déjà sentir l'odeur repoussante. D'ailleurs, même les imposants bâtiments de saf lui semblaient ternes. Il n'avait pas le moral pour s'ébaubir devant ce débordement architectural qui était d'une tout autre ampleur qu'en Vanyanir. Et puis, la puanteur du port n'aidait en rien.

Ses yeux continuèrent de s'égarer. Jusqu'à ce qu'il l'aperçoive.

— Grand frère…, murmura-t-il.

Waryn avançait sur les pavés aux côtés d'une femme aux cheveux noirs. *Anya.* Les silhouettes familières des mercenaires les accompagnaient.

La douce chaleur de l'espoir l'envahit.

Je dois savoir où ils l'emmènent.

Il pressa le pas, immédiatement imité par Shana et Eirinia, bousculant quelques passagers trop lents à son goût pour filer son ami. Quelques grognements se firent entendre, mais il les ignora, concentré sur son seul objectif.

Sur les quais, Milian fendit les rangées de badauds pour ne pas le perdre de vue. Il négligeait tout le reste. Cependant, il s'arrêta net lorsque Waryn passa un barrage de soldats plastronnants. Ceux-là s'inclinèrent avec une telle déférence devant Anya qu'ils auraient très bien pu en faire autant envers une haute dignitaire. Tous les espoirs de Milian s'évaporèrent. Waryn monta en compagnie de ses geôliers sur une embarcation qui, sur un canal, ne mit pas longtemps à s'enfoncer dans la cité.

Fallait-il lui courir après et faire part de son histoire aux gardes de Lugann ? D'après Eirinia, les Descendants n'étaient pas chassés ici. Simplement, il craignit que cela ne se retourne contre lui. Ils avaient voué un tel respect à la Descendante qu'elle pouvait très bien être leur supérieure, ou quelque chose du genre – cela aurait été se jeter dans la gueule du koalican après tout ce qu'ils avaient fait pour survivre…

Un sentiment de culpabilité lui monta à la gorge ; il aurait peut-être dû essayer… *Est-ce que je viens de perdre la dernière chance qui me reste de pouvoir le sauver ?*

Je te retrouverai, se promit-il une nouvelle fois. Il avait failli jusque-là mais, si les Créateurs le voulaient, il y parviendrait.

Tandis que les gardes commençaient à le lorgner du coin de l'œil, se demandant certainement pourquoi le jeune homme restait planté là, les yeux dans le vide, Shana le prit par la main et l'éloigna. Ce fut la mine triste, mais résolue, qu'il longea les quais aux côtés de ses amies, jusqu'à se retrouver devant une rue perpendiculaire menant vers la cité.

— Nous y sommes, déclara la jeune Descendante avec enthousiasme, mais ne parvenant pas totalement à cacher sa morosité.

Ils foulaient le sol de l'Araneana, sur Orrisia. Le fait d'y penser fit naître un sourire timide sur le visage de Milian. *Combien d'années avons-nous attendu ce moment ?*

— Alors, on s'en tient à notre plan ? répondit-il d'un ton maussade.

Shana lui posa une main sur l'épaule.

— Il y a encore de l'espoir, Mili. Si nous parvenons à trouver Hunor, peut-être nous aidera-t-il à libérer Waryn…

Les rôles étaient inversés ; cela aurait dû être à lui de rassurer ses amies, comme il avait toujours tenté de le faire.

— Ainsi, vous êtes pleinement convaincus que ce dénommé Hunor a élu domicile dans les quartiers populaires de Lugann ? s'enquit Eirinia.

— Oui, c'est là-bas que nous devons nous rendre, confirma Shana. Du moins, c'est ce que Jalen nous avait indiqué, même s'il n'était pas sûr lui-même qu'il s'y trouverait.

— C'est la seule piste que nous ayons, soupira Milian. Il a dit que nous n'aurions pas de mal à le dénicher dans une taverne. C'est original, hein ? On dirait qu'il avait un vrai don pour choisir ses amis.

Tu parles d'un plan… Ce terme n'était bon qu'à les rassurer. *Quand bien même le mince renseignement de Jalen ne serait pas périmé depuis des années, ça doit représenter des centaines, voire des milliers de rues.*

— Tu pourrais au moins faire semblant d'essayer de ne pas lui manquer de respect, le rabroua Shana.

— J'énonce des faits. C'est différent.

— Alors choisis mieux tes *faits*.

— Ce n'est pas moi qui les choisis. Ce sont eux qui le font pour moi, on dirait. Ou pour nous.

Shana se contenta de lever les yeux vers le ciel.

— La quête d'un individu au sein de cette agglomération, munis d'une indication aussi équivoque, s'avère être une entreprise plutôt ardue, marmonna Eirinia. Cela s'apparente, en toute chose, à devoir attraper un sassillon au crépuscule.

— Mais ce n'est pas impossible…, rétorqua Milian, voulant reprendre du poil de la bête.

Ce n'est pas le moment de se morfondre. Je ne peux en rien changer ce qui s'est passé, et il faut donc aller de l'avant. L'ambiance est déjà bien assez morose sans que j'en rajoute.

Shana le gratifia d'un sourire.

— Fort bien ; de ce fait, j'ai acquis certaines connaissances concernant Lugann, indiqua Eirinia. La cité constitue un authentique labyrinthe, et le moyen de locomotion le plus efficace demeure l'emprunt d'une embarcation naviguant le long des canaux. Ces derniers serpentent à travers toute la ville, et la plupart des résidents privilégient ce mode de déplacement, bien plus commode selon mes lectures.

— C'est exactement ça, commenta Milian en se retenant de rire.

— Alors voyons si l'on peut embarquer sur l'une d'entre elles, conclut Shana en l'ignorant.

Tous les trois suivirent le mouvement des gens quittant le port pour s'engager dans la large rue qui menait vers l'intérieur de la ville. Eirinia était absorbée par l'architecture des bâtiments qui ne ressemblait guère à celle que l'on retrouvait en Vanyanir, comme si elle approuvait mentalement ce qu'elle observait, que cela était identique à ce qu'elle avait pu lire de cet endroit. Milian devait avouer que le dépaysement était total. Les bâtisses bordant la rue, aux façades ornées de volutes incurvées et arrondies, s'élevaient sur au moins trois étages. Elles étaient quasiment toutes bâties en saf, ce qui leur conférait cet aspect aigue-marine, tandis que des toits hémisphériques les auréolaient – de véritables chefs-d'œuvre architecturaux. Elles abritaient des boutiques d'artisans, de tonneliers, de charrons, de marchands de statuettes… Les éventaires étaient pleins à craquer d'objets magnifiques, et les commerçants haranguaient les passants avec toujours plus de vigueur, malgré leur nombre peu important.

Les Araneanais portaient des vêtements très légers : des robes aux cols échancrés qui se terminaient en de multiples voiles ne cachant que partiellement – et le mot était faible – leurs jambes, des chemises amples aux nuances de bleu, de vert et de jaune, des chapeaux aux larges bords en feutre ou en paille, de beaux souliers pour les dames et des bottes en cuir pour les messieurs…

Un magasin attira particulièrement l'œil de Milian. Derrière la vitre de sa devanture, au milieu de deux colosses auxquels il n'aurait voulu se frotter pour rien au monde, figuraient des boules posées sur des promontoires finement ouvragés. Il s'en approcha, et quand il vit les sphères de plus près, il n'en crut pas ses yeux.

Des orbes semblables à celui qu'il transportait dans son sac, mais aux couleurs radicalement différentes pour cinq d'entre eux. Il n'arrivait pas à détacher son regard.

Dans l'un, une flamme en perpétuel mouvement embrasait l'objet, tandis que dans un autre, un vent furieux s'animait splendidement ; dans celui d'à côté, des racines s'entremêlaient, évoluant de façon continue et créant un lacis inextricable, et encore dans un autre, une vague affluait et refluait dans une danse marine effervescente ; dans l'avant-dernier, du sable s'écoulait abondamment du haut de l'orbe pour finalement remonter sur les côtés dans un ballet infini, lorsque dans le dernier, des dizaines de fragments grossiers de roche tournoyaient et s'amassaient avant de se briser en de plus petits éclats, puis se reformaient en boucle…

C'était un spectacle prodigieux.

L'un des deux colosses se racla la gorge.

— Si vous souhaitez essayer, les nordistes, entrez. Sinon, dégagez.

Les nordistes ? Ça doit être à cause de la couleur de notre peau.

— Essayer quoi ? s'enquit Milian, incrédule.

— Bah ! les orbes, pardi ! Et en fait, d'après votre accent, vous venez de Vanyanir, hein ?

Le géant avait parlé avec dédain, ce qui le refroidit un peu.

— Vous voulez dire que l'on peut les toucher ? l'interrogea Milian, pas vraiment certain de comprendre. Acquérir le pouvoir qu'ils renferment ?

Ça paraît bien trop simple pour être vrai.

— Que les innombrables tentacules d'Uzushio m'emportent si vous n'avez pas votre chance, oui ! répondit d'un ton bien trop enthousiaste un homme sortant de la boutique. Ma foi, il m'est déjà arrivé que ça se produise. Tous ces orbes perdus à travers le temps pourraient bien croiser le chemin de ceux à qui ils appartiennent. Sinon, à quoi pourraient-ils bien servir d'autre ? Ce serait un gâchis de ne pas tenter votre chance, ne croyez-vous pas ?

Élégamment vêtu d'un veston sobre et d'une chemise en soie, son nez aquilin lui conférait pourtant un air sibyllin. Celui d'un commerçant voulant à tout prix écouler sa camelote.

Cependant, l'envie d'essayer mordait Milian jusque dans ses tripes. *Le puis-je vraiment ?* Il se souvenait de ce que Shana lui avait raconté. Il s'agissait d'un pouvoir héréditaire, et un orbe appartenait à une famille ; il devait trouver le sien… *Peut-être qu'il m'attend ici, dans cette boutique ?*

— Dix loras, ce n'est pas cher pour obtenir de tels pouvoirs, Messire, insista le commerçant. Surtout que vous élèveriez votre condition prodigieusement, et que le roi se montre très généreux envers les Descendants !

Ce n'était pas ce qui intéressait Milian, mais s'il devait en passer par là pour reprendre l'orbe de ses ancêtres… Il ouvrit sa bourse pour estimer leur fortune. Ils avaient largement assez de perles, et cela ne les amputerait certainement pas outre mesure.

— C'est d'accord, annonça-t-il en sentant un regain d'énergie.

— Tu es sûr de toi ? l'arrêta Shana.

Milian hocha la tête, résolu à tenter le coup.

L'homme au nez aquilin ouvrit la porte et l'invita à entrer. À l'intérieur, les murs étaient recouverts de mosaïques multicolores, et une vingtaine d'orbes étaient disposés ici et là sous des vitres scellées, calés sur des promontoires luxueux. Le commerçant s'installa derrière son comptoir et tendit la main. Milian sortit les perles, que l'homme entreprit de mettre dans sa propre bourse avec avidité.

— Quel orbe vous ferait plaisir, Monseigneur ?

Pas besoin de faire autant de manières. Je suis déjà acquis à votre cause…

Il s'était ressassé plusieurs fois la scène où il avait transpercé le cœur de Daragh, et aucune autre explication ne lui était venue en tête. Le torrent qui s'était engouffré dans le navire… il avait été le seul à lui résister, et la dague de Vizar s'était plantée devant lui, comme un signe du destin. Malgré l'indication de Shana, qu'aucune manifestation du pouvoir ne pouvait survenir avant de l'avoir acquis depuis son orbe, il était sûr que cela avait un lien. *Comment pourrait-il en être autrement ? Et puis, elle a toujours eu ça en elle, elle ne peut pas tout savoir…*

— Je peux vous faire un prix spécial si vous décidiez de tous les essayer, bien sûr, ajouta l'homme en veston.

— Ce ne sera pas nécessaire.

Milian désigna celui à la vague tempétueuse.

— Bien sûr, bien sûr…

Le commerçant s'empressa de se diriger vers le piédestal sur lequel reposait l'orbe de la devanture. Pendant ce temps, un autre client était entré dans la pièce et s'était installé dans un coin pour attendre son tour.

— Je suis à vous dans un instant, Messire, le prévint le tenancier avec moult gestes superflus tout en ouvrant le cadenas renfermant l'orbe.

Enfin, il le présenta à Milian.

La vague l'hypnotisait.

— Pourquoi avoir choisi celui-ci en particulier ? l'interrogea Shana.

— Avec ce qui est arrivé sur le navire, je me suis dit que…

— Ça n'est qu'une coïncidence. Mais après tout, c'est ton instinct…

Par crainte de se faire aspirer, il toucha l'orbe du bout des doigts. Le contact fut froid, mais il ne se passa rien. Milian fronça les sourcils et l'empoigna ; or, rien de plus ne se produisit.

— Je suis navré, Messire, mais peut-être auriez-vous plus de chance avec un autre ? déclara le commerçant avec un large sourire.

Milian était déçu. Si ce n'était pas cet orbe, alors il ne pouvait s'agir d'aucun autre ici présent. Il était le seul à renfermer une vague.

— Ce ne sera pas la peine, soupira-t-il.

Sur ces mots, il quitta la boutique d'un pas chagriné pour ruminer sa déception. Shana et Eirinia le rejoignirent aussitôt et ils reprirent leur marche vers l'intérieur de la cité. Il se sentait honteux. Il se mit à scruter d'un œil torve les grandes bâtisses en saf, puis relativisa, se disant qu'il ne fallait pas se laisser abattre après un coup d'épée dans l'eau. *J'ai besoin de le trouver pour devenir plus fort*.

Plus loin, Eirinia s'arrêta devant un panneau sur lequel étaient placardés le plan de Lugann ainsi que des affiches. Effectivement, c'était un bon moyen d'avoir des indices quant à l'endroit où se rendre dans cette ville qui se présentait comme tentaculaire, où ruisselaient des canaux fluviaux qui s'étendaient dans tous les recoins et fragmentaient la cité en des centaines d'îlots.

Pendant que leur amie scrutait la carte, Milian et Shana s'intéressèrent aux affiches. Des portraits y étaient peints avec, au-dessus de leurs têtes, des sommes extravagantes.

— Celle-là me terrorise ! se gaussa la jeune Descendante en montrant le portrait d'une femme aux cheveux courts et à l'air féroce.

Elle a raison. Il ne faut pas se laisser emporter par toutes les horreurs que l'on a vécues…

— Et elle vaut son pesant de loras ! s'exclama Milian, stupéfait. Je me demande bien ce qu'elle a pu faire pour mériter une si belle somme !

— Les autres semblent être du menu fretin, mais je n'aimerais quand même pas les rencontrer…

— Et lui alors ! faillit-il s'étrangler en désignant le portrait d'un homme à l'allure austère. Il en vaut le double !

— Peut-être que ce sont les brigands les plus recherchés de l'Araneana, supposa Shana.

— J'aperçois précisément notre destination, les interrompit Eirinia. Sous peu, nous croiserons un canal, et nous devrons le suivre jusqu'à atteindre un lieu propice à l'embarquement.

Elle paraissait assez sûre d'elle, et Milian lui faisait confiance sur ce point. Se repérer sur cette gigantesque carte lui était vraisemblablement impossible, et il n'avait pas le cœur à se tordre l'esprit.

Ils continuèrent de marcher pendant un temps relativement court jusqu'à rejoindre ledit canal, qu'un pont en forme d'arche permettait de traverser. Un canot décoré d'objets aussi futiles qu'inutiles passa en dessous, à moitié construit en bois et en saf. Il ressemblait à celui que Waryn avait pris, mais en plus petit. Deux personnes étaient installées à l'arrière, sur un banc dans une sorte de cabine, et à l'avant, un homme paraissait le diriger, même s'il ne faisait que regarder devant lui sans avoir la moindre rêne en main. Attaché par des lanières à l'embarcation, un toari la tractait avec grâce de sa multitude de nageoires et de son corps fuselé. C'était la première fois que Milian en voyait un en vrai, et le cétacé avait quelque chose de majestueux. Il se mouvait avec fluidité et puissance alors qu'il entraînait la barque dans son sillage.

Les trois amis s'arrêtèrent un moment pour s'émerveiller de l'animal qui s'éloignait, pendant qu'un autre apparaissait en respectant une distance de sécurité, lui aussi tirant un canot. Au bout du troisième, ils se remirent en route en longeant le canal, ce qui leur permettait d'observer le passage des embarcations avec des étoiles dans les yeux.

Des arbres fleuris bordaient le cours d'eau et apportaient des teintes de jaune épicé, d'orange abricot et de violet lavande pour égayer les rues pourtant déjà si propres et débordantes de beauté, que le rayonnement du soleil ne faisait qu'exacerber. Les bâtisses manifestaient encore plus de magnificence ici, et les salons de thé florissaient, où des dames aux chapeaux guindés et aux tenues suggestives sirotaient des boissons aux couleurs exquises. Ils traversèrent une placette où quelques badauds musardaient, et où d'autres se reposaient sur la margelle d'une fontaine. Elle était composée de six statues à l'effigie de toaris qui déversaient un flot ininterrompu dans son large bassin.

Puis, entre une boutique d'étoffes et une bijouterie, derrière deux soldats arborant fièrement leurs plastrons luisants, les trois amis tombèrent face à une colonnade en forme de cercle. En son centre, plusieurs personnes étaient agenouillées, tels des dévots énonçant des rites sacramentels, les paumes écartées devant une stèle à l'aspect érodé. L'endroit faisait fortement penser à un lieu de culte. Sur la stèle étaient gravés des symboles étranges, en rien comparables avec l'écriture habituellement utilisée.

Eirinia ne détachait pas son regard du monolithe. Sans prévenir, elle passa entre les deux gardes pour s'en approcher. Milian dévisagea Shana mais elle se contenta de hausser les épaules. Il s'avança donc à son tour. Alors qu'une femme âgée et ascétique finissait de prier et s'apprêtait à regagner la rue, il l'interpella.

— De quoi s'agit-il ? demanda-t-il innocemment.

— Par les tentacules d'Uzushio ! D'une stèle qui vient des Créateurs eux-mêmes ! s'écria la dame d'un ton outré. Êtes-vous si ignares pour l'ignorer ?

— Nous ne faisions que passer, rétorqua Milian, essayant de contenir la colère de la femme. Nous ne sommes pas d'ici. (*Peut-être qu'un peu de légèreté marcherait mieux.*) Mais oui, vous avez raison, je suis ignare. D'ailleurs, c'est comme ça que mes parents m'appelaient. J'ai dû choisir un nom par moi-même, vous voyez. Ça devenait gênant. Surtout avec les filles.

— Des étrangers, qui plus est ! s'énerva la vieille dame. Gardes ! Ces gens n'ont rien à faire ici !

Vieille bique.

— Ne vous méprenez pas, nous ne désirions pas vous importuner, se défendit Milian. J'ai toujours eu un faible pour les dames un peu plus mûres. Et j'ai pensé que nous…

Les deux gardes ne mirent pas longtemps à se rapprocher dans ce cliquetis particulier des pièces d'armure s'entrechoquant.

— Dégagez de là si vous ne souhaitez pas vous recueillir, leur ordonna l'un d'eux, partageant le mépris de la femme âgée.

— Nous sommes affreusement désolés pour le dérangement, ainsi que pour notre ignorance, s'excusa Milian tout en intimant à ses deux amies de le suivre. Ma langue a parfois tendance à faire des siennes. Je me demande encore comment j'ai fait pour la garder tout ce temps.

Eirinia ne semblait pas l'avoir entendu. Elle contemplait toujours la stèle.

— Eirinia ! Ces gentilhommes ne sont pas particulièrement ravis de notre présence, insista Shana. Ils aspireraient à ce que nous décampions d'ici sur-le-champ.

La jeune femme sursauta, revenant brutalement à la réalité. Puis elle s'empressa de les rejoindre.

Ils passèrent devant les gardes qui ne cachèrent pas leur impatience de les voir disparaître, puis devant la femme ascétique dont le regard était chargé de reproches. Tout en s'éloignant, Eirinia continuait d'afficher son trouble.

— Je suis familière avec ces symboles, balbutia-t-elle, fronçant les sourcils.

— Ah oui ? Et ça parlait de quoi ? demanda Shana.

— J'ignore la signification précise de ces glyphes, néanmoins, je dispose d'un ouvrage dont l'auteur a reproduit des signes frappant de ressemblance avec ceux de cette stèle.

— Je ne crois pas en avoir jamais vu, ajouta Milian, dubitatif. Et tu l'as eu où, ce bouquin ?

— Jalen me l'avait confié peu avant mon départ de *L'Arbre Ruisselant*. Il n'était point destiné à être avec les volumes accumulés dans sa bibliothèque, puisque jamais auparavant mes yeux ne s'étaient posés sur lui. Toutefois, lorsqu'il me remit ce volume, un « présent de départ » selon ses termes, il a également souligné que cet ouvrage devrait bien plus me revenir qu'à lui, même si je n'en ai toujours pas déchiffré le sens.

— C'est intrigant… Et tu l'as ici, ton livre ?

— Je le conserve constamment sur moi. Sa valeur s'est inestimablement accrue depuis que Jalen est…

— Nous pourrions retourner à la stèle, si tu le souhaites, proposa Milian pour lui éviter de finir sa phrase. Et ça me permettrait peut-être de faire une rencontre plus digne d'intérêt. J'ai remarqué une dame d'un âge tout à fait acceptable, aussi vieille que celle qui a osé m'éconduire. Et comme celle-là est partie, je ne crois pas qu'il soit trop difficile de convaincre les deux gardes de notre bonne foi.

— T'as pas bientôt fini ? le railla Shana. Je crois que tu es encore trop immature pour te lancer dans ce genre d'aventure.

— Je doute que cela s'avère nécessaire, reprit Eirinia, l'air ailleurs. J'estime avoir mémorisé la majorité des symboles. Cette dame, a-t-elle énoncé quelques propos plus spécifiques ?

— Elle avait parlé d'un message des Créateurs, même s'il est délicat de le concevoir, grommela Shana, un brin moqueuse.

— Oui, c'est là ce qu'ils considèrent en Araneana, balbutia Eirinia. Toutefois, mes connaissances à ce sujet sont fort limitées. L'auteur de l'ouvrage ne possédait guère plus d'informations ; il avait simplement compilé des récits circulant en Araneana, au Leanalyn, et même au Keanor. Mais ces royaumes ne s'accordent pas sur l'interprétation de ces symboles. En Araneana, on prétend qu'ils auraient été gravés par les Créateurs, comme l'a mentionné cette dame. Au Leanalyn, on les analyse telle une forme d'écriture archaïque, alors qu'au Keanor, on les attribue à une civilisation antérieure à l'humanité. En dépit de cela, leur provenance demeure un mystère, et nul n'a concrètement réussi à les traduire de manière concluante.

— Eh bien n'allons pas vexer un royaume entier ! minauda Shana. S'ils veulent que ces symboles viennent des Créateurs, grand bien leur fasse !

— Tu ne devrais pas te moquer de la croyance des gens, répliqua très sérieusement Milian. Certains ont besoin de trouver un refuge, des réponses à leurs questions, même si ça peut te paraître futile. Nous ignorons bien trop de choses sur notre Histoire, et chacun peut bien imaginer ce qu'il entend. Cependant, il doit forcément y avoir une part de vérité dans tout ce qui se dit.

Shana se contenta de lever les yeux au ciel.

La religion de l'intéresse pas. Cela dit, moi non plus. Mais il faut tout de même faire preuve d'un minimum de respect. Attends. C'est moi qui parle de respect, là ?

— J'avais renoncé à l'idée de les étudier, néanmoins, je médite sur l'éventualité de renouveler mes efforts, ajouta Eirinia, pensive. Peut-être qu'avec ce nouveau schéma de symboles, je serais en mesure de percer à jour quelques arcanes…

— Tu en auras le loisir quand nous aurons un moment de repos, car là, on a du pain sur la planche avant de retrouver Hunor, fit remarquer Milian.

— J'aurais sincèrement désiré me rendre à l'immense bibliothèque de Dunalor, confia Eirinia, absorbée dans ses cogitations. Il se pourrait fortement que d'autres traités abordent le sujet, et si tel devait être le cas, c'est assurément l'endroit le plus plausible pour les dénicher.

— La bibliothèque de Dunalor ? interrogea Milian, voyant que cela semblait capital pour elle, bien qu'elle ne l'eût jamais mentionnée.

— Elle se trouve dans l'Empire, expliqua Shana comme s'il s'agissait de quelque chose que tout le monde savait.

— Il y est conservé les originaux ou les copies des ouvrages les plus significatifs d'Orrisia, précisa Eirinia avec solennité. Cela constitue, pour ma part, un désir ardent, que dis-je, un songe, de fouler le sol de ce sanctuaire du savoir.

Milian rit de bon cœur.

— Ah, oui, je comprends mieux ces yeux aussi pétillants. Mais bon, l'Empire, d'ici, ça fait une sacrée trotte. Alors ton souhait devra attendre un moment avant d'être assouvi !

Ils poursuivirent leur chemin le long du canal en commentant la beauté de la cité, l'esthétique de la rue pavée de dalles plates et agréables sous leurs pieds, le charme des oiseaux qui piaillaient gaiement sur les frondaisons touffues des arbres, l'élégance des hommes et des femmes aux tenues luxueuses, et la parfaite harmonie régnant dans ces rues paisibles qui ne leur inspiraient que splendeur et raffinement.

Chapitre 20

Milian

La place, relativement vaste, était divisée en une multitude de petites parcelles de verdure à l'herbe coupée rase. Un endroit idéal pour ceux qui pique-niquaient à l'abri du soleil grâce à leurs ombrelles. En son cœur, une imposante statue en saf déployait son ombre intimidante sur les parterres et les chemins dallés ; sa présence et son éclat rivalisaient avec l'intensité du regard que Milian lui portait. De par la finesse avec laquelle elle avait été sculptée, cette effigie était tout aussi terrifiante que somptueuse.

Elle représentait une créature empreinte de sauvagerie, dont la gueule béante était un abîme hérissé de dents carnassières. Les douze yeux autour de sa tête scintillaient d'une intelligence cruelle, jaugeaient, pesaient l'âme de quiconque les croisait. Sur son crâne, une crête membranée se développait telle une oriflamme de guerre, ondulant avec grâce jusqu'à se perdre dans les replis d'un corps serpentiforme. Ce dernier, robuste et bestial, se terminait en une myriade de tentacules gigantesques, prêts à enserrer sa proie sans aucune mansuétude.

La sculpture imposait impunément sa redoutable et apocalyptique apparence aux yeux de tous.

Uzushio, l'Aravara des océans, songea Milian. *Bien qu'à une taille infiniment réduite*. Il avait vu des croquis de l'Aravara sortis de l'esprit de marins ou d'explorateurs, mais rien qui ne fut aussi détaillé.

— Il apparaît conforme aux descriptions qui en sont rapportées, commenta Eirinia avec une certaine admiration. Et je suis encline à croire qu'il est façonné en safaïa.

— En safaïa ? répéta Milian.

Il avait déjà entendu ce terme, et si sa mémoire était bonne, de la bouche de Jalen à propos des armes de Vizar lorsqu'il l'avait interrogé à *L'Arbre Ruisselant. Donc la dague que je lui ai volée, avec ses reflets bleutés*...

— Absolument. J'ai lu que le saf n'était autre que la gangue du safaïa qui, lui, est d'une pureté sans égal, et bien entendu, d'une valeur exorbitante. Il doit exister pléthore de carrières dédiées à l'extraction de cette roche à travers l'Araneana. Néanmoins, le safaïa demeure d'une rareté notoire si on le compare à la quantité astronomique de saf.

— C'est ça que t'aurais aimé rencontrer ? se moqua Shana, regardant son ami d'un œil amusé.

— Il est tout à fait… splendide ! gazouilla Milian, qui se remémorait la conversation sur la terrasse d'un estaminet à Port-Nyanir.

Il ne voulait pas ouvertement lui montrer à quel point ses « avertissements » teintés de remontrances étaient fondés. *Mais, par les Créateurs, elle avait raison ! J'espère ne jamais croiser cet Aravara !*

— Je doute que ce sourire enfantin puisse te sauver si tu étais amené à le croiser, minauda la jeune Descendante d'une expression triomphante.

— Ne me dis pas que tu as peur d'une simple statue ? se pâma Milian, ne souhaitant définitivement pas perdre la face.

Eirinia se gratta la nuque.

— Pour ma part, elle éveille en moi une sensation glaciale le long de l'épine dorsale. Uzushio est loin d'incarner la plus belle représentation des Aravara.

Shana leva les yeux au ciel et baragouina quelque chose que seule sa grande sœur put entendre ; les deux jeunes femmes éclatèrent de rire, le laissant dans sa solitude.

Milian se résolut à couper court à la conversation. Il s'approcha des embarcations accostées à l'un des côtés de la place et qui attendaient patiemment qu'un client ait besoin de leur service.

Un homme le bouscula. Suivi d'un autre.

Courant à vive allure, ils ne se retournèrent même pas. Ils fuyaient quelque chose.

Cinq gardes de Lugann les poursuivaient au pas de course. Les deux fuyards traversèrent les parterres de gazon sans se préoccuper des gens qui se prélassaient, et ils se firent abondamment conspuer jusqu'à ce qu'une autre patrouille, les glaives dégainés, ne leur coupe la route. Ils se débattirent mais, face aux soldats armés, leurs tentatives ne furent que de courte durée. Avec brutalité, le pommeau d'un glaive s'abattit sur le crâne de l'un des deux. Il s'effondra. Le second leva les bras en l'air lorsqu'une lame menaça de lui détacher la tête. Un groupe de femmes non loin de la scène se mit à hurler, avant d'agonir d'injures les deux malfrats.

— Ne faites pas attention à ces maudits rebelles, lança une voix éraillée dans le dos de Milian. Ils ont bien mérité ce qui leur arrive.

Il se tourna vers la femme qui venait de s'approcher en tapinois. De longs cheveux chenus ballottés par la brise et des rides sillonnant son visage. Sa robe, composée de différentes teintes de bleu et d'une ribambelle de perles multicolores, se terminait en différents voiles au niveau de ses jambes. Elle était des plus ordinaires si on la comparait aux atours des autres Araneanaises qui se prélassaient sous leurs ombrelles.

— Qu'Uzushio m'excuse, reprit la vieille femme. Je ne me suis pas présentée. Je m'appelle Delimira, canoteuse, à votre service. Vous sembliez avoir envie de vous rendre quelque part ?

— Nous aurions besoin de rejoindre les quartiers populaires, expliqua Milian sans détour.

Delimira prit un air fatigué.

— C'est plutôt vaste, mon garçon.

— Au quartier Indigo, intervint Eirinia. Nous nous trouvons actuellement au sein du Cobalt, n'est-ce pas ?

— Parfaitement, opina la vieille dame. Ça vous fera trente loras. Pour les trois.

Milian s'étouffa.

— Trente loras ? Je suis sûr que nous aurons un meilleur arrangement chez l'un de vos collègues. D'ailleurs, quel heureux hasard ! J'en vois quelques-uns là-bas ! Je suis certain qu'ils n'hésiteront pas à nous faire une offre plus alléchante !

Au vu des prix que j'ai eu le loisir de constater avant d'arriver ici, elle essaie clairement de nous voler !

— Là où vous souhaitez vous rendre, ce n'est pas la porte à côté, n'en démordit pas la canoteuse. De plus, j'aurai bien du mal à dénicher de nouveaux clients là-bas. Tout le monde vous dira la même chose.

Milian s'apprêta à se diriger vers un autre canoteur, lorsque Delimira le retint par la manche, presque désespérée.

— Quinze loras. Je vous assure que vous ne trouverez pas plus bas !

— Dix, annonça-t-il avec fermeté.

La vieille femme finit par incliner la tête.

La négociation avait été simple et efficace, bien plus facile que ce à quoi il s'était attendu.

Alors qu'il s'apprêtait à la payer, Shana lui prit la bourse des mains sans lui demander son avis et donna trente loras. Il n'en croyait pas ses yeux. Delimira adressa un sourire affectueux à Shana, une expression non dépourvue de gloriole à Milian, puis les amena à son embarcation sous le regard circonspect du jeune homme.

— J'ai été instruite par le meilleur pour amadouer le client, chuchota la jeune Descendante avec un clin d'œil, afin que seul Milian l'entende.

Sa félonie n'a pas de limites ! Mais elle avait raison. Les récents évènements l'avaient sûrement un peu trop chamboulé. *Peut-être que cette femme peut nous apprendre quelque chose.*

Après avoir sauté sur son canot, Delimira les invita à la rejoindre. Ils s'installèrent à l'arrière avec précaution, puis la canoteuse siffla un air en trois notes. À l'avant de la barque, un toari affleura, auquel elle attacha une lanière.

— Attention au départ, les prévint-elle. Noz-Noz fait de son mieux, mais il y aura forcément des remous.

Et c'est reparti..., se lamenta Milian.

Elle émit un autre sifflement, l'animal déploya ses nageoires, et l'embarcation avança d'un mouvement brusque. Milian se cramponna au banc et Eirinia poussa un cri étouffé. Delimira s'en amusa, riant avec allégresse.

— C'est toujours comme ça avec vous, les Vanyans.

— Ça se voit tant que ça ? demanda Shana.

— Je dirais plutôt que ça s'entend. Sinon, je vous aurais pris pour des gens venant du nord d'Orrisia. Certains Araneanais n'aiment pas les étrangers. Que vous veniez du sud, du nord, de l'est… ça leur est égal. Quoique, fit-elle après un moment de réflexion, je dirais que ceux venant du Keanor sont mieux acceptés. Ils nous ressemblent en bien des manières.

— Vous nous avez appelés les Vanyans ? s'enquit Milian, essayant d'échapper aux affreuses sensations qui ne lui remémoraient que trop la terrible traversée de l'océan Primordial.

Je n'ai jamais entendu ce terme. En réalité, il n'y avait pas vraiment de nom pour les habitants de Vanyanir, et personne n'avait jamais cherché à en donner un – peut-être parce qu'il ne s'agissait pas à proprement dit d'un royaume ; ils ne se sentaient pas l'obligation d'en avoir un.

— Bah oui, comment voulez-vous que je vous appelle ? rétorqua Delimira, haussant les épaules. Vous avez dû débarquer de *L'Œil du Typhon*, non ? J'ai entendu dire qu'il s'était passé quelque chose sur l'océan… Mais si vous ne préférez pas en parler, je comprendrais. Ça ne doit pas être facile pour de jeunes gens.

Elle ponctua sa phrase par des sifflements, et le toari y répondit par des gloussements adorables avant d'emprunter l'un des embranchements du canal. *Un animal fascinant*.

Alors qu'ils croisaient d'autres canots et que Delimira faisait de légers signes de la main à ses collègues, Shana entreprit de raconter vaguement ce qui s'était passé, l'horreur que cela avait été. La vieille canoteuse était restée abasourdie tout du long. Quand Shana eut terminé son récit, Milian posa la question qui le taraudait.

— Vous aviez parlé de *rebelles,* avant, à propos des deux malfrats. De quoi s'agit-il ? C'est une sorte d'organisation ?

Il en avait entendu la mention à *L'Arbre Ruisselant*, mais il n'en avait pas d'idée précise.

Delimira le scruta d'un œil suspicieux.

— Ça fait déjà quelques années que ça dure. Même si ça s'est calmé depuis quelques mois. Des brigands qui sèment la terreur en Araneana. Il arrive que certains se cachent en ville, et on peut assister à des scènes pareilles lorsqu'ils sont débusqués. Comme si la guerre contre le Leanalyn ne suffisait pas !

— Alors l'Araneana part bien en guerre ? enchaîna Shana.

Delimira poussa un grognement.

— Oui, et ça ne m'étonnerait pas que ces rebelles y soient pour quelque chose !

— Ils seraient de mèche avec le Leanalyn ? insista Milian, ne comprenant pas vraiment la relation.

La canoteuse souffla du nez, apparemment exaspérée.

— J'en sais fichtre rien ! Mais de ce que j'en dis, c'est que cette maudite guerre n'est pas bonne pour le commerce. Et ça se ressent, même à Lugann. Il y a encore quelques mois, la cité regorgeait de monde, mais maintenant, il faut presque mendier pour trouver des clients.

— Pourtant, nous n'en avons pas spécialement vu les effets en arrivant…, soutint-il.

— Parce que vous n'étiez pas là avant, rétorqua Delimira. Et puis vous veniez de quartiers huppés, près de l'océan. Rien à voir avec le reste de Lugann, je peux vous l'assurer. Ceux qui ont assez de loras financent la guerre et restent à l'abri, pendant que la majorité de la population est réquisitionnée. Tout le monde participe à l'effort. Dans tous les cas, on n'a pas notre mot à dire.

La conversation s'arrêta là, et la canoteuse se mit à ruminer des imprécations envers les rebelles, sifflant de temps à autre au toari. De l'intérieur, la ville ressemblait vraiment à un labyrinthe et ne suivait absolument pas un schéma rectiligne. Alors s'y retrouver la première fois que l'on y mettait les pieds relevait juste de l'exploit. Après quelques virages, Milian ne savait même plus de quelle direction ils étaient venus.

— Vous arrivez à vous repérer facilement ? demanda-t-il pour reprendre la discussion.

— Oh, quand ça fait soixante ans que l'on navigue sur ces canaux, ça devient un jeu d'enfant, s'égaya Delimira.

— Ce n'est pas d'une complexité excessive, étaya Eirinia. Bien que cela puisse paraître confus au premier abord, en réalité, tout est méticuleusement réfléchi et suit des trajectoires plutôt ingénieuses. Je postulerais, de surcroît, qu'au prochain carrefour, nous emprunterons la voie de droite. Et si tu désires une précision d'une exactitude plus poussée, je t'informe que nous nous situons, à cet instant précis, dans le quartier dédié aux forges.

Cette dernière phrase arracha un sourire à Delimira. À présent, elle était plus amusée qu'autre chose.

— Si tu le dis, marmonna Milian, défait.

— Si tu t'étais appliqué à t'orienter et à mémoriser le plan, je suis convaincue que tu en aurais également la connaissance, renchérit Eirinia.

Piqué au vif, il acquiesça.

— Sans nul doute…

Puis, il vit de la fumée sortir des cheminées de hauts bâtiments, ainsi que les insignes de marteaux et de tridents croisés. Il comprit l'entourloupe. Eirinia s'esclaffa d'un rire communicatif que même Delimira partagea.

— Eux n'ont pas de souci pour travailler, pour sûr ! se plaignit la canoteuse. Toutes les forges du royaume fonctionnent à plein régime. Des armes et encore des armes… Il y en a des convois entiers qui partent vers la frontière avec le Leanalyn, tout comme les hommes recrutés de force…

Pendant que le toari continuait de tirer l'embarcation à travers les canaux, s'enfonçant de plus en plus loin dans Lugann, la magnificence qu'ils avaient pu observer jusqu'alors se dégrada progressivement. La cité offrit un nouveau visage : des rues où s'amassaient quelques détritus, des façades au saf moins éclatant, et une atmosphère de saleté persistante.

— Le nord de la ville a beaucoup souffert, surtout ces derniers mois, commenta Delimira en arrivant près d'un point de débarquement. Les voleurs s'en donnent à cœur joie, et en tant qu'étrangers, je ne comprends pas bien ce que vous venez y faire.

— Nous sommes à la recherche de quelqu'un, répondit aussitôt Shana.

— Qu'Uzushio me noie ! s'écria la canoteuse. Traverser l'océan Primordial pour retrouver quelqu'un ? C'est qu'il doit être bougrement important pour vous ! De la famille, peut-être ?

— Un dénommé Hunor. Vous ne le connaîtriez pas, par hasard ?

Il n'est pas forcément prudent de divulguer cette information comme ça, mais il faut bien commencer quelque part, se résigna Milian.

Il capta un léger durcissement des traits de Delimira alors qu'elle prenait son temps pour réfléchir.

— Je ne crois pas, finit-elle par dire.

La canoteuse siffla à l'attention de Noz-Noz, qui poursuivit son chemin.

— N'est-ce pas là le lieu où il était convenu de nous déposer ? s'enquit Eirinia.

— Je vais vous emmener à un endroit qui vous fera gagner du temps, s'empressa de répondre Delimira avec courtoisie. Il faut bien que je vous en donne pour vos loras ! Et puis vous m'êtes bien sympathiques aussi. Alors si je peux éviter de vous faire marcher inutilement… Et ça ne vous coûtera rien de plus.

Après s'être engagé dans un renfoncement du canal, Noz-Noz arrêta l'embarcation devant un escalier étroit remontant au niveau des habitations. *Enfin ! J'ai bien cru que ça n'en finirait jamais. Une minute de plus et je lui aurais repeint son canot gratuitement.* Ne dissimulant pas sa joie de mettre pied à terre, Milian aida Shana et Eirinia à le rejoindre.

— Faites attention à vous, les mit en garde Delimira. Les quartiers par ici ne sont pas sûrs. Surtout pour des étrangers. Sur ce, je vous souhaite bon courage dans votre recherche. Pour ma part, je vais attendre un peu. On ne sait jamais, un client fortuit pourrait se présenter !

Personne ne semble faire acte de présence dans les alentours, mais après tout, c'est elle la professionnelle.

— Je vous remercie pour votre conseil et votre bienveillance, répondit Milian avec emphase.

Ils grimpèrent l'escalier et s'éloignèrent du canal pour s'enfoncer dans une venelle.

— Une dame charmante, remarqua Eirinia.

— Charmante, mais je sens qu'elle a omis de nous raconter tout ce qu'elle savait, rétorqua Milian.

— Que veux-tu dire par là ?

— Une impression, c'est tout, éluda-t-il.

— Elle a été bien aimable de nous amener jusqu'ici, abrégea Shana. Et je croyais que tu avais un faible pour les femmes un peu plus mûres. Ce n'est pas ce que tu as dit ? Bon, il nous reste quelques heures avant que la nuit ne tombe, donc autant mettre ce temps à profit. Le meilleur moyen de rencontrer cet Hunor, c'est de faire le tour des tavernes. Ça, normalement, on ne devrait pas avoir trop de mal à s'y prendre. Alors essayons d'en trouver une.

Ils quittèrent la venelle pour se retrouver dans une avenue un peu plus animée – effectivement, peut-être que Delimira leur avait évité de perdre du temps. Les pavés ne brillaient pas par leur propreté, mais cela n'avait rien de comparable avec les quartiers pauvres de Rivlon. Même si l'air poisseux avait quelque chose de rebutant. Des soldats en armure étaient postés à plusieurs coins de rue. Derrière le ventail de leur casque, qui ressemblait à la tête d'un toari, ils surveillaient les gens vaquer à leurs occupations quotidiennes ou se rendre dans des bouges, des gargotes ou des établissements plus frivoles. Toutefois, ils étaient peu nombreux face à l'affluence des hommes aux vêtements usés et des femmes non mieux vêtues, quelques-unes à la limite de l'indécence.

Par contre, nul mendiant n'est présent dans les rues, nota Milian. *Ce qui est tout de même surprenant... Tous envoyés à la guerre ?*

Se mêlant à la foule, ils ne mirent pas longtemps à tomber sur le panneau d'une taverne, universellement reconnaissable aux chopes s'entrechoquant. Lorsque Milian en ouvrit la porte, un nuage de fumée s'échappa de l'établissement, ce qui ne fut pas sans lui rappeler *L'Arbre Ruisselant*.

À l'intérieur, une douzaine de clients bourrus au chignon araneanais braillaient sans ambages devant leurs pintes d'hydromel. Ils discutaient de pêches médiocres, conspuaient leur capitaine ou s'amusaient à décrire avec vanité leurs nuits passées dans des bordels. Assis à des tables en mosaïque aux couleurs ternies, alors que des relents d'alcool emplissaient la pièce, certains affichaient ostentatoirement leurs tatouages à l'effigie d'animaux marins, d'ancres stylisées, de gouvernails ou de rose des vents. Quelques regards non dépourvus d'animosité se tournèrent vers les trois amis quand ils entrèrent.

Les étrangers n'étaient certainement pas les bienvenus, mais Milian n'en fit aucun cas. Il s'assit sur l'une des chaises hautes devant le bar et fut presque pris de mélancolie lorsqu'il regarda le barman en chemise brune s'affairer à nettoyer des chopes sans trop se presser.

— Bien le bonjour, messieurs-dames ! s'exclama l'homme avec l'accent typique araneanais. Que puis-je vous servir ? J'ai de la bonne bière ambrée, du vin moelleux, boisé, de l'alcool de barqapaa, de sipsaar…

— Votre alcool de barqapaa m'a été maintes et maintes fois vanté, servez-m'en donc un verre ! s'enjailla Milian, ravi d'enfin pouvoir goûter ce breuvage. Voyons voir si c'est aussi bon qu'on le dit !

Et l'alcool me fera peut-être oublier ces atrocités..., espéra-t-il.

Le barqapaa, un poisson vivant apparemment dans les cours d'eau douce de l'Araneana, était connu pour ses touches subtilement fruitées. La boisson que les Araneanais produisaient en laissant l'animal mijoter dans une bouteille une année entière faisait partie de leurs fiertés. Même si Milian détestait tout ce qui pouvait se rapprocher de près ou de loin à de la poiscaille, il ne fallait pas non plus mourir idiot.

Shana inspecta les bouteilles derrière le bar.

— Et pour moi, ce sera un verre de cimelos.

— Les Vanyans seraient-ils donc des connaisseurs ? se réjouit le barman tout en remplissant le premier verre. Et pour vous, mademoiselle ? ajouta-t-il d'un ton mielleux.

— Un nectar de groseille, je vous prie, déclara simplement Eirinia.

L'homme éleva un sourcil mais se reprit en hochant la tête.

— Si c'est ce qui ferait plaisir à cette belle demoiselle.

Milian renifla d'abord le liquide orange qui lui avait été servi, se força à en apprécier l'odeur, puis trinqua avec Shana et Eirinia. Il but une première gorgée, et celle-ci fut sans appel. Les notes iodées étaient répugnantes.

— Délicieux, n'est-ce pas ? claironna le barman.

Milian contint une grimace.

— Je n'osais pas le dire ! Cet… hum… arrière-goût de… hum… poisson… est si délicat.

Il s'emmêlait les pinceaux mais, franchement, comment aligner deux compliments sur ce… *truc* ?

Mais il vaut mieux ne pas partir d'un mauvais pied. Éviter un incident diplomatique.

— C'est infect ! s'indigna Shana en repoussant son verre. Vous servez réellement *ça* à vos clients ?

Shana...

La mine déconfite, l'homme écarquilla les yeux.

— Elle exagère toujours, badina Milian, tentant de temporiser la réaction de son amie. Elle voulait simplement dire que c'était trop fort pour elle.

Shana lui lança un regard torve et se rembrunit. Le barman eut un sourire gêné.

Si elle ne fait aucun effort pour entretenir un semblant de bienséance, autant ne pas passer par quatre chemins.

— Nous sommes à la recherche d'un homme pouvant se trouver dans le coin, expliqua Milian pour que seul le barman puisse l'entendre. Un dénommé Hunor. Vous ne le connaîtriez pas ?

L'homme lui jeta un regard confus, ce qui lui rappela la réaction de Delimira.

— Hunor…, répéta le barman plus fortement. Et que lui voulez-vous ?

Quelques grognements émergèrent dans la salle, avant que l'un des clients à la barbe proéminente et aux traits grossiers ne s'adresse directement à eux.

— Vous feriez mieux de passer votre chemin, les Vanyans ! meugla-t-il. On n'a rien à voir avec ça !

— Avec quoi ? insista Milian, loin de se laisser intimider.

Cette fois-ci, l'entièreté de la popine avait son attention rivée sur eux, et les faciès n'étaient guère rassurants.

— Si j'avais l'un de ces rebelles sous la main, je crois que je pourrais l'égorger ! vitupéra un client au crâne glabre, accompagnant ses propos d'un rire gras. Si ça se trouve, c'est eux qui ont fomenté cette fichue guerre !

— Qu'Uzushio n'ait jamais vent de tes paroles ! s'écria un homme malingre et à la voix décharnée, installé à sa table. Ils peuvent bien foutre le bordel si ça leur chante, on a d'autres toaris à dompter !

— Ouais, ces saletés de Leanalyens doivent payer ! renchérit vindicativement un autre gars.

Ils avaient presque déjà oublié leur présence, mais Milian comptait bien obtenir plus d'informations.

— Vous voulez dire qu'Hunor est un rebelle ?

— Pas qu'un *simple* rebelle…, le corrigea le chauve. Et c'est étrange que vous soyez à sa recherche…

Les menaces ne devraient pas tarder. Milian repensa aux deux hommes qui s'étaient fait arrêter plus tôt dans la journée – il était peut-être risqué de rester ici. Il sortit des loras de sa bourse et paya le tavernier avec un pourboire, avant de quitter les lieux sous les regards malaisants de ses précédents interlocuteurs et de respirer une grande bouffée d'air frais.

Ils n'avaient peut-être pas appris où se trouvait Hunor, mais ils savaient désormais qu'il avait quelque chose à voir avec les rebelles. Et que son nom était connu. *Si Jalen avait pu nous donner plus d'indices, ça nous aurait sérieusement simplifié la tâche. Et ça nous éviterait de devoir attirer l'attention.*

Enchaînant les rues et les tavernes de mauvais aloi, ils n'eurent pas plus de succès. Les gens évitaient de parler d'Hunor ou des rebelles dans le meilleur des cas – lorsqu'ils n'essayaient pas d'en venir aux mains rien qu'à leur mention.

En tout et pour tout, ils avaient appris que les rebelles n'étaient pas de simples brigands, mais toute une organisation criminelle à travers l'Araneana. Ils avaient saccagé et pillé des villages, brûlé tout ce qui pouvait symboliser le roi Llygredd, ainsi que tenu tête à des contingents de l'armée. Et pour couronner le tout, Hunor était un homme cruel ayant largement participé aux massacres. Cependant, même s'ils n'étaient guère appréciés – un euphémisme –, une infime partie de la population ne leur montrait pas une haine aussi viscérale.

Entre deux tavernes, Shana en avait profité pour acheter du linge propre et changer le bandage de Milian. Sa blessure ne faisait que le picoter, mais la jeune femme s'était fait un devoir de la recouvrir sainement jusqu'à trouver de quoi mieux la soigner. Puis ils étaient passés par une petite auberge, *Le Toari Flottant*, où ils s'étaient restaurés avant de réserver une chambre pour la nuit. Il fallait avouer que les Araneanais étaient meilleurs pour préparer de bons plats – si on aimait le poisson, bien sûr.

— Je ne boirai plus une goutte ! chantonna Shana, les joues rouges.

Le crépuscule venait de poindre, et des luesafs diffusaient leur lumière avec éclat sur les bâtiments, laissant la cité apparaître sous un tout nouveau visage.

— Comme si quelqu'un t'avait forcée ! se gaussa Milian. Mais je vais me sacrifier, ne t'inquiète pas.

Elle pouvait bien être une Descendante dont le corps était devenu plus résistant avec les années, pour le moins, elle restait sensible à l'alcool.

— Un *sacrifice*, hein ! le chambra-t-elle.

— Tout à fait. Je ne te permettrai pas de mettre en doute ma parole ! Si je peux te préserver de tes propres vices, qu'il en soit ainsi.

— Fort bien, une ultime halte en une taverne s'impose, puis il conviendra de nous accorder un repos mérité, suggéra Eirinia. Je postule que l'accablement nous a tous étreints et que dormir nous serait bénéfique.

Elle avait raison, même s'il se sentait encore assez en forme pour tenir toute une soirée ; l'air de Lugann avait quelque chose de vivifiant – lorsque l'on se bouchait le nez.

— Allez, c'est parti pour une dernière ! babilla Milian.

Au coin de la rue, de la musique s'échappait d'une taverne à l'ambiance festive – ce qui changeait de toutes celles qu'ils avaient fréquentées précédemment. *La Lueur des Profondeurs*, comme il était inscrit sur l'enseigne, était toute trouvée. Ils pénétrèrent dans l'établissement et se retrouvèrent dans une salle presque bondée, où un petit groupe de musiciens jouait une mélodie endiablée sur une estrade avec un citole, une flûte double et un tambourin.

Ils s'installèrent tous les trois à l'une des tables et une serveuse s'approcha pour prendre leur commande. Eirinia s'en tint à l'eau, et Shana mit au défi Milian de reprendre de l'alcool de barqapaa, qu'elle commanda également pour elle-même.

— Je croyais que…, hésita-t-il.

Son amie ne le laissa pas finir sa phrase pour lui découvrir ses dents.

— Oh, ça va, hein, au point où on en est !

Où toi, *tu en es…*, se moqua-t-il intérieurement.

Ils écoutèrent les conversations alentour tout en discutant de tout ce qu'ils avaient vu ou entendu dans la journée. Il était surtout question de la guerre, du climat qui annonçait bientôt la saison des orages, de propos égrillards, ou de récits de marins ayant un peu trop forcé sur la bouteille – cela étant, rien de bien intéressant. Mais au moins, ça leur évitait de ressasser ce qui s'était passé sur *L'Œil du Typhon*. Puis, la table à côté d'eux accueillit un groupe de six personnes particulièrement bruyantes, et écouter les autres conversations de la salle fut autrement plus compliqué.

— … et là, l'homme se retrouve cul nu face à un garde royal ! Même Uzushio n'en serait pas ressorti indemne ! s'esclaffa un jeune homme pendant que ses compagnons de beuverie éclatèrent tous de rire, l'encourageant à poursuivre ses boutades.

Lorsque la serveuse revint pour une nouvelle commande, Eirinia prit la parole. *A-t-elle peur que nous ne soyons plus intelligibles ?* Peut-être, car Milian avait entendu sa langue fourcher à plusieurs reprises, et Shana se perdait parfois en propos abscons.

— Auriez-vous l'aimable obligeance de nous renseigner sur la localisation hypothétique d'une personne se prénommant Hunor ? demanda-t-elle sans détour.

La serveuse prit un air effrayé, puis se dépêcha de rejoindre d'autres clients. *Décidément, le tact lui manque. Même si je doute qu'une approche différente eût été plus fructueuse. Il est impossible de le chercher sans dévoiler son nom.*

— Mais qu'avons-nous là ? beugla le jeune homme de la table d'à côté. Des Vanyans ?

Il n'était même pas question de cacher leur provenance – leur accent vendait la mèche trop facilement.

Ses cheveux roux, son visage aux traits fins, ainsi que son nez délicat lui donnaient un air espiègle, et son corps élancé évoquait une certaine vivacité derrière ses habits de cuir élimé.

— C'est probable, balança Milian sans chercher à le feindre.

— Une île juste assez grande pour tenir sur une seule fesse d'Uzushio ! brailla le jeune homme roux en se retournant vers ses amis.

Ses compagnons rirent de plus belle, arrachant un sourire à Milian et Shana – l'alcool n'y était certainement pas pour rien.

— Uzushio ne possède pas à proprement dit de fessier, mais uniquement d'appendices tentaculaires, rétorqua Eirinia le plus sérieusement du monde.

Le jeune homme eut l'air perplexe, mais il ne se laissa pas déstabiliser pour autant.

— Vous devez faire partie de la fine fleur des Vanyans pour être venus en Araneana. Et vous avez bien fait ! L'illustre Athaan recherche toujours des compagnons pour rire un bon coup ! N'est-ce pas, mes amis ? s'exclama-t-il en levant sa chope pour en renverser la moitié.

— Profitez-en tant qu'il est encore debout ! Il termine généralement allongé dans la rue, à vomir tout ce qu'il a ingurgité ! plaisanta l'un de ses acolytes, un homme replet aux yeux larmoyants.

Chacun à la tablée y alla de son quolibet, exagérant au possible tout ce qui leur passait par la tête. Lorsqu'ils en eurent fini, c'est Athaan qui reprit la parole.

— Dites-moi, que sont venus faire à Lugann ces deux belles jeunes femmes et cet homme dans la fleur de l'âge ?

— On avait hâte de goûter l'alcool local, que tous les Araneanais vantent jusque chez nous ! baratina Milian. Mais je dois dire qu'on a été assez déçus.

On a trouvé de l'eau-de-vie juste assez bonne pour un koalican !

— Qu'Uzushio me garde de ces remarques dignes de catins ! s'indigna Athaan. Mais que dis-je ? Même une catin aurait un meilleur palais que le tien ! Ce que l'on sert ici vaut tout l'or du monde. Approuvé par Uzushio lui-même !

— Uzushio devrait plutôt faire un tour en Vanyanir ! glapit Shana. Il n'aurait pas à se coltiner ces… *trucs* !

Tous les compagnons d'Athaan furent outrés.

— Crapaudine égarée dans les limbes de l'ignorance ! fulmina une femme à la robe particulièrement échancrée.

— Je…

— Cervelle de poiscaille sortie de l'œuf ! l'invectiva un homme vêtu d'oripeaux.

— Vous…

— Espèce de crustacé contrefait dans les abysses de la sottise ! railla un autre à l'air retors.

— Mais…

— Épave de sardine des sables ! protesta le replet.

— Alors…

— Ventricule de poisson… absurde ! hésita la dernière, une femme plutôt proprette sur elle.

Shana n'arrivait pas à placer une seule phrase, assaillie par les insultes plus farfelues les unes que les autres.

— Mes amis, du calme ! clama Athaan en reprenant un minimum de contenance. Nous pouvons souffrir de l'avis de cette étrangère ignare ! Si, si, nous le pouvons ! Mais si l'on souhaite un avis honnête, je recueillerais bien celui de cette magnifique jeune femme qui ne dit mot ?

Il s'adressait à Eirinia, qui avait assisté à l'échange silencieusement.

— Je n'ai point goûté à vos simulacres de boissons, qui paraissent pour le moins dénuées de tout intérêt.

Athaan mima une flèche qui lui serait arrivée en plein cœur, puis une mort douloureuse.

— Vous ne pouviez être plus blessante !

— Êtes-vous familier avec une personne répondant au nom de Hunor ? reprit Eirinia sans ambiguïté.

Décidément, elle a un don pour amener ce sujet… La question était plutôt abrupte à la suite de leur échange.

Tous les compagnons d'Athaan se mirent à la scruter avec un peu plus de sérieux. Ce qui jeta un froid. Jusqu'à ce que la femme au col échancré recrachât tout ce qu'elle avait dans la bouche sur son voisin, les rendant hilares.

— Simplement de nom, affirma Athaan en fixant Eirinia. Quelqu'un d'autre ? s'enquit-il auprès de ses camarades.

Chacun répondit négativement. Puis il invita les trois amis à sa table et commença à dépeindre les habitants de Vanyanir de toutes sortes de clichés. Malgré l'accueil glacial qu'avait reçu la mention d'Hunor, ils ne s'étaient pas étendus sur le sujet – mais peut-être que dans la soirée, les langues se délieraient. Les histoires drôles et les traits d'esprit s'enchaînèrent, principalement portés sur des matelots écervelés et des soldats peu scrupuleux, lorsque ce n'était pas pour se moquer des Vanyans – Milian avait remarqué qu'il s'agissait d'un terme qu'ils utilisaient plus péjorativement qu'autre chose. Athaan était un vrai boute-en-train, n'hésitant pas à les charrier sur la base de préjugés concernant les habitants de Vanyanir, mais sans jamais tomber dans le mépris.

Au fil des tournées de bière offertes par leurs nouveaux compagnons, Milian oublia presque le motif de leur venue et profita de la soirée – leur première sur Orrisia. Lorsqu'il fut bien trop difficile d'ingurgiter la moindre substance liquide et que la taverne fut presque vide, Eirinia leur rappela qu'il était peut-être temps d'aller se coucher. La voix de la raison. Le lendemain, ils devraient poursuivre leurs investigations, et Milian imaginait déjà le mal de crâne dont il ferait l'objet.

Ils prirent congé de la tablée, non sans les grognements inintelligibles d'Anaro, l'homme vêtu d'oripeaux, puis sortirent de *La Lueur des Profondeurs* pour trouver une rue bien plus calme qu'à leur arrivée. Elle était seulement perturbée par quelques poivrots étalés à même les pavés, qui tentaient vainement de décuver. Milian se tourna vers Eirinia, dont il put percevoir l'amusement dans ses yeux.

— Tu vas pouvoir nous ramener à l'auberge ? lui demanda-t-il, parlant certainement bien plus fort qu'il ne l'avait escompté.

— Je… suis sûre… qu'elle va y parvenir…, hoqueta Shana, qui le prenait comme appui pour rester debout.

— Ce qui suscite mon inquiétude, c'est la manière dont je vais réussir à vous y conduire ! se moqua Eirinia, le désespoir assouplissant ses traits.

— Je peux t'aider, si tu veux ! lança une voix approchant dans leur dos.

Passé une heure, les rues ne sont plus si sûres que ça, et je me maudirais que de pauvres Vanyans se fassent larciner car ils ne tiennent plus sur leurs gambettes par ma faute !

Athaan, tout guilleret, apparut dans le champ de vision de Milian.

— J'estimais que vous étiez dans une situation analogue, répondit dubitativement Eirinia.

— Peut-être, mais avec l'habitude, j'ai appris à faire avec. J'ai eu un bon professeur, il faut dire ! se pâma-t-il d'une voix presque maîtrisée. Cependant, je voulais te dire que tu t'exprimes vraiment dans un idiome étrange. Mais ne te fourvoie pas, je trouve cela charmant !

Eirinia l'observa en fronçant les sourcils mais ne souhaita pas répondre.

— Ne crois pas qu'on… ait besoin d'aide pour marcher, rétorqua Shana avant de tituber.

— Je m'occupe d'elle ! s'empressa d'ajouter Milian, dont la voix résonnait curieusement à l'intérieur de son crâne.

Athaan écarquilla les yeux et voulut insister pour la soutenir, mais Milian refusa en tentant de se tenir bien droit – ce qui n'avait pas l'air de convaincre son interlocuteur. Pourtant, Athaan hocha la tête lorsque Milian leva un bras de son amie pour le faire reposer sur ses épaules. *Elle ne bronche pas,* s'étonna-t-il. *Les miracles, ça existe !*

Eirinia prit le contrôle des opérations aux côtés d'Athaan pour guider la petite troupe à travers les ruelles sombres. Puisque Shana avait des difficultés à exprimer des paroles compréhensibles, Milian s'intéressa à leur conversation.

— Tu parviens à te repérer alors que vous n'êtes arrivés qu'aujourd'hui ? l'interrogea leur compagnon à l'air espiègle.

— La complexité s'estompe une fois que l'on a appréhendé la logique qui la sous-tend, répliqua Eirinia.

— Il faudra que tu m'expliques cette logique, parce que je ne l'ai toujours pas trouvée !

— Le désires-tu véritablement ?

— Bah oui, je ne suis pas plus idiot qu'un autre…

Tu ne sais pas dans quoi tu t'embarques, se moqua Milian, tandis qu'Eirinia semblait ravie de lui fournir ses explications.

— Alors c'est un schéma méticuleusement élaboré, où l'incorporation stratégique des voies navigables transforme l'espace avec une telle efficacité que cela améliore considérablement l'accessibilité aux divers quartiers. Cette topographie hydraulique, par sa nature intrinsèque, éradique les entraves conventionnelles à la traversée urbaine.

— Tu m'en diras…, tenta Athaan.

— Par l'implantation concertée de cette infrastructure aquatique, chaque ruelle, rue ou avenue se voit métamorphosée en une voie d'accès directe à travers des canaux soigneusement dessinés. Cet agencement labyrinthique, en dépit de sa complexité apparente, s'avère être l'apothéose d'une planification mûrement réfléchie et confère une navigabilité omnidirectionnelle qui…

Athaan toussota bruyamment. Il devait admettre qu'il s'était lancé dans une aventure dont la compréhension lui faisait défaut – ce qui arracha un large sourire à Milian.

— À propos d'Hunor…, murmura-t-il. Ça fait déjà plusieurs mois qu'il a disparu. Je vous conseille de l'oublier si vous ne souhaitez pas avoir de problèmes.

— Quelles sortes de difficultés ? demanda Eirinia.

— Du genre à éviter à tout prix.

— Nous devons le rejoindre, intervint Milian. C'est plus important que tu ne peux le penser.

Athaan hésita un instant.

— Je peux peut-être vous faire rencontrer des personnes qui sauront vous aider. Mais je dois d'abord en discuter avec elles.

— Cela correspond, en effet, à ce dont nous aurions impérieusement besoin, acquiesça Eirinia.

— Si tu as d'autres éléments à nous fournir, on a les oreilles grandes ouvertes, insista Milian avec le plus d'aplomb dont il était capable – ce qui ne devait pas valoir grand-chose dans son état.

— *Demain*, mes amis, reprit Athaan. Je dois d'abord obtenir leur approbation. Cette décision ne m'appartient pas.

— Alors nous t'attendrons au *Toari Flottant*, concéda Milian, plus ou moins satisfait.

La discussion fut close là-dessus, mais il les raccompagna tout de même jusqu'à l'auberge. Après de brèves salutations, Athaan repartit dans une ruelle plongée dans la pénombre.

Milian poussa la porte de l'auberge, où seul le tenancier se tenait à moitié endormi derrière son comptoir. Puis il aida Shana à monter les marches jusqu'à arriver dans leur chambre et il l'allongea sur son lit. *Elle somnole déjà,* constata-t-il avant de soupirer.

— J'espère qu'il ne nous a pas menti.

— Athaan se montre affable, mais nous ne devons pas nous en remettre de manière inconditionnelle à ses propos, l'avertit Eirinia. Lors de leur apparition à la taverne, j'ai saisi celui vêtu de façon désuète – Anaro si ma mémoire ne me fait pas défaut – énoncer quelque chose du genre : « c'est eux », avant de prendre place à la table voisine de la nôtre.

Milian se maudit d'avoir laissé échapper ce détail, qui modifiait considérablement la perception qu'il avait eue de la soirée.

— Alors nous devons rester vigilants. Shana, tu…

— Tu ne comptes tout de même pas la réveiller maintenant ! l'admonesta Eirinia.

La remarque est justifiée. Ils en parleraient le lendemain, dans quelques heures à peine, lorsque son esprit lui permettrait d'être capable de connecter deux réflexions. Hochant la tête, Milian se vautra sur son lit. Le matelas n'était pas si mauvais ; enfin, dans son état, même de la paille aurait fait l'affaire.

Chapitre 21

Milian

Milian se réveilla dans la pénombre matinale, émergeant avec peine ; les relents d'alcool de la veille lui embrouillaient le cerveau.

Des bruits sourds de cliquetis de métal et de bois grinçant qui provenaient de l'escalier de l'auberge lui indiquèrent que des hommes montaient à l'étage à la hâte. Son cœur s'emballa. Une foule d'idées lui passèrent à l'esprit, et il eut un mal de crâne carabiné.

— Ils dorment ici, annonça une voix ressemblant à celle de l'aubergiste.

La nôtre ? Des soldats ? Une sueur froide. *La Descendante, Anya, aurait déjà retrouvé notre trace ?*

Son premier réflexe fut de se lever d'un bond et de réveiller ses amies. Il n'eut que le temps de secouer Shana encore étalée sur son lit qu'il entendit une clé tourner dans la serrure.

La porte claqua violemment contre le mur dans les reflets des iris effarés de la jeune Descendante. Des soldats en armure, les ventaux à tête de toari abaissés, les glaives dégainés, firent irruption dans la chambre.

— Par les pouvoirs qui me sont conférés, vous êtes en état d'arrestation ! déclara le seul soldat au ventail relevé, affichant un air peu commode. Saisissez-les !

Milian tenta de remettre de l'ordre dans son esprit.

— Messieurs, il doit s'agir d'une erreur. Quelle en est la raison ?

— Vous n'êtes que des chiens de rebelles ! aboya le garde.

Des rebelles ? Nous ? Ils doivent forcément se tromper de personnes.

— Vous vous méprenez, nous n'avons rien à voir avec ça, rétorqua Milian, fixant droit dans les yeux celui qui semblait commander. Vous devez confondre avec d'autres individus. Toutefois, si par *rebelles*, vous désignez des personnes ayant vidé les réserves de quelques tavernes, je plaide coupable ! Mais je préférerais que vous employiez les termes de barriques sur pattes ou de détrousseurs de chopines, voire de barons de la mousse. Oui, ça nous conviendrait mieux.

Déjà, les soldats s'approchaient de lui, des chaînes pourvues d'anneaux dans les mains.

— Ferme-la, espèce d'étron de Kredae ! brailla leur chef. T'as pas besoin de gaspiller ta salive. Votre description correspond parfaitement à celle que l'on m'en a faite.

Notre description ? Qui a bien pu nous dénoncer comme des rebelles ? Milian frémit et se repassa le fil de la veille aussi rapidement qu'il le put. *On a abordé le sujet dans quelques tavernes, et peut-être bien que l'un des hommes avec qui on a conversé s'est dit que nous en faisions partie. Mais aucun n'est censé savoir où nous logions. Ou alors, c'est peut-être cet Athaan. On n'aurait jamais dû lui accorder une once de confiance et l'amener jusqu'à l'auberge.* À présent, il arrivait à se remémorer son visage. Espiègle, et peut-être sournois. Il l'avait peut-être mal jugé. *Un félon*, se maudit-il.

— Vous n'avez pas le droit ! fulmina Shana.

Tandis qu'ils agrippaient Eirinia, restée prostrée de panique dans ses draps, la jeune Descendante sauta sur l'un des soldats et le fit tomber à la renverse. Elle lui asséna un coup sur le flanc, dans l'une des nombreuses failles de son armure. Il hurla de douleur. Deux de ses compagnons se ruèrent sur elle, cherchèrent à l'abattre d'un coup de glaive, mais elle bondit en arrière à une vitesse ahurissante, les laissant frapper dans le vide. Elle évita une autre lame en prolongeant le mouvement du soldat. Ce dernier atterrit avec fracas dans la commode. Elle explosa sous l'impact. Le second soldat hésita un instant lorsqu'il vit les iris de Shana s'illuminer.

— Attrapez-la sans la tuer ! rugit l'homme au ventail relevé, les yeux ronds et la bouche pendante.

Milian voulut s'interposer, mais deux autres gardes l'en empêchèrent. Ils lui flanquèrent un violent coup de pommeau dans l'abdomen. Le souffle coupé, le mal de crâne s'intensifiant, il ne put qu'assister à la scène, incapable d'intervenir, alors que l'un des soldats lui passait les fers autour des poignets.

— Shana, ne résiste pas ! s'époumona-t-il, le sang pulsant chaotiquement dans ses veines.

Des racines émergèrent de la plante dont le pot avait été fracassé lorsqu'il était tombé de la commode. Elles enlacèrent le soldat encore à terre sous ses hurlements terrifiés. Il lutta, se débattit comme un diable, mais les fibres végétales entravaient ses mouvements. Shana se rua sur le premier homme armé devant elle. Elle esquiva un coup de poing, puis riposta en abattant le sien dans les côtes du belligérant. Alors qu'il criait en s'effondrant, le capitaine attrapa la targe dans son dos et fonça sur elle.

— Viens tâter de mon safaïa ! s'égosilla-t-il.

Ne fais pas ça...

Mais Shana était devenue une vraie furie.

Elle s'élança contre le soldat. Sans hésitation, elle frappa du pied contre son bouclier.

Le bruit du métal résonna.

Elle cria.

Restant debout, ébranlée, une lueur de surprise passa subrepticement au travers de ses yeux. *Elle n'avait pas prévu que le fer de l'égide la repousse. Elle espérait quoi, à vouloir le frapper comme ça ?*

Deux autres soldats n'attendirent pas qu'elle reprenne ses esprits. Ils la grêlèrent de coups. Alors que Milian leur hurlait d'arrêter, son amie étouffa un grognement en retombant sur le plancher, pantelante.

Le capitaine s'empressa de saisir les poignets de Shana. Il l'entrava de chaînes qui semblaient forgées dans le même métal que son bouclier.

— Eh bien, si je m'attendais à ça ! beugla-t-il, un sourire glacial se dessinant sur ses lèvres. Une Communicatrice ! C'est que le général Kaan sera ravi de faire ta connaissance, demoiselle. Et moi, je vais pouvoir empocher une belle prime.

— Je me permets d'insister : nous ne sommes pas ce que vous croyez, protesta Milian, serrant les dents. Nous n'avons même pas rencontré le moindre rebelle. Et puis ce n'est pas un crime d'être une Descendante en Araneana, non ?

Le capitaine le toisa alors qu'il coupait les racines entravant encore son subalterne.

— Nous ne sommes pas dans votre foutue Vanyanir de péquenots, certes, mais les Descendants ne sont pas au-dessus des lois. Certains ont décidé de rejoindre les rebelles, et crois-moi, l'un d'entre eux doit amèrement le regretter. Emmenez-les !

Les soldats les attrapèrent sans ménagement puis les entraînèrent dans le couloir sous l'œil indigent de l'aubergiste, dans l'escalier aux lattes branlantes, puis à l'extérieur de l'auberge, où d'autres les attendaient. Ils rirent lorsqu'ils constatèrent l'état de deux des leurs – ceux que Shana avait passablement amochés – avant d'encercler leurs nouveaux prisonniers. Dans la douleur, Milian se résigna à abandonner l'idée de les convaincre de les relâcher. *Ils ne font certainement qu'exécuter les ordres, alors autant essayer de chasser un koalican muni d'une pauvre cuillère en bois*, spécula-t-il en se disant que le capitaine ressemblait à un véritable abruti.

Celui-ci ouvrit la marche sous les premières lueurs de l'aube alors que Lugann s'éveillait. Outre les luesafs lumineuses présentes dans les rues, des chandelles s'allumaient depuis les fenêtres des bâtiments, tandis que les travailleurs auroraux sortaient de chez eux. Milian et ses deux amies devinrent rapidement un spectacle malsain contre leur gré ; dans ces rues qui empestaient la crasse, de la part d'habitants bien trop prompts à les juger, les regards en biais et les moqueries furent monnaie courante sur leur passage, lui remémorant ce jour où ils s'étaient enfuis de Rivlon. Seulement, là, il ne s'agissait que d'inconnus, et il n'en avait donc fichtrement rien à faire. Après avoir passé une guérite où se tenaient deux soldats en armure, ils furent amenés à un point d'embarcation le long d'un canal au moins deux fois plus large que ceux qu'ils avaient empruntés la veille.

Le capitaine les poussa à bord d'un canot pouvant supporter une dizaine de passagers. Shana ne protesta pas. Elle paraissait encore remuée par sa lutte dans la chambre d'auberge. Quant à Eirinia elle tremblotait et jetait des coups d'œil un peu partout. Quand les trois détenus furent placés sur leurs bancs de sorte à être encerclés, l'embarcation se mit en branle abruptement, tirée par deux toaris qui ne faisaient pas preuve d'autant de douceur que Noz-Noz.

— Pouvez-vous nous renseigner sur la personne nous ayant dénoncés, pour que je puisse savoir qui s'est maladroitement trompé à notre encontre ? demanda Milian, désirant préparer une quelconque défense pour celui ou celle qui déciderait de leur sort.

La hampe d'un trident frappa le plancher du batelet.

— Tu pourras parler quand on t'en donnera l'ordre, annonça l'un des soldats derrière son ventail.

— Ce serait la moindre des choses que de nous apprendre qui est le malotru qui…, voulut-il insister.

Un impact brutal contre sa colonne vertébrale l'interrompit, ce qui l'obligea à se plier en deux. Cette fois-ci, la hampe avait percuté son dos sans aucune délicatesse.

Je vais devoir prendre mon mal en patience, comprit Milian.

Ils traversèrent la cité sur ce cours d'eau dépourvu de toute autre barque que la leur, croisant parfois de plus petits canaux, dont des grilles de métal en empêchaient l'accès. Le leur, plus large, était régulièrement ponctué de points d'embarquement où des soldats aux tabards gravés d'un toari muni d'un trident montaient la garde.

Milian s'intéressa alors à la targe dans le dos du capitaine. Le bleu étincelant du métal argenté était aussi vif que celui de la dague de Vizar. Et avec ce qu'Eirinia lui avait appris sur l'imposante statue d'Uzushio, ainsi que ce qui s'était passé à l'auberge et comment il était parvenu à transpercer la roche créée par Daragh sur *L'Œil du Typhon*, il en était maintenant parfaitement convaincu : le safaïa annihilait le pouvoir des Descendants. *Ça explique pourquoi Shana s'est retrouvée totalement démunie*, conclut-il.

Les bâtiments qui bordaient le canal se firent plus grands, plus majestueux, arborant des sculptures pleines de finesse et des tentures somptueuses descendant de larges balcons. Derrière des murets massifs, entre des arbres resplendissant de couleurs vives, des femmes paradaient dans des robes époustouflantes de beauté, et des hommes non moins élégants jetaient des regards dédaigneux en direction du canot. *On nous ramène vers le port*, spécula Milian.

Cependant, l'odeur de poisson ne vint pas et ils poursuivirent leur chemin au gré des méandres du canal. Enfin, ils longèrent un haut mur d'enceinte au parapet crénelé, duquel de nombreux gardes effectuaient leurs rondes au travers de tours bâties de façon régulière. Ils s'arrêtèrent à un point de débarquement de l'autre côté de la rive et les soldats les firent descendre tous les trois sur un ponton au bois soigneusement entretenu. Ils traversèrent un pont aux garde-fous composés de magnifiques sculptures à taille humaine, représentant des hommes armés, certains à dos de toari, ainsi que des créatures marines que Milian n'avait jamais vues – et qu'il espérait ne jamais croiser. Un énorme portail en fer forgé se présenta devant eux, au milieu de la muraille, les grilles décrivant des formes tout en rondeur et en volupté.

— Capitaine Nastr ? interrogea avec méfiance un garde derrière le portail. Que faites-vous là ?

— Tinrod, répondit le capitaine sans autre formalité. J'ai réalisé une prise qui saura intéresser le général Kaan.

Le général Kaan ? se répéta Milian. *Celui qui commande ici ?*

— Ces manants ?

— Pas de *simples* manants, le rectifia Nastr. Outre des rebelles, celle aux cheveux noirs, avec sa charmante frimousse, s'avère être une Communicatrice.

— T'as pas choisi le bon camp, ma belle, ricana Tinrod. Je suppose que le général sera effectivement enclin à lui réserver un accueil digne de sa nature.

Sur ces paroles, le lourd portail s'ouvrit et Tinrod s'écarta. Milian découvrit alors une longue allée bordée d'arbres en fleurs qui menait au loin à un assemblage d'édifices partiellement bâtis en saf. Leurs toits formaient des coupoles, et ils grimpaient sur pas moins de six étages, tous reliés entre eux. *Ça ressemble à un véritable quartier général, et pourtant en bien plus beau que ce que j'aurais pu imaginer...*

Ils arpentaient l'allée, toujours encerclés par une dizaine de soldats les tenant fermement par les bras, et Milian se prit à admirer le jardin onirique qui se déployait tout autour de lui. De prime abord, il ne semblait pas respecter de règles particulières. Toutefois, les plans d'eau bordés d'arbustes, la végétation luxuriante, les rochers recouverts de mousse, les sentiers de terre parfaitement égaux, ainsi que de petites constructions en saf au dôme hémisphérique se complaisaient en harmonie. La densité de tous les éléments du jardin ne pouvait que laisser place à l'imagination de ce qui se trouvait au-delà, abritant certainement des centaines de recoins paisibles et entretenus avec soin. Milian était en admiration devant ce paysage idyllique, dans lequel baguenaudaient de jeunes gens aux étoffes luxueuses, et où d'autres, plus âgés, se prélassaient ou piquaient un somme sous les frondaisons offrant refuge contre les rayons du soleil encore timides de ce début de matinée. Ceux dont il croisait le regard ne lui rendirent qu'indignation, probablement offusqués par la présence de prisonniers au sein de leur merveilleux paradis.

Venir à bout de l'allée fut incroyablement long, mais ils arrivèrent finalement près d'une immense double porte bardée de fer. L'entrée du bâtiment ô combien imposant. Avant que le capitaine Nastr ne demandât aux gardes d'ouvrir, un homme longea l'édifice et s'approcha d'eux. Vêtu d'un brocart tissé de fils d'or et d'argent, sa démarche arrogante était nuancée par la grâce de ses mouvements. Ses cheveux blonds, fins, descendaient au niveau de ses épaules, lui conférant un air pourvu de noblesse. Un froncement de sourcil vint perturber ses traits, ce qui révéla des iris marron teintés d'orange.

— Qui sont ces malheureux ? demanda-t-il en écartant ses bras, s'adressant avec gravité au capitaine.

— Monseigneur Tarlis Emren, j'apporte là des rebelles ayant largement prouvé leur culpabilité, expliqua le capitaine Nastr en s'inclinant respectueusement. Ils s'en sont pris à mes hommes.

— Eh bien ? Ceci n'est pas le lieu adéquat où les amener.

— Cette jeune femme, ajouta le soldat en indiquant Shana, est une Communicatrice. Je crois qu'il est de mon devoir de ne pas la traiter comme une vulgaire rebelle, mais d'en informer les hautes instances de Lugann.

Tarlis la scruta avec insistance. Elle soutint son regard, lui envoyant certainement de terribles imprécations muettes.

Ce n'est pas le moment de nous enfoncer encore plus, songea Milian, espérant que Shana se contrôlerait. *Pour l'instant, on doit se contenter d'observer. Tout ça n'est qu'une erreur monumentale, et ils comprendront que nous ne sommes pas des rebelles. Tout va finir par se régler.*

— Une femme pleine de détermination, semblerait-il, nota l'homme au brocart. Vous avez bien agi, Capitaine… ?

— Nastr… Bargar Nastr, Monseigneur, balbutia l'intéressé.

— Vous serez dûment récompensé pour votre capture. Elle se révèle être des plus plaisantes. Teyon Kaan est quelque peu occupé pour l'instant, mais suivez-moi, nous allons nous entretenir avec messire Hadad. Il sera extrêmement ravi de faire sa connaissance.

Cet homme jouit d'une position plutôt élevée dans la hiérarchie, raisonna Milian. *Il ne porte pas d'uniforme militaire, mais Bargar est devenu le chien le plus dressé au monde lorsqu'il s'adresse à lui. Et cette ordure n'arrête pas de lui faire des courbettes plus obséquieuses les unes que les autres. Toi, le nouveau, il vaudrait mieux t'avoir de notre côté.*

Tout en faisant le tour du bâtiment principal jusqu'à arriver à l'une de ses ailes, le capitaine Nastr décrivit avec quelle impavidité il avait fait face à la furie d'une Descendante déchaînée avant de réussir à lui mettre les fers. Sous le couvert d'un rire forcé, il admit que ses hommes l'avaient aidé lorsque Tarlis se montra sceptique quant à la scène rocambolesque qu'il avait dépeinte. Cependant, l'homme au brocart n'avait de cesse de lancer des regards amicaux et de larges sourires à Shana, bien plus intéressé par elle que par le récit de son interlocuteur. Cela avait le don d'énerver Milian. *Mais ça peut également jouer en notre faveur*, se calma-t-il.

Une solide porte en bois fut ouverte par deux gardes en faction et Tarlis s'engouffra le premier dans le bâtiment. Apparut alors un hall avec moult dorures agrémentant les balustrades et un mobilier sentant l'encaustique. Le plafond était démesurément haut, et de multiples escaliers amenaient aux étages supérieurs, où des hommes et des femmes en uniforme discutaient entre eux de manière formelle. *Probablement des officiers, vu qu'on a l'air d'être arrivé dans le quartier général*. Quelques regards se tournèrent vers les arrivants, mais sans plus leur accorder d'attention.

Tarlis les conduisit à travers des couloirs et des escaliers magnifiquement ornés et sculptés, dans lesquels chacun s'abaissait bien bas à son passage. Finalement, l'homme au brocart s'arrêta devant une porte au bois peint de bleu et d'or avant de toquer à l'aide du heurtoir.

Après un instant d'attente, l'huis coulissa, laissant entrevoir une pièce de taille moyenne aux tableaux splendides et aux vitraux multicolores. Derrière un bureau, un homme aux traits fins et retors – faisant penser à une fouine – était occupé à consulter des parchemins. Dans son pourpoint aux couleurs de l'Araneana, et avec ses cheveux sombres soigneusement plaqués sur le dessus de son crâne, il habitait l'espace avec aisance et suffisance.

Tarlis invita le capitaine Nastr, les trois amis, ainsi que quatre gardes à le suivre, pendant que les autres devaient patienter à l'extérieur. La femme qui leur avait ouvert referma derrière eux et retourna s'installer sur un fauteuil. Elle était vêtue du même uniforme que les officiers qu'ils avaient croisés dans le bâtiment : une veste fendue au-devant et descendant jusqu'au mollet, brodée de fils bleus et équipée d'épaulettes retombant en filaments. Ses cheveux argentés et ses lèvres pincées lui conféraient un air orgueilleux, limite antipathique.

— Sakir, annonça formellement Tarlis.

L'homme au visage de fouine releva la tête, encore préoccupé par les lectures de ses décrets ou tout autre papier administratif.

— Tarlis, répondit-il sur le même ton, visiblement agacé par l'intrusion de tant de monde dans son bureau.

— Ce capitaine officiant au quartier Indigo a apporté avec lui ce qu'il estime être des rebelles.

— Et que suis-je censé en faire ici ? rétorqua Sakir avec lassitude.

— Les consignes sont pourtant claires, articula la femme assise dans son fauteuil. Ils doivent être amenés à la tour des rebelles et subir la question. Quel est votre nom, Capitaine ?

— Bargar Nastr, Chef de bataillon Zagii, s'empressa de répondre l'officier, visiblement toujours aussi mal à l'aise depuis leur rencontre avec Tarlis.

— Eh bien, Capitaine Nastr, je croyais nos hommes plus clairvoyants, le réprimanda la chef de bataillon. Vous mériteriez un blâme pour déranger ainsi le colonel Hadad. Une affaire aussi ridicule et banale…

Le colonel Sakir Hadad, songea Milian. *C'est lui qui statuera probablement de notre sort.*

Tarlis intervint en baissant la tête avec courtoisie.

— Détrompez-vous, madame. Il s'agit, sans nul doute, d'un cas plus important que ce qui vous a été révélé. Je vous en prie, Capitaine Nastr, éclairez nos amis, ajouta-t-il d'un large sourire découvrant ses dents parfaitement alignées.

La première impression est souvent la bonne. Il vaut mieux que je nous défende tout de suite au lieu de laisser ce capitaine débiter un ramassis de propos frauduleux.

— Les accusations portées à notre encontre sont erronées, Colonel Hadad, commença Milian avec ce qu'il voulait être sa meilleure élocution. Nous ne faisons point partie de cette organisation que vous dénommez les rebelles, nous sommes…

— Tais-toi, jeune homme, ou je te ferai couper la langue la prochaine fois que tu daigneras ouvrir la bouche, feula Zagii.

Tout le mépris que Milian ressentit l'incita à obtempérer afin que la situation ne s'envenime pas davantage et qu'il n'ait plus aucune chance de plaider leur cause. Rongeant son frein, il consentit à attendre que l'on soit disposé à l'écouter.

Bargar Nastr se rengorgea et se mit au garde-à-vous.

— L'une de ces deux… rebelles… est une Descendante… Colonel, bégaya-t-il.

Sakir Hadad reposa son parchemin sur le bureau et croisa les doigts.

— Laquelle ?

— Celle aux yeux verts, claironna Tarlis, adressant un sourire empli de chaleur à Shana.

L'homme au visage de fouine eut un rire non dépourvu de joie.

— Une Communicatrice, alors ? demanda-t-il de façon rhétorique. Ça me rappelle Aymri. Un Communicateur, lui aussi. Kaan désirait l'intégrer dans nos rangs, tout comme notre bon roi, mais pour je ne sais quelle raison, il a systématiquement refusé. Il apportait ses services à qui le voulait bien à Lugann, jusqu'à ce qu'il disparaisse dans la nature. Une perte regrettable pour l'armée.

— Je me souviens de lui, ajouta Tarlis. Un homme à la bonté débordante.

Il se disait qu'il était toujours prêt à venir en aide à son prochain, même s'il devait passer des jours entiers dans des quartiers ressemblant à des cloaques. Il affectionnait tant la vie, mais il ne savait pas tirer avantage de ses pouvoirs. C'est peut-être ce qui a fini par le perdre.

— D'habitude, comme l'a si bien formulé la chef de bataillon Zagii, les rebelles, ou ceux soupçonnés d'en être, sont envoyés directement à la tour, reprit Hadad sans s'émouvoir. Mais si tu es bien une Descendante, effectivement, cela change tout. Capitaine, comment pouvez-vous être certain de ce que vous affirmez ? Racontez-moi cela.

Bargar bomba le torse et allongea les bras le long de son corps.

— Une canoteuse s'est rendue à mon poste de garde cette nuit, commença-t-il solennellement. Elle m'a relaté avoir pris trois jeunes gens pour les amener au quartier Indigo : ces trois mêmes individus qui se tiennent devant vous. Sur le trajet, ils lui ont demandé si elle pouvait les renseigner sur Hunor. C'est là qu'elle s'est dit qu'il devait s'agir de rebelles. Elle les a donc fait filer le reste de la journée, jusqu'à ce qu'ils aillent dormir dans une auberge. *Le Toari Flottant*. Elle s'est ensuite présentée à mon poste pour me raconter cette histoire, et après avoir rassemblé quelques soldats – on n'est jamais trop prudent avec ces maudits rebelles –, je m'y suis rendu pour les arrêter. C'est là que…

— Que quoi ? s'impatienta le colonel Hadad, pendu à ses lèvres.

— Afin de maintenir un certain respect avec la population de ce quartier, je suis allé voir l'aubergiste pour qu'il nous ouvre la porte de leur chambre.

— Abrégez, Capitaine, grinça Sakir Hadad.

— J'ai voulu les appréhender, mais cette jeune femme s'est transformée en une véritable démone, reprit Bargar, le front luisant. Sa force était surhumaine. Avec ses yeux brillants, elle a fait pousser des racines qui auraient tué l'un de mes hommes si je n'étais pas intervenu. Échappant à ma vigilance, elle a réussi à en blesser deux autres avant que je puisse user de mon bouclier et lui mettre les fers.

— Vous voilà fort courageux, se moqua Tarlis.

— Une furie, je vous le dis…, balbutia le capitaine Nastr.

— Très intéressant, commenta l'homme aux traits de fouine. Alors comme cela, vous recherchiez Hunor ? ajouta-t-il en fixant Shana.

Les poings de Shana étaient tellement crispés que ses phalanges étaient devenues blanches. Si Milian n'agissait pas avant que la marmite ne rugisse, il pouvait dire adieu à tout plaidoyer.

— Je vous prie de croire que c'est un malentendu, Colonel Hadad, soutint Milian. Nous ne sommes aucunement des rebelles.

Sakir Hadad se gaussa pendant qu'il intimait à Zagii de ne pas intervenir.

— Mettriez-vous en doute l'honnêteté et la véracité des propos de notre cher capitaine Nastr ?

— Je ne me permettrais pas de telles fantaisies, Colonel, assura Milian. Certes, nous avons débarqué depuis *L'Œil du Typhon* hier matin et avons eu recours aux services d'une canoteuse pour traverser la cité. Cependant, je suppute que cette femme, malheureuse de l'infortune de sa situation de pauvreté, ait eu envie de toucher une récompense en nous dénonçant en tant que rebelles, moi et mes amies. Il ne fait aucun doute que les Vanyans, comme vous nous appelez, ne sont guère appréciés en Araneana.

— Qu'en dites-vous, Capitaine Nastr ? ricana Sakir Hadad. Ce jeune homme prétend que vous n'avez pas effectué votre devoir d'enquête avant de procéder à leur arrestation.

Bargar suait à grosses gouttes. Elles dégoulinaient de sous son casque pour ruisseler sur son armure.

— J'ai bien sûr vérifié les allégations de la canoteuse auprès de la population…

Non, tu ne l'as pas fait, sale menteur, pesta Milian. *Tu aurais bien plus d'assurance. Si c'était réellement le cas, tu n'aurais de toute évidence pas mis bien longtemps à effectivement trouver des personnes pouvant corroborer le fait que nous étions bel et bien à la recherche d'Hunor. Ce qui aurait encore plus joué en notre défaveur.*

— Dans ce cas, étant des rebelles avérés, je me vois dans l'obligation de vous garder avec nous, annonça Hadad avec un sourire ignoble.

Milian ne pouvait révéler les véritables intentions pour lesquelles ils étaient venus à Lugann. S'il le faisait, il devrait parler d'Anya, et avec ce qu'il avait constaté au port, ce n'était certainement pas la meilleure chose à faire. Il sentit ses mains devenir moites.

— Il ment ! s'indigna-t-il. Est-ce ainsi qu'on livre la justice en Araneana ? Quand bien même nous serions à la recherche de cet Hunor, nous n'aurions même pas su qu'il avait un quelconque lien avec les rebelles. À vrai dire, nous ne connaissions pas l'existence de cette organisation avant notre arrivée à Lugann. Depuis que nous sommes petits, nous rêvions de nous rendre en Orrisia. Nous avons économisé tout ce que nous pouvions pour payer notre traversée et aller en Araneana, mais, pendant notre trajet,

L'Œil du Typhon a subi une attaque de gnasseas. Vous devez être au courant, non ? (L'homme au visage de fouine acquiesça, visiblement intéressé.) Nous avons perdu presque tout ce que nous possédions, et nous cherchions simplement du travail. Alors on nous a indiqué le quartier Indigo. C'est pour ça que nous nous y rendions.

Sakir Hadad resta de marbre un moment.

— Ton discours est émouvant, gamin, ironisa-t-il. Seulement, ici, c'est moi qui rends justice lorsqu'il est question de rebelles. Et je ne puis fermer les yeux devant ces accusations. Qui plus est venant de l'un de mes capitaines.

— Qu'ils aillent pourrir dans la tour ! grogna Zagii.

— Oh, je me permets de te rappeler qu'ils n'y resteront pas assez longtemps pour cela, chantonna le colonel Hadad. Quant à toi, jeune fille, quel est ton nom ?

Shana ne répondit pas. Elle le fixait avec mépris.

— Vous n'êtes pas obligée d'y aller avec eux, gente damoiselle, insista Tarlis d'une voix douce. Vous pourriez rejoindre nos rangs et combattre pour une noble cause. Je pense qu'il serait sage de renforcer notre armée ; cette guerre contre le Leanalyn est trop importante et nous avons toujours besoin de plus d'apports, ajouta-t-il en lui posant une main sur l'épaule.

D'un mouvement brusque, Shana se débarrassa de la patte de l'homme au brocart, faisant cliqueter les chaînes à ses poignets. Les quatre gardes, ainsi que Bargar, dégainèrent leurs glaives et les pointèrent vers la jeune Descendante.

Tarlis les calma en se plaçant de sorte à la protéger.

— Messieurs, remisez vos lames. Vous voyez bien qu'elle ne serait capable d'aucune malice ainsi enchaînée.

— On n'est sûr de rien avec les rebelles, marmonna Zagii. Ils doivent tous subir la question ou être mis à mort directement ; ces chiens de rebelles ne méritent que ça. J'ai encore perdu cinq hommes il y a deux semaines !

— Je n'ai besoin d'aucune protection de votre part ! clama sèchement Shana. Et je ne rejoindrai pas votre répugnante armée de couards et de pourceaux prête à jeter aux rats des innocents !

— Calmez-vous, je vous prie, reprit Sakir Hadad. Qu'en pensez-vous, Tarlis, Zagii ?

— Je vous ai déjà communiqué mon point de vue, répondit froidement la chef de bataillon.

— Je crois qu'il faut donner du temps à cette jeune femme, déclara Tarlis. Il serait judicieux d'en apprendre plus sur elle.

— Je le crois aussi, opina Hadad. En outre, la question d'Hunor se doit d'être approfondie, et l'un de mes hommes sera parfaitement disposé à leur soutirer les renseignements que nous souhaitons. Lorsque leurs langues se seront déliées, j'aviserai de leur sort. Ils risquent de se montrer particulièrement dociles après un passage dans les geôles. Capitaine Nastr, veuillez emmener ces jeunes gens à la tour. Je leur rendrai visite dans un moment.

— En attendant, j'en informerai le général Kaan, ajouta Tarlis. Pour le moment, il est fort occupé à propos du prochain convoi en partance pour Neana.

— Comme si je ne l'étais pas non plus, railla le colonel Hadad.

Milian n'y croyait pas. Il n'y avait aucune justice ; les hautes instances de Lugann n'en avaient que faire d'avoir des preuves ou non. Ils étaient venus jusqu'ici alors que leur sort avait été scellé avant même d'entrer dans cette pièce. *Faut-il alors révéler ce qui s'est réellement passé ?*

Chapitre 22

Waryn

Les zéphyrs de l'aurore chatouillaient le torse nu de Waryn – son moment de la journée préféré –, ce qui l'apaisait et le rafraîchissait. Il courait le long d'une sente bordée de magnifiques fleurs, que des jardinières, cisailles à la main, taillaient avec soin. Dans son dos, lorsqu'il observait la distance qu'il mettait entre lui et les deux gardes chargés de le surveiller, il surprenait ces dames se rincer l'œil. Ces dernières s'empourpraient avant de détourner le regard. Elles représentaient toute une armée, car l'ampleur de la tâche était titanesque ; le jardin s'étendait sur plusieurs hectares, recélant de recoins somptueusement agencés d'arbres en pleine floraison, de taillis aux buissons touffus, de plans d'eau aux cascades clapotantes, de parterres de fleurs entourés de cordeaux et de structures araneanaises parfois surélevées sur des buttes, qui permettaient d'admirer la flore luxuriante de cet endroit aux mille et une surprises.

Il s'arrêta un moment sous une colonnade au toit hémisphérique et entreprit d'effectuer quelques exercices pour se maintenir en forme. En même temps, il repensa au marché conclu avec Anya : afin de sauver ses amis de Daragh sur *L'Œil du Typhon*, il lui avait promis d'accéder à une requête qu'elle lui soumettrait en temps voulu. Elle n'avait pas voulu lui en divulguer davantage.

Mais je n'ai pas eu le choix. Et elle a tenu parole. Quand Daragh était sur le point de les tuer, elle a déchaîné un torrent... Et Milian a fini par l'achever... Une dague dans le cœur...

Alors que son corps devenait trop douloureux, il fit quelques étirements et reprit sa course. Il entendait déjà les grognements des deux gardes qui en avaient assez de devoir suivre la cadence.

Il était arrivé la veille à Lugann, et Anya l'avait conduit au quartier général des forces armées, là où logeaient le général Kaan, des dignitaires, des officiers, ainsi que leurs familles. Ils profitaient de cet espace digne d'un paradis terrestre, qu'un nombre impressionnant de soldats gardaient en sécurité. Anya lui avait expliqué qu'ils devraient patienter encore deux jours dans cet endroit avant de rejoindre un convoi qui les mènerait à Neana, la capitale – certainement pour prendre des drayms, comme le lui avait indiqué Daragh à bord de *L'Œil du Typhon*.

Essoufflé, Waryn s'arrêta sous un arbre à la frondaison tombante, devant une mare couverte de nénuphars, où quelques poissons aux couleurs rouges, blanches et dorées provoquaient des ondulations lorsqu'ils sautaient hors de l'eau. Il était seul, mis à part les deux gardes qui maintenaient leur distance. Eux, les mains sur les genoux, ils pestaient de la tâche qu'on leur avait confiée, préférant largement être assignés à la surveillance de l'enceinte. Waryn ne connaissait pas leurs noms, et n'en avait strictement rien à faire. Il profitait simplement du calme des lieux.

Cela ne dura, pour ainsi dire, pas si longtemps que ça. Une jeune femme aux cheveux auburn et au teint hâlé, maquillée sobrement, vint prendre place à côté de lui. Un valet bouffi et rasé de près, qui portait une jaquette et un pantalon collant, installa un chevalet muni d'une toile blanche, une chaise rembourrée, ainsi qu'une palette de peintures et des pinceaux. La jeune femme remercia le dénommé Ciliren, et celui-ci salua les deux gardes qui s'étaient inclinés respectueusement à son arrivée, puis repartit.

Une autre fichue bourgeoise, grinça Waryn. Proprette, elle était vêtue d'une robe légère, et un collier pendait à son cou pour se terminer dans son col échancré.

— Cela faisait belle lurette qu'il n'y avait pas eu une nouvelle tête ici, entama-t-elle la conversation en le dévisageant tandis qu'elle s'installait devant son chevalet.

Voulant un tant soit peu respecter la bienséance, Waryn enfila sa chemise qu'il avait accrochée à son pantalon. La jeune femme souffla avec réprobation.

— Ce ne sera pas pour bien longtemps, répondit-il, son regard rivé sur la mare.

Elle écarquilla les yeux.

— Oh ! Tu es un Vanyan. Pourtant, tu ne ressembles pas à ces criminels que mon père aime tant décrire.

— Si tu sous-entends que je viens de Vanyanir, c'est bien le cas.

Elle se renfrogna quelque peu mais commença à peindre sur sa toile tout en observant le point d'eau.

— Je m'appelle Vaeri, et toi ?

— Waryn.

Dans d'autres circonstances, il lui aurait servi un baratin pour la faire tomber sous son charme, jusqu'à ce qu'elle se sente trop confiante et lui laisse l'opportunité de se saisir d'un ou deux bijoux sans qu'elle ne s'en rende compte. Mais à présent, il n'en avait aucune utilité. *Et puis Anya m'a sommé de ne pas dévoiler quoi que ce soit sur les raisons qui nous ont amenés ici, alors autant ne pas me perdre dans une conversation inutile.*

— Tu es venu avec *L'Œil du Typhon*, Waryn ? insista Vaeri.

— Probablement. Vous vous préoccupez de ce qui se passe au port depuis votre palais doré ?

— Espèce de goujat ! Bien sûr que j'ai appris ce qui s'est passé ! Tu as de la chance d'être encore en vie.

Il ne s'était que trop ressassé le fil des évènements. Anya avait démembré et disloqué des gnasseas à la pelle ; la faucheuse en personne, qui extirpait cruellement toute vie dans son sillage comme si cela avait été un jeu d'enfant. Malgré leur apparence terrifiante, Waryn n'avait jamais véritablement ressenti la menace des monstres marins, mais plutôt celle provenant de la Descendante – un cataclysme indomptable et impitoyable.

— Oui, de la chance, répéta-t-il d'un chuchotement doucereux.

— Et alors, à quoi ressemblent vos paysages, en Vanyanir ? s'enquit Vaeri, semblant désespérée face au désintérêt de son interlocuteur.

Comme si ça t'intéressait vraiment.

— Des déserts de terre rouge, où si les petites bestioles ne t'achèvent pas, c'est la chaleur qui s'en charge.

— C'est tout ?

— Deux ou trois grandes cités, des bourgades, des hameaux… Rien d'attrayant. L'eau se fait rare les trois quarts de l'année, et la lande ne t'offre que des rochers brûlants ou des animaux au venin mortel. Tu n'y survivrais pas un seul jour.

— Décrit comme cela, c'est certain, se moqua Vaeri. J'aimerais m'y rendre à l'avenir, mais mon père m'a toujours dit que Vanyanir était juste un repaire de criminels ou de couards qui ont déserté Orrisia.

Que puis-je bien répondre à ça ? À *L'Arbre Ruisselant*, le portrait qu'elle avait dépeint correspondait parfaitement au genre de la clientèle. Lui-même était devenu ce type de gars, subtilisant des bourses au marché et s'introduisant dans des échoppes pour y voler ce qu'il y avait de valeur, lorsqu'il ne se battait pas pour quelques pièces.

— Et si j'en étais un ?

Vaeri rit de bon cœur.

— Personne ne te laisserait vaquer comme cela dans les jardins. De plus, tu as une escorte, ce qui te place même certainement au-dessus de mon rang. Surtout que j'ai cru comprendre que tu accompagnais l'ambassadrice du Keanor qui, à ce qu'il se murmure, est une Dompteuse.

Ah, oui. Un détail qui m'est presque sorti de la tête. Que son titre soit vrai ou non, il n'en savait rien, et n'en avait rien à faire. Il aurait voulu couper court à la conversation, mais finalement, cela le changeait des discussions si monotones avec Anya. Il se sentait plutôt à l'aise, sans qu'une constante pression ne fasse ployer ses épaules comme quand la Descendante braquait son regard inquisiteur sur lui.

— Oui, être un Descendant ne semble pas être un crime, *ici*, nota Waryn.

— Parce que c'en est un chez vous ? s'indigna Vaeri. En Araneana, les criminels sont exécutés, parfois publiquement, et lorsqu'il s'agit de rebelles, leur sort est encore moins enviable. Sauf en cette période ! Ils sont envoyés à la guerre contre le Leanalyn, ajouta-t-elle avec gravité.

Peut-être n'est-elle pas aussi candide, après tout.

Il devait avouer que lui parler lui plaisait un peu.

Elle continua de peindre un petit moment en silence pendant qu'il appréciait la brise déliant ses cheveux.

— Qu'en penses-tu ? reprit Vaeri, lui montrant fièrement sa toile. Ce n'est qu'une ébauche, bien sûr.

Bien qu'il ne connût rien à l'art de la peinture, son coup de pinceau était précis et retranscrivait fidèlement le lever du soleil et les reflets de ses rayons sur la mare. En son centre, elle y avait greffé une créature à l'apparence de poulpe au corps allongé que l'on pouvait qualifier de mignon – si un tel mot pouvait le décrire.

— Pas si mal. Mais c'est quoi ce truc, au milieu ? se gaussa Waryn.

Vaeri parut vexée, mais sembla tout de même comprendre la plaisanterie.

— Bah ! Uzushio, espèce d'ignare ! articula-t-elle.

— Uzushio n'est pas censé être la créature la plus effroyable de tous les océans ?

— Il n'a rien de terrifiant, s'offusqua-t-elle. C'est le protecteur de l'Araneana.

— Tout se passe comme… vous le souhaitez, demoiselle Meira ? les interrompit la voix de son valet.

Il était essoufflé et dégoulinait de sueur.

— Tout va pour le mieux, Ciliren, rétorqua-t-elle d'un ton las.

— Si vous me permettez, je voulais vous prévenir de ne pas vous approcher de l'allée principale, demoiselle Meira. Des rebelles sont conduits à l'intérieur de notre enceinte, et malgré leur jeune âge, ils sont plus dangereux qu'à l'accoutumée.

— Merci, Ciliren, l'intérêt que vous portez à la protection de ma personne me touche tout autant qu'il m'honore, abrégea-t-elle avec sarcasme.

Le majordome n'en fit aucun cas, mais cette fois, il resta à proximité non sans avoir effectué une légère génuflexion.

— Je suis constamment surveillée, s'indigna Vaeri. C'est à croire que l'on me prend encore pour une enfant…

Si tu savais ce que je ressens depuis que Daragh et Anya m'ont mis la main dessus...

— Tu as mentionné ces rebelles, avant, qui sont-ils ? l'interrogea Waryn, souhaitant curieusement poursuivre leur conversation.

— Des assassins, dévoila-t-elle avec sévérité. Une plaie qui ronge l'Araneana de l'intérieur, alors même que la guerre sonne à nos frontières. Ils pillent les villages, volent les récoltes, violent les femmes et s'en prennent à nos protecteurs à travers tout le royaume. Et le pire dans tout ça, c'est que des paysans se sont joints à eux. Ça ne les rend que plus dangereux. (Elle jeta un regard noir au loin, dont Waryn pouvait ressentir la colère exacerbée.) Cependant, il est extrêmement rare qu'ils soient amenés ici. D'habitude, ils atterrissent tous dans la tour des rebelles, comme on aime à la nommer.

— Il doit se cacher quelque chose derrière ces exactions, sinon, je ne vois pas pourquoi d'honnêtes paysans les rejoindraient. Il ne peut pas s'agir que de criminels.

— Et que pourrais-tu bien en savoir, le Vanyan ? s'énerva-t-elle.

— Ça me semble logique, c'est tout, marmonna Waryn avec une pointe d'ironie.

— Ma mère est morte il y a quatre ans de cela, alors que des rebelles attentaient à la vie de mon père lorsqu'ils revenaient tous les deux d'un bal. Donc leurs raisons, je n'en ai fichtrement rien à faire ! Mais tu sais quoi ? Tu vas te faire ton propre avis. On va aller les observer, ces foutus rebelles ! Tu verras le visage de ces meurtriers !

— Je ne pense pas que ce soit utile, tu as entendu Ciliren…

Vu l'état dans lequel elle se met, c'est tout sauf une bonne idée. Mais elle ne l'écoutait déjà plus et s'éloignait d'un pas décidé.

La réaction du valet ne se fit pas attendre. Il se mit à la poursuivre, et Vaeri ne fit qu'accélérer le pas pour le semer. Handicapé par son embonpoint, il ne la rattraperait certainement pas.

Waryn poussa un juron. *Je savais que c'était idiot de prolonger la discussion*, se maudit-il. Or, il se résolut à s'élancer à sa suite. Les deux gardes censés le surveiller se mirent également en mouvement, mais la course matinale n'allait pas les aider à tenir la cadence. Ils lui hurlèrent de s'arrêter, mais il n'en avait que faire.

— Je m'occupe d'elle ! cria Waryn au majordome, qui respirait fortement alors qu'il n'avait parcouru qu'une courte distance.

Quel idiot ! Dans quoi me suis-je encore embarqué ? Si on me voit courir ainsi après une demoiselle...

Il avait touché un point sensible et aurait dû stopper la conversation dès qu'elle avait montré les premiers signes de colère. Ou alors il aurait dû faire preuve de plus de tact. Décidément, ce manque de lucidité lui jouait parfois des tours.

Waryn écarta les branches des arbres au feuillage bas, écrasa des parterres fleuris, sauta au-dessus de cordeaux et passa sous une roseraie pour parvenir à suivre sa trace. Les deux gardes n'étaient déjà plus en vue. Il priait intérieurement pour ne pas se faire surprendre par l'une des jardinières, auquel cas, il aurait le droit à un sermon en règle.

La course-poursuite s'arrêta lorsque Vaeri s'accroupit derrière un arbuste touffu, au bord de ladite allée. Waryn l'imita, se baissant à sa hauteur pour ne pas se faire remarquer.

— Tu aurais pu me prévenir que tu courais aussi vite, railla-t-il. J'ai déjà fait ma part aujourd'hui.

— Tais-toi et regarde-les, riposta-t-elle, lui posant un doigt sur la bouche.

Waryn soupira mais consentit à faire ce qu'elle lui disait.

Non loin de là, sur la longue allée, un groupe d'une dizaine de gardes escortait leurs captifs vers les bâtiments.

Waryn sentit l'air lui manquer. *Comment...*

Les trois prisonniers censés être des rebelles...

Milian, Shana et Eirinia étaient enchaînés, traînés de force.

Son sang bouillait dans ses veines.

Il aurait voulu courir les rejoindre, mettre à terre les soldats pour les libérer... *Mais si je tente quelque chose ici, à la vue de tous, on n'irait pas bien loin. Les gardes sont trop nombreux dans les jardins.*

Qu'ont-ils fait pour se retrouver là ? Anya les a sauvés sur L'Œil du Typhon, *ils auraient pu s'enfuir en arrivant à Lugann...* Elle avait même ordonné aux mercenaires de cesser leurs recherches, car ayant tué Daragh, elle leur avait expliqué qu'ils représentaient une menace bien trop élevée et que cela n'était plus de leur ressort. *S'est-elle jouée de moi pour les faire arrêter par la suite ?*

Waryn ne parvenait pas à reprendre son calme, et il réalisa que Vaeri le scrutait étrangement.

— Tu les connais ? chuchota-t-elle, les yeux plissés.

Quelle serait sa réaction si je lui répondais que oui, qu'il s'agit de mes amis, et qu'ils ne sont pas des rebelles ? Elle ne me croirait pas. Elle penserait que j'en suis un moi-même. Je ne la connais même pas et j'ai autre chose à faire que de devoir m'expliquer avec ces foutus gardes.

— Non, affirma Waryn, essayant de contrôler son souffle. Que va-t-il leur arriver ?

Vaeri recula d'un pas.

— Je te l'ai dit. Ils finiront soit écartelés, soit sur le champ de bataille. Mais tu n'as pas à t'en inquiéter, à moins que…

— Pense ce que tu veux, mais je ne suis pas un rebelle, l'interrompit Waryn.

Elle resta muette, les lèvres pincées.

— Je dois y aller, reprit-il d'une voix qui n'avait pas autant d'aplomb qu'il l'aurait voulu.

Vaeri, les yeux craintifs, sembla envisager de rétorquer quelque chose, mais il ne lui en donna pas le temps. Il la laissa plantée là et s'élança à travers la végétation dense en longeant l'allée, suivant du regard ses amis par les trous qu'offraient les feuillages des arbres en fleur. *Je dois me calmer et savoir où ils sont emmenés.*

Il s'arrêta net derrière un buisson quand un homme en brocart de fils d'or et d'argent les rejoignit devant l'immense bâtiment. Après un court échange, ils reprirent leur marche. Waryn les observa à distance en prenant bien soin de rester caché dans l'ombre de la houppe végétale, jusqu'à ce qu'ils arrivent à une porte en bois gardée par deux soldats. Le groupe entra et la porte se referma.

Il n'avait pas le temps de réfléchir. Il devait les suivre.

Il rejoignit l'allée un peu plus loin et approcha des gardes d'un pas nonchalant. Lorsqu'il parvint à leur hauteur, les deux hommes bombèrent le torse et croisèrent leurs tridents pour l'empêcher de passer, lui renvoyant un regard méfiant ; s'il devait en venir à un combat à mains nues, il était certain de prendre facilement le dessus. Cependant, il devait réprimer ses envies et essayer la diplomatie.

— Laissez-moi entrer, exigea Waryn en toisant les gardes d'un air hautain, voulant se faire passer pour quelqu'un d'important.

— Et pourquoi donc ? rétorqua l'un des deux cerbères, arquant un sourcil.

Dans sa précipitation, il se sentit pris au dépourvu. Si Milian avait été à sa place, nul doute qu'il aurait trouvé les mots adéquats. *Réfléchis, réfléchis…*

— Je dois m'entretenir avec messire Meira, annonça Waryn de la façon la plus convaincante possible, espérant ne pas trahir son anxiété.

C'était le premier nom qui lui était passé par l'esprit ; le père de Vaeri pouvait bien être ici, et si elle disposait d'un valet, il se pouvait bien qu'il fasse partie des officiers.

Le garde ricana, tandis que le second afficha un regard encore plus suspicieux.

— Le capitaine Meira ? précisa le premier, ne cessant de sourire. Il est parti à la frontière il y a déjà deux semaines. Que lui voulez-vous ?

— J'ai un message à lui transmettre, assura Waryn, comprenant qu'il ne ferait que s'enliser dans ce bourbier.

— Alors donnez-le-moi, ce *message*, le mit au défi le second soldat.

Mais je n'en ai pas !

— Je dois le lui adresser personnellement, argua Waryn, perdant de sa superbe. Je suis de sa famille et…

Le premier garde le coupa d'un ton rude.

— N'importe qui ne peut pas entrer ici. Retournez là d'où vous venez et tentez votre chance à la fin de la guerre. Si ce bon capitaine daigne revenir. Sinon, il y a sa fille qui doit certainement se promener quelque part.

— Mais attendez… vous ne seriez pas le jeune homme qui accompagnait l'ambassadrice Akanvira ? ajouta l'autre en le scrutant bien plus attentivement.

— Vaeri est ici ? grinça Waryn en feignant la surprise. J'aurais préféré le rencontrer directement, mais s'il faut en passer par là…

Il souhaitait définitivement mettre un terme à la conversation avant qu'il ne se fasse démasquer. Il se sentait tel un cabotin dans un costume bien trop petit. Après un léger signe de tête aux cerbères, il s'éloigna sans demander son reste. Derrière lui, les deux hommes le hélèrent, mais il ne se retourna pas.

Anya était peut-être l'instigatrice de cette arrestation, et il devait aller la voir pour tirer les choses au clair. *Malgré son aide sur* L'Œil du Typhon, *elle m'a manipulé comme une marionnette.* Elle lui avait avoué que Daragh voulait éliminer ses amis, et elle avait pu décider de mener cette mission à son terme sans qu'il n'en sache rien.

Passant par le hall du bâtiment principal, Waryn jeta un coup d'œil sur l'écaille gigantesque accrochée sur le mur du fond. Il l'avait déjà vue la veille mais elle n'en était pas moins impressionnante. Faisant plus de deux toises de haut sur autant de large, ses différentes teintes de bleu variaient selon le point de vue. *La créature à laquelle elle a appartenu devait faire une taille colossale.*

Il monta rapidement les marches pour se rendre au quatrième étage et croisa des officiers en uniforme, qui l'épièrent avec des regards en biais, ainsi qu'une kyrielle de domestiques, de valets et de caméristes s'activant à leurs tâches. Waryn ne leur accorda aucune attention et arpenta de longs corridors déserts, ne rencontrant qu'une femme de chambre se hâtant de rejoindre les autres. Enfin, il arriva devant les appartements d'Anya, à côté des siens.

Il s'empressa d'ouvrir la porte, entra, et sans forcément le vouloir, la fit claquer contre le chambranle en la refermant.

À l'intérieur, les murs, couverts de tapisseries aux motifs colorés, étaient parsemés de tableaux représentant de grandes batailles ou des scènes de chasse, et un lustre de luesafs était suspendu au plafond. Sur les meubles en bois sculpté reposaient des candélabres éclatants ainsi que diverses statuettes, et une multitude de fauteuils en tissus rembourrés permettaient de recevoir les visiteurs.

Anya était allongée sur une chaise longue sur son balcon. Elle profitait d'une vue sur les jardins et de l'air frais du début de matinée, picorant des grains de raisin sur un plateau d'argent.

Et elle se prélasse, en plus.

— Que veux-tu ? demanda-t-elle froidement, un soupçon agacée. Je t'ai dit que tu étais libre de faire ce que tu souhaitais avant que nous partions pour Neana. Profiter de cet endroit est un luxe que la plupart des gens envient, alors fais-moi plaisir et va t'amuser. Tu ne cesses de jacasser que tu aimerais retrouver ta liberté, et à peine en obtiens-tu une partie que tu accoures ici pour me déranger.

Elle, qui d'habitude ne trahissait que peu d'émotion, ne lui avait encore jamais parlé sur ce ton ; ce n'était pas le moment de s'en préoccuper – c'était *lui* qui était en colère.

— Mes amis…, s'empressa-t-il de dire avec acidité.

— Tais-toi, répliqua-t-elle sèchement.

C'était la seconde fois de la journée qu'une femme lui ordonnait de se taire – il ne fallait pas que ça devienne une habitude.

Anya se leva et entra dans la pièce avec son plateau de raisin, referma soigneusement la porte coulissante du balcon, puis s'installa autour d'une grande table au pourtour de bois sculpté de volutes.

La frustration de Waryn atteignit son paroxysme.

— C'est bon, je peux parler ? rugit-il, restant debout et plaquant ses mains sur la table en la faisant trembler.

Une orange se mit à rouler et finit par tomber. Mais juste avant qu'elle ne touche le sol, un filet d'eau la rattrapa et la ramena à son emplacement d'origine.

— Tu as beaucoup de hargne en toi, Ashenan, déclara la femme aux traits félins, tandis que ses yeux brillaient du bleu le plus limpide. Ne prends pas le mors aux dents, veux-tu ? Et ensuite je vais t'expliquer que…

— Non ! C'est vous qui allez m'écouter ! Je n'ai pas le temps pour un énième reproche, mise en garde, ou quoi que ce soit d'autre ! (Haussant un sourcil, Anya n'essaya pas de le rabrouer ; elle se tut, tendant l'oreille. En même temps, Waryn n'avait encore jamais fait montre d'autant d'hostilité depuis qu'il la connaissait et elle s'en trouvait peut-être décontenancée.) Si vous avez sauvé mes amis pour les jeter ensuite en pâture aux Araneanais sans que je m'en rende compte, c'est raté ! Je pourrais très bien raconter notre petit marché – celui que vous ne souhaitez pas ébruiter – et balancer que c'est vous qui avez tué…

Les mots restèrent coincés dans sa bouche. Il ne parvenait plus à l'ouvrir. Aussi, baissant la tête, il remarqua que tout son corps était entravé de flux d'eau, ce qui ne lui permettait plus de bouger d'un pouce.

Anya le scruta un moment en silence.

Espèce de vipère ! mugit-il. *Sans ton pouvoir, tu ne serais rien...*

— Tu as fini de geindre comme un nouveau-né ? Tiens-le-toi pour dit, m'accuser est une chose, me menacer en est une autre. Je te relâcherai lorsque j'aurai en face de moi un homme civilisé, capable de contenir ses émotions.

Waryn se débattit pour tenter de se défaire des flux d'eau, mais plus il insista, plus l'emprise se resserra. C'était comme lors de leur première rencontre, et à ce jeu-là, il n'avait aucune chance de gagner. L'air commença à lui manquer, et il finit par abdiquer. Il hocha la tête en signe de reddition.

Les flux se volatilisèrent, et il put respirer une grande bouffée d'oxygène.

— *Geindre* ? grogna-t-il.

— Parfaitement, se moqua la Descendante.

— Mes amis vont être exécutés, ou encore pire que ça, si l'on en croit ce que subissent les rebelles. Si c'est de votre faute, je ne me retiendrai pas juste parce que vous êtes une femme.

Son sang bouillait toujours, et il faisait des efforts surhumains pour ne pas exploser.

— Je n'ai rien à voir avec ça, annonça d'un ton indifférent la Dompteuse. Je venais justement d'apprendre l'arrestation de trois jeunes rebelles avant de me retrouver face à un bébé vagissant ou une brute écervelée – au choix.

— Et comment pourrais-je te croire ?

Toi qui n'es qu'une vile manipulatrice !

— Tiens ! Tu te mets à me tutoyer, à présent, gloussa Anya.

Waryn s'approcha doucement d'elle, prêt à lui bondir dessus si elle baissait sa garde. *Descendante ou non, si j'arrive à te surprendre, tu ne feras pas le poids...*

— Maintenant, tu vas m'écouter bien sagement et cesser de brailler comme une truie que l'on égorge, reprit-elle. J'ai effectivement appris que trois jeunes gens se sont fait appréhender par les autorités de Lugann, et d'après les premiers bruits de couloir, ils seraient venus en Araneana à bord de *L'Œil du Typhon*, à la recherche d'un certain Hunor. De plus, l'une d'entre eux est une Communicatrice. Voilà ce que l'un des gardes qui les a amenés ici a bien pu révéler, se vantant de sa prise auprès de l'une de mes oreilles, qui me l'a rapporté à l'instant même. Il ne fait aucun doute qu'il s'agit de tes amis, comme tu viens de me le confirmer.

À aucun moment les pupilles d'Anya ne l'avaient quitté. Elle épiait le moindre de ses gestes, ne laissait aucune faille dans sa défense. *Mais elle relâchera sa vigilance tôt ou tard...*

— Et tu comptes faire quoi pour les sortir de là ? répliqua Waryn.

— Les sortir de là ? Pourquoi le ferais-je ? Ils semblent s'être empêtrés tout seuls dans cette situation. J'évite de me mêler de ces histoires de rebelles, à moins que je n'y sois forcée. Tu sais, en tant « qu'ambassadrice du Keanor », il serait malvenu de ma part d'intervenir. (Elle vint se tenir en face de lui. Elle dut lever la tête pour le regarder dans les yeux, mais elle ne parut aucunement intimidée par sa stature.) Et je souhaiterais que tu te montres plus prudent, à l'avenir. Les murs ont des oreilles, et si tu ne veux pas que tes amis se fassent recouvrir d'un linceul, tu ferais bien de suivre ce conseil.

— Tu es également en danger s'ils racontent ce qui s'est passé sur *L'Œil du Typhon*, chuchota-t-il avec un air de défi.

— En danger ? Je ne crois pas, fit-elle, accompagnant ses paroles d'un geste amusé. Ils ne savent pas que c'est moi qui les ai sauvés. Par contre, ils seront certainement amenés au colonel Hadad, qui se targue de pouvoir soutirer n'importe quelle confession. Même de la part d'innocents.

— Il va les exécuter ?

— Bien pire, je le crains, avoua Anya d'une moue contrariée qui n'en avait que l'air.

Alors tu as intérêt à intervenir…

— Si tu le laisses faire, je ne répondrai plus de rien, annonça Waryn, sentant son cœur s'emballer à l'idée de ce qu'ils allaient subir. Je raconterai tout. Absolument *tout*. Et le seul moyen que tu auras de m'en empêcher, ce sera de me tuer.

Elle s'assit à nouveau, croqua nonchalamment un raisin et passa une main dans ses cheveux ténébreux, prenant son temps pour répondre.

— Grâce à mon statut, si je le souhaite, je peux obtenir certaines audiences. Mais qu'aurais-je en contrepartie ?

— En contrepartie ? s'indigna-t-il. Le marché était de sauver mes amis, et là, ils ont besoin d'aide.

— Si je devais intervenir chaque fois qu'ils se mettent en danger, je devrais y dédier ma vie, se moqua la Descendante.

— Alors je m'en occuperai moi-même ! fulmina Waryn. Et si j'échoue, vous ne m'emmènerez jamais en Eoros.

— Tu penses pouvoir faire pression sur moi parce que tu pourrais m'être utile ? Je vais te révéler une chose : tu n'es pas indispensable. S'il devait arriver un malencontreux incident à ta petite bouille d'amour, je m'en remettrais.

— Je n'y crois pas un seul instant…, réfuta-t-il, ses mains tremblant de colère. Tue-moi tout de suite si t'en as envie, je t'en prie.

Elle ne le fera jamais. Je suis bien trop important.

— Ne me tente pas trop non plus… Tu représentes également des risques et une part d'aléatoire, que je ne suis pas encore certaine d'assumer.

Ta part d'aléatoire, tu peux te la mettre là où je pense.

— Qu'attends-tu de moi ?

— Que tu me prouves que tu es un homme de parole, et que je puis avoir confiance en toi, murmura Anya, impassible. Si je consens à intervenir en faveur de tes amis une fois de plus, ce ne sera pas par pure bonté. Tout d'abord, je veux que tu me dises quel était le plan de Deren Am'Nalom et ce que vous comptiez faire après avoir retrouvé Hunor.

— Je n'en sais rien.

— Ah oui ?

De toute façon, mentir n'était pas son fort, et ce qu'il avait appris n'était, somme toute, pas grand-chose.

— *Jalen* nous a simplement raconté que nous avions réchappé d'un massacre quand nous étions encore en très bas âge, et que c'est cet ami, Hunor, qui nous avait conduits à lui. Il nous a indiqué que nous étions des Descendants, mais il n'en savait pas plus, ou alors il nous l'a caché. Il voulait juste se défaire du poids que nous représentions et nous ramener à cet Hunor, qu'il imaginait trouver à Lugann.

Anya resta un moment silencieuse, méditative.

— Son plan était voué à l'échec…, finit-elle par dire à voix basse. Hunor est prisonnier ici depuis des mois. En qualité de rebelle.

Ça veut dire que Jalen comptait nous faire intégrer les rebelles ? C'est comme ça qu'il pensait nous mettre en sécurité ?

— Les hommes de l'Histoire peuvent se révéler plus bêtes que l'idée que l'on s'en fait d'eux, je crois bien, ajouta Anya en secouant la tête. Tu devrais mieux choisir tes amis.

— Je n'ai jamais rien décidé ! s'énerva Waryn, tous ses muscles bandés.

— Nous y voilà. Je peux t'aider… si tu le fais en retour.

— Et quel est ton but, à *toi* ? Pourquoi tu te donnes autant de mal à vouloir m'amener en Eoros, si tu peux simplement te débarrasser de moi ?

— Chaque chose en son temps, Ashenan, minauda Anya. Je me soumets aux ordres d'Aldar Sol'Phaos, ce que tout être humain pourvu de raison est censé faire.

Waryn devait se rendre à l'évidence. Il ne lui ferait certainement pas cracher le morceau maintenant. Mais ce n'était qu'une question de temps… *Et justement, j'en manque.*

— Alors, pour mes amis ? insista-t-il.

— Secondement, j'exige de toi de m'obéir bien docilement, et à l'avenir, de me montrer plus de reconnaissance. Si tu échoues à cette tâche, les heures qui leur restent se verront passablement écourtées.

— Je le promets, déclara-t-il, serrant les dents.

— Parfait, ponctua Anya. Je vais m'entretenir avec le général Kaan. Je ne garantis rien, mais si je peux le convaincre qu'ils ne sont pas des rebelles, peut-être qu'il les fera libérer. Maintenant, je te prie de me laisser, car le temps presse si tu ne veux pas les retrouver dans un état où ils en viendront à envier qu'on les achève.

Je dois m'en remettre à elle pour l'instant…

Même si cette idée ne l'enchantait guère.

Chapitre 23

Milian

Milian marchait d'un pas rétif sur les pavés aux dimensions inégales et observait sinistrement la tour à l'aspect lugubre s'élevant devant lui. Des cris perçants s'en échappaient par intermittence. À en faire hérisser le poil. Comme un signe de mauvais augure, une nuée de corbeaux prit son envol depuis un arbre à l'intérieur de l'enceinte, que de nombreux soldats au ventail abaissé gardaient munis de leurs glaives et de leurs tridents.

— Voilà votre nouvelle demeure ! ironisa Bargar, regardant tour à tour Milian, Shana et Eirinia, chacun enchaîné et maintenu par deux gardes. Mais pas d'inquiétude. Elle peut paraître grande, certes, mais vous ne manquerez pas de compagnie. Je dois dire que j'en amène régulièrement, de vos congénères ; vous retrouverez peut-être certains de vos camarades.

Ferme-la, fulmina Milian. *Tu n'es qu'un imbécile, tout comme tes supérieurs.*

Aucun des trois amis ne lui répondit. Ils ne voulaient pas lui octroyer ce privilège. Voyant que sa remarque n'avait pas fait mouche, Bargar fit une moue déçue et reprit sa marche dodelinante.

L'un des gardes postés devant la tour salua le capitaine Nastr et lui ouvrit la lourde porte en fer donnant sur une salle plongée dans la pénombre, éclairée par des torches au feu vacillant à cause du soudain courant d'air. Une odeur charnue de cloaque en émanait, ainsi que celle de la misère et du désespoir, terriblement pesants, qui s'ancraient dans chaque moellon du donjon. Des hurlements sourds résonnaient à travers les murs, que des geôliers ignoraient avec une indifférence polaire.

— J'ai trois rebelles de plus à vous confier, annonça machinalement Bargar.

Un homme coupa court à la conversation qu'il entretenait avec un autre maton pour s'approcher d'une démarche chaloupée. Ses cheveux gras et ses yeux globuleux lui donnaient un air vicieux, tandis que le tablier au-dessus de son uniforme était constellé de taches brunâtres et écaillées.

— En voilà de jeunes et frais arrivants ! se délecta-t-il, une langue presque grise humidifiant ses lèvres. Tu n'aurais pas pu me faire plus plaisir aujourd'hui, Bargar.

— Oh ! je t'en ramène déjà assez. C'est ta faute si tu les épuises trop vite.

— Messieurs, veuillez les accompagner dans leurs cellules, ordonna l'homme aux cheveux gras à un groupe de matons qui jouaient aux dés. Je ne tarderai pas à leur rendre visite.

— Celle-là est une Descendante, précisa Bargar. Il faut l'envoyer aux sous-sols. Sur ordre du colonel Hadad.

Le visage du geôlier au tablier s'illumina de plus belle alors qu'il lorgnait Shana et la chaîne à ses poignets.

— Je… j'ai… très bien, bafouilla-t-il, salivant à grosses gouttes.

— Garde ta langue bien en sécurité dans ta bouche, ou je te l'arracherai et te la ferai manger, sale porc, lui lança la jeune Descendante d'un ton acerbe.

Un maton s'apprêta à la frapper, mais Bargar lui retint le bras.

— Personne ne la touchera tant que le colonel Hadad n'en décidera pas autrement. Est-ce bien compris ?

— Tout à fait limpide, assura celui aux cheveux gras, la mine déçue. Et pour les autres ?

— Ils doivent simplement être en état de passer à la question quand Hadad se présentera. Mis à part ça, pas de consigne particulière.

— C'est bien strict, grommela le geôlier. Hadad ne vient qu'une fois par semaine, d'habitude ; j'espère qu'il saura se hâter, car cela pourrait bien devenir interminable.

— Je te le répète. Concernant la Descendante, le colonel souhaite être présent personnellement pour la question. Je n'ai pas envie d'avoir des problèmes parce que tu n'arrives pas à contrôler tes pulsions.

— S'il y tient tant que ça…, soupira l'homme, comme si on lui avait retiré son jouet. Vous deux, emmenez-la aux sous-sols et veillez à ce qu'elle se sente à l'aise dans sa nouvelle chambre, ricana-t-il.

Deux matons empoignèrent Shana et la forcèrent à les suivre vers un escalier encore plus sombre, qu'aucune lueur ne pénétrait. Quand elle passa devant lui, elle lui cracha à la figure, mais il parut presque s'en émerveiller.

— Je m'appelle Artaith, ma belle, lui susurra-t-il. Retiens mon nom, car tu le hurleras le moment venu.

— Tu n'as pas intérêt à toucher à un seul de ses cheveux, l'avertit Milian, tentant de s'approcher de lui alors que les soldats le maintenaient avec peine.

Artaith l'ignora.

— Ah ! les Descendants, marmonna-t-il lorsque Shana ne fut plus en vue. Avec eux, on peut jouer si longtemps. L'énergumène que je détiens pourrait vous étonner par sa résilience !

Bargar tourna les talons alors qu'un cri à glacer le sang émergeait d'un escalier menant à l'étage supérieur.

— À la prochaine, fit-il en emmenant ses soldats avec lui.

— À très vite, gazouilla Artaith, posant son regard sur ses deux nouveaux détenus. Je suis certain que nous prendrons chacun du plaisir lors de nos entrevues.

Milian oscillait entre crainte et colère. *Que font-ils à leurs prisonniers, ici ?*

Sur ces paroles, les matons les attrapèrent Eirinia et lui, puis les escortèrent vers l'escalier d'où le hurlement s'était échappé. Exigu et humide, il fallait faire attention pour ne pas glisser, surtout que la pâle et sinistre lumière des torches ne révélait pas les nombreuses fêlures dans les marches déjà si traîtres. Des toiles d'araignées tapissaient le plafond et de la mousse poussait dans les anfractuosités des parois. Milian sentait des gouttes lui tomber sur le front, pendant qu'un froid mordant ainsi que des émanations putrides empestaient l'air vicié.

Ils traversaient à présent un étage circulaire, que des portes munies de fenêtres à barreaux et verrouillées par des cadenas rouillés, symbolisant la stagnation du temps, ponctuaient inlassablement. À l'intérieur des cellules, Milian apercevait des têtes à l'esprit brisé, déformées par la démence. *Si ce n'est le désespoir et la résignation.* Les regards vides, tels des spectres déchus, témoignaient de la cruauté des geôliers. Des cris déchirants emplissaient les couloirs, où l'air pesant alourdissait ce climat de désolation et de tourments. À certains moments, on pouvait entendre une porte grincer lugubrement sous les râles aliénés des âmes emprisonnées, faisant frissonner Milian.

C'est une prison ou une salle de torture géante ? se demanda-t-il alors qu'un frisson glacial lui traversa l'épine dorsale.

Grimpant toujours plus haut, les matons finirent par jeter Eirinia dans une cellule, puis sans plus de ménagement, Milian dans celle d'à côté. Lorsque la porte se referma en un bruit dissonant, il voulut rassurer son amie.

— Ça ira, annonça-t-il, essayant d'ajouter de la chaleur dans ses paroles.

Quand ils auront compris que nous ne sommes pas des rebelles, ils nous relâcheront.

Elle ne répondit pas. *Elle doit être terrorisée. Mais ne le suis-je pas tout autant ?*

Il expira de dépit puis se retourna pour observer son cachot. *Alors voilà à quoi ressemble mon nouveau chez-moi*, s'autorisa-t-il à plaisanter. Ce n'était que le sépulcre de l'humanité, où tout espoir était enterré ; une geôle infâme dans laquelle les cicatrices des pierres étaient les témoins d'injustices passées. Une minuscule lucarne en haut du mur du fond filtrait un filet de lumière ténu, bien trop mince pour chasser les épaisses ténèbres qui absorbaient toute lueur d'optimisme. De plus, des couinements se mêlaient aux râles des malheureux. *Et des rats, pour couronner le tout.*

Se laissant glisser sur le sol en faisant cliqueter ses chaînes, il commença à se morfondre dans sa solitude et sa détresse. *Tout s'est passé si vite depuis notre arrestation à l'auberge...* À présent, il sentait tout le poids de ses regrets. *Comment avons-nous pu entraîner Eirinia dans cette histoire, et pour finir de la sorte ?* Il ignorait même les raisons de tout ça.

Ses yeux commencèrent à s'habituer à la pénombre et il distingua un peu plus nettement le pourtour de sa prison. Dans l'un des coins, quelque chose était amassé en boule. *Qu'est-ce que...* Son cœur s'emballa lorsqu'il comprit qu'il n'était pas seul.

— Nous sommes compagnons de cellule, on dirait, déclara Milian d'une voix se voulant rassurante.

Dans un soubresaut, l'homme – ou ce qu'il en restait –, recroquevillé dans des haillons déchirés, plaqua son regard vitreux et craintif sur Milian. Son visage émacié et son corps famélique faisaient peine à voir, et le jeune homme fut pris de pitié.

N'ayant pas de réponse, Milian insista.

— Vous n'avez rien à craindre de moi, l'ami. Je crois bien que nous sommes dans le même bateau.

Est-il muet ?

Le crissement d'une lame sur des os s'engouffra dans le couloir, faisant pâlir Milian, et un hurlement à fendre l'âme l'accompagna.

— Qui que soient ces rebelles, personne ne mérite un tel sort..., soliloqua-t-il.

— Tu... n'en es pas un ? demanda fébrilement son codétenu.

Milian fut surpris.

— Un quoi ?

— Un rebelle.

— Non. Et vous ?

Son compagnon se tut.

Il est encore en état de choc. Et puis, qu'il en soit un ou non, ça ne change pas grand-chose.

— Je m'appelle Milian, et vous? reprit-il, ne souhaitant pas que la conversation s'achève si abruptement.

— Oshro.

— Ça fait longtemps que vous êtes enfermé ici, Oshro ?

— Sais pas… Sais plus…

Il a perdu la notion du temps. Que lui ont-ils fait pour qu'il ait tant de mal à s'exprimer ?

— J'ai été amené ici par erreur. Je ne suis d'aucun danger, je puis vous le garantir, Oshro, tenta à nouveau de le rassurer Milian.

L'homme releva vivement la tête et braqua sur lui ses yeux dépourvus de toute vie.

— Pas d'erreur. Même erreur, pas différence.

Voilà qui est réconfortant.

Oshro tourna sur lui-même pour éviter la lumière de la lucarne. Milian remarqua avec effroi les nombreuses plaies encore suintantes qui zébraient son corps. Il n'avait pas été épargné par la cruauté de ses bourreaux.

— Que vous ont-ils fait ?

La voix d'Oshro resta bloquée dans sa gorge. Ce fut leur dernière interaction. Il sombra dans un mutisme et une indifférence totale.

Le temps s'étirait sous les hurlements perpétuels et les bruits de chaînes raclant les dalles. En échos funèbres, des hommes ou des femmes accompagnés par leurs geôliers passaient régulièrement dans le couloir, parfois inconscients. Milian ne cessa de ruminer, de ressasser tout ce qui les avait conduits ici. *On aurait dû rester en Vanyanir… Des mercenaires à notre poursuite ou non, ça n'aurait pas pu être pire que ça. Penser que Jalen était vivant, vouloir sauver Waryn… J'ai été bien trop naïf. Eirinia n'aurait pas été mêlée à ça, et avec Shana, on aurait dû s'enfuir vers le sud…*

Soudain, la porte de la cellule s'ouvrit sur Artaith, fanfaronnant, ainsi que deux matons.

— Alors, Oshro, tu as fait connaissance avec ton nouvel ami ? Ou s'agit-il d'un vieux compagnon ?

Pris de panique, Oshro se plaqua contre le mur, utilisant ses haillons pour se cacher le visage tout en sanglotant.

Mais au moins, il est toujours en vie.

— Je crois qu'il n'aime pas trop nos entrevues ; allez savoir pourquoi, chuchota Artaith. Pourtant, je me montre particulièrement attentif à lui apporter mes soins avec toute la délicatesse qu'il mérite.

— Combien de fois l'avez-vous torturé ? articula lentement Milian.

— Oh ! Mais c'est comme l'âge d'une femme, ça ne se demande pas. C'est impoli. N'as-tu aucune manière, mon garçon ? Heureusement que tu es ici. Nous allons pouvoir y remédier. Tu verras, à la fin, tu me remercieras. Tout le monde se montre reconnaissant envers l'honorable Artaith et tu ne feras pas exception.

Le geôlier se mit à rire grassement, ce qui était aussi déplaisant à entendre qu'une craie crissant sur une ardoise.

— Vous n'êtes qu'un misérable tas de fumier tout juste bon à nourrir un Kredae, siffla Milian.

Artaith se rembrunit et son sourire disparut.

— Pas de grossièreté, je te prie.

Il fit signe aux matons, qui empoignèrent Milian avec fermeté. Le jeune homme se débattit, leur donnant du mal à le contrôler, néanmoins, les chaînes à ses poignets eurent raison de lui. Ils le traînèrent le long du couloir jusqu'à le faire entrer dans une pièce imprégnée d'une forte odeur de sang.

Des ombres dansaient sur les murs sans fenêtre, au gré des fluctuations d'un brasier qui léchait une grille de ses flammes pour réchauffer cette salle humide. Des candélabres éclairaient des tables recouvertes d'instruments de torture, où des morceaux de chair et d'os restaient coincés entre des dents d'acier finement ciselées. Des courroies usées pendouillaient du plafond, ainsi que des chaînes rouillées et des crochets. *Qui ont dû venir à bout des suppliciés les plus tenaces*, songea avec dégoût Milian. On n'en percevait pas le fond, mais dans un coin de la pièce, un malheureux était attaché à une croix, la tête pantelante, inconscient – peut-être mort –, bardé de plaies et de brûlures, une flaque de sang à ses pieds.

Au milieu de cette salle infernale, le colonel Sakir Hadad observait les instruments avec fascination, un sourire rendant compte de sa joie.

— Installez-le, ordonna Artaith aux matons.

Les deux subalternes obéirent et sanglèrent Milian sur une planche inclinée. Les lanières l'empêchaient de bouger les bras et les jambes, mais pas de jeter un regard haineux à ses bourreaux.

Artaith déchira la tunique de Milian afin de lui découvrir tout le haut du torse. Il s'humecta les lèvres lorsqu'il en vint à ses manches.

— Une jolie blessure que voilà, bien qu'elle ne soit pas très nette, fit l'homme avec admiration. Avec quel genre d'animal t'es-tu battu ?

— Un gnassea, je suppose, lui répondit Hadad. *L'Œil du Typhon* a subi une attaque de ces créatures. Mais peu importe. Quelle méthode comptez-vous utiliser, mon ami ?

Artaith s'enorgueillit.

— Ces derniers temps, j'ai peaufiné la brûlure sur plusieurs sujets, et je me suis donné beaucoup de mal pour trouver la température idéale afin qu'ils ne tombent pas inconscients trop rapidement. Bien sûr, ne prenez pas exemple sur cet individu là-bas, il était aussi frêle qu'un nourrisson. Pour ce faire, j'emploie divers instruments selon mon humeur. Regardez plutôt.

Artaith montra différents tisonniers, griffes et autres objets sinistres reposant sur la grille de l'âtre du brasier.

Ce sont des malades…, déglutit Milian, peinant à contrôler sa respiration.

— Une fort belle collection, commenta Sakir Hadad.

— Merci, Colonel Hadad. Si vous n'y voyez pas d'inconvénient, j'aimerais faire connaissance avec notre hôte avant que nous puissions réellement nous amuser. Après tout, nous ne sommes pas des bêtes. (Artaith se pencha avec un sourire malsain au-dessus de Milian.) Je voudrais toutefois te prévenir que j'espère que tu sauras montrer ta gratitude et que tu ne t'évanouiras pas, car nous sommes aujourd'hui en présence du colonel. Parce que justement, lui, là-bas…

— Je vous en prie, le coupa Hadad, trêve de formalités. Mon temps est précieux. J'ai encore tout un tas de paperasse à remplir pour le convoi. Vous n'imaginez pas comme les documents administratifs se sont complexifiés de nos jours. Entre les chartes de transport destinées aux armateurs ou aux capitaines, les ordonnances pour le départ des navires, les lettres concernant les transferts de prisonniers et les listes interminables de tous nos précieux passagers… (Il poussa un long soupir.) Notre général adore déléguer, et je n'ai qu'une hâte : m'atteler à ces tâches ô combien « gratifiantes ».

Artaith s'inclina respectueusement.

— Quel est ton nom ?

— Nous ne sommes pas des rebelles, et vous le savez, répondit calmement Milian.

Il n'avait pas cillé.

Un sourire sincère naquit sur le visage du geôlier.

Une gifle embrasa la joue de Milian. Elle avait été subite et violente. Or, il avait déjà connu bien pire que ça, rien qu'à *L'Arbre Ruisselant*.

— C'était une question simple, pourtant, reprit Artaith avec une joie non dissimulée. Essayons autre chose. D'où viens-tu ?

Milian resta muet cette fois-ci. *Je peux bien leur raconter tout ce que je veux, ils ne voudront jamais comprendre. La seule chose qui les intéresse est leur soif démente de torture. Mais, peut-être qu'à force de résister, ils finiront par entendre raison et cesseront toute cette mascarade ; enfin, il ne faut pas se faire d'illusions, mais au moins, ça retarde le moment où ils s'en prendront à Shana ou à Eirinia. C'est tout ce que je peux donner...*

Un coup de poing à la mâchoire lui fit cracher une gerbe de sang.

— Si tu arrêtais de frapper comme une jouvencelle, j'envisagerais éventuellement de te répondre, lâcha Milian, sentant le goût du fer sur sa langue.

— Vous voyez, les Vanyans n'ont aucun sens des manières, commenta Hadad.

— Cela se perd de nos jours, malheureusement, se plaignit Artaith. On vit une drôle d'époque. La jeunesse, vous savez…

Haussant les épaules, le colonel Hadad se rapprocha de Milian.

— Commençons, si vous le voulez bien. Ma première question est d'une simplicité enfantine. Qu'êtes-vous, toi et tes amis, venus faire ici, en Araneana ? Vous êtes bien loin de chez vous.

Milian n'allait pas accorder ce plaisir à ces pervers ; et puis révéler la vérité pouvait être encore plus dangereux. *Si Hadad prend connaissance que Daragh et Anya ont eu pour mission de nous éliminer, avec ce que j'ai vu sur le port, il n'y aura plus aucun espoir. Au moins, là, je me donne, ainsi qu'à Shana et Eirinia, une chance de survie. Il faut s'en tenir à la version que je lui ai servie plus tôt.*

— J'ai déjà répondu à ça. Nous avons rêvé toute notre vie de nous rendre sur le continent, déclara clairement Milian.

Hadad grinça.

— Ce n'est pas la justification que j'attendais.

Le colonel prit une pique chauffée à blanc et approcha l'embout rougeoyant qui se reflétait sauvagement dans ses yeux.

— Par Uzushio ! Vous me volez mon travail, Colonel Hadad ! railla Artaith sur le ton de la plaisanterie.

— Veuillez m'excuser, rien de moins qu'une vieille habitude, se gaussa Sakir. J'ai tendance à m'émouvoir quand je me retrouve dans cette salle. C'est comme si je recouvrais mes sensations passées…

— Cela ne fait rien, Colonel. Je dois vous avouer que, parfois, je peux aussi me laisser emporter par les émotions. Toutefois, si je puis vous conseiller, commencez par le tisonnier, là-bas, avec la forme d'écaille au bout. Il est impressionnant mais se révèle moins douloureux – ce qui permettrait de ménager notre invité et de l'avoir conscient plus longtemps.

— C'est vous l'expert, à présent, s'esclaffa Hadad.

Il reposa la pique et attrapa le tisonnier, dont la chaleur était largement perceptible à distance.

Le cœur de Milian se mit à palpiter à une vitesse bien trop élevée alors que de la sueur dégoulinait déjà de son front.

Serre les dents.

L'écaille le brûla au bas de l'abdomen.

La douleur fut intense.

Il contracta tout son corps pour y faire face, et il ne laissa aucun râle s'échapper tandis qu'il criait intérieurement. Lorsque le tisonnier se retira, il resta un moment les muscles bandés, puis expira lourdement. La souffrance peina à s'estomper, laissant derrière elle l'affreuse odeur de chair brûlée ainsi que des gouttes de sang ruisselantes.

— Nous n'avons rien à voir avec les rebelles, affirma Milian, maîtrisant difficilement sa voix. Nous sommes innocents.

— Ils le déclarent tous, marmonna Artaith, levant les yeux au plafond.

— Il n'y a pas d'innocents ici, rétorqua Hadad avec placidité. Tu n'es pas là par hasard, comme pourraient l'être potentiellement certaines personnes retenues en ces lieux. Alors dis-moi, pourquoi étiez-vous à la recherche d'Hunor ?

— La canoteuse vous a menti, je le crains, répliqua Milian, soufflant à un rythme régulier. Je ne connais pas cette personne.

Hadad reposa le tisonnier et Artaith lui en conseilla un autre, au bout bardé de pointes.

Quelle est donc cette horreur ?

— L'avantage, avec ce genre d'instrument, est la cautérisation immédiate des plaies, argua l'homme aux cheveux gras. Il n'y a pas besoin de se munir d'un assistant, puisqu'ils perdent moins de sang.

Sakir acquiesça et, sans cacher un plaisir extatique, plongea lentement les dards dans le bras de Milian.

Ne cède pas, ou c'est la mort assurée.

Il réprima un cri et serra les dents de toutes ses forces pour résister à la souffrance de la brûlure, des pointes s'enfonçant dans sa chair. Il fixa les yeux cruels de son bourreau pour y chercher une once d'humanité. *Il n'y en a aucune.*

— Faites attention, plus en douceur, voilà, comme cela, sans aller trop vite, précisa Artaith, soucieux de la manière. J'en ai qui s'évanouissent déjà à ce stade, c'est pour vous dire !

Hadad retira le tisonnier et afficha l'extase qui l'enivrait.

Il se délectait du supplice.

— Où se trouvent Ialantha et Ihroal ?

Milian, haletant, tirait de toutes ses forces sur les lanières. Il aurait désiré s'échapper de cette géhenne, mais le répit ne lui était pas accordé. Les linceuls de l'espoir apparaissaient.

Mais ils ne me tueront pas, voulut-il se rassurer. *Plus je reste ici, plus longtemps ils se tiendront éloignés de Shana et d'Eirinia.*

— À Lugann, j'imagine, persifla-t-il. Je vous l'ai dit, je ne sais rien de vos foutues histoires de rebelles !

— Soit vous faites partie des rebelles, et vous méritez bien ces châtiments, soit tu me racontes la vérité, mais même dans ce cas, je ne peux pas prendre le risque de vous relâcher, grinça Hadad. Si tu me dévoilais tout ce que tu sais, cela pourrait t'éviter de souffrir inutilement. Je me montre magnanime envers ceux qui coopèrent. De plus, j'ai des tâches importantes qui m'attendent, notamment celle d'aller voir ton amie la Communicatrice.

Milian pouvait endurer la douleur. *Je le dois. Avouer être des rebelles ne les arrêtera pas dans leur besogne. Ils continueront jusqu'à avoir étanché leur soif de torture. Et ça se poursuivra avec Shana.*

— Je pensais avoir affaire à des professionnels, se moqua-t-il, les yeux braqués sur la griffe rouge de chaleur que prenait en main Hadad.

L'instrument s'enfonça dans sa peau et le laboura tout le long de son torse.

Le gouffre de souffrance s'intensifia, et cette fois-ci, il ne put retenir un hurlement.

Il était à l'agonie alors qu'Hadad ne s'arrêtait pas, riant démentiellement avec Artaith. Le colonel enchaîna les interrogations pour lui demander combien de rebelles se terraient à Lugann, où ils se réunissaient, s'il avait connaissance de leurs plans, quels villages avaient rejoint leur cause… Tant de questions qui s'accompagnaient de sévices plus douloureux les uns que les autres.

Milian aurait voulu s'évanouir et échapper à ces tourments, mais il restait conscient. Les braises de la détresse, les cris du désespoir, les larmes dues au supplice… Tout cela ne fit qu'attiser l'extase de ses bourreaux.

Pourtant, au bout d'un moment, Sakir commença à réellement s'impatienter.

— Je pensais que l'affaire serait vite réglée, ronchonna-t-il.

— Je suis navré que mon procédé se soit révélé inefficace, s'excusa Artaith avec emphase.

Hadad s'intéressa à de nouveaux instruments entreposés sur l'une des tables.

— Nous devrions passer à quelque chose de plus sérieux. Revenons aux bonnes vieilles méthodes, si vous le voulez bien. Et cette fois-ci, je vous laisse faire. Je suis peut-être quelque peu rouillé.

Artaith poussa un cri de joie avant d'applaudir. Il détacha Milian, qui ne put résister lorsque son bourreau le retourna sur le ventre pour le sangler à nouveau. Il n'avait même plus la force de réfléchir et se contentait de se rattacher à la seule image lui permettant de tenir. *Shana…*

— Reprenons depuis le début, marmonna Hadad. Qu'êtes-vous venus faire en Araneana ?

— Vous avez déjà… statué de notre sort… Que voulez-vous de plus ? ahana Milian.

Artaith appela l'un des gardes et lui demanda de ramener un assistant afin de pouvoir refermer les plaies qu'il s'apprêtait à ouvrir.

L'acuité de la douleur fit hurler Milian sans plus aucune retenue.

Chapitre 24

Anya

Avec majestuosité, Anya gravissait les marches de saf poli et scintillant tout en relevant le devant de sa robe. Elle se dirigeait vers l'étage le plus élevé du bâtiment principal.

Sur son passage, les gardes araneanais se tenaient droits comme des I et ne pipaient mot. Ils nourrissaient certainement des craintes à son égard ; cela l'amusait presque, et elle se faisait un devoir de leur afficher cette expression hautaine. Quant aux officiers, parés d'uniformes pompeux, ils traversaient les couloirs décorés à outrance par tout un tas de sculptures en safaïa. Ils s'abaissaient bien bas pour lui adresser des louanges flatteuses et des marques de politesse obséquieuses.

Savent-ils tous que je suis une Descendante ? Ou est-ce simplement dû à mon prétendu titre d'ambassadrice du Keanor ? Cela reflète parfaitement le manque d'audace de tout l'état-major ; cette pusillanimité et cette hypocrisie qui le rongent de l'intérieur.

— Une belle journée pour une dame si ravissante, chantonna Verd Orgea, inclinant avec courtoisie sa silhouette maigrichonne.

Un homme insignifiant, songea Anya. C'était un sous-lieutenant sans aucune importance, uniquement motivé par l'ambition d'un meilleur confort pécuniaire.

— En effet, répondit froidement la Dompteuse.

Elle poursuivit son chemin sans s'arrêter, ne voulant pas perdre de temps avec un individu qui ne lui servirait à rien.

— Quelles sont les nouvelles du Keanor ? demanda la capitaine Brennin Sveat, une femme qui ne se séparait jamais d'une kyrielle de bijoux extravagants et arborait une éternelle chevelure moutonneuse.

— Le cours des gemmes se porte à merveille, rétorqua aussitôt Anya tout en montrant ouvertement à son interlocutrice qu'elle était pressée. Il a même connu une hausse inattendue. À croire que les Pics Écarlates n'auront jamais fini de nous dévoiler leurs innombrables filons.

Elle connaissait la plupart des officiers, ainsi que les habitudes des plus importants. Ceux les plus susceptibles de poser problème ou ayant directement affaire au général Kaan. Avec le temps, elle s'était constituée un réseau d'informateurs parmi les domestiques, et elle apprenait rapidement tout ce qu'il y avait à savoir lors de ses visites à Lugann.

— Qu'Uzushio veille sur votre santé, Madame, se pâma Vaumdal Ghonn, un escogriffe à la démarche dégingandée, lieutenant émérite de son état.

— Et sur la vôtre, abrégea Anya, le regard déjà tourné vers le dernier escalier qui lui permettrait de se rendre au bureau du général Kaan.

Officiellement, elle revêtait le titre d'ambassadrice du Keanor – le royaume voisin du côté oriental. Mais cela n'était que pour les apparences. Ce titre lui avait été donné par Llygredd lui-même, le roi de l'Araneana, afin qu'elle se voie octroyer n'importe quel passe-droit dans chacune des cités du royaume. Ici, nul n'ignorait son statut d'emprunt, et en compagnie de Daragh, elle s'était déjà plusieurs fois entretenue avec le général ; un privilège – du moins, pour *elle* dorénavant, car Daragh n'était plus ; elle s'en était enfin débarrassée, et probablement au moment le plus opportun ; c'est elle, et *elle seule*, qui récolterait les fruits pour avoir ramené Ashenan à Aldar Sol'Phaos.

Mais pour l'heure, elle ne retirait aucun plaisir à se trouver en ces lieux, tout comme à devoir converser avec l'opiniâtre Teyon Kaan – elle s'en serait résolument abstenue. Si Ashenan n'avait pas appris l'arrestation de ses amis, elle ne l'en aurait pas informé, et elle se serait bien gardée d'intervenir – cela aurait évité les complications.

Elle allait devoir les emmener en Eoros avec elle, et ainsi expliquer à Aldar Sol'Phaos que les tuer aurait pu compromettre la sécurité d'Ashenan. *Rien d'impossible, mais c'est gênant*. Toutefois, ce qui était fait était fait. Et au bout du compte, elle en ressortirait gagnante.

L'utilité de son petit protégé pourrait grandement lui servir en temps voulu, et à présent, si elle désirait qu'il continue de lui obéir au doigt et à l'œil, elle se devait d'interférer en faveur de ses amis. Il avait raison : il fallait se dépêcher avant qu'il ne soit trop tard.

Elle avait pu contempler l'état d'Hunor des mois auparavant, et elle n'avait pas menti à Ashenan : dans sa geôle humide des sous-sols de la tour des rebelles, que même les rayons du soleil ne pénétraient, il enviait certainement la mort. Les Araneanais, non sans livrer un combat acharné à l'aide de plusieurs Descendants, avaient réussi à arrêter cet homme à la tête des rebelles. Et lorsque cela était parvenu aux oreilles de Daragh, ce dernier avait obtenu de lui garder la vie sauve pour le laisser croupir dans sa cellule.

Daragh était le représentant d'Aldar Sol'Phaos auprès du roi Llygredd, mais également du général Kaan, et ceux-là ne pouvaient pas se permettre d'aller contre sa volonté. Néanmoins, ils ne connaissaient pas la nature de l'intérêt d'Aldar Sol'Phaos pour Hunor, dont la survie ne tenait qu'au seul fait qu'il était probablement l'unique homme sachant où était caché Ashenan.

Maintenant que le garçon avait été retrouvé, Anya devait ramener ce barbon d'Apprivoiseur à Aldar Sol'Phaos, où des tourments bien pires l'attendaient – le roi de l'Eoros n'était pas connu pour sa clémence.

Enfin, elle arriva devant la porte double en bois massif et ornée de dorures, que deux gardes lui ouvrirent pour la mener au vestibule attenant au bureau du général. Dain Wattam, le héraut de Teyon Kaan, se leva promptement à l'entrée de la Dompteuse et effectua une révérence dans sa jaquette bleue et or.

— Ambassadrice Akanvira, la salua-t-il. Souhaiteriez-vous vous entretenir avec le général Kaan ?

— Parfaitement, Dain, expédia-t-elle, s'approchant déjà de la porte du fond, encore plus grandiose dans son raffinement.

— Je vous prie de m'excuser. Il discute actuellement avec messire Tarlis Emren. Il sera certainement disposé à vous recevoir dans un petit moment.

Anya s'arrêta net.

Tarlis... Un Chuchoteur qu'elle exécrait. Son air guilleret, sa voix mélodieuse, son tempérament cauteleux, son égotisme... Tout en lui la repoussait. Il recherchait avidement une Descendante avec qui enfanter, et malheureusement, il avait jeté son dévolu sur elle. Ce qui la dégoûtait au plus haut point. *Je ne vais pas m'entretenir avec Kaan alors que cet être ignoble rôde dans la même pièce*.

— Soit, soupira-t-elle.

Prenant son mal en patience, elle rebroussa chemin et regarda au-dehors par l'une des énormes fenêtres. Elle disposait d'un beau point de vue depuis cette hauteur.

La porte du bureau ne mit pas longtemps à s'ouvrir. Tarlis, vêtu d'un brocart des plus affreux, ne cacha pas sa joie de découvrir Anya.

— Tu es ravissante ! claironna-t-il, un large sourire se dessinant sur son visage lisse.

Ravale ta langue.

— Je ne puis en dire autant, grinça Anya.

— Ton amabilité fera toujours chavirer mon cœur, babilla Tarlis. Que me vaut le plaisir de te voir ?

— Je ne suis pas là pour toi, répliqua-t-elle sèchement.

Et tu ferais mieux de dégager de mon chemin.

— Je vais vous annoncer, Ambassadrice Akanvira, un instant je vous prie, intervint Dain, s'empressant d'utiliser le heurtoir du bureau du général.

— Faites donc, marmonna Anya.

— Ah oui, vraiment ? s'indigna Tarlis. Pourtant, ce ne peut être une coïncidence de se rencontrer ici. Un besoin urgent de s'entretenir avec Teyon ?

— Je te retourne la question.

— Il est de mon rôle de renseigner le général lorsque les évènements l'imposent, tout naturellement.

Et tu es déjà allé lui notifier l'arrivée d'une Communicatrice, comme un bon petit toutou, raisonna-t-elle, gardant un visage impassible alors qu'elle lorgnait du côté de la porte.

— Tu m'en diras tant.

— D'ailleurs, toi et moi, nous aurons le loisir de passer des moments ensemble prochainement, s'émoustilla le Chuchoteur. Je suis chargé de la sécurité du convoi jusqu'à Neana.

Qu'Uzushio ait pitié de moi. Vais-je réellement souffrir de sa présence ?

Elle lui tourna le dos pour ne plus devoir supporter sa vue, feignant d'admirer les statuettes en safaïa d'une pureté sans égal qui représentaient des toaris dans toute leur splendeur.

— Alors tu es réduit à l'état de convoyeur, fit-elle en caressant les nageoires de l'une des statuettes. C'est une place qui te sied à merveille, Tarlis. « Il n'y a pas de sots métiers, il n'y a que de sottes gens. » Un proverbe on ne peut plus vrai dans ton cas. N'écoute pas les gens qui seraient trop prompts à te juger.

— Tu es une femme délicieuse, Anya, déclara Tarlis d'une voix melliflue. Et toujours pleine de sagesse. Tu sais, j'ai beaucoup à t'offrir, ici, à Lugann. Ou n'importe où à vrai dire, nous pourrions…

Dain Wattam sortit du bureau du général pour mettre fin à son calvaire.

— Le général Kaan est prêt à vous recevoir, Dame Akanvira.

Soulagée, elle ignora Tarlis et marcha vers la porte du fond.

— Merci, Dain, murmura-t-elle.

— Ce fut un plaisir, conclut le Chuchoteur, duquel Anya sentit les yeux égrillards dans son dos.

Dégoûtant.

Elle ferma la porte derrière elle, enfin débarrassée de cet homme. Mais ce n'était que pour en retrouver un autre qui ne lui inspirait pas plus confiance.

La pièce oscillait entre pénombre et lumière, regorgeant d'un mobilier luxueux, de miroirs, de peintures, d'œuvres d'art et d'étagères remplies de livres dont Anya peinait à croire que le général en ait lu le dixième. Une grande baie vitrée donnait sur un balcon à la dimension absurde, qui disposait d'une vue exquise sur Lugann. Ainsi que sur la funeste tour des rebelles. Telle une écharde, elle surgissait de terre pour s'étendre vers les cieux à une centaine de toises de là. Cela ne faisait que lui rappeler le pourquoi de sa présence dans ce bureau.

Teyon Kaan l'accueillit à bras ouvert. Il portait son habit d'apparat : une veste similaire aux autres officiers qui lui descendait jusqu'au mollet, quoique confectionnée dans des tissus plus nobles. Il fallait avouer qu'il avait la tête de l'emploi avec sa mâchoire carrée, ses bras puissants, et un air bourru qui ne le quittait jamais.

— Mettez-vous à l'aise, je vous en prie, Anya, déclara-t-il de sa voix caverneuse en l'invitant à le rejoindre sur le balcon et à s'asseoir dans un fauteuil pourvu d'un coussin cousu de fils d'or.

— Je vous remercie, Général Kaan, répondit-elle en acceptant son invitation.

Il lui servit une tasse de thé aux senteurs de baies, dont la chaleur s'évaporait en une fumée subtile, et lui proposa quelques amuse-bouches composés principalement d'œufs de poisson. Bien qu'elle les sache délicieux, elle n'y toucha pas, et ce fut d'un air grave qu'il reprit la parole.

— Je suis navré pour la mort de Daragh Raloren. Un homme d'une valeur inestimable qui méritait tout mon respect.

Elle opina sobrement.

— Une tragédie, je le regrette.

N'en faites pas trop non plus. Pas avec moi.

— Comment cela a-t-il pu arriver ? Un Façonneur de sa trempe. Je n'aurais pu imaginer que cela puisse se produire.

— Je crains que certains détails m'échappent également, Général.

— Je dois beaucoup à ce vieil ami. C'est en partie grâce à lui que je me retrouve à cette fonction, alors racontez-moi, je vous en conjure. J'ai entendu des rumeurs à propos d'une attaque de gnasseas, ce qui n'est plus arrivé depuis des décennies ! Était-ce de votre ressort ?

Anya ne doutait pas que Kaan soit déjà au courant de tout ce qui pouvait bien se raconter, et elle devait faire attention à ses paroles. Sous son air finaud, il était bien plus renseigné qu'il ne pouvait le laisser croire, et elle était certaine qu'il ne pardonnerait aucun faux pas.

— En effet, approuva-t-elle, feignant la compassion. Nous avons dû avoir recours à ce stratagème pour conduire à bien notre affaire. Mais je me dois de vous rappeler que vous n'êtes pas concerné par la mission que nous menions.

— Vous êtes bien avare en paroles, comme d'habitude, ma chère amie. Ce qui me désole et m'attriste à la fois, ponctua-t-il amèrement. Vous ne me dévoilerez pas non plus comment nombre de mercenaires vous accompagnant ont péri ?

Comme elle s'y attendait, il était déjà allé recueillir des informations auprès des soudards. *Il me teste, et sans s'en cacher, en plus*. Il avait pris bien trop d'assurance, et s'il la forçait, elle se ferait une joie de lui rappeler à qui il devait allégeance.

— Trois jeunes gens ont été arrêtés ce matin par vos hommes, déclara-t-elle, reprenant le contrôle de la conversation. À priori, ils seraient accusés d'être des rebelles.

— Vous êtes bien informée, et plutôt rapidement, nota Kaan, les sourcils froncés. Ce cher et dévoué Tarlis ne vient que de m'en faire part à l'instant. Ces rebelles sont une véritable gangrène qui pourrit l'Araneana de l'intérieur, et ils seront châtiés de leur impudence.

Il goba d'une traite un canapé garni d'une gélatine verdâtre, faisant fi de la bienséance.

— Vous ne touchez pas à ces mignardises. Quelque chose vous tracasserait-il ?

Elle venait d'admettre qu'elle disposait d'oreilles à l'intérieur de ses murs, et cela devait lui déplaire au possible. *Mais ça, vous vous en doutiez déjà.*

— Ils ne sont pas des rebelles, annonça-t-elle en soufflant délicatement sur sa tasse de thé.

— Si tel est le cas, nous en aurons le cœur net une fois qu'ils auront été soumis à la question. Ils finissent tous par avouer, n'est-ce pas ? Vous en avez eu la preuve.

Vos méthodes sont barbares, mais efficaces. Je ne puis que le concéder.

Elle inclina légèrement la tête.

— Et pourquoi en seraient-ils ? Vous savez que ce ne sont que de vulgaires Vanyans arrivés à bord de *L'Œil du Typhon*, non ?

— Les frontières s'effritent, ma chère. Les rebelles doivent chercher à pourvoir leurs rangs ; ils sont au plus mal depuis que nous avons mis la main sur Hunor. Aux alentours de Lugann, ils ne survivent que par la présence de Ialantha et d'Ihroal. Cependant, une fois que la guerre contre le Leanalyn aura pris fin, je puis vous assurer que ce ne sera qu'une affaire de temps avant que je n'y mette définitivement un terme.

— *Si* cela est toujours dans vos moyens, Général. Toutefois, ceci est une erreur et je vous demande poliment de me confier ces jeunes gens.

— Et pour quelle raison ? protesta-t-il.

Pour la raison que vous êtes un insecte, que vous le resterez, et que vous n'avez donc nullement voix au chapitre.

— Cela ne vous concerne pas, et je ne puis que vous conseiller d'éviter d'insister, Général Kaan.

— Qu'Uzushio me maudisse si je ne me permets pas d'insister, au contraire ! s'emporta-t-il. Ils étaient à la recherche d'Hunor, ce qui est déjà une preuve suffisante pour pouvoir affirmer qu'ils sont des rebelles, ou qu'ils projetaient d'en être ! En soi, je n'ai rien besoin de plus. Et en outre, une Communicatrice se trouve parmi eux, alors je me dois de l'intégrer dans nos rangs ; c'est un atout que je ne peux négliger, vous en conviendrez.

Anya sc lcva et alla s'accouder à la balustrade incrustée d'or, lui tournant le dos ; elle voulait lui faire comprendre à quel point il était insignifiant pour elle, tout comme il l'était pour Aldar Sol'Phaos. Elle se prit à fixer la tour des rebelles. *Les amis d'Ashenan doivent déjà y être.* Le temps ne jouait pas en sa faveur, et elle ne devait pas anéantir ses efforts auprès d'Ashenan. *Je vais devoir en divulguer davantage. Mais ça, je le savais.*

Bien qu'aucun feuillage ne bruissât dans le jardin, une légère brise venait de se lever. *Tarlis nous écoute,* nota-t-elle. *Peu importe. Dans tous les cas, Kaan le mettra au courant de notre entrevue.*

— Vous vous rappelez sans nul doute que Daragh portait un intérêt particulier à Hunor, n'est-ce pas ?

— Bien entendu, mais la seule chose que j'aie pu comprendre, c'est qu'à vos yeux, il était d'une importance capitale dans la recherche d'une certaine personne, répondit-il. Je crains de ne pas avoir pu soutirer plus d'informations auprès d'Hunor après votre départ, ce qui n'a pas été faute d'essayer.

Son état a encore empiré ? Kaan avait reçu pour ordre de le garder en vie. Et de façon convenable.

— Nous sommes parvenus à retrouver l'individu que nous cherchions – le jeune homme qui m'accompagne –, et il s'avère qu'il était escorté par Deren Am'Nalom, avoua Anya sur le ton de la confidence.

— Deren Am'Nalom ? répéta Kaan. Je pensais que cet individu de jadis était mort et enterré.

— Sachez que c'est désormais le cas, précisa-t-elle froidement.

— Je ne vois toujours pas la relation avec les trois rebelles qui ont été arrêtés, alors veuillez éclairer mon humble indigence, Dame Akanvira.

Que ce ton mielleux peut être irritant...

— Ne jouez pas à l'imbécile avec moi et cessez vos simagrées, Teyon, répliqua Anya d'un ton glacial. Ce gamin n'était pas notre seul objectif, à feu Daragh ainsi qu'à moi-même. Nous avions également pour ordre d'éliminer les jeunes gens que je vous demande de me confier. Ils sont parvenus à fuir en Vanyanir à cause de Deren Am'Nalom, mais ce dernier a dû leur mettre en tête de retrouver Hunor. Daragh a tenté d'en finir avec eux sur *L'Œil du Typhon*, malheureusement, il en a payé de sa vie.

Kaan se leva d'un bond et écrasa une mignardise entre ses doigts.

— Alors je pourrais me débarrasser d'eux sans que vous n'ayez besoin de vous salir les mains, ne vous inquiétez pas. Des hommes et des femmes meurent chaque jour dans la tour des rebelles ; cela passera inaperçu, et vous pourrez annoncer à Aldar Sol'Phaos que vous avez rempli votre mission.

— Si cela était d'une simplicité enfantine, je ne m'entretiendrais pas avec vous présentement, rétorqua la Dompteuse d'un ton aiguisé, gardant un calme imperturbable. Vos gardes ne sont pas des plus discrets, et il s'avère qu'Ashenan les a surpris en leur compagnie. Il peut faire preuve de beaucoup de sentimentalisme, et il s'agit de ses amis. Les tuer pourrait compromettre sa sécurité, qui revêt une importance capitale aux yeux du roi de l'Eoros.

— Pourtant, *ses* ordres ont été limpides, et je crois qu'il relèverait du bon sens de les éliminer, conformément à *sa* volonté. J'obéis à Aldar Sol'Phaos, et non à *vous*. S'il ne vous a transmis aucune directive à mon égard, je ne me vois aucunement contraint de danser à vos pieds, *Ambassadrice* Akanvira.

— Ce petit jeu ne m'amuse guère, Teyon. Vous lui avez prêté allégeance, et il en va ainsi pour moi. Je n'aurais même pas besoin d'utiliser mon pouvoir pour vous faire cesser cette mascarade.

— Vous seriez bien mal avisée d'en arriver à de tels extrêmes, ma chère. Vous ne ressortiriez pas d'ici en un seul morceau. Sans oublier qu'à l'heure qu'il est, ils doivent certainement subir la question. Je crains qu'il ne soit peut-être déjà trop tard. Du moins, soyez rassurée, Hadad n'est pas dépourvu de bon sens. Il gardera en vie la Communicatrice. Il sait que je ne tolérerais pas sa *détérioration*.

Une brise effleura à nouveau la peau d'Anya, telle la caresse menaçante. Tarlis pouvait bien tenter de l'intimider, elle ne le redoutait pas.

— Je pourrais également divulguer votre relation avec Aldar Sol'Phaos, Teyon. Même si le roi Llygredd est trempé là-dedans jusqu'au cou, comment vos hommes réagiront-ils lorsqu'ils apprendront qu'en réalité, vous servez le roi de l'Eoros ? Le colonel Hadad se fera une joie de vous poser la question, j'en suis certaine. (L'air satisfait de son interlocuteur s'effaça peu à peu, sa mâchoire tendue par la crispation.) Et puis si ce n'est pas suffisant, je pourrais très bien expliquer à Aldar Sol'Phaos avec quelle félonie vous vous êtes placé en travers de mon chemin, et avez mis en danger la vie d'Ashenan. N'oubliez pas que Daragh n'est plus là pour vous défendre.

Le général laissa s'échapper un grognement méprisant.

— Si telle est la volonté d'Aldar Sol'Phaos…, finit-il par siffler. Vous les emmènerez avec vous. Je transmettrai l'ordre de les faire revenir ici sous bonne garde et de les enfermer dans une chambre d'hôtes. Je n'aimerais pas avoir à déplorer leur mort par mégarde – loin de moi cette idée, bien sûr.

Vous n'êtes pas un requin, pas plus qu'aucun autre prédateur, Teyon, jubila la Dompteuse. *Vous n'avez d'autre option que de courber l'échine devant moi.*

— Je ne vous ennuierai pas très longtemps, ne vous inquiétez pas, fit remarquer Anya sans trahir la moindre émotion. Comme convenu, nous partirons pour Neana avec le prochain convoi, dans deux jours.

— Vous êtes toujours la bienvenue, vous le savez, ajouta Kaan d'une voix traînante. Si je puis me permettre, j'aurais une dernière question. En quoi cet Ashenan est-il aussi important ?

— Je vous remercie pour le thé, Teyon.

Le général eut un rire nerveux, avant d'effectuer une révérence pour le moins hypocrite, mais d'usage.

D'un air impassible, elle prit congé de lui et traversa la pièce, laissant sur la table sa tasse, dont elle n'avait touché le contenu à présent froid.

Elle avait obtenu ce qu'elle souhaitait, même si la relation avec Kaan s'était considérablement tendue. *Cela pourrait me porter préjudice à l'avenir, mais c'est bien moins important que ce que j'ai à y gagner.*

Se retrouvant à nouveau dans le vestibule, elle nota que Tarlis était toujours là. Il affichait avec insolence son plaisir de la revoir.

À cet instant, rien n'aurait plus comblé Anya que de le pulvériser, tel le cafard qu'il était.

Chapitre 25

Waryn

Depuis la fenêtre de ses appartements, Waryn observait le jardin qui lui paraissait moins verdoyant que la veille. Le ciel, assombri par quelques nuages gris, menaçait de délivrer une averse. Les premiers rayons de soleil embrasèrent tout de même les frondaisons luxuriantes et les surfaces ternies des multiples points d'eau, apportant une douce chaleur à travers les carreaux.

Les torches des nombreux gardes qui sillonnaient les vergers, les bosquets, les potagers, les massifs ainsi que les pelouses s'éteignaient une à une. Waryn réfléchissait aux différents moyens de traverser cette végétation dense, aux passages qui offraient le plus de cachettes, aux recoins les plus sûrs, aux endroits permettant de rester inaperçu jusqu'à gagner l'enceinte qui cernait ce bout de paradis.

Sa nuit avait été agitée ; son cerveau en ébullition ne lui avait accordé que de rares instants de repos, eux-mêmes hantés par le devenir de ses amis.

La veille, lorsque Anya était venue le retrouver après son entretien avec le général Kaan, elle lui avait annoncé qu'elle était parvenue à les faire sortir de la tour des rebelles. Elle ne les avait pas vus de ses propres yeux, mais elle avait paru assez sûre d'elle, lui expliquant qu'ils étaient censés être revenus sous bonne garde. Certainement dans l'un des bâtiments où résidaient la plupart des officiers. Néanmoins, elle était restée quelque peu évasive. *Ce n'était pas ce que j'espérais*, songea-t-il. *C'est ma faute s'ils ont été embarqués dans cette histoire. C'est moi le responsable.*

— Ce n'est pas aussi simple, avait-elle rétorqué. Mais ils viendront avec nous en Eoros. C'est tout ce que j'ai pu obtenir.

Il s'était énervé, arguant que ses amis se feraient tuer s'ils les accompagnaient, puisque telle était la mission qui lui avait été confiée, mais elle n'avait rien voulu savoir. Pour elle, il n'y avait pas d'autre solution, et elle avait soutenu qu'elle ferait son possible pour que ce ne soit pas le cas.

Waryn n'avait aucune confiance en cette femme. *Une manipulatrice. Elle cherche simplement à m'amadouer pour que je me tienne bien sagement. Mais je ne resterai les bras croisés.* Il se devait de tenter tout ce qui était en son pouvoir pour les aider à s'évader avant qu'il ne soit trop tard.

À présent, il n'avait qu'une seule journée pour réaliser ce miracle car, le lendemain, ils partiraient à bord du convoi pour Neana. Anya lui avait fait une brève description de ce qui les attendait, et il doutait qu'il puisse imaginer quoi que ce soit pour que ses amis puissent échapper aux griffes de la Descendante par la suite. *C'est cette nuit ou jamais*.

Après avoir repéré plusieurs chemins envisageables, il était désormais temps d'aller les inspecter de plus près. Il enfila un pantalon ample et une chemise munie de lacets au niveau du torse, puis sortit de ses appartements, rencontrant les deux gardes affectés à sa surveillance. Il devrait se montrer subtil dans ses recherches.

— T'as pas intérêt à nous refaire le même coup qu'hier, railla l'un d'eux.

— Vous avez bien vu que son valet n'allait pas la rattraper, non ? répliqua acerbement Waryn.

— C'est pas ton problème. Alors tiens-toi à carreau.

— Tu peux te déplacer librement – tant que tu ne nous fausses pas compagnie, enchérit l'autre.

— Vous devriez vous maintenir en forme, reprit Waryn. Mais bon, j'imagine que je ne peux pas vous reprocher de ne pas faire d'exercice. Rester debout toute la journée pour compter les mouches. Des ordres simples pour des gens simples. En fin de compte, vous pourriez même me remercier. Courir un peu ne vous fait pas de mal.

— Tu te crois supérieur parce que tu accompagnes l'ambassadrice ? Tu sais, mon gars, c'est pas elle qui commande ici. Si l'on m'ordonne de te faire saigner, je le ferai avec plaisir.

Waryn ignora superbement sa réponse et marcha jusqu'aux escaliers, qu'il emprunta pour se rendre au premier étage. Il ne croisa pas grand monde mis à part quelques domestiques, et il se dirigea vers une large terrasse surplombant le jardin. Elle lui donnait un angle de vue différent afin de mieux appréhender le chemin qu'il allait adopter pour sa course aurorale.

Trois femmes bavardaient autour d'une table, à l'abri d'un parasol couvert de dentelle. Leur conversation n'était pas très animée, et leurs mines indubitablement tristes. Waryn commença ses étirements et les écouta sans le vouloir – un vieux réflexe de sa vie à *L'Arbre Ruisselant* – tandis qu'il scrutait le jardin. Elles discutaient du convoi du lendemain, accablées de perdre leurs maris en partance pour la guerre. Elles ne savaient pas quand et *si* elles les reverraient un jour, et elles essayaient de se consoler comme elles le pouvaient, des sanglots trahissant le chagrin qui les prenait à la gorge.

Après une quinzaine de minutes d'échauffement, alors qu'il s'apprêtait à partir, une bourrasque le surprit.

— Tu es plutôt costaud, annonça une voix sur sa droite.

Waryn tourna la tête et vit l'homme au brocart de la veille. Cette fois-ci, il en portait un autre, moins éclatant mais tout aussi luxueux. La flamme orangée embrasant ses yeux déclina, jusqu'à s'éteindre. *Alors c'est un Descendant*, nota-t-il, étonné.

Ayant côtoyé Daragh et Anya pendant plus de deux semaines, il n'était plus autant impressionné qu'il eût pu l'être par le passé. Toutefois, ses sens – de même que ses poils hérissés – le maintenaient en alerte.

— À qui ai-je l'honneur ? grinça Waryn.

— Tu peux m'appeler Tarlis, fit l'homme avec nonchalance. Excuse-moi de t'avoir surpris, mon garçon, mais je ne voulais pas te manquer.

Les femmes sous leur parasol baissèrent d'un ton et jetèrent quelques coups d'œil intrigués, pendant que les deux soldats gardaient leur distance habituelle.

— *Me manquer* ? s'enquit Waryn, désabusé.

— Tu es un Vanyan, n'est-ce pas ? J'imagine que tu n'as pas eu le loisir de beaucoup croiser de Descendants là-bas, je me trompe ?

— Vous comptiez m'impressionner ? se moqua Waryn d'un rire sardonique.

Tarlis ne cacha pas sa déception.

— J'aurais espéré te faire plus forte sensation, Ashenan. Je le concède volontiers.

Une sueur froide piqueta la colonne vertébrale de Waryn. *D'après Anya, personne n'est censé connaître ce nom ici.*

— Vous savez qui je suis ?

— Je n'en ai aucune idée ! rit l'homme au brocart. Par contre, je suis au courant que tu accompagnes « l'ambassadrice » Akanvira. Tu sais, c'est une très bonne amie à moi. Elle peut parfois se montrer très sèche, tel un vent provenant du nord, mais c'est une femme que j'admire pour son dévouement !

— Elle a ses propres convictions, en effet.

— En parlant de ça, tu revêts une importance toute particulière à ses yeux, déclara Tarlis avec un sourire narquois. T'a-t-elle expliqué pourquoi ?

— Et pour quelle raison vous en ferais-je part ?

Moins il en disait, mieux il se portait. Et cet homme lui inspirait encore moins confiance qu'Anya.

— Que Saikuron m'emporte ! Détends-toi, mon garçon ! Je souhaitais simplement faire ta connaissance. Si c'est parce que je suis un Chuchoteur, ne t'en fais pas, tu n'as rien à craindre.

— M'obligez-vous à subir votre compagnie ?

— D'aucune manière. Je ne me le permettrais pas. Mais peut-être que tu voudras entendre ce que j'ai à dire.

— Sans façon, répliqua Waryn, commençant à s'éloigner.

— On a capturé des rebelles, hier, s'empressa l'homme au brocart. Trois jeunes gens qui ont débarqué de *L'Œil du Typhon*. Tu les connais, n'est-ce pas ?

Waryn s'arrêta sur place et foudroya du regard son interlocuteur.

Et ça vous concernerait en quoi ?

— Je ne sais pas de quoi vous voulez parler.

— Au contraire, je suis persuadé que tu le sais très bien. Ces jeunes gens ont fait un petit tour à la tour des rebelles. Je dois t'avouer que je n'y mets jamais les pieds, l'ambiance y est très… sinistre. Il se murmure que de nombreuses personnes n'en ressortent jamais, ou alors, de façon peu enviable.

— Que voulez-vous que ça me fasse ? s'énerva Waryn, tentant de contrôler ses émotions.

— Ma foi, je pensais que tu aurais été intéressé de savoir dans quel état a fini un certain *Milian*. La rumeur raconte que ses hurlements retentissaient jusqu'au dehors de la tour. Un coriace, à ce qu'il se dit, car il a enduré la question bien plus longtemps que prévu.

Waryn serra le poing. Il imaginait les supplices que son ami avait pu subir. *Tout ça est ma faute.*

— Trouvez quelqu'un d'autre pour votre petit jeu macabre !

— Tu me parais bien affecté pour quelqu'un qui ne le connaît pas, badina Tarlis avec un air perfide. Dis-moi, que représentes-tu réellement aux yeux d'Anya ? Pourquoi es-tu si important, au point qu'elle se rende chez le général Kaan et lui ordonne de les libérer ?

C'en est trop. Cet homme jouait avec lui et lui faisait perdre un temps précieux. Waryn lui tourna le dos et courut, suivi par les cliquetis des armures de ses gardes.

— J'aurai mes réponses, mon garçon, entendit-il par l'intermédiaire d'une brise passant au creux de ses oreilles.

Allez donc voir Anya. C'est elle qui tire les ficelles. Pas moi.

Sous le ciel devenu maussade, il essaya de chasser de son esprit les paroles de Tarlis. Il courut sur les sentiers en observant les différents pans de végétation qu'il avait repérés depuis ses appartements, où il rencontra parfois des hommes munis de gaules qui récupéraient des fruits en hauteur. Waryn garda en tête les endroits qui offraient la discrétion qu'il recherchait, et il abandonna ceux trop à découvert.

Passant sous un tunnel de treille, les jardinières lui rendirent son sourire d'apparence pendant qu'elles continuaient de converser à propos de la pluie qui n'allait pas tarder à tomber – une bénédiction. On remarquait encore moins de personnes baguenaudant dans les jardins que la veille, comme si les nuages chargés les dissuadaient d'entreprendre une promenade. Cependant, les gardes n'étaient pas moins nombreux, et effectuaient toujours leurs patrouilles de façon régulière.

Alors que Waryn passait près d'un étang, le son d'un instrument l'intrigua. Il ne devait pas provenir de bien loin, et la musique qui emplissait l'air était à la fois douce et mélancolique. Il contourna un superbe champ de roseaux et se rapprocha de la mélodie.

Sur la berge opposée, il vit un attroupement de jeunes gens – probablement de son âge. Sous les feuillages de chênes et de saules, certains dansaient en harmonie avec les notes d'un violon, d'autres s'amusaient à lancer des haches sur une cible, et de petits groupes se prélassaient sur des barques ou buvaient dans des flûtes argentées. Des tables avaient été rassemblées sous les frondaisons, et une énorme nappe blanche les recouvrait, sur laquelle un buffet avait été entreposé.

Waryn resta là à les observer. *Ils profitent de vies tellement plus simples, paisibles, à l'abri derrière leur enceinte*. Il aurait rêvé d'avoir cette chance, le privilège d'être né dans une bonne famille. Seulement, sa réalité était tout autre. *J'ai eu droit à Jalen, bien loin de se conduire comme un père idéal, ainsi qu'à une existence à récurer des marmites et de la vaisselle. Sans parler de devoir servir des ivrognes jusqu'à m'en faire saigner les doigts.* Lorsqu'il avait été à bout, il s'était retrouvé à la rue et n'avait eu d'autre choix que se battre et voler afin de gagner sa pitance. La seule éclaircie avait été d'avoir passé toute sa jeunesse avec Milian, Shana et Eirinia ; c'était précisément la raison pour laquelle il ne pouvait pas les abandonner en prenant le risque qu'ils se fassent exécuter une fois arrivés en Eoros.

L'averse se décida à déverser son crachin. Waryn se détourna et, suivant un chemin dallé, gravit un escalier pour se retrouver sous une coupole bâtie en saf, étayée de colonnes à l'aspect impeccable. De là, il disposait d'un nouveau point de vue, même s'il voyait encore les jeunes festoyer à côté de l'étang. Néanmoins, au centre de la colonnade, sous verre, un caillou gravé d'un symbole étrange l'intriguait. Il n'y avait aucune indication sur ce qu'il signifiait, et Waryn aurait presque posé la question aux deux gardes le suivant comme son ombre, mais ceux-là étaient restés en bas de l'escalier. Ils ne souhaitaient pas effectuer plus d'efforts que nécessaire.

— Petite crotte d'Uzushio ! Tu m'espionnes, maintenant ?

Vaeri passa les deux vigiles, qui s'inclinèrent, puis alla se camper devant Waryn d'un air faussement énervé, les mains sur les hanches. Elle portait une robe en soie jaune et au col suffisamment large pour découvrir ses épaules.

Qu'est-ce qu'elle fiche ici ?

— Pardon ? balbutia Waryn.

Elle désigna l'étang où les jeunes continuaient de s'enivrer sous le couvert des arbres.

— Je t'ai vu.

— Je ne savais pas que tu y étais, dévoila-t-il, détournant le regard sur les massifs à proximité.

Cette fois-ci, elle tapa du pied et rejeta vivement en arrière ses cheveux auburn trempés par l'averse. Son joli minois affichait désormais un air courroucé.

— Et dire que j'avais pensé à t'inviter à notre petite fête, malgré la façon dont tu m'as éconduite hier ! Quelle idiote je fais !

D'un pas rageur, elle commença à redescendre les escaliers en maugréant un juron.

Waryn voulait la laisser repartir.

— Attends ! s'écria-t-il.

Il avait parlé plus fort qu'il ne l'aurait désiré, et le regrettait déjà.

Elle ne se tourna qu'à moitié.

— Autre chose dont tu voudrais me faire part ? Parce que je ne compte pas rester là juste pour que tu te délectes de faire attendre une dame sous cette pluie torrentielle !

Une petite averse de rien du tout, rectifia intérieurement Waryn.

— Je n'ai pas été très correct, j'en conviens, graillonna-t-il tout en se hâtant de la ramener à l'abri de la coupole. J'avais quelque chose de plus important à faire.

— Et c'est censé être des excuses, *ça* ? s'indigna Vaeri en écarquillant les yeux et en ayant un silence pour seule réponse. Bon, c'est toujours mieux que rien. Et qu'avais-tu de *plus important* à faire, alors ?

— Je ne peux pas te le dire…

— Qu'Uzushio t'avale et t'éjecte par son arrière-train ! Tu te fous de moi ? Ne t'inquiète pas, j'ai tout compris. Les trois rebelles d'hier, tu les connais, n'est-ce pas ? Et toi, tu en es aussi un ? Ne me mens pas, je suis à deux doigts de te gifler !

Au point où il en était, il était difficile de lui raconter des bobards. Il ne comptait pas l'abandonner à nouveau pour risquer qu'elle s'affole et qu'elle rameute tout un contingent de gardes prêts à défendre une jeune femme effarouchée qui crierait au rebelle. Non, il avait le pressentiment qu'il n'avait rien à craindre d'elle. Il pouvait lui accorder un certain degré de confiance. De plus, cela lui ferait probablement du bien de parler pendant qu'il examinerait les alentours, et il était évident qu'il n'allait pas la forcer à retourner sous l'averse.

Il se sentait tellement seul ; seul contre un monde trop lourd pour ses épaules.

— Non, je n'en suis pas un, tout comme les trois jeunes que l'on a vus hier, murmura-t-il en plongeant ses yeux dans ceux de Vaeri. Disons que c'est un malentendu, que les circonstances ont mené certaines personnes à le penser…

— Et *quelles* circonstances ? insista-t-elle, dubitative. Attention à ce que tu vas dire, parce que crois-moi, je pourrais facilement t'envoyer en prison.

Sous le crépitement de la pluie sur la coupole, Waryn expira pour se défaire d'un poids, puis céda. Vaeri disposait d'un trop grand pouvoir sur lui, et il n'aurait su expliquer pourquoi. Sans entrer dans les détails, il lui narra son périple depuis Rivlon, sa fuite, sa capture par Daragh et Anya, son voyage avec les mercenaires, sa traversée de l'océan Primordial, jusqu'à lui avouer que ses amis risquaient la mort s'il n'entreprenait rien. Même si la raison lui échappait encore. Vaeri l'avait écouté avec attention, ne le coupant pas lorsqu'il s'embourbait dans ses propres explications. *Finalement, ce n'était pas si terrible.*

— Je ne sais pas comment je réagirais si mes amis venaient à se trouver dans pareille situation, déclara-t-elle quand Waryn eut fini son discours. Et que comptes-tu faire ?

L'averse s'était arrêtée pour laisser une douce odeur de pétrichor derrière elle.

— Il vaudrait mieux que tu ne saches pas tout. Je n'ai pas envie de te mettre en danger toi aussi. La menace qui pèse sur mes amis est déjà bien assez lourde à porter. Par contre, j'ai encore à vérifier certaines choses avant cette nuit, alors tu peux retourner à tes festivités ; ne t'oblige pas à rester en ma compagnie.

Il avait eu peur d'effrayer Vaeri avec son récit, mais elle n'hésita pas un seul instant.

— Oh ! je n'y tiens pas spécialement. Je n'affectionne pas la moitié de ceux qui s'y trouvent, et l'autre moitié est si arrogante que je rêve parfois de les remettre en place une bonne fois pour toutes. Il y a cette maudite hiérarchie, et certains se croient vraiment tout permis. On s'était juste réunis car il y en a qui feront partie du convoi, demain. Ils prendront part à la guerre contre le Leanalyn, donc c'était un peu comme des adieux.

— D'accord. Alors, suis-moi.

Waryn entraîna Vaeri sur une sente menant vers le grand portail en fer forgé de l'entrée du jardin. Les deux gardes qui le suivaient ne restaient jamais bien loin.

Elle lui raconta l'ennui des cérémonies protocolaires, les interminables soirées mondaines, les cours de chant et d'art qui lui étaient imposés, ainsi qu'elle avait perdu ses seules amies du jour au lendemain, lorsque leurs parents avaient été tragiquement tués par des rebelles. Elle ne savait même pas ce qu'elles étaient devenues. Elle était enfermée dans ce palais doré pour sa *sécurité* tant que les rebelles n'auraient pas été éradiqués.

Waryn l'écoutait d'une oreille distraite. Il observait le moindre talus, répondant par l'affirmative chaque fois que Vaeri semblait avoir fini une explication. *Peut-être que la vie ici n'est pas si manichéenne, après tout.*

Ils arrivèrent finalement devant le portail, qu'une dizaine de soldats gardaient de l'intérieur, certains à l'abri dans leur guérite.

— N'envisage même pas de sortir par là, lui chuchota Vaeri. Même moi je n'en ai pas le droit. Par contre, on peut monter sur les remparts, si tu veux. Il n'y a pas grand-chose à voir hormis les maisons de quelques fortunés qui gâchent la vue sur Lugann, mais c'est toujours mieux qu'ici.

Il réfléchit au moyen de passer. *En force ? S'occuper de deux ou trois gardes, ça, je peux le tenter, mais là, c'est autrement plus compliqué. Créer une diversion ?*

Vaeri prit Waryn par la main et l'entraîna avec elle sur l'enceinte solidement bâtie dans de grosses pierres taillées. Quelques escaliers permettaient d'y monter, n'intéressant guère les soldats sur le chemin de ronde, qui focalisaient leur attention sur l'extérieur des murs. *Ils surveillent bien plus ce qui peut s'introduire dans le jardin, et non ce qui veut s'en échapper*, nota-t-il.

En haut de l'escalier, ils croisèrent une patrouille qui salua poliment Vaeri.

— Je t'avais prévenu, ce n'est pas une vue à couper le souffle, mais ce n'est pas si mal non plus, déclara-t-elle.

Waryn se pencha au-dessus des créneaux. Les remparts s'enfonçaient directement dans le canal. Une seule embarcation mouillait de l'autre côté du cours d'eau, attachée à un ponton non loin du magnifique pont par lequel il était arrivé.

C'est parfait. Il faut simplement parvenir jusqu'à l'enceinte et se jeter dans le canal avant de pouvoir fuir dans la ville.

— … et ensuite, on a dû la repêcher dans le canal ! minauda Vaeri en éclatant de rire.

Il ne l'avait pas du tout écoutée. Si elle s'en apercevait, nul doute qu'elle allait repartir dans une colère noire.

— Et elle s'en est sortie ? bredouilla-t-il, prenant un air abasourdi.

Vaeri inclina la tête sur le côté. Elle le regardait bizarrement.

— Bah ! oui, ce n'est pas ça qui allait la tuer, si ? Bref, je me demandais si… à tout hasard… tu voulais retourner avec moi à l'étang ? Ça risque de durer encore tout l'après-midi, et tu pourrais te changer les idées…

— Je croyais que tu détestais les gens, là-bas ?

— J'ai peut-être menti. Je dois bien avoir une ou deux amies dans le lot qui seraient ravies de te rencontrer, s'empourpra-t-elle, se tortillant sur place. Mais ne t'imagine pas quoi que ce soit, c'est simplement parce que je n'ai personne avec qui danser !

Waryn la contempla dans sa robe somptueuse. Il se noya dans ses yeux azur qui se mariaient parfaitement avec ses cheveux de couleur automnale et son teint hâlé. Dans d'autres circonstances, il se serait joint à elle avec plaisir, mais ce qu'elle attendait de lui, il ne pouvait se le permettre.

— Vaeri, je ne peux pas…, murmura Waryn en détournant le regard.

Il sentit le souffle chaud de sa respiration languissante sur sa peau alors qu'elle s'était rapprochée. Elle se collait presque à lui.

— Si tes amis ont bien été ramenés ici et qu'ils sont gardés en tant… *qu'hôtes*, je sais où ils sont retenus. Je peux te le montrer…

— Pourquoi ferais-tu ça ? s'enquit-il, tout à coup ébranlé.

— Parce qu'après ce que tu m'as raconté, même si tu me caches une partie de la vérité, je pense que la décision devrait t'appartenir. Que tu le croies ou non, je n'ai jamais vraiment eu cette opportunité. De réellement choisir ce que je pouvais faire de ma vie, je veux dire. Je suis contrainte de vivre enfermée ici, et je ne sais pas ce qu'il adviendrait de moi si mon père ne revenait pas de la guerre. Je ne suis pas dupe. Il se murmure des choses horribles sur des gens qui disparaissent, je ne t'ai pas menti à propos de l'une de mes anciennes amies. Et quand bien même mon père parviendrait à rentrer, je suis condamnée à une vie ennuyeuse à mourir. Depuis que ma mère est décédée, il n'est plus tout à fait le même non plus. Enfin, tout ça pour dire que si tu veux sauver tes amis, je te laisse en décider. Même si je n'ai aucune idée de ce que tu manigances.

— Merci…, chuchota Waryn.

Si elle lui donnait cette information, cela lui évitait de devoir menacer Anya pour qu'elle la lui transmette. Ce qui lui allégeait significativement la tâche.

— Ne me remercie pas. Si ça se trouve, tout ce que je t'offre, c'est… Mais au moins, tu auras choisi ton destin. Tu n'auras pas de regret.

Sans plus attendre, elle descendit du rempart et il la suivit. Ils parcoururent des sentiers que Vaeri semblait connaître comme sa poche, et elle changea du tout au tout de conversation. Elle voulut en apprendre davantage de sa vie en Vanyanir, et cette fois-ci, Waryn ouvrit bien plus son cœur. Il relata avec de plus amples détails son enfance à *L'Arbre Ruisselant*, ainsi que les nombreux coups qu'il avait fomentés avec Milian, exagérant parfois les faits véritables.

Vaeri rit aux quelques blagues qui ponctuaient ses histoires et fut passablement étonnée par la vie menée en dehors de sa prison dorée, qui plus est sur une île qui ne ressemblait guère à ce qu'on lui décrivait de l'Araneana. Elle ralentit le pas lorsqu'ils atteignirent un bâtiment en tous points semblable aux autres, et pointa discrètement plusieurs fenêtres du cinquième étage, afin que les deux gardes ne puissent pas percevoir son geste.

— Ils doivent se trouver là, déclara-t-elle sans joie.

— Tu en es certaine ?

Elle lui braqua un œil offusqué.

— Mon père est tout de même capitaine. J'en sais plus qu'il n'y paraît. Et puis, dois-je te rappeler que j'ai vécu ici toute ma vie ? Je pourrais éventuellement t'amener dedans. Il y a le bureau de mon père, dans lequel je venais régulièrement le voir, même si je ne sais pas encore comment justifier ta présence. Seulement, les deux derniers étages me sont interdits. Justement parce que des « hôtes » y sont retenus.

Waryn envisagea cette possibilité, mais finit par secouer la tête.

Il imagina ses amis, juste derrière ces simples vitres. *Si proches, et pourtant si loin...*

— Non. Leur vie est en jeu, et c'est déjà suffisant pour ne pas y rajouter la tienne. Tu m'as beaucoup aidé, Vaeri.

— Mais…

— De plus, il y a ces deux-là qui ne me quittent pas d'une semelle, la coupa-t-il. Non, j'ai une idée en tête, et je tenterai ma chance cette nuit.

— Alors, sois prudent. Je vais retrouver mes amies avant qu'elles s'inquiètent de mon absence prolongée. Je n'ai pas envie de leur expliquer que j'ai aidé un malotru à libérer des rebelles, plaisanta-t-elle en papillonnant des yeux.

Elle lui déposa un baiser sur la joue sans le prévenir et repartit en direction des jardins. Se retournant une dernière fois, elle réajusta sa robe, puis disparut au détour de la sente.

Il aurait voulu la connaître davantage, mais cela, ce serait probablement dans une autre vie.

Waryn utilisa les quelques heures qui s'ensuivirent à poursuivre son exploration, jusqu'à ce qu'il rentre à ses appartements en fin d'après-midi. Il s'était levé tôt, et mieux valait être en forme pour ce qui l'attendait après la nuit tombée. Avant de sombrer dans le sommeil, il se surprit à penser à Vaeri, ainsi qu'à son doux baiser.

Chapitre 26

Waryn

Sous la nuit voilée englobant de sa noirceur l'immense jardin du quartier général de Lugann, Waryn observait les gardes munis de torches effectuer leur ronde. Il jeta un coup d'œil sur le vaste appartement mis à sa disposition durant son séjour. L'obscurité recouvrait les murs ornés de tableaux, les buffets patinés, et la table en bois massif sur laquelle avait été déposé un plateau d'argent rempli de victuailles – il devait avoir été apporté depuis longtemps, car son contenu était dorénavant froid.

Suis-je fou de croire que mon plan fonctionnera ? La raison est-elle de se fier à Anya ? Que mes amis pourraient survivre une fois arrivés en Eoros ? Son cœur lui intimait de ne pas prendre ce risque. Il *devait* le faire.

Des soldats en bas du bâtiment s'éloignaient, ne laissant que ténèbres derrière eux. Le moment était venu.

Plus de doute, il était résolu.

Waryn ouvrit la fenêtre et posa le pied sur la corniche, puis la referma et se plaqua contre la façade, évitant qu'un courant d'air n'alerte les deux gardes en faction devant sa porte. La nuit était fraîche mais revigorante. Il avait besoin de toutes ses capacités pour ne pas chuter du quatrième étage, ce qui lui vaudrait de s'écraser lamentablement sur le sol pour mettre fin à son calvaire.

Cela lui était déjà arrivé à Rivlon, lorsqu'il avait tenté de s'introduire chez un marchand de tapis. Cependant, les bâtiments ne montaient pas à cette hauteur, et il s'en était sorti avec une jambe cassée pour seule blessure. *Depuis, j'ai retenu la leçon. La prudence est mère de sûreté. Pas de précipitation.*

Il commença son ascension en s'accrochant à une volute sculptée dans la paroi, tendit ses muscles, et hissa son corps jusqu'à ce que ses pieds reposent sur une seconde. Le saf qui composait une majorité de l'édifice s'avérait glissant, mais les nombreuses aspérités de la façade lui permettaient de grimper. Utilisant toutes les prises qui se révélaient les moins dangereuses – du moins celles que la lueur des étoiles dévoilait –, il parvint à atteindre l'étage du dessus sans trop de difficulté. Il passa entre deux fenêtres desquelles s'échappaient les pâles lumières de bougies, et il entendit des personnes rire, trinquer, ainsi que s'adonner à des plaisirs plus charnels. Ils avaient certainement organisé une réception intime, ce qui n'était pas étonnant puisque nombre d'entre eux partiraient avec le convoi du lendemain. Ils souhaitaient assurément profiter d'une dernière soirée. Waryn ne s'attarda pas. Il se focalisa sur ses prises et atteignit le sommet du bâtiment plus rapidement que ce à quoi il ne s'était attendu.

Les toits en forme de dômes, entourés d'étroites margelles, lui permirent d'avancer vers la bâtisse qui l'intéressait. Elles étaient toutes reliées entre elles, ne lui demandant que d'effectuer un petit saut au-dessus du vide ou de l'une des passerelles pour rejoindre la suivante. Seulement, chaque pas lui réclamait de rester concentré pour ne pas tomber ; surtout que le vent était plus fort à cette hauteur. Waryn l'écoutait avec plaisir, raffermissant sa volonté ; le vent qui sifflait à ses oreilles était telle une mélodie qui l'encourageait à aller de l'avant. Et puis, il y avait l'adrénaline – il aimait ça.

Il arriva sur le toit de l'édifice que lui avait indiqué Vaeri. Si elle ne lui avait pas menti – il se pouvait très bien qu'elle l'ait manipulé pour le compte de l'un de ces maudits Araneanais –, ses amis se trouvaient quelque part deux étages plus bas. Les prises qu'il utilisa pour descendre sur la façade étaient semblables à celles de sa précédente ascension, et l'architecture des bâtiments, similaire de l'un à l'autre, lui facilita la tâche. Il se permit même de se laisser retomber sur la corniche longeant le cinquième étage.

Waryn entreprit alors de se déplacer en crabe pour faire le tour du niveau, s'arrêtant chaque fois devant des fenêtres dont aucune lumière ne venait chasser la pénombre. À la première, il n'aperçut qu'une chambre vide. Mais particulièrement lugubre. Des chaînes accrochées aux murs luisaient à la clarté de la lune, tandis que pour seul confort, un lit trônait dans un coin de la pièce, un seau renversé à ses pieds.

Une geôle.

Son cœur se mit à palpiter lorsqu'il entendit deux soldats discuter bruyamment en dessous de lui. Tout de noir vêtu, et à cette distance, il était peu probable qu'ils le remarquent, même en levant la tête. Mais c'était un rappel. Celui d'être plus prudent que jamais et ne pas se laisser aller, malgré la simplicité avec laquelle il était parvenu jusqu'ici – bien qu'il le dût à toutes ces heures de vagabondage avec la bande sur les toits de Rivlon.

À la fenêtre suivante, il découvrit la silhouette d'une femme qui, enchaînée, dormait et émettait des ronflements rauques et saccadés. *Quel crime a-t-elle bien pu commettre pour se retrouver enfermée ici ?* Il n'en saurait jamais rien.

Il reprit son exploration en avançant lentement sur la corniche. Les fenêtres donnaient soit sur des chambres vides, soit sur des personnes endormies. Et une seule sur un homme faisant les cent pas, qui marmonnait des paroles que Waryn ne pouvait entendre derrière le carreau. Il fléchit les jambes et passa furtivement.

Puis, une vague de chaleur l'étreignit. Dans une pièce un peu plus grande que les autres, il vit Shana, agenouillée au bas d'un lit où reposait Milian, comme si elle priait. Sur un matelas, Eirinia, les bras entravés de chaînes, dormait à poings fermés.

Je vous retrouve enfin.

Waryn frotta ses doigts sur la vitre pour créer une légère résonance. Shana sursauta. Elle écarquilla les yeux lorsqu'elle l'aperçut, collé à la fenêtre, et s'empressa d'aller lui ouvrir.

— Que fais-tu là ? chuchota-t-elle, abasourdie, lui faisant signe de parler à voix basse.

Il posa son regard sur les chaînes attachées à ses pieds.

— Je faisais une petite balade nocturne sur les toits, et je me suis demandé : pourquoi ne pas descendre le long de cette façade, qui n'est sûrement pas très glissante ? Une excellente idée, je dois dire. Si j'avais su que je vous trouverais là, à profiter pleinement de tout ce luxe, je serais passé plus tôt.

— Tu ne devrais pas être là, murmura-t-elle sèchement. Si quelqu'un entre et te voit…

Elle avait très vite repris contenance.

— Je viens vous sortir de là, rétorqua-t-il. Et si quelqu'un vient, j'en fais mon affaire.

Il la serra dans ses bras. Si en d'autres circonstances elle l'aurait repoussé, cette fois, elle se laissa aller à son étreinte. Elle restait sa petite sœur, même si leurs chemins avaient considérablement divergé et qu'elle lui en voulait de les avoir abandonnés à *L'Arbre Ruisselant*.

Puis, le regard de Waryn s'attarda sur Milian.

Qu'est-ce...

Son torse était recouvert de bandages gorgés de sang, ne laissant à nu que de minces parcelles de peau, elles-mêmes en proie à des ecchymoses violacées. Sa respiration n'était que râles. Il avait été martyrisé jusqu'à un point où son corps ne ressemblait plus qu'à un champ de bataille.

Waryn sentit ses yeux le piquer. *Quels genres d'atrocités a-t-il endurés... ?*

— Il a été torturé parce qu'ils croyaient que nous étions des rebelles, grinça Shana, dont une colère impérieuse jaillit de ses iris.

Tarlis n'avait pas menti...

— Je sais… Et toi ? Et Eirinia ?

— Ils ne nous ont point porté préjudice, lança la jeune femme aux boucles blondes dans son dos, émergeant de son sommeil. Des soldats nous ont extraits de la tour des rebelles avant qu'ils n'aient eu l'opportunité de nous nuire.

Waryn enlaça Eirinia sans pouvoir dissimuler un sourire en coin quant à son langage si particulier. *Au moins, contrairement à Shana, elle n'a pas envie de m'arracher les yeux.*

— Je ne m'attendais pas à te revoir, lui chuchota-t-il, heureux de la retrouver saine et sauve. Je veux dire, surtout ici.

Elle lui adressa un sourire timide.

— Et de même pour ma personne.

Puis, Waryn s'assit sur le lit, à côté de Milian. Il lui tapota l'épaule avec douceur pour le réveiller, mais la réaction de son petit frère ne fut pas celle escomptée ; Milian tressauta, haletant et grognant face à la douleur que son mouvement avait provoquée. La mâchoire crispée, il plaqua ses mains luisantes de sueur sur son torse.

— Grand frère ? hésita-t-il, n'en croyant pas ses yeux. Tu…

Milian n'avait pas fini sa phrase, qu'il relâcha ses blessures pour tâter son ami, comme pour s'assurer qu'il ne s'agissait pas d'un mirage.

— Qu'est-ce qui t'est arrivé, mon vieux ? demanda Waryn, la voix chevrotante. Ils t'en ont fait baver, on dirait.

Et pas qu'un peu...

— Oh ! Trois fois rien. Une bagarre qui a mal tourné, comme d'habitude, plaisanta Milian avant de tousser.

— J'imagine que je n'aimerais pas voir la gueule des autres, hein ? badina Waryn, essayant de dissimuler toute son horreur.

— Tu ferais mieux de ne pas aggraver son cas, lui reprocha Shana. Ça s'est rouvert. Alors pousse-toi, que je puisse m'en occuper.

Elle prit un linge propre d'une armoire et retira l'un des bandages du torse de Milian. Une vilaine plaie lacérant sa peau ruisselait de sang. Elle l'épongea puis la recouvrit du nouveau linge.

— J'ai fait ce que j'ai pu pour vous sortir de là, voulut se justifier Waryn. C'est à cause de moi…

— Il ne t'incombe point de faute, intervint Eirinia.

— Nous aurions dû être plus prudents, gémit Milian.

Waryn avait les lèvres qui tremblaient. Il ressentait une joie immense de retrouver ses amis, pourtant, la culpabilité le dévorait.

— Non, c'est vraiment à cause de moi.

— Qu'est-ce que tu baragouines ? grogna Shana.

Il devait parler de ce qu'il avait sur le cœur. Ils méritaient amplement de savoir ce qui les avait embarqués dans toute cette histoire, et il n'aurait peut-être plus l'occasion de le faire.

— C'était moi, le but de leur mission… Je veux dire, les deux Descendants à notre poursuite… Daragh et Anya… ils devaient me retrouver et me ramener en Eoros. Mais vous, ils devaient vous éliminer. Enfin, Milian et toi…

— Je crois que nous l'avions compris, répliqua durement Shana. Mais nous n'avons pas été arrêtés pour ça.

— Peut-être, mais tout est lié. Sans moi, vous ne seriez jamais montés sur ce foutu navire.

— Dis-nous tout, exigea-t-elle d'un ton impérieux.

Même si Waryn avait voulu les sortir d'ici le plus vite possible, il devait d'abord leur raconter toute la vérité. Soulagé de pouvoir alléger son cœur, il entreprit de narrer tout ce qui s'était produit depuis leur séparation. À chaque fois, ses trois amis lui relatèrent comment cela s'était passé de leur côté, et chacun fut surpris de leurs voyages bien différents. La peine de Waryn ne fit que s'alourdir lorsqu'il apprit que Milian n'avait jamais renoncé à l'extirper des griffes de ses geôliers.

— C'est pour ça que vous ne devez pas venir en Eoros avec moi, conclut-il. Vous y seriez condamnés.

— Nous devons beaucoup à cette Anya, remarqua Milian. Nous pourrions peut-être lui faire confiance. Ce qu'elle a fait sur *L'Œil du Typhon*, et même ici…

— Non. Si elle vous a aidés à survivre, c'est dans son propre intérêt.

— Qu'exige-t-elle en échange ? l'interrogea Shana.

Waryn baissa piteusement la tête.

— Je l'ignore…

— Moi qui voulais venir te sauver…, expira lourdement Milian. C'est toi qui accours à notre rescousse.

— C'est mon rôle, petit frère. D'ailleurs, à propos de cet Hunor dont vous étiez toujours à la recherche, il serait gardé dans la tour des rebelles. Je pense que vous devriez faire une croix dessus. Anya compte l'amener avec elle en Eoros afin qu'il subisse la justice du roi Aldar Sol'Phaos. Rien que ça. Jalen n'avait vraiment aucune idée de ce qu'il faisait…

— Il a donné sa vie pour nous, Waryn, l'admonesta Shana.

Il soutint la froideur de son regard.

— Et j'en suis parfaitement conscient.

Les amas de chair de ce qui avait été son visage le hantaient perpétuellement.

— Bon, alors, comment comptes-tu t'y prendre pour nous sortir de là ? s'empressa de rétorquer Shana en lui montrant ostensiblement les chaînes qui les retenaient aux murs.

— Nous nous trouvons entravés, et des sentinelles veillent partout, renchérit Eirinia. Deux se tiennent devant la porte, tandis que d'autres effectuent régulièrement leur ronde.

Avec ce que ses amis lui avaient raconté, une idée lui vint à l'esprit. Cela leur permettrait peut-être d'éviter ce qu'il s'était d'abord imaginé. Du moins, il en avait l'espoir.

— Est-ce qu'à tout hasard, un peu à la façon dont tu as fait pousser des racines pour fuir Alentoise, tu serais capable de faire descendre Milian et Eirinia par la façade ?

Si c'est le cas, ça nous éviterait de devoir passer par tous les étages de l'intérieur. Et les gardes qui vont avec.

— Je ne peux pas créer de plantes qui n'existent pas, expliqua Shana d'un ton péremptoire. En plus, vu l'état de Mili, il est hors de question de procéder comme ça. Ses plaies se rouvriraient à chaque secousse.

La réponse était sans appel. *Il n'y a donc pas le choix.*

— Laissez-moi là, haleta Milian. Je ne serai qu'un poids mort à trimballer.

— Économise tes forces, Mili, abrégea Shana. Si on doit sortir d'ici, ce ne sera pas sans toi. Et tu peux geindre ou t'apitoyer sur ton sort, tu n'as pas ton mot à dire.

Tous les deux se fixèrent un moment en silence. Ils n'avaient plus besoin de paroles pour discuter.

— J'ai passé la journée dans le jardin à essayer de trouver le moyen le plus sûr d'atteindre l'enceinte, reprit Waryn. Nous avons une chance, mais pour ça, il va d'abord falloir sortir du bâtiment.

— Et en premier lieu, nous enlever ces chaînes, rétorqua Shana. Elles ont été fabriquées en safaïa. Je peux forcer autant que je veux, je n'arrive à rien ; je me sens épuisée. Depuis que je les ai aux poignets, je ne parviens même plus à utiliser mon pouvoir.

— Les clés sont détenues par l'une des sentinelles de l'autre côté du seuil, ajouta Eirinia, pensive. Il conviendrait de les lui dérober.

La jeune Descendante grommela.

— Plus simple à dire qu'à faire.

— Seulement, ils n'ont aucune idée de ma présence, reprit Waryn.

— Et donc t'occuper d'eux devrait être un jeu d'enfant. C'est bien ce que tu as appris en nous laissant seuls à *L'Arbre Ruisselant*, non ?

Elle lui en voulait toujours pour la vie qu'il avait décidé de mener, et elle ne manquait pas une occasion de le lui rappeler – même dans un moment pareil.

— Que sous-entends-tu ? balbutia Eirinia.

Elle n'était certainement pas au courant des nouvelles activités de Waryn à Rivlon. Shana devait probablement lui avoir dissimulé la vérité. *Si elle l'apprend, j'aurai le droit à un monologue auquel je ne suis pas sûr de survivre. Enfin, si j'arrive à tout comprendre. Et Shana ne manquera pas d'en rajouter une couche. À un contre deux, je n'ai aucune chance.*

— Je me charge d'eux, soupira Waryn, souhaitant mettre fin à la conversation. Shana, fais-les juste entrer. Tu me fais toujours confiance ? ajouta-t-il en se cachant dans un recoin sombre, près de la porte.

Elle effectua une courbette hypocrite puis obligea Milian à s'allonger.

— On a besoin d'un médecin ! brailla-t-elle, mimant l'affolement. Il perd trop de sang !

Des grognements agacés derrière la porte.

Sans plus tarder, elle s'ouvrit et l'un des gardes fit irruption dans la pièce. Il plaqua ses yeux avec dédain sur Shana, puis, après une brève inspection, il s'approcha de Milian.

— Il va pas crever pour si peu. Tu veux que j'en parle au colonel Hadad ? Il serait ravi de le recevoir.

— Appelez un médecin, je vous en prie, l'implora Shana, larmoyante.

Elle n'est pas aussi douée que Mil pour jouer un rôle, mais ça devrait faire l'affaire, songea Waryn.

— T'avais pas dit que personne d'autre ne devait le toucher ? se moqua le garde. Le seul ordre que j'ai reçu, c'est de vous couver bien au chaud ici, et c'est bien ce que je compte faire. Alors ferme-la et occupe-toi de lui. Je vais pas déranger un médecin en pleine nuit.

— Et moi je vous assure que vous allez le faire ! fulmina Shana. S'il meurt, vous serez les premiers à le rejoindre !

Elle avait instigué toute la force de persuasion dont elle était capable, et Waryn devait le concéder, elle était remarquable dans son rôle. *Surtout lorsqu'il s'agit de se mettre en colère.*

Le garde rit. Mais il s'arrêta rapidement lorsqu'il aperçut l'expression courroucée de Shana.

— Drazz ! aboya-t-il.

L'autre garde passa une tête dans la pièce.

— Oui ?

Waryn n'avait attendu que ce moment.

Il bondit hors de sa cachette pour lui cogner violemment le crâne contre le mur. *Un jeu d'enfant*, jaugea-t-il en se remémorant ses adversaires lors de ses combats à Rivlon. Le malheureux n'avait pas eu le temps de réagir et se retrouvait inconscient.

L'autre ne put qu'étouffer un juron que Shana lui sauta dessus. Elle lui enroula sa chaîne autour du cou. Il se débattit, mais la jeune Descendante accrut la pression exercée à tel point que le visage du garde devint écarlate. Les yeux exorbités, il ne parvenait pas à crier, suffoquait, tentait de se défaire de l'emprise implacable.

— Shana…, geignit Milian, sa voix se perdant presque au bout de ses lèvres.

Si Waryn n'intervenait pas, elle allait certainement le tuer.

Il se précipita sur l'homme et le frappa à la tête. Il y eut le son d'un craquement, puis le corps du garde s'affaissa. *Je t'aurais bien fait valser quatre ou cinq dents. Tu en aurais bouffé du potage, mon gars,* songea-t-il en riant intérieurement. Ces deux-là en auraient pour quelques heures avant de se réveiller, et quand ils le seraient, un mal de crâne les attendait ; il était bien placé pour le savoir.

— Tu comptais le tuer ? la tança Waryn.

Tuer n'est que le dernier recours. Lorsqu'il n'y a pas d'autre choix. Là, nous l'avons. Cependant, il n'était pas en meilleure position pour le lui reprocher. Sur *L'Œil du Typhon*, sans l'intervention de Daragh, il serait allé jusqu'au bout. Vizar n'aurait pas survécu à leur petite altercation.

— C'est tout ce qu'ils méritent, étaya cyniquement Shana. Ils nous ont enfermés comme des animaux. Et encore, je doute que l'on torture les animaux juste pour le plaisir. T'as bien vu la réaction de ces deux-là, non ? Ils l'auraient laissé crever. Ça ne te met pas en rogne, toi ? Hein, Waryn ? Dis-moi !

Waryn souffla du nez. Parfois, Shana se montrait bien trop absolue.

— Il faut que tu te maîtrises. Trop écouter ses sentiments n'amène jamais rien de bon.

— Parce que tu ne les as pas écoutés, les tiens ? Tu penses pouvoir donner des conseils ? A-B-A-N-D-O-N, articula-t-elle. Ça te dit quelque chose ?

Je ne pouvais plus revenir en arrière. Ou était-ce simplement à cause de mon ego ? Bah. On ne refera pas le monde.

Waryn referma la porte avant de s'attaquer au corps du garde inanimé. Il récupéra des clés dans l'une de ses poches et ouvrit les différents cadenas qui retenaient encore ses amis prisonniers.

Non sans lui jeter un regard noir, Shana aida Milian à enfiler une tunique qui trainait sur une étagère. Le contact des vêtements contre sa peau le fit grimacer, mais il ne se plaignit pas.

— Je vous dis que je ne ferai que vous ralentir, insista Milian.

— Alors si l'on te demandait de te battre, effectivement, je doute fort que tu y parviennes, répliqua Shana. Mais marcher, ça, tu le peux. Une autre remarque de ce genre, et je serai obligée de te donner un petit coup sur la tête, puis je te trimballerai comme un sac de patates.

Milian consentit à la laisser l'habiller.

Elle ne changera jamais, à vouloir jouer les chefs.

Ce n'était pas le moment de s'attarder. Il fallait se dépêcher avant qu'une patrouille ne vienne effectuer sa ronde dans le couloir et qu'elle ne s'aperçoive de l'absence des deux gardes.

S'assurant que le couloir était désert, Waryn ouvrit la marche.

C'est bien beau d'espérer les libérer, mais à partir de là, je ne sais pas trop comment m'y prendre. Essayer d'atteindre les jardins sans se faire repérer ; quatre étages à descendre. Aussi simple que ça.

Il misait sur la surprise s'ils rencontraient des gardes et qu'il n'y avait pas d'autre solution. Ils ne s'attendraient probablement pas à une menace venant de l'intérieur. *Et puis, la nuit, ils doivent être moins nombreux. Peut-être moins vigilants aussi.*

Sous la faible lueur bleutée de luesafs accrochées aux murs, puisqu'aucune lampe à huile n'était allumée, le petit groupe avança doucement en restant alerte au moindre bruit. À l'embranchement du bout du couloir, Waryn entendit des hommes se rapprocher. Il fit signe à ses amis de reculer, et ils se fondirent dans les ombres.

Cachée derrière un meuble, Eirinia montra du doigt les traces de sang qu'ils laissaient derrière eux.

Les blessures de Mil gouttent. Ce n'est qu'une question de temps avant que l'on découvre qu'ils se sont échappés.

Lorsque les bruits de la conversation des gardes fut suffisamment lointaine, ils sortirent de leur cachette.

— On doit se presser, chuchota Waryn.

— Je vous avais dit que…, protesta Milian avant que Shana ne l'interrompe.

— Ne m'oblige pas à mettre ma menace à exécution.

Ils avancèrent à nouveau, se cachant à deux autres reprises pour éviter de se faire repérer. Quand ils arrivèrent enfin en vue d'un escalier qui leur permettrait de descendre, ce ne fut que pour constater la présence de quatre gardes juste devant. D'après les quelques mots que parvenait à capter Waryn, ils discutaient entre eux de propos aussi futiles qu'inintéressants. Surtout des plaintes dues à l'ennui de leur poste. Ils semblaient préférer patrouiller dans la cité. Là-bas, au moins, il y avait de l'action de temps en temps.

Y a-t-il une autre solution que de passer par là ? Peut-être, mais combien de temps mettrions-nous à la trouver ? Non, il faut forcer ce barrage. Cela s'avérait autrement plus compliqué que dans la « chambre ». *Pourtant, je vais devoir me résoudre à essayer. Tout ça, c'est à cause de moi.*

— Restez cachés, murmura Waryn. Je vais tenter le tout pour le tout. Mais si je n'y arrive pas…

Shana le fit taire en le poussant de son passage.

— Laisse-moi faire.

Il prit presque peur lorsqu'il vit son expression.

La haine.

Une formidable quantité d'hostilité émanait de son visage. Du tréfonds de ses pupilles.

Il voulut la retenir. Elle le dégagea comme une brindille. Il chercha du soutien chez Milian et Eirinia, mais Shana ne lui donna pas le temps de l'empêcher de faire quoi que ce soit.

Elle fonça vers les gardes.

Qu'est-ce qui lui prend ? Est-ce à cause de ce qu'ils ont fait à Mil qu'elle s'est mise dans cet état ? Waryn ne pouvait la laisser seule. Sans plus réfléchir, il lui courut après.

Quand les quatre gardes remarquèrent qu'une diablesse se ruait vers eux, ils dégainèrent leur glaive. L'un d'eux commença même à s'approcher d'elle.

— Halte-là ! s'écria-t-il, pointant sa lame vers Shana.

Mais elle était lancée. Rien ne semblait pouvoir la freiner – eusse été un Créateur.

Le soldat abaissa son glaive pour la couper en deux ; or, elle l'esquiva d'un bond prodigieux contre le mur. Elle y prit appui et sauta férocement sur son agresseur. Il n'eut que le temps d'étouffer un cri qu'il alla s'écraser contre la tapisserie d'en face. Un choc terrible. Inerte, il retomba sur le tapis. La jeune Descendante ne lui prêta plus aucune attention. Dans une course effrénée, elle se précipita vers les autres.

— La Communicatrice ! rugit l'un des gardes.

Comme un seul homme, ils se mirent en mouvement vers la furie.

Shana avait considérablement distancé Waryn en l'espace d'un instant si bref. Il ne pouvait pas la rattraper.

Elle est devenue dingue !

Passant à côté du soldat inanimé, il remarqua que son armure avait été enfoncée à l'endroit où Shana l'avait percuté. Et pas qu'un peu. Le métal suivait parfaitement le contour de l'épaule de Shana.

Cela faisait froid dans le dos.

Malgré le surnombre de ses opposants, elle profita de son élan pour glisser sur le sol et emboutir le premier garde. Il tomba à la renverse dans un mélange sordide de cliquetis et d'os brisés. Elle frappa ensuite le bras d'un autre, qui lâcha son glaive en gémissant de douleur. Il riposta de sa main libre, enfonça son poing dans le ventre de Shana, mais elle l'encaissa sans broncher en un léger mouvement de recul. Elle enchaîna avec un horion dans son heaume. Le métal résonna. L'impact aurait dû lui exploser les doigts, mais elle ne parut rien ressentir. Elle distribua alors des salves de coups dans toutes les parties du corps sans armure. Le garde, sonné, n'était plus qu'un pantin désarticulé face à la rage qui animait la jeune Descendante.

Alors que le soldat à terre tentait péniblement de ramasser son glaive, Shana lui écrasa la main pour le faire rugir. Le dernier, qui avait hésité jusque-là à se mêler à l'affrontement, sembla prendre son courage à deux mains. Il voulait l'arrêter. Il fondit sur elle pendant qu'elle s'acharnait sur celui qui n'était plus qu'une poupée encaissant coup sur coup.

Waryn arriva enfin à leur hauteur. Il se jeta sur celui qui fonçait sur Shana. Les deux hommes roulèrent sur le sol. Heaume et glaive volèrent.

Au-dessus du garde, Waryn tenta de le frapper au visage. Son adversaire ne le laissa pas faire. Il mit son gantelet en opposition. Le choc entre la main et le métal arracha un râle de douleur à Waryn. Mais il sentait déjà l'adrénaline faire son effet.

Le garde parvint à le repousser sur le côté, et alors qu'il allait repartir à l'attaque, Waryn lui asséna un coup de pied sur le flanc – une partie vulnérable de son armure. L'homme essaya de reprendre son souffle. Waryn lui sauta à nouveau dessus. Cette fois, ce fut pour atteindre son visage. Deux coups suffirent. L'homme n'était plus en état de nuire.

Waryn se tourna du côté de Shana. Milian et Eirinia tentaient de la retenir. Elle s'acharnait sur les deux hommes à terre. Pourtant, ils ne bougeaient plus.

Milian chuchota quelques mots à l'oreille de la jeune Descendante. Il parvint à la raisonner. Il était plus que probable que, sans ça – Waryn aurait pu le parier –, elle les aurait achevés.

Mais personne n'eut le temps de faire un quelconque commentaire.

Un bruit d'airain tinta frénétiquement.

L'alarme vient d'être donnée.

Chapitre 27

Waryn

L'alarme. Ce n'était plus qu'une question de temps avant que les couloirs ne grouillent de gardes. Ils dévalèrent l'escalier. Derrière Waryn, Shana aidait Milian à se déplacer en le soutenant par l'épaule, Eirinia à son côté. *Mes amis comptent sur moi pour les sortir de là, alors que c'est déjà devenu un fiasco – j'ai manqué de temps pour me préparer. Ou je suis juste un imbécile d'avoir espéré pouvoir faire quelque chose.*

Au bas des marches, Waryn bifurqua à droite. Un couloir à peine éclairé par les luesafs et leur lueur diffuse. Depuis l'une des nombreuses fenêtres, il vit des lumières s'allumer dans les bâtiments alentour. *Combien de temps avons-nous pour quitter cet endroit avant de nous faire submerger par toute une armée de soldats ?*

Il ne fit pas trois pas qu'il heurta un corps frêle sortant de la pénombre. La jeune femme qu'il avait percutée roula sur le tapis puis se releva avec un gémissement.

— Tu pourrais faire attention devant toi, non ? railla Vaeri, se massant la nuque.

— Toi ? s'étouffa Waryn.

Qu'est-ce qu'elle fiche donc ici ?

Shana se précipita vers la jeune femme tout en embarquant Milian avec elle.

— Tu n'as vu personne, c'est bien clair ? articula la jeune Descendante avec autorité.

Vaeri la toisa avant de se tourner vers Waryn.

— Il semblerait que tes amis soient aussi peu pourvus de manières que toi.

— T'as d'autres remarques de ce genre ? répliqua-t-il. Parce que si tu ne l'avais pas compris, on est un peu pressés.

Des cris aboyés se rapprochaient, et de plus en plus de lumières s'allumaient à travers les fenêtres. Au bout du couloir, on pouvait déjà apercevoir le feu de lampes à huile éclairer les murs.

— Qu'Uzushio t'emporte ! s'énerva Vaeri. Tu crois que je suis là pour quoi ?

Je n'ai pas le temps avec ces gamineries. Il s'apprêta à rebrousser chemin, lorsqu'elle le retint par le bras.

— Pas par là, souffla-t-elle. Suivez-moi.

Elle s'engagea vers les lumières des lampes à huile mais bifurqua dans un corridor.

— On peut lui faire confiance ? s'enquit Shana, dont la fureur n'avait pas quitté son visage.

— Je crois…, bredouilla Waryn, incertain de la décision à prendre.

— Maintenant ! s'écria Vaeri d'une voix étouffée, les luesafs se reflétant dans ses iris sauvages.

Qu'avons-nous à perdre ? Il n'arriverait pas tout seul à les sortir de là, et son aide était la bienvenue. Bien qu'inattendue. Milian, Shana et Eirinia l'interrogèrent du regard.

— On peut lui faire confiance, finit-il par dire sans en être sûr.

Des cliquetis d'armures résonnèrent de l'autre bout du couloir, de la direction que Waryn avait hésité à prendre. Ce fut assez pour confirmer son choix. Tous les quatre suivirent Vaeri en espérant qu'elle ne les mènerait pas droit dans un piège. Elle les dirigea, bifurqua à plusieurs reprises, des gardes sur les talons, et ils évitèrent des soldats toujours plus nombreux – c'était un miracle qu'il n'y en eut pas encore pour leur couper la route. Le cœur de Waryn battait la chamade et ses mains le picotaient. Ils ne devançaient que de peu leurs poursuivants.

On va finir piégés comme des rats !

Puis, ce fut une délivrance. Vaeri ouvrit une porte et les invita à entrer dans une pièce uniquement éclairée par la lumière de la lune. Lorsqu'ils furent tous dedans, elle la referma à clé et déglutit – preuve en était qu'elle était tout aussi nerveuse que lui.

Elle les avait conduits dans une sorte de bureau. Des armoires remplies de livres, de documents ou d'objets précieux ornaient les murs, et quelques malles ou fauteuils comblaient les espaces vides.

— Je savais bien que tu ne t'en sortirais pas tout seul, se moqua Vaeri en lançant un regard perçant à Waryn.

Il voulut lui rétorquer quelque chose – n'importe quoi pour ne pas perdre la face –, mais rien ne lui vint à l'esprit. Sans compter qu'elle venait de leur permettre de s'extirper de ce dédale de couloirs, même si c'était pour être coincé dans cette pièce.

Tous se turent.

Les hurlements des gardes se rapprochèrent, tout comme le martèlement de leurs bottes. Certains passèrent de l'autre côté de la porte, puis s'arrêtèrent plus loin, ayant certainement dû rejoindre un autre groupe. *Si elle nous a piégés, elle a réussi son coup.* Il n'y avait aucune sortie, mis à part celle par laquelle ils étaient entrés.

— Qu'Uzushio me noie dans les abysses si on ne les retrouve pas ! beugla l'un des gardes. Teyon Kaan ne tolérera pas qu'ils se soient enfuis, et il me livrera à Hadad !

— Ils ne peuvent pas être loin ! répondit un deuxième. Je crois bien les avoir entendus !

— Ouais ! soutint un autre. Puis l'un d'entre eux a laissé des traces de sang sur le sol ! Ils ne sont pas loin !

— Alors fouillez-moi toutes ces pièces ! exigea celui qui devait être leur supérieur. Ils ne doivent pas nous échapper !

Waryn avait les yeux rivés sur la porte. Il ne se laisserait pas faire et emporterait avec lui autant de gardes qu'il le pourrait. Cherchant autour de lui, il vit un glaive accroché au mur. Il alla rapidement s'en saisir, le sortit de son fourreau, puis se posta de sorte à pouvoir surprendre le premier soldat qui ferait irruption dans la pièce. Lorsque la lumière de lampes à huile illumina l'entrebâillement de la porte, il fut prêt à bondir sur le premier venu.

La poignée s'abaissa. La porte resta close.

— Qu'est-ce que t'attends ? vociféra le garde de l'autre côté.

— Bah ! tu vois bien qu'elle est fermée, espèce de déjection d'Uzushio ! Et c'est le bureau du capitaine Meira…

— Viens, lui susurra Vaeri.

Waryn ne l'avait pas vue approcher, bien trop concentré sur la discussion des gardes. Elle lui indiqua le côté opposé de la pièce, où un passage obscur avait été ouvert entre deux étagères. *Veut-elle nous emmener dans une sorte de passage secret ?*

— On devrait peut-être chercher les clés, non ? reprit le soldat.

— T'as fini de geindre ? s'énerva l'autre. Défonce-la !

La porte vibra sous le premier assaut mais ne céda pas.

S'il doutait encore de Vaeri, ils étaient tous condamnés.

Shana, Milian et Eirinia étaient déjà entrés dans le passage, disparaissant dans le noir. Waryn s'y engouffra à son tour et fit coulisser l'étagère derrière lui pour refermer la voie. Il entendit un craquement sourd provenant du bureau, puis la porte claquer contre le mur. Les soldats poussèrent quelques jurons, et aux bruits, Waryn devina qu'ils retournaient la pièce à leur recherche. *S'ils connaissent ce passage, on est foutus*.

Il sentit un léger courant d'air, puis perçut un frottement, et une lampe à huile éclaira un étroit escalier en colimaçon. Des toiles d'araignées emplissaient chaque recoin. Tenant la lumière, Vaeri s'engagea sur le bois vermoulu des marches qui n'inspiraient pas vraiment confiance. Gardant un doigt sur sa bouche, elle leur intima de la suivre pour les entraîner toujours plus bas. Ils descendirent sans se précipiter et avancèrent prudemment, car un pas mal assuré et c'était une chute garantie.

— J'espérais que tu renoncerais à cette folie, lui reprocha Vaeri en brisant le silence.

— Et toi, que faisais-tu là ? rétorqua Waryn, agacé par cet air altier.

La jeune femme s'arrêta pour le toiser de haut en bas puis de bas en haut, apparemment vexée.

— Un merci aurait été de mise, mais puisque tu demandes si gentiment…

— Et tu as parlé de ça à combien d'autres personnes ? la coupa Shana d'un ton acerbe, s'adressant à Waryn.

Comme pour appuyer son propos, Vaeri le fixa avec insistance.

— Tu pourrais te montrer… plus reconnaissante, ahana Milian. Waryn aurait pu nous abandonner là où nous étions.

— Ah ! je n'en doute pas, il devait bien s'amuser en compagnie de jeunes femmes à qui il semble donner très rapidement sa confiance pour leur dévoiler tout son plan ! répondit Shana d'une traite. Enfin, un *plan*…

Dans d'autres circonstances, Waryn lui serait vraiment rentré dedans sans mettre de gants. *Mais tu as peut-être raison. C'était stupide*...

— Quelles sont donc vos motivations pour que vous nous portiez secours ? intervint Eirinia avec méfiance.

— Parce que si l'on m'avait trouvée en votre compagnie, j'aurais été dans le même bateau que vous, grogna Vaeri. J'ai essayé d'aller voir ce grand dadais dans ses appartements pour le raisonner, mais ses gardes m'en ont interdit l'accès. Alors je suis allée poireauter des heures, justement là où il m'a envoyée valdinguer comme une malpropre parce qu'il ne sait pas regarder devant lui. Par Uzushio ! Je ne sais pas trop comment tu t'es introduit au cinquième, mais tu réalises dans quel pétrin tu t'es fourré ? J'ai entendu ce que tu as fait aux gardes, et ça, le général Kaan te le fera payer quand il te mettra la main dessus. Et maintenant, pour couronner le tout, je suis mêlée à ça.

Ce que j'ai fait aux gardes ? Détrompe-toi, c'est la tigresse à côté de toi qui a causé ce ramdam !

— Personne ne t'a forcée à rien, Vaeri, se défendit Waryn.

— Espèce de…

— Nous te remercions pour ton aide, Vaeri, intervint Milian tout en gémissant. Mais Waryn a raison. Personne ne t'a forcé la main. Tu es libre d'aller nous dénoncer si l'envie t'en prenait.

— Ah ! parce que tu crois que je la laisserais faire, maintenant ? la menaça Shana. Si elle nous tend un piège, il faut qu'elle sache qu'elle tombera avec nous.

— Si tu avais un minimum de jugeote, tu aurais compris que je ne le ferais pas, rétorqua Vaeri, ses yeux lançant des éclairs. Il n'y a que ce garçon qui fait preuve de bon sens, ici ? (Shana ne répliqua pas et se contenta de la toiser farouchement.) Maintenant, continuons. Je ne suis pas la seule à connaître ces passages, et peut-être que ça leur viendra en tête de les vérifier s'ils ne vous retrouvent pas.

Vaeri reprit furieusement son avancée sur les marches couvertes d'un tapis de poussière, jetant parfois des regards furtifs vers Waryn. Finalement, l'escalier déboucha sur une surface plane, semblable à une galerie souterraine, les parois taillées à même la pierre. Ils arpentèrent le boyau rocheux, rencontrant d'autres corridors tout aussi étroits. *Elle sait parfaitement où elle nous conduit*, voulut-il se rassurer. *Espérons que ce soit pour le mieux.*

Il lui devait beaucoup, et il était vrai qu'il ne s'était pas montré particulièrement reconnaissant envers elle. Pourtant, quelque chose le tracassait ; il ne parvenait pas à se défaire de la colère qui le rongeait, sans pour autant savoir vers qui elle était dirigée. *Vaeri ? Anya ? Les Araneanais ? Moi-même ?* Pour briser le silence glacial qui s'était installé et tenter de se calmer, il s'adressa à elle avec ce qu'il souhaitait de plus amical et inoffensif.

— Où nous emmènes-tu ?

— Tu douterais de moi ? s'indigna Vaeri.

Elle avait pris la mouche, et il ne pouvait pas lui en vouloir ; il n'avait pas été très correct, mais il ne l'avouerait pas pour autant.

— Nous ne sommes pas des rebelles, si ça peut te rassurer, déclara

Milian. On a été accusé à tort. Je ne sais pas ce qu'a pu exactement te raconter Waryn, et même si la parole d'un inconnu ne vaut pas grand-chose, tu peux te fier à lui. Tout comme à nous. Peu importe la raison pour laquelle tu nous es venue en aide, nous avons déjà une dette envers toi.

— Voilà un homme qui sait parler aux femmes ! claironna Vaeri, jetant un regard noir à Waryn par la même occasion. Tu devrais en prendre de la graine. Vous pouvez me faire confiance, mais si l'on se fait coincer, je n'hésiterai pas à couvrir mes arrières. Est-ce bien clair ? Je n'ai pas envie de finir dans la tour des rebelles.

Waryn vit Milian frissonner à cette mention, et Shana se raidir.

Ils y étaient...

— Ton père est un capitaine, ils ne t'y jetteront certainement pas, souffla-t-il, regrettant déjà ses paroles.

— Personne n'est au-dessus des lois, ici, rétorqua Vaeri, la voix fébrile.

— Il s'agit soit d'une voie d'évasion en cas d'assaut, soit d'un réseau clandestin destiné aux officiers qui désirent rejoindre leurs amantes en secret, soliloqua Eirinia.

Vaeri tiqua.

— Je ne sais pas à quoi cela pouvait servir dans le temps, mais mon père me l'a montré il y a quelques années. Il m'a dit que si un jour j'avais besoin d'échapper à… quelqu'un, je pourrais utiliser ce passage.

Waryn se remémora les conversations qu'ils avaient tenues aux détours des sentiers, et il se doutait de ce dont elle voulait parler : son amie qui avait disparu du jour au lendemain.

— Nous ressortirons dans les jardins, poursuivit Vaeri. La galerie est condamnée un peu plus loin, et il n'y a qu'une seule sortie que je connaisse. Waryn, je sais que tu as fait du repérage, mais moi, je vis ici depuis toute petite. Alors lorsque nous y serons, vous m'écouterez au doigt et à l'œil si vous voulez avoir une chance de vous échapper. Quand je vous dirai de me suivre, vous me suivrez. Quand je vous dirai de vous arrêter, vous vous arrêterez. Et si je vous demande de la fermer, vous la fermerez. C'est compris ?

— C'est toi la guide, répondit Milian avec un semblant d'entrain.

Waryn souffla bruyamment du nez, et Shana mit un peu plus de temps pour formuler son accord, mais tout le monde obtempéra.

— Et tu comptes t'échapper depuis l'enceinte, je suppose ? grommela Vaeri. (Waryn hocha la tête.) Alors je ferai de mon mieux pour vous y amener, ajouta-t-elle, la mine quelque peu déçue.

Qu'espérait-elle d'autre ?

Le tunnel continua sur une trentaine de pas pour remonter légèrement et s'étrécir, jusqu'à finir dans un cul-de-sac.

Un énorme rocher obstruait le passage, pourtant, Waryn pouvait sentir un subtil courant d'air en émaner.

— J'aurais besoin d'aide pour le déplacer, annonça Vaeri tout en éteignant sa lampe à huile.

Posant sur le sol le glaive qu'il avait récupéré dans le bureau, Waryn, soutenu par Shana, entreprit de pousser le rocher. Cela demanda un peu de force, néanmoins, rien de très extravagant ; il avait été disposé de sorte à pouvoir être déplacé facilement grâce à un sillon creusé juste en dessous.

Au travers de buissons touffus, la lueur des étoiles dévoila une mare à la surface miroitante. Aucune autre lumière ne trahissait la présence de gardes, mais on entendait des ordres hurlés depuis les bâtiments non loin de là, se mêlant aux croassements de crapauds qui bondissaient de nénuphar en nénuphar.

Le rocher remis en place, les quatre amis, sur les pas de Vaeri, se déplacèrent au milieu de buissons et d'arbres suffisamment volumineux pour leur offrir toute la discrétion dont ils avaient besoin. Ils progressèrent de cachette en cachette en suivant la jeune femme. Elle les mena dans des coins que Waryn n'avait encore jamais explorés.

Elle sait ce qu'elle fait, se répéta-t-il.

Ils durent à plusieurs reprises se tapir dans l'ombre afin de laisser passer des groupes entiers de soldats à leur recherche, visibles à la lueur de leurs torches. Chaque fois, Waryn sentait les palpitations de l'adrénaline s'emparer de lui. Il serrait fermement les doigts sur son glaive, prêt à en découdre s'ils venaient à se faire repérer ; un plaisir coupable.

Tandis qu'ils traversaient en hâte des parterres de fleurs quadrillés par du gazon et des cordeaux, il entendit des branches craquer. Son regard se dirigea instantanément vers le bosquet à sa gauche.

Des hommes se rapprochaient. Ce n'était qu'une question de secondes avant qu'ils ne leur tombent dessus. *On n'a pas le temps de se cacher. On est bien trop à découvert*.

Ils allaient devoir se battre ou les mettre hors d'état de nuire rapidement. Sinon, toute la garnison allait être prévenue. Waryn banda ses muscles et tint fermement sa lame. Il avait envie de foncer dans leur direction pour les surprendre. Même s'il aurait préféré l'éviter, il était prêt à les tuer. Il observa à travers les arbres pour repérer la position exacte de leurs futurs adversaires. Impossible de les voir.

Il reçut un taquet au niveau de la tête.

— Il n'y aura pas d'effusion de sang, le menaça Vaeri, l'obligeant à se coucher.

Il voulut résister, mais lorsqu'il regarda le sol, il vit le gazon pousser à une vitesse hallucinante, devenant des herbes hautes qui lui arrivèrent jusqu'au buste en moins de temps qu'il ne fallait pour le dire. Il se laissa faire par Vaeri et s'accroupit.

— Ton amie est une Communicatrice…, chuchota-t-elle, les yeux écarquillés.

Waryn était tout aussi interloqué. Certes, Shana le leur avait affirmé, et la force ainsi que la célérité dont elle avait fait preuve contre les soldats étaient bien surhumaines, mais il n'avait jamais réellement assisté à la manifestation de son pouvoir. Lui jetant un coup d'œil, il aperçut l'éclat vert émeraude de ses iris se ternir, avant de disparaître complètement.

Puis, il repéra les ombres des soldats dans le bosquet. Ils continuèrent leur chemin en avançant lentement sous le léger tintement de leurs armures. Lorsque la menace se fut éloignée, le petit groupe émergea des hautes herbes pour s'enfoncer à son tour à travers les arbres.

— Je suis… désolée, bredouilla Vaeri. J'ai été un peu trop sûre de moi et je n'aurais pas dû nous faire prendre le risque de passer par là…

— Ce n'est pas de ta faute, la rassura Milian, le souffle rauque.

Quant à Shana, elle ne fit pas de remarques, même si son air en disait long sur ce qu'elle pensait.

Ils se déplacèrent d'un pas plus lent, s'assurant qu'aucun soldat ne traînait dans les environs chaque fois qu'ils devaient traverser un endroit à découvert. Les groupes étaient nombreux à quadriller la zone, mais la vastitude du jardin leur rendait la tâche trop difficile.

Au bout de ce qui sembla une éternité, ils parvinrent devant la piste longeant les remparts. Ils restèrent cachés dans l'ombre de frondaisons basses et d'arbustes au feuillage dense.

Waryn observait les quelques gardes sur le chemin de ronde, qui, cette fois-ci, étaient bien tournés du côté du jardin pour épier la végétation dans l'espoir d'apercevoir les fugitifs.

Si l'alerte n'avait pas été donnée, j'aurais eu une chance de les prendre par surprise et de créer un passage. Mais là, dans tous les cas, ils sont plus nombreux ; tous ceux qui auraient dû dormir à cette heure-ci ont dû être traînés hors de leur lit.

— Alors, c'est quoi ton plan, maintenant ? l'interrogea Shana d'un ton sévère. Tu comptes passer en force ?

— Ce serait du suicide…, murmura Milian.

— Il y a un canal de l'autre côté de l'enceinte, précisa Waryn. Eirinia, tu pourras t'y jeter, mais toi, tu devras t'occuper de Mil.

— Mon enthousiasme est sans bornes…, marmonna son amie aux cheveux blonds en levant les yeux au ciel.

— Tu as vu son état ? rétorqua Shana. Je ne peux pas faire ça. Je te l'ai déjà dit.

Tu le dois.

— Il n'y a pas le choix, affirma Waryn d'un ton ne supportant aucune réplique. Si vous ne passez pas par là, il n'y a pas d'autre solution.

Il se tourna vers Vaeri, mais elle n'apporta aucune réponse supplémentaire.

— Si tu le dis…, grommela Shana. Bon, au moins, le mur ne fait pas cinq maudits étages. Mais ça ne règle pas le problème des gardes. Donne-moi ton glaive, je saurai bien mieux m'en servir.

Tu n'auras pas à te battre contre tout ça. Même toi tu n'y survivrais pas.

Waryn s'était préparé à ce moment – il le redoutait autant qu'il l'attendait. Il ne pouvait pas s'enfuir avec eux, il *devait* suivre Anya. *Je le lui ai promis en échange de son aide. Et je dois à présent respecter ma part du marché. Même si ce n'est pas la seule raison.* Et de toute façon, quand bien même il aurait voulu accompagner ses amis, la situation l'en empêchait. *J'espère juste qu'ils comprendront ma décision.*

— Je vais faire diversion, annonça-t-il, le cœur lourd.

— Pardon ? grinça Milian. Et comment tu feras pour nous rejoindre après ?

— Je ne viendrai pas avec vous…, chuchota Waryn, la voix chargée d'émotions.

— N'y compte même pas. Si quelqu'un devait faire diversion, c'est moi.

Non, Mil. Dans ton état, tu ne serais même pas capable de courir.

— Ce pour quoi on s'est enfui de Rivlon…, reprit Waryn avant de marquer une petite pause. Jalen espérait nous amener à Hunor, mais il est retenu prisonnier. Le vieux n'avait pas la moindre idée de ce qu'il devait faire de nous. Nous n'aurons d'aide de la part de personne, alors c'est mieux ainsi. De mon côté, je…

— Ça ne change rien, s'énerva Milian. On doit rester ensemble.

— Écoute. Où que l'on aille, vous serez en danger par ma faute. C'est moi que Daragh et Anya recherchaient par-dessus tout, et si j'ai bien compris, cet Aldar Sol'Phaos ne cessera d'envoyer ses sbires pour me retrouver tant que je ne serai pas en Eoros. C'est moi qui vous mets en danger.

Moi. Vous, vous devez juste vous enfuir.

— Et t'as oublié qu'ils avaient aussi l'ordre de nous tuer ? répliqua Shana en fronçant les sourcils. Ils n'arrêteront pas de nous poursuivre non plus.

— Si je suis aussi important qu'on me l'a suggéré, je pourrais peut-être comprendre de quoi il en retourne et tenter de convaincre cet homme de vous laisser tranquille. Je ne dis pas que j'y parviendrai, mais c'est la seule chose à faire.

— Tu n'y crois quand même pas ? insista Milian, abasourdi.

— Vous devez juste faire en sorte de vous tenir loin des soldats araneanais un certain moment. C'est peut-être facile à dire, mais vous avez une chance de survivre. Plus qu'en restant avec moi.

Eirinia l'enlaça tendrement et lui caressa la nuque. Elle était sûrement la plus à même de comprendre sa décision, elle qui réfléchissait de façon bien plus rationnelle.

— Alors c'est décidé ? Comme ça ? réagit enfin Shana.

— Il est évident que pareille résolution n'a guère été aisée à prendre… ajouta Eirinia. Je suis d'avis qu'il ne convient point d'insister davantage.

— T'es qu'un crétin, doublé d'un idiot ! l'invectiva la jeune Descendante.

Waryn la fixa dans les yeux.

Il pourrait compter sur elle.

— Tu arriveras à les protéger en mon absence. J'en suis certain.

Oui, j'en suis même persuadé après avoir vu ce dont tu es capable.

Shana croisa les bras pour signifier son désaccord, mais il n'en fit cas et la serra contre lui. Il sentit ses propres yeux le piquer, toutefois, il ne voulait pas donner l'image de s'apitoyer sur son sort, réprimant les larmes qui menaçaient de s'échapper.

— Tu vas nous manquer, lui susurra-t-elle. Fais attention à toi.

Il se contenta de l'étreindre plus fort. *Tu m'en as toujours voulu, alors peut-être que cela me rachètera à tes yeux.*

— Tu me demandes de t'abandonner derrière nous ? souffla Milian, le regard vitreux.

— Je veux tout faire pour que vous puissiez vivre une vie normale, sur Orrisia, comme on l'a toujours rêvé…, poursuivit Waryn, la voix cassée. Alors, faites-le pour moi, je vous en prie.

— Tu n'as pas à porter ce poids sur tes épaules tout seul, haleta son ami. On a tous été embarqués là-dedans sans le vouloir.

Même si tu as raison, ça ne change rien.

— Je ne peux pas assumer le risque que vous vous fassiez tuer. J'ai une chance de vous sauver, et je dois la saisir. Ma décision est prise. (Il ébouriffa les cheveux de Milian avant de lui relever la tête.) Mil, je t'aime comme mon propre frère. Tu survivras avec Shana et Eirinia. Je te fais confiance.

Waryn le serra contre lui en étant attentif à ne pas appuyer sur ses blessures. Il ferait tout ce qui lui était possible pour les préserver tous les trois, quoi que cela lui en coûte.

— Je peux jouer la jouvencelle en détresse, si tu veux, intervint Vaeri en toussotant. Lorsque nous aurons attiré les gardes, il ne devrait plus en rester beaucoup de ce côté. J'imagine qu'une Descendante peut s'occuper de deux ou trois individus, même armés, non ?

Shana hocha la tête.

Waryn ne put résister à enlacer une dernière fois ses amis, tel un ultime adieu.

— On se reverra…, lui susurra Milian.

Waryn détourna les yeux.

— J'espère le contraire, petit frère. Reste en vie et fais bien attention à ces deux-là.

Il s'éloigna ensuite avec Vaeri pour longer le chemin qui bordait le rempart tout en restant à couvert. Son cœur saignait, mais c'était mieux ainsi. Il souhaitait les aider, seulement, toute une part de lui voulait également en connaître davantage sur ses origines. *Et pour ça, je dois poursuivre l'aventure avec Anya.*

— Tu es prêt ? lui chuchota-t-elle quand ils furent à bonne distance. Parce que je vais crier.

Il inspira puis expira, tenant fermement le manche de son glaive.

Sans autre sommation, Vaeri se mit à courir vers l'enceinte. Elle hurlait et gesticulait de façon exacerbée. Il s'était lui-même fait surprendre et s'élança à sa poursuite. Vaeri se prit les pieds dans un caillou et s'étala sur le sol, ce qui permit à Waryn de se jeter sur elle et de la saisir par la taille. Il la releva sans ménagement et plaça la lame du glaive sous sa gorge.

L'effet fut celui escompté. Alertés, tous les gardes sur le chemin de ronde se tournèrent vers eux.

— Attrapez-le ! aboya l'un d'eux au heaume emplumé.

Une dizaine de soldats dévalèrent les escaliers des remparts pour se rapprocher de Waryn et de sa prisonnière. Ils dégainèrent leurs glaives ou braquèrent leurs tridents. Tous les deux furent bientôt encerclés, séparés des cerbères par une vingtaine de mètres. L'adrénaline dans le sang de Waryn le brûlait. Cette sensation dont il était si coutumier et qu'il appréciait particulièrement.

Mais maintenant, il fallait être convaincant et gagner du temps. Pour en donner à ses amis. Pas se battre comme son corps l'exigeait.

— Laissez-moi partir d'ici ou elle ne survivra pas ! les avertit Waryn.

Vaeri hurla de terreur.

— Qu'Uzushio me vienne en aide ! Faites ce qu'il dit !

— Lâche-la ! vociféra le capitaine. T'as aucun moyen de t'en sortir ! Ne fais pas quelque chose que tu pourrais regretter !

Ses soldats se rapprochèrent pour rétrécir le cercle.

— Reculez ! mugit Waryn. Je n'hésiterai pas à lui trancher la gorge !

Il releva la tête de sa captive afin que le capitaine puisse bien voir qu'il pouvait mettre sa menace à exécution. Celui-ci leva le bras et ses soldats se stoppèrent, même les plus nerveux, pour attendre sa décision. *Il faut juste gagner du temps.*

— Et ensuite, tu feras quoi ? Je sais que tu es le petit protégé de l'ambassadrice Akanvira, mais si tu tues la jeune Meira, je te ferai subir un sort équivalent. Un chien de ton espèce ne mérite que la mort !

Vaeri, terrifiée, le poussait subtilement pour le faire avancer vers les soldats. *Pas trop vite. Craint-elle qu'ils ne passent à l'assaut si nous restons plantés là ?* Waryn suivit son mouvement. Ils s'approchaient lentement des individus qui obstruaient l'escalier menant au chemin de ronde.

Tu avances trop rapidement.

Le capitaine fit un geste, et les gardes commencèrent à s'écarter pour libérer le passage. Dans un silence tendu, alors que tout son corps frémissait d'excitation, Waryn atteignit le bas des premières marches, sa lame toujours sous la gorge de Vaeri.

Puis, tandis que la main du capitaine oscillait, il sentit un violent coup dans les côtes. Vaeri se débattait et il comprit qu'elle voulait qu'il lâche prise. *Pourquoi maintenant ?* Il feignit la douleur. Elle se dégagea de son emprise pour partir en hurlant. *Je n'ai pas encore gagné assez de temps !* s'alarma-t-il. *Vaeri ! Qu'est-ce que tu fous ?*

— C'est fini, rends-toi ! s'égosilla le capitaine.

Non. Ça ne l'est pas.

Tout le corps de Waryn exultait, extatique. Il ne ressentait aucune peur. Seulement sa rage intérieure qui n'attendait qu'à être libérée. Il essaya de la réprimer ; se battre n'aurait que raccourci le temps qu'il donnait à ses amis. Seulement, peu importe que les gardes soient une quinzaine ou une vingtaine, il n'allait pas se soumettre aussi facilement.

Combien de fois ai-je dû échapper aux soldats de Rivlon après une affaire ayant mal tourné ? Ils vont devoir redoubler d'efforts s'ils pensent que je suis à court de ressources.

Il s'élança sur les escaliers alors que les gardes se ruaient sur lui sous les aboiements de leur capitaine. Ceux restés sur le chemin de ronde l'attendaient de pied ferme pour lui en couper l'accès. L'un d'eux se précipita sur lui. Waryn se jeta contre la paroi du rempart et entraîna le soldat dans son élan. Ce dernier dégringola les marches dans un concert de cliquetis.

Au lieu de gravir les dernières, Waryn balança son glaive au-dessus de sa tête. Il se propulsa sur le chemin de ronde en utilisant le rebord.

Un homme se jeta sur lui et l'agrippa, mais Waryn le repoussa en appliquant la force nécessaire sur son plastron. Son assaillant tomba à la renverse. Il n'eut pas un moment de répit que deux autres l'empoignèrent fermement par devant et par-derrière. Hurlant de rage, Waryn décocha un coup prodigieux à la mâchoire de celui en face de lui pour enchaîner avec un coup de tête sur celui dans son dos. Il entendit un os craquer. L'homme chuta du mur. Les gardes qui étaient sur le point de l'atteindre s'arrêtèrent. Dans un instant de latence, ils observèrent leur compère s'écraser sur le sol dans un bruit sordide.

— Il a tué Jarvis ! s'écria l'un d'eux en contrebas, à genou devant son compagnon.

— Butez-le ! s'égosilla le capitaine.

Waryn avait juste voulu se libérer de son étreinte… Son coup de tête était parti avec plus d'intensité que ce qu'il ne pensait.

Je ne voulais pas le tuer...

Les soldats se ruèrent vers lui sous les jurons de leur capitaine. Waryn roula à terre pour esquiver un glaive qui aurait pu le trancher en deux et ramassa le sien. Il se releva, et à la place d'user de ses poings comme il en aurait eu l'habitude, il utilisa la pointe de sa lame pour transpercer l'avant-bras du garde. Ce qui arracha à l'homme un cri de douleur alors que le sang de son membre estropié maculait la pierre.

Waryn dut ensuite effectuer un pas sur le côté pour éviter l'acier mortel d'un trident qui lui aurait tailladé l'abdomen. Il riposta en profitant de la surprise de son adversaire pour le grêler de coups de poing et de pommeau, jusqu'à ce que celui-ci s'effondre.

Pendant ce temps, les autres soldats étaient montés sur le chemin de ronde pour se précipiter vers lui. Des deux côtés. Il lui était impossible de gérer autant de monde sans finir par se faire éventrer. Et pourtant, l'adrénaline qui bouillait dans ses veines lui intimait de se battre.

Il s'élança vers l'un des groupes armés, celui qui avait traversé l'une des tours des remparts. *Si j'atteins la tour, je pourrai gagner encore plus de temps.*

Plus doué pour esquiver que pour combattre avec un glaive, Waryn s'en débarrassa et roula sur le côté pour éviter le premier coup de taille. Un trident faillit l'embrocher. Il bondit sur l'un des créneaux et se jeta sur son agresseur. Surpris par la rapidité de Waryn, le soldat retomba lourdement sur le saf, faisant résonner son armure au contact de la roche.

Waryn louvoya entre les prochains, insaisissable comme le vent, impétueux. Il ne laissait aucune occasion de l'attraper et effectuait des roulades, des esquives, ainsi que des culbutes en jouant avec les merlons et les corps mêmes de ses assaillants. Il se soustrayait aux lames qui menaçaient de le pourfendre au moindre faux pas. Quelques coups l'atteignirent au passage ; néanmoins, il ne sentit rien. Son esprit refusait d'admettre la douleur.

Enfin, il atteignit la tour s'élevant à au moins quatre toises de hauteur. Alors qu'il s'apprêtait à grimper l'escalier circulaire, il le vit s'approcher au loin, claudicant mais rétif, entre deux gardes qui le tenaient fermement.

Alors, tout espoir quitta Waryn, le délaissant dans une incompréhension et une peine abyssales.

Ai-je fait tout ça pour rien ? Pourtant, Milian était là. Shana et Eirinia manquaient à l'appel. *Ont-elles pu fuir ? Que s'est-il passé pour qu'il soit là ?*

Un coup d'une violence inouïe s'abattit sur le crâne de Waryn. Il tomba à genoux. Sa vision se troubla un instant, et l'esprit totalement vide, il observa son ami se rapprocher.

Puis son sang lui rappela à quel point la fureur grondait en lui. Ce n'était plus le moment d'essayer de fuir ou de gagner du temps. *Je vais me battre*. Il se retourna pour rendre la pareille à celui qui l'avait frappé, lorsqu'un autre coup à l'abdomen lui coupa le souffle. Il était encerclé par tous les soldats qui l'avaient rattrapé. Leurs expressions affichaient une haine indicible.

— Tu t'es bien défendu, mais tu vas crever pour ce que tu as fait à Jarvis ! brailla l'un d'eux, le dominant de sa hauteur.

Waryn souhaita le faire taire, mais reçut un horion au visage, l'envoyant une nouvelle fois valdinguer au sol.

Une main puissante l'agrippa par les cheveux et le contraignit à relever la tête d'un coup sec. Une lame se positionna à quelques pouces de son cou, stagnante, prête à le lui trancher au moindre mouvement.

Waryn aurait voulu se démener pour se libérer de l'emprise des soldats, mais il avait les yeux braqués sur Milian, qui n'était maintenant plus qu'à quelques mètres de lui, forcé d'avancer comme un pantin.

J'ai donné tout ce que j'ai pu, et toi, tu es là...

Unc douce brise nocturne lui chatouilla les oreilles – à la fois agréable et amère.

— Laissez-le ! hurla Milian, la voix sibilante.

— Celui-là s'est rendu sans faire d'histoire, déclara l'un des gardes au capitaine qui s'approchait d'un pas lourd.

Chacun résonnait tel un grondement.

— Tenez-le bien. Celui-ci va avoir le droit à un joli spectacle, et aux premières loges, en plus ! ricana le capitaine.

Waryn craignait le pire.

— Shana et Eirinia ?

— Elles ont réussi à s'enfuir, affirma Milian, l'expression teintée d'un semblant de victoire.

Alors pourquoi es-tu resté ? protesta-t-il intérieurement.

— Ferme-la ! le gourmanda le capitaine.

— Je ne pouvais pas t'abandonner, pas une nouvelle fois, reprit Milian.

Waryn eut un rire sans joie.

— Donc, maintenant, on va crever tous les deux. Tu as toujours été bien trop fleur bleue, Mil.

L'un des soldats força Waryn à baisser la tête sous les ordres du capitaine, et le jeune homme perçut le mouvement de celui qui allait abattre sa lame sur sa nuque. Il prit de l'élan pour le décapiter.

Une bourrasque d'une force extraordinaire projeta Waryn dans les airs. Il lévitait à plus de cinq toises au-dessus du chemin de ronde, dominant les soldats sur le point de l'exécuter sommairement ; Milian était en proie au même sortilège.

Puis, volant vers eux dans l'obscurité, un homme aux deux orbites qui brillaient d'un orange flamboyant, ceux-là même que Waryn avait pu découvrir dans la matinée, vint stationner devant eux. L'intensité de la lumière qui émanait des iris de Tarlis Emren le fit frémir.

— Où est-elle ? vociféra le Chuchoteur.

Waryn ne réagit pas. Il soutint son regard sans sourciller.

Son corps le faisait souffrir ; il sentait une force émettre une pression incroyable contre sa peau. Comme si elle cherchait à le broyer.

Sur le chemin de ronde, les soldats se tenaient au garde-à-vous. Les injures avaient cessé.

— Réponds, ou ton ami va y passer ! insista Tarlis, le visage déformé par la colère. Il est si fragile que je pourrais même le tuer par inadvertance !

— C'est déjà trop tard, le nargua Milian, le souffle difficile.

Le Descendant s'intéressa de plus près à son nouvel interlocuteur et le déplaça pour l'amener jusqu'à lui. *Ce monstre va-t-il réellement mettre sa menace à exécution ?*

— Par où sont-elles parties ?

— Finissons-en, *messire*, car je ne puis accéder à votre requête, répliqua son petit frère, un sourire impudent aux lèvres.

Qu'est-ce que tu cherches ? Tu souhaites vraiment te faire tuer ?

L'instant d'après, Milian se tordit de douleur. Ses blessures se rouvraient une à une.

— Parle, cracha Tarlis. Ma patience arrive à son terme.

Waryn sentit la pression s'accroître sur son corps.

— C'est moi que vous voulez, pas *elles* !

— Détrompe-toi, répondit le Chuchoteur. La Communicatrice se révèle tout aussi importante que toi. Avec elle, je sais exactement ce que je gagne.

— Vous êtes pathétique, se moqua Milian. Elle ne vous rejoindra jamais.

— Par les ailes de Saikuron ! fulmina Tarlis. Je n'en ai rien à foutre que tu vives ou non !

Au fur et à mesure que la colère du Chuchoteur s'intensifiait, Waryn sentait l'étreinte du vent se resserrer.

Il suffoquait.

Quant à Milian, ses habits s'imbibaient de plus en plus et il tournait de l'œil.

— Alors, t'attends quoi ? le provoqua Milian en crachant du sang.

— Il ne sait pas ce qu'il dit ! tonitrua Waryn, cherchant désespérément de l'oxygène. Tuez-le, et je vous jure que je n'aurai de cesse de vous retrouver pour le venger !

— Trouvez les deux fugitives ! ordonna Tarlis d'une voix amplifiée à l'ensemble des gardes qui se tenaient toujours bien droit en dessous d'eux. Fouillez chaque recoin jusqu'à ce que vous les ameniez devant moi ! Quant à vous deux…, ajouta-t-il en chuchotant.

Les poumons de Waryn le brûlaient. Plus aucune once d'air ne parvenait à l'intérieur de son corps. Aucun son ne pouvait sortir de sa bouche. Il était paralysé.

— Tarlis ! s'écria une voix féminine.

Mais un voile opaque obscurcissait la vue et les sens de Waryn. Il sombra dans l'obscurité la plus totale sans qu'il ne pût lutter.

Chapitre 28

Waryn

Il était encore tôt si l'on se fiait aux rayons qui transperçaient timidement les nuages fuligineux proches de l'horizon ; le ciel était chargé et n'inspirait guère un temps à traîner dehors.

Waryn observait avec amertume l'allée de roses blanches, comme s'il leur en voulait pour les évènements nocturnes qui résonnaient inlassablement dans son esprit ; il les aurait arrachées une par une et réduites en charpie. Milian ne s'était pas échappé avec Shana et Eirinia, et cela semblait être de sa propre initiative. *Mais qu'est-ce qui t'a pris de rester ici ?* pesta-t-il. *J'ai tout fait pour que tu t'en ailles...*

— Où m'emmenez-vous ? demanda-t-il aux deux gardes l'escortant – d'autres que d'habitude, qui lui étaient inconnus.

Il n'y eut pour seule réponse que leur souffle rauque contre le métal de leurs casques. *Ils ont en tête la mort de l'un des leurs cette nuit. Par ma faute. Encore une fois.*

Il ne s'était fait réveiller que quelques instants plus tôt dans ses appartements, les poignets enchaînés, pesants, et avait immédiatement été emmené jusqu'ici par ces deux-là.

L'allée de fleurs immaculées déboucha sur une palissade, puis un lourd portail de fer ouvert qui donnait sur une placette relativement sommaire, dépourvue de toute fioriture. Une dizaine d'officiers, tous en uniformes d'apparat, étaient assis sur des bancs aux coussins rembourrés, rassemblés devant une estrade, comme pour accueillir un spectacle réservé à des intimes ; des gardes assuraient leur sécurité bien en ligne. Ceux attitrés à Waryn lui portèrent des coups répétitifs dans le dos pour le faire avancer le long de l'allée qui scindait la place en deux. Des regards se tournèrent vers lui. Tout ce monde avait attendu son arrivée, et Waryn se sentait tel un comédien devant jouer une pièce dont il n'avait même pas lu le script.

Sur son passage, il entendit quelques conversations mentionnant la tour des rebelles ainsi que des prisons mineures. Une femme aux lèvres pincées s'informait sur la progression du transport des détenus, et une autre lui répondit sur le ton de la plaisanterie que dans quelques heures, tout le bétail serait parqué. La première émit un gloussement, apparemment amusée de la boutade.

Lorsque Waryn parvint à la première rangée de bancs, la voix gutturale d'un homme couvrit celles des membres de l'assemblée qui murmuraient entre eux jusque-là. Il disposait de bien plus de décorations que les autres, avait un visage rugueux, et ses muscles tendaient sa veste aux épaulettes fournies.

— Enchanté, Waryn. Viens t'asseoir à mon côté, que nous fassions connaissance.

Il obtempéra, mais resta méfiant. *Qu'est-ce que ce simulacre de rassemblement peut bien signifier ?*

— Je suis le général Kaan, poursuivit l'homme sur un ton bienveillant. Dis-moi, comment as-tu été traité ici jusqu'à présent ?

La question le prit au dépourvu.

— Eh bien… qu'est-ce que vous voulez que je vous dise ? rétorqua sèchement Waryn. Que je vous remercie de me laisser profiter de votre jardin ? Que je vous remercie pour le somptueux appartement dans lequel vous m'offrez le gîte et le couvert ? Que je vous remercie pour l'escorte personnelle qui me surveille même quand je dois faire mes besoins ? Alors ? C'est ça ? J'ai vu juste ?

— Oh ! Mais ton *escorte* avait pour ordre de pourvoir à ta protection, rien de plus. Tu t'es peut-être senti enfermé, mais je puis t'assurer que si tel avait été vraiment le cas, tu n'aurais pas eu le loisir de jouir aussi allègrement de tout cet espace. Je t'ai accueilli en ces lieux comme un invité, puisque tu es d'une importance capitale aux yeux de l'ambassadrice Akanvira. Cependant, ce que tu as fait cette nuit est déplorable. Et c'est un cruel manque de reconnaissance envers ton hôte.

Silence ; tout le monde écoutait la conversation avec intérêt. Ils ressemblaient à une meute de loups prêts à fondre sur une brebis égarée.

— Je n'ai fait qu'aider mes amis, riposta Waryn en serrant les dents. Ils ont été injustement retenus prisonniers *et* torturés. Vous pensiez réellement que je n'allais rien faire ?

— Tes amis…, répéta Kaan, songeur. Tu as commis un meurtre, cette nuit. Une personne honnête qui n'effectuait que son travail. Il laisse derrière lui une veuve et un enfant en bas âge. La vie de tes amis n'était aucunement en danger dans ces murs, alors cela en valait-il la peine ?

Waryn sentit tous ces regards accusateurs le scruter, emplis de vives réprobations. *Allez tous bien vous faire voir.*

— Je me suis simplement défendu en faisant ce qui était juste.

Je ne peux pas nier avoir voulu tuer tous ces maudits gardes. Mais celui-là, c'était involontaire.

— La justice n'est qu'une question de perspective. Peut-être que de ton point de vue, tel était le cas. Mais que penserais-tu si tu te mettais à ma place, ou à celle de la pauvre femme qui a perdu son mari ? De son bambin ? De chaque action naît des conséquences dont on ne maîtrise pas la portée. Il faut que tu en sois conscient. J'avais réalisé un pas envers tes amis, et j'en paie le prix.

— Vous êtes libre de me punir ; si c'était à refaire, je le referai.

Une vive rumeur de protestation balaya l'assemblée.

— Une telle impudence…, le brocarda le général. Dis-moi, pourquoi l'ambassadrice Akanvira t'a-t-elle cherché jusqu'en Vanyanir ? Si tu as peur d'elle, sache que tu peux parler librement. Elle n'est pas là, et je ne lui répéterai pas tes paroles.

— Je n'en sais rien. Demandez-le-lui vous-même.

— Tu te doutes bien que si je te pose la question, c'est qu'elle n'a pas cru bon de m'en faire part.

Alors vous imaginez bien que je n'en ferai rien non plus.

— Si vous m'aviez accordé plus de temps pour interroger ses amis en les laissant bien au chaud dans la tour, rien de tout cela ne se serait produit, intervint un homme au visage de fouine.

Le sang de Waryn ne fit qu'un tour. *C'est lui qui a torturé Milian ?* Répondant à son ire, il tenta de se lever, mais fut immédiatement maintenu assis par les deux gardes derrière lui. L'homme qui avait pris la parole lui lança un regard moqueur, empreint d'amusement, ce qui attisa les flammes déjà rougeoyantes flagellant les veines de Waryn.

— Colonel Hadad…, souffla Teyon sans accorder d'importance à l'attitude de Waryn. Je conçois que vous ayez disposé d'un temps écourté, mais cela aurait pu être largement suffisant. Vous m'avez habitué à mieux, Sakir. Tout ce dont j'ai besoin, ce sont des résultats. Et ce que vous m'apportez, ce sont des excuses.

— Laissez-le-moi *lui*, insista Hadad avec un sourire marqué. Je vous promets que cela sera rapide. Et selon ses aveux, il vous sera rendu dans les meilleurs délais. Mais, comme d'habitude, je ne suis pas garant de son état.

— Ne revenez pas sur mes décisions, Colonel, rétorqua le général d'un ton calme. Il restera sous la protection d'Akanvira lorsque vous serez à bord du convoi.

— Ne désirez-vous pas savoir qui il est ? L'ambassadrice du Keanor pourrait l'avoir utilisé pour nous espionner. Il en irait de la sécurité du royaume. Nous ne pouvons pas plaisanter sur ces sujets, Général.

— Et si vous vous trompiez ? répliqua Kaan avec fermeté. Irez-vous affronter notre bon roi Llygredd pour lui faire part de vos excuses ? Risqueriez-vous des tensions avec le Keanor alors même que nous sommes en guerre ? C'est inenvisageable. Alors, Sakir, n'outrepassez pas vos prérogatives.

Hadad se renfrogna sans poursuivre l'échange.

Un soldat s'approcha du général et lui chuchota quelque chose à l'oreille, puis ce dernier frappa deux fois dans les mains. Le son de tambours retentit à un rythme lent et régulier. L'instant d'après, toute l'assemblée se retourna, et Waryn les imita. Une procession composée de quelques gardes amenait trois hommes enchaînés. À leur tête, accoutré d'un brocart coloré, Tarlis Emren arborait une joie non dissimulée.

Toi, un jour, j'aurai ta peau.

Waryn reconnut les deux premiers hommes entravés : les soldats ayant été affectés à sa surveillance durant tout son séjour. Mais cette fois-ci, ils étaient vêtus de longues robes bleues salies à force de traîner au sol. Puis, le troisième visage lui apparut. Des sueurs froides. Milian avançait péniblement sous le couvert de ses cerbères, comme ployant sous le poids de ses chaînes. Lui ne portait que des hardes.

Waryn comprit enfin à quoi toute cette mascarade rimait. *Le rassemblement sur cette place, l'estrade, les tambours… Toute cette mise en scène est une exécution !*

— Vous n'avez pas le droit ! vitupéra-t-il.

— J'ai bien peur que si, rétorqua Kaan.

Waryn voulut le frapper, mais le général lui attrapa le bras avant qu'il ne puisse finir son geste. L'un des gardes réagit aussitôt pour lui flanquer un violent coup de pommeau dans le dos. La douleur fulgurante envoya Waryn tomber face contre terre. Deux soldats s'approchèrent pour le maintenir au sol tout en l'obligeant à observer la procession monter sur l'estrade sous le bruit glaçant et traînant des tambours.

— Tes manières sont déplorables, commenta le général d'un œil sévère.

Milian et les deux autres prisonniers furent contraints de se tenir sur les genoux, les mains liées dans le dos, face à la foule. Leurs visages étaient graves ; ils savaient déjà ce qui les attendait. Alors que Tarlis Emren, le sourire béat, se déplaçait derrière eux, les tambours cessèrent leur mélopée irritante.

— Leur sort ne dépend que de toi, annonça Kaan.

— Libérez-les ! exigea Waryn.

— Ce que tu as fait ne peut demeurer impuni. Je t'ai dit que chaque action implique des conséquences, et en voilà le résultat. Cela, tu ne le dois qu'à toi-même.

— S'il y a un responsable, c'est moi ! Alors mettez-moi à leur place !

— Tu es effectivement le responsable, se gaussa Kaan. Je t'aurais fait exécuter avec eux sans aucun remords, mais je ne puis vraiment me le permettre, pour être tout à fait sincère. Donc quelqu'un doit bien être puni pour ce qu'il s'est passé, non ?

— Vous n'êtes qu'une ordure de Kredae !

À nouveau, Kaan eut un rire de gorge.

— Ne te mets pas dans tous ces états, mon garçon. Je me dois d'être ferme, et encore plus en ces temps de guerre. Alors, réponds-moi et je ferai peut-être preuve de clémence. Comptiez-vous rejoindre les rebelles après votre fuite ?

— Vous vous foutez de moi ? s'emporta Waryn. Nous n'avons rien à voir dans vos fichues histoires de rebelles !

— Ce que je veux savoir, poursuivit Kaan, c'est où est allée la Communicatrice. Tu dois bien en avoir une petite idée ?

— Même si je le savais, je ne vous dirais rien.

— Mon Général, si vous me laissiez…, intervint le colonel Hadad.

— Ferme-la, Sakir ! le gourmanda Kaan. Je n'ai qu'un signe à faire, et ce garçon, ainsi que les deux gardes qui ont failli à leur tâche, se verront alléger de leur tête, ajouta-t-il à l'attention de Waryn. Je ne désire pas tuer ta chère amie, mais seulement lui donner l'opportunité de nous rejoindre et ainsi accéder à un niveau de vie bien supérieur à sa condition actuelle. Alors penses-tu que cela vaille la peine de sacrifier ces trois-là ? Dois-je en donner l'ordre ?

Il aurait pu parler de la pluie et du beau temps qu'il aurait utilisé le même ton monocorde. Cela donnait la chair de poule. *Il veut que je vende Shana et Eirinia pour sauver Mil ?* Waryn n'avait aucune idée de là où elles avaient pu s'enfuir, et quand bien même, il n'aurait rien divulgué. Tout ce sur quoi il devait se concentrer, c'était comment sortir son petit frère de cette situation.

— Alors ? s'impatienta Kaan. Tu les condamnerais tous les trois ? Tu n'as vraiment aucun cœur ! Ce cher Tarlis se fera un plaisir de les exécuter, crois-moi. Il ne tire aucune jouissance à torturer ses victimes – au contraire du colonel Hadad ; il préfère une mort rapide et précise, donc si tu souhaites nous révéler quelque chose, c'est maintenant.

Waryn ne sut quoi dire. La situation lui échappait complètement. De rage, il flanqua un coup dans le ventre de l'un des gardes qui le maintenaient pour lui arracher un juron étouffé. Puis, alors qu'il allait s'en prendre au second, une force invisible l'en empêcha. Il se retrouva immobilisé, le poing suspendu dans les airs.

Le général hocha la tête.

Un sifflement sec retentit.

Sur l'estrade, la tête de l'un des suppliciés roula sur le plancher. Lorsqu'elle s'arrêta, ses yeux livides scrutaient Waryn avec un air accusateur.

Les iris de Tarlis brillaient de leur orange macabre.

— C'est donc ça la justice, à Lugann ? s'égosilla Waryn. Tuer des innocents pour votre plaisir ?

Un second bruit sec.

De la même façon que la première tête, une autre roula jusqu'à la rejoindre, alourdissant le poids de la culpabilité de Waryn.

Il se sentait comme un pion sur un échiquier bien trop grand pour lui ; chacune de ses erreurs mettait en danger ceux qu'il aimait. Milian allait vraiment être éjecté du plateau ? *Pour Kaan, ce n'est qu'un jeu*. Il se débattit pour se défaire de la pression qu'exerçait Tarlis. Ce fut vain. *Je dois faire quelque chose pour le sauver !*

— Prenez-moi à sa place, je vous en supplie ! implora Waryn, les larmes aux yeux.

— Où est la Communicatrice ? demanda simplement Kaan.

— Je n'en sais foutre rien ! Je voulais juste qu'ils s'en aillent, peu importe où !

— C'est bien dommage.

Un bourdonnement emplit les oreilles de Waryn et il fut assailli de vertiges. Plus rien n'avait de consistance autour de lui. Chaque personne ne devenait plus qu'une image aux contours flous. Jamais il ne pourrait vivre avec la mort de son petit frère sur la conscience. Peut-être de désespoir, il commença à insulter le général de tous les noms, libérant sa rage par la parole. Son esprit n'était plus que tempête chaotique. Il souhaitait s'extirper de la réalité.

— Tarlis, fit Kaan d'un signe de tête à peine perceptible.

Malgré les larmes qui embuaient sa vision, Waryn vit une lame d'air se matérialiser au-dessus du cou de Milian. Son ami l'observait d'un sourire réconfortant. Il était digne et acceptait son sort sans sourciller.

Plus courageux que je ne le serai jamais...

— Je suis désolé, mon frère…, murmura Waryn, les sanglots rendant sa voix vacillante.

Il ne pouvait pas regarder ça. Il arrêta de se débattre et ferma les paupières.

Pardonne-moi...

Le claquement sec ne vint pas. À la place, un redoutable grondement emplit l'espace sonore, suivi de cris d'indignation et de surprise.

— *Elle* ? s'écria avec véhémence un homme sur sa droite.

— Comment ose-t-elle interférer ? se scandalisa une femme d'une voix criarde.

— Anya…, marmonna Kaan.

Waryn rouvrit les yeux pour découvrir avec stupéfaction qu'une sphère d'eau se trouvait à la place de Milian.

Comment...

Ses pensées s'entremêlaient.

Anya, d'un pas décidé, parcourut l'allée centrale en ignorant superbement toutes les têtes tournées vers elle. Ses iris brillaient d'un bleu magnifique, pur, libérateur… Waryn n'avait jamais été aussi content de voir la Dompteuse. Elle était parée d'une robe blanche lui seyant à merveille, contrastant avec ses cheveux de jais.

Lorsqu'elle voulut monter sur l'estrade, quelques gardes tentèrent de s'interposer, mais un geste du général leur fit comprendre de la laisser passer. Elle grimpa sur les planches de bois qui étaient maintenant siennes, devenant la comédienne principale que personne n'acclamait. Elle se campa ensuite devant Tarlis, à côté de la sphère d'eau toujours en place. Bien qu'elle fût plus petite que lui, elle le dominait. Ils échangèrent quelques mots que Waryn ne put entendre à cette distance, et l'homme au brocart s'inclina avec déférence. L'emprise qu'avait exercée le Chuchoteur sur lui s'envola. Pourtant, le seul regard d'Anya lui commandait de ne pas bouger.

Elle était d'humeur massacrante, prête à faire voler en éclats la scène et les coulisses de cette pièce morbide.

Puis, elle vint au-devant du général Kaan pour le toiser tel un oisillon dont elle aurait pu briser le cou d'un claquement de doigts.

Personne n'osait plus ouvrir la bouche. Ils étaient tous terrorisés par son aura.

— Que cela signifie-t-il, Général Kaan ? articula Anya pour bien se faire entendre de tous.

— Ambassadrice Akanvira ! s'exclama-t-il d'un sourire gêné, empreint de duplicité. Je ne m'attendais pas à vous voir ici ! Je pensais que vous vous prépariez pour votre départ.

— Et ainsi exécuter ce pauvre hère dans mon dos ?

— Je dicte les règles ici, et vous comprendrez que mes hommes ne sauraient tolérer que l'injustice perpétrée cette nuit demeure impunie, s'empressa-t-il d'ajouter. Et puis, je vous rends service en abrégeant la vie de ce fardeau, n'est-ce pas ?

— Je pensais avoir été claire, Teyon, proclama Anya tel un avertissement.

La tension électrisait l'air, le rendant presque irrespirable. Waryn capta chez le Chuchoteur un signe de dénégation de la tête à l'attention de Kaan, qui resta interdit un moment. La Dompteuse le dévisagea en arquant un sourcil.

— Cependant…, reprit-il, perdant de sa vigueur, Tarlis ne l'aurait pas exécuté. Même si tout le laissait croire. La faute a été réparée par la mort des responsables, comme vous pouvez le constater, Dame Akanvira. Je souhaitais simplement savoir où s'était envolée la Communicatrice, afin que vous puissiez l'emmener si nous pouvions la retrouver avant votre départ. Je conviens que j'aurais pu vous informer de notre petite réunion, mais je ne voulais pas vous importuner dans vos préparatifs. Votre temps est certainement plus précieux que cela ; vous semblez devoir vous entretenir avec plus de personnes que je ne le pensais.

— N'allez pas trop loin, Teyon. En cet instant, je ne saurais supporter un manque de respect flagrant.

— Cela va de soi, acquiesça Kaan.

— Au vu de l'incompétence dont ont fait preuve vos hommes, je dois m'assurer moi-même que Milian rejoigne bien le convoi, ainsi qu'il soit dûment soigné des horreurs que vous lui avez fait subir. Si cela vous sied, ajouta-t-elle placidement.

Ce n'était aucunement une demande, mais un ordre que Kaan ne paraissait pas pouvoir contredire.

Il s'inclina poliment.

— Soit. Il en sera fait selon votre bon vouloir.

Quelques rumeurs s'élevèrent des spectateurs, toutefois, personne n'osa intervenir. La sphère s'évapora, laissant un Milian circonspect sur l'estrade.

Le vent avait fini par chasser les nuages en cette fin de matinée, permettant au soleil de réchauffer Waryn de ses doux rayons. Il était installé sur un canot en bois tiré par des toaris. Des chaînes lui entravaient toujours les poignets, tout comme Milian, assis deux bancs derrière lui. Il jetait régulièrement des coups d'œil furtifs à son petit frère afin de s'assurer qu'il allait bien, et celui-ci lui adressait de grands sourires. Mais Waryn savait bien que ce n'était que d'apparence. Il se sentait coupable ; coupable de ce qui s'était produit plus tôt dans la matinée et de tout ce qui lui était arrivé. Ce sentiment ne le quitterait jamais. *Si Anya n'était pas intervenue encore une fois, il ne serait peut-être plus de ce monde*. Il était impuissant face aux forces qui régissaient maintenant sa vie.

Les soldats les accompagnant n'arrêtaient pas de gigoter. La présence de la Dompteuse ne les rendait pas sereins. Parfois, Waryn croisait son regard pour y percevoir une colère noire à son égard. Peu importait ce qu'elle pouvait bien penser, il avait tenté jusqu'au bout de libérer ses amis, et il le referait cent fois s'il le devait.

Devant et derrière eux se succédaient d'autres embarcations, sur lesquelles se prélassaient des officiers à l'air suffisant. Parmi eux se trouvaient Tarlis ainsi que Sakir Hadad, ce dernier lorgnant Milian de façon excessive. Sa fichue tête de fouine avait quelque chose de dégoûtant. Waryn ne rêvait que de lui faire ravaler son sourire narquois.

Ils se dirigeaient vraisemblablement à l'extérieur de Lugann. Aux abords des rues qu'ils longeaient, les passants, non dépourvus de parures et de voiles flottant sous la brise, affichaient leur fierté et leur admiration envers les soldats. *Ceux-là ont-ils ne serait-ce qu'une infime idée de la perversité qui ronge les rangs de leur armée bien-aimée ?*

Le canal finit par rejoindre un fleuve qui faisait le tour de la cité. Quelques minutes plus tard, ils arrivèrent à un port attenant à l'enceinte de

Lugann, où quatre navires longilignes étaient amarrés à des appontements. Devant chacun, des dizaines de toaris harnachés attendaient patiemment le départ. Les vaisseaux avaient été construits de façon plutôt haute, sans être très larges, mais étaient démesurément longs, pouvant certainement accueillir plus d'une centaine de personnes en leurs ventres. Leurs coques foisonnaient d'entrées grandes ouvertes, où se massaient d'autres prisonniers en piteux état qui embarquaient sous les invectives de nombreux soldats particulièrement à cheval sur la discipline.

Sont-ils tous des rebelles ?

Les chaînes cliquetaient et les pauvres âmes avançaient au pas, obligées de suivre le mouvement au risque de se prendre un coup de fouet, ou pire. Peu importait qu'il s'agisse d'un homme ou d'une femme, il ne paraissait pas y avoir de distinction. Ils étaient vêtus de loques laissant apercevoir des corps étiques jonchés de cicatrices ou de plaies récentes. Les visages baissés, le teint livide… Plus rien ne semblait les rattacher à la vie.

Le convoi était encore plus important que ce que Waryn avait pu imaginer. *Mais si la justice est rendue comme elle l'a été pour mes amis, il n'est pas surprenant de voir autant de condamnés.*

La suite de barques dont la sienne faisait partie contourna le bateau le plus avancé pour pouvoir y embarquer en évitant la foule de prisonniers ; ils disposaient d'une sorte d'accès privilégié. Il traversa le ponton et entra dans le navire. L'intérieur ressemblait fortement aux cales de *L'Œil du Typhon*, à ceci près que ce n'était pas de la marchandise qui y était entreposée, mais des hommes et des femmes entravés et entassés sur des bancs.

Anya emmena Waryn et Milian à un niveau supérieur, suivis de leur propre escorte. Ici, nombre de cabines étaient occupées par du personnel, et si ce n'était la présence de tous ces soldats et de leurs officiers, on aurait pu croire à un bateau tout à fait banal.

— Toi, tu séjourneras à l'infirmerie jusqu'à ce que l'on parvienne à Neana, annonça Anya avec froideur à Milian. Je tiens à ce que tu sois présentable lorsque nous serons arrivés à destination. (Elle se tourna vers les trois soldats les accompagnant.) Vous, emmenez-le là-bas, et veillez à ce que l'on s'occupe bien de lui. Vous en êtes responsable. Est-ce une tâche qui vous semble raisonnable ?

Sans discuter, les trois hommes se mirent au garde-à-vous et assurèrent qu'il en serait fait selon ses ordres.

— Je viens avec toi, lança Waryn, ne souhaitant pas laisser seul son ami.

— Oh ! que non ! le rabroua Anya. Toi, tu vas rester avec moi, et tu n'as pas intérêt à soulever la moindre objection. N'oublie pas tes devoirs. Me suis-je bien fait comprendre ?

Il serra les dents mais acquiesça. Ce n'était vraiment pas le moment de contrarier la Dompteuse, dont les iris viraient en un bleu mortel. Il la haïssait autant qu'il lui était redevable.

— Je viendrai te voir dès que je le pourrai, Mil.

— T'en fais pas pour moi. Je suis sûr qu'ils seront aux petits soins. Ce ne sont pas les ordres de cette bonne dame ?

— Abrégeons, messieurs, les coupa Anya. Nous n'allons pas tarder à larguer les amarres.

Waryn échangea un bref regard entendu avec Milian. Puis il observa son petit frère et sa garde personnelle s'éloigner dans le couloir, avant de disparaître au détour d'un embranchement. Anya ne le laissa pas s'apitoyer sur son sort plus longtemps et l'entraîna avec elle sur le pont du vaisseau, jusqu'au bastingage. Figée dans une expression glaciale, elle le scruta un moment sans dire un mot. Le regard de la Dompteuse s'immisça jusque dans son âme ; elle ne lui pardonnerait plus aucun écart, et elle n'avait pas besoin de parler pour le lui faire comprendre.

— C'est comme cela que tu me remercies pour tout ce que j'ai fait pour toi, articula-t-elle.

Sans attendre de réponse, elle ordonna à deux hommes de le surveiller avant de s'éloigner. Waryn l'observa traverser le pont de sa démarche féline, obséquieusement saluée par les officiers. Elle ne daignait même pas leur adresser un regard. Lorsqu'elle eut disparu, il contempla le fleuve, détournant les yeux des malheureux qui continuaient d'embarquer sous les excès de zèle de leurs geôliers. L'armada invoquée pour les contenir était pour le moins impressionnante ; Waryn n'avait jamais vu autant de soldats réunis au même endroit.

— D'ici cinq jours, si Saikuron le veut, nous devrions avoir atteint Neana, assura une voix mielleuse dans son dos.

Faisant signe aux gardes de reculer, Tarlis le rejoignit au bastingage. *Comment cet homme ose-t-il venir me parler ?* Waryn l'ignora, même si l'envie d'en découdre avec le Chuchoteur pulsait dans chacune de ses veines.

— Cette nuit, j'aurais pu vous tuer d'un simple chuchotement, toi et ton ami, insista le Descendant. Tu sais ce qui m'a retenu ?

— Qu'est-ce que vous me voulez ? grogna Waryn, se contenant au possible.

— Anya, répondit gravement Tarlis en soupirant. C'est une femme mystérieuse, tu ne trouves pas ?

— Si vous désirez la voir, vous l'avez manquée de peu, rétorqua Waryn sans cacher son agacement.

— C'est avec toi que je souhaite m'entretenir. Et je profite du fait qu'*elle* ne soit justement pas là.

— Je n'ai rien à vous dire. Alors dégagez.

Ou c'est mon poing que vous récolterez, eut-il envie d'ajouter.

Mais une scène en dessous de lui retint son attention.

Alors qu'un détenu insultait ses geôliers, ils le rouèrent de coups de bâton jusqu'à ce qu'il ne fût plus en mesure d'ouvrir la bouche. La violence était presque gratuite envers cet homme réduit à l'état de bête, n'ayant aucun moyen de se protéger.

— Mais détrompe-toi, je suis certain que nous aurions bien plus à partager que tu ne le crois. Nous sommes simplement partis sur de mauvaises bases. Tu n'es pas comme tous ces misérables qui seront sacrifiés dans la guerre contre le Leanalyn. Non, tu es probablement promis à un destin bien plus glorieux que ça. Tout comme ce cher Teyon, je sais à qui Anya prête allégeance. Bien évidemment, ce n'est pas une information à ébruiter. Cela pourrait tous vous mettre en danger.

— Et donc ? s'impatienta Waryn.

— Et donc je me suis dit que tu pourrais m'en apprendre plus sur toi ou Anya. Mais je comprendrais tout à fait que tu ne le veuilles pas. Cette femme peut se montrer plutôt… intransigeante. En tout cas, sache que si tu voulais me dire quelque chose, je me ferais un plaisir de t'aider.

Waryn fit un effort surhumain pour se contenir. Tout son corps menaçait d'exploser.

— Je préférerais encore tondre le cul d'un koalican plutôt que d'avoir affaire à vous. Vous alliez exécuter Milian.

— Parce que le général Kaan me l'a ordonné, se défendit Tarlis. Ce n'était pas de ma volonté.

— De mon point de vue, ça ne change rien.

— Alors je tiens à m'excuser pour cette pitoyable mise en scène, Ashenan. Mais tu dois comprendre que l'on ne fait pas toujours ce que l'on veut, même en étant un Descendant aussi puissant que je puis l'être.

— Il est donc préférable de devenir le chien de Kaan, c'est bien ça ?

Au sein des rangs des prisonniers, une femme à la peau lézardée se faisait fouetter sans que Waryn ne pût l'expliquer. Déjà à terre, elle subissait la punition en hurlant de douleur. Les sévices durèrent jusqu'à ce qu'elle implorât la pitié.

— En effet, opina Tarlis, pas le moins du monde affecté par la remarque. Je jouis d'une très bonne position et j'ai le droit d'assouvir mes désirs en toute légalité. Je me confie peut-être un peu trop, mais ce qui me procure l'extase, c'est de prendre la vie de quelqu'un et de voir son dernier souffle exhaler. C'est le propre des Descendants, non ? Cette puissance et cette domination que l'on a sur le commun des mortels ; il est de notre devoir d'en faire usage. Toi, tu aimes te battre, et tu profites bien de ta carrure, je me trompe ? Nous avons certainement bien plus de points en commun que tu ne veux l'admettre.

— Vous êtes fou à lier…

— Si ça t'amuse de le penser, ponctua Tarlis d'un rire cauteleux. D'ailleurs, j'ai entendu dire que tu t'es servi d'une jeune femme pour essayer de t'échapper. Saurais-tu où elle se trouve ?

Vaeri… Elle lui était complètement sortie de la tête.

— Je n'en sais rien.

Sur l'un des pontons, un homme s'était libéré de ses chaînes. Dans un élan désespéré, il plongea la tête la première dans l'eau et commença à nager. Il n'avait effectué que quelques brasses qu'un trident se ficha dans son dos.

Aucune pitié…, songea Waryn.

— Ton plan était machiavélique, Ashenan, plaisanta Tarlis. J'ai entendu dire que vous avez traîné ensemble dans les jardins, ces deux derniers jours. Alors soit tu l'as manipulée assez adroitement, soit elle t'est venue en aide de son plein gré. Cependant, il est étrange que je ne sois pas parvenu à lui mettre la main dessus. Elle s'est comme envolée. C'est incompréhensible, non ?

Waryn ne savait pas quoi en penser. *Veut-il me faire avouer qu'elle m'est venue en aide ?* Il n'arrivait pas à lire clairement entre les lignes de cet homme.

— Tu as l'air troublé, Ashenan, reprit le Chuchoteur. Ne fais pas cette tête. Tu pourrais me rendre de fiers services en m'informant de tout ce que j'aimerais savoir, et je pourrais en faire de même.

— Que voulez-vous dire par là ?

— Tu n'es vraiment pas très dégourdi…, rit Tarlis. Je pourrais te défaire de tes chaînes, par exemple. Tu sais, chacun a ses faiblesses…

S'il me prend pour un imbécile, grand bien lui fasse. Il n'avait aucune envie de traiter avec cet être répugnant.

Devant son mutisme, le Descendant poursuivit.

— Vous formez un groupe plutôt intéressant, toi et tes amis. Une Communicatrice, un garçon qui se montre étonnamment résilient face à la torture, toi, le petit protégé d'Anya, et une autre jeune femme qui ne semble pas forcément digne d'intérêt de prime abord. Quel est votre lien avec Aldar Sol'Phaos ? Éclaire-moi, je t'en prie. Je ne saisis pas bien comment tes trois amis sont parvenus à tuer Daragh Raloren, un Façonneur des plus respectables. L'auraient-ils assassiné dans son sommeil, ou quelque chose du genre ?

Était-ce un moyen détourné de lui faire comprendre qu'il se doutait qu'Anya était derrière tout ça ? Il ne tomberait pas dans son piège.

Comme si elle avait été appelée, la Dompteuse réapparut et s'approcha d'un pas décidé.

— Au plaisir de notre prochaine rencontre, Ashenan, murmura le Chuchoteur en l'apercevant à son tour.

Il repartit d'un pas nonchalant et effectua une révérence devant Anya, qu'elle ignora superbement.

— Viens avec moi, ordonna-t-elle, ne prenant même pas la peine de s'assurer qu'il la suivrait.

Waryn s'exécuta, suivant ses pas empreints de légèreté. Elle l'emmena à l'étage juste en dessous du pont, jusqu'à se retrouver devant une porte en bois massif. Sans autre explication, elle l'ouvrit et l'invita à pénétrer dans la pièce. Il y faisait très sombre, et seule une minuscule lucarne laissait entrer un mince filet de lumière, finissant sa course sur un lit des plus simples.

— J'ai fait preuve de bien trop de largesses à ton égard, annonça froidement Anya. Tu demeureras ici jusqu'à ce que l'on arrive à Neana. Et si j'apprends que tu as essayé d'aller voir Milian sans ma permission, sache que c'est ton ami qui en paiera le prix. Me suis-je bien fait comprendre ?

Waryn voulut la défier du regard, mais elle ne prit pas part à son petit jeu. Après avoir donné l'ordre aux gardes de ne pas le laisser sortir, elle referma la porte, le laissant seul avec ses imprécations. Il cogita un moment à propos de Tarlis et de sa duplicité. *Jamais je ne ferai appel à lui – plutôt en crever.*

Après plus d'une heure, le son d'une conque retentit, et bientôt, une secousse mit en mouvement le navire. Il s'approcha de la lucarne et jeta un œil à l'extérieur pour observer les flots écumants autour du bâtiment.

La porte de sa geôle s'ouvrit. Il écarquilla les yeux, restant coi.

Vaeri, vêtue d'une tenue de servante et d'un plateau-repas à la main, entra et vint le déposer sur la table basse au centre de la pièce.

— Tais-toi, chuchota-t-elle.

Chapitre 29

Shana

Shana courait avec Eirinia dans une rue éclairée à la lueur des étoiles et des luesafs, toutes les deux encore trempées de leur plongeon dans le canal. Elle était parvenue à maîtriser les deux gardes qui n'étaient pas partis à la poursuite de Waryn, mais quand elle avait voulu porter Milian pour le faire descendre la muraille… Elle n'en revenait pas ; il l'avait poussée du haut de l'enceinte. *Mais qu'est-ce qui a bien pu lui passer par la tête ?*

— Quel abruti ! vitupéra-t-elle à son encontre, les paroles s'échappant de sa bouche sans qu'elle ne le veuille.

— Il a arrêté son choix, tout comme Waryn, souffla Eirinia.

Shana posa les yeux sur son amie pour remarquer qu'elle peinait à suivre l'allure. Elle se rendit compte qu'elle n'avait fait qu'admonester Milian mentalement depuis qu'elle était sortie de l'eau, le traitant de tous les noms d'oiseaux qui lui passaient par l'esprit, et ce, sans se préoccuper de sa grande sœur. Eirinia était blême, encore secouée de la chute depuis le parapet. *Décidément, avec sa peur du vide, elle est servie.*

La rue aux pavés droits était déserte. De vastes et somptueuses bâtisses entourées de jardins s'élevaient sur plusieurs étages ; des pilastres ornaient les façades et des lumières de luesafs ou de chandelles émanaient de quelques fenêtres. Tout le monde n'était pas endormi, même à cette heure avancée de la nuit. Elles ne pouvaient rester là, car très bientôt, la rue regorgerait de soldats à leur poursuite – à n'en pas douter. Elles devaient s'éloigner et trouver un endroit où se cacher afin de réfléchir à la suite des évènements.

Shana ralentit l'allure afin qu'Eirinia puisse la suivre sans s'effondrer d'épuisement. Ainsi, elles traversèrent plusieurs rues avant d'apercevoir l'entrée d'un parc. Toutes les deux s'y engagèrent et se dénichèrent un coin obscur entre deux buissons, sous la frondaison bruissante d'un frêne.

Avec leurs vêtements mouillés et le vent soufflant par intermittence, Eirinia risquait bien d'attraper un rhume ; Shana n'était jamais tombée malade de toute sa vie, mais en avait souvent vu les effets sur Milian et Waryn, qui restaient cloués au lit sans arrêter de gémir pour ce qu'elle qualifiait de simples maux de tête.

— Milian t'a-t-il confié la raison pour laquelle il a choisi de demeurer là-bas ? haleta sa grande sœur, assise contre le tronc de l'arbre en reprenant son souffle.

— Ce mulkog sans cervelle a marmonné un truc du genre : ne pas le laisser seul, pas encore l'abandonner. Et il ne nous a pas abandonnées, là ? rétorqua Shana avec hargne.

— Je pressentais, en mon for intérieur, que tel serait le cas, balbutia Eirinia. Il arrive, parfois, que son opiniâtreté se manifeste avec vigueur.

La jeune Descendante s'étrangla.

— Quoi ?

— Lors de la révélation par Waryn de son dessein de procéder à une diversion afin de faciliter notre fuite, j'ai perçu une transformation notable dans le comportement de Milian. Et puis, il s'est obstiné à marteler qu'il ne désirait point constituer un poids pour notre collectif…

— Mais c'est un maudit sassillon farci à la crétinerie, celui-là ? s'emporta de plus belle la Communicatrice. Si je l'avais sous la main, je lui ferais manger du limon jusqu'à ce qu'il me remercie de le gaver d'un mets aussi délicat !

Eirinia l'observa attentivement. Elle semblait bien moins affectée par l'abandon de leur ami.

— Ne t'accable pas de reproches, essaya-t-elle de la réconforter.

— Mais je ne m'en veux pas, c'est lui l'imbécile ! s'écria Shana, provoquant l'envolée d'une chouette apparemment dérangée par sa voix aigüe.

— Cela n'impute pas à ta responsabilité, insista Eirinia.

Si, cela impute à ma responsabilité, se maudit-elle en imitant l'intonation de son amie.

— Je suis une Descendante… je devrais tous nous protéger…

— Et c'est ce que tu as accompli jusqu'ici. Sans ton aide, il est fort probable que j'aurais rencontré une fin tragique à Alentoise. (Shana vit Eirinia frissonner en prononçant ces mots.) Sans ta présence, il est hautement fantasmatique que nous ayons survécu à l'épreuve de *L'Œil du Typhon*, aux assauts des gnasseas ou encore à la sinistre geôle dont nous venons tout juste de nous évader, où nous demeurions dans l'angoissante anticipation de notre destinée funeste.

— Tu ne comprends pas… Je vous perds tous, un à un… Jalen… Waryn… Mili… À quoi sert d'être puissante si l'on ne peut garder les gens que l'on aime près de soi ?

— Les Descendants, Shana, ne sont guère des entités omnipotentes. Nul ne t'a imposé le fardeau de cette responsabilité. Il n'était pas en ton pouvoir d'agir davantage.

— Qu'est-ce que tu en sais ? répliqua la Communicatrice d'un ton aiguisé. Ça faisait plus de trois ans que tu nous avais abandonnés à notre sort !

Ses paroles étaient allées trop loin. Bien plus loin que ce qu'elle pensait. Et elle les regrettait amèrement. Elle se mit à sangloter, n'osant même plus regarder sa grande sœur.

Eirinia sécha ses larmes du revers de la main et l'enlaça tout en fredonnant un air qu'elle avait l'habitude de lui chanter pour la réconforter quand elles étaient plus petites.

— Je te connais suffisamment pour affirmer que tu aspirerais à sauver l'univers tout entier si cela résidait en tes capacités, lui susurra-t-elle. (Elle marqua une pause avant de reprendre.) À l'exception, évidemment, de la majorité des habitués de *L'Arbre Ruisselant* ; le commerçant de fruits, celui-là même qui t'avait admonestée jadis pour un emportement excessif car tu désirais affranchir ses denrées ; l'ancienne qui consacrait ses jours à nous proférer des malédictions sous prétexte que, prétendument, nous importunions ses félins ; l'artisan cirier qui nous expulsait dès qu'il nous voyait ; Alduik, le tonnelier, qui nous avait à maintes reprises balancé ses souliers afin de nous faire déguerpir lorsque l'on se dissimulait derrière ses fûts…

— Oui, mais eux, c'est différent…

— … et il convient également de mentionner Yacet, le cordonnier, Ysmealia, cet infâme chenapan, Shizeh, celle qui s'était emparée indûment d'un de mes volumes, de même que…

— Oh ! ça va, tu n'étais pas censée m'accabler…, grommela Shana.

— Ce qui constitue, en fin de compte, une assemblée non négligeable de personnes, continua Eirinia, encore perdue dans ses pensées.

Elle était parvenue, comme souvent, à lui faire retrouver le sourire.

— Je suis désolée. Je n'aurais pas dû te dire ça. Je ne le pensais pas.

— Ne t'en fais point une montagne, chère petite sœur. Il est de notoriété publique que tu peines à dissimuler les tourments de ton âme et que tu as la propension à user d'un langage quelque peu direct. Néanmoins, que cela ne t'affecte pas outre mesure, car nous trouverons une issue favorable à cette situation. Conjointement. Toutefois, je conçois qu'il serait de bon aloi de ne point prolonger notre séjour en ces lieux au-delà du nécessaire, ajouta-t-elle en éternuant.

Tu l'as mérité, ton rhume, songea ironiquement Shana, comme une vengeance pour ses remontrances, amusée par le retour de karma.

Puis elle se ressaisit, attentive aux yeux embués d'Eirinia. Elle marqua un temps de silence, à peine troublé par quelques hululements et le chant de fauvettes.

— Quelle est donc notre prochaine démarche, à présent ? reprit sa grande sœur. Nous ne pouvons désormais plus rien entreprendre pour eux et tu as bien entendu Waryn : ils s'apprêtent à partir demain au sein d'un « convoi ». Nous pourrions envisager de nous établir momentanément en Araneana, le temps d'accumuler quelques loras, avant de nous lancer dans l'exploration d'Orrisia. Si les hostilités éclatent au nord-ouest contre le Leanalyn, nous aurions la possibilité de nous diriger vers l'est, en direction du Keanor. J'ai recueilli des lectures selon lesquelles ce royaume regorgerait de sources thermales, conséquence directe de la présence des volcans qui le ceinturent. Et je ne mentionne pas leur gastronomie exquise, ni même leurs traditions ; ils célèbrent des festivités en l'honneur de chaque aspect concevable de ce monde. Et que dirais-tu si je te contais les merveilles des cascades se précipitant dans l'océan depuis les falaises...

Si Shana la laissait parler, elle en avait pour toute la nuit. *Il est difficile de la mettre en route, mais une fois que la noria est lancée*...

— Avant toute chose, je dois récupérer quelque chose. Mon orbe. C'est tout ce qu'il me reste de ma famille.

Il s'agissait de l'objet le plus précieux qu'elle possédait et il était inconcevable qu'elle ne le retrouve pas.

Eirinia acquiesça.

— Maintenant que tu évoques ce sujet, mon désir de me réapproprier mes ouvrages s'accroît. Penses-tu que nos biens aient été conservés à l'auberge du *Toari Flottant* ?

— Je n'en sais rien. Mais je ne crois pas avoir vu les gardes qui nous avaient arrêtés les prendre. Peut-être qu'ils les ont récupérés par la suite, ou que l'aubergiste se les est arrogés, mais j'aimerais autant le vérifier. Par contre, je ne sais absolument pas comment nous allons la retrouver…

— Cette tâche, je m'en charge, petite sœur, déclara Eirinia avant de renifler.

Son assurance réchauffa le cœur de Shana.

Elles sortirent du parc non sans s'assurer que personne n'était dans les parages et Eirinia les dirigea d'un pas certain à travers les rues, enjambant des ponts pour traverser les nombreux canaux qu'offrait Lugann. Elles marchèrent ainsi pendant plusieurs heures, passèrent de quartier en quartier, croisèrent parfois des patrouilles ou des gens qui rentraient chez eux, qu'elles évitèrent allègrement.

Tandis que les premiers rayons de soleil n'étaient toujours pas apparus, Eirinia annonça qu'elles touchaient quasiment au but. Il était vrai que peu à peu, Shana avait constaté que les bâtiments s'étaient tassés, que les façades étaient bien moins richement décorées et que les rues étaient devenues plus sales ; elles étaient bien arrivées dans les quartiers populaires. D'ailleurs, au coin d'une ruelle, elle aperçut l'enseigne d'une taverne qu'ils avaient fréquentée quelques jours plus tôt. L'auberge ne devait plus se situer très loin.

Des gens titubaient dans les venelles après leur nuit de débauche, pendant que les poivrots tenant encore sur leurs jambes marchaient en zigzaguant ou braillaient des chansons concupiscentes, le tout sans se soucier de réveiller le voisinage. Cela lui rappelait certains personnages de *L'Arbre Ruisselant* ; notamment Vulmon ou Odhlo, qui ne repartaient quasiment jamais avant que leur cerveau ne soit complètement abruti par l'alcool. S'imaginer leur visage et leur démarche chaloupée la fit rire intérieurement.

Dans l'embrasure de quelques portes, Shana aperçut des femmes à moitié dénudées embrasser une dernière fois leurs clients, qui s'en allaient le sourire aux lèvres. Les deux amies eurent le droit à quelques remarques graveleuses de la part d'individus louches à bien des égards, et Shana les aurait bien remis à leur place. *Mais ce n'est pas le moment de s'attirer d'autres ennuis.*

Dans la pénombre, débraillé et couché sur le sol, l'un d'eux leur grogna quelque chose d'incompréhensible. Elle l'ignora simplement. Lorsque les deux jeunes femmes s'éloignèrent, l'homme se releva et se mit à les suivre d'un pas vacillant, mais plus maîtrisé qu'il ne pouvait en avoir l'air. *Tout compte fait, s'il se révèle trop engageant, me défouler un peu ne me fera pas de mal.*

Alors qu'il trottinait pour les rattraper, Shana prit sa grande sœur par la main et l'entraîna dans une ruelle lugubre, plongée dans le noir, où personne ne serait témoin de ce qui pouvait bien se passer. Quand leur agresseur ne fut plus qu'un pas derrière elles, la Communicatrice se retourna d'un mouvement sec. Elle ne lui laissa pas le temps de réagir. Elle empoigna le détraqué à la gorge et le plaqua contre le mur.

Elle fut d'autant plus surprise de reconnaître ce visage espiègle.

Athaan se tordit pour tenter de se défaire de l'emprise de la jeune Descendante. Ce fut vain – elle le tenait bien trop fermement.

Au bout du compte, n'est-ce pas étrange que nous ayons été arrêtés la nuit où il nous a raccompagnés jusqu'à l'auberge ? Eirinia lui avait fait part de ce qu'elle avait entendu ce soir-là. Ce n'était pas un hasard si Athaan et ses amis étaient venus s'installer à la table à côté d'eux, à *La Lueur des Profondeurs*. S'agissait-il de l'individu envoyé par Delimira, la canoteuse qui les avait fait suivre si l'on en croyait les dires du capitaine Nastr ?

— Lâche-moi…, hoqueta le jeune homme roux, son haleine empestant l'alcool.

Tu peux courir.

Shana resserra sa poigne.

— C'est toi qui nous as vendus ? l'accusa-t-elle d'une voix glaçante.

Il gémissait et s'accrochait désespérément à son bras pour tenter de s'en débarrasser.

— Je ne peux plus… respirer…

Eirinia posa une main sur l'épaule de Shana, lui faisant comprendre de relâcher un peu la pression pour le laisser respirer. Elle hésita un instant mais desserra légèrement ses doigts, juste assez pour qu'il puisse parler sans qu'elle doive décrypter ses mots.

— Moi ? Vous délirez ! coassa Athaan, le visage écarlate.

— Explique-nous, alors, reprit Shana, prête à lui rompre le cou si sa justification ne la satisfaisait pas.

— Tu voudrais pas commencer par me lâcher ?

— Non.

— Très bien, très bien…, hoqueta-t-il. Qu'est-ce que vous souhaitez savoir ?

— Tout. Pourquoi tu nous as vendus, combien Delimira t'a payé pour cette sale besogne...

— Delimira ? répéta Athaan, incrédule. Je ne la connais même pas.

Shana enfonça ses ongles dans sa peau.

— Attention, ma patience a des limites…

Il recommença à gigoter, mais sans forcément chercher à se libérer.

— Oui, bien sûr… Lorsqu'on s'est quittés… devant l'auberge… eh bien, j'ai aperçu un homme qui nous avait suivis. J'ai été habitué à être attentif aux moindres détails, vous savez. Je vis aussi une vie dangereuse, et je fais attention à ça sans le vouloir.

— N'était-ce pas plutôt toi, cet homme ? Tu as l'air d'être un conteur hors pair, alors si tu essaies de m'embobiner…

Au même instant, un chat sauta d'une caisse traînant dans la rue et en fit dégringoler une autre sur les pavés. Le bruit fit tressauter Athaan.

— Non, je te le jure sur… eh bien… je sais pas, mais je te le jure. Si, sur mon honneur !

— Parce que tu en aurais ? se moqua Shana.

— Qu'Uzushio me foudroie ! Bien sûr ! s'indigna Athaan d'un cri étouffé, ayant toujours du mal à respirer. Donc je l'ai suivi, et en fait, il est allé à un poste de garde. Il en est ressorti avec un capitaine et des soldats. Je n'ai pas eu le temps de venir vous prévenir que plusieurs d'entre eux se sont rendus directement à l'auberge. Alors je me suis caché dans un coin pour voir ce qui allait se passer. D'autres n'ont pas tardé à rappliquer, et puis ils sont entrés. J'ai entendu des bruits de lutte, puis vous êtes tous les trois sortis enchaînés. Je ne pouvais rien faire pour vous…

— Cela constitue l'intégralité de ta défense ? articula Eirinia tout en se raclant la gorge, comme si elle parlait à un nourrisson. Ta présence à la taverne ne saurait être attribuée au simple hasard.

— Non, mais j'ai entendu dire que des personnes étaient à la recherche d'Hunor, bredouilla-t-il. Il fallait que j'aille voir de quoi il retournait.

Shana prit un air menaçant tout en scrutant les deux bouts de la venelle. Elle s'assurait que personne ne viendrait les déranger.

— Tu penses que l'on va te croire ? Qu'est-ce qui me retiendrait de te tordre le cou dès maintenant pour nous avoir vendus ?

Athaan inspira – du moins ce qu'elle lui permettait d'inspirer –, puis expira de façon traînante.

— Écoutez… Shana ? Et Eirinia, si je ne me trompe pas ? (Les deux jeunes femmes l'observèrent avec indifférence.) Vous recherchiez Hunor, et je vous avais dit que je pouvais vous faire rencontrer des personnes qui le connaissaient. Elles peuvent vous aider. Elles sont prêtes à vous recevoir, et je pense qu'il vaudrait mieux que nous y allions dès maintenant.

— Estimes-tu que l'on puisse lui accorder notre confiance ? hésita

Eirinia.

— Je ne sais pas, peut-être qu'il veut nous amener dans un autre piège, répondit Shana, songeuse.

Elle avait appris par Waryn qu'Hunor était retenu dans la tour des rebelles, et peut-être même qu'elle l'avait aperçu dans les sous-sols. Alors à quoi rimait le petit jeu d'Athaan ?

La moue déconfite du jeune homme aux cheveux roux pouvait bien être une marque de sincérité, mais il était difficile de lui faire confiance avec son air espiègle.

— Non mais vous avez compris ce que je viens de dire ? grommela-t-il en secouant la tête.

— Ne prends pas ce ton avec nous, l'avertit Shana. Soit tu es un être abject qui nous a vendus à ces maudits soldats, soit tu n'es qu'un petit ivrogne coureur de jupon. Dans les deux cas, je ne t'aime pas beaucoup.

— Bon… Si ça peut faire pencher la balance, je sais que vous devez certainement tremper dans des histoires de Descendants.

— Quelle est la raison qui sous-entend cette assertion ? l'interrogea Eirinia.

— Vous aviez deux orbes sur vous, annonça-t-il avec une banalité affligeante.

Shana réagit au quart de tour. Elle resserra à nouveau son emprise. Les veines du cou d'Athaan se mirent à saillir, et elle sentit chaque pulsation passer le long de sa peau. Il tenta de prendre une dague dissimulée sous l'un des pans de sa tunique, mais elle immobilisa son bras, le défiant d'oser bouger ne serait-ce que le petit doigt.

— Tu nous as volés, en plus ? rugit-elle.

Sous la faible clarté de l'aube naissante, éclairant des nuages aux couleurs fuligineuses, le visage d'Athaan blêmit. Il suffoquait face à l'emprise qu'exerçait la jeune femme.

— Tu risques de lui ôter la vie, déclara Eirinia en lui posant une main ferme sur l'épaule.

Shana râla de mécontentement mais se résolut une fois de plus à écouter sa grande sœur. Elle enleva la main qui tenait la gorge d'Athaan. Mais pas de son bras, qui était toujours sur le manche de sa dague. De sa main libre, respirant avec peine, il se massa le cou devenu rouge.

— Je ne vous ai pas volés, j'ai juste récupéré vos affaires…, se défendit Athaan, haletant. Je vous l'ai dit, je fais attention aux moindres détails, et à la taverne, j'ai remarqué quelque chose de brillant à l'intérieur du sac de Milian. J'ai tout de suite su de quoi il s'agissait. Et comme vous vous êtes fait arrêter à l'auberge, eh bien… j'ai profité de la confusion pour m'infiltrer dans l'établissement et prendre vos sacs avant que l'aubergiste ou les gardes ne mettent la main dessus.

— Tu as intérêt à nous les rendre, et sur-le-champ ! le menaça Shana, ne parvenant plus à se contenir.

Ou sinon, cette rue sordide sera la dernière chose que tu verras de ce monde.

— Oui, ce serait tout à fait normal… mais je ne les ai plus… (Alors que Shana allait repartir à la charge, il s'empressa d'ajouter :) Elles sont en sécurité, ne vous inquiétez pas. Justement, ce sont les personnes que je souhaitais vous faire rencontrer qui les ont. Nous devrions y aller tout de suite, non ?

— Si c'est un piège…, l'avertit Shana, lui jetant un regard noir.

Athaan frissonna.

— Non, je t'assure que ce n'en est pas un !

Elle lui prit sa dague et remarqua ces reflets bleutés typiques du safaïa. *Comment peut-il posséder une arme qui doit coûter une fortune ?* Elle le scruta avec méfiance puis dissimula la lame sous sa tunique, dont le tissu était déjà presque sec.

— Alors allons-y, conclut-elle d'un ton acerbe.

L'air penaud, Athaan ouvrit la marche, entraînant les deux amies ruelle après ruelle, tandis que l'odeur méphitique de la crasse se fit plus oppressante. Des détritus jonchaient des venelles sordides, qui n'arboraient guère plus de gaieté à la lueur matinale. Les passants avaient quelque chose de patibulaire. Shana se demandait si c'était vraiment une bonne idée de le suivre. *Il n'a pas l'air malveillant, mais qui peut bien dire ce qui se passe réellement dans sa tête ?* Elle n'était absolument pas certaine qu'il leur ait révélé toute la vérité, cependant, elle décida de lui accorder le bénéfice du doute.

Ils arpentèrent un dédale de traverses avant qu'Athaan ne finisse par s'arrêter devant un escalier étroit, descendant pour mener à ce qui devait probablement être une cave. Il inspecta les deux côtés de la rue pour s'assurer que personne ne les observait, puis s'engagea sur les marches et s'immobilisa en face de la porte.

— Laissez-moi parler, chuchota-t-il. Je vais nous faire entrer. Par contre, tu devrais me rendre ma dague. Je doute qu'ils apprécient que tu rentres armée. S'ils le découvrent, ça risque de ne pas bien se passer.

— Alors, ça, n'y compte même pas, répliqua Shana.

— Écoute, même si vous ne savez pas encore dans quel endroit je vous amène, sachez que je vous fais assez confiance pour vous y conduire. Je ne veux pas vous nuire. Tu as ma parole.

C'était peut-être une grosse bêtise, mais il y avait une petite voix qui susurrait à Shana que c'était le bon choix. Elle finit par lui rendre sa lame tout en le fixant de son air sévère. *Si tu tentes quoi que ce soit, cette dague ne sera en aucun cas ton salut. Tu seras mort bien avant de pouvoir l'utiliser.*

Athaan ne s'en formalisa pas. Il accepta l'objet en s'inclinant, puis frappa le heurtoir de la porte en un rythme particulier.

Un petit panneau de bois coulissa pour découvrir une grille de métal, derrière laquelle deux yeux féminins les scrutèrent tous les trois.

— Naviguons ensemble sur les flots tumultueux pour unir nos destins sous le regard d'Uzushio, psalmodia Athaan.

— Comme Uzushio guide les courants, nous convergeons vers les abysses, répondit la femme d'un même ton monocorde.

La plaque se referma. Un cliquetis grinça. Une barre de fer glissa. Et la porte s'ouvrit, laissant un interstice juste assez grand pour qu'une seule personne n'entre à la fois.

Shana hésita. En soi, cela ressemblait fortement à un piège. Seulement, Athaan n'avait pas pu inventer le fait qu'ils trimballaient un orbe avec eux. Alors même si c'en était un, elle devait courir le risque.

Le suivant, elles s'engagèrent l'une après l'autre pour pénétrer dans une pièce sombre dont seuls quelques lumignons chassaient les ténèbres.

— Tu amènes de nouvelles têtes, Athaan, railla la femme qui leur avait ouvert.

Elle était vêtue comme n'importe quelle Araneanaise : d'une robe pourvue d'une multitude de voiles qui ne laissaient guère d'imagination sur ses formes. Quant à ses traits, froids et durs, ils révélaient une certaine antipathie à leur égard. Lorsqu'ils furent tous entrés, elle referma vivement la porte et remit la barre de fer en place avant de verrouiller le cadenas.

— Je leur fais confiance, répliqua Athaan tout en continuant d'avancer.

— Ialantha les connaît ?

— Pas encore. Mais je lui ai déjà parlé d'elles.

La femme émit un grognement avant de s'installer sur une chaise près de la porte, où elle affûta une lame à la lueur d'une bougie tout en les lorgnant du coin de l'œil.

Athaan fit signe à Shana et Eirinia de le suivre, et ils débouchèrent dans une autre pièce où une dizaine d'hommes et de femmes conversaient bruyamment. Ils jouaient aux cartes ou aux dés tout en s'invectivant et en se moquant des uns et des autres. Dans cette salle enfumée par des pipes rougeoyantes, une multitude d'affiches, de portraits et de schémas étaient placardés aux murs de saf fissurés, certains reliés entre eux par des fils et des annotations.

L'un des groupes attablés cessa son activité, préférant observer les nouveaux venus.

— Qui est-ce que tu nous amènes là, Athaan ? l'interrogea un homme au fond de la pièce.

Shana se souvint de son crâne presque rasé et de ses oripeaux. Anaro, si sa mémoire ne lui faisait pas défaut – l'une des personnes avec qui ils avaient passé la soirée à *La Lueur des Profondeurs*.

— Tu ne les reconnais pas, face d'anguille tondue ? s'enquit Athaan.

Quelques individus rirent à la boutade, ce qui détendit un peu l'atmosphère.

— Ah ! *elles*, se contenta de répondre Anaro.

— Ialantha est là ?

— Où voudrais-tu qu'elle soit ?

— Alors bouge-toi et ouvre cette porte. Elle sera très intéressée de les rencontrer.

Athaan traversa la salle et les deux jeunes femmes ne se firent pas prier pour le suivre ; Shana était familière de cette ambiance, elle collait en tous points à celle de *L'Arbre Ruisselant*. Mais ici, les gens renvoyaient une certaine hostilité. Était-ce dû aux nombreuses armes qu'ils arboraient fièrement ?

Passant à côté de l'une des tables, elle reconnut une autre personne. Layne, l'une des femmes qui était à *La Lueur des Profondeurs*, avec sa tenue élégante et son visage ovale, presque juvénile. Elle les gratifia d'un sourire sans pour autant leur adresser la parole.

— Elle s'est levée du pied gauche, alors je vous prierais de faire attention à ce que vous dites, les avertit Anaro.

— Comme si elle ne s'était jamais levée d'un pied différent, plaisanta

Athaan.

— Et toi, tu ne perds rien pour attendre, petit morveux. *Face d'anguille tondue...*, marmonna-t-il en levant les yeux au plafond.

Puis Anaro ouvrit la porte et Athaan en traversa le chambranle d'un pas décidé. Plutôt contente de se soustraire à tous ces regards inquisiteurs, Shana lui emboîta le pas pour entrer dans une pièce tout aussi mal éclairée que les deux précédentes, totalement dépourvue de fenêtres. Il s'en dégageait une légère odeur de moisissure et le manque de propreté y était flagrant.

Une femme se leva tel un ouragan de son fauteuil au cuir défraîchi. Pas très grande, sa robe tachée révélait son corps potelé et une ribambelle de bourrelets. Ses cheveux courts, infiniment gras, se fondaient en des cicatrices le long de son front. Ce qu'on ne pouvait lui retirer, c'était qu'elle transpirait l'autorité. Shana se souvint d'une affiche qu'elle avait vue en arrivant à Lugann. Et elle collait parfaitement au visage de la femme qui se tenait devant elle – une criminelle recherchée.

— Athaan ? cracha-t-elle. Qu'est-ce que tu fous avec deux péronnelles dans mon bureau ?

Si la température de la pièce n'était déjà pas très haute, elle venait encore de chuter.

— Je te présente Eirinia et Shana, déclara-t-il avec hardiesse. Mesdemoiselles, vous avez l'honneur de faire la connaissance de Ialantha. Celle qui commande ici. Et juste un conseil, ne faites pas attention à ses manières. Il se dit que ce sont des tortues aussi grosses qu'un bœuf qui l'ont élevée ! Et les tortues, qu'Uzushio m'en préserve, ont de vrais caractères de cochon !

La femme grassouillette semblait déjà sur le point d'exploser. Elle plaqua ses mains sur son bureau, ce qui faillit renverser tout son bric-à-brac.

— Et donc ? aboya-t-elle.

Athaan se tint droit, passant une main dans ses cheveux pour se recoiffer.

— Les deux orbes que je vous ai amenés l'autre jour, ils leur appartiennent. Tu sais, les trucs qui font de la lumière, tout ça tout ça. Allez, je suis sûr que tu vois de quoi je veux parler !

L'air exécrable de Ialantha disparut. Elle scruta les deux amies d'un œil avisé.

— Anaro, ferme cette foutue porte ! mugit-elle. (Le concerné s'exécuta sans attendre, leur accordant plus d'intimité.) Très bien, alors discutons un peu. Donc aux dires d'Athaan, ces orbes seraient à vous ? demanda-t-elle tout en se servant un verre d'une bouteille à l'aspect douteux avant de l'avaler cul sec.

— Nous sommes ici pour récupérer ce qui nous appartient, répliqua fermement Shana. Rien de plus. Et rien de moins.

Ialantha fit claquer sa langue, comme si elle appréciait le verre qu'elle venait d'engloutir.

— Les orbes sont des objets précieux. Ils peuvent valoir une fortune au marché noir. Une aubaine pour nous, vous ne trouvez pas ? Mais racontez-moi, comment vous les êtes-vous procurés ? Un meurtre ? Un vol ? Un meurtre suivi d'un vol ? Enfin, peut-on réellement voler un mort ? A-t-il encore le droit de posséder quelque chose ? Et vous, avez-vous encore le droit de posséder quelque chose ?

Shana avait compris la menace sous-jacente.

— C'est une histoire plutôt longue, dont je ne vous ferai pas souffrir la narration. Donnez-nous simplement ce que vous nous avez volé.

— Qui me dit que vous n'êtes pas des espions à la solde de Teyon Kaan ? siffla Ialantha. Et il me semble qu'Athaan m'avait parlé d'un autre garçon. Où est-il ? Lui aussi vous lui avez réglé son compte ?

— Ça ne vous regarde en rien, répliqua sèchement Shana en serrant le poing, encore ébranlée par la séparation de Milian.

— Ce ne sont pas des espionnes, intervint Athaan. Ce ne sont peut-être pas des rebelles comme nous, mais fais-moi confiance sur ce coup. J'ai toujours eu un sacré flair ! Et puis je t'ai dit qu'elles étaient à la recherche d'Hunor. Des espions ne seraient pas assez bêtes pour crier son nom dans toutes les tavernes de Lugann !

Shana se sentit rougir. C'était effectivement ce qu'ils avaient fait. Mais quelques jours plus tôt, ils n'avaient pas encore conscience du danger que cela représentait. *Toutefois, il vient bien de dire qu'ils sont des rebelles ?*

— Et toi, tu devrais apprendre à garder ta langue dans ta poche, le rabroua Ialantha. Aux dernières nouvelles, tu n'es pas non plus la perle la plus scintillante du lot. Et puis elles ont réussi à attirer notre attention, non ?

— D'abord, je ne te permets pas d'insinuer de tels propos, commença Athaan, s'apprêtant certainement à défendre son « honneur ».

— Mon orbe, l'interrompit Shana d'un ton implacable.

Ialantha écarquilla les yeux.

— Je t'aime bien, petite.

Elle ouvrit l'un des tiroirs de son bureau et en sortit les deux orbes. Shana les reconnaissait. *Il y a bien le mien, ainsi que celui que Mili a reçu de Daragh sur* L'Œil du Typhon.

— Lequel ? demanda Ialantha. (Shana pointa celui qui scintillait de façon infime, ce qui provoqua un rire de surprise de la part de la femme potelée.) Avons-nous affaire à une Communicatrice ?

— C'est possible, répondit Shana avec un air de défi.

Ialantha planta négligemment un poignard à la lame en safaïa sur son bureau. *Je pourrais le saisir avant toi et te le retourner*, songea-t-elle. *Tu ne m'impressionnes pas*.

— Et l'autre orbe, à qui appartient-il ?

— Je n'en sais rien, assura prudemment Shana.

— Ah ! oui ? Vraiment ?

— Vraisemblablement et indubitablement à une lignée de Façonneurs, déclara Eirinia comme une évidence, ponctuant sa phrase d'un éternuement plutôt mignon. Il est manifeste que vous observez ces roches internes qui se meuvent avec une constance inlassable. Je ne saurais concevoir l'ombre d'une incertitude à cet égard.

A priori, ce ne fut pas du goût de Ialantha.

— Ce n'était pas ma question ! s'énerva-t-elle avant de reprendre son calme et de s'allonger plus confortablement dans son fauteuil. Mais soit. Shana, si tu veux récupérer ton orbe, il va d'abord falloir m'expliquer votre lien avec Hunor. Je suis loin d'avoir toute la journée pour obtenir des réponses, alors vous feriez bien de tout me dire. Et maintenant, si vous me mentez, que tu sois une Communicatrice ou non, je ne vous laisserai pas repartir.

Si Shana devait en passer par là pour se réapproprier ce qui lui était le plus cher, elle pouvait se plier à l'exercice. Les rebelles étaient vraiment nombreux dans la pièce adjacente, et il y avait peu de chances de s'en sortir sans mettre Eirinia en danger.

Shana chercha l'approbation de sa grande sœur, puis entreprit de narrer leur voyage de *L'Arbre Ruisselant* jusqu'à l'océan Primordial, ainsi que ce qui leur était arrivé une fois en Araneana, suite à la recherche d'Hunor. Eirinia apporta parfois des précisions que Shana ne pensait pas forcément nécessaires, mais les deux jeunes femmes n'entrèrent pas dans les détails et restèrent plus ou moins formelles.

— Et donc nous allions récupérer nos affaires, conclut Shana.

— Votre histoire est touchante, mais elle comporte bien trop de zones d'ombre pour comprendre pourquoi vous avez été embarqués là-dedans, commenta Ialantha. De plus, vous êtes venus chercher refuge chez un fantôme. Hunor est mort depuis des mois.

— Il n'est pas mort, la rectifia la jeune Descendante. Il est gardé dans la même tour où l'on a été jetés, mes amis et moi. Enfin, aux dernières nouvelles, car il fera sûrement partie du convoi en partance pour Neana.

Je ne peux que me fier à ce que Waryn nous a raconté. Même s'il a décidé de nous laisser tomber, jamais il ne nous aurait menti là-dessus.

— Et comment pourrais-tu être certaine qu'il est bien vivant ?

— Mon ami ne m'aurait pas menti, répliqua Shana avec aplomb.

Un court instant de silence. La rebelle cogitait dans son coin.

— Si vous êtes bien les personnes que vous prétendez être et que votre histoire est vraie, ça pourrait m'être utile…, songea à voix haute Ialantha.

— Vous allez me rendre mon orbe, maintenant ? la pressa Shana.

— Mesdames, cette rencontre était plus intrigante que prévu, chantonna grassement la femme potelée, lui donnant l'orbe distraitement. Mais j'ai moi aussi une information qui pourrait vous intéresser. Ça fait des semaines que nous préparons l'attaque du convoi qui part aujourd'hui pour Neana. Celui-là même où devraient se trouver vos amis. Que diriez-vous de nous accompagner ?

Chapitre 30

Shana

Les nuages fuligineux de la matinée avaient été chassés par un vent chaud, plaisant. Le ciel céruléen, en proie aux voltiges et aux gazouillements de pinsons volant à très basse altitude, miroitait sur la surface de l'eau claire de la rivière aux berges verdoyantes. *C'est si improbable face à l'aridité des landes de Vanyanir*, s'émoustilla Shana. *De l'eau en abondance malgré la chaleur, c'est si agréable...*

Eirinia et elle avaient décidé d'accompagner Ialantha et ses rebelles après avoir délibéré entre elles – du moins, Shana s'était résolue à leur prêter main-forte dans l'attaque du convoi. En réalité, il s'agissait d'une chance inespérée de pouvoir extirper Milian de là. *Qu'il le veuille ou non. Sa décision de rester avec Waryn était stupide, et je le lui ferai bien comprendre une fois que je l'aurai sous la main. Me pousser du haut du rempart... Crois-moi que je ne te laisserai pas t'en sortir aussi facilement. J'irai te chercher par la peau des fesses !*

À présent, elle se cramponnait aux lanières de cuir faisant office de rênes, elles-mêmes attachées à une sorte de harnais autour du cou de son toari nommé Kua-Kua. Elle tentait tant bien que mal de rester en selle sur la peau pourvue de poils doux qui, présents ou non, ne changeait pas grand-chose à son maintien. Anaro et Athaan prenaient un malin plaisir à déballer une tripotée de quolibets lorsqu'elle glissait de l'animal marin et finissait à l'eau. Ils ne s'arrêtaient pas là, l'imitant caricaturalement sur la façon dont elle se tenait sur Kua-Kua ; seulement, c'était la première fois qu'elle était sur le dos d'un toari, et il n'y avait quasiment rien de comparable avec un cheval – ne leur en déplaise.

Eirinia, accablée par des éternuements intempestifs et une gorge irritée, avait visiblement tout autant de mal qu'elle pour se maintenir sur sa monture – si ce n'était pas davantage ! Elle n'utilisait même pas les lanières et s'étalait de tout son long sur l'animal en l'agrippant le plus largement possible, aplatie comme une crêpe. Si Shana n'avait pas autant de difficultés, elle aurait trouvé la situation amusante. *Et si les circonstances n'étaient pas aussi graves.*

— Uzushio préférerait se noyer plutôt que de vous voir vous tortiller comme des têtards ! les railla Anaro. Détendez-vous et laissez-les vous guider ! Il faut avoir une prise ferme et souple à la fois. Vos cervelles de Vanyans peuvent comprendre ça ? En tout cas, les toaris, eux, font tout leur possible pour vous faciliter la tâche. Alors mettez-y du vôtre !

— C'est la première fois qu'elles montent des toaris, face de poulpe ! le tarabusta Athaan. Elles doivent s'y habituer !

— On est censé gagner du temps sur le convoi, et non en perdre ! grogna Anaro. À ce train-là, on risque d'atteindre le camp dans une semaine !

— Ça fera des vacances à tout le monde de ne pas voir ta sale tronche. C'est bon pour le moral des troupes, ça !

Les deux hommes repartirent dans un échange enflammé pour savoir qui était le plus laid ou le moins malin. Au moins, ils oubliaient de se moquer de Shana et d'Eirinia. Même si ce n'était pas pour très longtemps.

Athaan et la dizaine de rebelles se maintenaient légèrement courbés pour embrasser les divers mouvements des animaux marins de façon si naturelle. *Ils doivent faire ça depuis leur enfance, il n'y a pas d'autre explication*, voulut se rassurer Shana. À force de chuter de leur cétacé, les railleries et les plaintes recommencèrent à fuser, car les deux jeunes femmes leur faisaient perdre un temps précieux.

— Arrêtez de brailler comme des truites ! finit par s'emporter Ialantha. Le prochain que j'entends, je lui ferai récurer les grilles de la vieille Nirn. Et Uzushio seul sait qu'elle adore faire cramer tout ce qu'elle met dessus ! Et si ce n'est pas suffisant, je lui ferai aussi nettoyer les vêtements d'Aymri !

Shana vit le visage d'Athaan se décomposer. Il prenait la menace très au sérieux.

Les moqueries – du moins celles qui passaient par la parole – cessèrent durant les heures qui suivirent, mais dès que la cheffe rebelle avait le dos tourné, Athaan et Anaro s'en donnaient tout de même à cœur joie pour les imiter en frôlant les limites de l'indécence – une prestation digne des plus grands cabotins.

Puis, Shana commença à saisir quelque chose. Elle n'utilisa les rênes plus que pour se maintenir en place, ne cherchant plus à commander Kua-Kua. C'était bien ce que les autres s'étaient évertués à lui expliquer, mais jusqu'alors, elle avait tenté de reproduire ce qu'elle faisait lorsqu'elle montait à cheval – ce qu'elle connaissait. Elle pensait qu'elle n'avait pas besoin de *trop* le diriger, mais en fait, elle pouvait largement laisser l'animal décider du chemin à suivre. *De toute façon, il ne s'éloigne pas du groupe et suit la masse.*

Jusqu'à présent, Athaan était plutôt resté aux côtés d'Eirinia pour chercher à l'aider. Mais tous ses efforts ne paraissaient que peu porter leurs fruits ; elle se cramponnait comme si sa vie en dépendait. Pour elle, ce n'était pas un problème de diriger l'animal ou non, c'était simplement de pouvoir loger sur son dos sans en glisser.

L'air satisfait, Athaan approcha son toari de Shana.

— Kua-Kua commence à mieux te comprendre, tu te débrouilles bien ! l'encouragea-t-il. Après, peut-être que c'est plus facile parce que tu es une Descendante. C'est même un peu de la triche. Forcément, tu as plus de force, tu es plus agile, et tu réagis plus rapidement. Du coup, en y réfléchissant, je dirais que ce n'est pas trop tôt !

Shana lui rendit un regard noir. Elle se sentait tout de même plutôt fière d'elle. *Finalement, ce n'est pas si compliqué*. Plus à l'aise et avançant à une allure modérée, elle se permit même de trouver une position plus confortable. Devant moins se concentrer sur le cétacé, elle en profita pour poser une question qui la turlupinait.

— C'est quel genre de convoi ? Je veux dire, en Vanyanir, il y a des caravanes qui passent dans les cités et les hameaux afin de vendre toutes sortes de babioles. Mais là, si je comprends bien, il y aura des prisonniers à bord, comme Milian et Hunor ?

Athaan en profita pour se tourner vers elle, adoptant une pose sur le toari que Shana n'aurait même pas imaginée possible.

— Effectivement, ça n'a rien à voir, mademoiselle ! s'enhardit-il avant de prendre un air plus sombre. Là, c'est un convoi militaire qui vise à amener des troupes supplémentaires dans la guerre contre le Leanalyn. Le général Kaan a fait vider les prisons de Lugann et il y a de nombreux captifs à bord : des criminels, des rebelles, des innocents… Nous ne pouvons pas les abandonner à leur sort et les faire servir de chair à canon pour cette guerre insensée. Nous sauverons autant de frères et de sœurs que nous le pouvons !

Tout comme je sauverai Milian.

— Il sera beaucoup plus important que je ne le pensais…

— Plusieurs navires qui grouillent de soldats, oui !

— Allez-vous seulement être assez nombreux ? Ça m'a juste l'air d'être une attaque suicide.

Athaan la scruta comme si la réponse était évidente.

— Nous ne serions jamais assez pour nous attaquer à l'ensemble du convoi. Ce serait de la folie. Enfin, il y a quelques années, peut-être, mais plus maintenant, expliqua-t-il en retroussant ses lèvres. Dans tous les cas, si nous voulons opérer, c'est avant qu'il n'atteigne Neana, car là-bas, le roi Llygredd risque de le faire doubler ou tripler de volume. D'autres convois s'y joindront depuis diverses cités de l'Araneana, la capitale étant leur lieu de ralliement, ajouta-t-il sous l'œil circonspect de Shana.

— Je comprends, conclut-elle.

Elle ne s'était pas imaginée que le convoi était d'une telle importance, mais cela l'effrayait moins qu'elle ne l'eût cru. Si les rebelles étaient confiants sur leurs chances de réussite, elle voulait y croire. De toute façon, elle s'associait à eux avec plus ou moins le même but.

Presque une heure plus tard, ils arrivèrent aux abords d'un village de pêcheurs – si l'on se fiait à la kyrielle de petites barques attachées à des pontons et aux filets de pêche entreposés sur la rive. Sur le devant de cabanons en bois, rafistolés avec les moyens du bord, des poissons suspendus par la tête séchaient tandis que des hommes s'affairaient à réparer des nasses. À la surface de la rivière, on pouvait distinguer les museaux ou les encolures de toaris s'amusant entre eux.

Le groupe de rebelles accosta sur une grève de galets entourée de roseaux, près des cabanes. Les pêcheurs les observaient de loin mais ne délaissaient pas leurs activités, se contentant d'afficher des mines d'enterrement et de parler entre eux à voix basse. Alors qu'Anaro fit un geste pour saluer l'un d'entre eux, celui-ci ne répondit pas, lui tournant le dos pour rentrer dans sa cabane. *Apparemment, nous ne sommes pas les bienvenus.*

Ialantha beugla quelques persiflages avant d'emprunter le petit chemin de terre qui passait derrière les cabanons, et presque tout le groupe la suivit. Seuls Layne et un autre rebelle restèrent aux côtés des toaris pour les surveiller.

Shana proposa de rester sur la grève avec Eirinia. Ainsi, elles pourraient discuter avec Layne, qui avait sensiblement le même âge qu'elles, et qui serait certainement de bien meilleure compagnie que des pêcheurs austères. Ialantha éluda la proposition aussi rapidement qu'elle avait été formulée, intimant aux jeunes femmes de l'accompagner. Elles n'étaient pas aux ordres de la cheffe rebelle, mais son visage glacial ne présageait rien de bon si elles n'obtempéraient pas.

Bientôt, ils arrivèrent au-devant du village. Les premières maisons n'avaient pas vraiment fière allure ; la plupart des murs étaient colmatés avec des planches de bois ou de la paille, et elles ressemblaient plus à des masures qu'autre chose. La rue principale se vida à leur passage. Seuls quelques enfants étaient restés, les habits couverts de terre, jouant avec des brindilles en guise d'épées.

Arrivés à la place centrale du village, où un puits à la margelle de pierre passablement ébréchée tenait misérablement debout, un groupe d'habitants les attendait de pied ferme. Aucun signe de sympathie sur leurs visages. La venue des rebelles n'était pas passée inaperçue. Ialantha ne ralentit pas pour autant et s'approcha d'eux de sa masse corpulente – ce qui était terriblement impressionnant.

— Je lui avais dit que c'était une mauvaise idée, lança Anaro à voix basse. Elle n'en fait qu'à sa tête…

L'un des habitants, un vieil homme au crâne tavelé et aux rides saillantes, les bras grands ouverts et la voix chevrotante, se détacha du groupe pour rencontrer la rebelle.

— Ialantha ! Quelle… surprise ! On ne s'attendait pas à ta venue !

— Ah bon ? rétorqua-t-elle. Eh bien, je suis quand même là, Nonoe. Combien d'entre vous sont prêts à nous rejoindre ?

— Toujours aussi directe, hein ? marmonna le barbon en se grattant derrière la tête. Pour tout te dire…

— Personne ne te suivra ! fulmina l'une des femmes du groupe resté en retrait. Tu peux repartir avec tes rebelles, on ne veut plus en entendre parler !

Elle devait avoir la quarantaine, mais les poches sous ses yeux et son air courroucé lui en faisaient paraître bien plus.

— Raïna ? réagit Ialantha, déroutée.

— Tu ramènes tes fesses ici, et tu crois que tout le monde va te suivre en bons petits chiens ? C'est nous qui subissons les conséquences de votre maudite rébellion !

— Qu'est-ce qui t'arrive, vieille mégère ?

Le groupe d'habitants s'agitait, et Shana sentait leur hostilité croissante. *Ne vaut-il pas mieux déguerpir tout de suite ?* songea-t-elle en tournant la tête vers le chemin par lequel ils venaient d'arriver.

— Combien d'enfants vont encore se retrouver sans leurs parents ? poursuivit Raïna, furibonde. J'ai trois gamins à nourrir, et je ne vais pas risquer de les laisser sans leur mère. Et sache que je ne suis pas la seule dans ce cas !

— Ils ont capturé Luunis ? grogna Ialantha.

— Pas uniquement, cracha un homme efflanqué. Kaan a organisé de nombreuses rafles ces derniers temps. On est à bout. On se saigne toute l'année pour payer les taxes de Llygredd, et du jour au lendemain, parce que vous vous en êtes pris à des soldats ou je ne sais encore quoi, ils viennent embarquer tous ceux dont le visage ne leur plaît pas. Ce n'est plus possible.

La tension devint oppressante. Shana percevait les regards de ceux cloîtrés chez eux. Ils étaient bien plus nombreux que le seul groupe qui se dressait devant eux, et face à tout un village, la situation ne jouait pas en la faveur des rebelles.

— La prochaine fois qu'ils reviendront, ce sera pour brûler le peu de choses qu'il nous reste ! renchérit un autre homme d'un ton acerbe, un bandage lui couvrant l'œil gauche. Non, Ialantha, tu devrais te rendre. Au moins, ils nous laisseraient peut-être tranquilles.

— Et d'après vous, il se trouve où à l'heure actuelle, Luunis ? beugla la cheffe rebelle. Et tous les autres ? Ils seront dans ce convoi, alors vous comptez les abandonner ?

— C'est ta faute ! vitupéra Raïna. Donc si nous voulons avoir une chance de survivre, laisse-nous loin de tout ça ! Tu ne nous feras pas changer d'avis ; ce combat, tout comme l'espoir, a été perdu il y a maintenant des mois de ça. Tu devrais t'en aller.

Comme pour appuyer ses propos, des personnes émergèrent des masures, l'air hagard, déterminées à chasser les intrus de leur village. Certains d'entre eux portaient des fourches rouillées, des harpons ou encore des armes assemblées de façon rudimentaire. En colère, ils sommèrent les rebelles de déguerpir d'ici, ou ils le feraient par la force. Shana sentit ses poils se hérisser. La foule était devenue intimidante, et Ialantha ne faisait rien pour les calmer, au contraire. *A-t-elle seulement conscience de leur nombre ?*

— Tant que je respirerai, ce ne sera jamais fini ! s'époumona la rebelle, tournant sur elle-même.

Nonoe fit un pas en avant pour se mettre devant les protestataires, dont les grondements n'annonçaient rien de bon.

— Laisse-les, ils ont déjà assez donné durant toutes ces années, l'implora-t-il. Tout ça n'a que trop duré. Le sang appelle le sang, comme toujours. Tu veux donner l'espoir d'un meilleur lendemain, mais le prix est trop grand à payer.

— Trop grand ? Et réduire à néant tous nos efforts ? Non. Nous ne nous sommes pas sacrifiés jusqu'à maintenant pour renoncer.

— Peu importe à quel point tu penses que ce que tu fais est juste, faut-il encore que ça ait un sens pour eux. Tout le monde ne cherche pas la vengeance. Parfois, il faut se contenter de ce qu'il nous reste. Ne pas *oublier* ce qu'il nous reste.

Au moins, lui, il essaie d'éviter l'effusion de sang.

— Foutons-les hors d'ici ! les harangua une femme, les deux poings serrés.

Les habitants se rapprochaient dangereusement, laissant planer la menace que Shana redoutait. Les pointes de fourches s'abaissèrent. Ils n'avaient même plus la possibilité de fuir. Ils étaient encerclés par cette foule qui criait sa colère. *Contre les rebelles ou les soldats ?* Elle n'aurait su vraiment le dire à cet instant.

— Par les étrons d'Uzushio, ouvrez les yeux ! gueula Ialantha de sa voix adipeuse, couvrant presque le vacarme des habitants. Vous devez vous battre !

Elle ne renoncera pas ? Après tout, ce ne sont pas quelques paysans qui me font peur.

Un homme robuste, au visage carré à la barbe mal rasée, la peau tannée par le soleil et une hache affûtée dans la main, se rapprocha de la rebelle, tel un monolithe inébranlable. Alors qu'il n'était plus qu'à une dizaine de pas d'elle, Anaro s'interposa et dégaina son glaive. Il faisait une bonne tête de moins que l'habitant, mais il ne sourcilla pas, se tenant bien droit, campé sur ses appuis.

— Ne fais pas quelque chose que tu pourrais regretter, Gildar, le menaça Anaro.

— Parce que tu crois que tu serais en mesure de m'arrêter ? ironisa l'intéressé. De *tous* nous arrêter ?

— Ton esprit se serait-il ramolli, l'emplâtre ? clama Ialantha.

Gildar tapota le plat de sa hache.

— Tu les as entendus. Quand bien même nous réussirions à libérer certains des nôtres, quelles seraient les représailles ?

— Je ne savais pas que tu étais devenu aussi lâche, n'en démordit pas la cheffe rebelle. Vous souillez les noms de tous ceux qui sont tombés pour défendre vos terres !

L'indignation submergea l'assemblée. Ils étaient à deux doigts de se ruer sur eux.

— Ne va pas trop loin, l'avertit Gildar. Tout le monde a déjà souffert, et chacun a fait son deuil.

Ialantha vint elle-même se camper devant l'homme à la hache, levant bien haut la tête pour le regarder dans les yeux. Elle le défiait de tenter quoi que ce soit. Puis, au bout d'un instant qui parut interminable, elle se tourna vers la foule véhémente.

— Vous savez quoi ? rugit-elle. Hunor n'est pas mort !

Les invectives cessèrent pour laisser place à un flot de murmures.

— Tu prends tes rêves pour des réalités, objecta Gildar. Hunor est mort dans la tour depuis des mois. Comme nombre des nôtres.

— Et tu en as la preuve ? riposta Ialantha, des éclairs jaillissant de ses yeux.

— Non, mais…

— Il est en vie, réaffirma-t-elle.

Gildar ferma les paupières et souffla un grand coup. Les insultes reprirent.

— Et comment tu pourrais le savoir ? intervint Nonoe, dubitatif, mais effectuant de larges gestes pour contenir les autres.

Apparemment, ils l'écoutent.

Ialantha fit volte-face pour montrer Shana.

— Cette gamine l'a vu dans la tour, annonça-t-elle comme si cela lui crevait le cœur de l'avouer.

Tous les yeux se braquèrent sur la jeune Descendante, qui ne sut plus où se mettre. Elle sentit ses joues rosir. Elle détestait devenir le centre de l'attention, et cette femme venait de l'envoyer en pâture à la foule grondante sans même la prévenir. *Foutue rebelle !*

Cela n'aurait peut-être pas changé énormément sa situation, mais elle aurait au moins pu y être préparée. En plus, elle n'avait jamais été certaine d'avoir vu Hunor. Elle ne faisait que se fier à ce que Waryn leur avait divulgué. *Comment vais-je me dépêtrer de ça, maintenant ?* rumina-t-elle. Des dizaines de paires d'yeux étaient braquées sur elle, et elle aurait voulu se cacher dans un arbre pour ne pas subir cette oppression.

Nonoe s'approcha d'elle, les sourcils froncés.

— Hunor serait-il vraiment en vie ?

Ialantha fixa la Communicatrice, tel un avertissement.

Comme si je n'avais pas déjà assez la pression.

— J'ai été dans leur tour, enfin, dans les sous-sols, plus exactement, bredouilla Shana, pas très sûre de ce qu'elle devait dire.

— Dans les sous-sols ? s'exclama le vieil homme tavelé. Mais ça voudrait dire…

— C'est une Descendante, oui, beugla la cheffe rebelle.

Nonoe resta perplexe.

— Et y as-tu vu quelqu'un ?

Quelqu'un faisait tinter ses chaînes dans sa cellule, même si je n'ai pu l'apercevoir. J'ai entendu ses gémissements lorsqu'il avait dû percevoir quelqu'un approcher.

— Il faisait très sombre, mais j'ai aperçu un homme enchaîné, oui…, hésita-t-elle, souhaitant être plus convaincante.

Sortez-moi de là !

— Dis-moi, petite, poursuivit Nonoe avec affabilité, saurais-tu me donner le nom du tortionnaire qui s'est occupé de toi, dans la tour ?

Il n'en a pas eu le temps, songea-t-elle avec amertume. *Ce qu'il a fait subir à Milian, je le lui ferai regretter un jour. Mais son nom, je ne suis pas près de l'oublier.*

L'espace d'un instant, elle ne fut plus au milieu de cette foule ; elle se revit dans la tour, dans une geôle plus sombre que la nuit, avec pour seule compagnie des gouttes qui se déversaient dans des flaques qu'elle ne pouvait qu'imaginer. Elle ne s'était jamais sentie aussi impuissante qu'en ces moments. *Et pendant ce temps, il se faisait torturer…*

— Artaith…, articula-t-elle d'un ton polaire.

Elle maudirait ce nom jusqu'à la fin de sa vie.

— Ce n'est pas un nom que l'on peut donner au hasard, lâcha le vieil homme, pensif. Les quelques Descendants présents en Araneana ont tous été envoyés à la guerre, alors à moins qu'Ihroal ou Aymri aient été capturés sans que je le sache, la personne que tu as vue enchaînée, ce ne peut être qu'Hunor ; il n'y a que les Descendants qui sont gardés dans les sous-sols. Et s'il est toujours vivant, c'est qu'ils ont peut-être réussi à briser sa volonté et qu'ils veulent s'en servir.

L'assemblée était presque pendue aux lèvres de l'aîné, comme à un sage ou quelque chose du genre. Certains conservèrent leur posture hostile, mais ils ne firent plus l'unanimité. *Hunor est-il si important pour que leur attitude change du tout au tout ?*

— Pourquoi ne pas en avoir parlé plus tôt ? s'écria Gildar.

— Parce que ce ne devrait pas être un argument pour vous battre ou non, râla Ialantha. Nous n'avons pas besoin de lui. Alors maintenant, Nonoe, tu vas passer le message à tous les villages des environs qu'Hunor est vivant et qu'il se trouve dans le convoi. Le point de ralliement reste inchangé.

— C'est vraiment ce que tu veux ? insista le vieil homme tavelé.

— On a besoin d'autant de renforts que possible, alors oui, c'est ce que je veux, rétorqua-t-elle, implacable.

— Bien, je ferai en sorte que le message leur arrive au plus tôt.

— Je n'en attendais pas moins. (Nonoe effectua une légère courbette avant de s'éloigner prestement, l'assemblée se fendant sur son passage.) Est-ce que ça te fait changer d'avis, Gildar ?

— Je vais y réfléchir, répondit-il en tournant les talons à son tour.

La foule l'imita. Elle se dispersa dans tout le village tandis que quelques regards mauvais persistèrent sur le groupe de rebelles. Ialantha, à moitié satisfaite, rebroussa chemin pour regagner la grève où ils avaient laissé les toaris.

Tu n'as plus intérêt à me refaire ce coup, la maudit Shana.

Au grand soulagement de la Communicatrice, le trajet du retour fut silencieux.

— Gildar prend ses décisions rapidement, on sera très vite fixés, annonça Ialantha lorsqu'ils furent arrivés sur la grève de galets.

Shana s'assit sur les cailloux ovales et jeta un regard noir à la cheffe rebelle. Elle avait peu apprécié la mise en scène qu'elle avait fomentée en la laissant face à toute cette assemblée. *Au vu de la façon dont elle parle d'Hunor, elle ne le porte certainement pas dans son cœur. Pourtant, elle se rattache désespérément à lui pour rallier des gens à sa cause. Et si tout ça était voué à l'échec ? Si tant de personnes ne croient pas en cette femme, pourquoi le devrais-je ?*

En plus, elle a un sacré caractère de cochon.

Un peu plus loin, Athaan mimait différentes positions à Eirinia à la manière d'un comédien en goguette. Il devait encore s'évertuer à lui expliquer comment se tenir sur son toari, et le voir était plutôt amusant.

Cherchant dans son sac, Shana prit son orbe avec délicatesse. Elle ressentait parfois le besoin de le contempler. Cela avait quelque chose de rassurant. C'était le seul lien qu'elle conservait avec sa famille, et elle ne pouvait concevoir de le perdre.

Un jour, je les retrouverai, se promit-elle ; une promesse qu'elle se rappelait souvent, même s'il lui était impossible de l'oublier.

— Je savais que certains rebelles avaient choisi de ne plus se battre pour notre cause, mais Ialantha a toujours refusé de l'entendre…, commença Anaro en s'asseyant à côté d'elle. On est de moins en moins nombreux à travers l'Araneana, mais comment leur en vouloir ?

Elle rangea l'orbe dans son sac, ce qui ne manqua pas de raviver le chagrin d'être séparée de ses parents.

— La situation est-elle aussi grave que vous semblez l'insinuer ? demanda-t-elle pour lui faire la conversation.

Anaro resta interdit un moment, les yeux perdus sur les remous de la rivière.

— Regarde dans quelle misère ces gens vivent, poursuivit-il d'un geste vague en direction des habitations qu'ils venaient de quitter. Autrefois, l'Araneana regorgeait de villages avec de belles maisons en saf !

— J'ai un peu de mal à l'imaginer, là maintenant.

— Oh ! mais ne te fais pas d'illusion. La vie a toujours été dure ici. Et le travail toujours pénible. Cultiver les champs, pêcher de longues heures… Enfin, pêcher reste un travail plutôt simple. Mais là où je veux en venir, c'est que les jeunes ne désertaient pas. Et on profitait de notre dur labeur.

— Qu'est-ce qui a changé, alors ?

— L'arrivée au pouvoir de Llygredd. En quelques années, presque tout ce que nous produisions a été réquisitionné. Les récoltes, les produits de la pêche, les hommes… réclamés par le roi, les seigneurs, l'armée… (Anaro baissa la tête pour fixer les galets à ses pieds.) Tout le monde fuit la campagne et cherche en ville les loras qui ne sont plus ici. Mais c'est partout pareil, la misère n'a fait que gagner les cités petit à petit. Lugann, Plepea… et même Neana n'est pas épargnée !

— Je n'avais jamais entendu parler de tout ça, et pourtant, j'ai eu l'occasion de rencontrer quelques Araneanais en Vanyanir, objecta Shana.

Il lui était difficile de le concevoir.

— Ceux que tu as croisés, ce sont des marchands, des marins… Ils ne ressentent pas la pauvreté du plus profond de leur royaume, ou ils ferment les yeux par crainte de Llygredd. La militarisation atteint des sommets alors que l'Araneana est en paix depuis bien longtemps et que son peuple souffre de famine.

— La guerre se tient au seuil de votre territoire, intervint Eirinia, éternuant dans un tissu qu'elle avait tiré de son sac retrouvé – Athaan et elle s'étaient approchés sans que Shana le remarque. Il se pourrait que tel soit le tribut à verser pour l'assurance de votre protection.

Anaro fit ricocher un galet sur la rivière.

— Pas comme ça. Je ne dis pas que notre roi a toujours été un modèle et qu'il se préoccupait de sa population, mais il y a bien des années, au moins, il était plus simple d'avoir quelque chose dans l'assiette le soir. Enfin bref, nous ne sommes que des petites gens de toute façon. Tiens, les voilà !

Sur le lit de la rivière, Gildar en tête, cinq hommes arrivaient à vive allure sur leurs toaris.

— Allez, on se bouge ! cria Ialantha. On a déjà perdu assez de temps comme ça !

Les villages se succédèrent le reste de la journée, et Shana assista à des scènes identiques, inlassablement. Les habitants, vivant dans une pauvreté apparente, les accueillaient froidement, certains manifestant leur ire plus violemment que d'autres. Cependant, la cheffe rebelle fut bien plus prompte à annoncer qu'Hunor était en vie, et Shana dut répéter chaque fois le même discours. Mais ces fois-ci, elle fut soutenue par Gildar. Avec sa hache et sa stature imposante, il paraissait jouir d'une autorité supplémentaire, et les gens lui accordaient bien plus de confiance qu'à Ialantha. Toutes les velléités mourraient presque dans l'œuf.

Puis le sombre voile vespéral finit par engloutir la rivière, et le groupe avança à la lumière des étoiles pendant un moment avant de s'arrêter sur l'une des berges, à l'abri de saules dont les frondaisons caressaient la surface de l'eau.

Ils étaient plus d'une trentaine, et d'autres avaient promis qu'ils se mettraient en chemin dès le lendemain. Néanmoins, l'ambiance n'était pas pour autant festive, et les mines restaient empreintes de gravité.

Autour du feu sur lequel grillaient quelques poissons aux écailles colorées, des discussions traînaient sur Hunor, et Shana en profita pour tendre l'oreille.

D'après ce qu'ils racontaient, Hunor était bel et bien un Descendant – un Apprivoiseur, plus précisément ; il était capable d'élever des brasiers plus brûlants que les flammes de l'enfer à l'encontre de ses ennemis, même si les propos semblaient quelque peu exagérés par les chopes de bière pisseuse. Respecté pour ses prouesses au combat, il s'était dressé à maintes reprises contre le pouvoir abusif du roi, ne lui valant que des éloges de la part de ceux qu'il avait défendus. Apparemment, à lui seul, il pouvait mettre en déroute une garnison entière, et nombre de villages avaient été sous sa protection. Seulement, le jour où il avait disparu – il y avait quelques mois de cela –, tout avait radicalement changé. Sans cette défense, le roi avait repris le contrôle de tous ces domaines, ne leur faisant que payer au plus fort ces années d'affront.

Shana se demandait si une vie en valait vraiment une autre. Elle soupira, en proie à ses démons intérieurs.

Elle se revoyait sur *L'Œil du Typhon*, à se déchaîner de façon viscérale contre les gnasseas. Elle n'avait pas eu le choix, bien sûr, mais elle avait bien senti cette rage férocement barbare et atrocement insensible au plus profond d'elle. Et puis, ce n'était pas le pire, car même s'ils restaient des êtres vivants, il s'agissait de monstres mus par la seule envie de tuer ou de se nourrir.

Non, le pire, c'était lorsqu'elle avait eu l'irrépressible envie de donner la mort aux hommes qui s'étaient mis en travers de son chemin. Elle n'avait plus été maître d'elle-même, et à plusieurs reprises. Le mercenaire sur *L'Œil du Typhon*, Vizar, les gardes dans le bâtiment où ils avaient été retenus prisonniers…

Si Milian n'avait pas chaque fois contenu son geste et ne l'avait pas ramenée à la raison, elle serait allée au bout sans pouvoir résister à ce côté presque sadique. *Je me dois de contrôler mes pulsions, ou je ne deviendrai plus qu'une bête sauvage, guidée par la démence. Comme Jalen, la nuit où il a affronté les soudards avant de mourir face à Daragh et Anya.*

— Vous savez vous battre ? demanda Athaan, comme s'il avait lu dans ses pensées.

Les flammes se reflétaient sur son visage. *Il est loin d'être un enfant, et il a dû vivre ses propres horreurs*, songea-t-elle.

— Non, murmura Eirinia, les yeux dans le vide.

Elle ne pouvait pas toucher une arme. Elle était paralysée rien que par cette pensée. Shana ne le savait que trop bien ; la cicatrice de la perte de ses parents s'ouvrait chaque fois qu'elle était confrontée à une lame.

— Un peu, fit Shana. Et toi, tu voudrais me montrer de quoi tu es capable ? s'empressa-t-elle d'ajouter, plus dans le but d'éviter cette discussion à Eirinia.

Athaan hésita un instant, mais acquiesça. Shana n'avait pas forcément voulu être sérieuse. Elle s'était attendue à ce qu'il lui avoue qu'il ne savait absolument pas se battre, cependant, il était plutôt sûr de lui et fanfaronnait déjà. La jeune Descendante se doutait qu'il aurait préféré passer plus de temps avec Eirinia et cela l'incommodait peut-être de devoir se coltiner son amie qui ne l'intéressait pas.

— C'est d'accord, suis-moi ! lança-t-il, alors qu'il l'entraînait tout en subtilisant deux glaives – leurs possesseurs étaient trop occupés à dévorer les fruits de leur pêche et à vider leurs chopes les unes à la suite des autres.

Shana et Athaan s'éloignèrent à une distance suffisante du feu pour ne pas déranger ceux qui allaient déjà se coucher, même si le rire gras de Ialantha perçait la pénombre. Ils se dénichèrent un coin où nul arbre ne leur obstruait la clarté de la lune.

— Alors, voyons voir ce que tu as dans le ventre, claironna Athaan, se mettant en garde.

Sait-il réellement ce qu'il fait ? À Lugann, je l'ai maîtrisé avec tant de facilité…

Il passa à l'assaut en un mouvement très lent, que même un bébé vagissant aurait pu parer. L'acier tinta. D'un geste fluide, Shana fit tournoyer le glaive d'Athaan, qui alla se ficher une quinzaine de pas plus loin. Il écarquilla les yeux. Il avait compris son erreur, comme bon nombre de malotrus à *L'Arbre Ruisselant* qui pensaient avoir à en découdre avec une frêle jeune femme sans défense.

— Tu n'es pas une débutante, on dirait bien…, lâcha-t-il, hébété.

— Si c'est tout ce que tu voulais savoir…

Je ferais mieux d'aller me coucher. Chevaucher un toari n'est pas aussi reposant que ça en a l'air, et me vider l'esprit me fera du bien.

— Non, attends ! Tu es une Communicatrice, mais ton mouvement était un peu raide, tout de même.

— Ah bon ? Et qu'est-ce que tu en sais ? répliqua Shana, piquée au vif.

— À vrai dire, j'ai été formé à l'art du combat par un Descendant. Je suis plus doué avec un arc en main, mais je ne me défends pas si mal. Je suis sûr que l'on pourrait s'apprendre mutuellement des choses avant l'attaque du convoi, même si maintenant, c'est dans moins de quatre jours.

— À toi de me prouver ce que tu sais faire, alors.

Allez, je peux bien t'octroyer ce privilège…

Athaan trépigna sur place puis courut ramasser son glaive. Cette arme n'était pas celle avec laquelle elle avait appris à se battre avec Jalen – une épée à la lame bien plus courte –, mais elle devrait sûrement y avoir recours, donc tout compte fait, il était préférable de se familiariser avec celle-ci dès à présent.

La prenant bien plus au sérieux, Athaan se révéla être un véritable adversaire. Il compensa son manque de force en utilisant celle de Shana contre elle, et sa rapidité en usant de feintes qui la faisaient tomber dans des pièges élaborés par son esprit espiègle. Finalement, il avait été à bonne école et avait bien caché son jeu. Elle l'avait sous-estimé, ce qu'elle avait plutôt l'habitude de reprocher à ses opposants.

Mais l'heure tardive de la nuit les rattrapa, et alors que presque tout le camp s'était déjà endormi, mis à part ceux de garde, ils retournèrent près du feu. Sur le chemin, Athaan lui confia encore quelques conseils avisés sur sa posture, puis il alla s'installer dans sa couchette. Shana rejoignit Eirinia, et au son de sa toux, elle sut que son amie n'avait toujours pas trouvé le sommeil. *Dans quoi l'ai-je encore embarquée...*

Le lendemain, ils se scindèrent en plusieurs petits groupes afin de ne pas éveiller une quelconque suspicion malvenue. Ialantha craignait qu'il puisse y avoir des habitants enclins à rapporter leur présence, car ils étaient trop nombreux pour être de simples pêcheurs.

Shana et Eirinia, qui restèrent avec celui de la cheffe rebelle, n'avaient jamais vu autant de cours d'eau à l'intérieur des terres. Les rivières se divisaient régulièrement en défluents, qui eux-mêmes rejoignaient d'autres rivières. Au milieu d'une flore dense, louvoyant entre les racines des arbres qui trempaient allègrement dans l'eau claire, ainsi que les branchages charriés par le courant qui s'échouaient sur les alluvions, ils progressaient rapidement.

— Ne risquons-nous pas de prendre du retard sur le convoi, avec tous ces arrêts ? demanda Shana à Anaro, qui tapotait l'encolure de sa monture.

— Le réseau de rivières nous permet de gagner un temps certain par rapport au chemin qu'emprunte l'Ondoyant, expliqua-t-il. Et puis le convoi est plutôt lent si on le compare au déplacement d'un toari seul. Enfin, ce serait tout de même mieux si l'on n'avait pas à s'arrêter toutes les heures pour repêcher Eirinia, ajouta-t-il en grognant.

Shana voyait bien que son amie avait toujours beaucoup de mal à se tenir sur l'animal marin – son rhume ne l'aidant en rien –, mais elle s'était considérablement améliorée, et Athaan y était pour beaucoup. *Qu'elle n'en glisse que toutes les heures est un progrès faramineux*, s'amusa-t-elle à penser.

Les quelques villages qu'ils visitèrent leur réservèrent un accueil radicalement différent comparé à la veille. La nouvelle qu'Hunor était bel et bien vivant les avait précédés et les habitants venaient à leur rencontre non pas en marmonnant des imprécations, mais avec un espoir retrouvé.

Cependant, le seul point étrange était que Ialantha ne paraissait pas s'en réjouir plus que ça. *Elle ne dit pas tout, mais est-ce que ça a la moindre importance ?*

Le soir, Shana s'isola à nouveau avec Athaan pour reprendre quelques échanges. Il n'était pas si mauvais, et conseillait la jeune Descendante sur des postures nouvelles, plus sournoises que celles qu'elle avait apprises avec Jalen. Il insistait sur la précision de ses gestes alors qu'elle lui donnait du fil à retordre, le dominant assez souvent dans leurs passes. Lorsqu'il ne put plus suivre l'endurance d'une Shana inépuisable, et qu'il faillit se blesser avec son propre glaive, ils mirent fin à leur entraînement et allèrent se coucher.

Le lendemain, ils arriveraient au point de ralliement des rebelles, et cela annonçait également le rapprochement à grands pas de l'attaque du convoi. Malgré les picotements sur sa peau, elle ne se sentait pas angoissée – et c'était peut-être ce qu'elle craignait le plus.

Chapitre 31

Shana

L'astre solaire s'approchait de son zénith, et le ciel azuré, mâtiné de nuages cotonneux, avait quelque chose de revigorant. Des plantes que Shana n'aurait su nommer, aux couleurs vives et éclatantes, fleuraient sur la rivière. Elle les humait par l'intermédiaire des délicieux friselis qui finissaient par s'insinuer dans sa chevelure, qu'elle avait soigneusement attachée en utilisant des lanières que Layne lui avait prêtées.

Elle s'était habituée aux mouvements gracieux de Kua-Kua. La position qu'elle devait adopter n'était pas naturelle, seulement, il fallait s'y faire ; peut-être ne s'agissait-il que d'une simple impression, mais son toari paraissait s'être adapté à elle durant tout le voyage. Néanmoins, à contempler Eirinia gesticuler gauchement sur sa monture, cela ne restait sûrement qu'une intuition.

Ils empruntèrent un mince défluent pour passer au milieu d'arbres dont les feuillages plongeaient la tête la première dans le cours d'eau. Dans cette végétation quasiment opaque, alors que les cétacés évitaient habilement les écueils à une allure réduite, Shana put tout de même apercevoir quelques animaux. Une famille de rongeurs aux épines dorsales et aux bouilles mignonnes à croquer se terrèrent dans leur trou. De petites créatures poilues, pas plus grosses qu'une main, firent bruisser des feuilles multicolores. Ils observaient le déplacement de ces humains qui perturbaient la paix de cet endroit ô combien magnifique – si on le comparait aux éternelles landes rouges et craquelées de Vanyanir.

Un paysage que j'ai toujours rêvé de contempler, s'émerveilla-t-elle. *Mais comment autant d'eau peut se trouver à l'intérieur des terres ?*

Lorsque la rive le permit, ils mirent pied à terre. Ialantha en tête, ils s'engouffrèrent dans la forêt aux frondaisons basses, écartant les branchages pour se frayer un chemin.

Eirinia, suivant la cheffe rebelle de près, lui adressa la parole avec une expression qui oscillait entre incertitude et soif de connaissance.

— À quelle fin se déploie cette guerre ? Je m'échine à considérer la problématique sous tous les angles, sans toutefois parvenir à discerner de justification véritable à cette situation.

Ialantha fit une moue déconcertée. Elle la ponctua d'insultes et railleries qui firent pâlir Eirinia par leurs images particulièrement évocatrices. Elle mêla le derrière dilaté d'une grenouille, la fleur du désir de la jeune femme, ainsi que nombre d'éléments peu ragoûtants.

— Je n'en ai aucune foutue idée ! finit-elle par baragouiner.

— Hunor disait bien que ça arriverait, intervint Athaan.

— Tais-toi donc, espèce de pendard !

— Tu ne voulais peut-être pas l'écouter, mais il avait raison, se défendit Athaan. Llygredd ne cherchait qu'un prétexte pour engager la guerre contre le Leanalyn, et il a sauté sur l'occasion que représentaient ces pillages au nord du royaume.

— Hunor..., répéta Shana. Ialantha, vous ne semblez pas le porter dans votre cœur, au contraire de tous les autres rebelles, mais nous, nous ne savons que peu de choses sur lui.

La femme rondelette frappa une branche.

— Mon avis importe peu.

— Il est à l'origine même des rebelles, badina Athaan d'un ton guilleret.

— On peut le voir comme ça, ajouta Ialantha avec agacement.

— Bah ! raconte-leur si tu le sais mieux que moi, se renfrogna-t-il.

Elle se racla la gorge pour s'éclaircir la voix.

— Ça me rajeunit pas, mais c'était il y a une dizaine d'années. Avant ces histoires de rebelles. Je n'étais alors qu'une brigande à la tête de quelques hommes, faisant mon bout de chemin pour survivre.

— Oui, s'en prendre aux questeurs pour leur voler les taxes, c'est vraiment très louable – de son point de vue, ricana Athaan.

Ialantha lui jeta un regard noir mais ne répliqua pas.

Elle s'entendrait à merveille avec Waryn, songea Shana avec un soupir.

— Je m'étais déjà bâtie une certaine réputation, lorsqu'un jour, Hunor – que je ne connaissais pas encore – est venu me trouver dans une taverne miteuse. Il m'a dit vouloir s'associer avec moi, et comme il m'a montré qu'il était un Apprivoiseur, j'ai préféré l'avoir à mes côtés. Même s'il m'avait caché ses véritables plans à l'époque. Avec du recul, je ne pense pas que ce sont seulement les hommes à mes ordres qui l'intéressaient ; mon aversion pour l'autorité lui a plu.

— Oui, ce n'était certainement pas ta douceur naturelle, plaisanta Athaan, s'étouffant à cause de sa propre blague.

— Toi, fais gaffe à ne pas te noyer d'ici la fin de la journée ! le menaça

Ialantha. Quoi qu'il en soit, on pouvait déjà voir les prémices de la famine et de la pauvreté guetter aux portes des campagnes, et ça n'a fait que propulser notre ascension. Avec Hunor, on a recruté plus d'hommes, qui venaient spontanément, et on s'est attaqué à de plus gros poissons au fur et à mesure. Ce vieux rabougri redistribuait une partie de ce qu'on volait dans les villages, et notre mouvement grandissait de jour en jour. On a fini par s'étendre sur presque tout l'Araneana et devenir la principale source de préoccupation de Llygredd. Ce qui nous a valu le nom de *rebelles* après quelques années.

— Jusqu'à ce jour…, souffla Athaan.

Ialantha s'énerva de plus belle.

— Ferme-la ! Mais oui, il y a environ dix mois, Hunor s'est fait capturer.

— Quelqu'un a dû le trahir pour une quelconque récompense, étaya-t-il. Il faut dire que nous étions bien plus nombreux qu'aujourd'hui, et il est difficile de savoir qui aurait bien pu faire ça. Mais si j'avais ce traître sous la main, je pourrais l'étriper.

Ialantha opina sobrement.

— Depuis, malheureusement, nous ne faisons que nous étioler. Je pensais que le général Kaan l'avait exécuté, comme beaucoup d'autres.

Mais il est bel et bien vivant…, acquiesça Shana, appréciant d'en connaître davantage sur ce mouvement pourtant si déprécié à Lugann.

Bientôt, le bruit de l'activité humaine traversa les nombreuses broussailles, et les premières tentes apparurent, disséminées entre les frênes élancés et les chênes noueux. On pouvait appeler ça un camp, même si cela ressemblait plus à un enchevêtrement chaotique de toiles attachées à des troncs et des branches. Shana n'aurait su dire combien il y en avait en tout, mais les dizaines de tentes aux couleurs éparses avaient été montées partout où la place le permettait ; il suffisait d'un espace infime pour qu'il soit comblé. Tout le monde s'affairait à ses tâches avec empressement, et Ialantha disparut bien vite, la laissant avec Eirinia aux côtés d'Anaro et d'Athaan.

Les deux hommes les guidèrent à travers la cohue pour se frayer tant bien que mal un passage entre les rebelles et leurs occupations. Il s'agissait pour la plupart de gens habillés simplement, semblables à n'importe quel paysan ou habitant que Shana avait croisés dans les villages. Même si nombre d'entre eux ressemblaient à s'y méprendre à des mercenaires en quête d'un butin vaillamment gardé ou de sicaires aux lames aiguisées, prêts à fondre sur leur victime. Anaro s'arrêtait fréquemment pour saluer ou échanger quelques mots, lui laissant le loisir d'observer tout ce qui se passait.

Tout n'était pas rassemblé au même endroit, et le camp se révélait peu pratique en matière d'organisation. La nourriture était protégée sous des toiles, les armes entreposées sur des râteliers, et on remarquait de nombreux couchages déposés à même le sol recouvert de mousse. Cependant, l'effervescence des activités était à son apogée autour d'ateliers divers, où des forgerons battaient le fer de tridents, de glaives, de lances ou de cottes de mailles, où des tisserandes reprisaient du cuir grenu, et où des cuisiniers préparaient le prochain repas dans des marmites en fonte léchées de flammes ; le milieu de la journée pointait le bout de son nez, et on devinait une grande quantité de bouches à nourrir.

— Chaud devant ! beugla quelqu'un dans le dos de Shana.

Athaan la tira par la manche pour se coller à un arbre. Une femme bourrue passa avec un chaudron bouillant entre les mains, jetant un regard irrité envers la jeune Descendante.

— Pour quelle raison opter pour le lieu le moins favorable afin d'établir votre campement ? soliloqua Eirinia en éternuant. Il est certain qu'il existe des clairières, ou des zones quelque peu moins densément boisées. Cela accroîtrait considérablement l'efficacité.

Le fait de ne pas avoir un camp carré avec des allées bien droites devait l'embêter. *La pauvre*, se gaussa Shana.

— C'est vrai, concéda Athaan, rieur, mais nous aurions été bien moins discrets. Nous ne sommes pas trop loin de l'Ondoyant, et je crois qu'il a été décidé que c'était le meilleur compromis. Les rebelles arrivent d'un peu partout, comme ceux qui nous ont rejoints ces derniers jours, et d'ici la fin de journée, d'autres viendront encore. (Il contempla avec fierté tous ceux qui les entouraient.) C'est la deuxième fois que je vois autant de rebelles réunis au même endroit. La plupart du temps, on agit en groupes plus restreints, tels de petits poissons s'attaquant à un requin.

Eirinia ronchonna en haussant les épaules.

— Il ne serait guère onéreux d'instaurer de l'ordre au sein de ce tumulte chaotique.

— Moi, ça ne me dérange pas, la titilla Athaan. Nous ne sommes pas des soldats et n'avons pas vocation de l'être, même si après-demain nous irons au combat.

— Le poids sur les épaules de Ialantha est bien plus lourd que ce que j'imaginais, commenta Shana.

— T'en fais pas pour elle, elle aime ça, la matrone !

— Bon, suivez-moi, on va déjà installer nos tentes, annonça Anaro en revenant vers eux.

Ils cherchèrent de la toile, de la corde ainsi que des piquets, puis se dénichèrent une place près d'un ruisselet louvoyant entre les racines imposantes de frênes, de hêtres, de pins et d'arbres totalement inconnus aux feuilles miroitantes. Ils établirent leurs tentes en quelques minutes, même si Eirinia se rongeait les ongles du désordre dans lequel tout était implanté, arrachant un sourire moqueur à Shana.

Des cliquetis et des chocs répétitifs de métal en aval du ruisselet attirèrent l'intérêt de la Communicatrice. Une kyrielle de groupes organisaient des duels avec des armes hétéroclites, le tout sous l'hégémonie d'un homme aux longs cheveux châtains qui, solide sur ses appuis, dirigeait les opérations d'une main de maître. Sa voix, bien que chantante, trahissait une autorité tranchante, captant l'attention à la moindre de ses paroles. Non loin de lui, Shana reconnut Gildar. Toujours accompagné de sa hache, il formait lui aussi des rebelles. *Alors leur groupe est arrivé avant nous*, songea-t-elle.

— T'es prêt à y retourner ? lança Shana en défiant Athaan.

Il laissa ses yeux dériver sur Eirinia un instant, un brin de lassitude dans le regard. *Oui, je sais, tu voudrais passer du temps avec elle. Mais il y a plus urgent.*

— Assurément ! gazouilla-t-il. Eirinia, tu veux nous accompagner ?

Elle resta figée sur place, interdite, et se plaqua une main sur le front. À vrai dire, elle n'avait pas très bonne mine, mais un rhume faisait toujours les mêmes effets. Elle devait certainement se sentir nauséeuse – rien de bien méchant.

— Va voir s'ils ont de la camomille, lui conseilla Shana, et fais-la infuser. S'ils n'en ont pas, peut-être qu'ils disposent de gembregin.

— Si son état empire, elle peut aller consulter Aymri, ajouta Athaan. Aucune maladie ne lui résiste !

— Aymri ?

— Un Communicateur, comme toi, dévoila-t-il.

Un Communicateur ? se répéta-t-elle. *Prodiguant des soins ? Qu'est-ce que c'est que cette élucubration ?* Certes, elle communiquait avec les plantes et était capable de les faire pousser, mais il ne lui serait même pas venu à l'esprit qu'elle pouvait utiliser son pouvoir pour essayer de guérir directement quelqu'un. *Jalen n'a jamais mentionné ça.* Cependant, elle se souvenait d'avoir déjà entendu le nom d'Aymri de la part du colonel qui les avait envoyés à la tour des rebelles. Et Ialantha en avait aussi parlé. *Alors ce Descendant est ici ? Avec les rebelles ?* Elle irait certainement le voir si elle en trouvait le temps, mais pour l'instant, elle avait d'autres plans.

— Je ne crois pas que ça sera nécessaire, se contenta-t-elle de répondre, sachant que ça n'en valait pas la peine.

Eirinia hocha la tête et partit en quête de l'herbe salvatrice. Lorsqu'elle fut assez loin, Athaan ne cacha pas son étonnement.

— Que lui est-il arrivé pour qu'elle ait en horreur les armes ?

— Rien que tu n'aies besoin de savoir, le coupa sèchement Shana.

Il se rembrunit, visiblement mal à l'aise.

— Je ne voulais pas fourrer mon nez dans vos affaires.

Alors, ne le fais pas ?

— Et je me maudis assez du fait qu'elle soit mêlée à tout ça. Mais si tu comptes rester planté là, moi, je vais aller m'entraîner.

Athaan théâtralisa un air indigné mais se dépêcha de la suivre lorsqu'elle longea le mince filet d'eau, sans l'attendre. Tout en avançant, Shana observait les rebelles. Ceux qui savaient se battre avec aisance, rompus à l'art du combat, dispensaient leur maîtrise aux moins confirmés, les encadrant et leur donnant des conseils en petits groupes.

Nombre d'entre eux ne sont définitivement pas des guerriers. Tout juste des novices qui apprennent à tenir une lame sans se blesser ou à esquiver une attaque. Mais la majorité a dépassé les notions de base, et ils s'entraînent plutôt à pouvoir enchaîner des coups et des parades avec fluidité, constata-t-elle. *Peut-être qu'ils pourraient bien rivaliser avec des soldats, surtout au vu de leur nombre.*

Athaan l'amena devant des râteliers d'armes en libre-service, allant de la hache à deux mains au coutelas, en passant par des épées aux formes parfois étranges.

— Tu as le choix ! s'exclama-t-il, un sourire aux lèvres.

Quand le regard de Shana se déposa sur un trident, elle repensa au terrible affrontement contre les gnasseas. *Ce genre d'arme n'est pas fait pour moi. Il manque cruellement de mobilité et de finesse.* Non, elle se languissait de son épée courte, celle avec laquelle elle avait passé tant d'années à s'entraîner aux côtés de Jalen ; un véritable prolongement de son corps qui la laissait se mouvoir avec fluidité sans l'encombrer. Cependant, elle l'avait perdue la nuit où le vieux tavernier était mort. Elle ressentit du chagrin et de l'amertume, mais elle chassa ces sentiments et chercha une arme qui lui siérait.

Elle trouva son bonheur, même si l'épée qu'elle prit en main n'était pas tout à fait pareille. La lame, partant de façon très droite à partir de la garde, décrivait une courbe après quelques pouces, à la façon d'une serpe, mais de manière moins marquée. L'arme qu'elle avait perdue n'était pas aussi recourbée, toutefois, il y avait des similitudes.

À côté d'elle, Athaan était en pleine réflexion, mais lorsqu'il posa ses yeux sur la lame qu'avait choisie Shana, il ne cacha pas son étonnement.

— T'es sûre que tu veux essayer *ça* ?

— Tu aurais peur de ne pas faire le poids ? se moqua-t-elle pour le provoquer.

— Bien sûr que non ! se pâma-t-il. Je suis bien meilleur avec un arc en main, mais je pourrais certainement te corriger avec n'importe laquelle de ces armes ! D'ailleurs, il y aura sans doute beaucoup de soldats armés de tridents, alors je ferais bien de t'entraîner contre ça. Tu es vraiment sûre, hein ? insista-t-il. (Elle ne répondit pas, le fixant pour lui indiquer que son choix était fait.) Très bien, c'est ta vie, après tout !

Non, pas seulement la mienne, mais aussi celle d'Eirinia, de Mili...

Ils choisirent un coin à distance raisonnable des autres groupes, où les arbres ne les gêneraient pas dans leur entraînement. Shana commença par se familiariser avec sa nouvelle arme en effectuant quelques moulinets puis des mouvements amples. L'épée à la lame recourbée n'était pas tout à fait équilibrée, mais se révélait surprenante de maniabilité. Celle-ci fendait l'air avec facilité et accompagnait son geste comme elle le souhaitait. Peut-être que pour quelqu'un de non initié, le maniement de cette arme pouvait être laborieux, mais pas pour elle.

Athaan l'observait avec attention.

Il n'y aura pas de cadeaux cette fois.

Lorsque Shana se mit en garde, le sourire espiègle d'Athaan laissa place à la concentration. Il s'arc-bouta sur ses jambes et passa à l'assaut. *Il n'est plus l'ivrogne un peu bêta uniquement intéressé par les filles de taverne.* Il l'agressa d'abord de front. Shana, la main ferme mais le poignet souple, para en glissant son épée entre deux des trois lames du trident. Elle voulut profiter de la courbe de son arme pour désarmer son adversaire, mais Athaan élargit son mouvement, de sorte qu'elle fut prise à son propre piège. Elle tomba au sol, penaude.

Très bien, s'il veut la jouer comme ça...

Elle ramassa sa lame et fonça sur lui pour s'attaquer à son flanc. Il mit le manche de son trident en opposition, arrêta l'offensive, mais quand il riposta, Shana effectua une roulade sur sa droite. Malgré sa rapidité, Athaan avait suivi son geste. Il enchaîna avec un coup d'une amplitude accrue. Elle para de justesse, et piquée dans son orgueil, elle l'assaillit de frappes puissantes, qu'il parvint cependant à contrer avec habileté en pivotant sur lui-même. En réalité, il était vraiment impressionnant et ne se démontait pas face à la force de la jeune Descendante.

Cela dura plus de deux heures, presque sans discontinuer, et Shana appréhenda de mieux en mieux la courbure de sa lame et les possibilités qui s'offraient à elle. Athaan, qui avait eu un avantage certain au début, et qui avait aisément trouvé des failles dans sa défense, avait maintenant plus de peine. Il passait bien plus de temps à esquiver les coups qu'à en donner. *La souplesse qu'exige cette épée me convient parfaitement*, nota-t-elle.

Alors que Shana s'apprêtait à couper court à l'un de ses assauts – qu'elle lui avait elle-même suggérée en exposant son flanc gauche –, un glaive s'interposa. Il arrêta sèchement le trident et en fit vibrer le métal.

— Qu'Uzushio me brûle la rétine ! Athaan, ne tombe pas dans un piège aussi vulgaire ! le gourmanda l'homme aux cheveux longs que la Communicatrice avait remarqué plus tôt.

Musclé et solide derrière sa simple tunique, il émanait de lui une présence singulière, assurée, complexe. Ses yeux bleus paraissaient plus vieux que lui-même n'en avait l'air. *Et bien plus sages*. Aussi, le glaive qui maintenait toujours le trident d'Athaan était de fort bel ouvrage, et ses reflets bleutés révélaient le safaïa dans la lame.

— C'était fait exprès, Ihroal, le railla Athaan. Je l'induisais justement en confiance pour la prendre à revers. Tu vois, je ne sais pas si on te l'a déjà appris, mais savoir taper n'est pas synonyme de victoire. Il faut se montrer malin. Et quoi de plus malin que de passer pour l'idiot ? Qui craint les idiots, hein ? Mettre son adversaire en confiance, puis le surprendre. Ça, c'est de la tactique, mon cher !

Tu pourrais juste avouer que tu t'es fait avoir à ton propre jeu, s'amusa à penser Shana.

— Voyez-vous cela ! se moqua le quadragénaire. M'est avis que ton esprit, bien que fourbe, se soit fait embobiner dans la manœuvre. Il y a une différence entre penser se faire passer pour un imbécile, et en être un. À trop vouloir jouer avec l'ennemi, on finit par se faire avoir.

— Là est toute la subtilité.

— Tu n'as jamais été très subtile, Athaan. Mais, à ma grande surprise, je dois avouer que tu n'as pas tout à fait tort. Cependant, il faut tout de même savoir « taper », comme tu dis. Alors je te propose de te remplacer.

Athaan écarta les bras, littéralement indigné.

— Tu veux me voler ma nouvelle recrue, comme ça ?

— Je pense que je pourrais bien plus lui apporter, rétorqua Ihroal en faisant fi de l'état d'âme du jeune homme. Va prendre ma place. Pour ce que je leur enseigne, tu feras tout aussi bien l'affaire.

Athaan poussa un interminable soupir.

— Shana, je te présente le vaniteux Ihroal, ironisa-t-il en faisant un pied de nez à l'intéressé. Ménage-le, il est plus vieux qu'il n'en a l'air.

Plus vieux qu'il n'en a l'air ? se répéta-t-elle. *C'est bien ce qu'il me semblait.*

— Ta langue est encore bien pendue à ce que je vois ! protesta Ihroal. Et tu es aussi effronté qu'auparavant, surtout envers tes aînés ! J'espère que tu es toujours aussi affûté que tes mots sont bienveillants. (Athaan lui fit une nouvelle grimace quand il fut dans son dos, avant de s'éloigner vers un autre groupe de rebelles.) Tu te débrouilles bien, petite. J'ai hâte de découvrir ce que tu as réellement dans le ventre.

— J'ai reçu les cours d'un bon professeur, répliqua-t-elle, le fixant droit dans les yeux.

À peine eut-elle fini sa phrase qu'Ihroal dégaina son glaive et tenta de l'abattre sur Shana.

Surprise, elle l'esquiva au dernier moment en effectuant une roulade sur le côté. L'attaque avait été bien plus véloce que ce à quoi elle s'était attendue. Heureusement qu'elle s'était échauffée avec Athaan, sinon, elle y serait passée.

Ihroal ne lui laissa pas un instant de répit. Son glaive en avant, il se rua sur elle. La pointe s'arrêta à quelques pouces de la gorge de Shana. Elle avait cru qu'il allait la lui trancher. Elle resta hébétée, puis repoussa la lame.

— Vous êtes fou ? s'énerva-t-elle.

Il aurait bien pu me tuer !

— Je croyais que tu désirais apprendre ? badina Ihroal.

Il ne m'y reprendra plus.

Comprenant qu'il allait repartir à l'assaut, Shana voulut le prendre à son propre jeu. Elle bondit vers lui, fit semblant d'attaquer avec son épée recourbée, mais arma son poing pour l'atteindre dans le thorax. Même s'il parut étonné, Ihroal attrapa la main de la jeune Descendante et l'envoya rouler dans la mousse.

— Je suis désolé, c'était bien trop tentant, rit-il.

Il se moque clairement de moi.

Elle se releva avec un grognement alors qu'Ihroal se délectait du spectacle. Elle voulut lui faire perdre son sourire narquois et feignit une charge sur la droite tout en changeant de position au dernier moment pour le surprendre sur son flanc gauche. Son adversaire se baissa à une vitesse fulgurante et l'attrapa au mollet pour la renvoyer au sol.

— C'était mesquin ! s'indigna Shana, en colère contre elle-même de ne pas avoir su réagir face à la soudaineté du geste.

— Il n'y a pas de règles sur un champ de bataille. Si quelqu'un a l'occasion de te tuer, il le fera, de quelque façon que ce soit, rétorqua Ihroal tout en lui tendant la main.

Shana se releva sans son aide et mit toute sa force pour le pousser. Il ne recula que d'un unique pas. Il était excessivement solide sur ses appuis pour un simple homme, et ses mouvements démesurément rapides. *C'est un Descendant. Je peux le jurer.*

— Je veux parfaire mes déplacements, pas satisfaire vos envies ! fulmina-t-elle.

— Et c'est bien ce que je fais. Pourtant, tu es la fameuse Communicatrice, n'est-ce pas ? Tu devrais être bien plus encline à *sauver des vies* qu'à les prendre.

— Eh bien, ne vous en déplaise, je suis différente.

Tu peux penser ce que tu veux, ton avis m'est bien indifférent.

— Écoute. Shana, c'est bien ça ? Tu ne devrais pas être aussi prompte à sacrifier ta vie. Sur le champ de bataille, Descendante ou non, tu seras en danger. Tu es encore jeune et tu as beaucoup de choses à apprendre ; ne gâche pas tout pour une cause dont tu ne connais même pas les tenants et aboutissants.

Et hautain, en plus.

— Et que savez-vous de moi, d'abord ? Votre cause, je n'en ai rien à faire. Si je suis là, c'est pour sauver quelqu'un. Ma vie, c'est moi qui décide ce que j'en fais. Alors si vous ne souhaitez rien m'enseigner, je ferais mieux de retourner avec Athaan, ou n'importe qui d'autre qui ne me traitera pas avec cet air supérieur.

Ihroal la fixa un instant. *Réfléchit-il au meilleur moyen de me décourager ?*

— Mets-toi en garde. Peut-être que tu as déjà acquis des notions, mais je doute que tu aies affronté la dure réalité d'un champ de bataille. Je peux t'apprendre à survivre.

Il semblait presque mélancolique, maintenant.

À partir de cet instant, Ihroal la prit bien plus au sérieux. Il ne la ménagea pas, la poussant dans ses derniers retranchements à chaque passe. Il se révélait très pointilleux sur sa posture ou ses déplacements, et ne faisait montre d'aucune indulgence. Il punissait le moindre écart, n'ayant de cesse de demander toujours plus de vitesse, de précision et de fluidité. Shana devait avouer qu'Ihroal était bien meilleur duelliste que Jalen. Elle devait user de toute sa force pour tenir bon face aux assauts répétés, et au bout de quelques heures, elle ressentit même de la fatigue, ce qui ne lui arrivait plus que lors de très longues sessions de communication avec des plantes au métabolisme alambiqué.

Enfin, la lumière vespérale du soir s'insinua entre les feuillages, plongeant le camp dans une demi-obscurité. Athaan s'approcha d'eux, un bol de bouillon à la main. Shana voulut le refuser, mais Ihroal insista sur lcs bienfaits de s'aérer l'esprit, ajoutant que leurs joutes ne reprendraient pas avant qu'elle ne l'ait ingurgité.

Shana se raidit mais s'éloigna avec Athaan pour rejoindre Eirinia, blottie dans une couverture au pied d'un arbre bordant le ruisselet.

— D'autres sont venus, annonça le jeune homme avec son éternel sourire. Je suppose que c'est parce que Ialantha a fait courir le bruit qu'Hunor est toujours en vie ; c'est grâce à vous.

— Tant mieux, répondit distraitement Shana, encore en train de penser aux mouvements qu'Ihroal lui avait montrés quelques minutes plus tôt. Eirinia, je suis désolée de t'avoir laissée tomber. Ça va mieux ? J'espère que tu ne t'es pas trop ennuyée…

— Oh, point de souci à se faire, la rassura son amie. Je présume que la camomille a déployé ses effets apaisants. Et puisqu'il m'a été donné de récupérer mes volumes, j'ai persévéré dans l'étude des symboles observés à Lugann. Je n'ose prétendre en avoir encore saisi toute la substance, mais je m'y emploie assidûment.

Là-dessus, je ne peux pas t'aider. Si tu n'arrives pas à les déchiffrer, ce n'est pas moi qui y parviendrai.

— Ihroal, qui est-il, au juste ? demanda Shana.

— Un Dompteur qui, autrefois, faisait partie de l'armée de l'Araneana, déclara Athaan avec fierté. Il l'a désertée pour nous rejoindre. Et je peux te dire que c'est un soulagement de l'avoir à nos côtés !

Elle observa le Descendant de loin. Ihroal avait profité de cette pause pour poursuivre son instruction auprès des rebelles sur différentes techniques de combat. *Il ne cesse jamais de jouer son rôle.*

— Est-il si fort que ça ? insista Shana.

— Qu'un tentacule d'Uzushio t'emporte ! Peut-être qu'il n'est pas éveillé, mais un affrontement sur le fleuve ne fera que décupler sa puissance ! rugit la voix rauque de Ialantha, comme si cela coulait de source.

L'esprit bien trop occupé, Shana n'avait pas remarqué que la cheffe rebelle s'était approchée. Cette dernière s'avança devant eux, les mains sur les hanches.

— Bon, ce n'est pas tout, mais si je vous ai acceptées parmi nous, ce n'est pas pour rien, poursuivit Ialantha. Une Communicatrice, ça ne se trouve pas à tous les coins de rue. Après-demain, tu utiliseras ton pouvoir pour soigner nos blessés, Shana.

— Pardon ? Moi ? Je n'ai jamais fait ça ! répliqua la jeune Descendante, incrédule.

— Aymri t'apprendra. Avec l'ampleur de l'attaque, il aura besoin d'aide.

Cette idée l'effrayait autant qu'elle l'intriguait. Cependant, elle n'avait aucunement l'intention de rester au camp pour jouer les infirmières alors que la vie de Milian serait en jeu lors de l'assaut du convoi. Elle devait se rendre sur le champ de bataille et donc combler ses lacunes avec le Dompteur, même si l'envie d'en apprendre davantage sur ses capacités la tiraillait.

— Je suis désolée, je ne peux pas, déclara Shana avec aplomb. Je dois continuer de m'entraîner avec Ihroal.

— Tu ne changeras en rien le cours de l'affrontement, mais tu peux sauver des vies, la reprit Ialantha. Tu crois que tu es venue jusqu'ici par bonté de cœur ? Vous avez été un maudit fardeau sur tout le chemin, et j'espère bien que vous paierez votre dette ! J'ai également consenti à vous redonner vos orbes alors que rien ne m'y obligeait, tu l'as déjà oublié ?

— C'est vous qui nous avez proposé de vous rejoindre, nous n'avons pas eu à vous supplier, la corrigea sèchement Shana. Je vous accompagne pour une seule raison, et vous devriez vous estimer heureuse que grâce à nous, d'autres se sont ralliés à votre cause. Maintenant, vous m'excuserez, mais je vais reprendre mon entraînement.

Alors que Ialantha allait ouvrir la bouche – certainement pour débiter une énième insulte –, Shana ne lui en donna pas l'occasion. Laissant son bol de soupe encore à moitié rempli, elle se leva pour rejoindre Ihroal.

Si elle me prend pour une simple marionnette qu'elle peut agiter à sa guise, elle se trompe. Je n'ai fait que récupérer ce qui m'appartenait déjà, et je lui ai même apporté des renforts.

Je ne lui dois rien du tout.

Ignorant la cheffe rebelle qui resta un moment campée sur sa position à l'observer de son regard méprisant, Shana reprit son entraînement en insufflant davantage de hargne contre le Dompteur.

Ils échangèrent des assauts au clair de lune, voilé par quelques nuages sombres, jusqu'à ce que l'astre soit au plus haut dans le ciel. Elle s'était sentie progresser tout du long et combattre avec Ihroal s'était révélé grisant.

— Demain, au lever du jour, ici, déclara-t-il sans attendre de réponse.

— Je serai là, affirma-t-elle.

Elle ne s'en était pas rendu compte avant, mais il n'y avait plus personne autour d'eux. *Athaan est aussi parti, et sans doute depuis longtemps.*

Rejoignant sa tente, elle vit Eirinia endormie, la tête sur l'un de ses bouquins.

Le lendemain, le temps s'était éclairci ; seuls des nuages duveteux parsemaient la voûte céleste d'une limpidité extraordinaire. Écartant le rabat de sa tente avec douceur pour ne pas réveiller Eirinia, Shana entreprit de trouver Ihroal le long du ruisselet. Le Dompteur n'était pas là alors que d'autres rebelles s'étaient déjà attelés à leur entraînement quotidien.

A-t-il renoncé ? Peut-être qu'il considère que je ne suis pas assez douée pour avoir l'honneur de m'entraîner avec lui. Que je ne suis qu'une perte de temps. Ou alors Ialantha est allée le voir pour le dissuader de poursuivre mon enseignement. Elle en serait bien capable. Shana se dit qu'elle ferait bien de se joindre au groupe de Gildar, puisque Athaan n'était pas non plus présent.

Devant les râteliers d'armes, elle retrouva l'épée recourbée qu'elle avait utilisée la veille. *Si personne ne la veut, je la garderai pour l'affrontement*, se résolut-elle.

— Tu peux la laisser là où elle est, lui susurra Ihroal. Tu n'en auras plus besoin.

Shana sursauta. Elle ne l'avait pas entendu arriver dans son dos.

— Ah ! oui ? Et alors avec quoi je me battrai ? le fustigea-t-elle.

Il lui tendit une épée similaire.

— Je t'en ai fait forger une sur-mesure.

Le manche, garni de lanières de cuir vert agréables au toucher, se finissait en une garde de fer à la forme d'une feuille de ményane, dont les nervures ondulaient avec finesse. Mais surtout, le visage de Shana miroitait dans la courbe gracieuse de la lame aux reflets bleutés ; elle était empreinte de safaïa. La jeune Descendante commença à la soupeser, pour constater que l'arme était parfaitement équilibrée et un peu plus lourde que la précédente, bien que cela soit infime.

— Je ne peux pas l'accepter…, bredouilla-t-elle, s'en voulant d'avoir douté de lui. Je n'ai rien fait pour la mériter.

Alors qu'Ihroal s'était déjà mis en route vers l'endroit où ils s'entraîneraient, il s'arrêta au milieu du chemin, sans pour autant se tourner vers elle.

— Ce n'est pas le mérite, ou toute autre vertu, qui me fait déposer cette arme entre tes mains. Les Communicateurs sont précieux. Ce sont les seuls qui puissent influer sur la vie, et d'après moi, cela en fait les plus essentiels. Aymri y a consacré son existence, et pour rien au monde il ne se risquerait sur un champ de bataille.

— Est-ce une manière détournée de m'intimer de ne pas participer à l'assaut ?

— Non. C'est juste que je m'en voudrais si tu devais tomber demain seulement parce que ton arme se serait brisée. Alors, garde-la. Et si ce n'est pas pour toi, fais-le pour tous ceux à qui tu devras un jour apporter ton aide.

Shana avait l'impression de se faire offrir la charité. Mais en un sens, elle comprenait le message du Dompteur. Elle faisait partie d'un tout, et de sa vie pouvait dépendre de nombreuses autres. Quoi qu'il en soit, ce n'était pas le moment de se torturer avec des questions. Elle le rejoignit sans tarder.

— Je… merci, hésita-t-elle.

— Le safaïa fondu dans cette lame permet tout bonnement de s'affranchir du pouvoir d'un Descendant. Qu'il s'agisse de feu, d'eau, de roche ou de sable, pour ne citer que ces éléments, à leur contact, le safaïa les tranche comme la chair. Qu'importe la maîtrise du Descendant. De plus, les blessures qu'engendre le safaïa sont extrêmement difficiles à soigner. En tout cas, j'ai entendu Aymri pester de nombreuses fois lorsqu'il y a été confronté.

— Alors pourquoi un Descendant porterait-il une arme qui pourrait se retourner contre lui ?

— Parce que si tu devais te retrouver face à un Descendant, cette arme se révélerait bien plus mortelle, conclut Ihroal. Je doute que ton pouvoir te serve à grand-chose ; je n'ai jamais vu un Communicateur se battre efficacement avec son don.

Sur ces mots, l'entraînement reprit.

Le Dompteur se montra aussi intransigeant que la veille, ne la laissant souffler que quand elle maîtrisait parfaitement les mouvements qu'il lui enseignait.

À un moment, Ihroal invita des rebelles aguerris à se joindre à eux. Tout le monde y fut gagnant. Shana eut l'occasion de se confronter à différents styles de combat et des armes variées, tandis qu'eux durent redoubler d'efforts pour faire face à une Descendante enragée.

Lorsque le soir tomba, Ihroal mit fin à l'entraînement pour la forcer à aller se coucher.

— Bien que nous ressentions bien moins le poids de la fatigue, le repos n'est pas non plus à négliger – surtout la veille d'un affrontement, déclara-t-il avec un sourire.

Écoutant son conseil, Shana rejoignit sa tente et observa sa grande sœur plongée dans le livre aux symboles étranges. Elle griffonnait en même temps sur du papier, le visage plissé par ses réflexions.

Je regrette, Eirinia, songea-t-elle. *J'espère qu'un jour, tu sauras me pardonner de t'avoir embarquée avec nous.*

Chapitre 32

Shana

Au-dessus de l'Ondoyant, le fleuve qui traversait de part en part l'Araneana, le ciel inaltéré s'étendait à perte de vue. L'éclatante lumière dorée du soleil matinal se réverbérait à la surface de l'eau et inondait le miroir liquide de milliers de diamants scintillants. La rive d'en face profitait de cette clarté éblouissante pour déployer la splendeur de ses arbres immobiles, que même un zéphyr ne venait chatouiller.

Sous la chaleur étouffante, cachée à l'abri de feuillages, Shana contemplait les reflets irisés d'une beauté intemporelle, attendant l'heure de l'affrontement dans l'une des quatre barques attachées à des toaris. À côté d'elle, des rebelles se grattaient frénétiquement le bras ou s'épongeaient le front brillant de sueur. D'autres, seuls sur leurs cétacés, munis d'un trident ou d'un arc, constitueraient leur protection une fois engagés sur le fleuve.

Je suis prête, se rassura-t-elle. Pourtant, elle n'était pas aussi anxieuse qu'elle l'eût pensé, et elle ne savait pas si c'était forcément un bon signe. *Jalen m'a appris à me battre, même si je n'ai jamais été sur un champ de bataille.* Elle avait une vague idée de ce qui l'attendait, mais avant d'y être réellement confrontée, l'image qu'elle s'en faisait restait encore floue.

Des clapotis attirèrent l'attention de Shana. À travers l'eau turquoise, elle observa un poisson se débattre contre des algues qui le retenaient prisonnier. Il avait beau insister, se défaire de l'emprise végétale semblait hors d'atteinte. D'autres petits compagnons aquatiques s'étaient massés autour de lui pour tenter de le secourir ; en vain, il restait coincé. L'ombre d'un spécimen plus imposant s'approcha, se mouvant dans leur direction. Lorsqu'ils l'aperçurent, ils prirent la fuite. Le poisson emprisonné resta seul, à agiter ses nageoires comme si sa vie en dépendait.

Shana hésita à utiliser son pouvoir pour le dégager de ses entraves, quand le chant d'une grive musicienne résonna à travers la forêt broussailleuse, se répercutant de tronc en tronc. Ce n'était pas n'importe lequel ; il annonçait aux rebelles qui constellaient les deux rives que le convoi approchait.

À l'avant de l'embarcation de Shana, hache à la main, Gildar se leva.

— Mes frères, mes sœurs ! commença-t-il d'une voix lourde, vibrante. Ces dernières années – et en particulier ces derniers mois – ont été éprouvantes pour nombre d'entre nous ; nous avons tous perdu des proches. Mais le roi Llygredd et le général Kaan nous sous-estiment. Ils pensent que nous sommes au plus faible, amoindris par leurs rafles incessantes en nous prenant nos aînés, nos maris, nos femmes et nos enfants, sans compter nos réserves de nourriture. Je ne peux le cacher à quiconque, nous avons subi des pertes considérables dans nos rangs, et la peine qui ravage nos cœurs n'a fait que s'amplifier. Mais aujourd'hui, nous frapperons avec la force d'un maelström, et Uzushio nous gratifiera de sa puissance à chacun de nos coups ! Ils peuvent bien être plus nombreux, mieux armés et faire preuve de cruauté, notre hargne n'en sera que plus intense ! Nous risquerons tous nos vies, et certains devront la sacrifier pour le bien du plus grand nombre. Mais l'effet de surprise ne manquera pas de les ébranler au plus haut point ! (Gildar leva sa hache vers le ciel et scruta chaque visage avec solennité.) Le temps est venu de se battre ! Allons-nous abandonner les nôtres ?

La vingtaine de rebelles, exaltés, se frappèrent le torse à l'unisson.

Shana n'avait pas les mêmes motivations. Elle n'allait pas lutter pour leur cause, aussi juste soit-elle, mais uniquement pour Milian, aussi égoïste que cela puisse être.

Quant à Eirinia, elle était restée au camp ; il était inimaginable qu'elle participe à la bataille. Shana lui avait fait promettre que si les évènements tournaient mal, elle s'enfuirait le plus loin possible et ne chercherait jamais à la retrouver. Son amie avait fini par abdiquer, même si elle avait été terrifiée par cette possibilité. *Tu n'as pas à mourir par ma faute. J'espère que tu parviendras à avoir une vie normale.*

Athaan, lui, Shana ne l'avait pas vu de la matinée, certainement affecté à un autre groupe de rebelles pullulant sur les rives de l'Ondoyant.

Alors que Gildar se rasseyait, la Communicatrice jeta un coup d'œil vers le poisson resté coincé. Il n'y en avait plus aucune trace. Les algues qui l'avaient retenu avaient disparu, arrachées par l'ombre inquiétante.

— Tu es bien jeune pour participer à cette bataille, grogna un gaillard derrière elle. Tu pourrais être ma fille, même si tu es bien deux fois plus menue qu'elle !

Shana pensait avoir compris le sous-entendu ; il devait craindre qu'elle ne représente plus une faiblesse qu'autre chose.

Tu peux bien imaginer ce que tu veux…

— La force d'une personne ne se résume pas à la taille de ses muscles, rétorqua-t-elle d'un ton acerbe.

— Tu pourrais rester au camp, personne ne t'en voudra, reprit-il avec insistance. On a besoin de petites mains comme les tiennes là-bas.

Cet homme ne lui faisait que trop penser à la non moins voluptueuse Ialantha et son désir qu'elle demeure au campement pour soigner les blessés. Cela l'énervait.

— Alors, allez-y vous-même. On a besoin de grosses pattes comme les vôtres pour transporter les marmites.

— Je crois que tu ne saisis pas bien ce qui t'attend.

— Oh ! mais je le sais très bien. Et vous, vous avez déjà combattu ? Vous avez déjà affronté la mort sans vous faire dessus ? Non ? C'est bien ce que je me disais. J'ai mes raisons d'aller me battre. Et vous avez les vôtres.

Pour ponctuer ses propos, elle fixa son interlocuteur droit dans les yeux. La rage commençait à gronder dans son cœur.

— Comme tu voudras, souffla-t-il. Mais tu as intérêt à ne pas te mettre dans mes « pattes ».

Shana l'ignora. Elle préféra profiter du calme et de l'harmonie du lieu en écoutant les couinements de rongeurs velus et les piaillements des fauvettes qui virevoltaient au-dessus de leurs têtes, seuls témoins de leur présence.

Les visages étaient tendus, crispés, et certains rebelles avaient du mal à tenir en place ; ils devaient tous rester cachés dans la végétation jusqu'à ce que le signal soit donné.

Cet endroit avait été choisi pour attaquer le convoi car, des environs, c'était là que le fleuve s'étrécissait le plus. Les navires devaient forcément ralentir leur allure et conserver une certaine distance entre eux. Ainsi, cela permettrait de les assaillir individuellement et de les atteindre plus rapidement. *Ils ne s'attendront pas à une offensive provenant de toutes ces cachettes*.

Bientôt, le premier vaisseau apparut sur l'Ondoyant, fendant les eaux, imperturbable. Dépourvu de voiles, une multitude de toaris le tirait, le faisant avancer à une vitesse modérée malgré sa taille. Sur le pont du bateau, des soldats guettaient les environs. Dans ses sillons écumants, des dizaines d'autres, à dos de cétacé, escortaient le bâtiment à la coque claire. Certains arboraient un drapeau qui représentait le mammifère marin muni d'un trident entre ses nageoires : le symbole de Lugann.

Les rebelles à côté de Shana observaient eux aussi la scène en silence. L'un d'eux, installé devant elle, respirait bruyamment. À présent, la

Communicatrice devait avouer qu'elle ressentait une petite boule au ventre. Mais ce n'était pas pour autant qu'elle allait renoncer.

Seul Gildar se dressait bien droit, impavide, prêt à se lancer à l'assaut dès que le moment serait venu. Cependant, Ialantha avait tenu un discours lorsqu'ils étaient encore au camp pour expliquer à tout le monde les grandes lignes du plan. Ses ordres avaient été clairs : dirigée par Ihroal, une première vague s'attaquerait au deuxième navire du convoi qui devait en comporter quatre en tout, et libérer autant de prisonniers que possible avant que les renforts des autres vaisseaux ne viennent les submerger. Ainsi, une seconde vague pourrait se déchaîner contre le premier navire, dont la défense se serait amoindrie. Les rebelles ne comptaient pas assez d'hommes pour s'en prendre à l'entièreté du convoi, mais leur nombre qui s'était accru, ainsi que l'effet de surprise, leur permettaient d'assaillir deux bateaux. Ils n'espéraient pas anéantir leurs opposants, mais aspiraient à sauver le plus de monde.

Tôt dans la matinée, Ialantha était venue s'entretenir avec Shana en privé pour la sommer de rester au camp. Les éclats de voix avaient fusé entre les deux femmes ; néanmoins, Shana n'avait pas cédé et la cheffe rebelle avait fini par capituler. La Communicatrice avait même réussi à lui soutirer une information cruciale. Selon les sources de Ialantha, Milian était retenu captif sur le deuxième navire. Des partisans de la rébellion l'avaient vu embarquer dans l'un des ports de Lugann, et étaient formels, décrivant deux jeunes hommes montant à bord aux côtés des officiers – ce qui était pour le moins inhabituel pour être remarqué. *La description de Mili et de Waryn collait parfaitement, pourtant, Ialantha n'avait eu aucun moyen de savoir à quoi ils ressemblaient. Elle ne peut pas m'avoir menti là-dessus.*

Le navire et son escorte disparurent au méandre du fleuve. Quelques minutes plus tard, le deuxième vaisseau entra dans le champ de vision de Shana. Il était similaire au premier, dominant l'Ondoyant de sa hauteur, accompagné par sa flotte de soldats en armures araneanaises sur leurs toaris.

Alors qu'il dépassait le défluent où patientait nerveusement Shana, le son d'une conque retentit, embrasant la ferveur des rebelles autour d'elle.

C'est le signal.

Ses poils se hérissèrent.

Je suis prête, s'encouragea-t-elle.

Des flèches furent décochées des deux côtés du fleuve. Elles s'envolèrent en une nuée mortelle, ralentirent quand elles atteignirent leur point le plus élevé dans le ciel, puis s'abattirent sur les soldats escortant le bateau. Ceux n'ayant pas eu le temps de lever leurs boucliers furent criblés de pointes de fer, engloutis par l'Ondoyant. Tout comme leurs toaris, guère plus épargnés, dont les couinements déchirants parvenaient jusqu'aux oreilles de Shana.

Alors, des cloches tintèrent frénétiquement depuis le navire.

— Qu'Uzushio nous soit clément ! s'égosilla Gildar, brandissant sa hache.

Leurs embarcations se mirent en branle d'un coup sec, encadrées par les rebelles à dos de toari ; ils avaient pour but de les défendre jusqu'à ce qu'ils atteignent le vaisseau. Des barques surgirent des deux rives du fleuve sous les hurlements unis des assaillants. Elles foncèrent à vive allure vers le navire, depuis lequel les soldats s'agitaient de partout, commençant eux aussi à répliquer à l'aide de leurs arcs. Les rebelles s'y étaient préparés. Chacun empoigna un bouclier pour s'abriter de ces projectiles meurtriers. Certains parvenaient tout de même à percer leurs défenses, faisant choir les premiers attaquants de leurs montures ou embarcations.

Leur course effrénée ne s'arrêta pas pour autant.

Les premiers affrontements au corps à corps débutèrent entre les soldats et les rebelles à dos de toaris qui protégeaient les barques. La résolution d'un combat était due à l'habileté des chevaucheurs ; à celui qui maîtriserait le mieux son cétacé. Certains se tournaient autour, cherchant le meilleur angle d'attaque avant de fondre sur leurs adversaires, telle une danse macabre précédant le coup fatal. Et pendant ce temps, les canots cheminaient inexorablement vers les navires.

Puis, Shana finit par le voir. Ihroal, dans une armure scintillante, se déplaçait à une vitesse ahurissante sur le fleuve. Bien plus rapide que n'importe quel toari, il anéantissait tous les soldats devant lui et donnait un net avantage aux rebelles à chacun des endroits desquels il surgissait. Des colonnes d'eau dévastatrices jaillissaient de l'Ondoyant et emportaient les soldats les uns après les autres.

Des flèches provenant du bateau continuaient de pleuvoir, mais bien moins abondamment. Les affrontements mêlaient les deux camps, et décocher un projectile signifiait risquer d'atteindre l'un de ses alliés. Des toaris se déplaçaient sans maîtres au milieu de la bataille. Des corps toujours plus nombreux flottaient chaotiquement à la surface de l'eau.

À sa droite, Shana entendit le son d'une lame crisser sur des vertèbres.

Elle fut saisie d'horreur lorsqu'elle vit les pointes d'un trident enfoncées dans le cœur de l'un de ses compagnons. Il émit un râle de douleur et tomba de l'embarcation dans des gestes erratiques. L'abordage avait été si soudain, et elle avait été tant absorbée par les affrontements sur le fleuve, qu'elle n'avait même pas vu venir le soldat. Ce dernier n'eut pas le temps de s'éloigner. Le gaillard derrière Shana l'entailla profondément à l'avant-bras avec son glaive, avant de le planter droit dans sa gorge.

Un second soldat voulut porter secours à son compagnon, mais Gildar fut plus rapide. Il attrapa son trident et le projeta sur le canot. Avec sa hache, il lui fendit l'abdomen en deux. Gildar rejeta le corps à l'eau sans excitation, les yeux rivés sur le navire duquel ils s'approchaient.

Les cris de douleur emplissaient funestement l'espace sonore, tout comme les couinements des toaris blessés ou des ordres gueulés de toutes parts. Ils se rajoutaient au bruit des lames qui s'entrechoquaient dans un vacarme assourdissant.

Grâce à Ihroal et à tous les rebelles sur leurs animaux marins, sans plus être menacés, ils atteignirent la coque du bateau. Il en était de même pour de nombreuses barques, bien que certaines dérivassent sur le fleuve sans leurs occupants.

Puis les flèches se remirent à pleuvoir du pont du navire et, d'un même mouvement, ils levèrent leurs boucliers pour s'en abriter. Gildar enfonça un crochet dans une fente qui aurait pu servir à en faire sortir une rame, et la vitesse de leur embarcation se synchronisa avec le vaisseau araneanais. Enfin, toujours protégé par un bouclier, avec l'aide d'un autre rebelle, il entreprit d'élargir le trou à l'aide d'un bélier, dont le bout se finissait en une pointe massive de safaïa. *Peuvent-ils réellement percer la coque d'un navire comme ça ?* En tout cas, sur les différentes barques, les assaillants agissaient de même, et ce devait être pareil du côté opposé.

Au premier choc, le bois du bateau commença déjà à montrer des signes de faiblesse. Il ne leur en fallut que trois pour faire voler en éclats les planches et créer un passage suffisamment grand pour qu'un homme puisse s'y infiltrer.

Par le trou béant, un soldat tenta de s'en prendre à Gildar : le premier rebelle devant lui. Le meneur évita les lames du trident et riposta en abaissant sa hache sur l'agresseur.

À l'intérieur de la pièce qui disposait d'une nouvelle ouverture, une quinzaine de prisonniers aux yeux hagards étaient enchaînés à des bancs, extrêmement limités dans leurs mouvements. Un soldat au fond de la salle déguerpit pour crier que les rebelles pénétraient dans le bateau.

Une violente secousse fit trembler le navire. De l'eau venait de se soulever du fleuve pour transpercer la coque en son milieu. Shana avait eu l'impression de voir une forme humaine à l'intérieur. *Ce doit être Ihroal.*

Gildar s'empressa d'entrer dans le trou qu'il avait créé, et comme les autres rebelles, elle le suivit. Elle chercha Milian et Waryn parmi les prisonniers, sans pour autant les trouver. Ils étaient tous, hommes et femmes, vêtus de haillons misérables aux taches brunâtres, les regards vitreux perdus dans le vide, ne comprenant pas réellement ce qui se passait. De toute façon, Shana ne s'attendait pas à ce que ses amis fassent partie de la masse des détenus. Ialantha lui avait dit qu'ils étaient montés à bord avec les officiers. Ils devaient se trouver quelque part dans les étages supérieurs.

Abattant sa lame, Gildar brisa les chaînes qui retenaient une captive et lui indiqua de sortir immédiatement par le trou pour rejoindre l'embarcation. Elle se mit à genoux pour le remercier, mais il n'y prêta déjà plus attention, libérant le suivant.

Shana l'imita avec l'épée donnée par Ihroal. Elle fit claquer le métal des entraves et les fendit avec une facilité déconcertante. Malgré sa force de Descendante, le safaïa y était pour beaucoup. Le teint blafard, l'homme nouvellement affranchi se jeta dans ses bras pour lui montrer sa gratitude. Shana le repoussa et lui ordonna de rejoindre la barque, ce que, choqué, il fit sans attendre. Elle n'avait pas de temps à perdre à se faire congratuler.

Alors qu'ils avaient presque libéré tous les malheureux et que certains d'entre eux montaient sur la barque, le martèlement d'une foule de bottes gronda sur le plancher du navire.

— Délivre les suivants et ramène-les sur la rive ! lui somma Gildar d'un ton autoritaire. Les autres, avec moi !

— Pardon ? s'insurgea Shana. Je sais me battre !

— Ce n'est pas un jeu, fais ce que je te dis !

Les voyant déjà se mettre en position pour accueillir les soldats, elle serra les dents. Pourtant, elle se dépêcha tout de même d'aller briser les dernières chaînes. Au son du métal qui s'entrechoquait, des combats avaient éclaté dans le couloir.

Une dizaine d'hommes en armure araneanaise firent irruption dans la pièce.

Gildar n'attendit pas un seul instant pour lancer une hachette sur le premier, qui s'écroula de tout son long. Puis, utilisant sa hache, il para un glaive qui l'aurait empalé.

Les affrontements voisins ne furent pas tous aussi glorieux. Un rebelle se fit étriper dès sa première passe contre un colosse qui maniait son trident avec puissance. Un autre reculait face aux coups répétés d'un soldat. Quant aux deux autres assaillants, ils tentaient bon gré mal gré de maintenir une certaine distance avec leurs opposants. Les escarmouches étaient intenses, brutales. Gildar se défaisait un à un de ses adversaires en surnombre, bien qu'ils ne soient plus que trois contre six si l'on ne comptait pas Shana.

La jeune Descendante poussait les prisonniers vers la barque, lorsqu'elle vit un nouveau rebelle tomber sous les attaques sanglantes du colosse. Ce dernier allait s'en prendre à Gildar par-derrière, et elle ne put plus se retenir. Tout son corps l'incitait à se mêler à l'affrontement malgré les ordres.

Elle s'engagea dans la lutte.

Shana bondit vers le géant mais celui-ci réagit aussitôt. Il essaya de la transpercer avec son trident d'un mouvement plutôt lent, dont elle ne doutait pas du potentiel destructeur. Par réflexe, elle effectua une roulade sur le côté et brandit son épée vers son adversaire. Il y eut un bref moment de latence. Puis le soldat fonça à nouveau sur elle pour abattre son arme à l'endroit où elle s'était tenue une seconde plus tôt. Elle ne le laissa pas faire. Elle le prit de vitesse et lui planta sa lame dans la cuisse, y pénétrant comme dans du beurre. Il hurla de douleur mais tenta de la saisir par la gorge.

Elle fut plus rapide.

Elle donna un coup de poing ravageur là où l'armure du soldat comportait une faille. Sa main s'enfonça complètement dans le corps de son adversaire et lui pulvérisa les os. L'instant d'après, elle retira son épée de la cuisse du colosse et lui porta un coup fatal sous l'aisselle. Les dents maculées de sang, il tituba, puis s'étala sur le plancher.

Shana évita de justesse les lames d'un autre trident, mais reçut un coup de pied dans le flanc, la faisant reculer de quelques pas. Le soldat parut surpris. Elle s'élança sur lui pour exploiter ce moment d'incertitude. Elle insuffla toute sa force dans son arme et transperça l'armure, avant de tomber avec lui par terre. Il convulsa, les mains crispées sur l'épée courbe qui lui avait créé une cavité béante.

Tuer des gnasseas sur *L'Œil du Typhon* ne l'avait pas autant marquée, mais là, observant autour d'elle, elle réalisa à quel point la scène était devenue une véritable boucherie. Éventrés, les tripes à l'air, les cadavres lui donnèrent presque la nausée. Pourtant, elle ne se sentait pas meurtrie. Sa rage brûlante prenait le pas sur d'éventuels remords. Elle assouvissait sa soif de sang – celle qu'elle redoutait. Elle n'était plus elle-même, ou alors, si, justement, cela faisait partie de sa nature. Elle en fut troublée un instant. La mort ensemencée de ses mains semblait avoir été si facile. Personne ne lui avait intimé de calmer son ardeur…

Mili...

— Attention ! s'écria une voix grave.

Un choc brutal réveilla Shana de sa réflexion muette. Gildar venait de la pousser pour lui éviter de se faire embrocher. Il n'y avait plus que lui, un autre rebelle, et elle, pour défendre les prisonniers.

— Laissez-nous repartir ! gueula Gildar.

Les cinq soldats, les visages marqués par la haine, hésitèrent à s'avancer. Gildar avait été impressionnant dans la manière de se battre et Shana comprenait leur appréhension, même en surnombre. Cependant, un combat était éprouvant, surtout pour quelqu'un n'étant pas un Descendant, et leur désavantage, certain.

— On se casse ! s'écria le rebelle sur l'embarcation.

Gildar se retourna pour observer celui qui l'interpellait. Un soldat en profita pour bondir sur lui avec son trident. Par réflexe, Shana l'intercepta avec son arme et l'entailla assez profondément dans le bras pour arrêter sa course et lui faire cracher un juron.

Les autres soldats n'attendirent pas plus longtemps et s'élancèrent sur la frêle jeune femme, à présent à leur merci.

Shana vit l'acier d'un glaive et d'un trident s'abaisser sur elle, ne lui laissant pas le temps d'esquiver les deux. Elle choisit d'éviter le trident sur sa droite, et vit l'autre lame d'assez près pour se dire que c'en était fini d'elle.

Le métal n'acheva pas sa course. Il resta suspendu dans les airs.

Le soldat qui le maintenait un instant plus tôt fut projeté contre le mur grâce à un tourbillon d'eau qui avait fracassé des planches de la coque. Les deux suivants subirent le même traitement.

Levant les yeux, Shana vit deux orbites qui brillaient d'un bleu sombre. Ihroal sortit son glaive, et en quelques passes d'armes, se débarrassa des deux soldats encore debout. Ils n'avaient eu aucune chance face à la rapidité et à la précision des gestes du Dompteur.

— Il y a d'autres prisonniers à secourir dans les étages supérieurs, annonça-t-il d'une voix pleine d'autorité.

Gildar acquiesça, le souffle lourd, tout en observant les corps inanimés de ses compagnons autour de lui.

— Ramène-les au camp, ordonna-t-il.

— Non, je viens avec vous, répliqua Shana d'un ton sec.

— Tu en as déjà assez fait, enchérit Ihroal. Rentre. Ils ont besoin de toi.

C'était un ordre. *Peut-être qu'Ihroal a l'habitude de se faire obéir, mais il n'est pas mon chef.* Elle était venue pour une raison, et elle n'allait pas abandonner après le premier affrontement. Le Descendant se retourna sans attendre de réponse, Gildar et l'autre rebelle lui emboîtant le pas.

— Peut-être n'avez-vous pas compris, mais...

— Je n'ai pas le temps pour des gamineries ! tonitrua Ihroal. Si je n'étais pas intervenu, tu serais morte ! Descendante ou non, un seul moment d'égarement et tu y laisseras la vie ! Tu n'as jamais appris à utiliser ton pouvoir pour te battre. D'ailleurs, n'en as-tu jamais appris quelque chose d'utile ?

Les paroles du Dompteur étaient blessantes mais empreintes d'une certaine vérité.

Que sais-je faire d'autre mis à part faire éclore une fleur ou faire pousser des plantes ? Et encore, par rapport aux Descendants que j'ai vus à l'action, c'est dérisoire.

Cependant, l'adrénaline du combat et sa fureur latente résidaient toujours en elle. Elles s'étaient même décuplées.

— Je ne vous demande pas votre avis, rétorqua Shana avec conviction, provoquant Ihroal du regard. Je continuerai jusqu'à ce que j'aie retrouvé Milian, et s'il le faut, je défierai n'importe lequel d'entre vous pour vous prouver ma valeur.

Ihroal planta un instant ses yeux dans les siens. Il la jaugeait.

— Alors la décision te revient, approuva le Dompteur à la surprise de Shana.

— Pardon ? s'emporta Gildar.

Le seul regard d'Ihroal intima au rebelle de baisser d'un ton.

— Tu vois bien que j'ai essayé de la faire déguerpir, déclara-t-il en écartant les bras. Elle est têtue comme une bourrique et ne repartira que lorsqu'elle l'aura décidé. Et puis, si je ne m'abuse, elle vient de te sauver la vie. Elle dispose de plus de ressources que tu ne le penses.

— J'ai reçu des consignes…

— Et je t'en donne de nouvelles, le coupa Ihroal, dont l'autorité ne souffrait d'aucune réplique.

Gildar serra les dents mais ne fit pas d'autre remarque. Il n'osait pas aller à l'encontre du Descendant, malgré son visage devenu ivre de colère.

— Krouan, ramène-les sur la rive et dépêche-toi de revenir pour prendre ceux qui n'ont pas pu monter avec toi, ordonna Ihroal.

— Je reviens dès qu'ils auront débarqué, opina le rebelle d'un ton solennel.

Shana jeta un regard en arrière pour observer le fleuve par le trou de la coque. Plusieurs embarcations repartaient du navire. Sur chacune d'entre elles, on notait une dizaine de prisonniers à présent libérés. Cependant, les combats continuaient de se livrer sur l'Ondoyant ; tous ne parviendraient certainement pas jusqu'au camp.

Chapitre 33

Shana

Le couloir regorgeait de rebelles aux regards féroces et aux lames souillées. Les chemises et les pantalons étaient constellés de taches de sang encore chaud et ruisselant. À l'instar des armures enfoncées, des membres estropiés et des corps mutilés, les cadavres des soldats gisaient sur le plancher dans leurs flaques vermillon, témoignant de la brutalité des affrontements. Aux alentours, il ne restait presque plus âme qui vive des défenseurs du navire, et les derniers râles d'agonie cessaient pendant que les assaillants achevaient les survivants pour laisser leurs boyaux et leurs tripes à l'air. L'odeur était à peine supportable, comme dans un cloaque, et Shana se boucha le nez afin de ne pas s'y exposer trop longtemps. À en juger par les trous anormaux dans les organismes des soldats, Ihroal avait largement participé au carnage et au funeste destin de ses ennemis, même si nombre de rebelles se mêlaient aux dépouilles.

Malgré les blessés et les pertes, ils étaient encore prêts à se battre et affichaient une détermination sauvage en attendant les ordres du Dompteur. Des chocs de métal résonnaient à travers les couloirs, avertissant Shana que la lutte était loin d'être terminée sur le pont inférieur. Cela, elle n'en avait rien à faire ; elle souhaitait monter dans le navire pour tenter de retrouver Milian.

Ihroal se déplaçait avec fluidité entre ses combattants, plus résolus sur son passage. Il les galvanisait par sa seule présence.

— D'autres attendent notre secours plus haut ! clama-t-il d'une voix forte avec éloquence. Qui sera avec moi ?

Moi, voulut-elle hurler.

Les cris fusèrent, guerriers, emplis d'une rage exacerbée.

— Ne ferions-nous pas mieux de prendre le contrôle de tout le pont inférieur avant de nous attaquer aux étages supérieurs ? protesta Gildar, ses mains reposant sur le pommeau de sa hache.

— C'est une remarque intéressante, concéda le Dompteur. Mais si nous perdons du temps ici, nous laisserons nos ennemis organiser leur défense. Tout se joue là-dessus, et ils risquent d'exécuter les prisonniers si nous tardons trop. Je ne compte pas abandonner nos frères et nos sœurs, alors nous devrions nous hâter ! Avec moi, camarades !

Gildar fut complètement ignoré sous la présence d'Ihroal. Personne ne semblait vouloir contredire le Descendant, suivant ses ordres aveuglément comme un véritable contingent militaire.

Le Dompteur conduisit ses guerriers vers l'escalier qui menait à l'étage supérieur, piétinant les corps amputés sans y accorder d'importance. Suivant la multitude – devant bien représenter une quarantaine de rebelles –, Shana se joignit à eux, et Gildar resta à proximité d'elle. *Je n'ai pas besoin d'un petit chien*, aurait-elle voulu lui dire.

Alors qu'ils se faisaient interdire l'accès à l'étage par une porte en bois massif – probablement barricadée –, la Communicatrice sentit les lattes des marches vibrer. Puis, du dessous, ce fut un énorme geyser qui l'explosa, et tous les éclats se dirigèrent du côté opposé. Ihroal mena la charge, utilisant l'éruption d'eau pour attaquer la première ligne de soldats, avant de foncer sur eux, glaive en avant. Les rebelles se déversèrent dans le couloir, tel le déferlement d'une vague s'abattant sur un château de sable pour les emporter avec eux malgré leurs armures rutilantes et leur semblant de défense. Le Descendant traversait les lignes ennemies avec aisance. Il dansait, virevoltait gracieusement, comme si combattre avait été toute sa vie. En l'observant, Shana avait l'image de Jalen en tête, pourtant, Ihroal paraissait bien plus rompu à l'art de la guerre.

Ses hommes le suivaient sans crainte et dévastaient tout sur leur passage. Quelques-uns tombèrent face aux soldats les plus aguerris, mais l'ampleur de leur vague balayait toute résistance, qui n'offrait guère d'opposition à la hauteur de l'attaque. Au milieu de la meute, Shana n'avait quasiment rien à faire, mis à part les suivre en butant parfois sur un cadavre défiguré.

Les nombreuses portes dans les couloirs craquaient sous les assauts des rebelles, libérant chaque fois des prisonniers qui les accueillaient presque toujours de la même façon : désorientés, égarés, hagards… Ces hommes et ces femmes devaient avoir subi tant d'affreusetés dans leurs geôles que Shana se demandait s'ils étaient capables de mettre des mots sur ce qui leur arrivait. Leurs libérateurs désignaient certains des leurs pour accompagner les plus fébriles au pont inférieur, tandis que d'anciens captifs prenaient les armes pour se joindre au mouvement. Plusieurs embarcations devaient certainement déjà avoir fait au moins un aller-retour.

Chaque fois, Shana caressait l'espoir de voir Milian, mais elle n'allait que de déception en déception. Néanmoins, les sourires des reclus lui redonnaient confiance ; elle voulait croire qu'elle *le* retrouverait.

Certains soldats déposèrent les armes et supplièrent de les épargner. Ils constataient bien qu'ils n'arriveraient pas à s'opposer au cataclysme annihilateur. La sauvagerie des rebelles n'avait pas de limites ; la rancœur trop longtemps contenue guidait leurs bras, et ils n'accordaient aucune pitié. D'autres soldats se défendaient comme des diables, mais face à Ihroal, ceux-là ne résistaient guère plus le temps de défaire un ou deux adversaires. Les rangs des rebelles grossissaient à chaque pièce ouverte.

Finalement, dans une énième salle remplie de prévenus, Shana dut abattre son épée recourbée sur le crâne d'un soldat. Elle n'avait pas tué un homme, simplement un obstacle qui l'éloignait de Milian. Elle lui avait fendu le heaume avec une facilité stupéfiante, lui rappelant celle avec laquelle elle avait transpercé l'armure de l'un de ses ennemis plus tôt. Le métal résistait au safaïa, or, avec sa force, elle en faisait fi.

Mû par une rage meurtrière, Ihroal ne daigna même pas consulter ses troupes pour grimper au niveau supérieur. Rencontrant bien plus de résistance, le Dompteur se déchaîna avec une hargne accrue. Il déploya un torrent du fleuve et fit voler en éclats des poutres de la coque. Incontrôlable, il broyait ses adversaires sans état d'âme. Il paraissait invincible.

Les rebelles commencèrent à se disperser dans les nombreux couloirs résonnant de leurs cris guerriers. Les combats éclatèrent un peu partout. Il n'y avait plus aucune logique, leurs mouvements étaient simplement dictés par leur soif de vengeance et leur désir de faire couler le sang.

Cela n'arrêta pas Shana, qui se joignit aux affrontements et joua de son épée. L'adrénaline la poussait à se libérer des entraves de la morale. Des hommes en armures agonisaient sur les lattes de bois, meurtris de blessures mortelles, mais cela ne lui inspirait guère de pitié. *Ils ont mérité leur sort.* Gildar n'était jamais très loin et lui jetait des regards furtifs. Cela ne fit qu'attiser la fureur de la jeune Descendante, qui n'avait aucunement besoin de lui pour la protéger. Grâce à sa célérité surnaturelle, elle frappa, encore et encore, féroce, déstabilisant ses ennemis tout en restant vigilante.

Alors qu'ils avaient pris possession d'une bonne partie du niveau, elle désespérait de retrouver Milian. Il *devait* se trouver là ; Ialantha le lui avait assuré.

Tandis qu'Ihroal s'apprêtait à emprunter un grand escalier menant à l'étage supérieur, Gildar l'interpella d'une voix caverneuse pour supplanter les plaintes déchirantes et les chocs de métal.

— Ça suffit ! Nous devrions battre en retraite avant que leurs renforts n'arrivent !

Ihroal s'arrêta. Comme s'il avait subitement repris conscience de la raison pour laquelle il était là, il se retourna vers tous les rebelles à sa suite. Certains d'entre eux se mirent à conspuer Gildar, leurs traits toujours rongés par cette rage immuable, bestiale, pendant que d'autres le soutinrent. Cependant, ils étaient tous unis par leurs ahanements, épuisés par l'effort considérable de la lutte.

— La majorité des soldats ont dû se retrancher là-haut ! renchérit un rebelle à la voix chevrotante.

— On risque de subir plus de pertes qu'on ne peut sauver des nôtres ! argua un autre, le souffle court.

Une femme en haillons – la désignant comme une ancienne prisonnière – protesta.

— Moi, je me battrai jusqu'au bout, je n'ai plus rien à perdre ! Je leur ferai payer ce qu'ils m'ont fait !

— Ouais ! On les tuera jusqu'au dernier ! rugit un homme en élevant sa lame au-dessus de la foule. Ihroal, qu'en dis-tu ? Nous mèneras-tu jusqu'à la fin ?

Que ce fût l'un ou l'autre parti, tous restaient suspendus aux lèvres du Dompteur. Celui-ci toisa Gildar en silence. Shana aurait pu jurer que s'il n'avait pas été son allié, il aurait pu le massacrer sur place.

— Je n'abandonnerai personne, annonça Ihroal d'un ton grave, presque condescendant. Je ne retiendrai pas ceux qui souhaitent partir. Rentrez au campement et occupez-vous des nôtres. Ceux qui veulent poursuivre notre combat, joignez-vous à moi !

Des cris retentirent à travers l'assemblée des rebelles. Les plus motivés se rallièrent autour du Dompteur. Gildar regroupa les autres.

Moi, mon choix est fait.

Il n'y avait plus qu'un étage avant le pont supérieur du vaisseau. Tous les espoirs de Shana y résidaient. Les détenus les plus importants devaient certainement y être retenus, et Milian en faisait très probablement partie. C'était ce qu'elle voulait croire.

Pendant qu'une trentaine de rebelles restaient aux côtés d'Ihroal et que tous les autres repartaient vers les niveaux inférieurs pour s'échapper, Gildar s'approcha de Shana avec une expression des plus résolues avant de lui poser une main sur l'épaule.

— Ihroal est aveuglé par une vengeance personnelle. Certains Descendants pensent qu'ils sont invincibles, et il fait partie de ceux-là. Il va entraîner la mort de tous ceux qui l'accompagnent, et il ne s'en rend même pas compte. Shana, je ne mets pas en doute ton courage, mais suis-nous et préserve ta vie. Elle a bien plus de valeur que ça.

Peut-être que les paroles de Gildar n'étaient pas dénuées de vérité ; elle avait remarqué cette sorte de démence qui guidait les pas d'Ihroal, tout comme elle l'avait constatée chez Jalen cette fameuse nuit. Cependant, elle était plus déterminée que jamais. Le Dompteur n'avait à aucun moment été inquiété par les lames ennemies, et il devait être conscient de ses capacités – ce que quelqu'un n'étant pas un Descendant ne pouvait pas comprendre. Si Ihroal projetait de libérer les derniers prisonniers, toute aide lui serait bienvenue. *Je ne peux espérer mieux.*

— Vous pouvez bien faire ce que vous voulez, mais moi, ma décision est prise, rétorqua-t-elle cyniquement.

— J'ai pour instruction de te ramener saine et sauve au campement, et c'est bien ce que je compte faire, souffla Gildar d'un ton las.

— Et qui vous l'a ordonné ? s'énerva Shana, le poing serré sur son arme.

Il soutint son regard, la dominant de toute sa hauteur.

— Qu'Uzushio m'emporte ! Ialantha, bien sûr ! Ce peut être une femme d'un fichu caractère, mais elle fait preuve de bien plus de raison qu'Ihroal !

— Qu'elle aille se faire bouffer par un koalican ! fulmina Shana. Je ne suis pas à sa botte !

Ihroal avait déjà défoncé la porte qui les séparait du quatrième étage. Le combat s'était engagé.

— Si Uzushio réclame que ton ami soit sauvé, Ihroal le fera, articula Gildar, refermant un peu plus sa poigne.

Non, je ne peux plus faire confiance qu'à moi-même.

— Je ne changerai pas d'avis.

Shana se débarrassa de l'emprise de Gildar et esquiva sa main lorsqu'il voulut la retenir. Elle gravit les marches quatre à quatre, bien plus rapide que lui. *Il ne pourra pas me rattraper.*

Puis l'horreur des combats vint une nouvelle fois se refléter dans ses yeux. Des vagues surgissaient de l'Ondoyant et s'infiltraient dans le navire par les ouvertures pour balayer les soldats encore plus nombreux que précédemment. Le fleuve était une source de pouvoir presque infinie pour le Dompteur, qui se déchaînait tel un démon.

Derrière lui, les rebelles abattaient les hommes passés entre les mailles de ses attaques et n'épargnaient aucune vie, mettant fin aux respirations agoniques. Les gestes étaient barbares, cruels, et ne s'arrêtaient pas de tailler dans la chair. De leur côté, les soldats, plus nombreux, se défendaient avec hargne. Sans Ihroal, les rebelles se seraient fait emporter comme des fétus de paille dans ce rapport de force inégal, mais là, le Dompteur créait l'anarchie dans leurs rangs. Les assaillants gagnaient toujours plus de terrain.

Shana participa au massacre, guidée par une rage trop longtemps inassouvie. Elle se battait avec acharnement dans ce chaos sanglant où s'entremêlaient chair et boyaux, et distribuait la mort de sa lame aux reflets bleutés, dont la soif semblait inextinguible. Elle grêlait les belligérants avec pugnacité et intrépidité, les chargeait, les transperçait, et esquivait au dernier moment. D'un coup circulaire, elle décapitait deux soldats. D'un autre, elle amputait des membres avec brutalité. Sans rien s'interdire, elle se déchaînait sur des corps pourtant déjà martyrisés, déployait infatigablement sa vivacité et frappait impitoyablement ses adversaires. Ses gestes étaient devenus machinaux. Elle écartait tous les obstacles se dressant devant elle, pivotait sur elle-même, contre-attaquait, renversait, mutilait, foudroyait les soldats en n'ayant aucunement l'intention d'en épargner un seul ; elle se libérait pleinement en une tempête chaotique.

Puis, elle aperçut du sang goutter de son bras. Le sien. Elle n'avait pas remarqué l'instant où elle avait écopé de ces blessures. Y jetant un œil, elle constata leur superficialité et les oublia aussitôt.

Sa fureur reprit le dessus.

Dans le vacarme du combat, elle entendit Gildar crier son nom.

Il n'a pas abandonné l'idée de me ramener au camp alors que je lui ai fait comprendre que ça ne servait à rien. Il est devenu fou.

Une main se tendit vers elle, implorant la pitié dans un murmure à peine audible.

C'était une jeune fille tout juste sortie de l'adolescence, en habits de cuisinière ou quelque chose du genre. Ses yeux en amande, vitreux, étaient glaçants ; la plaie qui zébrait son corps du bas ventre à la poitrine ne laissait aucun doute sur son destin. Shana resta figée. *Comment s'est-elle retrouvée là, au milieu des affrontements ?*

N'ayant pas le temps de répondre à sa question intérieure, un rebelle fendit le crâne de la mourante pour couper le fil ténu de son existence, avant de continuer son chemin vers une autre victime ; il n'avait fait aucune distinction entre un soldat et un membre du personnel du navire. D'autres gisaient inertes sur le sol, tandis que certains tentaient vainement de s'extirper de cette sauvagerie.

Ne sont-ils plus que des bêtes ? Shana observa son propre reflet sur sa lame pour y discerner un visage méconnaissable. Elle n'était plus elle-même et cela la terrifia. Elle tressaillit. Une sensation glaçante se déversa jusqu'à la plante de ses pieds. *Et qu'advient-il de moi ? Ne suis-je plus qu'une machine à tuer, emportée dans une incontrôlable folie furieuse ?*

Une main la surprit par-derrière, cherchant à l'entraîner avec elle. Gildar eut beau s'efforcer de la faire bouger, elle résistait. Elle restait sur place à osciller entre le visage de la jeune femme et le sien.

C'est de sa faute si elle se trouvait là, tenta-t-elle de se convaincre.

Elle voulait se persuader elle-même et ne pas faire face à tous ceux qu'elle avait tués.

Gildar la força à détourner les yeux et elle se laissa faire, le scrutant avec détachement. Un voile obstruait sa vue et ses pensées ; même les sons semblaient provenir d'une autre dimension ; les plaintes n'étaient devenues que mélopées lointaines.

— Tu vas finir par te faire tuer, à l'image de cette gamine, entendit-elle comme un écho.

Shana vit la gravité dans le regard du rebelle mais ne dit mot. Elle se contenta de dégager sa main d'un mouvement désinvolte.

Tel un avertissement, un soldat sortit de nulle part pour se jeter sur eux, trident en avant. Gildar attrapa l'arme avant qu'elle ne les atteigne et transperça l'homme de sa hache avant de le soulever d'un bon mètre au-dessus du sol. Puis, d'un geste qui paraissait avoir été répété de nombreuses fois, il le projeta sur le plancher et fit cesser ses gémissements.

— Votre rébellion…, chuchota Shana dans un état second. C'est *votre* bataille. La *mienne*, c'est de *le* retrouver.

— Mais tu te bats avec nous, poursuivit Gildar en s'assurant qu'aucun soldat ne représentait de menace directe. Ne pas rentrer au camp tout de suite condamne bon nombre de gens qui ont besoin de ton aide. Tu pourrais leur sauver la vie… Aymri ne peut s'occuper de tant de blessés.

Shana sortait peu à peu de sa stupeur.

— Vous n'aviez rien à faire de tout ça avant d'apprendre qu'Hunor serait dans le convoi. Vous ne comptiez pas venir en aide aux vôtres. Vous alliez les laisser à leur propre sort. Alors de quel droit décideriez-vous de ce que *je* dois faire ou non ?

Alors que le colosse restait les bras ballants, un vent violent s'engouffra dans le couloir, telle une tornade. Il arracha des poutres, fit voler des débris ainsi que des combattants dans tous les sens. Shana planta son épée dans le plancher et s'y accrocha fermement pour faire face à cette puissance incroyable. La bourrasque envoyait des rebelles et des soldats s'écraser contre des panneaux de bois ou les éjectait du navire, pareillement à des feuilles emportées par une rafale automnale trop exaltée.

Cela mit fin aux affrontements.

Chacun tentait de résister au souffle en s'agrippant à tout ce qui pouvait lui passer sous la main. Le plafond vola en éclats, apportant la lumière rayonnante du ciel dépourvu de nuages. Mais ce ne fut que d'une courte durée ; un dôme d'eau se matérialisa autour d'eux pour englober une bonne partie de l'étage, faisant instantanément cesser ce vent rageur. Au centre, Ihroal avait les yeux rivés au-dessus de lui, et ceux-ci brillaient d'un bleu abyssal. Il cherchait la nature de ce qui avait provoqué ce déchaînement.

Autour de Shana, certains des belligérants, secoués par la force indomptable, se relevaient petit à petit. D'autres restaient couchés et gémissaient à cause de nouvelles blessures engendrées par des débris plantés dans leur corps. Au moins un quart des hommes qui se tenaient là quelques instants plus tôt avaient disparu, balayés par le vent. Ceux encore valides réengagèrent le combat à peine leur arme ramassée, ne renonçant pas à se battre.

Le plancher comportait de nombreux trous, et le plafond n'était plus, tout comme les planches faisant office de murs. Presque tout avait été emporté. Le sol menaçait de s'effondrer de toutes parts.

Ihroal se tenait debout et gardait à distance tous les soldats autour de lui. Ses yeux brillaient avec plus d'intensité que Shana n'avait vue jusqu'à présent. À ses côtés, il ne devait y avoir qu'une dizaine de rebelles, tout au plus.

Un bruit semblable à la précédente tornade résonna, ce qui créa un vacarme au sein du dôme et supplanta le tintement des lames. Il venait par à-coups, s'esquintait contre la masse d'eau protectrice tout en s'amplifiant.

Ihroal se concentrait uniquement sur le maintien du dôme et laissait les rebelles le protéger. C'était inquiétant. Il était la force motrice de leur percée dans les défenses ennemies, et s'il ne pouvait plus combattre les soldats en surnombre, la fin risquait d'être bien prématurée.

Quant à Gildar, il était aux prises avec trois adversaires. Il les repoussait avec des coups amples, bien qu'alourdis par le poids des affrontements précédents. Shana le rejoignit dans sa lutte et usa de sa rapidité pour les surprendre. Elle ne ressentait quasiment pas la fatigue. Ses estocades précises parvenaient toujours à faire mouche face à des soldats déstabilisés.

Tandis qu'elle paraît une attaque en faisant glisser la lame d'un glaive le long de la courbure de son arme, le dôme éclata en son centre pour laisser une tornade opaque y pénétrer avec fracas. Ce n'en était pas une à proprement dit, car aucun vent ne l'accompagnait ; elle avait percé la paroi d'eau à la manière d'une foreuse. Le reste de la structure qu'avait créée Ihroal s'effondra. Shana, tout comme ceux jusqu'alors confinés à l'intérieur, fut trempée jusqu'aux os par cette eau semblant tout à fait banale. Cela n'empêcha pas les combats de se poursuivre, et avec Gildar, elle vint à bout des deux derniers soldats qu'ils affrontaient, ce qui leur permit de souffler quelques instants.

La Communicatrice profita de ce moment, ainsi que des nombreuses planches arrachées, pour scruter les pièces à présent éventrées. Où qu'elle regardât, elle n'observa pas un seul prisonnier. Uniquement du personnel ou des rebelles aux prises avec des soldats. Chacun défendait sa vie avec toute la hargne imaginable. Une partie du pont avait été épargnée, mais Shana douta alors d'y trouver ce qu'elle cherchait. *A-t-il été libéré sans que je le voie ?* C'était possible, bien qu'intimement, elle n'en soit pas convaincue.

Sur le fleuve, les combats allaient toujours bon train. Les rebelles, qui auraient dû prendre le contrôle autour du navire, faisaient face à des ennemis venus en renfort. Ils poursuivaient l'affrontement pour protéger les dernières embarcations qui avançaient péniblement vers les berges, où les prisonniers disparaissaient dans la forêt.

Ai-je fait tout ça pour rien ? se lamenta-t-elle.

La tornade s'éclaircit peu à peu jusqu'à s'évanouir. Apparut alors en son centre un homme au brocart cousu de fils d'or et d'argent, qui arborait une expression des plus altières. Ses yeux brillaient d'un orange excité. Il lévitait au-dessus de la mêlée, et à sa vue, il arracha des cris martiaux à tous les soldats.

Shana reconnut aussitôt ce Chuchoteur. Celui qui les avait amenés, Milian, Eirinia et elle, à comparaître devant le colonel Hadad.

— Tarlis Emren ! rugit Gildar. Il en a mis du temps à se montrer.

— Du temps ? s'enquit-elle, déboussolée.

Gildar serra la mâchoire, les yeux rivés sur le Descendant chuchotant au vent.

— Il n'y a pas que les soldats que l'on voulait attirer ici. En réalité, c'était surtout lui. La deuxième vague a sans doute lancé l'assaut sur le premier navire maintenant qu'il s'en est éloigné. Mais j'ai bien peur que c'en soit fini de nous.

— Alors je nous ai condamnés tous les deux, c'est ça que vous dites ?

— J'ai essayé de te sortir de là…

Les soldats, galvanisés par l'arrivée du Chuchoteur, ne leur laissèrent pas le temps de continuer leur conversation. Ils se rapprochèrent de toutes les directions pour les forcer à se rabattre vers Ihroal et les rebelles encore en vie, avant de tenir leur position.

Nous sommes encerclés et nous n'avons aucune porte de sortie ; une poignée contre une vingtaine, constata Shana, la gorge serrée. *Et ils ont hâte d'en finir.*

Le temps s'était comme figé.

Ihroal restait impassible, faisant face à Tarlis. Ce dernier posa pied sur le plancher et avança de quelques pas devant ses troupes, les bras grands ouverts. *Il n'a aucune arme dans les mains, mais en a-t-il seulement besoin ?*

— Ihroal… commença-t-il de sa voix chantante mais avec aigreur. Cela fait longtemps depuis la dernière fois, mon vieil ami.

— Trop peu de temps à mon goût, répliqua l'intéressé d'un ton impérieux. Tu sembles avoir peur de quitter votre quartier général. Ta couardise est encore plus grande que ta vanité, et je t'aurais réglé ton compte depuis belle lurette si tu ne te réfugiais pas sous les jupons de Kaan.

— Toujours aussi mordant, mon cher. Le roi Llygredd souhaiterait t'octroyer une mort lente et douloureuse, ce qui est d'usage pour les traîtres à la couronne. Cependant, je pourrais t'accorder le privilège d'une fin rapide et presque indolore, si cela reste entre nous, bien sûr. Disons que ce serait pour respecter notre ancienne amitié.

— Ta magnanimité t'honore, ironisa Ihroal. Seulement, je ne t'ai jamais considéré comme un ami, ni comme une personne digne de confiance.

— Ce que tu peux être blessant, se moqua Tarlis. Votre attaque nous a coûté de nombreuses pertes, mais rends-toi à l'évidence. Elle s'arrête ici même. Les renforts sont déjà arrivés, et je chasserai tous les rebelles qui se sont enfuis une fois que je me serai occupé de ton cas.

Le Dompteur ricana.

— Parce que tu penses que ce n'est pas toi qui es tombé dans mon piège ? Je suis là uniquement pour toi. Afin de te faire expier tes fautes.

Shana comprit alors pourquoi Ihroal s'était tant démené pour poursuivre l'attaque, s'affranchissant des ordres de Ialantha. Il avait à tout prix voulu affronter le Chuchoteur. Autour d'elle, il n'y avait que des rebelles prêts à sacrifier leur vie. *Eux n'ont rien à perdre*... Elle avait foncé tête baissée dans la folie du sillage d'Ihroal, s'accrochant à l'espoir de retrouver Milian alors qu'il n'y en avait aucun.

Égarée dans ses ruminations, elle finit par apercevoir le regard de Tarlis l'irradier de son éclat.

— Mais que vois-je ? chantonna-t-il. La prise est bien meilleure que ce que j'imaginais ! Alors tu faisais quand même partie des rebelles ? Pourtant, Anya nous a affirmé que ce n'était pas le cas…

— Je n'en suis pas une, lança sèchement Shana. C'est simplement un concours de circonstances.

— Je vois…, babilla le Chuchoteur. Donc tu pensais retrouver tes amis ? Je peux accéder à ta requête. Rejoins-moi, ils n'attendent que toi !

Il y avait quelque chose de sincère dans ses paroles, ce qui fit douter Shana un instant. Après tout, elle n'avait qu'un désir, celui de libérer Milian, car Waryn, elle en était convaincue, resterait au côté d'Anya. Cependant, elle ne le rejoindrait pas gratuitement, et peut-être pouvait-elle même négocier. *Prendre la place de Mili et lui éviter de finir sur le billot une fois arrivé en Eoros*...

— Relâchez Milian et j'accepterai votre requête.

— C'est une offre intéressante, concéda Tarlis, presque amusé. Je suis certain que nous pourrions parvenir à un accord.

— Amenez-le ici et laissez-le partir, alors ! ordonna-t-elle tout en fixant le Chuchoteur.

Les soldats s'agitèrent. Mais aucun ne rompit les rangs. Ils attendaient les directives de leur supérieur. Et ils savaient qu'ils avaient déjà gagné.

— Cesse avec tes caprices ! rugit Ihroal. Il ne relâchera jamais ton ami ! Ce n'est qu'un être perfide qui pourrait te faire miroiter n'importe quoi pour arriver à ses fins ! Les enjeux ici sont bien plus importants que la vie d'un garçon !

— Je n'en ai rien à faire de…

— Ce n'est qu'un assassin qui tue par plaisir, rien de plus, la coupa Ihroal.

— Ce n'est qu'une question de point de vue, badina Tarlis. Parmi les cadavres, je vois de nombreuses personnes n'étant même pas des soldats. Que Saikuron m'emporte si j'ai tort ! Vous avez massacré des innocents, et Ihroal, tu te targues d'apporter la justice ? Ce n'est qu'une grossière farce !

Shana repensa au visage de la jeune fille, sauvagement tuée alors qu'elle essayait très certainement de fuir les affrontements. *Il y a une part de vérité...*

— Je ne te laisserai plus faire, déclara le Dompteur d'une voix sépulcrale.

Sous les yeux horrifiés de Shana, s'élevant des profondeurs de l'Ondoyant, une gigantesque masse aqueuse qui revêtait la forme d'un serpent surgit d'un côté du navire ; un monstre aquatique d'une clarté fantomatique qui brillait d'un éclat sinistre et renvoyait presque aveuglément la lumière du soleil. Sa stature vertigineuse défiait l'entendement. Son échine grondait, rappelant le bruit d'un torrent déchaîné. Ses ondulations terrifiantes rendaient compte de sa puissance destructrice, et sa gueule, un gouffre béant bordé de rangées de crocs acérés et translucides, évoquait les cauchemars les plus sombres. Il représentait la désolation, une force indomptable qui se dirigeait impitoyablement vers Tarlis.

Le Chuchoteur leva un bras tout en gardant ses yeux fixés sur le Dompteur. Dans le firmament azuré, une manifestation spectrale naquit, intimidante et sublime à la fois : un rapace colossal, tissé à partir de l'essence même de l'éther. Il captait la lumière pour se draper de son halo. Chacun de ses battements d'ailes formait des zéphyrs tempétueux, et ses plumes n'étaient que filaments d'air en perpétuel mouvement, allant de la brise à la bourrasque. Ses serres, ainsi que son bec arqué et pointu, reflétant la vastitude du ciel, foncèrent vers l'ophidien.

L'impact créa une onde de choc que Shana ressentit de tout son être. Elle vacilla. Le serpent et le rapace se désintégrèrent en des milliers de gouttelettes pour retomber en une pluie fine mais drue.

C'est de la folie, songea-t-elle en repensant à l'affrontement entre Jalen et Daragh.

Brandissant son glaive, Ihroal s'élança vers Tarlis à une vitesse inhumaine. Il réduisit par deux la distance qui les séparait en une fraction de seconde.

Une lame d'air partit d'une main de Tarlis vers le Dompteur, bien plus rapide que les deux animaux précédemment créés. Ihroal l'esquiva au dernier instant avec une roulade sur le côté, mais elle continua son chemin pour traverser de part en part un rebelle à la droite de Shana. Sans un murmure, son corps fut coupé en deux.

Ce n'est pas le moment de baisser ma garde.

Alors que plusieurs flux d'eau jaillissaient du fleuve et transperçaient des soldats sur leur trajectoire, la Communicatrice entendit Tarlis crier l'ordre de passer à l'attaque. Ignorant le duel entre les deux Descendants, plusieurs de ses hommes qui encerclaient les rebelles chargèrent en poussant leurs hurlements guerriers. Néanmoins, à la vue du carnage que représentait ce champ de bataille, ils ne pouvaient pas tous s'approcher en même temps ; trop de cavités ou de planches abîmées étaient sur le point de s'effondrer.

Venez.

Shana se tenait à côté de Gildar, observant les quelques rebelles en position de combat autour d'eux. Ils décrivaient un cercle pour lutter contre les menaces qui provenaient de toutes les directions. Ils étaient prêts à réceptionner tous ceux qui leur fonceraient dessus, les visages ivres d'envie d'en découdre, même face au surnombre. Shana agrippa fermement son épée recourbée pour frapper le premier ennemi qui viendrait à sa portée.

Elle défendrait sa vie jusqu'au dernier souffle.

De leur côté, Ihroal et Tarlis se livraient une bataille sans merci. Des flux d'eau abondaient constamment du fleuve vers le Chuchoteur, qui les faisait exploser en plein vol grâce à de petites tornades ou d'autres lames d'air. Même si les soldats s'éloignaient d'eux, certains succombaient sous les attaques répétées des Descendants – des dommages collatéraux.

Un homme bondit sur Shana, trident en avant, pour l'embrocher. Elle se baissa pour l'éviter, puis se releva et frappa de toutes ses forces avec son épée sur l'arme de son assaillant. Le trident se brisa et elle envoya un horion dans la tête de son possesseur. Elle entendit des os craquer sous la violence de l'impact. Il retomba à terre sans bouger, défiguré. Cela ne fit qu'enhardir le suivant. Shana esquiva l'attaque sans fléchir tout en lui décochant un coup de pied dans le genou, ce qui lui arracha un hurlement de douleur. Elle prenait un soldat à la fois, aidée par Gildar qui, lui aussi, enchaînait les adversaires avec de puissants coups de hache.

Shana reçut quelques entailles et sentit son propre sang ruisseler. Mais cela ne l'empêcha aucunement de poursuivre sa danse meurtrière. Elle n'avait pas le choix ; si elle ne restait pas attentive, ne serait-ce qu'une seconde, c'en était fini d'elle.

Deux ou trois rebelles étaient déjà tombés, créant des ouvertures dans leur semblant de formation. Les soldats en profitèrent pour prendre à revers un autre partisan de la rébellion, qui ne vit pas le glaive s'abattre dans son dos.

D'un geste de la tête, Gildar intima à Shana de couvrir ses arrières. *Ce n'est plus le moment de prendre mes propres décisions.* Il était le plus expérimenté au combat, et pour survivre – même si elle doutait qu'ils le puissent vraiment face à tous ces hommes –, elle devait accepter ses ordres. *Je n'y parviendrai jamais toute seule.*

Se retournant, elle para la pointe d'un glaive au dernier moment alors qu'il était sur le point de l'étêter. Le rebelle sur sa gauche avait succombé, foudroyé en plein cœur, ce qui avait créé une nouvelle faille dans leur défense.

Shana perça la garde de son agresseur et planta son épée dans sa poitrine en traversant sa cuirasse. Avant qu'il ne retombe, elle extirpa l'arme de son corps pantelant et bondit en arrière afin de ne pas se rendre vulnérable.

Ils n'étaient plus que cinq à se défendre contre au moins une quinzaine d'hommes. *Si Ihroal ne vient pas à bout de Tarlis rapidement, nous y passerons tous.*

Justement, le Dompteur, en plus du combat contre le Chuchoteur, était de nouveau assailli par des soldats. Ils devaient se sentir pousser des ailes ; ils pensaient certainement atteindre le Descendant et devenir des héros en l'abattant. Aucun d'eux n'y parvint. Des sphères d'eau gravitaient autour d'Ihroal. Il s'en servait pour se protéger mais tout autant pour les envoyer sur Tarlis, le forçant à virevolter dans les airs pour les éviter.

Une tornade s'élança vers Ihroal. Il ne chercha même pas à l'esquiver. À la place, il s'agenouilla et posa ses deux mains au sol. Alors qu'elle l'avait presque atteint, un terrible grondement ébranla le navire et un énorme geyser défonça le plancher. Leur combat ne s'arrêtait pas un seul instant. Ils s'échangeaient des coups sans jamais se retrouver au corps à corps, faisant inlassablement trembler le vaisseau. Ihroal multipliait les attaques aériennes pour contraindre Tarlis à devoir reposer les pieds à terre. La haine déformait les visages des deux protagonistes. Aucun d'eux ne parvenait à prendre le dessus. De plus, ils s'approchaient dangereusement du groupe résistant de rebelles, et s'ils continuaient ainsi, ils finiraient par tous les tuer.

Shana se défendait avec la férocité d'une lionne enragée, dos à dos avec Gildar et un autre de leur compagnon. *Nous ne sommes plus que trois*, constata-t-elle, affligée. Toutefois, leurs ennemis étaient tenus en respect, hésitant presque à donner l'assaut final. *Ont-ils reçu pour consigne de nous épargner ? De faire de nous des prisonniers ? À si peu, nous ne représentons plus vraiment une menace.*

— Tu t'es bien battue, fit laconiquement Gildar, reprenant son souffle avec peine.

Il était épuisé et ses blessures s'étaient multipliées. Du sang dégoulinait de son pourpoint pour irrémédiablement tacher son pantalon. Percevant du sang perler de ses propres avant-bras, Shana n'était pas en meilleure posture. Elle s'entendit respirer bruyamment et ses membres s'engourdirent. *Les premiers signes de fatigue*, songea-t-elle.

Si les soldats lançaient l'assaut, elle n'y survivrait certainement pas. Et les deux Descendants qui s'approchaient représentaient une menace encore plus terrible.

Je dois faire quelque chose, mais quoi ?

Gildar récitait une prière hiératique mentionnant Uzushio, imité par l'autre rebelle ; ils se savaient perdus.

Quitte à mourir, je dois le tenter.

Avec la rage du désespoir, elle empoigna son épée comme elle ne l'avait jamais empoignée.

— Avec moi ! s'égosilla Shana en s'élançant vers les soldats.

Ils n'avaient aucune idée de ce qu'elle pouvait bien avoir en tête, mais Gildar et l'autre rebelle se redressèrent instantanément, armes en main. Ils n'allaient pas la laisser mener son offensive toute seule et rester pitoyablement en arrière.

Shana chargea, le corps léger, mue par une force intérieure. Elle se sentait capable de déplacer des montagnes. Les soldats leur faisant barrage furent surpris par la virulence de l'assaut, mais braquèrent leurs lames vers elle.

Shana tourna sur elle-même pour éviter de se faire embrocher par un trident. Elle enfonça son poing dans le flanc d'un soldat puis retira sa main sanguinolente. Il cria de douleur et retomba sans vie, comme ceux à ses côtés. Gildar en avait pourfendu un, et l'autre rebelle s'était occupé d'un troisième.

Ils continuèrent leur course effrénée et sortirent de leur encerclement alors que les soldats se mettaient déjà à leur poursuite, les agonissant d'injures. L'esprit ailleurs, Shana sautait au-dessus des cicatrices profondes du plancher et évitait les débris des poutres qui obstruaient son passage.

Ses yeux n'étaient plus rivés que sur un seul homme : Tarlis.

Le combat entre les deux Descendants accaparait toute l'attention du Chuchoteur. Des pans entiers du navire volaient en éclats sous leur puissance phénoménale. D'autres serpents d'eau étaient apparus, tout comme des rapaces de vent.

Shana esquiva un résidu de leurs attaques en plongeant sur le côté au dernier instant. Elle effectua une roulade pour en éviter une suivante, qui réduisit en miettes les lattes de bois à l'endroit où elle s'était tenue une seconde plus tôt.

Gildar et l'autre rebelle ne disposaient pas de sa rapidité et s'étaient fait projeter plus loin. Mais Shana n'avait pas le temps de voir ce qui adviendrait d'eux ; elle devait tenter le tout pour le tout. Elle se releva et reprit sa course vers le Chuchoteur, bien trop concentré dans son combat contre Ihroal, qui ne cessait de faire jaillir du fleuve des attaques plus meurtrières que les précédentes.

Avalant les derniers pas qui la séparaient de Tarlis, Shana se préparait à le blesser mortellement à l'aide de son épée en safaïa. Elle effectua une ultime esquive pour éviter une lame d'air qui fendit les planches derrière elle, puis sauta sur le Descendant en réalisant le plus grand bond qu'elle n'eut jamais fait.

Plus rien ne peut se mettre entre lui et moi !

Alors que sa lame allait s'enfoncer dans le dos de Tarlis, elle fut brutalement stoppée en plein vol. Elle était immobilisée dans les airs. *Mes bras, mes jambes…* Affolée, prise de panique, elle ne parvenait plus à bouger.

Un vent prodigieux se leva autour d'elle et du Chuchoteur. Il tournoyait à la force d'un ouragan et les coupait de l'extérieur.

À présent, l'incandescence orange des yeux de l'homme au brocart la fixait, la faisant trembler de tous ses membres.

— Une piètre tentative, sourit-il. Je t'ai sentie arriver de tellement loin. Tu n'envisageais quand même pas réellement de me tuer aussi facilement ?

J'ai donné tout ce que j'ai pu, et j'ai échoué, se résigna-t-elle. *La différence de puissance entre moi et ce monstre équivaut certainement à un surgeon face à un arbre centenaire*. Pourtant, elle avait vraiment cru qu'elle était capable de le surprendre. Elle se sentait si idiote.

— Vous m'avez ouvert le chemin…, balbutia Shana, lui portant un regard empli d'imprécations, peut-être destinées à elle-même.

Son air satisfait lui indiqua qu'elle avait raison.

Le vent cessa de tournoyer, lui permettant de voir à nouveau ce qui se passait autour d'eux.

Ihroal, dont les traits exprimaient une contrariété non feinte, se tenait bien droit face au Chuchoteur. Ses yeux étaient investis d'une rage brûlante tandis que des sphères d'eau volaient autour de lui.

— Tu n'as jamais eu le sens des priorités, Ihroal, se moqua Tarlis. Ça a toujours été ta faiblesse. Sans parler du fait que tu ne sois même pas éveillé.

— Je ne m'attends pas à ce que quelqu'un comme toi comprenne mes choix, répliqua le Dompteur.

Shana avait interrompu leur combat. Certainement pour le pire. Ihroal aurait pu continuer d'attaquer, mais il ne le faisait pas. *Est-ce pour éviter de me tuer ?* Tarlis l'utilisait tel un bouclier humain. *Je suis condamnée.* Si elle devait mourir, elle souhaitait au moins savoir si elle n'avait pas fait tout ça pour rien.

— Où est Milian ? articula-t-elle, sentant tout espoir la quitter.

— Encore cette question ? babilla le Chuchoteur. Il va très bien et est en sécurité, si tu veux tout savoir. Bien plus qu'aux mains de ces barbares qui ne différencient même pas leurs alliés de leurs ennemis.

Les scènes de boucheries remontèrent de façon saccadée à l'esprit de Shana. *J'y ai participé. Et s'il a raison ? Si des prisonniers sont tombés des mains des rebelles dans ce massacre, sans que je ne le voie ?*

— On m'a dit qu'il était ici ! vociféra-t-elle. Ne me mentez pas !

— Quelle hargne ! Je suis désolé de te l'apprendre, mais on s'est moqué de toi. Ou bien est-ce seulement Ialantha ? Ça lui ressemblerait bien à cette garce. Tu ne peux pas leur faire confiance, alors cesse de te battre à leur côté. Tu sais, même si Anya veut tous vous ramener en Eoros, je pourrais peut-être la convaincre de te garder ici. Tu pourrais être profitable à l'Araneana. Tu aurais quasiment tout ce que tu désires en tant que Communicatrice. Ou tu pourrais m'être utile à moi. Je ne trahis pas ceux qui me sont fidèles.

Au travers de ses yeux éclatants, ses paroles paraissaient sincères.

Il ne ment pas sur sa proposition. Et il ne ment pas non plus sur Milian.

Shana en était persuadée. Il aurait pu tout aussi bien la tuer face à ses refus et ne pas perdre de temps, mais il tentait de gagner sa confiance. Ihroal était de marbre devant eux, certainement prêt à déchaîner une fois de plus sa puissance.

Oui, Ialantha s'est jouée de moi. Milian ne se trouve pas sur ce navire. Elle m'a roulée. Ihroal était au courant ? Shana se sentit investie d'une rage incontrôlable. Elle avait semé la mort de tant de gens alors qu'elle s'était fait berner. *Comment cette catin a-t-elle pu décider de me mentir là-dessus ?*

Elle hurla de fureur pour extérioriser toute sa colère.

Un serpent d'eau monumental s'éleva au-dessus du vaisseau. Les sphères gravitant autour d'Ihroal fusèrent vers Tarlis.

Alors que le Chuchoteur préparait sa défense, Shana sentit faiblir la force des flux d'air qui la maintenaient.

Ne réfléchissant plus, elle puisa dans tout son être pour rassembler toute sa volonté dans son bras droit. Elle continua de crier jusqu'à ce qu'elle parvienne enfin à bouger ; d'un mouvement de poignet, la lame de son épée trancha un flux d'air. Elle poursuivit son effort et se défit une à une de ses entraves immatérielles.

Tarlis était trop occupé à se défendre des attaques incessantes d'Ihroal. Shana voulut lui asséner le coup fatal. Mais le Chuchoteur l'esquiva de justesse, ne recevant qu'une légère entaille au niveau de la cuisse.

— Tu as fait ton choix ! vitupéra Tarlis, le visage déformé par la colère.

Ses yeux étaient plus terrifiants que jamais ; leur lueur indiquait son envie meurtrière. Épouvantée, Shana sentit son cœur battre à tout rompre.

Tandis qu'une dizaine de lames d'air se matérialisaient de tous les côtés, un grondement assourdissant, plus tonitruant qu'un torrent, fit trembler tout le vaisseau. Shana détacha son regard des iris flamboyants de Tarlis pour rester hébétée par ce qu'elle voyait derrière lui. Une vague titanesque s'abattit sur le navire, l'emportant dans son courant d'une violence inouïe.

Ainsi, dans le tumulte des remous, sa vision se brouilla.

Chapitre 34

Shana

— Shana ! Shana ! criait répétitivement une voix sourde.

Elle était toujours plongée dans l'obscurité.

Le visage de Tarlis restait ancré dans son esprit. Mais le plus terrifiant avait été ses iris, emplis d'une fureur mortelle ; elle avait bien cru son ultime instant survenir.

Cette volonté de tuer... Est-ce que j'étais pareille ?

Elle tressaillit.

Une claque la sortit de sa torpeur.

Levant les paupières, Shana vit le visage inquiet d'Athaan penché sur elle. Elle sentait ses doigts plongés dans l'eau froide, et comprit qu'elle était avec lui sur un toari. Ils se dirigeaient vers la rive. Derrière eux, les soldats chassaient les derniers rebelles autour du navire, dont la moitié ne ressemblait plus qu'à une épave. Ses débris flottaient sur l'Ondoyant, auxquels de nombreux blessés s'accrochaient éperdument, n'attendant que la main salvatrice d'un allié, ou celle, cruelle, d'un bourreau.

Un peu plus loin, un serpent d'eau cauchemardesque dominait le fleuve. Des ondes écumantes à sa base, il s'élevait telle une créature de légende. Et sur sa tête monstrueuse... Oui, un homme s'y tenait, majestueux, impavide. Même à cette distance, Shana reconnut la silhouette d'Ihroal. Plus loin encore, un autre protagoniste aux orbites brillant d'un orange funeste lévitait en face de lui. L'affrontement entre le Dompteur et Tarlis n'était pas fini ; le fracas de leurs attaques résonnait implacablement. Shana frissonna. Elle se remémorait s'être retrouvée entre les deux Descendants.

— Que s'est-il passé ? demanda-t-elle, hésitante, émergeant peu à peu.

La vague... le courant... Suis-je restée longtemps inconsciente ?

— J'ai vu ce qui est arrivé, déclara Athaan, la gorge serrée. Qu'Uzushio nous garde d'eux. Leur combat va peut-être durer encore un bon bout de temps. Mais pour l'instant, je te ramène en sécurité.

Ses idées se remettaient lentement en place. *Ihroal a déclenché un tsunami et m'a sortie de là.* Les souvenirs de sa course avec Gildar et l'autre rebelle firent également surface. *Ont-ils réussi à survivre ?*

— Vous avez sauvé pas mal de prisonniers..., reprit Athaan avec un sourire timide. On n'en attendait pas tant. Qu'Uzushio et Saikuron vous bénissent.

Ils approchaient à grands pas de la berge. Shana apercevait des rebelles en train de s'enfoncer dans les ramifications du fleuve qui se perdaient dans la forêt.

— Milian ?

Athaan eut un haussement d'épaules.

— Je ne l'ai pas vu.

Elle se souvenait maintenant. Selon Tarlis, Ialantha lui avait menti ; ses amis ne se trouvaient pas sur le navire qu'elle lui avait indiqué. *Maudite soit cette fichue femme !* maugréa-t-elle. *Que Kinone la fasse pourrir !* Si Ialantha avait cédé en la laissant joindre l'attaque, cela n'avait été que pour mieux la manipuler. *Elle a ordonné à Gildar de me ramener au camp. Rhaaa !*

— La seconde vague a commencé son attaque ? l'interrogea brusquement Shana.

Athaan bomba le torse.

— Dès que le Chuchoteur a atteint le deuxième vaisseau. Tout se passe presque comme prévu !

— Comme prévu pour ceux au courant des détails, lui reprocha-t-elle tout en se redressant. Tu le savais ?

Athaan ne semblait pas comprendre ses paroles.

— De quoi ?

— Ne fais pas l'idiot. Tu sais où est Milian. C'est pour ça que tu m'as évitée depuis hier soir ? Et c'est pour ça que c'est toi qui te retrouves à me repêcher ?

— Certaines informations ne doivent pas être révélées, expliqua-t-il, visiblement embarrassé. C'est pour le bien de tous.

Alors toi aussi tu m'as trahie.

Shana lui prit la tête et l'enfonça dans l'eau alors que le toari continuait son chemin vers la berge. *Qu'est-ce que je pouvais bien espérer de toi ?* Elle aurait voulu le noyer, mais il n'aurait plus été d'aucune utilité. Elle le tira par les cheveux pour lui permettre de respirer.

— Maintenant, tu vas me dire tout ce que tu sais ! le menaça-t-elle d'un regard noir.

— Ialantha m'a fait jurer…

Elle plongea à nouveau sa tête sous la surface, puis la remonta de sorte que sa joue la frôle.

— Je n'hésiterai pas à te noyer. Je n'ai pas besoin de toi pour m'amener où que ce soit.

Ça, je peux te l'assurer.

— Très bien, très bien ! s'affola-t-il.

Athaan siffla et le toari s'arrêta, à peine à quelques mètres des frondaisons pendantes, loin des soldats. Shana le redressa sans ménagement mais ne le lâcha pas.

— Comme tu le sais, l'une des sources de Ialantha a vu tes deux amis monter à bord du convoi..., balbutia Athaan. Mais sur le navire de tête...

— Mais alors, pourquoi m'envoyer dans la première vague ? s'insurgea Shana.

— Je crois qu'elle s'est dit que soit tu fuirais rapidement la violence des combats, soit que tu te ferais une raison et que tu finirais par rentrer au camp...

— ...

— D'autant plus que Gildar avait pour ordre de te faire déguerpir avant l'arrivée des renforts, et donc de Tarlis Emren. Elle pensait que tu étais en sécurité avec lui et Ihroal... Et puis ce dernier devait te faire décamper par la force si tu ne le faisais pas de ton propre chef.

— Je lui ferai bouffer les pissenlits par la racine à cette truie ! s'emporta Shana. J'ai failli mourir là-bas ! Et pour rien !

Je la retrouverai et lui extirperai les tripes de mes propres mains !

— Ce n'est pas pour rien, la corrigea Athaan. Tous ceux qui sont morts ont permis de sauver nombre des nôtres. Il n'y a pas plus grand sacrifice.

— Ne commence pas, parce que je t'estime presque autant responsable qu'elle. Tu aurais pu m'avertir, me dire quelque chose... mais tu n'as rien fait. Je pensais pouvoir te faire confiance. Mais en fait, t'es aussi minable que Ialantha.

Shana lorgna les remous de l'Ondoyant et les cadavres qui y flottaient, comme si celui d'Athaan allait les rejoindre.

— Shana, je me bats depuis des années aux côtés des rebelles. Toi, ça ne fait que quelques jours que je te connais, et tu n'as pas été vraiment tendre, si je peux m'exprimer ainsi. Je ne peux pas trahir les miens. J'ai un minimum d'honneur. Tu peux le comprendre, non ?

Et j'ai bien fait de te traiter comme ça.

— Alors ton rôle, dans tout ça ? Je croyais que tu n'attendais qu'une chose : te battre pour tes soi-disant frères et sœurs. Et là, tu te retrouves à me ramener au camp. Bravo. Super. Génial. Quelle noble tâche ! En réalité, tu as obéi par lâcheté, c'est ça, hein ? Je te pensais plus fier que ça.

— Tu peux penser ce que tu veux de moi, mais j'ai le sens du devoir. Quand on me donne un ordre, je l'exécute.

— Mais plus encore ?

— Je devais couvrir ton repli…, avoua-t-il en soufflant bruyamment. Voilà, tu sais tout ce que l'on a bien voulu me dire.

Athaan baissa les yeux sur les ondulations de l'eau, regrettant peut-être déjà de lui avoir tout raconté. En tout cas, son honnêteté venait probablement de lui sauver la vie. *Il n'est rien de plus qu'un pion que Ialantha utilise à sa guise.* Shana ne savait pas comment elle aurait réagi si elle avait perçu qu'il lui mentait. Ou bien si, elle lui aurait arraché les yeux de la tête. C'était un miracle qu'elle ne l'eût pas déjà fait.

— Il est temps de la rejoindre, annonça Shana, dont la colère était loin de s'être amenuisée.

— Tu es devenue folle ? brailla Athaan. Regarde dans quel état tu es ! Tu es couverte de sang ! Il y a une ribambelle d'entailles sur tes bras, sans compter les plaies que je n'ai pas pu voir !

— Je t'ai demandé ton avis ?

— Tu n'es pas en état de te battre ! Et j'ai vu tellement de blessés revenir, que je doute qu'Aymri puisse s'occuper d'eux tout seul. Ialantha a raison sur ce point, on a besoin de ton aide pour…

Attention, Athaan. Tu n'as pas intérêt à recommencer avec ça.

— Alors si toi aussi tu t'y mets, sache pour ta gouverne que je n'en ai absolument rien à faire. Tant que je n'aurai pas sorti Milian de là, vous pouvez bien tous aller vous faire voir ! De toute façon, je n'ai pas besoin de toi pour y aller.

Athaan baissa les bras.

— Si je te laisse seule, c'est moi que Ialantha transformera en chair à pâté. Tu lui diras bien que tu ne m'as pas donné le choix, hein ? ajouta-t-il en hésitant.

— Tu as si peur d'elle ?

Il laissa échapper un hoquet.

— Non, bien sûr que non…

— Alors allons-y, ou tu regretteras le sort qu'elle pourrait te réserver. Je te garantis que tu n'as pas envie de savoir tout ce qui me passe par la tête, là maintenant.

De l'une des sacoches accrochées au toari, Athaan sortit l'épée qu'avait fait forger Ihroal. Seules les lanières de cuir et la garde en forme d'une feuille de ményane étaient tachées ; la lame aux reflets bleutés revêtait une propreté exemplaire malgré tout le sang qu'elle avait fait couler.

— J'imagine que tu auras besoin de ça, fit-il en lui tendant l'arme. Même inconsciente, tu la tenais fermement.

Oui, je vais encore en avoir besoin.

Shana lui donna une tape sur le crâne en guise de remerciement et la prit en main. Le sourire d'Athaan revint.

Il n'attendit pas plus longtemps pour siffler et le toari se dirigea vers la tête du convoi. Peut-être qu'Athaan n'était pas si mécontent de se joindre aux affrontements.

Longeant la berge, ils aperçurent bientôt le navire. Une multitude d'embarcations ramenaient des prisonniers sur les deux rives pendant que les combats faisaient rage autour du vaisseau – tout aussi violents que ceux que Shana avait pu voir lors de la première vague –, et de nombreuses dépouilles flottaient à la surface de l'eau. Sur leurs toaris, à l'aide de leurs arcs, des rebelles harcelaient les soldats sur le pont du navire, qui répliquaient de la même manière. Athaan fit accélérer leur monture au milieu du carnage, adoptant des trajectoires en zigzag pour éviter tous les affrontements ainsi que les flèches qui pleuvaient depuis le bateau.

— Cramponne-toi et prends une grande inspiration, lui conseilla-t-il.

Sans autre avertissement, le toari plongea soudainement sous l'eau. Malgré sa vision floutée par la prise de vitesse, Shana vit un spectacle marin dramatique. Une grande quantité de corps s'enfonçait dans les abysses de l'Ondoyant, alourdis par leur armure. Le fleuve était devenu un véritable charnier, aussi morbide au-dessus qu'en dessous de sa surface.

Le toari fonça vers la coque du navire avant de remonter. Shana put à peine capter une bouffée d'oxygène qu'Athaan sauta à l'intérieur du vaisseau par l'un des nombreux trous créés par les rebelles. Elle l'imita aussitôt, faisant face à un groupe important de captifs en loques, aux mines affreuses, et à leurs peaux couturées de cicatrices. Ils ne disaient rien, les yeux déjà morts, n'étant plus que les spectres d'eux-mêmes. *Ils attendent le retour d'une embarcation pour être libérés de cet enfer*. Shana les dévisagea un à un, mais Athaan secoua la tête.

— Si tes amis accompagnaient les officiers, ça m'étonnerait qu'on les retrouve ici.

Cela semblait logique.

Shana ne s'attarda pas et quitta la pièce similaire à celles qu'elle avait vues sur l'autre navire. Elle s'engagea dans le couloir, Athaan sur ses talons, puis perçut le bruit des affrontements un étage plus haut. Elle gravit les marches d'un large escalier et assista une fois de plus aux horreurs des combats. En constatant les innombrables corps gisant sur le plancher, elle comprit que l'endroit avait déjà été nettoyé par les rebelles.

La lutte se déroulait à travers tous les corridors – et il y en avait partout –, dans lesquels les soldats ralentissaient l'avancée des assaillants. Il s'agissait plus d'escarmouches chaotiques et non d'une même et unique bataille qui s'était peut-être tenue auparavant. Les rebelles progressaient et abattaient leurs armes sur leurs ennemis, créant des brèches dans leur défense.

— Tu as l'air de savoir où pourrait se trouver Milian, lança Shana.

— Non, mais je me dis qu'il est peut-être retenu prisonnier avec Hunor, vu qu'il est sûrement important, supposa Athaan. Et comme Ialantha cherche à le libérer, si nous la retrouvons…

Shana chassa l'image d'elle-même en train de démembrer la cheffe rebelle.

— Je ne te demande pas de me suivre.

— Je te l'ai dit, si je ne te suis pas à la trace, je ne donne pas cher de ma peau lorsque l'on sera de retour au camp.

— Alors, trouvons-la.

Tenant résolument son épée, Shana s'élança à travers un couloir en se faufilant entre les combats. Elle n'avait pas de temps à perdre, mais était parfois contrainte de parer un coup de glaive ou de trident, sans forcément chercher à riposter. Athaan l'imitait, couvrant ses arrières à l'aide de sa paire de dagues en safaïa.

Les boyaux s'enchaînèrent et les affrontements également. Ils furent forcés d'y prendre part à plusieurs reprises et jouèrent de leurs lames en appuyant les rebelles. Alors qu'Athaan était aux prises avec un soldat acharné, Shana prit l'homme à revers et lui entailla le bras. La grande brute lâcha son arme, poussa un juron, et Athaan l'acheva de l'une de ses dagues dans le torse.

— On dirait que c'est moi qui dois faire attention à toi ! osa-t-elle plaisanter, cherchant à maîtriser ses ardeurs.

Je ne dois pas céder à la démence, se répéta-t-elle. *Pas de nouveau.*

— Applique-toi déjà à mieux parer les coups, ce serait un bon début ! riposta Athaan sur le même ton.

Les soldats battaient en retraite tandis que les rebelles s'évertuaient à prendre le contrôle de tout l'étage. Shana et Athaan progressaient dans les couloirs, lorsque la Communicatrice entendit la voix éraillée de Ialantha gueuler des invectives très imagées à ses probables opposants. Au détour de l'embranchement, Shana la vit enfin. Elle était accompagnée d'un nombre important de rebelles, parmi lesquels la jeune Descendante reconnut également Anaro et son crâne mal rasé. Elle distribuait de puissants coups de hache – à la manière de Gildar, mais avec un tantinet moins de subtilité.

Shana s'élança à la poursuite du groupe de Ialantha, qui harcelait les fuyards et entrait dans une vaste salle ressemblant à un réfectoire. Shana ne voulait pas la perdre de vue et elle y pénétra à son tour pour constater que des soldats les y attendaient, en rangs serrés.

Les premières flèches fusèrent. Ialantha sonna la charge et ce fut la mêlée. Au milieu des longues travées de tables et de bancs, les écuelles et les hanaps furent projetés dans tous les sens sous les coups brutaux ; le fracas des lames résonnait et les armures tintaient. Emportée par la foule, Shana fut contrainte de prendre part à l'affrontement après que deux ou trois hommes devant elle se furent écroulés. De concert avec Athaan, ils tranchaient les ennemis un à un, prenant l'avantage sur le champ de bataille grâce au surnombre des rebelles. Son épée traversant la chair de ses adversaires, Shana tentait de se maîtriser, car elle était entraînée par la sauvagerie de la meute.

— Une Dompteuse ! s'écria un homme un peu plus loin, le visage horrifié et devenu écarlate par les éclaboussures.

Shana retira sa lame d'un soldat qui poussait un hurlement d'agonie et tourna la tête vers la direction qu'indiquait le rebelle. Des flux d'eau meurtriers s'abattirent sur la masse avec une précision chirurgicale. Certains tentèrent de se protéger à l'aide de leur bouclier, mais seuls ceux disposant de safaïa furent capables de contrer les attaques – c'est-à-dire trop peu.

— Là-bas ! Tuez-la ! vociféraient des rebelles.

Une dizaine d'entre eux abandonnèrent l'affrontement pour se diriger vers une femme qui se tenait sur un promontoire, un peu à l'écart du combat. Des cheveux noir de jais et des yeux bleus brillant d'une limpidité absolue. *Anya.* Et derrière elle, dans l'obscurité, Shana distingua une silhouette. Celle-ci pouvait parfaitement coïncider avec celle de Waryn. Cependant, il était seul. *Si Mili n'est pas avec elle, c'est encourageant. Toi, Waryn, tu as fait ton choix.*

La Dompteuse repoussa les assaillants en leur envoyant une ribambelle de gouttelettes, semblables à une nuée d'insectes. *Ils ne peuvent pas rivaliser avec la puissance de cette Descendante*. Anya les lacéra jusqu'au dernier. À part s'ils avaient porté une armure entièrement forgée avec du safaïa, personne n'aurait pu s'approcher suffisamment pour la mettre en danger.

Puis, Anya s'intéressa à nouveau à l'affrontement principal. Cela virait au massacre. Les pertes dues à la Dompteuse amoindrissaient leurs forces et les soldats reprenaient l'avantage, enhardis par la présence de cette alliée de taille ; ce n'était qu'une question de minutes avant que les rebelles ne se fassent complètement submerger.

Ialantha sonna alors la retraite de sa voix disgracieuse. L'ordre fut relayé de toutes parts et les rebelles commencèrent aussitôt à se disperser. Ils se déversèrent dans des directions différentes à travers les sorties, tel un troupeau de bovins affolés.

Shana aperçut Ialantha s'enfuir de l'un des côtés de la salle avec Anaro, rejointe et couverte par de nombreux hommes. La jeune Descendante ne pouvait pas la laisser lui échapper. Elle se fraya un passage avec Athaan en jouant des coudes ainsi que des épaules pour rattraper Ialantha. Celle-ci était déjà loin, mais les rebelles qui la suivaient indiquaient facilement le chemin à emprunter. Certains restaient en retrait, afin de ralentir la progression des soldats qui s'étaient engagés à leur poursuite ; or, Shana ne s'en souciait pas ; il lui fallait la rejoindre.

Alors que Ialantha et son groupe étaient freinés par une faction de soldats au détour d'un couloir, Shana parvint enfin à sa hauteur. Massacrant le dernier d'un puissant coup de hache, la cheffe rebelle remarqua la présence de Shana et d'Athaan. Elle leur jeta un regard furibond.

— Athaan, tu avais un seul ordre, et il était plutôt simple, non ? vociféra Ialantha, crachant un mélange rougeâtre sur le sol.

Anaro ne fut pas plus aimable. Il toisa le jeune homme avec un mécontentement marqué.

— Je n'ai pas pu…, commença à bredouiller Athaan en écartant les bras en signe d'impuissance.

Shana aurait étripé Ialantha pour lui faire comprendre qu'elle n'était pas un jouet avec lequel elle pouvait s'amuser, mais se ravisa en se remémorant qu'elle avait besoin d'elle pour retrouver Milian. *Je dois me calmer*, s'ordonna-t-elle, tentant de tempérer toute sa colère.

Pourtant, elle ne se priva pas de jeter un regard sépulcral à la femme grassouillette.

— Il serait au fond du fleuve en ce moment même s'il ne m'avait pas ramenée ici.

— Et même pas foutu de te faire entendre raison, avec ça ! beugla la cheffe rebelle. En plus, il y a cette maudite Dompteuse qui est restée sur le navire ! Par les excréments d'Uzushio ! C'est bien d'elle que tu nous avais parlé, non ?

Shana serra la mâchoire.

— Je vous avais prévenus.

Ne pas céder, se répéta-t-elle, s'imaginant tous les sévices qu'elle voulait lui infliger.

— Ça ne change rien, intervint Anaro d'une voix maîtrisée. Le plan reste le même. Lorsque l'on aura trouvé Hunor, il pourra lui faire face si elle nous tombe dessus.

— Si t'as rien à m'apprendre de nouveau, tu ferais aussi bien de la fermer ! riposta Ialantha, d'humeur massacrante. Qu'Uzushio prenne ta jolie petite bouille et te recrache par-derrière ! pesta-t-elle. T'es pas censée être là !

Je suis là où je dois être.

— Si Ihroal n'a pas pu la faire déguerpir de là-bas, je ne vois pas qui aurait pu, soupira Athaan. Elle n'a pas fui le combat, comme tu l'espérais. Elle était parmi les derniers rebelles sur le bâteau, alors qu'Ihroal et Tarlis Emren s'affrontaient.

Ialantha devint rouge de colère.

— Ce crétin avait des ordres ! Il devait éloigner ce foutu Tarlis du navire ! Je ne peux même pas faire confiance en mes hommes. Ihroal, Gildar, Athaan… vous êtes tous décevants.

— Shana, elle ne t'a pas amenée avec nous pour rien ! s'exclama Anaro. Tu peux nous être très utile et en apprendre plus sur ton pouvoir. Pourquoi gâcher tout ça ?

— Combien de fois devrais-je vous le dire…, articula Shana, le poing serré.

Résister à la tentation d'exploser devenait de plus en plus difficile.

— C'est de la fichue inconscience, et la preuve que ce n'est qu'une sotte ! s'étrangla Ialantha. Dans une bataille, chacun a son rôle. Le sien, c'était d'aller soigner nos blessés. Ces Descendants, je te les foutrais dans l'océan jusqu'à ce que le sel ait entièrement bouffé leur corps ! Tous les mêmes, à ne faire que ce qui leur plaît, et quand ça les arrange ! Tu t'imagines au-dessus de tout le monde, hein ? Rien ne me ferait plus plaisir que de voir un soldat t'embrocher pour t'apprendre quelle est ta place !

Non, c'en est trop.

— Vous pensiez pouvoir me manipuler en me faisant croire que Milian se trouvait sur le deuxième navire ? s'emporta Shana, dont le courroux était passé à un tout autre niveau. Vous avez cru que je fuirais face aux horreurs auxquelles j'allais être le témoin, et même l'actrice ? Gardez bien ça en tête, je ne suis pas un pion avec lequel vous pouvez jouer comme ça vous chante !

Les rebelles, tout en restant aux aguets pour voir si aucune menace n'approchait, ne perdaient pas une miette de l'échange. Des sourires commencèrent même à se dessiner sur le visage de certains.

— Tu devrais faire preuve de plus de bon sens…, voulut l'interrompre Ialantha.

— Je n'en ai pas fini ! hurla encore plus fort Shana. J'ai risqué ma vie là-bas, tout ça parce que cette guenon sans cervelle a décidé que ça lui serait plus profitable que j'aille soigner ses foutus meurtriers ! Oui, j'ai vu des jeunes filles mourir sous mes yeux de la main de maudits rebelles ! Elles étaient aussi coupables ? Vous êtes pitoyables avec vos grands airs et votre soi-disant volonté de justice !

— Une bataille ne se gagne pas avec de bons sentiments, répliqua Ialantha, dont Shana pouvait entendre les dents grincer. Certains se laissent emporter dans leur élan et n'arrivent plus à se contrôler. Mais tu devrais être au courant de ça, non ?

Ses paroles touchaient profondément Shana et l'affectaient au plus haut point. *Quand la colère prend le pas, je sais que je ne suis plus tout à fait maître de moi-même ; mais jamais je n'aurais levé la main sur une simple fillette ou un innocent*. Tous ceux à qui elle avait fait face et sur lesquels elle s'était défoulée avaient été des soldats ou des mercenaires, qui eux aussi étaient prêts à s'en prendre à sa vie. C'était plutôt avec quelle sauvagerie elle donnait la mort quand ses émotions la dominaient qui lui faisait peur.

— Shana, je t'en prie…, chuchota Athaan en lui posant une main sur l'épaule pour tenter de la calmer.

— Non ! tonna-t-elle en le repoussant. Cette vieille mégère a son combat à mener, et j'ai le mien ! Par les racines de Kinone ! Ce n'est pas suffisant de lui avoir permis de rassembler plus de rebelles qu'elle n'espérait ? Combien de vies ai-je déjà sauvées ? (Face au silence, elle haussa encore le ton.) Répondez-moi !

Ialantha bouillait sur place ; son visage était devenu plus cramoisi qu'un pétale de corydalis. Shana crut qu'elle allait la frapper de sa grosse patte, lorsque Anaro s'interposa.

— Elle a raison sur ce point. Sans ces renforts, nous n'aurions pas pu envisager l'attaque de deux navires. Maintenant, que nous trouvions Hunor ou non, nous avons libéré bien plus de prisonniers que ce que l'on espérait. On lui doit bien ça.

— Fais ce que tu veux ! meugla Ialantha en se retournant. Je n'ai plus de temps à perdre avec toi !

Les rebelles la suivirent, mais Anaro resta sur place. Il toisa Shana tout en passant une main derrière sa tête.

— Tu as un sacré caractère. Mais Ialantha a raison. Vous, les Descendants, vous êtes tous les mêmes. (Shana s'apprêta à lui rentrer dedans, mais il lui sourit de façon bienveillante, la laissant circonspecte.) Le dernier qui lui a parlé comme ça, c'est Ihroal, cette nuit. Ils ont eu une discussion houleuse sur le fait de t'entraîner au combat, et il t'a défendue. Il ne savait pas du tout où tes amis pouvaient bien se trouver, et il faut croire que Ialantha n'a pas estimé sage de l'en informer. Elle a toujours craint ses propres prises de décision. C'était fondé.

— Moi, je me souviens des conversations entre Hunor et Ialantha, ajouta Athaan avec un grand sourire – souhaitant probablement détendre l'atmosphère électrique. Je peux te promettre que tu ne voulais pas être dans les parages lorsque ça éclatait !

Shana tenta de décrisper ses doigts tout en expirant longuement.

— Nous trouverons peut-être ton ami, mais rien ne le garantit, reprit Anaro. Il y a des chances pour qu'il soit retenu prisonnier avec Hunor, mais nous devons d'abord repérer cet endroit. Et comme tu as pu le voir avant, la Dompteuse est une grosse menace ; si elle se met en travers de notre chemin, je doute que l'on puisse lui échapper. Et autre chose : ne juge pas trop rapidement Ialantha. Peut-être que tu n'as que la vie de ton ami en tête, mais elle, ses amis, tout comme sa famille, sont déjà morts. Elle fait ce qui doit être fait pour le bien du peuple. Maintenant, ne traînons pas et allons les rejoindre.

Joignant le geste à la parole, Anaro s'élança à la suite du groupe de la cheffe rebelle.

Je me fiche pas mal de ce qu'elle a pu vivre et de qui elle a perdu. Ce n'est pas une raison pour me le faire payer.

— Merci de lui avoir dit que tu ne m'avais pas laissé le choix, marmonna Athaan.

Shana ne lui répondit que d'un léger hochement de tête. Elle observait Ialantha s'éloigner en serrant les poings. Puis, baissant les yeux, elle remarqua que les plus petites plaies de ses avant-bras s'étaient déjà arrêtées de saigner, tandis que les plus importantes commençaient à se refermer. Elle s'y était habituée avec le temps. Ses propres blessures ne mettaient en général pas bien longtemps à guérir. Non sans lâcher un grognement, elle se mit en mouvement et ne tarda pas à rattraper les rebelles.

Ils rencontrèrent quelques soldats qui défendirent chèrement leurs positions, mais qui ne purent pas résister face à la vague fulgurante d'une vingtaine d'assaillants. Parfois, ils croisèrent d'autres groupes engagés dans leur combat. Néanmoins, Ialantha n'en eut cure, poursuivant éperdument sa croisade dans le navire.

Enfin, ils arrivèrent devant une large porte en ogive. Le sourire de Ialantha indiqua à Shana qu'ils touchaient au but. Les trois gardes en faction devant la porte n'opposèrent qu'une piètre résistance face à leur assaut. Ialantha abattit sa hache sur l'un d'entre eux, dont l'armure se fendit à l'impact, le tuant sur le coup. Les deux autres défenseurs se firent terrasser par les lames des rebelles sans même avoir l'occasion de riposter.

De l'autre côté de la porte, Shana entendit un homme aboyer des ordres avec hargne. Cette voix ne lui était pas tout à fait inconnue.

— Abattez-les tous ! s'écriait-il avec joie. Il ne doit plus en rester un seul avant que ces chiens n'arrivent jusqu'ici !

Des gens imploraient la pitié, mais l'homme ne leur répondait que par des rires sardoniques. Il prenait certainement du plaisir à exécuter ses victimes.

— Anaro, Primaal, aidez-moi à ouvrir cette maudite porte ! s'exclama Ialantha, déjà à l'œuvre.

Ils enlevèrent la poutre et l'ouvrirent, faisant grincer les gonds par la même occasion. La salle qui leur apparut était haute de plafond et s'étendait sur deux étages. Sur chacun d'eux, une dizaine de cellules fermées par des grilles laissaient entrevoir les silhouettes de prisonniers qui imploraient leurs geôliers de les épargner. Dans un coin de la pièce, une machine de torture était installée, de laquelle du sang dégouttait de ses pointes de métal.

Au centre, entouré de soldats, un homme se délectait du spectacle morbide qui s'offrait à lui ; ses hommes passaient de cachot en cachot et exécutaient sommairement de leurs lames sanguinolentes les détenus enchaînés. *Le colonel Hadad.* Le monstre qui les avait envoyés, ses amis et elle, dans les geôles lugubres de la tour des rebelles.

— Hadad ! vociféra Ialantha.

Il se retourna et écarquilla les yeux.

— Soldats ! rugit-il tout en reculant.

Ses hommes interrompirent brusquement leur sale besogne pour rejoindre leur colonel au visage de fouine. Ils braquèrent leurs armes vers les rebelles. La tension était palpable dans les deux groupes d'un nombre équivalent.

— Ialantha ! tonna l'un des prisonniers à la voix cassée. Tue cette pourriture !

— Ouais, fais-lui regretter ses immondices ! ajouta une femme se cramponnant à ses barreaux.

Sakir ne quittait pas la cheffe rebelle des yeux.

— Fermez-la ! Elle va vous rejoindre, et elle rampera à mes pieds !

— C'est toi qui me supplieras pour que je t'achève, reprit Ialantha avec colère. Je sais ce qui se passe dans votre tour, et tu vas payer pour tes horreurs.

— Il n'y a que ça qui marche contre la vermine que vous êtes, lança Sakir avec un rictus haineux. Un rebelle qui implore la mort. J'ai appris à apprécier ce doux chant. Et qu'y a-t-il de plus beau en ce monde ? Je contribue à la sécurité de l'Araneana, et je me fiche que mes méthodes vous déplaisent, ma chère !

Chacun attendait les ordres pour déclencher l'assaut, mais tous piaillaient d'impatience d'entamer les hostilités.

— Vous torturez des innocents, sans même leur accorder un procès…, ajouta Anaro, dont les phalanges blanchissaient tant il serrait le manche de son glaive.

— La torture est nécessaire ! jubila Hadad. Elle nous fait gagner un temps précieux. Un chien ayant mordu mordra à nouveau. Vous comprendrez que relâcher un rebelle n'est pas envisageable, et tous ceux que nous arrêtons finissent par avouer.

Shana bouillait intérieurement. *Ce que Milian a subi…* Elle aurait voulu le dépecer vivant. Tout son corps l'appelait à faire payer cet homme pour ses atrocités.

— J'ai longtemps attendu ce moment, continua Ialantha, imperturbable. Ta mort sera douloureuse, et tu subiras les mêmes supplices que tu as si scrupuleusement infligés dans ta maudite tour.

Le cri de la cheffe rebelle résonna à travers la salle. Elle s'élança vers les soldats, accompagnée de toute sa horde. Sakir avait lui aussi dégainé son glaive, dont la forme était pour le moins inhabituelle : des parties de sa lame avaient été forgées avec des crochets, pointant vers sa garde. *Une arme façonnée pour torturer ses ennemis*, songea Shana.

La lutte vira immédiatement au carnage.

Les hurlements gutturaux se mêlèrent aux fracas des fers s'entrechoquant, et les premières victimes, dans les deux camps, ne se firent pas attendre. Ialantha fendit violemment un soldat en deux et tenta de se créer un passage vers Sakir Hadad à l'aide d'Anaro. Le colonel restait en retrait derrière ses hommes, ne se risquant pas à l'affronter.

Shana se retrouva en face d'un soldat qui tenait une arme similaire à celle de son chef. De petits crochets parcouraient sa lame, ce qui donna un peu plus de mal à la jeune femme pour appréhender ses parades. La courbure de son épée accrochait les pointes de métal, mais celles-ci finissaient par se briser sous la force de la jeune Descendante. Il ne se battait pas à la régulière et essayait de la prendre en traître par des coups de pied ou de poing aux moments où elle s'y attendait le moins. Elle en reçut un dans le tibia et entendit le craquement d'un os.

Ce n'était pas le sien.

La jambe du soldat s'était anormalement tordue et il se roulait par terre. Profitant de l'incapacité à se défendre de son adversaire, Shana l'acheva d'un coup précis dans le cœur. Il arrêta de se contorsionner.

Les combattants s'étaient éparpillés dans toute la pièce ; certains se battaient même sur les escaliers qui menaient à la couronne supérieure. Ce n'étaient quasiment que des duels, dans lesquels les soldats prenaient peu à peu l'avantage grâce à leurs armures et leur science du combat.

À travers le brouhaha, Shana entendit crier son nom.

De l'autre côté de la salle, à l'étage du dessus, elle le vit. Son sang ne fit qu'un tour. Elle se crut, un instant, transportée dans un autre monde. Des papillons lui embuaient l'esprit, mais elle résistait pour garder l'empire sur elle-même.

Milian se tenait à genoux, les mains crispées sur les barres de fer qui le retenaient dans sa cellule. Non loin de lui, des soldats ayant défait leurs opposants avaient repris l'exécution des prisonniers sous les directives d'Hadad. *Si je ne fais rien, son tour viendra bientôt.*

Shana entra dans un état de transe. L'adrénaline se déversait en elle telle une sève palpitante, d'une intensité prodigieuse. Ses yeux étaient rivés sur *lui*, et elle ne percevait rien d'autre. Elle s'abandonna totalement au cataclysme qui bouleversait son être.

Elle fonçait vers les marches les plus proches, lorsqu'un soldat s'interposa. Elle ne ralentit pas. Elle bondit sur le côté pour éviter un coup d'estoc puis planta son épée dans le dos du belligérant, la retirant avant que son corps ne s'affaisse.

Au bas de l'escalier qu'elle visait, un autre affrontement lui obstruait le chemin. Conservant l'élan de sa course effrénée, Shana l'ignora. Elle sauta directement sur la rambarde surplombant les deux hommes et reprit sa cavalcade vers Milian. Dévalant l'espace qui les séparait, elle dut faire face à un premier soldat. La lame de la Communicatrice trancha son bras. Hors d'elle, elle s'attaqua à un deuxième, puis un troisième… Elle était devenue une véritable furie, ne laissant que des ennemis désemparés derrière elle. Ses pensées étaient focalisées sur un seul objectif. Rien ne pouvait l'en écarter.

La nuit où il m'a poussée de l'enceinte, j'aurais dû y retourner. Shana ne s'était déjà que trop maudite de sa fuite avec Eirinia. Mais à présent, c'était terminé. Elle allait enfin le retrouver.

Milian lui criait des mots, mais elle ne les entendait pas. Son esprit était bien trop obscurci par la rage.

Une lame passa à un cheveu de la décapiter. Elle ne dut la vie qu'à un réflexe miraculeux.

L'expression du soldat qui venait d'essayer de la tuer se figea lorsqu'une flèche se planta au milieu de son crâne. Shana était passée à côté de lui sans s'en rendre compte et avait bien failli y rester.

L'état de transe se fit moins oppressant. Le tintement des combats revint à ses oreilles. En contrebas, elle vit Athaan ranger son arc dans son dos, au profit de ses deux dagues. Ce ne fut qu'à cet instant, qu'autour d'elle, elle remarqua les corps grêlés de flèches. Athaan lui avait facilité le passage – depuis le début.

Puis, enfin, Shana posa son regard sur Milian, toujours enfermé dans sa cellule. Il n'était qu'à quelques pas d'elle. D'un coup sec, la Communicatrice fit sauter le verrou de la geôle et plongea ses yeux dans les siens.

Elle se sentit plus légère ; une sorte d'état de grâce l'enveloppait d'un drap soyeux duquel elle ne souhaitait pas se défaire. Un trop plein d'émotions vint ensuite la bouleverser. Elle retint avec peine les larmes menaçant de déverser les flots de sa joie.

— Tu n'es qu'un imbécile, le tança Shana avec les seuls mots qu'elle put prononcer, le souffle court, ressentant à présent toute la fatigue accumulée.

— Pourquoi… pourquoi es-tu là ? demanda-t-il, hagard.

Tu ne le sais donc pas ? voulut-elle lui hurler. Mais ses yeux vagabondèrent sur la tunique déchirée de son ami, ainsi que sur sa peau. *Des brûlures plus récentes... Hadad l'a torturé une nouvelle fois*. Les poils de Shana se hérissèrent. Elle contrôla tant bien que mal la tempête qui tambourinait derrière sa cage thoracique.

— Ne te fais pas plus idiot que tu ne l'es déjà. Tu peux marcher ?

— Je… oui.

Shana l'entraîna par le bras.

— Alors partons d'ici.

Avant qu'il ne soit trop tard, aurait-elle voulu ajouter.

— Attends ! s'écria Milian tout en résistant, la voix chevrotante. On ne peut pas laisser tous ces gens…

Si elle s'était écoutée, elle aurait fui d'ici le plus vite possible. Elle ne voulait plus prendre aucun risque ; son seul but était de le mettre en sécurité.

— On n'a pas le temps, expliqua froidement Shana. Les rebelles les sauveront.

— Non, regarde… (Il lui fit tourner la tête sur les combats se déroulant en dessous d'eux.) On doit les libérer. *Maintenant*.

Effectivement, Ialantha, Anaro, Athaan, ainsi que tous les autres rebelles encore debout étaient en mauvaise posture, acculés contre un mur.

Shana ferma les yeux un instant.

Ialantha peut bien mourir. Ça me rendrait service. Puis son regard se posa sur le colonel Hadad. Sa lame accrochait les boyaux d'une autre victime.

— D'accord…

Shana accourut vers les prisonniers les plus proches et brisa leurs chaînes une à une. Bénéficiant de leur nouvelle liberté, ils ramassèrent des armes et dévalèrent les escaliers. Shana resta avec Milian sur la couronne supérieure, les contemplant se ruer sur les soldats pour les prendre à revers. Les hommes de Sakir Hadad, qui se battaient à présent sur deux fronts, furent surpris par cette aide inattendue. Plusieurs failles dans leur défense se créèrent et Ialantha en profita. Elle se jeta sur Hadad avec une férocité accrue, sa hache en avant.

Alors le duel entre les deux meneurs débuta – si l'on pouvait définir cet assaut sauvage de duel. Ialantha harcela son opposant avec la force d'une dératée pour ne lui laisser aucun moment de répit. Sakir ne fit que parer ses attaques, n'ayant pas une seule fenêtre pour riposter. Il recula inlassablement, un rictus méprisant sur son visage. Ployant sous les coups incessants de la cheffe rebelle, il finit par tenter une offensive désespérée qui ne lui valut qu'un impressionnant coup de pied dans l'abdomen. Il fut projeté en arrière et s'écrasa sur la table de la machine de torture. Ses bras s'empalèrent sur des crochets de fer dans un hurlement tonitruant.

— Je t'avais dit que tu me supplierais de t'achever, sale rebut de Kredae, cracha Ialantha.

La rebelle fit le tour de la machine, alors que Sakir, qui se débattait, était dans l'incapacité de se libérer. Elle tourna un levier et, lentement, la partie haute de la machine commença à s'abaisser. Le colonel n'inspirait aucune pitié à Shana pendant qu'une multitude de pointes de fer descendaient vers son corps. Il hurlait à ses hommes de le sortir de là, mais ceux-ci étaient aux prises avec Anaro, Athaan, ainsi qu'un nombre à présent supérieur de rebelles. Voyant que leur cher colonel était vaincu, ils se débandèrent et fuirent un affrontement qui ne leur était clairement plus favorable.

— Bande de larves insignifiantes ! les invectiva Sakir. Restez vous battre !

Mais ils ne l'écoutaient déjà plus. Ils prenaient leurs jambes à leur cou. Athaan en abattit deux avec son arc ; toutefois, les autres déguerpirent sans qu'on ne leur donne la chasse.

On n'entendit donc plus que les cris de Hadad, agonissant d'injures ses hommes tout comme ses ennemis. *C'est la fin pour toi.* Puis, lorsque les pointes de fer atteignirent lentement sa peau, les invectives furent remplacées par des hurlements. Il supplia de l'épargner, mais Ialantha continua d'abaisser tranquillement le levier, un rictus vengeur sur les lèvres.

Enfin, un coup sec mit fin au supplice. Le silence, seulement brisé par les halètements de tous ceux qui avaient combattu.

Tandis que les anciens prisonniers couvraient de louanges leurs libérateurs, Shana et Milian redescendirent prudemment, comme s'ils craignaient que les corps étalés sur le sol allaient tout d'un coup se relever.

— Ce n'est pas fini ! tonna Ialantha après avoir chaleureusement gratifié une femme d'une accolade. Quelqu'un sait où est retenu Hunor ? Je m'attendais à le voir ici.

Des mines sombres lui firent face ; personne ne semblait en avoir la moindre idée. *Si ça se trouve, il ne fait même pas partie du convoi*, songea Shana, se gardant bien de dévoiler ses pensées.

— Alors j'ai besoin de vous tous ! reprit la cheffe rebelle. Nous devons le trouver !

Même si ceux qui s'étaient battus depuis le début montraient des signes d'épuisement, tout le monde répondit à son appel. Seulement, Shana n'en avait plus rien à faire. Elle voulait simplement quitter le navire le plus rapidement possible. Prenant Milian par la main, elle se dirigea vers la porte par laquelle ils étaient entrés.

— Ça vaut aussi pour toi, la Communicatrice ! lança Ialantha, le regard mauvais.

Shana adopta la même attitude.

— Nous ne vous suivrons pas plus loin.

— Petite…, poursuivit la cheffe rebelle en montant dans les aigus – si cela était concevable.

Mais Anaro la stoppa dans son élan pour lui murmurer quelque chose.

— Fais ce que tu veux, je n'en ai rien à faire, se reprit Ialantha tout en toisant Milian. Tu as ce que tu es venue chercher.

— J'y compte bien, précisa sèchement Shana.

Je n'ai plus besoin de toi, alors sois contente que je ne t'étripe pas à ton tour.

— Tu es sûre que c'est raisonnable ? lui chuchota Milian. Nous ferions peut-être mieux de rester avec eux.

— Je ne pense pas. Ils ont l'espoir de retrouver Hunor, mais s'ils ne lui mettent pas la main dessus, ils se feront piéger lorsque les renforts arriveront. Crois-moi, j'ai bien failli y passer sur l'autre bateau, et je ne resterai pas une seconde de plus à côté de cette femme.

Milian lui jeta un regard interrogateur mais Athaan l'empêcha de poser sa question, se rapprochant d'eux le torse bombé et un sourire bienveillant aux lèvres.

— Je vais vous accompagner !

À peine eut-il fini sa phrase que Ialantha se racla la gorge.

— Certainement pas ! Tu viens avec nous, Athaan. (Elle planta sa hache dans le plancher en signe d'avertissement.) C'est un ordre !

Il souffla du nez, la gêne perceptible sur son visage.

— Je suis désolé, murmura-t-il. Soyez prudents. Vous trouverez peut-être un moyen de vous en sortir. On a quand même fait pas mal de nettoyage.

— Merci pour tout ce que tu as fait, Athaan, le remercia Shana en lui posant une main chaleureuse sur l'épaule. Si l'avenir me le permet, je te revaudrai ça.

Il leur afficha un beau sourire, presque larmoyant, avant de rejoindre Ialantha.

Shana lança un dernier regard vers Sakir Hadad, ou du moins ce qu'il en restait, car il était recouvert d'une plaque de fer ruisselant de son sang.

Il l'a bien mérité.

Détournant les yeux, Shana s'enfuit avec Milian.

Chapitre 35

Shana

— Tu t'es donc jointe aux rebelles ? chuchota Milian, plaqué contre un mur du cagibi dans lequel ils s'étaient réfugiés.

Entre une serpillère et un seau, Shana l'écoutait distraitement. Elle avait l'oreille collée contre la porte dont elle avait défoncé la serrure lorsqu'ils avaient entendu des soldats approcher. Elle entendait ces derniers inspecter les cadavres qui gisaient dans les couloirs. Tous les deux n'étaient pas allés bien loin après avoir quitté la salle où ils avaient affronté Sakir Hadad, et même si les soldats étaient moins nombreux qu'à l'aller, ils avaient plus ou moins repris le contrôle du secteur.

— Oui, répondit-elle à voix basse. Je te raconterai plus tard tout ce que tu as besoin de savoir.

Les atrocités qu'elle avait commises résonnaient encore trop fortement dans son esprit.

— Pourquoi as-tu fait ça ? Je veux dire, tu n'avais pas à risquer ta vie pour me sortir de là. C'était ma décision…

Tu ne savais pas ce que tu faisais.

Shana posa un doigt sur ses lèvres pour l'obliger à se taire. Le bruit des bottes d'un groupe de soldats se rapprochait. Ils passèrent devant la porte sans s'en préoccuper car ils paraissaient plus intéressés par les cadavres. Lorsqu'ils furent assez éloignés, Shana enleva son doigt de la bouche de Milian et le scruta attentivement. Elle ne pouvait réprimer sa colère.

— Et tu ne pouvais pas prendre une décision plus idiote, le réprimanda-t-elle. Tu sais ce que c'est, le bon sens ? Tu pensais à quoi, au juste ? Suivre bêtement Waryn jusqu'en Eoros et te faire exécuter une fois que tu y serais arrivé ? Parce que oui, c'est tout ce qui se serait passé.

— Tu affirmes ça comme si tu en étais certaine…

— Et toi ? Tu te bases sur quoi ?

— Tu as ton avis et j'ai le mien, souffla-t-il. Mais je ne pouvais me résoudre à abandonner Waryn une fois de plus…

Shana serra le poing. Son opiniâtreté, comme l'avait stipulé Eirinia, était sans bornes. Puis elle laissa glisser son regard sur ses brûlures plus récentes. *Qu'est-ce qu'ils t'ont encore fait...* À travers la tunique en loque de Milian, les plus anciennes devenaient peu à peu des traces confuses, tandis que les nouvelles formaient des marques rouges suintantes, devant absolument être traitées au risque de s'infecter. La vitesse à laquelle elles se résorbaient était cependant intrigante ; Milian n'avait pas encore obtenu ses pouvoirs de Descendant – si tant est qu'il en soit un –, et même si ses brûlures ne se soignaient pas aussi rapidement que celles de Shana, elles cicatrisaient anormalement vite.

— On doit rejoindre le camp, notifia-t-elle d'un ton autoritaire.

— Et que fait-on pour Waryn ?

Tu n'as que ce nom à la bouche... Cela l'exaspérait au plus haut point. *Tu dois te mettre dans la tête qu'on ne pourra plus rien pour lui.* Néanmoins, la tempête qui l'avait agitée durant toute l'attaque du convoi s'était estompée ; elle se sentait plus sereine, apaisée… Avoir enfin retrouvé Milian lui prodiguait une chaleur réconfortante. Elle ne put se résoudre à lui passer un savon dont il se serait rappelé toute sa vie.

— On ne pourra pas le sauver, déclara-t-elle calmement, sa voix ne revêtant pas la fermeté qu'elle aurait voulue. Je l'ai aperçu plus tôt. Il est avec Anya, et je doute qu'elle nous le laisse bien gentiment. Et quand bien même, nous serons plus en sécurité sans lui – c'est lui-même qui nous l'a expliqué, si tu t'en souviens.

— Comment tu peux dire ça ? s'insurgea-t-il.

— Mili. Tu ne sais pas tout ce que j'ai traversé pour te retrouver. J'ai failli mourir plusieurs fois, et les horreurs que j'ai vues, ou que j'ai commises… Non, il n'y a pas d'espoir de le tirer de là.

Milian baissa la tête, penaud.

Quant à Shana, les réminiscences de sa bestialité se succédaient en images succinctes dans son esprit. Elle avait honte de sa démence. Elle n'avait pas pu lutter, et elle ne souhaitait pas lui en faire part.

— Ce que je voulais, c'était que tu t'éloignes de tout ça, avec Eirinia, pas que tu te sentes responsable de moi ou de quoi que ce soit. C'était *mon* choix de ne pas abandonner Waryn.

Son abnégation est louable, bien que stupide.

— Donc ta décision était de me laisser seule…

Shana ne put retenir une larme de couler le long de sa joue, ce qui sembla affecter Milian. Il lui prit la main et la serra dans la sienne.

— Pas *seule*. Tu avais Eirinia. Je voulais te donner une chance de survivre. Ma mort aurait peut-être pu satisfaire leur envie…

Quelle était donc la véritable raison de ton choix ? Waryn ou moi ? Tout était confus dans l'esprit de Shana. Milian l'observait de son regard pénétrant, et elle se sentit presque défaillir.

— Mili, je…

Mais les mots s'étranglèrent dans sa gorge, comme s'ils étaient encore trop difficiles à prononcer. N'entendant plus de bruit dans le couloir, elle saisit la chance de s'extirper de cette situation embarrassante.

— La voie est libre, annonça-t-elle pour couper court à la conversation.

Elle ouvrit la porte et tous les deux se faufilèrent à travers les couloirs, se cachant à quelques reprises pour éviter les soldats qui s'empressaient de rejoindre les affrontements faisant toujours rage.

Par un hublot, Shana aperçut les embarcations qui continuaient leurs allées et venues sur l'Ondoyant. Autour d'elles, les combats étaient toujours acharnés. Les deux amis devaient trouver un moyen de regagner l'étage inférieur, et vite, avant que des renforts n'arrivent et ne les empêchent de prendre une barque. Shana en voyait déjà approcher ; un contingent de toaris fendait les flots écumants à vive allure.

Le cœur de Shana se serra lorsque, du coin de l'œil, elle aperçut un flux d'eau jaillir vers elle.

D'un bond qu'elle ne dut qu'à un prodigieux réflexe et à sa rapidité surhumaine, elle l'évita au dernier instant. Le flux décrivit alors un arc de cercle et s'apprêta à la prendre à revers, mais elle dégaina son épée et la mit en opposition. Le courant flottant se désintégra au contact de sa lame pour se transformer en une fine bruine.

D'horreur, Shana remarqua que Milian était entravé par un autre flux qui l'empêchait de bouger. Tous ses sens en alerte, elle balaya le couloir des yeux. Les battements de son cœur s'emballèrent.

Au bout du couloir, Anya, accompagnée d'une poignée de soldats et de Waryn, marchait d'un pas décidé, son regard glaçant braqué sur elle.

Non, pas maintenant…

— Reste-là ! s'écria la Dompteuse. Je ne vous ferai pas de mal.

Ses yeux qui brillaient d'un bleu limpide lui signifiaient pourtant tout le contraire. Si elle ne s'enfuyait pas très vite avec Milian, tout ce qu'elle avait fait n'aurait servi à rien.

— Laisse-les ! s'époumona Waryn, se débattant pour s'extirper de l'emprise des gardes.

Mais ils tenaient bon et avançaient inexorablement. Trois d'entre eux accélérèrent le pas, ce qui ne donna à Shana que peu de temps pour réagir.

— Ne tente rien d'inconsidéré, tu n'as aucune échappatoire ! clama Anya, ignorant les supplications de Waryn. Sois raisonnable.

— Allez-vous-en ! s'égosilla ce dernier.

Et c'est bien ce que je compte faire.

D'un coup précis, Shana libéra Milian. Elle avait tranché le flux d'eau qui s'était évaporé sans autre forme de résistance au contact de la lame en safaïa.

Ne demandant pas son reste, la jeune Descendante empoigna Milian par le bras et l'entraîna avec elle dans un couloir adjacent. À présent hors de vue, elle entendait le martèlement des bottes des soldats sur le plancher, lancés à leur poursuite au pas de course. Shana ne savait pas où ils allaient, mais ils y allaient. Bifurquant dans un couloir sur la droite, puis sur la gauche, ils se retrouvèrent pris au piège en face d'un affrontement entre soldats et rebelles qui se disputaient le contrôle d'un large escalier menant à l'étage inférieur.

Ils n'avaient que deux options : foncer tête baissée à travers le combat ou retourner sur leurs pas et faire face à Anya et ses séides.

Cependant, les soldats devant eux étaient bien trop nombreux pour qu'ils aient une chance de passer. Surtout au vu de l'état de Milian. Pourtant, Anya était sur leurs talons et allait surgir d'un instant à l'autre…

Ils étaient piégés.

Si seulement j'étais plus puissante…, songea Shana, éprouvant l'affreuse sensation de ne pas être à la hauteur.

Plusieurs soldats ayant défait leurs adversaires se retournèrent vers eux, ce qui ne lui laissa plus de temps pour réfléchir. À leurs têtes, ils devaient se dire qu'ils allaient les tuer facilement.

— Il vaudrait mieux se rendre au lieu de mourir tous les deux, capitula Milian, cherchant l'approbation dans son regard.

Abandonner maintenant ? rugit-elle intérieurement.

— Je vais te créer un passage, assura Shana avec détermination. Lorsqu'ils seront sur moi, cours vers l'escalier.

— T'es pas sérieuse, là ? s'insurgea-t-il.

Il se tint devant elle pour lui couper la route. Emplie de rage, elle le fixa alors dans les yeux.

— Si ? balbutia Milian. Et tu crois que je vais l'accepter ?

— C'est ce que tu vas faire, abrégea-t-elle d'un ton péremptoire.

Shana fonça vers les soldats. Elle devait attirer leur attention pour qu'ils ne pensent même plus à l'existence de son ami. D'un coup d'œil autour d'elle, elle trouva ce qu'elle cherchait. Elle se concentra et entra en communication avec une plante suspendue dans un coin. Peut-être qu'elle n'était pas en mesure d'utiliser son pouvoir pour s'aider dans un tel combat, mais si ses ennemis voyaient ses iris briller, cela pouvait les rendre hésitants et lui permettre de prendre un semblant d'avantage – pour un temps, du moins.

Ça fonctionna.

Shana prit de court le premier homme armé et le terrassa sans autre forme de procès. Pour le deuxième, elle esquiva un coup ample de trident et lui flanqua un coup de pied qui le fit valdinguer sur plusieurs mètres. En réponse, d'autres soldats se désengagèrent de leurs affrontements pour se masser autour de la Communicatrice – de toute façon, ils disposaient déjà de l'avantage du nombre contre les rebelles. S'ils l'attaquaient tous en même temps, il n'y avait aucune chance qu'elle puisse s'en sortir. Mais ils restaient à bonne distance, à se consulter du regard.

Alors qu'ils allaient fondre sur Shana, une force implacable l'enveloppa. Elle se démena, mais rien n'y fit. Elle ne pouvait pas esquisser le moindre geste ; elle n'était pas en mesure de lutter contre cette puissance hors du commun. Ce qui ne lui rappela que le moment où Tarlis la retenait sur l'autre navire.

Échapper à la Dompteuse… Qu'est-ce que je suis stupide !

Constatant que la Communicatrice était hors d'état de nuire, les soldats se désintéressèrent d'elle pour retourner dans l'affrontement contre les rebelles. Milian, un glaive en main, était aussi entravé par les flux. Cet abruti ne l'avait pas écouté et s'était mis en tête de se joindre à elle dans sa percée malgré son corps meurtri.

— Ne leur fais pas de mal ! implora Waryn.

— On a déjà parlé de ça, lui rétorqua sèchement Anya. Je t'ai dit que tu devais me faire confiance, tout comme j'aimerais avoir confiance en toi.

Les flux, contrôlant les mouvements de Shana, la firent se retourner lentement vers la Dompteuse, dont le visage était inexpressif à souhait. Waryn fulminait mais deux des cinq gardes autour de lui le retenaient fermement.

— Laissez-nous partir ! hurla Shana.

— Commence par te calmer, déclara Anya. Je ne te ferai aucun mal, à moins que tu m'y obliges.

— Vous avez tué Jalen et vous voulez nous emmener droit à l'abattoir !

— Tu as vu ce que j'ai consenti à te laisser voir, répondit la Dompteuse sur son même ton égal, mais assez fortement pour passer au-dessus du bruit de l'affrontement. Et peut-être ce que *tu* as voulu voir. Les apparences ne sont rien de moins que des apparences. Il va falloir que tu apprennes à lire entre les lignes. D'ailleurs, Ashenan pourrait également vous révéler que, sans moi, vous ne seriez plus de ce monde.

Anya fit signe aux soldats qui ne retenaient pas Waryn de rejoindre les troupes engagées dans la lutte contre les rebelles. Le tintement des lames et la violence n'étaient pas près de s'arrêter. Ils obtempérèrent en observant avec mépris les captifs sur leur passage.

— Il nous l'a déjà dit, enchaîna Shana d'un ton acerbe.

— Ah ? Et qu'est-ce qu'il vous a raconté d'autre ? s'enquit Anya, visiblement intéressée.

— Que vous n'étiez aucunement digne de confiance. Vous agissez docilement aux ordres de votre maître.

— Mon maître ? répéta Anya, arquant un sourcil envers Waryn.

— Oui, celui qui nous attend en Eoros pour nous égorger, reprit Shana.

Waryn gardait maintenant le silence, mais toute sa gestuelle indiquait sa frustration. *Pourquoi ne fait-il rien ? Il peut sauter sur Anya, tenter quelque chose pour nous libérer...* Pendant ce temps, les deux gardes qui maintenaient Waryn semblaient troublés. Ils avaient l'air de tiquer sur la dernière phrase de Shana.

— J'ai une mission, poursuivit la Dompteuse. Des ordres à respecter. Et si je ne l'accomplis pas, c'est ma tête qui fera office de décoration sur une pique. Les vôtres, peu m'importe. Si je vous laisse une chance de vivre, c'est parce qu'Ashenan me l'a demandé.

Anya inspira profondément tout en fermant les yeux, qui continuaient de briller à travers ses paupières. Elle avait l'air énervée, même si ses traits le trahissaient à peine. La Dompteuse se retourna vers Waryn, scruta à tour de rôle ses deux gardes, puis jeta un coup d'œil vers le combat qui se déroulait derrière Shana.

— Je suis désolée, il y a des choses que vous n'auriez pas dû entendre, souffla-t-elle.

Deux dagues apparurent entre les doigts d'Anya en une fraction de seconde.

Shana puisa dans toute l'énergie qui lui restait. Elle devait parvenir à se libérer, et *maintenant*.

Elle vit sa dernière heure arriver lorsque Anya leva les mains en un geste fluide et bien trop rapide pour que son œil puisse en distinguer tous les mouvements. Son cœur battit tellement fort dans sa poitrine qu'elle crut qu'il allait exploser. Les deux dagues volèrent à une vitesse ahurissante pour sibiler une mélodie funeste. Puis, le son des lames se plantant dans la chair ébranla Shana.

Elle n'avait rien senti. Pas le moindre mal.

Les deux soldats autour de Waryn s'écroulèrent. Chacun une dague fichée dans la gorge. Effarée, Shana étouffa un cri.

— Vous venez de… tuer vos propres hommes ? haleta-t-elle, peinant à ralentir ses pulsions cardiaques.

Anya avait les yeux rivés sur elle.

— Mentionner à tort et à travers l'Eoros n'est pas très judicieux, ma belle demoiselle, déclara-t-elle, imperturbable. Les Araneanais n'ont pas conscience de qui tire réellement les ficelles ici, et il serait préférable que cela reste ainsi. Si je vous garde en vie, c'est parce que j'ai une sorte d'entente avec Ashenan, et que lui, contrairement à vous, il m'est primordial de le ramener. Si vous n'aviez pas fait autant de bruit à Lugann et que vous ne vous étiez pas fait arrêter, je ne vous aurais pas traqués ; vous ne devez votre infortune qu'à vous-même. Mais à présent, il est trop tard. Le général Kaan est au courant de ma mission, et vous comprendrez que je ne puis vous laisser repartir, ou Aldar Sol'Phaos finira par le découvrir.

— C'est lui qui a commandité notre mort, n'est-ce pas ? intervint Milian sans attendre de réponse. Pourquoi ?

— De ce que l'on a bien voulu me dévoiler, Aldar Sol'Phaos a fait le serment d'anéantir la descendance de vos parents, annonça Anya avec un brin de pitié dans la voix.

La Dompteuse n'était pas autant de marbre qu'elle ne le laissait paraître.

— Donc notre destin ne fait aucun mystère si nous vous suivons, reprit Shana, la mâchoire crispée.

— Peut-être bien…, répondit Anya avec son habituelle indifférence. Mais peut-être se montrera-t-il clément grâce au lien que vous accorde Ashenan. Ce jeune homme pourrait bien représenter votre salut.

— Ça fait trop de suppositions, conclut froidement Shana.

Anya fit une moue dégoûtée.

— Je dois t'avouer que cela ne m'enchante guère de vous ramener avec moi. Il aurait été bien plus simple de vous tuer. D'ailleurs, si vous ne m'en laissez pas le choix, je le ferai. Devrais-je mettre à exécution ma menace, ou consentiriez-vous à me rejoindre sans créer d'autres problèmes ? Vous m'avez déjà causé assez d'ennuis, et vous pouvez m'en apporter dans le futur. Je dois dire que la tentation est grande.

— Et si tu faisais ça, crois bien que tu ne me ramèneras pas vivant en Eoros, l'avertit Waryn.

— Comme si ton approbation était réellement requise…, ironisa la Dompteuse. Vous comprenez que si chacun y met du sien, nous pourrions tous sortir gagnants de cette histoire. Qu'en dites-vous ?

Avons-nous véritablement le choix ? Anya les tenait dans ses flux telle une araignée tissant sa toile. Ils n'avaient aucune chance de s'échapper. Elle était maîtresse de la situation. *Et puis pourquoi Waryn aurait-il le pouvoir d'influer sur la décision du roi de l'Eoros ? Qu'est-ce qu'elle nous cache encore ?*

Derrière eux, l'affrontement était quasiment parvenu à son terme. Les soldats avaient mis en déroute les rares rescapés parmi les rangs des rebelles et achevaient ceux qui agonisaient sur le sol.

— Vous ne nous dévoilez que ce qui vous arrange, rétorqua Shana en la défiant du regard. Peut-être avez-vous réussi à embobiner Waryn, mais ça ne marchera pas avec moi.

— Tout espoir n'est pas encore perdu, murmura Milian. Nous trouverons un moyen…

Une déflagration d'une chaleur infernale embrasa le couloir et carbonisa les soldats sur son passage. Instantanément, sur toute la largeur de la voie, un mur d'eau s'érigea pour s'interposer entre les flammes voraces et les hommes les plus reculés.

Consternée, Shana ne distinguait plus que des ombres derrière la paroi aqueuse, qui hurlaient de douleur et couraient dans tous les sens en implorant de les laisser passer la barrière. Puis l'eau prit une couleur jaune orangé, dont la teinte devint de plus en plus intense, jusqu'à ce que ce rempart matérialisé par Anya se dissipe complètement en une vapeur à l'odeur âcre.

Dans cette fumée surnaturelle, les silhouettes criaient leur tourment, gesticulaient de façon erratique tout en se réduisant en cendres virevoltantes, fragments de ces humains en proie à une souffrance innommable. Ils s'étaient transformés en torches humaines, engloutis sous les flammes qui se répandaient sur les autres soldats ayant été protégés un instant plus tôt.

C'était une véritable vision de l'enfer, dont le bruit crépitant résonnait dans l'air en un glas lugubre. La température avait atteint un niveau élevé, mais elle ne cessa pas son ascension. Des traits semblables à des lances de feu transpercèrent les soldats paniqués. Ils tentaient vainement d'éviter leurs congénères enflammés, mais butaient sur les corps calcinés. L'incendie se propageait déjà sur le plancher et sur les parois de bois lorsque les vapeurs commencèrent à se dissiper, permettant à Shana, interdite, de constater qu'aucun des soldats n'avait survécu. La puanteur de la chair brûlée était insupportable.

Un homme à la barbe hirsute et aux longs cheveux grisonnants se dressait solennellement au milieu des brandons et des flammes qui ravageaient les cadavres devenus des brasiers ardents.

Il avait une présence à la fois imposante et délabrée. On distinguait un corps efflanqué derrière ses hardes misérables, semblables à celles des prisonniers de longue date qu'avait vus Shana sur l'autre navire. Sur ses jambes émaciées, guère plus épaisses que des brindilles, il se tenait droit, comme s'il ignorait son âge avancé. Ses gestes étaient lents mais maîtrisés, habiles, empreints de fluidité. Au-dessus de ses joues creuses, ses yeux qui brillaient d'un rouge vif projetaient une colère chaude.

Cette ire dépassait tout ce que Shana avait bien pu vivre, elle en était convaincue. Puis, le regard du vieillard s'éleva des dépouilles transformées en cendres pour fustiger sans un mot celui d'Anya.

La Dompteuse exprimait un calme glacial. Elle soutenait la fureur de l'aîné sans extérioriser un quelconque sentiment.

Derrière le vieux apparurent Ialantha et Anaro, puis Athaan et quelques rebelles. Shana avait entendu leurs histoires mentionnant Hunor pour le décrire comme un Apprivoiseur, ces Descendants capables de maîtriser les flammes. *Se peut-il réellement qu'il s'agisse de ce vieux rabougri ?* Shana l'avait imaginé beaucoup plus jeune au vu des exploits lui étant attribués, cependant, l'éclat rouge coquelicot qui étincelait de ses yeux n'y trompait pas.

Enfin, elle remarqua qu'elle était libre de ses mouvements. Plus aucun flux ne l'entravait, ni elle ni Milian.

Toute l'attention d'Anya était concentrée sur Hunor. Ils se fixaient l'un l'autre. Une discussion muette se déroulait entre eux.

Le problème, c'était que Shana et Milian se trouvaient au milieu de l'affrontement visuel. Si l'un des deux Descendants prenait la décision d'engager les hostilités, ils se retrouveraient pulvérisés entre les forces colossales qui seraient invoquées – s'ils ne mouraient pas avant des flammes grandissantes.

— Tu ne m'avais pas dit que c'était une Eorie, lança le vieillard d'une voix chaude et posée, sans se retourner, à Ialantha.

— Parce que ça a une foutue importance qu'elle vienne de l'Eoros ? graillonna la cheffe rebelle, ne perdant pas son aplomb habituel.

— Pour moi, cela en a, oui. Tu ne peux plus nier l'évidence.

Tel un avertissement, une multitude de flux d'eau se mirent à tournoyer autour d'Anya, se déplaçant à une vitesse effrayante. En guise de réponse, le feu léchant les lattes de bois convergea à l'unisson près de l'Apprivoiseur, qui restait immobile, aux aguets, pour former une kyrielle de boules enflammées de la taille d'un poing.

Shana n'avait qu'une envie : dégager de là au plus vite. Seulement, elle était tétanisée. La puissance des deux individus terrorisait ses membres qui refusaient obstinément de se mettre en mouvement.

— Une Dompteuse éveillée…, articula l'aîné, ne cachant pas sa surprise. Je ne crois pas en avoir déjà croisé.

— Vous auriez dû rester bien sagement dans votre cellule, Hunor, prononça Anya d'un calme imperturbable. Vous n'êtes ni en capacité, ni en état de vous battre contre moi.

Si Shana avait encore eu un doute, il avait complètement disparu. Il s'agissait bien d'Hunor, celui que Jalen voulait les faire rejoindre lorsqu'ils avaient dû quitter précipitamment Rivlon.

— Qui êtes-vous ? s'empressa d'ajouter l'Apprivoiseur. Votre visage ne m'est pas totalement inconnu, mais je n'arrive pas à mettre le doigt dessus…

— Cela n'a aucune importance. Je vous ramènerai chez vous afin que vous subissiez le châtiment adéquat à vos actes.

L'éclat des yeux d'Hunor se durcit, et les boules de feu qui volaient à ses côtés devinrent presque aveuglantes. Il était loin d'être enclin à obéir.

— Vous êtes encore jeune, poursuivit le vieillard, soit pour la rabaisser, soit pour exprimer sa pitié. Ne sacrifiez pas votre vie pour cet être abject.

Anya resta impassible.

— Vous êtes bien présomptueux. Pourquoi auriez-vous le dessus sur moi ?

— Je ne doute pas de votre puissance, car si Aldar a fait appel à vos services, il ne fait nul doute que vous devez être à la hauteur. Mais ne sous-estimez pas l'expérience d'un homme ayant plus de trois fois votre âge – celle-ci est infiniment supérieure.

— Est-ce pour cela que vous avez croupi dans une geôle froide et humide pendant tous ces mois ? ironisa Anya. Vous tentez de vous dresser contre le roi de l'Eoros, mais êtes incapable de faire quoi que ce soit. Non, avouez votre défaite et faites face avec dignité à l'inéluctable.

— La lutte n'est pas encore terminée, et je n'aurai de cesse de la poursuivre tant qu'Aldar Sol'Phaos et les Kredaes seront une menace pour tout Orrisia.

— Vous n'avez fait qu'empirer les choses, Hunor, psalmodia Anya. Vous auriez dû mieux choisir les batailles à mener.

— Vous tentez de déclencher une guerre entre l'Araneana et le Leanalyn, mais les rebelles continueront de combattre pour que cela n'arrive pas.

— On ne se bat pas pour tes chimères ! cracha Ialantha. Je pensais te l'avoir fait comprendre !

Shana se sentit subitement entraînée par le bras. Milian lui intimait de rejoindre doucement le côté des rebelles en longeant les parois calcinées du couloir. Cela fit sortir la jeune Descendante de sa torpeur éveillée. Elle se laissa guider par son ami. Sans effectuer de gestes brusques, ils se collèrent aux planches et entreprirent d'avancer lentement vers le groupe situé derrière Hunor. Anya ne se souciait même pas d'eux. Toute son attention était portée sur l'Apprivoiseur.

— Vous avez été coupé du monde pendant de trop nombreux mois, rétorqua la Dompteuse. Elle a déjà été déclarée.

Hunor pivota vers Ialantha et celle-ci acquiesça. Le regard du vieil homme s'égara un instant dans le vide, mais il retrouva très vite ses esprits.

— La plupart des royaumes vous ont tourné le dos, reprit Anya, et ceux qui vous ont écouté ne seront pas en mesure de faire face à la vague qui déferlera. Vous avez échoué ; votre cause est perdue.

— Vous savez qu'il y a toujours de l'espoir, insista Hunor. Je le lis dans vos yeux. Aidez-moi à empêcher ce génocide humain. Le cataclysme qui s'apprête à ravager Orrisia est sans précédent, vous devez en avoir conscience. Sans compter que bientôt, Aldar deviendra quasiment inarrêtable s'il parvient à obtenir l'artefact qu'il convoite…

— Pour me condamner à mon tour ? se moqua la Dompteuse. Quelle est donc cette flamme qui embrase encore vos intentions ? Qu'avez-vous en tête ?

— Rejoignez-moi et vous le saurez.

— Vous subirez la justice d'Aldar Sol'Phaos.

À peine Shana et Milian eurent dépassé Hunor que ses boules de feu traversèrent le couloir avec une célérité fulgurante pour se diriger droit vers Anya. D'une concentration d'énergie flamboyante, leur chaleur était péniblement supportable ; Shana sentit ses poils griller et sa peau rôtir. Pour se protéger, la Dompteuse matérialisa des boucliers d'eau qui interceptèrent tous les projectiles. Ces derniers se désagrégèrent à leur contact. N'interrompant à aucun instant son assaut, Hunor poursuivit et en accéléra l'intensité pour projeter à présent des lances enflammées toujours plus nombreuses, contrées par les défenses aqueuses d'Anya.

— Par là ! s'écria Athaan en tendant une main à Shana.

Les chocs élémentaires provoquaient un vacarme de grésillements et de grondements, mais les projectiles ne tarissaient pas. Puis, la contre-attaque débuta. Des flux d'eau plus épais que ce que Shana avait déjà pu voir s'élancèrent vers l'Apprivoiseur dans un ballet aquatique aérien, décrivant des courbes gracieuses pour atteindre leur cible.

Hunor ne recula pas, pas plus qu'il ne flageola sur ses jambes étiques ; des langues de feu émergèrent du néant et s'enroulèrent autour des flux pour exercer une pression d'une telle force que les attaques de la Dompteuse éclatèrent, broyées. Les assauts incandescents et aqueux se juxtaposaient les uns sur les autres sans discontinuer, d'une habileté magistrale et d'une atroce férocité. Il s'agissait d'une danse élémentaire mortelle, dont les fracas des collisions résonnaient avec intensité.

— Shana ! s'époumona Milian, la tirant avec vigueur par la main.

Elle se rendit compte qu'elle était restée figée à contempler le duel entre ces deux entités d'une puissance monstrueuse, alors que les rebelles avaient déjà gagné l'étage inférieur. Le plafond, le plancher, les panneaux de bois : tout éclatait en morceau ; rien ne résistait à cette lutte épique que se livraient les deux Descendants, que nulle arène n'aurait pu cantonner.

Shana s'engagea sur les marches partiellement détruites de l'escalier, évitant ou sautant au-dessus des trous causés par les flammes pour rejoindre Athaan et les autres dans l'une des salles censées détenir des captifs. Là, dans des mares de sang, les corps qui résultaient d'anciens affrontements gisaient encore sur le sol. Des prisonniers, ainsi que des embarcations, il n'y avait plus aucune trace. Le fleuve était à présent sous le contrôle des soldats araneanais. Une poignée de rebelles luttaient encore pour s'échapper.

Alors, Shana aperçut des soldats ainsi que du personnel du navire se jeter à l'eau depuis les niveaux supérieurs. Ils fuyaient le vaisseau, certainement conscients de la bataille acharnée que se livraient les deux Descendants – qui finirait très probablement par le détruire entièrement.

— Qu'Uzushio les inonde sous un puits d'excréments ! pesta Ialantha de sa voix éraillée.

— On est encerclés, étaya Anaro. Si l'on quitte le navire, les soldats n'auront qu'à nous cueillir. Mais si l'on reste ici, on va soit finir brûlés, soit engloutis sous les flots de la Dompteuse. Pour avoir déjà observé Hunor à l'œuvre, il ne s'est pas encore déchaîné, et je doute que ce soit également le cas de cette furie.

Vu comme ça, la situation paraissait inextricable. Mais si l'intensité du duel n'était pas parvenue à son paroxysme, et tout bien réfléchi, même si elle ne s'accroissait pas, ils avaient bien plus de chances d'en ressortir vivants en tentant la nage sur l'Ondoyant. *Quel choix avons-nous réellement ?* s'interrogea Shana.

— On doit faire confiance à Hunor, déclara Athaan, les yeux rivés sur l'étage supérieur. Il va pulvériser la Dompteuse.

— Je ne miserais pas sur lui à ta place, rétorqua Ialantha, posant sur lui un regard dédaigneux.

— Il ne pouvait pas tomber sur pire ennemi, renchérit Anaro. Une Dompteuse contre un Apprivoiseur, sans compter ses mois d'emprisonnement, son état et les sévices qu'il a dû subir…

— Mais c'est vous qui vouliez à tout prix le sauver, non ? s'insurgea Shana, en proie à une colère noire. Pourquoi l'avoir emmené au-devant d'Anya, alors ?

Ialantha lui jeta un regard mauvais.

— Il a plus de chance de survivre sur le navire.

— Et c'est tout ? s'emporta de plus belle Shana. C'était une attaque suicide dans le but de sauver Hunor, pour qu'il se fasse tuer juste après ?

Anaro posa une main dépourvue d'enthousiasme sur l'épaule de la jeune Descendante.

— Personne n'a dit que notre plan était parfait. Nous avons déjà libéré bien plus des nôtres que nous le prévoyions il y a encore quelques jours.

Peut-être qu'Hunor s'en sortira.

— Nous nous battrons jusqu'au bout, ajouta Ialantha, enorgueillie par ses convictions. Ils ne nous prendront pas vivants.

Toi, oui, je l'espère bien, lui souhaita Shana.

— Donc vous ne comptiez pas réellement le sauver, n'est-ce pas ? intervint Milian d'un ton réprobateur. Vous vous êtes servis du prétexte de vouloir libérer Hunor pour raviver la flamme des rebelles et ainsi rameuter plus des vôtres…

— Me fais pas rire, gamin, se moqua Ialantha. Tu ne sais rien de nous.

— Vous espériez mourir en martyre. Vous sacrifier pour nourrir votre cause…

Shana n'avait pas vu les choses sous cet angle, mais la perspicacité de Milian semblait avoir fait mouche. La cheffe rebelle se planta devant lui, le visage rougi par la colère.

— Et tu crois qu'il y a une autre solution ? explosa-t-elle. Je sacrifierais Hunor et bon nombre de mes hommes si les rebelles renaissaient de leurs cendres ! Tous ceux qui ont pris part à cette attaque sont prêts à donner leur vie ! Nous ne sommes plus qu'une fraction de ce que nous étions, alors si par ce que nous avons réalisé aujourd'hui, ainsi que par notre sacrifice, nous permettons notre résurrection, oui, nous mourrons en martyre !

Autour d'eux, les premiers concernés approuvèrent les paroles de leur cheffe, qui était résolue à ce sacrifice théâtral prétendument nécessaire. Ceux ayant fait partie des prisonniers ne s'exprimèrent pas. Seul Athaan ne paraissait pas convaincu et se grattait nerveusement la nuque.

Tandis que les soldats sur l'Ondoyant portaient secours aux personnes qui s'enfuyaient du navire, Ialantha et Anaro sifflèrent conjointement. Des toaris sans maître commencèrent à s'approcher de plusieurs directions. *Se battre sur le fleuve permettra aux rebelles cachés dans la forêt d'assister au sacrifice de leur meneuse*, spécula Shana.

— Et si nous rejoignions Anya ? chuchota Milian à son oreille.

Shana l'observa comme si c'était l'idée la plus stupide qu'il n'ait jamais eue.

— Qu'est-ce que tu me chantes ? articula-t-elle.

— Elle ne souhaite pas réellement notre mort. Nous sommes toujours en vie, alors qu'elle a eu maintes occasions de nous laisser mourir sans avoir à lever le petit doigt. Et puis… pendant sa discussion avec Hunor, j'ai perçu quelque chose de différent. Un doute est apparu, un bref instant… Je crois qu'elle a hésité à le rejoindre, même si cette idée peut paraître saugrenue…

Elle l'est.

— Pour moi, ses paroles étaient claires, trancha Shana. Elle n'en a rien à faire de nous. Elle ne fait que se servir de nous pour mieux manipuler Waryn. Sans compter que ça ne changera pas notre destin une fois arrivé en Eoros.

— Je suis certain que cet Aldar Sol'Phaos ne sait rien de notre relation avec Waryn, et s'il est aussi important qu'il semble l'être, son avis devrait pencher en notre faveur, non ?

Tu t'es toujours révélé bien trop optimiste…

— Anya nous a expliqué qu'il s'est juré d'anéantir la descendance de nos parents, répliqua fermement Shana. Et qui te dit qu'il ne compte pas faire de même avec Waryn ? Ils ont pu lui raconter n'importe quoi, alors je ne risquerai pas nos vies sur des suppositions.

— Tu as peut-être raison, mais elle pourrait nous éviter la mort à l'heure actuelle. Nous pourrions réfléchir à une autre solution plus tard.

— Ne me dis pas que c'est juste pour le rejoindre, parce que…

— Non, l'interrompit Milian, tu ne comprends pas… (Il la fixa dans les yeux tout en se raclant maladroitement la gorge.) Tu n'as pas à mourir ici, par ma faute…

Quelques toaris étaient enfin arrivés près du trou étroit de la coque. Ialantha, ainsi que les autres rebelles, commençaient à les monter.

Un fracas retentissant ébranla le navire. Il tangua de droite à gauche. Shana parvint tout juste à rester sur ses appuis.

La seconde d'après, un gigantesque serpent d'eau traversa de part en part les murs qui séparaient la multitude de salles du pont inférieur du vaisseau. Ils avaient été brisés, tout comme le plafond, comme s'ils n'avaient jamais existé. Et Shana avait eu l'impression de voir un homme devant ce monstre.

À présent, toutes les pièces étaient reliées entre elles par des cavités béantes et s'élevaient à une hauteur deux fois plus grande. Des pans entiers du plancher autrefois au-dessus de leurs têtes s'effondraient. Shana disposait maintenant d'une vue nettement plus dégagée sur le ventre du navire.

Hunor et Anya dansaient l'un autour de l'autre, s'échangeaient des boules de feu, des flux d'eau, des langues enflammées et des tourbillons meurtriers. Leur combat était impitoyable. Ils attaquaient et se défendaient en même temps, ne se laissaient aucun moment de répit. *Si une seule de leurs offensives est déviée dans notre direction, aucun de nous n'y survivra.*

Surgissant d'un côté de la pièce, Ihroal, propulsé par un torrent, fondait vers sa cible. Plus loin, Tarlis s'était déjà relevé pour faire face à son adversaire. Le choc qui s'ensuivit ébranla une nouvelle fois le navire, et la coque fut éventrée. L'eau du fleuve s'infiltrait à présent abondamment.

Alors, pendant tout ce temps, leur combat n'a jamais cessé...

Les deux Descendants ne les avaient même pas remarqués et continuaient de se battre avec acharnement. Des lames d'air cherchaient à empaler le Dompteur, et celui-ci ripostait par des geysers à n'en plus finir. Des débris volaient dans tous les sens. Dans leur lutte, ils se rapprochaient dangereusement de l'endroit où se tenaient Shana et les autres.

— Pour l'Araneana ! hurla la cheffe rebelle à l'attention de tous ceux montés sur les toaris.

Elle s'éloigna du navire en brandissant sa hache, pendant que d'autres attendaient toujours leur tour pour échapper à la fureur des Descendants.

Chaque poutre menaçait de s'effondrer d'un instant à l'autre, encouragée par les assauts et les collisions répétés. La seule échappatoire restait la fuite, quand bien même les soldats pullulaient autour du vaisseau. *Ça vaut mieux qu'une mort certaine.*

Alors que Shana et Milian s'apprêtaient à rejoindre les derniers rebelles présents, une puissante secousse les fit tous chuter ; Hunor venait de se faire projeter près d'Ihroal qui, tout en le protégeant de la pluie de lames de Tarlis, avait amorti le fracas de sa retombée avec un coussin d'eau. Les attaques cessèrent soudainement. Anya, depuis quelques chicots de lattes, bondit à côté du Chuchoteur.

Shana observa les quatre Descendants, chez qui une fatigue certaine se transcrivait en leurs souffles saccadés. Des langues incandescentes dansaient autour d'Hunor, des sphères liquides tournoyaient près d'Ihroal, des lames d'air s'agitaient dans le périmètre de Tarlis, et des flux d'eau évoluaient en spirales sophistiquées à proximité d'Anya. Ils se scrutaient, se jaugeaient, emplissant l'atmosphère d'une tension oppressante. Aucun d'eux ne paraissait vouloir esquisser le moindre mouvement, au risque de déclencher à nouveau les hostilités.

— Comment as-tu pu les laisser le libérer ? grommela Tarlis.

— J'avais fort à faire ici aussi, ne t'en déplaise, rétorqua Anya.

Le Chuchoteur leva la tête pour étudier quelque chose que Shana n'avait pas encore remarqué jusqu'à présent. Une grande sphère d'eau lévitait plus loin, d'un liquide limpide, cristallin. À l'intérieur, Waryn se démenait pour tenter d'en sortir, mais Shana savait qu'il ne pouvait rien face au pouvoir de la Dompteuse.

— Ce gamin est une plaie, déclara Tarlis avec mépris. Tu devrais pleinement te concentrer sur le combat.

— S'il meurt, crois bien que tôt ou tard, tu en subiras le châtiment, le calma Anya d'un ton sans réplique.

— Comme tu voudras, grinça Tarlis. Quant à eux, il est temps d'en finir, ponctua-t-il d'un rire malsain.

Shana perçut le son ténu d'une voix qui l'appelait. Par une brèche différente de celle où les rebelles s'ameutaient, Athaan lui signalait de le rejoindre sur son toari. Son visage était alarmant, déformé par la peur.

Lentement, Shana et Milian se dirigèrent vers lui, gardant les yeux rivés sur les Descendants. Le combat pouvait reprendre d'un instant à l'autre.

— Alors c'est réel, fit Ihroal entre deux souffles. Tu es resté tout ce temps dans la tour des rebelles ?

— Uzushio ne nous sera pas favorable aujourd'hui, répondit simplement Hunor. Cette Dompteuse fait montre d'une puissance et d'une maîtrise supérieures. Nous aurions nos chances si j'étais en meilleure forme, mais là…

Ihroal acquiesça gravement.

— J'ai compris…

— Sache que ton sacrifice ne sera pas vain, mon ami.

— Ne croyez pas qu'un seul d'entre vous partira d'ici ! hurla Tarlis.

Ses lames d'air, acérées, fendirent l'espace. Pour les contrer, Hunor fit danser ses langues incandescentes, les enlaçant en plein vol pour les réduire en cendre. Puis, tout devint un véritable cauchemar. Un chaos sans précédent.

Les flux d'eau d'Anya se multiplièrent presque jusqu'à l'infini, évoluant dans des arabesques complexes à travers le champ de bataille. Ils décrivaient des courbes gracieuses et s'entremêlaient en des centaines et des centaines de fils, dont le schéma fut plus élaboré que tout ce que Shana avait bien pu voir de sa vie.

Les langues enflammées d'Hunor claquaient avec la force d'un fouet infernal. Elles lacéraient, fouaillaient, déchiraient frénétiquement les assauts ennemis d'une maîtrise ardente, insaisissable.

Puisant l'eau qui leur montait maintenant jusqu'aux genoux, Ihroal faisait jaillir des flots des serpents aquatiques aux têtes monstrueuses et aux corps grondant de puissance brute pour créer un vacarme encore plus retentissant.

Les lames de Tarlis, semblables à des faux gigantesques, harcelaient ses opposants avec férocité. Leur vitesse était sans commune mesure, égales à la perfidie de leur créateur.

Dans cette bataille transcendant le simple affrontement, Shana et Milian, main dans la main, couraient éperdument vers Athaan. Plus loin, nombre des derniers rebelles à l'intérieur du navire furent les premières victimes, emportées par des attaques élémentaires qui ne leur étaient pas destinées. Les explosions, les rugissements, les débris, les flammes, l'eau, l'éther… Le combat monumental entre les quatre Descendants était une véritable chorégraphie qui étincelait et flamboyait de contrastes saisissants ; un mélange inextricable de couleurs vives et grandioses, une symphonie visuelle qui en devenait aveuglante.

Les fracas meurtriers éclataient de partout. C'était encore un miracle que rien ne les ait…

À quelques pas seulement d'Athaan, Shana sentit la main de Milian glisser de la sienne.

Son cœur s'emballa.

Son ami flottait à la surface de l'eau ayant envahi le navire ; de profondes entailles sur son flanc gauche déversaient une mare de sang. Il était proche de l'inconscience.

L'univers de Shana s'écroula.

Elle se jeta sur lui, paniquée. *Ses blessures sont trop graves*, constata-t-elle, les doigts tremblants. Arrachant des lanières de sa tenue, elle réalisa des bandages de fortune, mais rien qui ne lui permît d'arrêter complètement les hémorragies. Shana prit le visage de Milian entre ses mains et lui sourit.

— Mili, reste avec moi, je t'en prie…

Il devenait de plus en plus pâle et peinait à remuer les lèvres. Mais aucun son ne sortait de sa bouche.

Au son d'un écho lointain, Athaan lui criait de le rejoindre avant qu'ils ne meurent tous. Shana ne l'écoutait pas, plongée dans les yeux de Milian. Cette couleur marron, cet éclat rouge cerise…

— Pas comme ça, Mili… pitié…, sanglota-t-elle. Je… je…

Elle ne parvenait pas à trouver les mots. Ils disparaissaient dans sa gorge. *Si j'étais en mesure de te soigner…* Elle voulut diriger sa colère envers le monde entier. Mais non. C'était de sa propre faute.

Elle berçait son ami qui lui rendait un regard s'obscurcissant inlassablement, résigné et pourtant si beau, pourvu d'une tendresse qu'elle ne méritait pas.

Autour d'eux, les assauts élémentaires étaient d'une violence inouïe et explosaient tout ce qui pouvait bien rester du vaisseau. Shana n'avait plus la force de se battre.

Si je dois mourir ici avec toi, alors qu'il en soit ainsi.

Les débris volaient dans tous les sens. De nombreuses échardes lui lacéraient le corps. Et une douleur vive lui foudroya le bras. Elle n'y accorda pas la moindre importance. Son propre sang se mit à couler pour se mêler à celui de Milian.

— Tout ira bien, tu verras…, murmura-t-elle en caressant sa joue.

Elle ne put plus contenir ses larmes.

Une déflagration magistrale. Une chaleur abominable.

Une main ferme saisit Shana alors qu'elle ne se résolvait pas à lâcher Milian, le serrant contre elle. Elle se retrouva sur le dos d'un toari avec lui, devant Hunor qui tenait l'animal marin par les rênes.

Shana ne comprenait pas réellement ce qui se passait. Elle était dans une bulle de chagrin dont elle ne pouvait se dépêtrer.

— T'étais pas obligé de rester, le mioche, grogna Hunor.

Shana crut d'abord qu'il s'adressait à Milian, mais Athaan répondit aussitôt.

— J'essayais de les extirper de là. Ce n'était pas pour ta sale tronche.

Devant eux, Ialantha, Anaro et les autres rebelles ayant fui le vaisseau se battaient férocement sur leurs toaris. Ils étaient parvenus à survivre jusqu'à maintenant face à des ennemis ô combien plus nombreux qu'eux.

Alors que Shana sentit la chaleur de lances enflammées se matérialiser autour d'elle, avant de fuser vers les soldats qui leur barraient le passage, elle se permit de jeter un regard en arrière. Ce qui fut autrefois un navire n'était plus qu'une épave s'enfonçant dans l'Ondoyant. À la place, un ophidien d'eau plus monstrueux que les précédents restait figé, dominant le fleuve de sa hauteur ; la silhouette postée sur sa tête ne pouvait être que celle d'Ihroal. En face de la créature, une nuée de rapaces de la création de Tarlis volait en formation serrée pour toiser leur proie gargantuesque.

Tandis que le serpent commençait à agiter son corps en des ondulations terrifiantes, des tentacules tout aussi redoutables jaillirent de l'Ondoyant et s'attaquèrent au monstre, immédiatement joints par les volatiles.

Le combat titanesque avait repris.

Mais Shana n'avait d'yeux que pour Milian. Il était inconscient.

Reste en vie, l'implora-t-elle, dévastée.

Chapitre 36

Shana

Portant Milian dans ses bras, Shana se laissa doucement glisser du toari. *Tu n'as pas intérêt à mourir*. Son visage exsangue… Elle était anéantie.

Hunor lui avait proposé de prendre son ami, mais il était hors de question qu'elle le cède aux mains de celui qui restait encore un inconnu. Ils avaient quitté l'Ondoyant et s'étaient faufilés dans l'une des rivières qui partaient du fleuve, s'enfonçant en méandres dans la forêt.

Les jambes dans l'eau vaseuse, Athaan aida Shana à remonter sur la terre ferme. Elle marchait sur des racines noueuses en ménageant autant que possible Milian. Son état était plus critique que jamais.

— Il est condamné, déclara Hunor de sa voix éraillée. Il a déjà perdu trop de sang. Il vaudrait mieux le laisser là.

Shana stagnait toujours entre deux mondes. Elle ne pouvait se résoudre à le voir partir. Pourtant, la remarque la fit émerger.

— Et qu'est-ce que vous en savez ? s'énerva-t-elle.

— J'ai vu un nombre incalculable d'hommes mourir pour moins que ça. Je ne prétends pas être expert en médecine, mais a-t-on besoin d'être médecin pour constater les faits ?

Elle était à fleur de peau et aurait voulu hurler contre ce vieil homme rabougri aux sourcils broussailleux qui ne faisait que peu de cas de son ami. Mais elle s'en abstint. Elle retomba dans sa litanie muette pour examiner le corps de Milian – il respirait lentement, et c'était un bon signe. *Hunor ou non, il ne sait pas de quoi il parle. Oui, tu as perdu beaucoup de sang, Mili, mais tant que tu respires encore, il y a de l'espoir. Je ne te laisserai pas. Je ne t'abandonnerai pas.*

— Mais il pourrait survivre si on l'amenait à Aymri ! objecta Athaan.

— Qu'Honoo me réduise en cendres ! Il est toujours là, celui-là ? s'étonna Hunor, plissant son front ridé et crasseux. Il serait utile qu'il me redonne quelques forces.

— Il est certainement occupé à soigner tous les blessés. Tu pourras attendre, vieille poiscaille. Tu n'es plus le centre du monde, si tu n'étais pas au courant. Enfin, quoique. Ça pourrait encore se discuter.

Hunor grogna en se faisant craquer la nuque.

— Si Tarlis et la Dompteuse décident de ratisser le coin après en avoir fini avec Ihroal, j'aurai besoin de toutes mes capacités. Mais ta petite cervelle juvénile n'y avait évidemment pas pensé, si ?

— Au lieu d'éructer des inepties, on pourrait se dépêcher ? s'énerva de plus belle Shana. Athaan, je ne connais pas le chemin. Alors guide-moi. Et vite.

Elle avait parlé avec un mépris qui dépassait ce qu'elle avait voulu exprimer, mais ses émotions la submergeaient.

— J'imagine qu'il n'y a qu'à suivre les corps et les traces de sang…, soupira-t-il, toute gaieté ayant disparu de sa bonne humeur habituelle.

Effectivement, à travers les épais feuillages et les branches basses, on distinguait des dépouilles à même la mousse, abandonnées aux insectes. Des empreintes vermillon zébraient l'écorce de quelques troncs, témoins des lourdes blessures des rebelles passés par là. Aucun oiseau ne piaillait, aucun animal n'émettait le moindre bruit. La faune et la flore tentaient de refermer péniblement les stigmates engendrés par l'horreur de l'affrontement. Aucun des trois compagnons de fortune ne dit mot avant d'atteindre les abords du camp ; peut-être par respect pour le repos des cadavres qui jonchèrent leur chemin.

Puis, les râles et les gémissements de douleur percèrent les feuillages, et Athaan écarta un buisson. Le campement n'était plus le même que celui que Shana avait quitté. Une multitude de blessés étaient assis ou couchés là où il y avait de la place, installés sur le sol terreux dans l'attente d'éventuels soins prodigués par les nombreux rebelles s'affairant à cette tâche. Pourtant, une quantité importante de draps recouvraient déjà les plus malheureux.

— Où est Aymri ? s'enquit rapidement Shana.

— Près de la tente verte, là-bas, pointa du doigt Athaan.

— Accompagne-la et viens ensuite me voir, ordonna Hunor en caressant sa barbe indisciplinée. Nous avons à discuter tous les deux. J'aimerais savoir tout ce qu'il s'est passé pendant mon « absence ».

Le vieillard disparut sans attendre de réponse.

On aurait pu dire que la moitié du campement s'était massée autour de la tente indiquée par Athaan. Les blessés grouillaient à chaque recoin – une véritable marée humaine agonisante. La plupart gémissaient sans qu'aucune aide ne vienne à leur secours. *Il n'y a clairement pas assez de personnes pour s'occuper de tant de monde*, songea Shana. Plus loin, elle aperçut Eirinia donnant à boire à une femme recouverte de bandages, mais elle n'avait pas le temps d'aller la voir.

— Bon, alors, il est où ? s'impatienta Shana.

— Aymri, on a besoin de tes soins, annonça Athaan à un homme d'une cinquantaine d'années, accroupi au-dessus d'une femme qui présentait une vilaine plaie lui barrant l'abdomen.

L'interpellé grogna sans lever la tête, ses deux mains plaquées sur la peau de la souffrante en pleine convulsion. Une lueur verte se mit à étinceler dans la lésion, puis, délicatement, elle commença à se refermer, jusqu'à ne plus ressembler qu'à une cicatrice. Enfin, la respiration saccadée de la victime se calma, redevenant quasiment normale.

Aymri leva ses yeux globuleux sur Athaan avec une expression irritée ; leur flamboiement vert grenouille s'estompa aussitôt. Sous sa tunique légère, on distinguait un corps chétif, aussi frêle que s'il avait jeûné des années durant. Quant à son apparence générale, on aurait dit qu'il avait tout d'un sauvage voulant s'en retourner à un état primitif. Lorsque son regard se posa sur Milian, il secoua la tête.

— Je ne peux pas m'occuper de lui, objecta-t-il en effleurant l'une des profondes entailles sur le flanc gauche du mourant. D'autres attendent depuis bien plus longtemps que lui, et ça va me demander beaucoup trop d'énergie pour refermer sa blessure. Je préfère sauver la vie d'une dizaine plutôt que d'une personne. Je suis désolé, Athaan, mais tu vas bientôt pouvoir le recouvrir. Que Kinone puisse abréger ses souffrances, ajouta-t-il d'un ton liturgiquc.

— Mais…, voulut protester Shana.

— Si c'est un ami à vous, sachez qu'il vous entend encore, la coupa le Communicateur. Faites-lui vos adieux.

Sur ces mots, il tourna les talons, s'apprêtant déjà à s'occuper d'un autre blessé.

Shana n'allait pas en rester là. *Peut-être que pour lui, il s'agit d'une victime comme une autre, mais pas pour moi.*

— Vous devez le soigner ! tempêta-t-elle. Et maintenant !

— Et tu crois que tu es qui ? Vaut-il la vie d'un plus grand nombre ? Je ne pense pas, non. Ialantha m'avait promis l'aide d'une petite peste, mais elle n'est jamais venue ! Alors je fais mon possible, et si ça ne te plaît pas, ça ne change rien.

— C'est moi, Shana, celle que votre saloperie de cheffe vous a promise. (Aymri se figea sur place, la scrutant plus attentivement sans dire un mot.)

Concluons un marché. Vous sauvez mon ami tout de suite en me montrant comment procéder, et je soignerai tous ceux que je pourrai.

La fatigue qu'elle avait accumulée durant toute la bataille lui criait d'aller dormir, mais elle tiendrait parole.

— Tu te pointes enfin, grommela Aymri, les dents serrées. Dans d'autres circonstances, je t'aurais foutu une raclée pour un tel manque de jugeote, mais là, j'ai effectivement besoin d'aide. Pose-le par terre. (Elle s'exécuta immédiatement, couchant délicatement Milian à ses pieds.) Écoute attentivement ce que je vais te dire et observe. Tu as déjà fait pousser de la ményane, du nymphéa des lacs, ou de l'alguzu ?

— De la ményane, oui.

— Bien. L'entrée en communication est relativement similaire, quoiqu'un humain soit bien plus complexe, expliqua Aymri en s'agenouillant à côté du corps maculé de sang de Milian et en apposant ses mains sur son flanc. C'est ta propre énergie vitale que tu vas utiliser. Tu n'as rien à créer, contente-toi de la déplacer. Cependant, toi seule seras consciente de tes limites, alors fais attention. Maintenant, place tes mains sur les miennes et agis de la même façon que tu le ferais avec la ményane. Puis laisse-toi guider par mon pouvoir, et apprends à refermer une plaie. Sois attentive, parce que je n'ai pas de temps à perdre.

Shana apposa ses doigts au-dessus de ceux d'Aymri, dont les yeux se mirent à briller de ce vert grenouille alors que cette lueur particulière apparaissait sur la peau de Milian.

Il est temps pour moi d'entrer en communication.

Elle le fit avec appréhension, mais comme le lui avait expliqué le Communicateur plus tôt, cela fut similaire à la façon de procéder avec la ményane. Et puis elle n'était pas livrée à elle-même ; n'essayant aucunement de résister, elle se laissa guider par cette force qui n'était que chaleur. *Il m'englobe entièrement*, nota-t-elle, ce qui la rassura quelque peu.

Ce bouillonnement l'entraîna à traverser l'épiderme de Milian, s'enfonçant avec fluidité à travers ses tissus organiques, son réseau veineux, ses nerfs, ses muscles… Shana ressentait de façon exacerbée les battements de son cœur, sa respiration lente et pénible, sa douleur… Tout semblait complexe et en même temps d'une simplicité enfantine.

Lorsqu'ils atteignirent l'une des blessures, elle le sut tout de suite. Elle ne savait pas précisément de laquelle il s'agissait, toutefois, celle-ci faisait particulièrement souffrir Milian. De nombreuses veines sectionnées laissaient s'échapper du sang en grande quantité. Là, elle put sentir le pouvoir d'Aymri à l'œuvre. La chaleur s'intensifia brutalement, et ce qui avait pu être déchiré l'instant d'avant se mit à se recoudre. Les veines se refermaient, tandis que des pans entiers de chair réagissaient, se repliant sur eux-mêmes pour sceller des ouvertures qui n'avaient pas lieu d'être.

Shana essayait d'assimiler tout ce qu'elle ressentait : comment s'y prenait Aymri pour faire ces *choses*, dans quel ordre, et pourquoi il agissait sur telle ou telle partie. Il y avait tant d'informations, tant d'actions qu'elle ne comprenait pas. Mais le Communicateur la guidait sur des points précis, la forçant à se concentrer sur une tâche à la fois.

La fournaise se déplaça ensuite à travers le réseau veineux et Shana se laissa à nouveau entraîner. La sensation de douleur était toujours présente, bien qu'amoindrie. Aymri entreprit de refermer des lésions moins graves que la première en procédant avec la même méthode. Cependant, il accéléra la cadence, sans pour autant faire preuve de moins de précision ou d'efficacité.

Naviguant dans le corps de Milian, ces actions se répétèrent plusieurs fois, permettant à Shana de mieux appréhender les agissements du Communicateur. À présent, elle était en mesure de comprendre qu'il n'allait pas au bout de la guérison et se contentait de pallier ce qui pouvait être mortel.

Puis, sans un avertissement, la chaleur disparut. Shana se retrouva seule, perdue dans la masse.

— Tu peux cesser la communication, entendit-elle d'une voix sourde.

Elle comprit que c'était Aymri qui lui parlait de vive voix. En réalité, elle ne s'était pas rendu compte qu'elle avait fait abstraction de tout ce qui l'entourait, entièrement concentrée sur le rétablissement de Milian. Elle laissa son pouvoir s'échapper, ce qui lui procura un sentiment de vide, comme à chaque fois. Ouvrant les yeux, elle faillit tomber en arrière, mais resta sur ses genoux grâce à Athaan, qui l'avait retenue à temps.

Tous les tourments qu'elle avait ressentis… *Est-ce le lot des Communicateurs ?*

— Ses blessures ne sont pas anodines…, nota Aymri. Sa cicatrice au bras, celles de son dos, ainsi que les nombreuses brûlures… On dirait que ses bourreaux se sont acharnés sur lui. Mais ses brûlures guérissent d'elles-mêmes à une vitesse qui ne fait aucun doute quant à sa nature. Et s'il avait été en possession de son pouvoir, le processus aurait été plus rapide. (Il marqua une pause avant de reprendre, le regard sombre.) J'espère que tu as été attentive. Maintenant, c'est à toi de respecter ta part du marché. Commence par eux, là-bas, précisa-t-il en désignant un groupe de blessés.

— Quoi ? Mais… je ne suis pas prête à soigner comme vous l'avez fait…

— Comme tu peux le constater, on manque de temps. Si tu étais venue plus tôt, avant tout ce carnage, j'aurais pu t'apprendre. Alors maintenant, tu vas faire de ton mieux pour réitérer ce que j'ai fait. Tu as pu voir et sentir la manière avec laquelle je procédais. Referme uniquement les plaies. Si tu n'es pas stupide, tu devrais pouvoir le reproduire.

— J'ai vu si peu…

— Suffisamment pour essayer de le faire toute seule. Ça ne pourra certainement pas empirer la situation de ces malheureux. Il faut simplement qu'ils ne perdent pas trop de sang, et ça me fera gagner du temps. Et puis, lorsque l'on y est habitué, ça n'est pas si difficile – ça demande juste énormément d'énergie. Moi-même, je ne me considère pas très doué, ou puissant, emploie le terme que tu souhaites. Par contre, les morts ne guérissent plus, alors hâte-toi ! (Il fit une moue dubitative avant de reprendre la parole.) Ah ! Un dernier conseil : si tu ne sais pas par où commencer, établis la confluence avec le cœur. De là, tu sauras différencier ce qui est le plus urgent ou non, et tu pourras facilement naviguer jusqu'à ta destination sans te perdre. Mais à force, tu comprendras que tout est relié plus ou moins de la même manière.

Sur ces mots, il retourna à sa tâche sans plus lui accorder d'attention.

Shana jeta un dernier regard à Milian. Il était toujours inconscient, le teint blême, néanmoins, les plaies qui parcouraient son corps quelques instants plus tôt s'étaient refermées. Sa respiration n'était plus erratique mais apaisée.

— Bon, alors je te laisse, conclut Athaan. Je vais essayer de retrouver le vieux clochard maintenant que Milian est hors de danger.

Shana hocha la tête évasivement et se dirigea vers le groupe que lui avait indiqué Aymri. Leurs blessures étaient significatives mais il ne s'agissait pas des plus graves – le Communicateur se chargeait lui-même des plus urgentes.

Shana s'agenouilla devant une femme dont une large entaille parcourait le bras. Un bandage à présent imbibé de sang y avait été placé, mais le liquide vermillon continuait de couler abondamment. *Il ne lui reste certainement que peu de temps avant qu'elle n'en ait trop perdu.*

— Je vous en prie, aidez-moi…, murmura plaintivement la femme, la voix presque inaudible.

— Vous n'avez plus rien à craindre. Je vais m'occuper de vous.

Des paroles banales, mais que pouvait-elle dire d'autre ?

Prenant une grande inspiration, Shana se pencha sur elle et déposa ses mains sur sa plaie. *À mon tour*. Elle entra en communication sans trop de mal. Se retrouvant dans le corps de la femme, le premier choc fut de ressentir toute la souffrance qu'elle éprouvait. Chaque battement de cœur était sujet à une vague de douleur. Lorsque Shana avait été au sein du pouvoir d'Aymri, elle ne l'avait pas vécu aussi intensément, bien qu'elle en eût déjà été ébranlée. *Je dois en faire abstraction. Je dois me concentrer*. La jeune Descendante constata l'ampleur des dégâts : de nombreux tissus organiques étaient déchirés, et le sang coulait de façon ininterrompue depuis les veines tranchées.

Délicatement, Shana essaya d'agir sur les lésions qui se présentaient devant elle, comme Aymri l'avait fait. C'était une tâche difficile qui lui demandait d'être précise. Elle y alla fébrilement, refermant petit bout par petit bout. Cela lui drainait énormément d'énergie, et à un moment, elle crut qu'elle ne serait plus capable de continuer. Entêtée à sauver cette femme, elle persista à la force de son esprit. Elle se concentra à raccommoder les veines, ainsi qu'à recoudre la chair entaillée – pour les autres dégâts internes, peut-être mineurs, elle n'aurait su comment s'y prendre. Redoublant d'efforts, cllc parvint à reproduire la démarche du Communicateur et s'occupa des derniers pans de l'épiderme. Quand ce fut fait, elle se coupa du pouvoir – peut-être trop abruptement. Elle sentit son dos heurter le sol et eut des difficultés à respirer. Son corps tout entier était vidé par l'énergie que cela lui avait demandé.

— Merci, murmura une voix féminine.

Shana leva la tête et vit le sourire crispé de la femme qu'elle venait de soigner, puis opina avant de se relever péniblement.

Le sang avait arrêté de nourrir la flaque sous le bras de la rebelle, qui paraissait encore au bord de la mort. Shana se permit de regarder sous le bandage. Elle constata que la plaie avait été refermée, même si elle était loin d'être propre. Sa peau présentait des boursoufflures. Elle ressemblait plus à une glèbe tout juste labourée. Mais avec un peu de chance, ce « rafistolage » tiendrait.

Un tronc plus loin, un homme se trouvait quasiment dans le même état pitoyable, une plaie profonde à la cuisse. Ignorant ses gémissements, Shana répéta ce qu'elle avait accompli avec la précédente rebelle, mais cette fois-ci, plus confiante. Son action prenait un véritable sens, même si elle se vidait de ses forces.

Ainsi, elle s'occupa de nombreux blessés, dont elle perdit le compte. Des coupures sur le poitrail, des perforations aux hanches, des entailles dans l'abdomen…

Hormis la fatigue, la souffrance était le point le plus dur à surmonter. Elle avait dû s'y plonger sans qu'aucune barrière ne la protège, assaillie par ces élans qui la rendaient malade au point de vouloir vomir ses entrailles.

Après avoir refermé la cavité d'une oreille coupée, Shana se laissa tomber sur les fesses, adossée contre un arbre. Elle observa ses propres blessures, dérisoires face aux horreurs dont elle venait de faire l'expérience, puis ferma les yeux pour tenter d'oublier.

Elle ne put les clore plus de quelques instants qu'une voix la fit rouvrir les paupières, la forçant à émerger de sa semi-somnolence.

— Oui, c'est bien elle, assura Athaan.

À travers un voile embué, Shana distingua également Hunor qui, accroupi, l'observait attentivement.

— Qu'Honoo me brûle la rétine ! J'aurais dû le remarquer plus tôt, s'empressa d'ajouter le vieil homme dans sa barbe broussailleuse. Ceux-là, oui, je ne les oublierai jamais. J'espérais ne pas les revoir, mais je dois avouer qu'ils ont quelque peu changé. Ils ont pris de la couleur. C'est une bonne chose.

Il avait succinctement nettoyé la crasse de son visage et paraissait déjà un peu plus jeune, même si ses rides confirmaient un âge avancé.

Athaan se baissa pour se mettre à la hauteur de la jeune Descendante et lui posa une main sur l'épaule pour s'assurer que tout allait bien.

— Hunor ? bredouilla Shana.

Le sourire de l'Apprivoiseur s'élargit.

— C'est moi. Tu as bien grandi depuis la dernière fois. Tout compte fait, Deren ne s'en est certainement pas aussi mal sorti que ce à quoi je m'attendais.

Il doit parler de Jalen. Le souvenir de sa mort dut s'exprimer sur le visage de Shana, car Hunor plissa les yeux.

— Je crois que tu as des choses à me raconter, poursuivit-il entre deux râles d'agonie des blessés toujours aussi nombreux. Trouvons-nous un endroit plus calme.

L'air rassurant d'Athaan la convainquit. Shana accepta l'aide qu'il lui proposa pour se remettre debout, mais refusa son soutien pour marcher. Elle ne s'était jamais sentie autant épuisée. Toutefois, il lui restait assez de force pour le faire toute seule. Et si ce n'était pas le cas, elle le ferait quand même.

— Elle n'en a pas fini ! clama Aymri au-dessus des plaintes, s'approchant d'un pas furieux.

— Tu vas te calmer, vieux barbon ! répliqua Hunor. C'est ce qu'elle a fait, non ? Tu vois bien dans quel état elle se trouve. C'est elle qui va y passer si elle continue.

Le Communicateur dévisagea Shana quelques secondes. Il n'était pas satisfait et le laissait clairement voir.

— *Vieux barbon* ? s'indigna-t-il. J'ai tout au plus une vingtaine d'années de plus que toi, et tu devrais apprendre à respecter tes aînés !

— C'est bien ce que j'ai dit, ironisa Hunor. Allez, je ne pense pas que tu aies plus de temps à perdre ici.

Shana observa les deux Descendants tour à tour. Hunor paraissait bien plus vieux qu'Aymri. Si le Communicateur avait une vingtaine d'années de plus qu'Hunor, il aurait dû ressembler à un vieux croulant, tandis que là, il semblait bien plus jeune. Ou à l'inverse, Hunor aurait dû avoir la trentaine, mais cela ne collait absolument pas aux rides sillonnant son faciès d'un homme de soixante-dix ans. Shana ne chercha pas à comprendre, plus encline à tenir debout et éveillée qu'à se créer des nœuds au cerveau.

Aymri se renfrogna.

— Bon, tu as fait ce que tu as pu. C'est déjà mieux que rien…

Et il repartit en maugréant.

— Il fait du bon travail, mais il ne sait pas quand s'arrêter, commenta Hunor en invitant Shana à le suivre. Ne prends pas ses remarques personnellement. Il aime râler, c'est tout.

— Ah ! s'exclama Athaan. C'est la bourrasque qui reproche au courant d'air de faire trop de vent ! Que dis-je ! C'est la fumée qui accuse les flammes de l'étouffer ! Ou alors même l'écume qui blâme les vagues d'être trop agitées ! Et j'irai même plus loin, c'est…

— Je crois qu'on a compris, le rabroua Hunor. Tu ferais mieux d'aller voir si on a besoin de toi quelque part.

— Ou voir quelqu'un qui saurait apprécier mes talents d'orateur à leur juste valeur.

— Oui, oui, c'est tout à fait ça. « À leur juste valeur. » Allez, file avant que je ne me mette vraiment à râler.

Athaan – non sans lever les yeux au ciel – alla de son côté, laissant Shana seule avec l'Apprivoiseur. Tout en marchant à travers le camp, puisque Shana ne prenait pas la parole, Hunor entreprit de lui parler avec bienveillance de sa voix éraillée, comme un grand-père le ferait avec sa petite-fille.

— Ah ! cet Aymri… Je l'ai repêché dans des rues crasseuses de Lugann, où il passait son temps à exercer son art sur des cas futiles. Des maladies incurables, à mon avis. Et si on dit qu'elles sont incurables, c'est bien pour une raison. Enfin, ces choses-là, ça ne passe pas inaperçu. Le général Kaan et son prédécesseur, le roi Llygredd… Ils ont tous voulu lui mettre la main dessus. Mais tu sais quoi ? Il n'en a jamais rien eu à faire. Non, c'est un homme bon. Meilleur que je ne le serai jamais. Même si j'ai fini par le convaincre de rallier notre cause ! Il a compris que tous les problèmes de ce royaume venaient de ses dirigeants. Et puis on ne l'a jamais empêché de vagabonder de village en village comme il aime à le faire. On ne le fera plus changer, ce vieillard !

— Excusez-moi, mais il paraît bien plus jeune que vous, objecta Shana, dont la fatigue ne lui permettait pas de réfléchir à autre chose.

Elle n'avait décidément pas suivi tout le monologue d'Hunor.

— Hum ! Tu dois ignorer pas mal de choses. Je suis vieux, en effet, mais encore plus que tu ne pourrais le croire, s'esclaffa-t-il. Et lui, eh bien, en tant que Communicateur, il a le privilège de conserver une apparence plus jeune. Mais ne t'y trompe pas, il est plus âgé que moi !

Ils marchèrent jusqu'à se trouver une place tranquille le long du ruisselet, loin des râles et de l'agitation du camp.

— Tu peux me faire confiance, tu sais, commença Hunor, comme elle ne savait pas quoi dire. C'est moi qui vous ai amenés à Deren alors que vous n'étiez encore que des enfants, toi, Milian et Waryn. (Il réfléchit quelques instants.) Enfin, il s'est bien occupé de vous, non ? Je dis ça parce que je dois avouer qu'il a toujours eu ses humeurs, le bougre. Comment va-t-il ?

— Il est mort, annonça froidement Shana, davantage pour dissimuler ses émotions.

Le visage d'Hunor se raidit.

— Raconte-moi.

Elle ne savait pas à quel point elle pouvait se confier à lui, mais de toute évidence, il était proche de Jalen et il lui inspirait plus confiance que Peleg – cet individu cupide les ayant vendus aux ravisseurs de Waryn, à Port-Nyanir. Et c'était sans compter que Ialantha et Athaan étaient déjà au courant d'un certain nombre d'évènements. Le jeune homme lui avait sûrement relaté ce qu'il savait, ou était enclin à le faire. *Et puis il est plus que probable qu'il me donne à son tour des réponses à mes questions.*

La fatigue prenant le dessus, elle consentit à lui dévoiler absolument tout, sans se perdre dans des détails futiles : quelques bribes de son enfance à *L'Arbre Ruisselant* avec Milian, Waryn et Eirinia, la venue de Vizar, la fuite qui s'ensuivit, la rencontre avec Daragh et Anya, la mort de Jalen, le voyage jusqu'à Port-Nyanir en passant par Alentoise, la traversée de l'océan Primordial à bord de *L'Œil du Typhon* et l'attaque de gnasseas, ainsi que tout ce qui s'était produit à Lugann, pour se retrouver aux côtés des rebelles afin d'extirper Milian des griffes de la Dompteuse et des Araneanais.

Hunor se montra très attentif durant tout le récit et il ne l'interrompit qu'à quelques reprises, très intéressé par Daragh et Anya. À la façon dont ses questions furent posées, Shana eut l'intime conviction que le vieil homme connaissait Daragh, sans pour autant l'avouer de lui-même. Aussi, la mort de Jalen l'avait particulièrement affecté.

— J'avais promis à ce vieil empoté que je reviendrais vous chercher, mais les choses ne se sont pas passées comme prévu…, hésita Hunor lorsqu'elle se tut. Qu'Honoo m'en soit témoin, je ne pensais pas que ça allait mal tourner ; Aldar Sol'Phaos n'aurait jamais dû avoir vent de l'endroit où vous vous trouviez. Surtout après toutes ces années…

Ialantha approcha de sa démarche lourde et disgracieuse, Athaan à son côté. Ses quelques plaies n'étaient pas couvertes par des bandages, mais le contraire aurait étonné Shana. La Communicatrice lui vouait toujours une haine viscérale pour l'avoir manipulée, néanmoins, elle était bien trop fatiguée pour lui rentrer dedans à la hauteur de son mépris.

— Prêt à reprendre du service, vieux goitreux ? lança la cheffe rebelle sans chaleur apparente, se campant devant lui.

Hunor la dévisagea un instant, et Shana n'aurait su dire ce qui lui passait par l'esprit.

— Je dois m'en aller, fit laconiquement le vieil Apprivoiseur.

— Tu abandonnerais ceux qui ont sacrifié leurs vies pour te sauver ? s'emporta Ialantha de sa voix grasse.

— Tu le sais bien, enchaîna Hunor, comme s'il y avait un autre sous-entendu.

— Encore cette foutue idée !

— On a échoué…

— Te fous pas de moi ! *Tu* as échoué, graillonna la cheffe rebelle.

— La guerre a de toute façon été déclarée. Ça ne me sert plus à rien de me battre ici.

Ialantha s'énerva franchement.

— Ça ne sert plus à rien ? Non, ce n'est pas fini. Combien sont morts pour t'avoir suivi ? Tu peux me le dire ?

Hunor jeta un œil vers le campement.

Nombreux étaient ceux qui les avaient rejoints pour justement le libérer. Shana pensa à Gildar, ainsi qu'à la multitude de rebelles qu'elle avait rencontrés dans des villages ou qui s'étaient battus à ses côtés. *Compte-t-il réellement les laisser à leur propre sort après ce qu'ils ont fait pour lui ? C'est quel genre de meneur, ça ?*

— Ce que j'ai à accomplir est bien plus important, reprit Hunor. La vie d'un plus grand nombre est en jeu, et si je n'y vais pas, personne d'autre ne le fera.

Ialantha afficha un rictus haineux, se plantant à quelques pouces du visage du vieil Apprivoiseur.

— Tu as laissé Ihroal mourir seul là-bas, et tu feras de même avec Athaan. J'en suis certaine.

— Je ne suis pas invincible. Tu sembles presque l'oublier. Je n'aurais pas survécu. Je ne sais pas combien de temps j'ai été retenu dans leur prison, mais bien trop longtemps pour que je sois en mesure de les vaincre. Ihroal était prêt à se sacrifier afin que je puisse m'enfuir, alors autant que l'un de nous deux s'en sorte.

— Dix mois, intervint Athaan, comme si Ialantha l'avait inclus dans la conversation.

— Dix mois…, répéta Hunor. Ça fait beaucoup de temps de perdu. Il faut que je me dépêche.

— Athaan, tu n'as pas à le suivre, objecta la cheffe rebelle.

— Je lui suis redevable. Sans lui, je ne vous aurais même pas connus. Je suis désolé, Ialantha, mais je l'accompagnerai.

Elle eut un geste d'agacement.

— Foutus Descendants, je vous l'dis !

— D'ailleurs…, reprit pensivement Hunor. Tu saurais où se trouve

Vutar ?

— Qu'Uzushio te noie ! pesta la femme potelée. Il est mort il y a deux mois de ça.

— C'est Tarlis Emren qui l'a tué, précisa Athaan.

— Ne pense pas un seul instant que je laisserai quelqu'un d'autre te suivre. Savoir que tu étais vivant était suffisant. Je n'aurais pas dû prendre la peine de te libérer.

— Alors je m'en sortirai sans ton aide, conclut Hunor.

— Shana, vous pourriez rester avec nous, tes amis et toi, proposa soudainement Ialantha.

La jeune Descendante s'étrangla.

— Pardon ?

— Tu aimes te battre, et c'est ce que nous faisons de mieux, poursuivit la cheffe rebelle d'un ton melliflu qui ne lui correspondait pas. De plus, tu pourrais en apprendre plus sur ton pouvoir aux côtés d'Aymri. Une Communicatrice n'est jamais de trop.

Shana éprouvait toujours une colère âpre envers cette femme. Elle avait joué avec elle et n'était pas près de le lui pardonner. Cependant, elle se devait également de comprendre les enjeux qui avaient poussé Ialantha à prendre cette décision. *En restant loin de la bataille, avec Aymri, j'aurais pu sauver de nombreuses vies*... Elle ressentit de la culpabilité, ce qui l'énerva encore plus. *Et en apprenant à utiliser mon pouvoir aux côtés d'un Communicateur aguerri, je pourrais d'autant plus protéger mes amis*... Mettant un instant sa colère de côté, elle réfléchit sérieusement à la proposition.

— Pour ça, je dois pouvoir vous faire confiance, répondit-elle sèchement.

— Et c'est réciproque, jeune fille. Je t'offre la couche et un repas chaud, ainsi que notre protection. Ça devrait être suffisant pour quelqu'un qui n'a nulle part où aller. De plus, tu auras bientôt des avis de recherche à ton nom. Et crois-moi, tu ne pourras plus te montrer où que ce soit.

Hunor s'interposa pour capter l'attention de Shana.

— Toi et tes amis, vous vous retrouvez au milieu d'un conflit dont j'ai tenté de vous éloigner. Seulement, le destin vous a remis sur ma route, et c'est pourquoi je ne peux pas vous laisser à nouveau, et encore moins aux mains de cette femme. Vos parents m'ont confié vos vies, et même si je ne peux plus rien faire pour Waryn, accompagnez-moi, Milian, Eirinia et toi.

— Pour aller où ? questionna Shana, à présent méfiante de ce soudain gain d'ardeur.

— Je ne peux pas te l'expliquer tout de suite, mais je le ferai en chemin. Il y a des choses que je préfère éviter d'ébruiter. (Le regard d'Hunor se braqua sur Ialantha avec insistance, et celle-ci lui rendit la pareille.) Et puis, je suis certain que vous souhaiteriez connaître les raisons qui vous ont poussés à fuir votre terre natale.

Là-dessus, il avait touché une corde sensible. Shana s'était demandé trop de fois qui étaient ses parents, pourquoi l'avaient-ils abandonnée alors qu'elle n'était qu'un bébé... *Jalen n'a jamais pu répondre à mes questions, mais Hunor semble être en mesure de le faire.*

— Il t'emmènera à la mort, c'est tout ce qu'il sait faire à présent, cracha Ialantha. Tu ne le connais pas aussi bien que moi, alors ne sois pas sotte, jeune fille.

Non, ma décision est prise. Même si elle abandonnait le fait d'apprendre à mieux maîtriser ses pouvoirs auprès d'Aymri, elle ne resterait pas avec elle et ses rebelles, à combattre une cause qui n'était pas la sienne. Elle était résolue à faire confiance à Hunor. Et puis elle lui trouvait un petit air de Jalen, bien que le ventre du tavernier eût été autrement proéminent.

— Je dois en parler à Milian et Eirinia, mais pour ma part, je vous suivrai, Hunor. (Elle se tourna vers Ialantha.) Mes amis pourront-ils rester avec vous s'ils le veulent ?

La cheffe rebelle lui jeta un regard noir.

— Si tu ne comptes pas te joindre à nous, je ne vois pas pourquoi je les garderais. Donc réfléchis bien.

Si elle pense me faire du chantage, elle se met le doigt dans l'œil. De toute façon, Shana était persuadée que Milian et Eirinia viendraient avec elle.

— C'est tout vu, ajouta la jeune Descendante d'un ton glacial.

— Très bien, alors nous partirons le plus tôt possible, annonça Hunor.

— Maintenant, si tu permets, j'ai à faire, grommela Ialantha. On va devoir lever le camp rapidement, avant qu'un contingent entier ne se mette à nous chasser. Et ça, c'est si ce foutu Tarlis ou cette Dompteuse ne viennent pas pour tous nous régler notre compte. Sois maudit ! T'es vraiment qu'une déjection d'Uzushio !

Alors qu'elle s'apprêtait à tourner les talons, Hunor la retint par le bras pour l'obliger à le regarder droit dans les yeux. Il avait beau paraître infiniment plus frêle face à l'envergure de Ialantha, sa force était de très loin supérieure.

— Une dernière chose, ajouta-t-il à voix basse, et Shana put ressentir toute la menace qui planait sur ces quelques mots. C'est toi qui m'as dénoncé, n'est-ce pas ? Il n'y avait que toi et Athaan qui étiez au courant de notre départ, et le hasard a voulu que je me fasse surprendre quelques jours à peine après te l'avoir annoncé.

La cheffe rebelle suait à grosses gouttes. Elle écarquilla les yeux et resta bouche bée.

— Je t'ai maudit mille fois dans ma geôle, et j'ai rêvé de te carboniser un bon millier de fois supplémentaires, poursuivit Hunor d'un ton aiguisé.

Shana sentit le crépitement dans l'air, lui hérissant les poils. Le vieil Apprivoiseur toisait Ialantha comme s'il allait la dévorer, tel un koalican s'apprêtant à bondir sur une vache blessée. Elle espéra presque qu'il passe à l'acte.

— Puis j'ai fini par m'en faire une raison, murmura-t-il, mettant un terme au suspense. Tu pensais qu'avec mon départ, les rebelles se débanderaient. Tu as préféré que je me fasse capturer afin de sauver les meubles et que le mouvement perdure.

— Les rebelles ont survécu, marmonna Ialantha.

— Alors ainsi soit-il, soupira le vieil Apprivoiseur. Tu es une bonne meneuse. Tu sais manipuler les gens, mais parfois, la situation t'échappe. Certains, en raison de leurs convictions, sont prêts à aller beaucoup plus loin que tu ne le conçois.

Hunor lâcha la cheffe rebelle et la laissa s'éloigner tandis qu'elle proférait tout un tas d'injures – probablement toutes destinées au vieil homme.

Dommage, songea Shana.

— Cette femme a toujours eu un sacré caractère, grinça l'Apprivoiseur.

— Tu es certain que c'est elle qui a fait ça ? s'enquit Athaan, ne semblant pas en croire ses oreilles.

— Je ne l'étais pas totalement, mais son silence fait office d'aveu.

Shana était tout aussi surprise qu'Athaan, mais dorénavant, autre chose la préoccupait, et elle voulait en savoir plus.

— Pourquoi vous devez absolument partir et laisser les rebelles ? Vous êtes une sorte de chef pour eux, non ?

— Nous en parlerons lorsque nous serons en route. À présent, va voir tes amis. S'ils sont prêts à venir avec nous, rassemblez vos affaires. Nous partirons à la tombée de la nuit. D'ici là, Milian devrait s'être réveillé et en état de marcher. Quant à toi, profite de ce temps pour te reposer. J'ai l'impression que tu vas t'évanouir d'un instant à l'autre !

Chapitre 37

Milian

L'obscurité rendait les feuillages inquiétants, et ce n'était pas l'astre lunaire voilé de nuages cendrés qui contredisait cette impression. Le hululement des chouettes, ainsi que le grognement de rongeurs, escortaient Milian et son groupe nouvellement formé à travers des sentiers sinueux.

Ils avaient quitté le camp rebelle dès la tombée de la nuit, après que Shana lui eut appris de quoi il retournait quand il s'était réveillé. *Il est question d'accompagner cet Hunor dans une sorte de quête mystérieuse dont il ne veut pas encore nous expliquer l'objectif. Mais surtout, il s'agit de rester sous sa protection et d'en apprendre plus sur notre passé, ainsi que de découvrir ce que Shana, Waryn et moi venons faire au milieu d'une histoire qui nous dépasse – et de loin*, se répéta-t-il une énième fois pour tenter de comprendre plus que ce qu'on avait bien voulu lui dévoiler. Lorsqu'ils seraient satisfaits, ils pourraient toujours partir de leur côté et peut-être découvrir Orrisia, ce dont ils avaient si souvent rêvé.

— Pourquoi ne nous déplaçons-nous pas sur les rivières ? demanda Shana presque innocemment, l'arrachant à sa réflexion. Il serait plus rapide de chevaucher des toaris, et ça nous éviterait des efforts inutiles.

Elle jeta un coup d'œil aux blessures de Milian – comme elle l'avait régulièrement fait depuis le début de leur marche. La douleur était lancinante. Il serrait les dents pour que Shana ne s'en aperçoive pas, mais il n'arrivait pas à lui dissimuler entièrement la vérité.

— Je préfère m'en abstenir, répondit Hunor. En fait, pour l'instant, j'aimerais éviter de près ou de loin toute rencontre.

Hunor ne revêtait plus cet aspect miteux qu'il avait arboré sur le navire, lors de l'attaque du convoi. Il avait rasé sa barbe broussailleuse, coupé court ses cheveux sales, nettoyé sa peau crasseuse et portait à présent une tunique noiraude se fondant dans le sombre décor sylvain. En réalité, il avait bien gagné une quinzaine d'années, même avec son apparence efflanquée.

— Je nourris également une préférence marquée pour demeurer sur le sol ferme, hoqueta Eirinia.

La remarque fit pouffer Shana et Athaan, sans que Milian ne comprenne pourquoi. Ils avaient l'air complices tous les deux, et il ressentit une pointe de jalousie – qu'il tenta de chasser. *Moi, je les ai abandonnées pour retrouver Waryn, même si j'espérais plaider leur cause auprès d'Aldar Sol'Phaos. Waryn a toujours eu du mal avec les négociations, et il préfère mettre un terme aux débats en utilisant ses poings plutôt que sa cervelle.* Et si cela n'avait pas suffi, eh bien, il aurait embrassé son destin en souhaitant que sa mort puisse rassasier le roi de l'Eoros.

— Oui, peut-être que c'est mieux comme ça…, concéda Shana, l'observant avec un air grave alors qu'il venait d'étouffer un râle.

Son flanc gauche palpitait d'une douleur semblable à une centaine d'aiguilles se faufilant sous sa peau, et les blessures de son dos le tiraillaient constamment ; quant aux brûlures, elles le picotaient mais étaient loin d'être aussi éprouvantes. Soit les Créateurs lui en voulaient personnellement et souhaitaient sa mort, soit, au contraire, ils faisaient tout pour le garder vivant, mais avec un côté sadique ; il ne savait pas quelle option préférer.

— Eh ! Arrête de t'inquiéter ! badina Athaan. Si Aymri l'a rafistolé, il est hors de danger. Et ce sauvageon, il a de l'expérience ! Des gens paralysés, des maladies en veux-tu en voilà, des rebelles au bord de la mort… Il a soigné des tas de trucs !

— Je vais bien, affirma Milian, désirant rassurer Shana.

— J'ai même entendu dire qu'il pouvait faire quelque chose pour le manque de vigueur, vous voyez, des trucs pour les hommes séniles, comme lui, s'esclaffa Athaan d'un regard complice à Milian et ses amies, indiquant Hunor.

Cela arracha un rire communicatif à toute la bande, qui garda toutefois quelques réserves. Ils étaient encore ébranlés par les péripéties bien trop récentes, et ne savaient pas comment Hunor réagissait aux provocations. Mais le vieil homme fit mine de ne rien avoir écouté.

— Nous éviterons aussi les bourgs et les villages pour la même raison que les rivières, reprit l'ancien d'un ton plus sérieux. Les gens parlent. Les rumeurs enflent. Et Kaan, ou Llygredd, pourraient nous retrouver. Ce qui voudrait dire des dizaines de soldats à nos trousses. Sans compter Tarlis ou d'autres Descendants. Quelqu'un d'autre a une objection ?

— Il faut dire que *Monseigneur* est connu dans la région, ironisa Athaan en exagérant ses propos d'une courbette obséquieuse.

— Et que je me suis fait trahir, cingla Hunor. Mais ça n'arrivera plus.

À la suite de cet échange, l'Apprivoiseur se renferma sur lui-même, évitant les conversations et restant en tête de leur colonne. Par contre,

Athaan fut intarissable. En vrai moulin à paroles, il parla de tout et de rien – enfin, surtout de rien. Les plaisanteries fusèrent à grand renfort de gestes théâtraux, et nombreuses furent celles destinées aux Vanyans, comme il s'entêtait à les appeler. Alors qu'il insistait auprès d'Eirinia sur la chute d'une blague concernant un habitant de Vanyanir pas assez dégourdi, il faillit se prendre une branche en pleine figure, l'évitant de justesse. Cela amusa bien plus Eirinia, qui se moqua cyniquement de son empotement en une tirade qui le laissa coi.

Ils poursuivirent leur avancée à travers les broussailles, les fougères, les frondaisons basses et les nombreux ruisseaux clapotants jusque tard dans la nuit, pour installer leur campement lorsque Hunor estima qu'ils s'étaient assez éloignés des rebelles. Le vieil Apprivoiseur leur avait préparé à tous des paquetages pour leur voyage, et ils disposaient de toiles en guise de tentes de fortune.

Milian inspecta son sac, tâchant de dénicher quelque chose qui pouvait faire office de coussin. C'est là qu'il tomba sur l'orbe que Daragh lui avait donné juste avant sa mort. Il l'avait complètement oublié, et il en toucherait un mot à Hunor si un moment opportun se présenterait.

Cette nuit-là, il eut du mal à s'endormir. Il chercha une position qui ne le ferait pas souffrir, mais ne la trouva pas. Son corps lui engendrait des vagues de sueur froide impitoyables, des orteils à la racine de ses cheveux.

Le lendemain, Milian se réveilla vers midi, alors que le soleil perçait difficilement la cime touffue de la forêt et qu'un rayon traversait ses paupières. Pour éviter à son corps endolori le contact de la terre et des cailloux qui accentuaient les élancements de ses blessures, il se leva un peu abruptement, ce qui lui provoqua une chute de tension. Restant quelques instants immobile, le temps que sa vision revienne, il alla ensuite trouver Shana, Eirinia et Athaan assis sur des troncs morts. Ils se restauraient sans grande volonté de fromage laiteux entre des tranches de pain.

Shana lui faisait penser à une aventurière de grand chemin, avec ses cheveux noirs aux reflets bleutés emmêlés, son pourpoint en cuir sans manches lacé au centre, ainsi que son épée dont la lame prenait la courbure d'une serpe, la garde forgée en forme d'une feuille de ményane. Ses traits s'étaient endurcis et Milian se dit qu'elle avait bien changé depuis la serveuse angélique de *L'Arbre Ruisselant*, bien qu'elle eût toujours ce caractère quelque peu farouche.

— Aurais-tu connaissance de la destination vers laquelle il nous conduit ? demanda Eirinia à Athaan.

— Pour tout te dire, gente dame, je n'en sais pas plus que toi, chantonna-t-il, jonglant plus ou moins adroitement avec un bout de fromage.

— Est-ce parce que tu choisis de rester dans l'ignorance, ou est-ce lui qui se refuse à partager cette information ? insista-t-elle, scrutant son interlocuteur avec intensité.

L'un des morceaux finit dans un tas de feuilles humide mais Athaan ne s'en formalisa pas. Il le nettoya et le goba d'une traite tout en haussant les épaules.

— Peut-être un peu des deux. Je lui fais assez confiance pour le laisser me le dire quand il le voudra. Mais il y a une chose…

— Oui ?

— … il reste sénile, alors si ça se trouve, il n'en sait rien lui-même.

Athaan fut tellement satisfait de sa plaisanterie qu'il rit à gorge déployée, seul.

Quelques instants plus tard, Hunor apparut en marchant d'un pas décidé. Après avoir observé succinctement Milian, il indiqua qu'il était temps qu'ils lèvent le camp.

— C'est loin, là où vous voulez vous rendre ? l'interrogea Shana.

— Ça dépend de ce que tu entends par là, répliqua le vieil Apprivoiseur d'un ton égal.

— Je ne voudrais pas être désobligeante en vous demandant plus de détails, mais comme vous pouvez le constater, certains d'entre nous ne sont certainement pas au meilleur de leur forme.

Milian savait pertinemment qu'elle ne parlait que de lui, même si elle ne le mentionnait pas spécifiquement. Il était un véritable fardeau que tout le groupe devait se coltiner ; un sentiment qui, décidément, ne s'éloignait jamais.

— Loin de notre intention de vous presser outre mesure ; néanmoins, il s'avérerait avantageux pour notre planification de prendre connaissance de l'étendue du chemin qu'il nous reste à parcourir, dans le dessein de calibrer adéquatement nos forces, corrobora Eirinia.

— Ce n'est plus très loin. Demain soir, nous devrions y arriver, précisa Hunor. Shana, tu ne pourrais pas l'aider pour alléger sa douleur ? Aymri a bien dû t'enseigner quelque chose, non ?

— Il n'a pas eu le temps d'aller jusque-là.

— Tant pis, marmonna le vieil homme en s'approchant de Milian. Ce n'est pas grave. Là où nous nous rendons, nous devrions récupérer ton orbe ; s'il n'a pas été volé par des pillards trop zélés, bien sûr. Après, ça ira mieux, tu verras.

Milian recracha derechef un bout de fromage.

— Pardon ? Vous voulez dire que… que je suis réellement un Descendant ?

Hunor sourit, comme s'il avait dit une bêtise. Puis, un voile parut passer devant ses yeux.

— Au moins, ton esprit n'est pas aussi ravagé que ton corps, ajouta le vieil Apprivoiseur avant de replier ses affaires et d'intimer à tout le groupe d'en faire autant.

Reprenant leur marche, Milian se sentit quelque peu ragaillardi par l'annonce d'Hunor. *Vais-je réellement récupérer mon orbe ? Et donc mon pouvoir ?* Louvoyant entre les troncs noueux, l'ancien finit par s'éclaircir la voix.

— J'ai très bien connu vos parents, commença-t-il sur le ton de la confidence en s'adressant à Shana et lui. Je peux fièrement affirmer qu'ils étaient mes amis.

— Pourquoi parlez-vous d'eux au passé ? l'interrompit Shana, n'arrivant pas à cacher son anxiété.

Tout en écartant une branche qui lui barrait le chemin, Hunor expira bruyamment.

— Je pense que vous méritez des explications. Jalen était loin d'être au courant de tout, et c'était préférable ; si je lui avais tout raconté, il se serait joint à moi, et j'avais besoin de lui pour vous tenir en dehors de tout ça.

— Raconter quoi ? insista-t-elle.

— Bon, alors ne passons pas par quatre chemins. Je vais tout vous expliquer depuis le début pour que vous compreniez de quoi il en retourne. Il y a un peu plus d'une quinzaine d'années, vous viviez à Gora, la capitale de l'Eoros. Milian, Waryn et toi. Ta mère, Shana, était une Communicatrice plutôt douée, et ton père, Milian, un Apprivoiseur hors pair. Personnellement, je n'étais pas natif de l'Eoros, mais j'ai été accueilli au palais de Gora, où je passais le plus clair de mon temps. Une sorte de retraite, comme aimait le dire ton père, Milian. Je me suis lié d'amitié avec vos parents, et pourrais vous raconter de nombreuses anecdotes sur eux, mais allons d'abord à l'essentiel.

Mon père ? Un Apprivoiseur ? Ça signifie donc que je peux aussi en devenir un...

— Pourquoi nous ont-ils abandonnés, alors ? protesta vivement Shana. Nous n'étions que des enfants…

— L'histoire est plus compliquée que ça, reprit Hunor sans s'agacer. Un jour, une armée de Kredaes s'est présentée aux portes de la resplendissante Gora, merveille parmi les merveilles. Nous avons cru que nous pourrions facilement les repousser, mais ça s'est révélé être une erreur monumentale. Malgré le courage et la force de nos Descendants, Gora a ployé le genou, avant de se faire engloutir par ces monstres ; nous avions été trahis dans notre propre camp.

Eirinia tiqua, incrédule.

— Les récits entourant les Kredaes abondent en quantité. Toutefois, il s'agit principalement de légendes ancestrales conçues pour semer l'effroi dans le cœur des jeunes âmes.

— C'est ce qu'aiment croire tous les royaumes en dehors de l'Eoros. Tout le monde connaît les Kredaes, même s'ils ne sont que relégués à l'état de monstres imaginaires pour que les enfants aillent au lit et mangent leur bouillie. Mais ils sont bien réels, et il est arrivé plusieurs fois que des Eoris en rencontrent plus loin, à l'est. J'ai moi-même combattu contre toute une armée de ces créatures, alors je pense être bien placé pour affirmer qu'ils existent bel et bien.

— Dans ce cas, pourriez-vous m'éclairer quant à leur apparence ? s'enquit Eirinia, dubitative. J'ai parcouru un nombre si considérable de descriptions divergentes, que leur aspect demeure enveloppé dans un voile d'ambiguïté et de mystère.

Hunor arqua un sourcil. *Elle a besoin de les visualiser*, songea Milian. *Elle a toujours été comme ça.*

— Ce sont des bipèdes à la peau violette, déclara sommairement le vieil Apprivoiseur. Des cornes au-dessus de leurs crânes, un visage presque humain, une longue queue à l'arrière, des scutelles sur une partie de leur corps…

Eirinia pencha sa tête sur le côté, apparemment insatisfaite de la réponse.

— Je n'ai jamais été très bon en description, petite, il va falloir m'excuser.

— Fort bien, je me contenterai de cela…, se renfrogna-t-elle, résolument non satisfaite.

— Et alors, que s'est-il passé après la chute de Gora ? intervint Milian pour les ramener à la discussion principale. La cité est tombée, mais vous êtes quand même là pour nous en parler.

L'expression du visage d'Hunor se durcit, comme si des réminiscences douloureuses refaisaient surface.

— Tuhka Vulkan, ton père, Milian, m'a fait promettre de t'emmener en sécurité avec ta mère si nous ne parvenions pas à repousser l'assaut des Kredaes. Quand la défaite fut inévitable, je suis allé au palais pour remplir cette promesse. D'autres se préparaient déjà à cette initiative, même si les Eoris sont réputés pour faire preuve d'une abnégation à toute épreuve et qu'il aurait été vain d'espérer l'exode de la plupart d'entre eux. J'ai dû ferrailler pour faire entendre raison à ton père, Shana, mais il a cédé lorsqu'il a appris la mort de ta mère sur le champ de bataille – Kora –, et il a fini par nous accompagner. Quant à Waryn, je me souviens encore du visage affolé de son père, qui me le tendait avec désarroi, alors que nul ne savait où était passée sa mère. C'est ainsi que nous nous sommes échappés. Tout un groupe à dos de drayms pour nous enfuir d'un Gora mourant et submergé.

— Kora…, répéta Shana avec douceur, étranglant un sanglot. Et mon père, alors, où est-il ?

— Nous avons été poursuivis et avons été forcés de maintenir notre chemin vers l'ouest, ce qui nous a empêchés de nous réfugier dans une autre cité eorie pour la prévenir du massacre de Gora. Proches de l'empire du Iasteriel, nous sommes même tombés dans une embuscade, et j'ai bien failli y laisser la peau. Je n'ai réussi qu'à vous protéger, Waryn et vous deux, puis j'ai enfin pu franchir la frontière, derrière laquelle nul poursuivant ne s'est risqué à continuer de nous donner la chasse. Je vous épargne ensuite les détails, mais j'ai traversé Orrisia pour vous amener au plus loin de tout ça, jusqu'en Vanyanir, où je vous ai confiés à Deren. C'était ce qui me semblait la meilleure décision.

— Vous voulez dire que tous nos parents sont…, balbutia Shana, sans finir sa phrase.

Son teint était devenu livide et les mots s'étouffaient dans sa gorge.

— Je suis désolé, fit gravement Hunor.

Shana vacilla et Eirinia la retint en l'enlaçant.

— Vous racontez n'importe quoi ! s'écria la jeune Descendante. Je suis sûre qu'ils sont en vie !

— Prends ton temps pour digérer la nouvelle, déclara Hunor, une lueur compatissante traversant son iris marbré de rouge. Mais à présent, nous devrions nous remettre en chemin.

Milian voulut la rassurer mais elle s'éloigna en courant dans la forêt, à une vitesse à laquelle il ne pouvait espérer la suivre.

Ils restèrent sur place une bonne heure, à attendre que Shana reprenne le dessus sur ses émotions. Milian, lui, n'était pas au meilleur de lui-même non plus. Apprendre la mort de ses parents aussi brutalement était une épreuve en soi, mais face à la détresse de Shana, il ne se sentait pas le droit de s'apitoyer sur son sort. De toute façon, il avait fait son deuil il y avait bien longtemps – enfin, en tout cas, il se l'imaginait.

Shana finit par émerger d'un taillis de fougères, les yeux embués. Elle resta muette et esquiva toute tentative de discussion alors qu'ils reprenaient leur chemin. Ils marchèrent tout l'après-midi à l'ombre des arbres, arpentant des sentiers sinueux au milieu d'une végétation aux couleurs bien amères. Des rumeurs d'animaux s'élevaient dans la forêt, poussant des cris que Milian n'avait encore jamais entendus. Ils épiaient leur avancée, communicant entre eux par des sifflements qui, parfois, se faisaient de véritables échos de mélopées funèbres.

Alors que la nuit avait assombri les lieux depuis deux bonnes heures, Hunor leur fit signe de s'arrêter. Dans une ambiance morose, Athaan et Eirinia allèrent chercher des brindilles et des branches pour le feu, tandis que Shana s'informait toutes les cinq minutes de l'état de Milian, lui demandant ce qu'il ressentait au niveau de chacune de ses blessures. Cela aurait pu l'agacer, mais au contraire, si ça lui permettait de penser à autre chose, il en était mieux ainsi. Il essaya de la faire rire en lui racontant chaque fois quelque chose de différent, et cela avait failli marcher à deux reprises. Seulement, les sourires de Shana s'étaient bien vite estompés pour laisser place à une tristesse vainement dissimulée. Elle lui avait même asséné une petite tape – certainement bien plus forte qu'elle ne l'aurait voulu –, s'excusant directement de son geste peut-être trop appuyé alors qu'il n'avait pu réprimer une grimace.

Lorsque Athaan et Eirinia amenèrent de quoi allumer un feu, Hunor prit le relais. Les branches s'enflammèrent dans un grondement spectaculaire d'étincelles tandis que les yeux du vieil Apprivoiseur s'étaient illuminés d'un rouge éclatant. Tous eurent un mouvement de recul face à la soudaine chaleur.

— Excusez-moi, fit Hunor, amusé. J'ai un peu perdu l'habitude. (Le feu diminua de taille instantanément.) Voilà, ça suffira à éloigner les fauves les plus téméraires.

Puis ils s'installèrent autour pour partager le même repas que le midi, mais dans une ambiance autrement plus sinistre. Personne ne souhaitait brusquer Shana, qui ruminait dans son coin et affichait une tête affreuse.

Le lendemain, Milian était trempé par la moiteur qui régnait dans la forêt. L'eau ruisselait jusque dans ses bottes – devenues de véritables éponges. Cette étendue sylvaine n'en finissait plus, s'étendant sur des lieues et des lieues, et Hunor ne voulait en sortir sous aucun prétexte. Il préférait rester sous le couvert de cette végétation dense pour avancer vers le nord, leur avait-il annoncé. Ce furent ses seules paroles de la matinée, jusqu'à ce qu'ils se permettent une pause en début d'après-midi près d'une cascade à l'eau claire afin de se restaurer. Autour du repas frugal composé de viande séchée et de pommes de terre, Eirinia ne tenait plus en place.

— Et quel fut donc le devenir de la cité de Gora ? finit-elle par demander.

Hunor lui jeta un coup d'œil averti.

— Des Kredaes ont envahi tout l'Eoros. Et donc les frontières, bien qu'elles eussent toujours été plus ou moins fermées, furent complètement closes. Des murs ont été érigés dans les quelques passes qui permettaient d'y accéder, et tous les hommes qui s'en approchent de trop près ne reviennent jamais. L'Eoros est coupé du reste d'Orrisia.

— Personne n'a tenté d'envoyer des espions ? fit Milian, perplexe.

— Comme je te l'ai dit, aucun n'est jamais revenu, répéta Hunor.

— Quelle est donc la raison pour laquelle l'empire du Iasteriel n'a pas consenti à prêter assistance à l'Eoros dans le dessein d'expulser cette invasion de Kredaes ? enchaîna Eirinia.

— L'histoire entre l'Eoros et les autres royaumes est longue et jonchée de conflits ou d'assassinats, proclama le vieil Apprivoiseur avec ennui. Le Iasteriel n'a jamais spécialement cherché à intervenir en réponse à l'envahissement de l'Eoros, alors que j'ai tout fait pour convaincre son empereur que cela était nécessaire. Il craint une guerre ouverte, et a trop peur que le Lopharène en profite pour le prendre à revers – il faut dire que la tension à leur frontière a toujours été palpable –, et même les marchands suent à grosses gouttes lorsqu'ils se décident à la franchir. Mais pour l'instant, l'histoire n'a pas donné tort au Iasteriel ; depuis toutes ces années, ces Kredaes se sont cloîtrés en Eoros.

— Vous semblez croire le contraire, reprit Milian, reconnaissant une veine palpitante sur la tempe de son interlocuteur.

— Tu es perspicace, jeune homme, le rabroua Hunor d'une moue désabusée. Depuis que j'ai dû fuir l'Eoros, je n'ai eu de cesse de rallier chacun des royaumes à ma cause pour repousser les Kredaes hors d'Orrisia, mais je dois avouer que ce fut un cuisant échec. Et puis, quand j'ai constaté ce qu'il advenait de l'Araneana, j'ai rapidement compris là où voulait en venir Llygredd. Les conspirations de l'Eoros n'ont aucune limite, et ils ont fini par le corrompre en lui offrant certainement plus de richesses qu'il ne puisse jamais espérer. Je ne sais pas si tel a été le cas au Leanalyn, mais Llygredd se prépare à la guerre depuis de nombreuses années, et j'ai tout fait pour avorter ce mouvement en constituant un groupe que vous connaissez sous le nom de rebelles.

— Alors pour quelle raison précise le roi Llygredd voudrait-il d'une guerre entre l'Araneana et le Leanalyn ? l'interrompit Eirinia.

— Ce n'est qu'un prétexte pour mettre les deux royaumes à feu et à sang, qu'Honoo m'en soit témoin ! Llygredd n'est plus qu'une espèce de marionnette à la solde de l'Eoros, dont il espère avoir les faveurs lorsque le temps sera venu.

— Donc vous dites que certains royaumes sont corrompus et servent secrètement les Kredaes ? poursuivit Milian, incrédule. Ça n'a pas de sens. Si ce sont des Kredaes, comment pourraient-ils se promener librement en Orrisia et infiltrer les cours des rois ?

— En réalité, tous les humains de l'Eoros n'ont pas été décimés par les Kredaes. L'histoire est plus complexe que ça, et je vous en narrerai davantage peut-être une autre fois. Vous avez déjà entendu le nom d'Aldar Sol'Phaos, n'est-ce pas ?

Milian et Eirinia opinèrent du chef, mais Shana resta dans son mutisme, écoutant d'une oreille distraite. Quant à Athaan, il ne s'y intéressait pas, probablement au courant de tout ce que Hunor racontait.

— C'est actuellement le roi de l'Eoros – un humain –, qui est à la tête de tous ces Kredaes. Je ne sais pas comment ça a pu se produire, mais le fait d'être un Illuminateur ne doit pas y être étranger. Quand j'ai enfin pu mettre la main sur l'un de ses espions, ou *conseiller*, selon le point de vue, mes craintes se sont révélées dérisoires face à son ambition. Il prépare une armée, et je peux vous assurer que la véritable guerre n'a pas encore débuté. Celle, dévastatrice, qui scellera le destin d'Orrisia. Et certainement celui de toute la race humaine…

— Les Descendants ne laisseront jamais une telle chose se produire, non ? protesta Milian. En joignant leurs forces, ils pourraient bien le repousser avec ses Kredaes. Vous disposez d'un pouvoir extraordinaire, et rien que lorsque nous avons traversé l'océan Primordial, j'ai vu Daragh à l'œuvre ; de concert avec un Chuchoteur, il a anéanti des centaines de gnasseas.

Hunor grogna, comme s'il se remémorait quelques souvenirs.

— Ah ! les gnasseas… Ces monstres sont très limités intellectuellement et n'ont rien à voir avec les Kredaes. Les créatures à la solde d'Aldar Sol'Phaos ont une condition physique supérieure à la nôtre, et ils se sont révélés tout aussi intelligents que nous, sinon plus. Et puis… il y a également des Descendants dans leurs rangs. J'ai observé des Kredaes façonner la roche, apprivoiser les flammes ou encore murmurer au vent. Beaucoup de personnes imaginent que les Créateurs devaient ressembler à des humains ; je pense au contraire que l'on n'a pas la moindre idée de ce qu'ils pouvaient être. Nous ne sommes pas la seule race douée d'intelligence dans ce monde, vous savez. À l'est d'Orrisia, nous ne connaissons pas les limites du continent, mais c'est là-bas que vivent les Kredaes, et peut-être même les Shavilianns, si je peux croire les paroles de Deren.

Milian frissonna. *Des Descendants chez les Kredaes ? Ça ne suffit pas d'apprendre qu'ils existent ?*

— Et qu'est-ce que vous pouvez bien y faire ? intervint Shana, un élan de colère dans la voix. Quel est votre rôle là-dedans ?

Hunor les dévisagea l'un après l'autre.

— Mon premier plan ayant échoué, je vais donc chercher le dernier espoir de ce monde, s'il y en a bien un…, annonça-t-il d'un ton dramatique.

Le soleil était bas, inondant d'un rouge orangé le ciel chargé de nuages. L'humidité ambiante fouaillait Milian de doigts glacés tandis que la chaleur avait légèrement baissé. En tête de peloton, Hunor posa sa main sur un tronc particulièrement noueux, l'air satisfait.

— Nous sommes bientôt arrivés, déclara-t-il avec enthousiasme.

Arrivé où, Milian n'en savait rien ; son esprit était trop tourmenté par toutes les révélations du vieil Apprivoiseur pour le demander.

— Nous ne sommes pas loin de Kynlinea, non ? s'égailla Athaan.

Pourtant, rien ne ressemble plus à ces arbres que tous ceux que nous avons croisés durant ces deux derniers jours, rumina Milian.

— Tu comptais nous faire passer une nuit à la ferme ? reprit Athaan. Je me disais bien que ce n'était pas le chemin le plus court pour aller vers le nord. Mais je me disais aussi que je n'allais pas mettre en cause tes capacités de réflexion. Tu en as bavé, et j'ai l'impression que tu baves encore.

Hunor secoua la tête avant de pousser un long soupir.

— Tu ne t'arrêtes jamais, hein ? Ça m'avait manqué. Et pour ta gouverne, oui, nous allons à la ferme.

La perspective de dormir dans un lit soulagea Milian ; ses blessures continuaient inlassablement de le faire souffrir, et un matelas n'était pas de refus.

Accélérant l'allure, ils finirent par arriver au-devant d'une clairière au beau milieu de la forêt. Au centre, une petite chaumière, quelques cabanons, ainsi qu'une étable, tous laissés à l'abandon. On y distinguait également trois enclos tout aussi déserts.

Hunor leur intima de rester cachés derrière des buissons, le temps qu'il aille inspecter les lieux. Il traversa la clairière sans aucune précaution, marchant de façon déterminée vers l'étable, dont il fit le tour. Il poursuivit son inspection par les cabanons, avant de se rendre à la chaumière, y entrant pour en sortir quelques instants plus tard. D'un geste de la main, il leur signala qu'ils pouvaient le rejoindre.

— Quand ont-ils abandonné cet endroit ? demanda Hunor.

— J'en sais rien, rétorqua Athaan en haussant les épaules nonchalamment. Tu sais, Ialantha est loin de tout me dire, et ça ne devait pas être d'une quelconque importance. Elle me traitait vraiment comme son sous-fifre, en réalité. Et maintenant que je sais qu'elle t'a trahi, je crois qu'elle aimait se défouler sur moi.

— De toute évidence.

La porte tenait à peine sur ses gonds. Elle n'avait pas été entretenue depuis un temps certain, et le grincement qu'elle émit lorsqu'elle s'ouvrit attestait de son état délabré.

Entrant dans la chaumière, Milian constata un intérieur des plus banals pour une petite ferme. Une table rudimentaire, des chaises branlantes, et quelques armoires où reposaient des outils ou de vieilles bouteilles poussiéreuses. *Les gens qui étaient ici ont dû partir précipitamment*, nota-t-il avec inquiétude.

— Où sommes-nous ?

— Un lieu qui accueillait des rebelles de passage dans le coin, à l'époque, expliqua Hunor. J'y ai déjà passé quelques soirées quand je voulais me cacher. Et à moins que des pillards ne viennent nous rendre visite – ce dont je doute fort, puisqu'ils ont l'air d'être déjà passés –, nous devrions être tranquilles.

Eirinia ne put s'empêcher de remettre un peu d'ordre dans tout ce fatras et chacun y donna du sien. Ils découvrirent trois chambres attenantes à la pièce commune, toutes pourvues de lits aux matelas moisis par l'humidité stagnante. *Si l'on ne reste qu'une nuit dans cet endroit, ça fera l'affaire.*

Hunor poussa l'une des étagères puis déplaça à tâtons ses doigts sur le mur. Il s'arrêta sur l'un des moellons, dont l'aspect n'avait rien de spécial. Les yeux de l'Apprivoiseur brillèrent, et la roche rougeoya à un tel point qu'elle se mit à fondre, jusqu'à laisser un trou dégoulinant. Sans se formaliser du minéral en fusion qui s'écoulait du mur, Hunor plongea sa main à travers la cavité et en ressortit une besace. Il en inspecta le contenu et afficha un sourire radieux.

Il empoigna un objet et le montra à la vue de tous. Il tenait un orbe ; un orbe qui émettait une lumière rouge intense et qui resplendissait des flammes intérieures, dansant en un balai infini et élégant, impressionnant par la puissance qui s'en dégageait. Il appelait Milian en un murmure enivrant pour accaparer toute son attention. Milian n'éprouva en rien les sensations qu'il ressentait lorsqu'il posait les yeux sur l'orbe de Daragh, ou quand il avait touché celui de Shana, ou encore dans cette boutique, à Lugann ; il se retrouvait au cœur d'une tempête prête à le happer entièrement, et *l'orbe* le sommait d'entrer en contact.

Alors que Milian s'apprêtait à le prendre en main – il n'avait même pas remarqué qu'il s'en était approché –, Hunor le retira de sa vue.

— Il s'agit de l'orbe de ton père, et de ses ancêtres avant lui, annonça solennellement le vieil homme. Tu es un Apprivoiseur, tout comme moi. Mais avant toute chose, j'aimerais te prévenir. Si tu embrasses cette destinée, il n'y aura pas de retour en arrière. Tu dois être résolu à affronter ce qui coûte d'être un Descendant, et c'est le devoir ; le devoir d'être en mesure de juger ce que tu peux ou dois faire ; le devoir d'utiliser ton don pour ce qui est juste ; le devoir de prendre des décisions qui ne seront jamais sans conséquence, et que tu paieras toute ta vie… Nombre de Descendants se laissent emporter par la folie et ne deviennent que des machines à tuer, laissant libre cours à leurs instincts meurtriers, enivrés par le pouvoir. La puissance peut faire commettre des atrocités à des hommes d'apparence chaste, sans même qu'ils ne s'en rendent compte. Être un Descendant est un privilège, et il faut mesurer l'usage adéquat de ta faculté et ne pas se laisser submerger. Si tu ne te sens pas prêt à endosser ces responsabilités, tu peux toujours attendre le jour où tu le seras.

Milian détourna le regard de la besace dans laquelle était enfermé son orbe pour observer ses deux amies.

Shana, Eirinia... Non, je ne serai plus un poids, un fardeau que vous devrez supporter. Trop de choses ont reposé sur tes épaules, Shana, et il est temps que ça cesse.

— Quelle est ta décision ? insista Hunor.

Il était résolu.

— Je suis prêt.

— Alors, prends-le, conclut le vieil Apprivoiseur sans autre avertissement.

Milian se rapprocha et saisit délicatement l'orbe incandescent au creux de ses mains. Les murmures à l'intérieur de sa tête s'amplifièrent. Il s'agissait d'autant de voix qui se perdaient dans des échos sourds, desquels il ne parvenait à distinguer le sens des mots. Ainsi, le brasier de l'orbe s'agita, s'intensifia, et la lumière ardente devint aveuglante ; il ne perçut plus rien hormis cet éclat rouge cerise qui illuminait et obstruait son champ de vision. Subitement, ses doigts tenant l'orbe le brûlèrent, puis ce fut ses avant-bras, et tout son corps. Les flammes parcoururent ses veines avec une célérité prodigieuse et s'insinuèrent dans son âme à la fois émue et extatique par ce contact. L'euphorie céda la place à la douleur. Milian n'avait pas le moindre contrôle sur l'incendie le ravageant ardemment. La souffrance, abominable, lui arracha des cris qu'il ne put plus contenir. Il se tordit dans tous les sens. Dans la clarté de rouge pur, il parvint à distinguer une ombre se précipiter vers lui, mais arrêtée par une autre avant qu'elle ne l'atteigne. Elle devint floue, s'abîma dans ce décor de feu, jusqu'à ce que ce moment, qui parut durer une éternité, prenne fin ; enfin, il fut délivré, et c'est d'un souffle apaisé qu'il sombra dans l'obscurité la plus profonde.

Épilogue

Anya

— Le roi se montre-t-il toujours aussi docile ? demanda Anya, les jambes croisées, assise sur un fauteuil au cuir incroyablement doux.

— Llygredd porte une oreille attentive à mes conseils, répondit Dahyz, l'un des conseillers du roi. Et plus encore depuis que la guerre contre le Leanalyn a été déclarée. Peut-être même un peu trop, si vous me permettez cet avis.

Ils se trouvaient tous deux dans son bureau, une pièce qui ne manquait pas de dorures et de tableaux aux couleurs éclatantes. L'opulence était ce qui caractérisait le mieux le palais de Neana.

Anya prit une figue et croqua dedans à pleines dents.

— Comment cela ?

— Il a quasiment fait vider toutes les prisons de l'Araneana, ainsi que donné l'ordre de rapatrier les trois quarts de nos soldats censés garder la frontière avec le Keanor. Sans compter les hommes qui nous protégeaient des créatures venant des terres dévastées.

— Cela a-t-il la moindre importance ?

— Non, fit nonchalamment Dahyz. Bien sûr que non. Il en est fait selon la volonté d'Aldar Sol'Phaos. Mais je ne sais pas si le royaume survivra à cette guerre. Je ne doute pas de sa force militaire, mais il s'effondre de l'intérieur. Les rebelles sont une vraie plaie, et il semble que moins ils sont nombreux, plus la tâche de les éradiquer s'avère difficile.

— Et c'est précisément ainsi que les choses doivent se passer. Tant que Llygredd garde les yeux rivés sur le Leanalyn, le reste importe peu. Douteriez-vous du bien-fondé des ordres de *notre* roi ?

— Dame Akanvira, s'il vous plaît. Je ne vous permets pas de douter de ma loyauté. Aldar Sol'Phaos m'accorde toute sa confiance pour mener ma mission à bien. Et je ne crois pas l'avoir déçu jusqu'à présent.

— *Jusqu'à présent*, appuya Anya. Mais les esprits masculins se laissent parfois emporter par l'ambition. N'est-ce pas ce qui motive actuellement Llygredd ? (Elle laissa planer un silence avant de reprendre.) Daragh Raloren a maintes fois évoqué votre passion pour le jeu. J'espère que vous ne jouez pas sur deux tableaux, Dahyz.

— Je ne mise que lorsque les chances me sont favorables. Voire *particulièrement* favorables. Voyez-vous, c'est effectivement l'ambition qui m'a amené ici. Tout d'abord, l'ambition de survivre, je ne peux pas le nier. Mais surtout, l'ambition de servir Aldar Sol'Phaos. Personne ne résistera lorsqu'il s'abattra sur Orrisia. Et je dis bien *personne*. Je ne plaisante pas lorsqu'il s'agit de miser sur ma vie.

— Alors tout va pour le mieux, lui sourit Anya. Maintenant que Daragh Raloren est mort, vous aurez un autre interlocuteur. Si Gawn Kinmar en décide ainsi, il se pourrait que j'occupe cette fonction.

— Rien ne me ferait plus plaisir. Daragh a toujours mené les débats, mais vous étiez dans son ombre.

— Il en va de soi.

— D'ailleurs, si vous voyez Alviri, dites-lui de ramener son joli minois sur-le-champ, ronchonna Dahyz en faisant claquer sèchement sa langue.

— Je n'y manquerai pas, assentit Anya d'un ton monotone.

— Cette femme me file parfois la chair de poule.

— Ne vous égarez pas, Dahyz.

— Je vous le jure. Il arrive certains moments où je me demande si elle n'est pas complètement folle. Elle vous écoute attentivement, hoche la tête en silence, puis, l'instant d'après, elle se met à rire pour aucune raison apparente. Il est arrivé que l'on me regarde de travers dans les couloirs pour cela même. Et puis elle a tendance à disparaître sans prévenir. Je vous le dis, ses prévarications ne peuvent rester impunies. Il en va de ma sécurité, tout de même ! Non mais je vous jure, qui m'a flanqué quelqu'un d'aussi peu concerné !

Moi, en partie, songea Anya avec une légère touche de compassion.

— Ne vous laissez pas emporter par votre passion, Dahyz. Soyez déjà fort aise que quelqu'un veille sur vous. S'il s'avère qu'elle apparaît avant que je ne lui mette la main dessus, pourriez-vous lui transmettre ceci ?

Elle lui tendit un petit papier replié dont il s'empara machinalement, puis prit congé de cet homme à qui elle n'accordait aucune forme de respect. Il avait été nommé conseiller auprès du roi Llygredd pour le compte d'Aldar Sol'Phaos, et cela obligeait Anya à faire montre d'un minimum de déférence – bien qu'elle l'exécrât.

Quittant son bureau par l'imposante porte en ogive, elle arpenta un long et vaste couloir inondé de lumière par les nombreux balcons parés de volutes qui donnaient sur l'extérieur. Les friselis s'infiltraient dans le palais de Neana de façon fort bienvenue grâce à de multiples ouvertures dans les murs de saf, savamment calculées pour rafraîchir les occupants de la chaleur qui se révélait parfois suffocante – surtout en cette période de l'année. Des tapis somptueux reposaient sur les immenses dalles de saf et de fastueuses tapisseries agrémentaient les murs, où des luesafs émettaient cette lueur bleutée propre à l'Araneana. La décoration était extravagante mais résidait également dans la subtilité de courbes gracieuses, rendant une ambiance démesurée et vaniteuse.

Inclinant légèrement la tête pour répondre aux salutations obséquieuses d'un autre conseiller qui regagnait son bureau, Anya s'arrêta à l'un des balcons et posa ses coudes sur le parapet sculpté de coquillages aux formes élégantes. Le palais de Llygredd, depuis le mont sur lequel il avait été bâti, surplombait Neana et le lac Scintillant. Une multitude d'embarcations de plaisance, tirées par des toaris, naviguaient sur son eau brillant de mille feux. Il était d'une beauté à couper le souffle et eût été magnifié sans la présence de la cité alentour. Celle-ci s'étendait platement sur des lieues, et les canaux tissaient une toile aux ramifications innombrables, tout comme à Lugann. Les bâtisses de saf grimpaient sur le mont du palais en trois niveaux distincts, où les plus fortunés avaient établi leurs demeures sur le plus élevé, loin de la populace.

Tout en profitant de la vue splendide qui s'offrait à ses yeux, Anya se repassa le cours de la matinée.

Elle était arrivée avec le convoi au port de Neana, sur la berge de l'Ondoyant, et s'était rendue à la capitale de l'Araneana avec Ashenan, Tarlis, du personnel et tout un détachement de soldats pour les escorter. Ils étaient montés jusqu'au palais par le biais de quelques ascenseurs hydrauliques, puis le Chuchoteur et elle, après avoir laissé Ashenan sous bonne surveillance, avaient été conviés – ou plutôt contraints d'assister – à une audience avec Llygredd. Le roi avait voulu s'informer de ce qui s'était passé avec les rebelles, et quantifier les dommages dus à cette attaque qu'il avait qualifiée de « sauvage », avant de proférer des jurons dépassant de loin toute convenance.

Llygredd ne s'en était pas ouvertement pris à elle, mais s'était plutôt acharné sur Tarlis, tenu pour responsable des nombreuses pertes dues à son laxisme. Anya avait ressenti une certaine forme de jouissance à voir le Chuchoteur autant malmené. Néanmoins, elle ne s'y était pas tant attardée. Une fois la séance terminée, elle avait obtenu un entretien privé avec le roi de l'Araneana. Elle en avait tiré ce qu'elle désirait sans devoir insister, car derrière ses airs bravaches et une cupidité profonde, c'était la peur d'Aldar Sol'Phaos qui motivait incontestablement Llygredd. Ce dernier lui avait donné le droit d'utiliser quelques-uns de ses drayms pour rentrer en Eoros, mais en vérité, ce n'était que pour les convenances, puisqu'il n'avait pas réellement eu le choix. Et de toute façon, ces drayms lui avaient été offerts par le roi de l'Eoros. Ils étaient justement destinés à réaliser le voyage si cela était nécessaire.

— La vue est sublime, n'est-ce pas ? fit la voix de Tarlis, qui vint se tenir au côté d'Anya, la sortant de ses pensées. Mais le lac recèle de bien plus de beauté lorsqu'il n'est pas vérolé d'une marée de barques. D'ailleurs, que dirais-tu d'y effectuer une petite virée, rien que toi et moi ?

L'idée est intéressante. Je pourrais t'y noyer et te faire recracher tous les propos abjects qui émergent de ta bouche méphitique.

— Trouve-toi une catin et fais bien ce que tu veux, rétorqua Anya sans une once de chaleur.

— L'image que tu te fais de moi est détestable, se renfrogna-t-il. L'affrontement que nous avons mené ensemble était pourtant splendide ! Aussi beau que les ailes de Saikuron ! Tu sais, j'ai rarement eu l'occasion de me battre avec une Descendante ô combien douée et dotée d'une telle grâce !

— Cela, je ne puis en dire autant, articula-t-elle.

Tarlis continua d'admirer la vue.

— Peut-être qu'Hunor nous a échappé, mais nous nous sommes débarrassés de cette plaie d'Ihroal, et cela a dû tempérer les ardeurs de Llygredd. On peut s'estimer heureux, car deux navires détruits, des centaines de rebelles de plus dans la nature, sans compter toutes les pertes dans nos rangs…

— Si tu avais été plus efficace, nous n'en serions pas là. Je me demande comment cette pauvre Communicatrice a pu te blesser à la cuisse, toi, un Chuchoteur éveillé.

— Ne sois pas si glaciale, ma chère. Mais bon, je suppose qu'avec le temps, tu finiras par avoir une meilleure image de moi. Je t'accompagne en Eoros et me mettrai aux ordres d'Aldar Sol'Phaos.

— Pardon ?

Anya faillit s'étrangler mais se contint, n'affichant pas le plus infime émoi ; elle se contenta de le scruter.

— Le vent tourne, murmura Tarlis. Kaan m'a depuis longtemps fait part de ce qui se trame, et je crois qu'il est temps pour moi de rejoindre le véritable camp des vainqueurs.

— Et est-il seulement au courant ? Ou bien Llygredd ?

— Le général Kaan sera meurtri de ma perte, mais il ne peut s'opposer à la décision d'un roi. Je me suis entretenu avec Llygredd, et il n'y voit aucun inconvénient. Rien que mentionner le nom d'Aldar Sol'Phaos le fait trembler ; il est bien trop peureux et ne peut refuser que quelqu'un aille grossir les rangs de son bienfaiteur.

— Et depuis quand prévois-tu cela ? l'interrogea-t-elle, cachant le dégoût que lui inspirait le voyage en sa compagnie.

Le convoi avait déjà été suffisant.

Sans avertissement, les yeux de Tarlis se mirent à briller. Par réflexe, Anya fit appel à son pouvoir. Elle créa un flux d'eau entre elle et cet homme détestable, menaçant de lui extirper ses tripes si elle percevait le moindre geste hostile. Pourtant, son interlocuteur contemplait quelque chose au-dessus de lui. Deux colombes éthérées virevoltaient joyeusement, se confondant dans le firmament céruléen de cette journée exempte de toute nébulosité. Elles s'amusaient entre elles et effectuaient des cabrioles complexes en battant des ailes dans la brise.

— Tu ne me fais toujours pas confiance ? se gaussa Tarlis, plongeant ses yeux dans les siens.

— Non, rétorqua Anya d'un ton hiémal.

— Cela me blesse, tu ne peux concevoir à quel point, se lamenta le Chuchoteur en défroissant son brocart. Mais je ne peux t'en vouloir, tu ne sais pas grand-chose de moi. Tu penses que je suis à la botte de Kaan, mais j'aspire à beaucoup plus grandiose que cela. Je me sens dans une cage et je n'attends que de déployer mes ailes, tel Saikuron !

— En devenant le sous-fifre d'un autre roi ? ironisa-t-elle.

Les deux colombes se rapprochèrent, dansant à l'unisson entre la Dompteuse et le Chuchoteur.

— Et si nous partions ensemble loin de tout ça, Anya, lui susurra-t-il en effleurant ses doigts. Nous pourrions aller où bon nous semble et nous installer dans un nid douillet.

Si elle s'était écoutée, elle lui aurait enfoncé lentement l'une de ses dagues dans la gorge. Tout en cet homme la répugnait. Elle se contenta de repousser sa main d'un geste délicat.

— Et où désirerais-tu te rendre ? se moqua-t-elle. Au sud et à l'ouest, il n'y a guère que l'océan ou des îles qui maudissent les Descendants. À l'est, on n'y trouve que les territoires des Kredaes. Et au nord, mis à part les terres dévastées, tout se fera engloutir par Aldar Sol'Phaos et son armée d'ici peu.

— Je comprends tes réticences, fit Tarlis d'une voix melliflue.

— Tu as déjà approché un draym ? demanda avec suavité la Dompteuse.

Il éclata de rire.

— Je n'en ai jamais eu le privilège, non.

— Alors garde ce ton mielleux pour eux, ou tu risques de ne plus qu'être un amas de chair méconnaissable lorsqu'ils en auront fini avec ta dépouille – s'ils daignent en laisser un morceau, bien sûr.

— Ton sens de l'humour me fera toujours chavirer.

Humour ou non, avec un peu de chance, cela pourrait bien se produire.

— D'ailleurs, j'ai entendu dire que le fils de Daragh était là, reprit le Chuchoteur, tandis que ses deux colombes s'évaporaient, tout comme l'éclat de ses yeux. J'aurais aimé m'entretenir avec lui avant notre départ.

Anya comptait parler à Daedric de la mort de son père pendant le voyage. Il s'agissait d'un garçon plutôt impulsif et incontrôlable, et il valait mieux le tenir au courant quand ils auraient quitté l'Araneana. *Pas avant*.

— Tu auras l'occasion de le rencontrer pendant le trajet, puisque tu désires tant nous accompagner.

— J'insiste, Anya. Ce garçon pourrait être utile. Mais si tu avais quelque chose en tête, je t'en prie, je suis à ton écoute. Sinon, j'irai le voir seul, même si cela pourrait ne pas lui plaire d'apprendre la nouvelle d'un étranger.

Que manigance-t-il ? Est-ce de sa propre initiative, comme il veut le faire croire, ou cela vient-il de Kaan ? De Llygredd ? L'entrevue avec Kaan avait certainement fait naître des doutes sur sa loyauté, puisqu'elle était allée à l'encontre des ordres d'Aldar Sol'Phaos. Un jeu dangereux. Donc il était préférable d'être présente pour expliquer à Daedric ce qui s'était passé à propos de feu son père, Daragh Raloren.

— Nous pouvons aller à sa rencontre dès maintenant, si c'est ce que tu désires, concéda Anya d'un ton égal.

Tarlis s'inclina bien bas.

— Alors après vous, ma chère.

La Dompteuse ouvrit la marche et ils arpentèrent des couloirs balayés par les friselis intempestifs qui apportaient cette fraîcheur tant recherchée.

Le moindre corridor était pourvu de centaines de socles sur lesquels reposaient des sculptures raffinées en safaïa, exposant ainsi toute la richesse et l'allégresse de Llygredd sans aucune modestie. Et de toute cette abondance, une grande part provenait des coffres de l'Eoros, dont l'opulence semblait sans limite.

Ils croisèrent un nombre incalculable de domestiques gesticulant dans les couloirs, déterminés à accomplir leurs tâches quotidiennes avec rapidité.

Au bout du labyrinthe de corridors, Anya et Tarlis parvinrent enfin devant la porte en bois sculpté des appartements du fils de Daragh. Daedric les avait accompagnés depuis l'Eoros, mais ce jeune homme au tempérament vif avait préféré rester au palais de Neana pour profiter des plaisirs de la vie – et il ne s'en cachait pas. Pour lui, Vanyanir n'était qu'une île habitée par des bouseux, et il avait été hors de question qu'il y mette les pieds. Daragh l'avait souvent emmené avec lui dans ses voyages à travers Orrisia pour le compte d'Aldar Sol'Phaos, afin de lui faire découvrir le monde, et cela paraissait contenter sa soif libidineuse.

Anya toqua, mais aucune réponse ne se fit entendre. C'était mieux ainsi. Elle s'apprêta alors à proposer à Tarlis de glisser un mot pour signaler leur passage. Cependant, ce dernier insista en frappant bien plus vigoureusement.

Un grognement émergea depuis l'autre côté de la porte. *Il est donc bien là.*

— Daedric, c'est moi, Anya ! Puis-je entrer ?

— Un instant ! tonna sa voix étouffée, laissant à penser qu'il venait de se réveiller.

L'heure du repas de midi est depuis longtemps passée, alors que fait-il encore là, à dormir ? Daragh l'aurait rudement sermonné pour une telle oisiveté.

Après une légère attente, Daedric ouvrit enfin la porte, donnant sur un salon plongé dans le noir, où seul un rayon de soleil ténu pénétrait à travers d'épais rideaux satinés.

Débraillé, pieds nus, échevelé, les cernes rouges, il possédait également tous les symptômes de quelqu'un ayant passé une nuit dictée par la boisson avec son teint lactescent et son air nauséeux. Lorsque Daedric n'était pas en Eoros, son comportement différait radicalement. Il changeait du bon fils aux manières militaires à celui d'un débauché malséant avide de plaisirs charnels. Mais il ne fallait pas s'y fier. Même s'il ne disposait pas de la carrure de Daragh, sa chemise à demi boutonnée laissait entrevoir une musculature due à de nombreuses heures d'entraînement. Du haut de sa vingtaine d'années, il était rompu à l'art du combat depuis son plus jeune âge, et ses cheveux bruns, coupés très courts, tout comme sa mâchoire anguleuse, lui conféraient également cet air guerrier légué par son père.

— Anya ! s'écria Daedric d'un ton faussement enjoué. Ça me fait plaisir de te voir ! J'ai cru que vous ne reviendriez jamais de votre expédition ! Quant à vous… ? ajouta-t-il, étrécissant les yeux à l'adresse de l'homme au brocart.

— Tarlis Emren, un Chuchoteur au service de l'Araneana, le présenta-t-elle rapidement.

— Enchanté, mon garçon, chantonna Tarlis. Je jalouse ton corps d'athlète !

— Disons que je m'entretiens, répliqua Daedric.

— Ne nous invites-tu pas à entrer ? s'impatienta Anya.

Le fils de Daragh jeta un bref coup d'œil derrière lui.

— Si, bien sûr, mais… attendez un instant, je vous prie, hésita-t-il avant de disparaître dans la pénombre.

Tarlis arqua un sourcil, puis ses iris se mirent à briller de cet orange répugnant.

— Je ne fais que m'informer de ce qu'il mijote, s'empressa-t-il de préciser.

Maîtriser le vent est bien utile lorsqu'il s'agit d'espionner, reconnut Anya. Cependant, elle resta sur le qui-vive pour se prémunir de toute éventualité – elle ne pouvait se permettre de relâcher une seule seconde son attention en sa présence.

Le Chuchoteur lâcha un rire gras, et la lueur de ses yeux s'estompa.

— On dirait que ce garçon sait s'amuser, commenta-t-il d'un sourire lubrique.

Sortant des appartements de Daedric, une jeune fille dénudée passa en trombe devant eux. Elle portait la moitié de ses habits de femme de chambre dans ses bras tout en tentant de cacher son corps. Plutôt mignonne, le visage cramoisi par la gêne, elle bredouilla des excuses tout en filant précipitamment à l'autre bout du couloir.

— Elle est charmante, n'est-ce pas ? claironna Daedric en réapparaissant un instant plus tard. Tout comme bon nombre de domestiques… Je suis déjà triste de devoir quitter cet endroit ! Mais entrez donc ! ajouta-t-il avec entrain.

Il alla ouvrir les rideaux et une vive lumière chassa l'obscurité ambiante. Heurté par la clarté, sa première réaction fut de se couvrir les yeux à l'aide de sa main ; il s'agissait à n'en pas douter des premiers rayons qu'il voyait de la journée.

Dans son salon, des candélabres d'or et d'argent trônaient sur des buffets de bois brillant, une table en verre aux pieds ciselés de façon très détaillée imposait sa large présence au centre, des fauteuils capitonnés recouverts d'écailles de méloc étaient disposés de sorte à recevoir du monde, et tout un tas de tableaux et de sculptures ornaient les murs ou des piédestaux prévus à cet effet. En soi, tout avait été fait pour que le fils de Daragh jouisse du confort et de la richesse qu'avait à offrir Llygredd. Daedric invita Anya et Tarlis à s'asseoir, et il alla remplir trois hanaps cristallins à l'aide d'une carafe aux volutes gracieuses.

— Un endroit magnifique, mais la seule chose qui m'insupporte, c'est cette chaleur humide ! reprit Daedric. Je vais me baigner dans le lac dès que j'en ai l'occasion, mais il y a tellement de jolies jeunes femmes à découvrir au palais que le temps me manque !

— J'imagine que là d'où vous venez, vous ne devez pas avoir l'habitude de rencontrer tant de monde, s'amusa Tarlis.

Le fils de Daragh se concerta avec Anya du regard, et cette dernière inclina légèrement la tête.

— Effectivement, opina Daedric tout en leur servant les hanaps desquels s'échappaient des relents âcres. Mais dites-moi, pourquoi Daragh n'est-il pas avec vous ? Aurait-il des affaires plus urgentes que de voir son fils ?

— Il est mort, annonça Anya sans vouloir passer par quatre chemins, faisant légèrement chevroter sa voix.

Autant que tu le saches tout de suite.

Daedric pouffa de rire.

— L'humour noir te sied à merveille, Anya. Mais j'ai du mal à croire que mon père ait croisé la faucheuse lors de votre petite promenade en Vanyanir. Alors, où est-il ?

— Ceci est très sérieux, mon garçon, étaya Tarlis.

Incrédule, le fils de Daragh écarta les mains.

— Notre *promenade* n'en était pas réellement une, reprit Anya. Nous avons fait la rencontre inattendue de Deren Am'Nalom, qui a tué nos drayms. (En entendant ce nom, Daedric plissa les yeux. Il connaissait l'histoire du Lopharène, nul doute que Daragh la lui ait déjà contée.) Nous sommes arrivés à nous en débarrasser, mais nous avons dû effectuer le voyage de retour par la voie maritime, ce qui nous a considérablement retardés. (Le sourire égrillard de Daedric s'effaça peu à peu.) Je te passe les détails, mais nous avons fait en sorte que des gnasseas attaquent notre navire.

— Des *quoi* ? l'interrompit le fils de Daragh.

— Des monstres marins qui pullulent dans l'océan Primordial, plus au sud, si tu préfères. Toutefois, c'est pendant cet affrontement que ton père a trouvé la mort. (Elle jeta un coup d'œil à Tarlis pour voir sa réaction, s'il se doutait que c'était elle qui en était l'instigatrice, mais sans pour autant s'arrêter dans son explication.) Pourtant, ce ne sont pas les gnasseas qui l'ont tué. Ce sont les jeunes gens qui faisaient partie de notre mission.

— Comment… ? hoqueta Daedric, désemparé.

— Une dague en safaïa en plein cœur, volée à l'un de nos mercenaires, précisa Anya sans attendre qu'il finisse sa question.

Il tapa du poing sur la table.

— Que Yama les ensevelisse ! Tu es en train de me dire que des péquenots ont lâchement assassiné mon père ? Et toi, t'étais pas censée être avec lui ?

— Je m'occupai de la mission à cet instant, Daedric, sous les ordres de ton défunt père. Ce n'est qu'après la bataille que l'on a retrouvé son corps dans les cales du navire.

— Pourquoi ? tonna-t-il, le rictus haineux.

— Pourquoi l'ont-ils tué ? répéta Anya plus calmement, afin de ne pas plus échauffer l'esprit du jeune homme. Daragh en voulait à leur vie, et ils ont dû profiter de la confusion de l'affrontement pour l'atteindre. Peut-être désiraient-ils se venger de la mort de Deren Am'Nalom…

— De la vengeance, tu dis…, grinça Daedric, les dents serrées. Où sont-ils ?

— Nous avions réussi à leur mettre la main dessus mais…, commença Tarlis, baissant les yeux.

— Mais quoi ? vociféra Daedric.

Le Chuchoteur afficha un air contrit.

— Ils se sont échappés.

Le fils de Daragh lui bondit dessus, mais fut stoppé dans son élan par un filet presque invisible.

— Lâche-moi tout de suite, ou je t'arrache les yeux ! s'étrangla-t-il, se débattant comme un diable. Foutus Araneanais ! Que des incapables, juste bons à être asservis et à fournir du safaïa !

— Nous avions réussi à en garder un prisonnier, poursuivit Tarlis avant d'incliner la tête en signe d'excuse. Tu n'es peut-être pas encore au courant, mais nous avons subi une attaque de rebelles lors de notre trajet de Lugann à Neana.

Daedric proféra plusieurs jurons indécents, jusqu'à ce qu'une légère accalmie se présente.

— Je comprends ta peine, mon garçon, assura le Chuchoteur. Je ne sais pas lequel d'entre eux a porté le coup fatal à ton père, et même s'ils doivent avoir sensiblement ton âge, ils sont plus dangereux qu'il n'y paraît. Une Communicatrice fait partie de leur petit groupe.

Enfin, la fureur du fils de Daragh prit fin, sans pour autant quitter son expression déformée par une haine profonde, et il fut à nouveau libre de ses mouvements.

— Je les tuerai ! cracha-t-il en faisant exploser son hanap contre le mur.

— Tu feras ce que bon te semble, mais nous partons cette nuit pour Gora, annonça calmement Anya. Ta mère aura besoin de réconfort lorsqu'elle apprendra la nouvelle.

Je n'ai pas envie qu'un gamin ivre de colère se mette en travers de mes pattes, songea la Dompteuse, pensant à ce qu'elle allait imposer à sa compagne.

Daedric se planta devant l'une des énormes fenêtres et porta son regard au loin. Sa sérénité contrastait avec sa précédente fureur.

— Et… son *orbe* ?

— Je crois savoir qu'il aimait le garder constamment sur lui, mais je n'en ai pas trouvé trace, répondit Anya d'un ton égal.

Oublie ça, veux-tu ?

— Les bourreaux de ton père ont dû l'en dépouiller, intervint Tarlis.

— Il aurait été trouvé, éluda la Dompteuse.

— En vérité… c'est cet imbécile de capitaine Bargar qui les a arrêtés, et je suis persuadé qu'il n'a même pas pensé à s'occuper de leurs éventuelles affaires.

À quel jeu joue-t-il ? La duplicité de Tarlis n'était plus à prouver, mais incitait-il réellement Daedric à se mettre à la poursuite des amis d'Ashenan ?

— Les meurtriers de mon père seraient en possession de *mon* orbe…, déclara Daedric, les traits crispés.

— Je pourrais t'aider à les retrouver, dévoila le Chuchoteur. Même si la plupart des hommes sont envoyés à la guerre, j'en ai toujours quelques-uns sous la main pour une affaire ou une autre.

— Il n'en est pas question, protesta Anya. Ta place est en Eoros, Daedric. Auprès de ta mère.

Le fils de Daragh se servit un nouveau hanap à ras bord. En pleine réflexion, il fit tournoyer le vin avant de le porter à ses lèvres.

— Je n'ai jamais cessé de rêver du pouvoir de mon père. J'avais presque fini par me résoudre au fait de ne jamais l'acquérir, puisque j'aurais été enterré avant lui. Mais avec sa mort soudaine…

— Tu y réfléchiras sur le trajet vers Gora, conclut Anya d'un ton péremptoire. Rien ne presse. Prends cet après-midi pour faire le deuil de Daragh et rassemble tes affaires. Je te ferai chercher lorsqu'il sera l'heure de notre envol. (Elle se tourna vers Tarlis avec un air réprobateur.) Laissons-le tranquille. La nouvelle n'est pas facile à accepter et je pense qu'il a besoin du réconfort de la famille qui lui reste.

Et pas que tu lui fourres tes sales idées dans la tête.

— Peut-être bien, abdiqua le Chuchoteur avec l'assurance d'un cabotin.

Daedric était allé s'allonger sur l'un de ses canapés. Il se resservit un hanap et le but d'une traite, puis s'intéressa à la carafe pour cette fois-ci observer les circonvolutions se déployer jusqu'aux bords cristallins.

La nuit avait recouvert le palais de Neana de son voile depuis deux bonnes heures. Elle avait amené avec elle une baisse de température rendant la chaleur plus supportable, même si Anya préférait le climat bien plus frais ainsi que les blizzards intempestifs de l'Eoros. Elle se languissait des chutes abondantes de neige qui ne mettraient plus longtemps à s'éloigner les unes des autres, jusqu'à faire place à un temps plus estival.

Le saf, constituant les murs de l'escalier en colimaçon suintait. Il laissait s'échapper de fines gouttelettes qui finissaient par créer des flaques à l'aspect douteux. À la lumière bleutée des luesafs, la Dompteuse s'enfonçait dans les sous-sols du palais, descendant dans les profondeurs du mont qui surplombait Neana. L'air sentait le renfermé ainsi que diverses notes de moisissures inhérentes aux souterrains.

Elle espérait que le conseiller Dahyz était parvenu à mettre la main sur Alviri et à lui transmettre le mot qu'elle lui avait donné. *Elle appréciera notre lieu de rencontre, qui plus est, loin des oreilles indiscrètes.*

Anya traversa plusieurs boyaux lugubres avant de se tenir devant la lourde porte en fer qu'elle cherchait et qu'elle avait plusieurs fois poussée en compagnie de Daragh. *À présent, j'en suis débarrassée,* sourit-elle. Depuis le temps qu'elle l'avait attendu…

Elle fit grincer les gonds de l'huis, la laissant devant une galerie qui se perdait au loin dans l'obscurité. De rares pierres luminescentes éclairaient les colonnes espacées d'intervalles réguliers, ce qui évitait le noir complet, mais rendait l'endroit plus sinistre qu'une crypte.

Anya avançait d'un pas mesuré dans la vaste salle, et elle finit par entendre le souffle rauque des drayms, ainsi que le craquement des os se brisant dans leurs puissantes mâchoires. En réalité, n'importe quel bruit résonnait dans cet espace vide qui n'était pas digne d'accueillir les créatures qu'il retenait prisonnières. Les drayms avaient besoin d'air pur, de lumière, de déployer leurs ailes majestueuses au gré du vent… *Pas d'être enfermés dans une cave aussi sordide.*

Puis, Anya perçut un sifflement qu'elle connaissait bien ; une douce mélodie destinée à apaiser les drayms. S'ensuivirent des chuchotements, empreints de délicatesse et de bienveillance, suscitant chez la Dompteuse une joie qu'elle ne put réprimer.

Cela faisait si longtemps que les deux femmes étaient séparées si l'on ne comptait pas leur brève entrevue quand Anya était passée par Neana avec Daragh, plusieurs semaines plus tôt. Alviri avait été envoyée en Araneana pour veiller à la sécurité du conseiller Dahyz il y avait déjà quelques années. Anya n'y avait pas été pour rien. Même si elle répugnait à ce que des milliers de lieues distancent les deux femmes, cela était préférable à l'idée de la savoir à Gora.

Suivant la direction des sifflements, elle l'aperçut enfin. Dans sa robe araneanaise portée négligemment, allongée gracieusement sur le flanc d'un draym, Alviri susurrait des mots doux à l'animal tout en lui caressant le museau avec délicatesse. Trois autres déchiquetaient leur repas à quelques pas d'elle – des carcasses de bêtes dont il ne resterait plus rien. Des souffles plus lointains indiquaient que des drayms se dissimulaient dans l'obscurité.

Anya reposa une épaule contre une colonne et contempla Alviri en jalousant presque la créature ailée au contact de sa peau. Bien plus jeune qu'elle – même si d'apparence, on leur aurait donné un âge équivalent –, sa silhouette élancée et élégante se mouvait avec légèreté au rythme de la respiration de l'animal. Ses yeux noisette en amande étaient harmonieusement encadrés par ses sourcils parfaitement dessinés. Ils reflétaient un certain côté ingénu. Le sourire fugace de ses lèvres fines révélait de charmantes fossettes, en partie cachées par ses cheveux lisses qui tombaient jusqu'à ses épaules. Quant à ses oreilles, elles étaient ornées de bijoux sans extravagance qui scintillaient et magnifiaient l'éclat de sa peau laiteuse.

— Tu as toujours été si attentionnée…, commenta Anya, extirpant Alviri de sa rêverie.

Alviri cessa de caresser le draym, qui grogna en montrant les crocs, mais elle le laissa à ses jérémiades puériles pour enlacer tendrement Anya.

— Tu es enfin de retour ! lui babilla Alviri au creux de l'oreille. Je pensais que tu étais morte, ajouta-t-elle en plongeant son regard dans le sien tout en la tenant fermement par la taille.

Son sourire était resplendissant.

— Cela n'a pas été de tout repos, mais je ne crois pas avoir perdu mon temps.

— Différents bruits courent au palais, s'empressa de répondre Alviri. Certains plus étonnants que d'autres. Tu as pris des risques…, poursuivit-elle d'un ton sévère.

— Toujours à te faire du mouron…

— Les drayms n'aiment pas cette salle nauséabonde. Et moi non plus.

Comme à son habitude, Alviri jonglait d'un sujet à un autre, sans qu'Anya y perçoive la relation ; cela faisait partie de son charme.

— Passeras-tu la nuit ici, avec moi, ma tendre prêtresse ? minauda sensuellement Alviri.

Tu seras déçue, mais je le suis tout autant. Anya ne resterait pas, et allait même lui soumettre une requête qu'elle ne pouvait confier à personne d'autre.

— Ne m'appelle plus ainsi, cette époque est depuis longtemps révolue, la pria la Dompteuse d'une voix veloutée, éludant la question tout en se défaisant de son étreinte. Nous avons trouvé le garçon. Ashenan. Les autres enfants aussi, mais ils nous ont échappé.

— Tu envisages que j'aille les tuer ? s'enquit Alviri sans laisser transparaître la moindre émotion.

Pourtant, à la fin de sa phrase, elle se mit à rire mélodieusement.

— Non, non…, hésita Anya en lui caressant la joue. Si je l'avais réellement voulu, l'affaire aurait déjà été réglée. L'utilisation que j'en ai faite s'est révélée bien plus productive. Ashenan est facilement manipulable et plutôt docile lorsque leur vie est en jeu. Et j'en ai profité pour en finir avec Daragh.

— C'est une excellente nouvelle ! s'extasia Alviri, tandis que les draymss'arrêtèrent brusquement de manger et braquèrent leurs énormes yeux sur les deux femmes. Je ne l'ai jamais véritablement apprécié.

— C'est autre chose qui me tracasse. Les rebelles sont parvenus à libérer Hunor, et de ses aveux, il prépare quelque chose. J'ai besoin de savoir ce qu'il a en tête, afin qu'il ne se mette pas en travers de mon plan.

— Ah ! C'est vrai que c'est important ! assentit Alviri, aussi contrariée qu'une enfant boudeuse.

— Tout ce que je sais, c'est qu'il devrait se diriger vers le nord. Ce sont les seules informations que l'on avait tirées de Ialantha lorsqu'elle nous avait aidés à sa capture. Et il n'y a pas renoncé.

Alviri se tordit le poignet.

— Le trouver ne devrait pas être très compliqué.

Ce que je te demande ne te plaît pas, mais c'est un mal que nous devons subir toutes les deux si nous voulons un jour vivre en paix.

— Par contre, il se peut que ce vieil Apprivoiseur se fasse accompagner par les jeunes gens que je devais éliminer, révéla Anya. Ils sont venus en Araneana pour le rejoindre, et je doute qu'il les abandonne cette fois-ci.

— Et alors ? gazouilla Alviri. Si tu ne désires pas que je les tue, cela ne change rien.

— Oui, mais Tarlis…

— Je lui trancherais sa sale langue galeuse de Chuchoteur si tu me l'ordonnais, l'interrompit Alviri en affichant une expression de dégoût.

Et je me délecterais de ce spectacle, rougit Anya.

— Tu n'en auras pas besoin. Il m'accompagnera en Eoros, et je ferai en sorte qu'il regrette jusqu'au moindre regard lubrique qu'il a pu poser sur moi. Seulement, il a donné des idées à Daedric. L'un des jeunes doit avoir en sa possession l'orbe de son père et il souhaite le récupérer. Il s'efforcera de le leur reprendre par tous les moyens, et il pourrait te compliquer la tâche. C'est un garçon imprévisible et qui peut se montrer… agressif.

— Agressif… agressif… agressif…, répéta Alviri avec un sourire faisant tomber Anya en pâmoison.

— Sens-toi libre d'en faire ce que tu veux. Lorsque tu auras appris ce que Hunor a en tête, retourne à Neana. Je te promets que je viendrai te chercher dès que je le pourrai. Mais d'abord, il faut que tout se passe comme prévu à Dunalor. Ensuite, les choses sérieuses commenceront…

Après Dunalor, personne ne sera plus en mesure de se dresser sur mon chemin. Personne.

Le grondement d'un draym se répercuta d'écho en écho sur les parois humides pour résonner dans toute la salle.

— Très bien ! glapit Alviri. Je ne te décevrai pas.

— Tu ne l'as jamais fait…, lui susurra Anya.

Elle plongea ses yeux dans les profondeurs de ceux d'Alviri et elle ne put plus résister. Elle déposa un baiser délicat sur ses lèvres, que sa compagne lui rendit avec passion. Elle chérissait le lien qui les unissait chaque jour de plus que lui offrait la vie.

Tu es ce que j'ai de plus cher, s'extasia-t-elle.

Toutes les deux discutèrent encore un moment. Alviri lui fit un rapport sur ce qu'elle avait appris de la guerre entre l'Araneana et le Leanalyn, avant de l'informer sur les agissements des conseillers envoyés par Aldar Sol'Phaos auprès de Llygredd. Elles finirent par se raconter des anecdotes sur ce qui leur était arrivé durant leur séparation, jusqu'à ce qu'Anya lui demande de partir ; il aurait été malvenu que Tarlis les surprenne ensemble si l'idée lui venait de se présenter en avance à leur rendez-vous. Après un dernier baiser, la silhouette si gracieuse d'Alviri s'éclipsa dans la pénombre, se dandinant pour lui faire profiter de ses courbes. *Il est préférable que je te tienne éloignée de Gora. À l'écart de cette cité ayant vu toutes mes sœurs massacrées…*

Anya choisit les drayms destinés à la longue chevauchée qui les attendait afin de rejoindre l'Eoros, puis entreprit de les seller, lorsqu'elle entendit des pas.

Ashenan approchait aux côtés de Tarlis, un large sourire aux lèvres, et d'une jeune femme qu'Anya avait aperçue dans les jardins de la résidence de l'état-major de Lugann ; cela ne l'enchanta guère, surtout que Daedric ne s'était toujours pas présenté.

Remerciements

À mes parents, Doris et Éric, qui ont été les premiers à découvrir ces pages, et dont les encouragements m'ont toujours poussé plus loin. À ma sœur et à mon frère, Aurélie et Valentin, pour avoir été une source considérable de motivation et de rires. Ainsi qu'à mon beau-frère, Philippe, pour le temps qu'il m'a consacré et sa gentillesse. Je ne pourrai jamais assez vous remercier pour votre soutien, sans lequel ce petit bout d'aventure n'aurait peut-être jamais vu le jour.

Je voudrais également remercier Annie, Christelle, Clarisse, Laurine, Rémi, Thomas et Vanessa. Vos retours ont façonné bien des pages, et chacun d'entre vous aura laissé une empreinte dans ce livre. Vous êtes toutes et tous formidables !

Enfin, à vous, lecteurs, pour la bienveillance et l'enthousiasme de vos mots. Vous ne savez pas à quel point cela me fait plaisir !

Et concernant la suite ? Je vous ai réservé une kyrielle de surprises…

N’hésitez pas à me laisser un commentaire sur Amazon pour que je sache ce que vous avez pensé de ce livre !

Pour en savoir plus sur mes univers et vous inscrire à ma newsletter :

florian-lagarde.fr

Contact : **contact@florian-lagarde.fr**

Suivez-moi également sur Instagram : **florian_lagarde_auteur**

Dépôt légal : mars 2026
Imprimé à la demande par Amazon KDP
ISBN : 979-10-982315-0-6

www.ingramcontent.com/pod-product-compliance
Lightning Source LLC
LaVergne TN
LVHW040222110826
845146LV00004B/1246

* 9 7 9 1 0 9 8 2 3 1 5 0 6 *